毛詩注疏簡補

國風卷 上

徐勁松 編著

中國書店

圖書在版編目（CIP）數據

毛詩注疏簡補 . 國風卷 / 徐勁松編著. -- 北京 : 中國書店，2025. 2. -- ISBN 978-7-5149-2882-2

Ⅰ . I222.2

中國國家版本館 CIP 數據核字第 2024UD5232 號

毛詩注疏簡補·國風卷

徐勁松　編著

責任編輯：袁　瀛

出版發行：中國書店
地　　址：北京市西城區琉璃廠東街 115 號
郵　　編：100050
電　　話：010-63017857
印　　刷：北京華聯印刷有限公司
開　　本：710 mm × 1000 mm　1/16
版　　次：2025 年 2 月第 1 版　　2025 年 2 月第 1 次印刷
字　　數：840 千
印　　張：50
印　　數：1—3000
書　　號：ISBN 978-7-5149-2882-2
定　　價：238.00 元

前　言

《詩經》中的風、雅、頌三個類别中，人們對國風160篇詩的解讀争議是最大的，然而國風却是最受當代人青睞的。當代人最喜歡“關關雎鳩，在河之洲，窈窕淑女，君子好逑”。在詩情畫意裏，有美女，有帥哥，想想都很美，很是令人嚮往：古人三千年前就把人性理解得如此透徹——“飲食男女，人之大欲存焉”！

在絶大多數今人的眼中，《詩經》中類似的贊美愛情的詩句比比皆是：“手如柔荑，膚如凝脂。領如蝤蠐，齒如瓠犀。螓首蛾眉，巧笑倩兮，美目盼兮。”（《衛風・碩人》）“蒹葭蒼蒼，白露爲霜。所謂伊人，在水一方。”（《秦風・蒹葭》）“死生契闊，與子成説。執子之手，與子偕老。”（《邶風・擊鼓》）《詩經》之所以還能在當代人的心目中占一席之地，除了聲名顯赫，這一類的詩句也起到了關鍵作用，文學性的《詩經》得到了傳承，得到了發揚。

子曰：“詩可以興，可以觀，可以群，可以怨。邇之事父，遠之事君。”美女帥哥固然可愛，但上述詩句只是十五國風中160篇詩的一部分，它們只代表國風部分的思想内容。而且，即便是這幾篇詩，以經學家的角度看，“巧笑倩兮，美目盼兮”是很美，但這個美是爲了襯托春秋第一個弑君成功上位的州籲，帶給其君母莊姜的淒慘生活，而“所謂伊人，在水一方”是講秦國國君無禮治國；史學家會告訴你“執子之手，與子偕老”是講衛國軍中戰友的生死之情，而非男女愛情。因爲《詩經》絶大部分詩篇是産生于周代的，要究其本意，就一定要回顧周朝的史實，故從歷史的角度讀《詩經》，也還算容易被大家理解。不過，《詩經》之所以能被奉爲儒家最經典的“五經”（最初是六經）之一，最重要的還是在於《詩經》對古代經學的貢獻。毛詩體系就是以經學爲主的對《詩經》的詮解體系。

儒家自從被漢武帝主尊後，雖然歷經滄桑、屢遭磨難，但一直居於古人意識形態的主要位置，儒家的經學思想也就成了中國古代意識形態的主流，而經孔子整理的“五經”即是核心。正是由於儒家經學思想本身固有的生命力（筆者稱之爲儒家思想體系的二元性，詳見《毛詩注疏簡補・頌卷》前言），以它的深厚與包容，經過兩次涅槃重生，使得社會資源不斷合理地向下分配，先有以儒家爲主的儒道合流，再有儒家主導下的儒釋道三種思想的融合，從而帶領中華民族進入了漢唐盛世。很遺憾，自宋代以降，以儒家經學爲主的古代意識形態再沒有大的變化和調整。

那麼，經學中的意識形態到底是什麼，説得簡單一點，它就是現代社會所講的三觀：宇宙觀、人生觀、價值觀。三觀體現在“六經”中各有所側重。夫子云：“興于詩，立于禮，成于樂。”《莊子·天下》曰：“《詩》以道志，《書》以道事，《禮》以道行，《樂》以道和，《易》以道陰陽，《春秋》以道名分。”《禮記·經解》中説：“温柔敦厚，《詩》教也；疏通知遠，《書》教也；廣博易良，《樂》教也；絜静精微，《易》教也；恭儉莊敬，《禮》教也；屬辭比事，《春秋》教也。”但在每個單獨的經典中，三觀也都有所表現，國風中的詩篇則重點强調了古人的人生觀和價值觀。

當代人眼中的古典愛情詩代表《關雎》，在毛詩體系裏，却是贊美周文王后妃美德的，是歌頌王后能够善待團結文王的衆妃，顧全大局，盡己應盡之責，爲天下女子做榜樣，從而輔助文王走向接管、治理天下的大業。周南的其他11篇詩及召南的14篇詩都圍繞這個主題展開的，昭現了“刑于寡妻，至于兄弟，以御于家邦”（《大雅·思齊》）的修齊治平的儒家常道。在這里，經學的毛詩爲我們闡明了古人的至上之道：作爲個體，即便是王后，也要以天下爲重，以周家的大業爲主，而要把個人的利益放在從屬的位置。

以全體人民的利益爲主義，强調集體奮鬥，而非簡單的個體奮鬥，這便是儒家，也是中華民族最重要的價值觀，是中華文明得以綿綿延續不斷的保證，也是中國幾千年的農耕文明爲人類奉獻出的最重要的文明成果。

當然，這個集體利益必須是代表絶大多數個體利益，這個集體一定能够對集體中不同的群體都有明確的、制度性的關照，尤其是對弱勢群體的關照程度是衡量一個社會文明程度高低的重要標準。國風中有很多詩篇規勸女子要早日成家，如“桃之夭夭，灼灼其華。之子于歸，宜其室家”（《周南·桃夭》），詩中的“歸”字訓成“嫁”，但其本意是歸宗，即是要“歸”到男方家宗族。當代人認爲，一定要男女平等。在今天，女性都能够有自己的獨立經濟地位，經濟上有没有男方的加持僅是錦上添花。但在農耕社會，女子的身體條件和群體中生育角色的擔當，决定了女性很難獨自獲得最基本的經濟能力。所以，嫁人歸宗，也就成爲女性成年後的必由之路，而古代中國社會爲此也設計了一系列的宗法規定。這在當時，在生産力落後的農耕時代，不僅是合理的，而且是對女性這個弱勢群體最人性的制度安排。不幸的是，在後来的社會中，和中國社會主流意識形態一起，男權主義走向了極端，而産生出很多對女性歧視乃至摧殘的惡習。

和對待女性群體一樣，古人也對另外一個弱勢群體——老人，同樣做了制度上的安排。這個養老體系就是儒家的又一基石——孝。孝，首先是養老的需要，其次才是“仁之本”。文王善養老，天下大老咸歸之，這一養老制度的創立，成就了周代八百年基業，使中國率先進入了“以人爲本”的文明時代。古代有能力養老的一定是有經濟能力的家（族），這個主要責任自然而然就落在了具有獨立經濟能力的男子身上，所以，古人要“養兒防老”。所以，《周南・螽斯》《齊風・椒聊》等篇盛贊多子多福，《周南・桃夭》《召南・摽有梅》等篇反復催促女子應嫁當嫁，而《周南・芣苢》等篇則以浪漫的手法祝福人們早生貴子。

家天下是反動的，是因爲把別人家的利益當成了自己家的。但如果把別人家的老人也當成自已家的，如果“老吾老以及人之老，幼吾幼以及人之幼”，家天下就是極好的制度了。但是，雖然《禮運》中説“故人不獨親其親，不獨子其子”，但是没有人有能力直接照顧好所有的弱勢群體，中國農耕時代的文明社會創造出來的，是一個讓天下人都能“婦吾婦，老吾老，幼吾幼”的價值觀體系和體制。歷史證明，家（族），曾經是中華民族實現這個價值觀唯一有效的社會機制。

中國古代社會的家（族）承擔了對家（族）内弱勢人口的照顧，家（族）擔負起了社會對弱勢人群的責任安排，家（族）是當時社會不能分割的基本單位，是當時社會能够正常運行的基本保證。要成立家庭（族），就必須先有夫婦，故《毛詩大序》論述詩的功能時説：“先王以是經夫婦，成孝敬，厚人倫，美教化，移風俗。”夫婦關係，而不是父子關係，是最重要的，其是儒家倫理、也是當時社會倫理的第一倫，是社會文明根本中的根本。如果青年男女無法按時結成夫婦，如果家破人流，社會第一倫理首先被大規模地破壞，這樣的社會就是趨向野蠻的，必然走向崩潰。毛詩對國風中的《衛風・谷風》《衛風・氓》《唐風・葛生》《鄭風・東門之墠》《鄭風・野有蔓草》《鄭風・溱洧》等詩篇的解讀，對肆意破壞夫婦倫理的社會行爲，無論是在和平還是戰爭時期，都進行了極其深刻的揭露和批判。

按毛詩體系，正經衹有周南、召南兩國風25篇，其餘十三國風135篇皆爲變經，變經詩篇的數量是正經的5倍之多。變經中有肯定、贊美、歌頌的詩篇，如《豳風》七篇圍繞着周公能以天下爲己任而忍辱負重的“以道侍君”的大義，《衛風·淇奥》提出了“求民之莫”、不拘泥于僵化之舊俗的對政治人物評價標準。但批評乃至批判的詩篇占絶大多數：《唐風·葛生》《王風·君子于役》《王風·中谷有蓷》揭露了頻繁的戰争給人類和社會帶來的灾難；《秦風·黄鳥》等篇極力反對滅絶人性的人殉陋習；齊風中的《南山》《敝苟》，邶風中的《新臺》，鄘風中的《牆有茨》，陳風中的《株林》等篇，猛烈地批判了上層統治階級毫無人倫底綫而甘于墮落的不可救藥，如此等等，可見我們古人强烈的自省和批判精神。這些都是需要我們繼承的價值觀。

中華民族自從清醒認識、苦苦追求工業革命，直到高歌而猛進工業社會後，意識形態發生了天翻覆地的變化：伴隨着萌生于農耕文明的宇宙觀的式微，相應的人生觀和價值觀都“禮崩樂壞”而基本西化。這可能是一個民族被迫從一個文明形態轉變到另一個文明形態所必須付出的代價。然而，工業文明并不能解决所有問題，而且并不能給人們自動帶來比農耕文明更多的幸福。事變時移，儒家的經學體系也必須要面對現實，與時俱進，重新調整，才能擔負起工業革命後的當今社會的指引責任。但是，“究天人之際，通古今之變”的中華文明基因是不會改變的，也是不能改變的。衆多有識之士已深刻地認識到：西方式的現代化滿足了中國大衆的基本物質需求，却不能滿足全體十四億人民實現對幸福生活的持續追求。

詩三百編成之際，正值中華文明一次重要的歷史轉折階段，是中國社會由單純的血緣社會向血緣加德治社會的轉型關頭，是儒家文化成爲社會意識形態主流的濫觴，也是中華民族的價值觀重塑之時。今天，已然成爲全球最大的工業化民族的中華民族又一次走到命運的十字路口。讓我們再一次回顧經學，回到經學的國風，再一次重温中華民族幾千年的文明成果，吐舊納新，鳳凰涅槃，高高揚起集體奮鬥的價值觀，再次胸懷“以德爲本”的對弱勢群體的制度性關懷，走向共同富裕、共同幸福的大道。

礙于編者水平有限，不雅之處比比皆是，懇望諸君子賜教。

樂道主人

甲辰季夏　于北京善止齋

凡　例

一、關於篇名

篇名【某頌某某】中的某某是其篇在頌中的詩序，意爲其篇是某頌的第某某篇。如【周頌十一】即是周頌第十一篇。

二、關於引用名及相關文字顏色

所有經文皆爲紅色。

【毛序】《毛詩注疏》中毛詩序，序文爲緑色，其中引用的經文重要部分爲紅色。

【毛傳】《毛詩注疏》中毛詩傳，傳文爲緑色，其中引用的經文重要部分爲紅色。

【鄭箋】《毛詩注疏》中鄭玄箋，箋文爲藍色，其中引用的經文重要部分爲紅色，引用的毛序、毛傳重要部分用緑色。

【孔疏】《毛詩注疏》中孔穎達等疏注，引用的疏文皆爲黑色，其中引用的經文重要部分爲紅色，引用的毛序、毛傳重要部分用緑色，引用的鄭箋重要部分爲藍色。

【孔疏-章旨】《毛詩注疏》孔穎達等疏每章主旨，引用的疏文皆爲黑色。

【陸曰】《毛詩注疏》陸德明注，引用的注文皆爲黑色。

【詩集傳】朱熹《詩集傳》，引用的注文皆爲黑色。

【詩三家】王先謙《詩三家義集疏》，引用的注文皆爲黑色。

【程析】程俊英《詩經注析》，引用的注文皆爲黑色。

【詩經原始】方玉潤《詩經原始》，引用的注文皆爲黑色。

【論語】《論語》，引用的經文皆爲黑色。

【樂道主人】編著者，引用的序文皆爲黑色。

三、關於注音

全篇經文及各種注解出現的注音皆以燕烏集闕讀書會的正音結果爲準。

四、關於“<某章-數字>”

在每篇詩文的單句注解或多句注解前標明第一句經文的次序，以備快速查找，如經文前標明<二章-3>，其後的第一句爲經文的第二章第三句。

五、關於“◇◇”“◇”號

書中的“◇◇”主要用於孔穎達等疏注。其主要目的是爲了初學者方便理解，把孔疏中的不同注解分解成不同的段落，并做標明，其中用於孔穎達等疏注中的“◇”是第二層注解。當出現毛序、毛傳及鄭箋文字太多，注解層次較多的情況，必要時用“◇”標明其注解層次。

六、關於序列號“①②……⑥⑦”

孔疏章旨中的序列號是標明經文分句注解時的次序。

七、關於括號

全書出現的括號及内容皆爲編著者加注。其中鄭箋中括號内容爲“與毛不同”的，是鄭箋與毛序、鄭箋與毛傳對經文的不同注解。

八、關於异體字

爲了保持《毛詩注疏》原貌，本書的异體字適當保留。

目　録

鄭　風

齊　風

附　録

關　雎【周南一】

關關雎（jū）鳩（jiū），在河之洲。窈窕（tiǎo）淑女，君子好（hǎo/hào）逑（qiú）。

參（cēn）差（cī）荇（xìng）菜，左右流之。窈窕淑女，寤（wù）寐（mèi）求之。

求之不得，寤寐思服。悠哉悠哉，輾轉反側。

參差荇菜，左右采之。窈窕淑女，琴瑟友之。

參差荇菜，左右芼（mào）之。窈窕淑女，鍾鼓樂之。

《關雎》五章，章四句。故言三章，一章章四句，二章章八句。五章是鄭所分。

【樂道主人】從“詩者，志之所之也”至“是謂四始，詩之至也”爲毛詩大序，已摘録出去，另作篇章，見附録。其他爲《關雎》小序。

【毛序】《關雎》，后妃之德也。

【陸釋】沈重云：“案鄭《詩譜》意，《大序》是子夏作，《小序》是子夏、毛公合作。卜商意有不盡，毛更足成之。”或云《小序》是東海衛敬仲所作。今謂此序止是《關雎》之序，總論《詩》之綱領，無大小之异。

【孔疏】序“《關雎》，后妃之德也”。

◇◇諸序皆一篇之義，但《詩》理深廣，此爲篇端，故以《詩》之大綱并舉於此。今分爲十五節，當節自解次第，於此不復煩文。

◇◇作《關雎》詩者，言后妃之德也。《曲禮》曰：“天子之妃曰后。”注云：“后之言後也。”執理内事，在夫之後也。《釋詁》云：“妃，媲（pìn，《説文》配也）也。”言媲匹於夫也。天子之妻唯稱后耳。妃則上下通名，故以妃配后而言之。

◇◇德者，得也，自得於身，人行之總名。此篇言后妃性行和諧，貞專化下，寤寐求賢，供奉職事，是后妃之德也。

◇◇二《南》之風，實文王之化，而美后妃之德者，以夫婦之性，人倫之重，故夫婦正則父子親，父子親則君臣敬，是以《詩》者歌其性情。陰陽爲重，所以《詩》之爲體，多序男女之事。

◇◇不言美后妃者，此詩之作，直是感其德澤，歌其性行，欲以發揚聖化，示語未知，非是褒賞后妃能爲此行也。正經例不言美，皆此意也。

◇◇其變詩，則政教已失，爲惡者多，苟能爲善，則賞其善事。征伐玁狁，始見憂國之心；瞻仰昊天，方知求雨之切。意與正經有异，故序每篇言美也。

○風之始也，所以風天下而正夫婦也，故用之鄉人焉，用之邦國焉。

【陸釋】風之始，此風謂十五國風，風是諸侯政教也。下云“所以風天下”，《論語》云“君子之德風”，并是此義。

【孔疏】“風之”至“國焉”。

◇◇序以后妃樂得淑女，不淫其色，家人之細事耳，而編於《詩》首，用爲歌樂，故於后妃德下即申明此意，言后妃之有美德，文王風化之始也。言文王行化，始于其妻，故用此爲風教之始，所以風化天下之民，而使之皆正夫婦焉。

◇◇周公制禮作樂，用之鄉人焉，令鄉大夫以之教其民也；又用之邦國焉，令天下諸侯以之教其臣也。欲使天子至於庶民，悉知此詩皆正夫婦也。故鄭《譜》云“天子諸侯燕其群臣，皆歌《鹿鳴》，合鄉樂”是也。

◇◇定本“所以風天下”，俗本“風”下有“化”字，誤也。

◇◇《儀禮》鄉飲酒禮者，鄉大夫三年賓賢能之禮，其經云“乃合樂《周南·關雎》”，是用之鄉人也。燕禮者，諸侯飲燕其臣子及賓客之禮，其經云“遂歌鄉樂、《周南·關雎》”，是用之邦國也。

◇◇施化之法，自上而下，當天子教諸侯，教大夫，大夫教其民。今此先言風天下而正夫婦焉，既言化及於民，遂從民而廣之，故先鄉人而後邦國也。《老子》云：“修之家，其德乃餘。修之邦，其德乃豐。修之天下，其德乃普。”亦自狹至廣，與此同意也。

○風，風也，教也。風以動之，教以化之。

【陸釋】“風，風也”，崔靈恩《集注》本下即作“諷”字。劉氏云：“動物曰風，托音曰諷。”崔云：“用風感物則謂之諷。”沈云：“上風是《國風》，即《詩》之六義也。下風即是風伯鼓動之風。君上風教，能鼓動萬物，如風之偃草也。”今從沈説。“風以動之”，云：“謂自下刺上，感動之名，變風也。”今不用。

【孔疏】“風風”至“化之”。

◇◇上言風之始，謂教天下之始也。序又解名教爲風之意，風訓諷也，教也。諷謂微加曉告，教謂殷勤誨示。諷之與教，始末之异名耳。言王者施化，先依違諷諭以動之，民漸開悟，乃後明教命以化之。風之所吹，無物不扇；化之所被，無往不沾，故取名焉。

○然則《關雎》《麟趾》之化，王者之風，故繫之周公。南，言化自北而南也。《鵲巢》《騶虞》之德，諸侯之風也，先王之所以教，故繫之召公。

【鄭箋】自，從也。從北而南，謂其化從岐周被江漢之域也。先王，斥大王、王季。

【孔疏】“然則《關雎》”至“繫之召公”。

◇◇序因《關雎》是風化之始，遂因而申之，廣論《詩》義《詩》理既盡，然後乃説《周南》《召南》。然者，然上語；則者，則下事，因前起後之勢也。

◇◇然則《關雎》《麟趾》之化，是王者之風，文王之所以教民也。王者必聖，周公聖人，故繫之周公。不直名爲“周”，而連言“南”者，言此文王之化，自北土而行於南方故也。

◇◇《鵲巢》《騶虞》之德，是諸侯之風，先王大王、王季所以教化民也。諸侯必賢，召公賢人，故繫之召公。不復言“南”，意與《周南》同也。

◇◇《周南》言化，《召南》言德者，變文耳。上亦云“《關雎》，后妃之德”，是其通也。

◇◇諸侯之風，言先王之所以教；王者之風，不言文王之所以教者，二《南》皆文王之化，不嫌非文王也。但文王所行，兼行先王之道，感文王之化爲《周南》，感先王之化爲《召南》，不言先王之教，無以知其然，故特著之也。

◇◇此實文王之詩，而繫之二公者，《志》張逸問：“王者之風，王者當在雅，在風何？”答曰：“文王以諸侯而有王者之化，述其本宜爲風。”逸以文王稱王，則詩當在雅，故問之。鄭以此詩所述，述文王爲諸侯時事，以有王者之化，故稱王者之風，于時實是諸侯，詩人不爲作雅。

文王三分有二之化，故稱“王者之風”，是其風者，王業基本。此述服事殷時王業基本之事，故云“述其本宜爲風”也。

◇化沾一國謂之爲風，道被四方乃名爲雅，文王才得六州，未能天下統一，雖則大於諸侯，正是諸侯之大者耳。此二《南》之人猶以諸侯待之，爲作風詩，不作雅體。體實是風，不得謂之爲雅。

◇文王末年，身實稱王，又不可以《國風》之詩繫之王身。名無所繫，詩不可弃，因二公爲王行化，是故繫之二公。天子嫁女于諸侯，使諸侯爲之主，亦此義也。其《鹿鳴》，文王詩人，本以天子待之作雅，非基本之事，故不爲風也。若然，作王者之風，必感聖人之化，已知文王之聖，應知終必爲王。

◇◇不爲作雅而作風者，詩者志也，各言其志。文王于時未稱王號，或爲作雅，或爲作風，人志不同故也。

【孔疏】箋“自從”至“王季”。

◇◇《釋詁》云：“從，自也。”反復相訓，是“自”得爲“從”也。

◇◇文王之國在於岐周東北，近於紂都，西北迫于戎狄，故其風化南行也。《漢廣序》云“美化行乎江漢之域”，是從岐周被江漢之域也。

◇◇太王始有王迹，周之追謚，上至太王而已，`故知先王斥太王、王季。

○《周南》《召南》，正始之道，王化之基，

【樂道主人】《周南》《召南》主講夫妻之道。夫妻之道者，人倫政教之始基也。

【孔疏】“《周南》”至“之基”。

◇◇既言繫之周、召，又總舉二《南》要義。《周南》《召南》二十五篇之詩，皆是正其初始之大道，王業風化之基本也。高以下爲基，遠以近爲始。

◇文王正其家而後及其國，是正其始也。

◇化南土以成王業，是王化之基也。

◇◇季札見歌《周南》《召南》，曰：“始基之矣，猶未也。”服虔云：“未有《雅》《頌》之成功。”亦謂二《南》爲王化基始，序意出於彼文也。

○是以《關雎》樂得淑女以配君子，憂在進賢，不淫其色。哀窈窕，思賢才，而無傷善之心焉，是《關雎》之義也。

【鄭箋】"哀"蓋字之誤也，當爲"衷"。"衷"謂中心恕之，無傷善之心，謂好逑也。

【孔疏】"是以"至"之義也"。

◇◇上既總言二《南》，又説《關雎》篇義，覆述上后妃之德由，言二《南》皆是正始之道，先美家内之化。是以《關雎》之篇，説后妃心之所樂，樂得此賢善之女，以配己之君子；心之所憂，憂在進舉賢女，不自淫恣其色；又哀傷處窈窕幽閒之女未得升進，思得賢才之人與之共事。君子勞神苦思，而無傷害善道之心，此是《關雎》詩篇之義也。

◇毛意當然。定本"是《關雎》之義"，俗本"是"下有"以"者，誤也。

◇◇鄭以"哀"爲"衷"，言后妃衷心念恕在窈窕幽閒之善女，思使此女有賢才之行，欲令宫内和協而無傷害善人之心。餘與毛同。

◇◇婦人謂夫爲君子，上下之通名。樂得淑女，以配君子，言求美德善女，使爲夫嬪御，與之共事文王，五章皆是也。

◇◇女有美色，男子悦之，故經傳之文通謂女人爲色。淫者過也，過其度量謂之爲淫。男過愛女謂淫女色，女過求寵是自淫其色。此言不淫其色者，謂后妃不淫恣已身之色。其者，其后妃也。

◇◇婦德無厭，志不可滿，凡有情欲，莫不妒忌。唯后妃之心，憂在進賢，賢人不進，以爲己憂。不縱恣己色，以求專寵，此生民之難事，而后妃之性能然，所以歌美之也。

◇◇毛以爲哀窈窕之人與后妃同德者也，后妃以己則能配君子，彼獨幽處未升，故哀念之也。既哀窈窕之未升，又思賢才之良質，欲進舉之也。哀窈窕還是樂得淑女也，思賢才還是憂在進賢也，殷勤而説之也。

◇◇指斥詩文則憂在進賢，下三章是也。不淫其色，首章上二句是也。此詩之作，主美后妃進賢，所以能進賢者，由不淫其色，故先言不淫其色。

◇◇序論作者之意，主在進賢，故先云進賢，所以經序倒也。鄭解哀字爲异，其經亦與毛同。

【孔疏】箋"哀蓋"至"好逑"。

◇◇以后妃之求賢女，直思念之耳，無哀傷之事在其間也。經云"鍾鼓樂之"，"琴瑟友之"，哀樂不同，不得有悲哀也，故云"蓋字之誤”。箋所易字多矣，皆注云當爲某字。此在《詩》初，故云蓋爲疑辭。以下皆仿此。

◇◇衷與忠，字异而義同，于文中心爲忠，如心爲恕，故云恕之，謂念恕此窈窕之女，思使之有賢才，言不忌勝已而害賢也。無傷善之心，謂不用傷害善人。經稱衆妾有逑怨，欲令窈窕之女和諧，不用使之相傷害，故云“謂好逑也”。

◇◇《論語》云“《關雎》樂而不淫，哀而不傷”，即此序之義也。《論語》注云：“哀世夫婦不得此人，不爲滅傷其愛。”此以哀爲衷，彼仍以哀爲義者，鄭答劉炎云：“《論語》注人間行久，義或宜然，故不復定，以遺後説。”是鄭以爲疑，故兩解之也。

◇◇必知毛异于鄭者，以此詩出於毛氏，字與三家异者動以百數。此序是毛置篇端，若毛知其誤，自當改之，何須仍作哀字也？毛無破字之理，故知從哀之義。毛既以哀爲義，則以下義勢皆异于鄭。

◇◇思賢才，謂思賢才之善女也。無傷善之心，言其能使善道全也。庸人好賢則志有懈倦，中道而廢則善心傷。后妃能寤寐而思之，反側而憂之，不得不已，未嘗懈倦，是其善道必全，無傷缺之心。然則毛意無傷善之心，當謂三章是也。王肅云：“哀窈窕之不得，思賢才之良質，無傷善之心焉。若苟慕其色，則善心傷也。”

【樂道主人】毛鄭對“淑女”指向的不同，决定了毛鄭二者對此詩内容的大不同。毛僅指后妃二者，鄭此非指后、三夫人、九嬪，專指衆世婦、女御，此皆因后妃有德求賢，故其德化於衆世婦、女御，能爲文王之好匹。毛重點在后妃本身之德，而鄭更强調后妃之德對其他世婦、女御的感化作用。鄭更勝一籌。

<一章-1>**關關雎（jū）鳩（jiū），在河之洲。**

【毛傳】興也。關關，和聲也。雎鳩，王雎也，鳥摯（zhì）而有别。水中可居者曰洲。

◇后妃説（yuè）樂君子之德，無不和諧，又不淫其色，慎固幽深，若關雎之有别焉，然後可以風化天下。

◇夫婦有别則父子親，父子親則君臣敬，君臣敬則朝廷正，朝廷正則王化成。

【鄭箋】摯之言至也，謂王雎之鳥，雌雄情意至然而有别。

【詩集傳】雎，生有定偶，而不相亂，偶常并游，而不相狎（xiá）。

【程析】雎，水鳥，雎在《國風》中出現四次，都是形容女性的。

【樂道主人】雎，毛鄭皆興后、夫人。

【孔疏】傳“關關”至“王化成”

◇◇《釋詁》云：“關關，雍雍，音聲和也。”是關關爲和聲也。“雎鳩，王雎也”，《釋鳥》文。

◇郭璞曰：“雕類也。今江東呼之爲鶚，好在江邊沚（zhǐ）中，亦食魚。”

◇陸機《疏》云：“雎鳩，大小如鴟（xiāo），深目，目上骨露，幽州人謂之鷲。而揚雄、許慎皆曰白鷢（jué），似鷹，尾上白。”

◇◇定本云“鳥摯而有別”，謂鳥中雌雄情意至厚而猶能有別，故以興后妃説樂君子情深，猶能不淫其色。傳爲“摯”字，實取至義，故箋云“摯之言至，王雎之鳥，雄雌情意至然而有別”，所以申成毛傳也。

◇俗本云“雎鳩，王雎之鳥”者，誤也。

◇◇“水中可居者曰洲”，《釋水》文也。李巡曰：“四方皆有水，中央獨可居。”《釋水》又曰“小洲曰渚（zhǔ）”，“小渚曰沚（zhǐ）”，“小沚曰坻（chí）”。“江有渚”，傳曰：“渚，小洲也。”《蒹葭》傳、《谷風》箋并云“小渚曰沚”，皆依《爾雅》爲説也。《采蘩》傳曰：“沚，渚。”《鳧鷖》傳曰：“渚，沚。”互言以曉人也。《蒹葭》傳文云：“坻，小渚也。”不言小沚者，沚、渚大小异名耳，坻亦小於渚，故舉渚以言之。

◇◇和諧者，心中和悦，志意諧適，每事皆然，故云“無不和諧”。

◇◇又解以“在河之洲”爲喻之意，言后妃雖悦樂君子，不淫其色，能謹慎貞固，居在幽閒深宫之内，不妄淫褻君子，若雎鳩之有別，故以興焉。

◇后妃之德能如是，然後可以風化天下，使夫婦有別。

◇夫婦有別，則性純子孝，故能父子親也，孝子爲臣必忠，故父子親則君臣敬。君臣既敬，則朝廷自然嚴正。朝廷既正，則天下無犯非禮，故王化得成也。

<一章-3>**窈窕（tiǎo）淑女，君子好（hǎo/hào）逑（qiú）。**

【毛傳】窈窕，幽閒（xián）也。淑，善。逑，匹也。言后妃有關雎之德，是幽閒貞專之善女，宜爲君子之好匹。

【鄭箋】怨耦曰仇。言后妃之德和諧，則幽閒處深宮貞專之善女，能爲君子和好衆妾之怨者。言皆化后妃之德，不嫉妒，謂三夫人以下（與毛不同）。

【程析】窈窕，美好貌。

【樂道主人】淑女，毛鄭大不同。毛僅指后妃二者，鄭此非指后、三夫人、九嬪，專指衆世婦、女御，此皆因后妃有德求賢，故其德化於衆世婦、女御，能爲文王之好匹。以毛之意，關雎爲興淑女，而則不然。

【樂道主人】閒，孔疏言防閑邪惡，當自存其誠實也。

【孔疏】傳“窈窕”至“好匹”。

◇◇窈窕者，謂淑女所居之宮形狀窈窕然，故箋言幽閒深宮是也。傳知然者，以其淑女已爲善稱，則窈窕宜爲居處，故云幽閒，言其幽深而閒静也。揚雄云“善心爲窈，善容爲窕”者，非也。

◇◇“逑（qiú），匹”，《釋詁》文。孫炎云：“相求之匹。”《詩》本作逑，《爾雅》多作仇，字异音義同也。又曰“妃有關雎之德，是幽閒（jiān）貞專之善女，宜爲君子之好匹”者，美后妃有思賢之心，故説賢女宜求之狀，總言宜求爲君子好匹，則總謂百二十人矣。

【孔疏】箋“不嫉”至“以下”。

◇◇下箋“三夫人、九嬪以下”，此直云“三夫人以下”，然則九嬪以下總謂衆妾，三夫人以下唯兼九嬪耳，以其淑女和好衆妾，據尊者，故唯指九嬪以上也。求菜論皆樂后妃之事，故兼言九嬪以下，總百二十人也。若然，此衆妾謂世婦、女御也。

◇◇《周禮》注云：“世婦、女御不言數者，君子不苟於色，有婦德者充之，無則闕。”所以得有怨者，以其職卑德小，不能無怨，故淑女和好之。見后妃和諧，能化群下，雖有小怨，和好從化，亦所以明后妃之德也。

◇◇此言百二十人者，《周南》王者之風，以天子之數擬之，非其時即然也。何者？文王爲諸侯早矣，豈先無嬪妾一人，皆須后妃求之？且百二十人之數，《周禮》始置，鄭於《檀弓》差之：帝嚳立四妃，帝堯因焉；舜不告而娶，不立正妃；夏增以九女爲十二人，殷則增以二十七人爲三十九人，至周增以八十一人爲百二十人。當殷之時，唯三十九人，況文王爲諸侯世子，豈有百二十人也？

【孔疏-章旨】“關關”至“好逑”。

①毛以爲關關然聲音和美者，是雎鳩也。此雎鳩之鳥，雖雌雄情至，猶能自别，退在河中之洲，不乘匹而相隨也，以興情至，性行和諧者，是后妃也。后妃雖説樂君子，猶能不淫其色，退在深宫之中，不褻瀆而相慢也。

②后妃既有是德，又不妒忌，思得淑女以配君子，故窈窕然處幽閒貞專之善女，宜爲君子之好匹也。以后妃不妒忌，可共以事夫，故言宜也。

○鄭唯下二句爲异，言幽閒之善女謂三夫人、九嬪，既化后妃，亦不妒忌，故爲君子文王和好衆妾之怨耦者，使皆説樂也。

<二章-1>參（cēn）差（cī）荇（xìng）菜，左右流之。

【毛傳】荇，接余也。流，求也。后妃有關雎之德，乃能共（gōng，供）荇菜，備庶物，以事宗廟也。

【鄭箋】左右，助也。言后妃將共荇菜之菹（zū），必有助而求之者。言三夫人、九嬪以下，皆樂后妃之樂（與毛不同）。

【程析】參差，長短不齊貌。荇菜，亦作莕（xìng）菜。流，“摎（jiū）”的假借，摘取。

【樂道主人】左右，毛指后妃，鄭此非指后、三夫人、九嬪（鄭），專指衆世婦、女。二者分别與前句之淑女相呼應。

【孔疏】傳“荇接”至“宗廟”。

◇◇《釋草》云：“莕，接余，其葉苻。”陸機《疏》云“接余，白莖，葉紫赤色，正員，徑寸餘，浮在水上，根在水底，與水深淺等，大如釵股，上青下白，鬻（yù）其白莖，以苦酒浸之，肥美可案酒”是也。定本“荇，接余也”，俗本“荇”下有“菜”字，衍也。“流，求”，《釋言》文也。

◇◇所以論求菜事以美后妃者，以德不和諧，不當神明，則不能事宗廟。今后妃和諧，有關雎之德，乃能共荇菜，備庶物，以事宗廟也。

◇◇案《天官·醢人》陳四豆之實，無荇菜者，以殷禮。詩咏時事，故有之。言“備庶物”者，以荇菜亦庶物之一，不謂今后妃盡備庶物也。

◇《禮記·祭統》曰：“水草之菹，陸産之醢，小物備矣。三牲之俎，八簋之實，美物備矣。昆蟲之异，草木之實，陰陽之物備矣。凡天之所生，地之所長，苟可薦者，莫不咸在，示盡物也。”是祭必備庶物也。

◇◇此經序無言祭事，知事宗廟者，以言“左右流之”，助后妃求荇菜。若非祭菜，后不親采。《采蘩》言夫人奉祭，明此亦祭也。

【孔疏】箋“左右”至“之事”。

◇◇“左右，助也”，《釋詁》文。

◇◇此章未得荇菜，故助而求之。既得，故四章論“采之”。采之既得，故卒章言“擇之”。皆是淑女助后妃，故每云“左右”。

◇◇此章始求，謂未當祭時，故云“將共荇菜”。四章“琴瑟友之”，卒章“鍾鼓樂之”，皆謂祭時，故箋云“共荇菜之時”也。

◇◇此云“助而求之”，謂未祭時亦贊助也，故《天官·九嬪職》云：“凡祭祀，贊後薦，徹豆籩。”《世婦職》云：“祭之日，蒞陳女官之具，凡内羞之物。”《女御職》曰：“凡祭祀，贊世婦。”《天官·序官》注云：“夫人之於后，猶三公之於王，坐而論婦禮，無官職之事。”明祭時皆在，故下章論祭時皆有淑女之文，明贊助可知也。此九嬪以下兼世婦、女御也。

◇◇言“皆樂后妃之事”者，明既化其德，又樂其事，見后妃德盛感深也。事者，荇菜之事也。事爲勞務，尚能樂之，況於其德乎！

<二章-3>**窈窕淑女，寤（wù）寐求之。**

【毛傳】寤（wù），覺（jiào）。寐，寢也。

【鄭箋】言后妃覺寐則常求此賢女，欲與之共已職也。

【樂道主人】淑女，此非指后、三夫人、九嬪（鄭），專指衆世婦、女。與前句之淑女同指一類（鄭）。

【孔疏-章旨】“參差”至“求之”。

○毛以爲①后妃性既和諧，堪居后職，當共荇菜以事宗廟。后妃言此參差然不齊之荇菜，須嬪妾左右佐助而求之。

②由此之故，思求淑女。窈窕然幽閒貞專之善女，后妃寤寐之時常求之也。

○鄭以爲①夫人、九嬪既不妒忌世婦、女御，又無怨争，上下説樂，同化后妃，故於后妃將共參差之荇菜以事宗廟之時，則嬪、御之等皆競佐助后妃而求之，言皆樂后妃之事。

②既言樂助后妃，然後倒本其事，后妃今日所以得佐助者，由此幽閒之善女未得之時，后妃於覺寐之中常求之，欲與之共已職事，故得之也。

<三章-1>**求之不得，寤寐思服。**

【毛傳】服，思之也。

【鄭箋】服，事也（與毛不同）。求賢女而不得，覺寐則思己職事當誰與共之乎！

【孔疏】傳“服，思之也”。

◇◇王肅云：“服膺（yīng）思念之。”

◇◇箋以《釋詁》文“服，事也”，本求淑女爲己職事，故易之也。

<三章-3>**悠哉悠哉，輾轉反側。**

【毛傳】悠，思也。

【鄭箋】思之哉，思之哉！言己誠思之。卧而不周曰輾。

【孔疏】箋“卧而不周曰輾”。

◇◇《書傳》曰“帝猶反側晨興”，則反側亦卧而不正也。反側既爲一，則輾轉亦爲一，俱爲卧而不周矣。箋獨以輾爲不周者，辨其難明，不嫌與轉异也。

◇◇《澤陂》云“輾轉伏枕”，伏枕，據身伏而不周，則輾轉同爲不周，明矣。反側猶反覆，輾轉猶婉轉，俱是回動，大同小异，故《何人斯》箋“反側，輾轉”是也。

【孔疏-章旨】“求之”至“反側”。

○毛以爲①后妃求此賢女之不得，則覺寐之中服膺念慮而思之。又言后妃誠思此淑女哉！

②誠思此淑女哉！其思之時，則輾轉而復反側，思念之極深也。

○鄭唯以服爲事，求賢女而不得，覺寐則思已職事當誰與共之。餘同也。

<四章-1>**參差荇菜，左右采之。**

【鄭箋】言后妃既得荇菜，必有助而采之者。

<四章-3>**窈窕淑女，琴瑟友之。**

【毛傳】宜以琴瑟友樂之。

【鄭箋】同志爲友。言賢女之助后妃共荇菜，其情意乃與琴瑟之志同，共荇菜之時，樂必作。

【樂道主人】毛鄭皆謂僅聽祭時之琴瑟、鍾鼓，而非祭時也。皆因祭時衆妾不能助祭也。

【孔疏】傳“宜以琴瑟友樂之”。

◇◇此稱后妃之意。后妃言已思此淑女，若來，已宜以琴瑟友而樂之。

◇◇言友者，親之如友。下傳曰“德盛者宜有鍾鼓之樂”，與此章互言也。明淑女若來，琴瑟鍾鼓并有，故此傳并云“友樂之”，亦逆取下章之意也。以樂有二等，相分以著義。

◇◇琴瑟，樂之細者，先言之，見其和親。鍾鼓，樂之大者，故卒章言之，顯其德盛。

◇◇毛氏於序不破“哀”字，則此詩所言，思求淑女而未得也，若得，則設琴瑟鍾鼓以樂此淑女。故孫毓述毛云：“思淑女之未得，以禮樂友樂之。”是思之而未致，樂爲淑女設也。

◇◇知非祭時設樂者，若在祭時，則樂爲祭設，何言德盛？設女德不盛，豈祭無樂乎？又琴瑟樂神，何言友樂也？豈得以祭時之樂，友樂淑女乎？以此知毛意思淑女未得，假設之喎（wāi）也。

【孔疏】箋“同志爲友”。

◇◇人之朋友，執志協同。今淑女來之，雍穆如琴瑟之聲和，二者志同，似於人友，故曰“同志爲友”。琴瑟與鍾鼓同爲祭時，但此章言采之，故以琴瑟爲友以韵之；卒章云芼（mào），故以鍾鼓爲樂以韵之，俱祭時所用，而分爲二等耳。

◇◇此箋“樂必作”，兼下鍾鼓也。下箋“琴瑟在堂”，亦取此云“琴瑟友之”，言淑女以琴瑟爲友。下云“樂之”，共荇菜之事，爲鍾鼓樂淑女。二文不同者，因事异而變其文。

◇以琴瑟相和，似人情志，故以友言之；鍾鼓鏗宏，非情志可比，故以樂言之，見祭時淑女情志之和，而因聽祭樂也。

【孔疏-章旨】“參差”至“友之”。

○毛以爲①后妃本已求淑女之意，言既求得參差之荇菜，須左右佐助而采之，故所以求淑女也，

②故思念此處窈窕然幽閒之善女，若來，則琴瑟友而樂之。思設樂以待之，親之至也。

○鄭以爲①后妃化感群下，既求得之，又樂助采之。言參差之荇菜求之既得，諸嬪御之等皆樂左右助而采之，

②既化后妃，莫不和親，故當共荇菜之時，作此琴瑟之樂，樂此窈窕之淑女。其情性之和，上下相親，與琴瑟之音宮商相應無异，若與琴瑟爲

友然，共之同志，故云琴瑟友之。

<五章-1>**參差荇菜，左右芼（mào）之。**

【毛傳】芼，擇也。

【鄭箋】后妃既得荇菜，必有助而擇之者。

【孔疏】傳“芼，擇也”。《釋言》云：“芼，搴（qiān）也。”孫炎曰：“皆擇菜也。”某氏曰：“搴猶拔也。”郭璞曰：“拔取菜也。”以搴是拔之義。《史記》云“斬將搴旗”，謂拔取敵人之旗也。芼訓爲“拔”，而此云“芼之”，故知拔菜而擇之也。

<五章-1>**窈窕淑女，鍾鼓樂之。**

【毛傳】德盛者宜有鍾鼓之樂。

【鄭箋】琴瑟在堂，鍾鼓在庭，言共荇菜之時，上下之樂皆作，盛其禮也。

【孔疏】箋“琴瑟”至“其禮”。

◇◇知“琴瑟在堂，鍾鼓在庭”者，《臯陶謨》云“琴瑟以咏，祖考來格”，乃云“下管鞀（táo）鼓”，明琴瑟在上，鞀鼓在下。《大射禮》頌鍾在西階之西，笙鍾在東階之東，是鍾鼓在庭也。

◇◇此詩美后妃能化淑女，共樂其事，既得荇菜以祭宗廟，上下樂作，盛此淑女所共之禮也。樂雖主神，因共荇菜，歸美淑女耳。

《關雎》五章，章四句。故言三章，一章章四句，二章章八句。五章是鄭所分，“故言”以下是毛公本意。後倣此。

【孔疏】自古而有篇章之名，與詩體俱興也，故《那序》曰“得《商頌》十二篇”，《東山序》曰“一章言其完”是也。句則古者謂之爲言。《論語》云：“《詩》三百，一言以蔽之，曰：‘思無邪。’”則以“思無邪”一句爲一言。《左氏》曰“臣之業在《揚之水》卒章之四言”，謂第四句，不敢告人也，及趙簡子稱子大叔“遺我以九言”，皆以一句爲一言也。

◇◇秦漢以來，衆儒各爲訓詁，乃有句稱。《論語》注云“此‘我行其野’之句”是也。句必聯字而言，句者局也，聯字分疆，所以局言者也。

◇◇章者明也，總義包體，所以明情者也。

◇◇篇者遍也，言出情鋪，事明而遍者也。

◇◇然字之所用，或全取以制義，“關關雎鳩”之類也；或假辭以爲助，者、乎、而、只、且之類也。

◇則句者聯字以爲言，一字不制也。

◇以詩者申志，一字則言蹇而不會，故《詩》之見句，少不減二，即“祈父”“肇禋”之類也。

◇三字者，“綏萬邦”“婁豐年”之類也。

◇四字者，“關關雎鳩”“窈窕淑女”之類也。

◇五字者，“誰謂雀無角，何以穿我屋”之類也。

◇六字者，“昔者先王受命”“有如召公之臣”之類也。

◇七字者，“如彼築室於道謀”“尚之以瓊華乎而”之類也。

◇八字者，“十月蟋蟀入我床下”“我不敢效我友自逸”是也。

◇其外更不見九字、十字者。摯虞《流外論》云《詩》有九言者，“洞酌彼行潦挹彼注兹”是也。遍檢諸本，皆云《洞酌》三章，章五句，則以爲二句也。顔延之云：“《詩》體本無九言者，將由聲度闡緩，不協金石，仲治之言，未可據也。”

◇句字之數，四言爲多，唯以二三七八者，將由言以申情，唯變所適，播之樂器，俱得成文故也。

◇◇詩之大體，必須依韵，其有乖者，古人之韵不協耳。之、兮、矣、也之類，本取以爲辭，雖在句中，不以爲義，故處末者，皆字上爲韵。

◇之者，“左右流之”“寤寐求之”之類也。

◇兮者，“其實七兮”“迨其吉兮”之類也。

◇矣者，“顔之厚矣”“出自口矣”之類也。

◇也者，“何其處也”“必有與也”之類也。

◇《著》“俟我於著乎而”，《伐檀》“且漣猗”之篇，此等皆字上爲韵，不爲義也。

◇然人志各异，作詩不同，必須聲韵諧和，曲應金石，亦有即將助句之字，以當聲韵之體者，則“彼人是哉，子曰何其”“不思其反，反是不思，亦已焉哉”“是究是圖，亶其然乎”“其虚其徐，既亟只且”之類是也。

◇◇章者，積句所爲，不限句數也，以其作者陳事，須有多少章總一義，必須意盡而成故也。累句爲章，則一句不可，二句得爲之，《盧令》及《魚麗》之下三章是也。其三句則《麟趾》《甘棠》《騶虞》之類是也。其多者，《載芟》三十一句，《閟宫》之三章三十八句，自外不過也。

◇◇篇之大小，隨章多少。風、雅之中，少猶兩章以上，即《騶虞》《渭陽》之類是也。多則十六以下，《正月》《桑柔》之類是也。

◇唯《周頌》三十一篇，及《那》《烈祖》《玄鳥》，皆一章者。以其風、雅叙人事，刺過論功，志在匡救，一章不盡，重章以申殷勤，故風、雅之篇無一章者。頌者，太平德洽之歌，述成功以告神，直言寫志，不必殷勤，故一章而已。

◇《魯頌》不一章者，《魯頌》美僖公之事，非告神之歌，此則論功頌德之詩，亦殷勤而重章也。雖云盛德所同，《魯頌》實不及制，故頌體不一也。

◇高宗一人，而《玄鳥》一章，《長發》《殷武》重章者，或詩人之意，所作不同；或以武丁之德，上不及成湯，下又逾於魯僖。論其至者，同於太平之歌；述其祖者，同於論功之頌。明成功有大小，其篇咏有優劣。

◇◇采立章之法，不常厥體，或重章共述一事，《采蘋》之類；或一事叠爲數章，《甘棠》之類；或初同而末异，《東山》之類；或首异而末同，《漢廣》之類；或事訖而更申，《既醉》之類；或章重而事别，《鴟鴞》之類。《何草不黄》，隨時而改色；《文王有聲》，因事而變文；"采采芣苡"，一章而再言；《賓之初筵》，三章而一發。或篇有數章，

◇◇章句衆寡不等；章有數句，句字多少不同，皆由各言其情，故體無恒式也。《東山·序》云一章、二章、三章、四章，不謂末章爲卒章。

◇及《左傳》曰《七月》之卒章，又《揚之水》卒章者，《東山》分别章意，從一而終於四，故不言卒章也。《左傳》言卒章者，卒，終也，言終篇之章。言卒者，對始也。終篇爲卒章，則初篇爲首章矣，故鄭注《禮記》云"《緇衣》之首章"是也。若然，言卒者，對首也，則《武》唯一章，而《左傳》曰"作《武》，其卒章曰'耆定爾功'者，以'耆定爾功'是章之卒句故也。

◇《大司樂》注云"《騶虞》，樂章名，在《召南》之卒章"者，正謂其卒篇。謂之章者，乘上《騶虞》爲樂章，故言"在《召南》之卒章"也。

◇定本章句在篇後。《六藝論》云"未有若今傳訓章句"，明爲傳訓以來，始辨章句。或毛氏即題，或在其後人，未能審也。

葛覃 【周南二】

葛（gé）之覃（tán）兮，施（yì）于中谷，維葉萋萋。黄鳥于飛，集于灌木，其鳴喈（jiē）喈。

葛之覃兮，施于中谷，維葉莫（mò）莫。是刈（yì）是濩（hòu），爲絺（chī）爲綌（xì），服之無斁（yì）。

言告師氏，言告言歸。薄汙（wū）我私，薄澣（huàn）我衣。害（hé）澣害否（fǒu），歸寧父母。

《葛覃》三章，章六句。

【毛序】《葛覃》，后妃之本也。后妃在父母家，則志在於女功之事，躬儉節用，服澣（huàn）濯（zhuó）之衣，尊敬師傅，則可以歸安父母，化天下以婦道也。

【鄭箋】躬儉節用，由於師傅之教，而後言尊敬師傅者，欲見其性亦自然。可以歸安父母，言嫁而得意，猶不忘孝。

【樂道主人】澣，洗，洗滌。濯，《康熙字典》：濯，滌也（除也）。

【孔疏】“《葛覃》”至“以婦道”。

◇◇作《葛覃》詩者，言后妃之本性也，謂貞專節儉自有性也。敘又申説之，后妃先在父母之家，則已專志於女功之事，復能身自儉約，謹節財用，服此澣濯之衣，而尊敬師傅。

◇◇在家本有此性，出嫁脩而不改，婦禮無愆，當於夫氏，則可以歸問安否於父母，化天下以爲婦之道也。定本“后妃在父母家”，無“之”字，“化天下以婦道”無“成”字，有者，衍也。

◇先言后妃在父母家者，欲明尊敬師傅皆后妃在家時事，説其爲本之意。言在父母之家者，首章是也。

◇志在女功之事者，二章治葛以爲絺綌是也。

◇躬儉節用，服澣濯之衣者，卒章汙私澣衣是也。澣濯即是節儉，分爲二者，見由躬儉節用，故能服此澣濯之衣也。

◇尊敬師傅，卒章上三句“言告師氏”是也。

◇可以歸安父母者，即卒章下一句“歸寧父母”是也。

◇化天下以婦道者，因事生義，於經無所當也。

◇◇經言汙私澣衣，在“言歸”之下，則是在夫家之事也。叙言躬儉節用謂在父母之家者，見其在家已然，出嫁不改也。

【孔疏】箋“躬儉”至“忘孝”。

◇◇箋知躬儉節用由於師傅之教者，以經汙私澣衣在“言告師氏”之下故也。

◇◇歸寧父母，乃是實事，而言“可以”者，能如此乃可以耳。若不當夫氏，雖歸安父母，而父母尚憂。今既當夫氏，仍得歸安父母，言其嫁而得夫之意，猶不忘孝故也。

<一章-1>**葛（gé）之覃（tán）兮，施（yì）于中谷，維葉萋萋。**

【毛傳】興也。覃，延也。葛所以爲絺（chī）綌（xì），女功之事煩辱者。施，移也。中谷，谷中也。萋萋，茂盛貌。

【鄭箋】葛者，婦人之所有事也，此因葛之性以興焉。興者，葛延蔓於谷中，喻女在父母之家，形體浸浸日長大也。葉萋萋然，喻其容色美盛。

【程析】葛，葛藤，一種蔓生纖維科植物，皮製成纖維可以織布，現在叫作夏布。施，蔓延。

【孔疏】傳“葛所”至“盛貌”。

◇◇傳既云“興也”，復言“葛葛所以爲絺綌”者，以下章説后妃治葛不爲興，欲見此章因事爲興，故箋申之云“葛者，婦人之所有事，此因葛之性以興焉”是也。《采葛》傳亦云“葛所以爲絺綌”，彼不爲因興亦言之者，彼對蕭爲祭祀，艾爲療疾故也。

◇◇施，移也，言引蔓移去其根也。

◇◇中谷，谷中。倒其言者，古人之語皆然，《詩》文多此類也。

◇◇此言萋萋，取未成之時，喻女之少壯，故云茂盛貌。下章指采用之時，故以“莫莫”爲成就貌也。

【孔疏】箋“葛延”至“美盛”。

◇◇以谷中是葛生之處，故以谷中喻父母之家，枝莖猶形體，故以葉比容色也。

◇◇王肅云：“葛生於此，延蔓於彼，猶女之當外成也。”案下句

"黄鳥于飛"喻女當嫁，若此句亦喻外成，於文爲重，毛意必不然。

<一章-4>**黄鳥于飛，集于灌木，其鳴喈（jiē）喈。**

【毛傳】黄鳥，摶（tuán）黍也。灌木，藂（cóng）木也。喈喈，和聲之遠聞也。

【鄭箋】葛延蔓之時，則摶黍飛鳴，亦因以興焉。飛集藂木，興女有嫁於君子之道。和聲之遠聞，興女有才美之稱達於遠方。

【程析】黄鳥，黄雀。灌木，矮小而叢生的樹木。喈喈，形容黄鳥和鳴的象聲詞。

【孔疏】傳"黄鳥"至"遠聞"。

◇◇《釋鳥》云："皇，黄鳥。"舍人曰："皇名黄鳥。"郭璞曰："俗呼黄離留，亦名摶黍。"陸機《疏》云："黄鳥，黄鸝留也。或謂之黄栗留。幽州人謂之黄鶯。一名倉庚，一名商庚，一名鵹黄，一名楚雀。齊人謂之摶黍。當葚（shèn）熟時，來在桑間，故里語曰：'黄栗留，看我麥黄葚熟不。'"是應節趍時之鳥也，自此以下，諸言黄鳥、倉庚皆是也。

◇◇《釋木》云："灌木，叢木。"又云："木族生爲灌。"孫炎曰："族，叢也。"是灌爲叢木也。

【孔疏】箋"葛延"至"遠方"。

◇◇知葛當延蔓之時，摶黍飛鳴，亦因以興者，以前葛之生長是爲因興，則此亦宜然也。言摶黍往飛集於灌木之時，其鳴恒喈喈然。其鳴喈喈然，在集於灌木之下，欲明總上於飛至集，終始恒鳴，以喻后妃在家與出嫁，常有聲稱達於遠方也。

◇◇《大明》曰"大邦有子，文王嘉止"（此兩句次序顛倒），是先有才美之稱也。

◇◇飛集灌木，鳥實往焉，女嫁君子，時實未嫁，故言之道。言雖有出嫁之理，猶未也。

◇◇君子是夫之之大名，故《詩》於婦人稱夫多言君子也。

◇◇女子之名，不出於閫（kǔn，此郭門之閫也，門中橛曰閫），才美之稱，得達遠方者，其名系於父兄，故《大雅》云"大邦有子"是也。

【孔疏-章旨】"葛之"至"喈喈"。

①言葛之漸長，稍稍延蔓兮而移於谷中，非直枝幹漸長，維葉則萋萋然茂盛，以興后妃之生，浸浸日大，而長於父母之家，非直形體日大，其

容色又美盛。

②當此葛延蔓之時，有黄鳥往飛，集於叢木之上，其鳴之聲喈喈然遠聞，以興后妃形體既大，宜往歸嫁於君子之家，其才美之稱亦達於遠方也。

<二章-1>葛之覃兮，施于中谷，維葉莫（mò）莫。

【毛傳】莫莫，成就之貌。

【鄭箋】成就者，其可采用之時。

【程析】莫莫，茂盛而成熟貌。

<二章-4>是刈（yì）是濩（hòu），爲絺（chī）爲綌（xì），服之無斁（yì）。

【毛傳】濩，煮之也。精曰絺，粗曰綌。斁，厭也。古者王后織玄紞（dǎn），公侯夫人紘（hóng）綖（yán），卿之内子大帶，大夫命婦成祭服，士妻朝服，庶士以下各衣其夫。

【鄭箋】服，整也。女在父母之家，未知將所適，故習之以絺綌煩辱之事，乃能整治之無厭倦，是其性貞專。

【樂道主人】紞，冠冕上用來繫瑱（tiàn）的帶子。瑱，古人冠冕上垂在兩側的裝飾物，用玉、石、貝等製成。紘，古代帽子（冠冕）上的繫帶。綖（yán），古代覆蓋在帽子上的一種裝飾物。

【孔疏】傳"濩煮"至"其夫"。

《釋訓》云："是刈是濩，濩，煮之也。"舍人曰："是刈，刈取之。是濩，煮治之。"孫炎曰："煮葛以爲絺綌，以煮之於濩，故曰濩煮，非訓濩爲煮。"《曲禮》云："爲天子削瓜巾以絺，諸侯巾以綌。"《玉藻》云："浴用二巾，上絺下綌。"皆貴絺而賤綌，是絺精而綌粗，故云精曰絺，粗曰綌。

◇◇"斁，厭"，《釋詁》文，彼"斁"作"射"，音義同。

◇◇自"王后織玄紞"以下，皆《魯語》敬姜之言也。

◇紞，縣瑱之物，織五采爲之，故《著》箋云"人君五色"，則天子之紞五色。獨言玄者，以玄爲尊，故舉以言焉。

◇紘者，纓之無緌，從下而上者也。《祭義》曰："天子冕而朱紘，諸侯冕而青紘。"此諸侯當以青爲組，在冕下，仰屬之，故《士冠禮》注云"有笄者屈組爲紘，垂爲飾，無笄者纓而結其絛"是也。

◇綖者，冕上覆。《論語》注云“績麻三十升以爲冕”，《夏官·弁師》注云“綖，冕上覆，玄表纁裏”是也。

◇◇内子，卿之適妻。僖二十四年《左傳》“趙姬請以叔隗爲内子，而已下之”是也。

◇◇大帶者，《玉藻》所云大夫以玄華。華，黄也。以素爲帶，飾之，外以玄，内以黄也。

◇◇“大夫命婦成祭服”者，大夫助祭，服玄冕，受之於君，故《大宗伯》“再命受服”是也。妻所成者，自祭之服。《少牢禮》朝服玄冠緇布衣素裳，韋昭云“祭服玄衣纁裳”，謂作玄冕之服，非也。

◇◇士妻朝服者，作朝於君，服亦玄冠緇衣素裳也。

◇◇庶士以下各衣其夫，庶士謂庶人在官者，故《祭法》曰“官師一廟，庶士、庶人無廟”，注云：“官師，中士下士。庶士，府史之屬。”庶士與朝服异文，則亦府史之屬。。

◇韋昭云“下士”，非也此庶士下至庶人，其妻各衣其夫，則夫之所服，妻悉爲之也。”彼文云“公侯之夫人加之以紘綖也”，則爲紞又爲紘綖也，則士之妻加之以朝服，則爲祭服又爲朝服，皆下兼上也。貴者所爲少，賤者所爲多，故庶士以下，夫衣悉爲之。

◇◇傳引此者，以王后、庶人之妻皆有所作，后妃在父母之家，未知將所適，雖葛之煩辱亦治之也。定本云“王后織玄紞，公侯夫人紘綖，卿之内子大帶”，俗本“王后”下有“親”字，“紘綖”“大帶”上有“織”字，皆衍也。

【孔疏】箋“服整”至“貞專”。

◇◇“服，整”，《釋言》文也。

◇◇以女在父母之家，未知將何所適，不知爲作王后，爲作士妻，故習之以絺綌，勞辱之事尚能整治之無厭倦，是其性貞專。

【孔疏-章旨】“葛之”至“無斁”。

①言葛之漸延蔓兮，所移在於谷中，生長不已，其葉則莫莫然成就。

②葛既成就，已可采用，故后妃於是刈取之，於是濩煮之。

③煮治已訖，后妃乃緝績之，爲絺爲綌。言后妃整治此葛以爲絺綌之時，志無厭倦，是后妃之性貞專也。

<三章-1>**言告師氏，言告言歸。**

【毛傳】言，我也。師，女師也。古者女師教以婦德、婦言、婦容、婦功。祖廟未毀，教于公宫三月。祖廟既毀，教于宗室。婦人謂嫁曰歸。

【鄭箋】我告師氏者，我見教告于女師也，教告我以適人之道。重言我者，尊重師教也。公宫、宗室，於族人皆爲貴。

【孔疏】傳“言我”至“曰歸”。

◇◇“言，我”，《釋詁》文。

◇◇女師者，教女之師，以婦人爲之。《昏禮》云：“姆纚笄綃（xiāo）衣在其右。”注云：“姆，婦人五十無子，出而不復嫁，能以婦道教人者，若今時乳母矣。”◇◇鄭知女師之母必是無子而出者，以女已出嫁，母尚隨之。又襄三十年《公羊傳》曰：“宋災，伯姬存焉，傅至，母未至，逮火而死。”若非出而不嫁，何以得隨女在夫家？若非無子而出，犯其餘六出之道，則身自無禮，何能教人？故知然也。母既如此，傅亦宜然。

◇《南山》箋云：“文姜與侄娣及傅姆同處，襄公不宜往雙之”則傅亦婦人也。何休云：“選老大夫爲傅，大夫妻爲母。”禮重男女之别，大夫不宜教女子，大夫之妻當從夫氏，不當隨女而適人，事無所出，其言非也

◇此師教女之人，《内則》云大夫以上立師、慈、保三母者，謂子之初生，保養教視，男女并有三母。

◇◇此女師教以婦德、婦言、婦容、婦功，皆《昏義》文也。彼注云：“婦德，貞順。婦言，辭令。婦容，婉娩。婦功，絲枲（xǐ，大麻的雄株，只開花，不結果實）。”《天官・九嬪職》注亦然。二注皆以婉娩爲婦容。

◇《内則》注云：“婉謂言語也。娩之言媚也，媚謂容貌也。”（見《召南・采蘋》）分婉娩爲二者，欲以《内則》之文充四德，若不分婉爲言語，則無辭令之事，且婉謂婉順，得爲言語之婉順，亦爲容貌之婉媚，故分之也。既有其德順辭以出之容貌，以事人女功而就業，故如此次也。

◇◇“祖廟未毀，教于公宫三月。祖廟既毀，教于宗室”，《昏禮》文也。彼注云：“祖廟，女高祖爲君者之廟，以有緦麻之親，就尊者之宫教之。”則祖廟未毀，與天子諸侯共高祖者，則在天子諸侯女宫中教之

三月。

◇知在女宫者，以莊元年《公羊傳》曰："群公子之舍，則以卑矣。"是諸侯之女有别宫矣，明五屬之内女就教可知。彼注又云"宗室，大宗子之家"，則大宗者，繼别爲大宗，百世不遷者，其族雖五屬外，與之同承别子者，皆臨嫁三月就宗子女宫教成之。

◇知宗子亦有女宫者，《内則》云"命士以上，父子皆异宫"，則女子亦别宫，故《曲禮》曰"非有大故，不入其門"是也。若宗子未爲命士，教在宗子之家耳。傳引此者，以言女師教歸嫁之道，故引此以證所教之處。

◇◇此后妃，莘國之長女，而引族人之事者，取彼成文，且明諸侯之女嫁前三月亦教之也。女子自少及長，常皆教習，故《内則》云"女子十年不出"，傅姆教之。但嫁前三月，特就尊者之宫教成之耳。

◇◇"婦人謂嫁曰歸"，隱二年《公羊傳》文。定本"歸"上無"曰"字。

<三章-3>**薄汙（wū）我私，薄澣（huàn）我衣。**

【毛傳】汙，煩也。私，燕服也。婦人有副褘（huī）盛飾，以朝事舅姑，接見于宗廟，進見于君子。其餘則私也。

【鄭箋】煩，煩撋（ruán）之，用功深。澣，謂濯之耳。衣，謂褘衣以下至褖（tuàn）衣。

【樂道主人】褘，古代王后穿的祭服。撋，揉搓。衣以下至褖，古代一種邊緣有裝飾的禮服。

【孔疏】傳"汙煩"至"則私"。

◇◇汙澣相對，則汙亦澣名，以衣汙垢者，澣而用功深，故因以汙爲澣私服之名耳。言汙煩者，謂澣垢衣者用功煩多，亦以煩爲澣名，故箋云"煩，煩撋之，用功深"是也。

◇但毛以公服不澣，唯澣私衣，故一事分爲二句。上句言汙，見用功深也。下句言澣，見其總名亦爲澣。又上句言私，見其燕褻（xiè）。下句言衣，見其總名亦爲衣。故王肅述毛，合之云煩撋、澣濯其私衣是也。

◇言"私，燕服"，謂六服之外常著之服，則有汙垢，故須澣。公服則無垢汙矣。故下傳云"私服宜澣，公服宜否"也。

◇◇副者，首服之尊。褘衣，六服之首，王后之上服，故言"婦人有副褘盛飾”。既舉服之尊者，然後歷陳其事，言此皆是公衣，不謂諸事皆服褘衣也。

◇毛之六服，所施不明。

◇《内司服》注，鄭云：“褘衣，從王祭先王。褕（yú）翟（dí），祭先公。闕（què）翟，祭群小祀。鞠衣以告桑。展衣，以禮見王及賓客。褖衣，以御于王。”不言朝舅姑之服。

◇今傳既云“婦人有副褘盛飾”，即云“以朝事舅姑”，則以褘衣朝舅姑矣。知者，以《特牲》云“士妻祭用纚笄綃衣”，而《士昏禮》云“纚笄綃衣見於舅姑”，是朝舅姑、助祭其服同也。王后褘衣以祭先王，明朝事舅姑亦服之矣。

◇《檀弓》曰：“婦人不飾，不敢見舅姑，將有四方之賓來，褻衣何爲陳于斯。”似朝舅姑與見四方賓同服展衣者，彼以大夫之妻，賓客有尊於舅姑者。王后則賓客無與舅姑敵者，朝事舅姑得申上服也。王后而得有舅者，因姑以協句，且詩者設言耳。文王稱王之時，太姒老矣，不必有父母可歸寧，何但無舅姑也！

◇接見于宗廟，謂以助祭用褘衣也。進見于君子，義與鄭同。

◇朝于王則展衣，御于王則褖衣，二者同名爲進見也。

◇云“其餘則私”，明自展、褖以上爲公衣矣。但舉終始以言之，明褕翟、闕翟、鞠衣亦在可知也。

◇◇或以“進見君子”文承“副褘”之下，則皆以副褘也。其餘則私，謂褕翟以下。知不然者，以其臣朝君，不過朝服，助祭乃用冕，后不宜用祭服以朝王。

◇若其餘則私，謂褕翟以下，則褕翟當澣。《君子偕老》傳曰：“褕翟、闕翟，羽飾衣也。”以羽飾衣，何由可澣？又傳言“私，燕服”，若褕翟、闕翟乃助祭之衣，不得爲燕褻之服也。

◇◇以此知毛言“進見于君子”，非“副褘”也。上舉褘衣之名，下言展、褖之事。明六服皆爲公衣，其餘則爲私也。六服之外，唯有纚笄綃衣耳。

【孔疏】箋“煩煩撋”至“褖衣”。

◇鄭以私謂燕服，衣謂公衣，故云“衣，謂褘衣以下至褖衣”，以明六服非私也。言“煩，煩撋之，用功深”，“澣，謂濯之”，言其用功淺也。此以公對私爲深淺耳。

◇若據澣中又有深淺，澣深於漱，故《内則》注云"手曰漱，足曰澣"。以《内則》冠帶言漱，衣裳言澣，故漱又淺於澣。散而言之皆通。以此經言汙，序總之云"澣濯之衣"，此六服明手濯，不足澣也。《曲禮》曰："諸母不漱裳。"裳乃褻服，宜煩撋之，而言漱，是皆通稱也。

<三章-5>**害（hé）澣害否（fǒu），歸寧父母。**

【毛傳】害，何也。私服宜澣，公服宜否。寧，安也。父母在，則有時歸寧耳。

【鄭箋】我之衣服，今者何所當見澣乎？何所當否乎（與毛不同）？言常自潔清，以事君子。

【孔疏】傳"父母"至"歸寧"。

◇◇此謂諸侯夫人及王后之法。《春秋》莊二十七年，"杞伯姬來"，《左傳》曰："凡諸侯之女歸寧曰來。"是父母在，得歸寧也。

◇父母既没，則使卿寧於兄弟。襄十二年《左傳》曰："楚司馬子庚聘于秦，爲夫人寧，禮也。"是父母没，不得歸寧也。《泉水》有義不得往，《載馳》許人不嘉，皆爲此也。

◇◇若卿大夫之妻，父母雖没，猶得歸寧。《喪服傳》曰："爲昆弟之爲父後者，何以亦期也？婦人雖在外，必有歸宗。"言父母雖没，有時來歸，故不降。爲父後者，謂大夫以下也，故《鄭志》答趙商曰："婦人有歸宗，謂自其家之爲宗者。大夫稱家，言大夫如此耳。

◇◇夫人王后則不然也。天子諸侯位高，恐其專恣淫亂，故父母既没，禁其歸寧。大夫以下，位卑畏威，故許之耳。"

【孔疏】箋"我之"至"君子"。

◇◇以言"害澣害否"，明其無所偏否，故知公私皆澣，常自潔清也。若如傳言"私服宜澣，公服宜否"，則經之"害澣害否"乃是問辭，下無總結，殆非文勢也。豈詩人設問，待毛傳答以足之哉！

◇◇且上言汙私、澣衣，衣、私别文，明其异也。私爲私服，明衣是公衣。衣澣私汙，無不澣之事，故知公私皆澣，**所以不從傳也。**

◇◇若然三狄之服，刻繒爲形而畫以五色，所以得澣者，言公服有澣者耳，不必六服皆澣也。三狄不可澣，鞠、展、褖純色之衣得澣之也。

【樂道主人】繒，《康熙字典》：師古曰：帛之總名。

【孔疏-章旨】“言告”至“父母”。

○毛以爲上下二我，我其身；中我，我其師

①后妃言，我身本見教告於師氏，我師氏告我以歸嫁人之道，欲令我躬儉節用，不務鮮華。

②故今曰薄欲煩撋我之私服，薄欲澣濯我之褻衣。然我之衣服有公有私，議量而言，我之衣服何者當見澣乎？

③私服宜澣之。何者當不澣乎？公服宜否？既以受師教誨，澣衣節儉，復以時歸寧父母。

○鄭下三句爲异，②言師氏告我，欲令節儉，故已今薄欲煩撋其私服，薄欲澣濯其公衣。

③所以公服私服并澣之者，即云同是我之衣服，知何所當見澣乎，何所當見否乎？私服公衣皆悉澣之，由己常自潔清，以事君子故也。衣裳既澣，身復潔清，故當以時歸寧父母耳。

《葛覃》三章，章六句。

卷　耳 【周南三】

采采卷耳，不盈頃筐。嗟（jiē）我懷人，寘（zhì）彼周行（háng）。

陟（zhì）彼崔（cuī）嵬（wéi），我馬虺（huī）隤（tuí）。我姑酌（zhóu）彼金罍（léi），維以不永懷。

陟彼高岡（gāng），我馬玄黄。我姑酌彼兕（sì）觥（gōng），維以不永傷。

陟彼砠（jū）矣，我馬瘏（tú）矣。我僕（pú）痡（pū）矣，云何吁（xū）矣！

《卷耳》四章，章四句。

【毛序】《卷耳》，后妃之志也，又當輔佐君子，求賢審官，知臣下之勤勞。内有進賢之志，而無險詖（bì）私謁（yè）之心，朝夕思念，至於憂勤也。

【鄭箋】謁，請也。

【陸釋】詖，妄加人以罪也。崔云："險詖，不正也。"

【樂道主人】謁，《小雅·十月之交》孔疏：請也，謂婦人有寵，謂用親戚，而使其言得行。

【孔疏】"《卷耳》"至"憂勤"。

◇◇作《卷耳》詩者，言后妃之志也。后妃非直憂在進賢，躬率婦道，又當輔佐君子，其志欲令君子求賢德之人，審置於官位，復知臣下出使之勤勞，欲令君子賞勞之。

◇◇内有進賢人之志，唯有德是用，而無險詖不正，私請用其親戚之心，又朝夕思此，欲此君子官賢人，乃至於憂思而成勤。此是后妃之志也。言"又"者，系前之辭，雖則异篇，而同是一人之事，故言"又"，爲亞次也。輔佐君子，總辭也。

◇◇求賢審官，至於憂勤，皆是輔佐君子之事，君子所專，后妃志意如然，故云后妃之志也。

◇◇險詖者，情實不正，譽惡爲善之辭也。私謁者，婦人有寵，多私薦親戚，故厲王以艷妻方煽；七子在朝，成湯謝過。婦謁盛與險詖私謁，是婦人之常態，聖人猶恐不免。后妃能無此心，故美之也。

◇◇至於憂勤，勤爲勞心，憂深不已，至於勞勤，后妃之篤志也。

◇◇至於憂勤，即首章上二句是也。求賢審官，即首章下二句是也。經、叙倒者，叙見后妃求賢而憂勤，故先言求賢，經主美后妃之志，能爲此憂勤，故先言其憂也。

<一章-1>**采采卷耳，不盈頃筐。**

【毛傳】憂者之興也。采采，事采之也。卷耳，苓耳也。頃筐，畚（běn）屬，易盈之器也。

【鄭箋】器之易盈而不盈者，志在輔佐君子，憂思深也。

【程析】卷耳，今名蒼耳，嫩苗可食，也可入藥。頃筐，淺筐。

【樂道主人】畚，簸箕。

【孔疏】傳“憂者”至“之器”。

◇◇不云興也，而云憂者之興，明有异於余興也。余興言采菜，即取采菜喻；言生長，即以生長喻。此言采菜而取憂爲興，故特言憂者之興，言興取其憂而已，不取其采菜也。

◇◇言事采之者，言勤事采此菜也。此與《芣苡》俱言“采采”，彼傳云“非一辭”，與此不同者，此取憂爲興，言勤事采菜，尚不盈筐，言其憂之極，故云“事采之”；彼以婦人樂有子，明其采者衆，故云“非一辭”。

◇其實采采之義同，故《鄭志》答張逸云“事謂事事一一用意之事。《芣苡》亦然。雖説异，義則同”是也。然則此謂一人之身念采非一，彼《芣苡》謂采人衆多非一，故鄭云“義則同”也。

◇◇“卷耳，苓耳”，《釋草》文。郭璞曰：“《廣雅》云枲（xǐ，大麻的雄株）耳，亦云胡枲，江東呼常枲，或曰苓耳。形似鼠耳，叢生似盤。”陸機《疏》云：“葉青白色，似胡荽（suí），白華細莖蔓生，可煮爲茹，滑而少味。四月中生子，如婦人耳中璫，今或謂之耳璫，幽州人謂之爵耳是也。”

◇◇言“頃筐，畚屬”者，《説文》云：“畚，草器，所以盛種。”

此頃筐可盛菜，故言畚屬以曉人也。

◇◇言“易盈之器”者，明此器易盈，自有所憂，不能盈耳。解以不盈爲喻之意也。

<一章-3>**嗟（jiē）我懷人，寘（zhì）彼周行（háng）。**

【毛傳】懷，思。寘，置。行，列也。思君子官賢人，置周之列位。

【鄭箋】周之列位，謂朝廷臣也。

【樂道主人】《小雅·鹿鳴》“示我周行”，與此一義。

【孔疏】箋“周之”至“廷臣”。

◇◇知者，以其言周行是周之列位，周是后妃之朝，故知官人是朝廷臣也。

◇◇襄十五年傳引“《詩》曰‘嗟我懷人，寘彼周行’，能官人也。王及公、侯、伯、子、男、采、衛、大夫各居其列，所謂周行也”。彼非朝廷臣，亦言周行者，傳證楚能官人，引《詩》斷章，故不與此同。

【孔疏-章旨】“采采”至“周行”。

①言有人事采此卷耳之菜，不能滿此頃筐。頃筐，易盈之器，而不能滿者，由此人志有所念，憂思不在於此故也。此采菜之人憂念之深矣，以興后妃志在輔佐君子，欲其官賢賞勞，朝夕思念，至於憂勤。其憂思深遠，亦如采菜之人也。

②此后妃之憂爲何事，言后妃嗟呼而嘆，我思君子官賢人，欲令君子置此賢人於彼周之列位，以爲朝廷臣也。

◇◇我者，後妃自我也。下箋云“我，我使臣”，“我，我君”。此不解者，以詩主美后妃，故不特言也。言彼者，后妃主求賢人爲此，故以周行爲彼也。

<二章-1>**陟（zhì）彼崔（cuī）嵬（wéi），我馬虺（huī）隤（tuí）。**

【毛傳】陟，升也。崔嵬，土山之戴石者，虺隤，病也。

【鄭箋】我，我使臣也。臣以兵役之事行出，離其列位，身勤勞於山險，而馬又病，君子宜知其然。

【程析】崔嵬，岩石高低不平的土山。虺隤，腿軟病。

【樂道主人】君子，指國君。

【孔疏】傳“崔嵬”至“隤病”。

◇◇《釋山》云：“石戴土謂之崔嵬。”孫炎曰：“石山上有土者。”又云：“土戴石爲砠。”孫炎曰：“土山上有石者。”

◇此及下傳云“石山戴土曰砠”，與《爾雅》正反者，或傳寫誤也。

◇◇《釋詁》云：“虺隤、玄黄，病也。”孫炎曰：“虺隤，馬罷（pí）不能升高之病。玄黄，馬更黄色之病。”然則虺隤者病之狀，玄黄者病之變色，二章互言之也。

【孔疏】箋“我我”至“其然”。

◇◇序云“知臣下之勤勞”，故知使臣也。定本云“我，我臣也”，無“使”字。言勤勞，故知兵役之事。事莫勞於兵役，故舉其尤苦而言之。其實聘使之勞，亦閔念之，《四牡》之篇是其事也。

◇◇言君子宜知其然，謂未還宜知之，還則宜賞之，故上句欲君子知其勞，下句欲君子加其賞也。

<二章-3>**我姑酌（zhóu）彼金罍（léi），維以不永懷。**

【毛傳】姑，且也。人君黄金罍。永，長也。

【鄭箋】我，我君也。臣出使，功成而反，君且當設饗燕之禮，與之飲酒以勞之，我則以是不復長憂思也。言且者，君賞功臣，或多於此。

【陸釋】罍，酒樽也。《韓詩》云：“天子以玉飾，諸侯、大夫皆以黄金飾，士以梓。”《禮記》云：“夏曰山罍，其形似壺，容一斛，刻而畫之，爲雲雷之形。”

【樂道主人】我則以是不復長憂思也，此“我”指臣下。

【孔疏】傳“人君黄金罍”。

◇◇此無文也，故《异義》：罍制。韓詩説“金罍，大夫器也。天子以玉，諸侯、大夫皆以金，士以梓（zǐ，梓木）”，毛詩説“金罍，酒器也，諸臣之所酢（zuò，酌酒回敬主人）。人君以黄金飾尊，大一碩，金飾龜目，蓋刻爲雲雷之象”。

◇◇謹案《韓詩》説天子以玉，經無明文。謂之罍者，取象雲雷博施，如人君下及諸臣。又《司尊彝》云：“皆有罍，諸侯之所酢。”注云：“罍亦刻而畫之，爲山雲之形。”言刻畫，則用木矣，故《禮圖》依制度云刻木爲之。

◇◇《韓詩》説言士以梓，士無飾，言其木體則以上同用梓而加飾耳。毛説言大一碩，《禮圖》亦云大一斛，則大小之制，尊卑同也。雖尊卑飾异，皆得畫雲雷之形，以其名罍，取於雲雷故也。

◇◇《毛詩》説諸臣之所酢，與《周禮》文同，則"人君黄金罍"，謂天子也。《周南》王者之風，故皆以天子之事言焉。

【孔疏】箋"我我"至"於此"。

◇◇以后妃有其志耳。事不敢專，故知所勞臣者，君也。

◇◇言臣出使，功成而反者，《聘義》云："使者聘而誤，主君不親饗"，明功不成不勞之也；將率之敗，非徒無賞，亦自有罪。故知功成而反也。

◇◇設饗燕之禮者，以經云金罍兕觥皆陳酒事，與臣飲酒，唯饗燕耳。

◇◇言且者，君賞功臣，或多於此，言或當更有賞賜，非徒饗燕而已。僖三十三年，郤（xì）缺（jué）獲白狄子，受一命之服；宣十五年，荀林父滅潞（lù），晋侯賜以千室之邑，是其多也。

【孔疏-章旨】"陟彼"至"永懷"。

①后妃言升彼崔嵬山巔之上者，我使臣也。我使臣以兵役之事行出，離其列位，在於山險，身已勤苦矣，其馬又虺隤而病，我之君子當宜知其然。

②若其還也，我君子且酌彼金罍之酒，饗燕以勞之，我則維以此之故，不復長憂思矣。我所以憂思，恐君子不知之耳。君子知之，故不復憂也。

<三章-1>**陟彼高岡（gāng），我馬玄黄。我姑酌彼兕（sì）觥（gōng），維以不永傷。**

【毛傳】山脊曰岡。玄，馬病則黄。兕觥，角爵也。傷，思也。

【鄭箋】此章爲意不盡，申殷勤也。觥，罰爵也。饗燕所以有之者，禮自立司正之後，旅酬必有醉而失禮者，罰之亦所以爲樂。

【樂道主人】【鄭箋】我，我君也。臣出使，功成而反，君且當設饗燕之禮，與之飲酒以勞之，我則以是不復長憂思也。

【孔疏】傳"山脊"至"角爵"。

◇◇《釋山》云："山脊，岡。"孫炎曰："長山之脊也。"

◇◇《釋獸》云："兕，似牛。"郭璞曰："一角，青色，重千斤者。"以其言兕，必以兕角爲之觥者。爵，稱也。爵總名，故云角爵也。

【孔疏】箋“此章”至“爲樂”。

◇◇詩本畜志發憤，情寄於辭，故有意不盡，重章以申殷勤。詩之初始有此，故解之。

◇◇傳云“兕觥，角爵”，言其體。此言“觥，罰爵”，解其用。言兕表用角，言觥顯其罰，二者相接也异義。

◇《韓詩》説：一升曰爵，爵，盡也，足也。

二升曰**觚**（gū，古代一種盛酒器具，口部和底部呈喇叭形，細腰，高圈足，腹和圈足上有棱），觚，寡也，飲當寡少。

三升曰**觶**（zhì），觶，適也，飲當自適也。

四升曰角，角，觸也，不能自適，觸罪過也。

五升曰**散**，散，訕也，飲不自節，爲人謗訕。

總名曰爵，其實曰**觴**。觴者，餉也。

觥亦五升，所以罰不敬。觥，廓也，所以著明之貌，君子有過，廓然著明，非所以餉，不得名觴”。

◇《詩》毛説觥大七升，許慎謹案：“觥罰有過，一飲而盡，七升爲過多。”由此言之，則觥是觚、觶、角、散之外别有此器，故《禮器》曰：“宗廟之祭，貴者獻以爵，賤者獻以**散**，尊者舉**觶**，卑者舉**角**。”《特牲》二爵、二觚、四觶、一角、一散，不言觥之所用，是正禮無觥，不在五爵之例。

《禮圖》云：“觥大七升，以兕角爲之。”先師説云：“刻木爲之。形似兕角。”蓋無兕者，用木也。

◇知觥必以罰者，《地官·閭胥》：“掌其比、觥撻罰之事。”注云：“觥撻（tà）者，失禮之罰也。觥用酒，其爵以兕角爲之。”《春官·小胥職》亦云：“觥其不敬者。”是以觥罰人之義也。故《桑扈》《絲衣》皆云“兕觥其觩（qiú）”，明爲罰而不犯矣。

◇◇饗燕之禮有兕觥者，以饗燕之禮，立司正之後，旅酬無算，必有醉而失禮者，以觥罰之，亦所以爲樂也。然則此后妃志使君勞臣，宜是賢者，不應失禮而用觥者。禮法饗燕須設之耳，不謂即以罰人也。

◇知饗有觥者，《七月》云：“朋酒斯饗，稱彼兕觥。”成十四年《左傳》“衛侯饗苦成成叔”，寧惠子引《詩》云：“兕觥其觩，旨酒思柔。”故知饗有觥也。◇饗以訓恭儉，不應醉而用觥者。饗禮之初示敬，故酒清而不敢飲，肉乾而不敢食，其末亦如燕法。

◇**鄉飲**酒，大夫之饗禮，亦有旅酬，無算爵，則饗末亦有旅酬，恐其失禮，故用觵也。

◇知燕亦有觵者，昭元年《左傳》鄭人燕趙孟、穆叔子皮及曹大夫，“興拜，舉兕爵”，是燕有兕也。**鄉飲**酒禮無者，説行禮，不言其有過之事故也。

◇◇又知用觵在立司正之後者，《燕禮》立射人爲司正之後，乃云：“北面命大夫。君曰：‘以我安卿大夫。’皆對曰：‘諾。敢不安！’”又曰：“賓反入，及卿大夫，皆脱屨升，就席。公以賓及卿大夫皆坐，乃安。”又：“司正升受命。君曰：‘無不醉。’賓及卿大夫皆興，對曰：‘諾。敢不醉！’”以此言之，立司正之後，君命安，賓又升堂，皆坐，命之無不醉。於此以後，恐其失禮，故知宜有觵也。

<四章-1>**陟彼砠**（jū）**矣，我馬瘏**（tú）**矣，我僕**（pú）**痡**（pū）**矣，云何吁**（xū）**矣！**

【毛傳】石山戴土曰砠。瘏，病也。痡，亦病也。吁，憂也。

【鄭箋】此章言臣既勤勞於外，僕馬皆病，而今云何乎其亦憂矣，深閔之辭。

【樂道主人】【鄭箋】我，我使臣也。

【程析】何，多麽。

【孔疏】傳“瘏，病。痡，亦病也”。◇◇《釋詁》云：“痡、瘏，病也。”孫炎曰：“痡，人疲不能行之病。瘏，馬疲不能進之病也。”

《卷耳》四章，章四句。

樛木 【周南四】

南有樛（jiū）木，葛（gé）藟（léi）纍（léi）之。樂只君子，福履（lǜ）綏之。

南有樛木，葛藟荒之。樂只君子，福履將之。

南有樛木，葛藟縈（yíng）之。樂只君子，福履成之。

《樛木》三章，章四句。

【毛序】《樛木》，后妃逮（dài）下也。言能逮下，而無嫉妒之心焉。

【鄭箋】后妃能和諧衆妾，不嫉妒其容貌，恒以善言逮下而安之。

【樂道主人】逮，《説文》：及也。后妃之主職爲以家和、多子助王也。故逮下，亦爲助王。大臣亦應如是。

【孔疏】“《樛木》”至“之心焉”。

◇◇作《樛木》詩者，言后妃能以恩義接及其下衆妾，使俱以進御於王也。后妃所以能恩意逮下者，而無嫉妒之心焉。定本“焉”作“也”。

◇◇逮下者，三章章首二句是也。既能逮下，則樂其君子，安之福禄，是由於逮下故也。

<一章-1>南有樛（jiū）木，葛（gé）藟（lěi）纍（léi）之。

【毛傳】興也。南，南土也。木下曲曰樛。南土之葛藟茂盛。

【鄭箋】木枝以下垂之故，故葛也藟也得纍而蔓之，而上下俱盛。興者，喻后妃能以意下逮衆妾，使得其次序，則衆妾上附事之，而禮義亦俱盛。南土謂荆、揚之域。

【程析】樛木，彎曲的樹枝。葛，葛藤。藟，另外一種蔓生植物。纍，本義是繩索，引申爲攀緣。

【孔疏】傳“南，南土”至“茂盛”。

◇◇諸言南山者，皆據其國内，故傳云“周南山”“曹南山”也。今此樛木言南，不必己國。何者？以興必取象，以興后妃上下之盛，宜取木之盛者，木盛莫如南土，故言南土也。

◇◇“下曲曰樛”者，《釋木》文。

◇◇藟與葛异，亦葛之類也。陸機云：“藟一名巨荒，似燕薁，亦延蔓生，葉艾，白色，其子赤，亦可食，酢而不美是也。”

【孔疏】箋“木枝”至“之域”。

◇◇箋知取上下俱盛者，以下云“樂只君子”，據后妃與衆妾，則此經非直興下逮而已，又興其上下相與有禮義，可以樂君子，故知取上下俱盛，以喻后妃能以恩意下逮衆妾，令之次叙進御，使得其所，則衆妾上親附而事之，尊卑有叙，禮義亦俱盛也。

◇◇又解傳言南土之處，謂荆州、揚州之域，知者，《禹貢》“淮海惟揚州，厥木惟喬，厥草惟夭”，是揚州草木美茂也。又《周官》“正南曰荆州”，又曰“東南曰揚州”，二州境界接連，故皆有江漢，俱宜稻麥，則生草木大同。又荆州在正南，此言南土，故以爲荆、揚也。

◇◇此南與下“南有喬木”同。彼喬木與“厥木惟喬”亦同據荆、揚矣。彼注不言，從此可知。若然，下傳“南方之木，美喬而上竦”，則非葛藟所能延，言樛木者，木種非一，皆以地勢之美，或下垂，或上竦也。

<一章-3>**樂只君子，福履（lǚ）綏之。**

【毛傳】履，禄。綏，安也。

【鄭箋】妃妾以禮義相與和，又能以禮樂（yuè）樂（lè）其君子，使爲福禄所安。

【樂道主人】君子，此指文王。

【孔疏】箋“后妃”至“所安”。

◇◇定本云“妃妾以禮義相與”，不作“后妃”字，於義是也。

◇◇言“又能以禮樂樂其君子”者，妃妾相與既有禮義，又以此禮義施於君子，所以言“又”也。所以得樂君子者，以内和而家治，則天下化之，四方感德，樂事文王，而此爲福禄所安也。

◇◇《南山有臺》箋云“只之言是”，則此“只”亦爲“是”。此箋云“樂其君子”，猶言“樂是君子”矣。

◇◇《祭統》曰：“福者富也，大順之顯名。”《孝經援神契》云：“禄者，録也。取上所以敬録接下，下所以謹録事上。”《堯典》曰“天禄永終”，及此以樂君子，皆謂保王位爲福禄。《天保》云：“降爾遐福。”天下普蒙，則下民遇善時亦曰福禄，故《正月》云“民今之無禄”。

是福禄之言無定分矣。

◇◇“福履將之”，毛以爲福禄所大，鄭以爲福禄之所扶助。

<二章-1>**南有樛木，葛藟荒之。樂只君子，福履將之。**

【毛傳】荒，奄。將，大也。

【鄭箋】此章申殷勤之意。將猶扶助也（與毛不同）。

<三章-1>**南有樛木，葛藟縈（yíng）之。樂只君子，福履成之。**

【毛傳】縈，旋也。成，就也。

《樛木》三章，章四句。

螽斯 【周南五】

螽（zhōng）斯羽，詵（shēn）詵兮。宜爾子孫，振（zhēn）振兮。
螽斯羽，薨（hōng）薨兮。宜爾子孫，繩（mǐn）繩兮。
螽斯羽，揖（jí）揖兮。宜爾子孫，蟄（zhé）蟄兮。

《螽斯》三章，章四句。

【毛序】《螽斯》，后妃子孫衆多也。言若螽斯不妒忌，則子孫衆多也。

【鄭箋】忌，有所諱（huì）惡於人。

【樂道主人】后妃爲什麼不應妒忌？子孫衆多仍是血緣政治之基礎：必須要有足够的後代能保證有足够的血緣候選人，另外，也要保證對血緣王位有足够的親情支持，可參考《小雅・常棣》。以后妃作爲大臣不妒賢嫉能的榜樣，也是另外一層含義。

【孔疏】"《螽斯》"至"衆多"。

◇◇此不妒忌，得子孫衆多者，以其不妒忌，則嬪妾俱進，所生亦后妃之子孫，故得衆多也。《思齊》云："大姒嗣徽音，則百斯男。"傳云"大（太）姒十子，衆妾則宜百子"是也。

◇◇三章皆言后妃不妒忌，子孫衆多。既言其多，因説其美，言仁厚、戒慎、和集耳。

【孔疏】箋"忌有"至"於人"。

◇◇忌者，人有勝己，己則諱其不如，惡其勝己，故曰"有所諱惡於人"，德是也。此唯釋忌，於義未盡，故《小星》箋云"以色曰妒，以行曰忌"，故僖十年《左傳》説晋侯其言多忌，是忌不謂色也。

◇◇嫉（jí）者，色行俱有，又取怨憎之名，則又甚於妒忌也。故此與《樛木》同論后妃，前云"無嫉妒之心"，此云"不妒忌"，是爲大同也。又《小星》云"無妒忌之行"，《樛木》云"無嫉妒之心"，則嫉亦大同。

◇◇心之與行，别外内之稱，行爲心使，表裏一也。本以色曰妒，以行曰忌，但後之作者妒亦兼行，故云“妒賢嫉能”。

<一章-1>**螽（zhōng）斯羽，詵（shēn）詵兮。**

【毛傳】螽斯，蚣蝑（xū）也。詵詵，衆多也。

【鄭箋】凡物有陰陽情欲者無不妒忌，維蚣蝑不耳，各得受氣而生子，故能詵詵然衆多。后妃之德能如是，則宜然。

【程析】螽斯，蝗蟲。

【孔疏】傳“螽斯，蚣蝑”。

◇◇此言螽斯，《七月》云斯螽，文雖顛倒，其實一也。故《釋蟲》云：“蜇螽，蚣蝑。”舍人曰：“今所謂舂（chōng，把東西放在石臼或乳缽裏搗去皮殼或搗碎）黍也。”

◇陸機《疏》云：“幽州人謂之舂箕。舂箕即舂黍，蝗類也。長而青，長角，長股，肱鳴者也。或謂似蝗而小，班黑其股，似瑇（dài）瑁叉，五月中，以兩股相切作聲，聞數十步是也。”

◇◇此實興也。傳不言興者，《鄭志》答張逸云：“若此無人事，實興也，文義自解，故不言之。”凡説不解者耳，衆篇皆然，是由其可解，故傳不言興也。傳言興也，箋言興者喻，言傳所興者欲以喻此事也，興、喻名异而實同。

◇或與傳興同而義异，亦云興者喻，《摽有梅》之類也。

◇亦有興也，不言興者，或鄭不爲興，若“厭浥行露”之類。

◇或便文徑喻，若“褖衣”之類。

◇或同興，箋略不言喻者，若《邶風》“習習谷風”之類也。

◇或叠傳之文，若《葛覃》箋云“興焉”之類是也。

◇然有興也，不必要有興者，而有興者，必有興也。

◇亦有毛不言興，自言興者，若《四月》箋云“興人爲惡有漸”是也。

◇或興喻并不言，直云猶亦若者。

◇雖大局有准，而應機無定。鄭云喻者，喻猶曉也，取事比方以曉人，故謂之爲喻也。

【孔疏】箋“凡物”至“宜然”。◇◇昭十年《左傳》曰“凡有血氣，皆有争心”，是有情欲者無不妒忌也。序云“若螽斯不妒忌”，則知唯蚣蝑不耳。

<一章-3>**宜爾子孫，振（zhēn）振兮。**

【毛傳】振振，仁厚也。

【鄭箋】后妃之德寬容不嫉妒，則宜女（rǔ）之子孫，使其無不仁厚。

【程析】振振，振奮有爲狀。

【孔疏】傳“振振，仁厚”。

◇◇言宜爾子孫，明子孫皆化。后妃能寬容，故爲仁厚，即寬仁之義（意）也。

◇◇《麟趾》《殷其靁》傳曰“振振，信厚”者，以《麟趾》序云“雖衰世之公子皆信厚”，《殷其靁》其妻勸夫以義，臣成君事亦信，故皆以爲信厚也。

【孔疏】箋“后妃”至“仁厚”。

◇◇此止説后妃不妒，衆妾得生子衆多，而言孫者，協句。且孫則子所生，生子衆則孫亦多矣。

◇◇此言后妃子孫仁厚，然而有管、蔡作亂者，此詩人盛論之，據其仁厚者多耳。

【孔疏-章旨】“螽斯”至“振振兮”。

①螽斯之蟲不妒忌，故諸蚣蝑皆共交接，各各受氣而生子。故螽斯之羽詵詵然衆多，以興后妃之身不妒忌，故令衆妾皆共進御，各得受氣而生子，故后妃子孫亦衆多也。

②非直子多，則又宜汝之子孫，使之振振兮無不仁厚也。此以螽斯之多，喻后妃之子，而言羽者，螽斯羽蟲，故舉羽以言多也。

<二章-1>**螽斯羽，薨（hōng）薨兮。宜爾子孫，繩（mǐn）繩兮。**

【毛傳】薨薨，衆多也。繩繩，戒慎也。

【程析】薨薨，昆蟲群飛的樣子。

<三章-1>**螽斯羽，揖（jí）揖兮。宜爾子孫，蟄（zhé）蟄兮。**

【毛傳】揖揖，會聚也。蟄蟄，和集也。

【程析】蟄蟄，安静貌。

《螽斯》三章，章四句。

桃　夭 【周南六】

桃之夭夭，灼（zhuó）灼其華（huā）。之子于歸，宜其室家。
桃之夭夭，有蕡（fén）其實。之子于歸，宜其家室。
桃之夭夭，其葉蓁（zhēn）蓁。之子于歸，宜其家人。

《桃夭》三章，章四句。

【毛序】《桃夭》，后妃之所致也。不妒忌，則男女以正，婚姻以時，國無鰥（guān）民也。

【鄭箋】老而無妻曰鰥。

【樂道主人】詩中對女子的贊美，非僅貌似美體盛，也明確指出“有蕡（fén）其實”，即亦從女子的德行方面提出要求與肯定。

【樂道主人】鰥，《釋名》：昆也。昆，明也。愁悒不寐，目恒鰥鰥然也。故其字從魚，魚目恒不閉者也。

【孔疏】“《桃夭》”至“鰥民”。

◇◇作《桃夭》詩者，后妃之所致也。后妃內修其化，贊助君子，致使天下有禮，昏娶不失其時，故曰致也。由后妃不妒忌，則令天下男女以正，年不過限，昏姻以時，行不逾月，故周南之國皆無鰥獨之民焉，皆后妃之所致也。

◇此雖文王化使之然，亦由后妃內贊之致，故因上《螽斯》后妃不妒忌，後言其所致也。且言致從家至國，亦自近致遠之辭也。

◇◇男女以正，三章上二句是也。昏姻以時，下二句是也。國無鰥民焉，申述所致之美，於經無所當也。

【孔疏】箋“老而”至“曰鰥”。

◇◇劉熙《釋名》云“無妻曰鰥”者，“愁悒（yì，憋悶不安）不寐，目恒鰥鰥然，故其字從魚，魚目不閉也。無夫曰**寡**。**寡**，踝也，單獨之名”。鰥或作“**矜**（guān）”，同。蓋古今字异。

◇◇《王制》曰：“老而無妻謂之**矜**，老而無夫謂之**寡**。”則鰥、寡，年老不復嫁娶之名也。《孝經》注云："丈夫六十無妻曰鰥，婦人五十無夫曰寡也。"知如此爲限者，以《内則》云"妾雖老，年未滿五十，必與五日之御"，則婦人五十不復御，明不復嫁矣，故知稱寡以此斷也。《士昏禮》注云"姆，婦人年五十出而無子者"，亦出於此也。本三十男，二十女爲昏。婦人五十不嫁，男子六十不復娶，爲鰥、寡之限也。《巷伯》傳曰"吾聞男女不六十不間居"，謂婦人也。《内則》曰"唯及七十，同藏無間"，謂男子也。此其差也。

◇◇《白虎通》云："鰥之言鰥，鰥無所親"，則寡者少也，言少匹對耳，故《鴻雁》傳"偏喪曰寡"，此其對例也。婦人無稱鰥之文，其男子亦稱寡，襄二十七年傳曰"崔杼生成及彊而寡"，故《小雅》云："無夫無婦并謂之寡。丈夫曰索，婦人曰嫠（lí）。"又許慎曰"楚人謂寡婦爲霜"，并其异名也。鰥、寡之名，以老爲稱，其有不得及時爲室家者，亦同名焉。

◇◇即此無鰥民，謂年不過時，過則謂之鰥，故舜年三十不娶，《書》曰："有鰥在下，曰虞舜。"《唐》傳："孔子曰：'舜父頑母嚚（yín，愚蠢而頑固），不見室家之端，故謂之鰥。'"是三十不娶稱鰥也。又《何草不黄》云"何人不矜"，尚從軍未老，不早還見室家，亦謂之矜。

◇◇《易・大過》"九二，老夫得其女妻，無不利"，"九五，老婦得其士夫，無咎無譽"。彼鄭注云：以丈夫年過娶二十之女，老婦年過嫁於三十之男，皆得其子。彼言老，若容男六十、婦五十猶得嫁娶者，《禮》："宗子雖七十，無無主婦。"是年過可以改娶，則婦人五十或可以更嫁者。

◇◇言鰥寡，據其不得嫁娶者耳。傳（《王制》傳）言崔杼爲寡，則有子亦稱寡。鰥寡據其困者多是無子，故《王制》及《周禮》皆云"天民之窮而無所告者"。

◇◇傳以"桃之夭夭"言其少壯宜其室家爲不逾時，則上句言其年盛，下句言嫁娶得時也。但傳説昏嫁年月於此不著。《摽有梅》卒章，《傳》曰"三十之男，二十之女，不待禮會而行之"，謂期盡之法，則男女以正，謂男未三十，女未二十也。

◇◇此三章皆言女得以年盛時行，則女自十五至十九也。女年既盛，則男亦盛矣，自二十至二十九也。《東門之楊》傳曰“男女失時，不逮秋冬”，則秋冬嫁娶正時也。言宜其室家無逾時，則三章皆爲秋冬時矣（毛）。

◇◇鄭以三十之男，二十之女，仲春之月爲昏，是禮之正法，則三章皆上二句言婦人以年盛時行，謂二十也，下句言年時俱當，謂行嫁又得仲春之正時也（與毛不同）。

<一章-1>**桃之夭夭，灼（zhuó）灼其華（huā）。**

【毛傳】興也。桃有華之盛者。夭夭，其少壯也。灼灼，華之盛也。

【鄭箋】興者，逾時婦人皆得以年盛時行也。

【程析】夭夭，桃樹少壯茂盛貌。灼灼，桃花鮮艷盛開貌。灼是焯的假借字。華，今作“花”。

【孔疏】傳“桃有華之盛者”。

◇◇夭夭言桃（樹）之少，灼灼言華之盛。桃（樹）或少而未華，或華而不少。此詩夭夭、灼灼并言之，則是少而有華者，故辨之。

◇◇言桃（樹）有華之盛者，由桃（樹）少故華盛，以喻女少而色盛也。

【孔疏】箋“時婦”至“時行”。◇◇此言年盛時，謂以年盛二十之時，非時月之時。下云“宜其室家”，乃據時月耳。

<一章-3>**之子于歸，宜其室家。**

【毛傳】之子，嫁子也。于，往也。宜，以有室家無逾時者。

【鄭箋】宜者，謂男女年、時俱當（與毛不同）。

【樂道主人】孔疏：《左傳》桓公十八年：女有家，男有室。歸，女子出稼曰歸，原意爲歸宗。年，年齡。時，時月。指女男結婚時其年齡、結婚的時月皆合適，鄭以每年的仲春之爲男女婚嫁的正時，毛以爲秋冬。毛傳之時，應指女子年齡之時，非年月之時。

【孔疏】箋“宜者”至“俱當”。◇◇**易傳者**以既説女年之盛，又言“之子于歸”，後言“宜其室家”，則總上之辭，故以爲年時俱當。

【孔疏-章旨】“桃之”至“室家”。

○毛以爲①少壯之桃夭夭然，復有灼灼然。此桃之盛華，以興有十五至十九少壯之女亦夭夭然，復有灼灼之美色，正於秋冬行嫁然。

②是此行嫁之子，往歸嫁於夫，正得善時，宜其爲室家矣。

○鄭唯據年月不同，又宜者，謂年時俱善爲异。

<二章-1>**桃之夭夭，有蕡（fén）其實。**

【毛傳】蕡，實貌。非但有華色，又有婦德。

【程析】有，用於形容詞之前的語助詞。蕡，顔色斑駁貌。劉心源："桃實將熟，紅白相間，其實斑然。"

【樂道主人】從女子的德行方面提出要求與肯定。

<二章-3>**之子于歸，宜其家室。**

【毛傳】家室，猶室家也。

<三章-1>**桃之夭夭，其葉蓁（zhēn）蓁。**

【毛傳】蓁蓁，至盛貌。有色有德，形體至盛也。

【樂道主人】女子内外相稱也。

<三章-3>**之子于歸，宜其家人。**

【毛傳】一家之人盡以爲宜。

【鄭箋】家人，猶室家也（與毛不同）。

【樂道主人】毛上兩章講宜其男、女，此章講宜其男女之家人，可謂層層遞進。

【孔疏】箋"家人猶室家"。

◇◇**易傳者**以其與上相類，同有"宜其"之文，明據宜其爲夫婦，據其年盛，得時之美，不宜横爲一家之人。桓十八年《左傳》曰："女有家，男有室。"室家謂夫婦也。

◇◇此云"家人"，家猶夫也，人猶婦也，以异章而變文耳，故云"家人猶室家"也。

《桃夭》三章，章四句。

兔　罝【周南七】

肅（suō）肅兔罝（jū），椓（zhuó）之丁（zhēng）丁。赳赳武夫，公侯干（gān）城。

肅肅兔罝，施（yì）于中逵（kuí）。赳赳武夫，公侯好（hǎo）仇（qiú）。

肅肅兔罝，施于中林。赳赳武夫，公侯腹（fù）心。

《兔罝》三章，章四句。

【毛序】《兔罝》，后妃之化也。《關雎》之化行，則莫不好德，賢人衆多也。

【樂道主人】鄭與毛不同：毛講賢者僅爲公侯一人，而鄭更强調爲全體人民。

【孔疏】“《兔罝》”至“衆多”。

◇◇作《兔罝》詩者，言后妃之化也。言由后妃《關雎》之化行，則天下之人莫不好德，是故賢人衆多。由賢人多，故兔罝之人猶能恭敬，是后妃之化行也。經三章皆言賢人衆多之事也。經直陳兔罝之人賢，而云多者，箋云：罝兔之人，鄙賤之事，猶能恭敬，則是賢人衆多。是舉微以見著也。

◇◇《桃夭》言后妃之所致，此言后妃之化，《芣苡》言后妃之美。此三章所美如一，而設文不同者，以《桃夭》承《螽斯》之后，《螽斯》以前皆后妃身事，《桃夭》則論天下昏姻得時，爲自近及遠之辭，故云所致也。此《兔罝》又承其後，已在致限，故變言之化，明后妃化之使然也。《芣苡》以后妃事終，故總言之美。其實三者義通，皆是化美所以致也。

◇◇又上言不妒忌，此言《關雎》之化行，不同者，以《桃夭》說昏姻男女，故言不妒忌，此說賢人衆多，以《關雎》求賢之事，故言《關雎》之化行。《芣苡》則婦人樂有子，故云和平。序者隨義立文，其實總上五篇致此三篇。

<一章-1>**肅（suō）肅兔罝（jū），椓（zhuó）之丁（zhēng）丁。**

【毛傳】肅肅，敬也。兔罝（jū），兔罟也。丁（zhēng）丁，椓杙（yì）聲也。

【鄭箋】罝兔之人，鄙賤之事，猶能恭敬，則是賢者衆多也。

【程析】肅肅，同“縮”，兔網繁密貌。椓，敲打。把繫兔網的木樁打進地裏。

【樂道主人】罟，捕魚的網。杙，古書上説的樹，果實像梨，味酸甜，核堅實。此處指用杙木做的小木樁。

【孔疏】傳“肅肅”至“杙聲”。

◇◇“肅肅，敬也”，《釋訓》文。此美其賢人衆多，故爲敬。

◇◇《小星》云“肅肅宵征”，故傳曰：“肅肅，疾貌。”《鴇羽》《鴻雁》説鳥飛，文連其羽，故傳曰：“肅肅，羽聲也。”《黍苗》説宫室，箋云：“肅肅，嚴正之貌。”各隨文勢也。

◇◇《釋器》云：“兔罟謂之罝。”李巡曰：“兔自作徑路，張罝捕之也。”

◇◇《釋宫》云：“樴（zhǐ）謂之杙。”李巡云：“杙謂𩯁（mán，美髮；戴在身上作裝飾的花環）也。”

◇◇此“丁丁”連“椓之”，故知椓杙聲，故《伐木》傳亦云：“丁丁，伐木聲。”

<一章-3>**赳赳武夫，公侯干（gān）城。**

【毛傳】赳赳，武貌。干（gān），扞（hàn）也。

【鄭箋】干（gān）也，城也，皆以禦難也（與毛不同）。此罝兔之人，賢者也，有武力，可任爲將帥之德，諸侯可任以國守，扞城其民，折衝禦難於未然。

【程析】赳赳，威武有才力貌。

【樂道主人】扞，《康熙字典》：堅不可入之貌。

【樂道主人】毛爲心武夫爲干公侯，鄭以爲干一城之民。

【孔疏】傳“干，扞也”。

◇◇《釋言》文。孫炎曰：“干，盾，自蔽扞也。”

◇◇下傳曰：“可以制斷，公侯之腹心。”是公侯以爲腹心。則好（hǎo）仇（qiú）者，公侯自以爲好匹；干城者，公侯自以爲扞城。言以武夫自固，爲扞蔽如盾，爲防守如城然。

【孔疏】箋“干也”至“未然”。

◇◇箋以此武夫爲扞城其民，**易傳者**以其赳赳武夫，論有武任，明爲民扞城，可以禦難也。

◇◇言未然者，謂未有來侵者，來則折其衝，禦其難也。若使和好，則此武夫亦能和好之，故二章云公侯好仇。

【孔疏-章旨】“肅肅兔罝，椓之丁丁，赳赳”至“干城”。

○毛以爲①肅肅然恭敬之人，乃爲兔作罝，身自椓杙。其椓杙之聲丁丁然，雖爲鄙賤之事，甚能恭敬。

②此人非直能自肅敬，又是赳赳然威武之夫，可以爲公侯之扞城。言可以蕃屏公侯，爲之防固也。

○鄭唯干城爲异。②言此罝兔之人，有赳赳然威武之德，公侯可任以國守，令扞城其民，使之折衝禦難於未然也。謂公侯使之與民作扞城也。

<二章-1>**肅（sūo）肅兔罝（jū），施（yì）于中逵（kuí）。**

【毛傳】逵，九達之道。

【程析】施，設置。逵，四通八達的路口。

【孔疏】傳“逵，九達之道”。

◇◇《釋宮》云：

“一達謂之道路，

“二達謂之歧旁。”郭氏云：“岐道旁出。”

“三達謂之劇旁。”孫炎云：“旁出歧多故曰劇。”

“四達謂之衢。”郭氏云：“交道四出。”

“五達謂之康。”孫炎云：“康，樂也，交會樂道也。”

“六達謂之莊。”孫氏云：“莊，盛也，道煩盛。”

“七達謂之劇驂（cān）。”孫氏云：“三道交，復有一歧出者。”

“八達謂之崇期。”郭氏云：“四道交出。”

“九達謂之逵。”郭璞云：“四道交出，復有旁通者。”

◇◇莊二十八年《左傳》“楚伐鄭，入自純門，及逵市”。杜預云：“逵并九軌。”案《周禮》“經塗九軌”，不名曰逵，杜意蓋以鄭之城内不應有九出之道，故以爲并九軌，於《爾雅》則不合也。

【樂道主人】《爾雅·釋宮》：二達謂之岐旁。《康熙字典》：道旁出也。

<二章-3>**赳赳武夫，公侯好**（hǎo）**仇**（qiú）**。**

【鄭箋】怨耦（ǒu）曰仇（與毛不同）。此罝兔之人，敵國有來侵伐者，可使和好之，亦言賢也。

【樂道主人】怨耦，亦作“怨偶”，謂不和睦的夫妻。此指我與來犯之敵。毛意武夫與公侯爲匹，是公侯好的助手；鄭意武夫與來犯之敵相匹。

【孔疏】“赳赳”至“好仇”。◇◇毛以爲赳赳然有威武之夫，有文有武，能匹耦於公侯之志，爲公侯之好匹。此雖無傳，以毛仇皆爲匹，鄭唯好仇爲异。

<三章-1>**肅肅兔罝，施于中林。**

【毛傳】中林，林中。

<三章-3>**赳赳武夫，公侯腹**（fù）**心。**

【毛傳】可以制斷，公侯之腹心。

【鄭箋】此罝兔之人，於行攻伐，可用爲策謀之臣，使之慮無，亦言賢也（與毛不同）。

【孔疏】傳“可以”至“腹心”。◇◇解武夫可爲腹心之意。由能制斷，公侯之腹心；以能制治，己之腹心；臣之倚用，如己腹心。

【孔疏】箋“此罝”至“言賢”。

◇◇箋以首章爲禦難，謂難未至而預禦之。二章爲和好怨耦，謂己被侵伐，使和好之也。皆是用兵之事，故知此腹心者，謂行攻伐，又可以爲策謀之臣，使之慮無也。

◇◇慮無者，宣十二年《左傳》文也，謀慮不意之事也。今所無，不意有此，即令謀之，出其奇策也。言用策謀，明自往攻伐，非和好兩軍，與二章异也。

【孔疏】“公侯腹心”。

○毛以爲兔罝之人有文有武，可以爲腹心之臣。言公侯有腹心之謀事，能制斷其是非。

○鄭以爲此罝兔之人賢者，若公侯行攻伐時，可使之爲腹心之計，謀慮前事。

《兔罝》三章，章四句。

芣　苢　【周南八】

采采芣（fú）苢（yǐ），薄言采之。采采芣苢，薄言有之。
采采芣苢，薄言掇（duō）之。采采芣苢，薄言捋（luō）之。
采采芣苢，薄言袺（jié）之。采采芣苢，薄言襭（xié）之。

《芣苢》三章，章四句。

【毛序】《芣苢》，后妃之美也。和平則婦人樂有子矣。

【鄭箋】天下和，政教平也。

【孔疏】“《芣苢》三章，章四句”至“有子”。

◇◇若天下亂離，兵役不息，則我躬不閱，於此之時，豈思子也？今天下和平，於是婦人始樂有子矣。

◇◇經三章，皆樂有子之事也。

【孔疏】箋“天下和，政教平”。

◇◇文王三分天下有其二，言天下者，以其稱王，王必以天下之辭，故《騶虞序》曰“天下純被文王之化”是也。

◇◇文王平六州，武王平天下，事實平定，唯不得言太平耳。太平者，王道大成，圖瑞畢至，故曰太平。

◇雖武王之時，亦非太平也，故《論語》曰：“《武》盡美矣，未盡善也。”注云：“謂未致太平。”是也。武王雖未太平，平定天下，四海貢職，比於文王之世，亦得假稱太平，故《魚麗》傳、《魚藻》箋皆云武王太平。比於周公之時，其實未太平也。

◇太平又名隆平。隆平者，亦據頌聲既作，盛德之隆，故《嘉魚》《既醉》《維天之命》序及《詩譜》皆言太平。惟鄭《康誥》注云“隆平已至”，《中候序》云“帝舜隆平”。此要政洽時和，乃得稱也。

◇◇此三章皆再起采采之文，明時婦人樂有子者衆，故頻言采采，見其采者多也。

◇◇六者互而相須。首章言采之、有之。采者，始往之辭；有者，已藏之稱，總其終始也。二章言采時之狀，或掇拾之，或捋取之。卒章言所成之處，或袺（jié）之，或襭（xié）之。

◇首章采之，據初往，至則掇之、捋之，既得則袺之、襭之，歸則有藏之。於首章先言有之者，欲急明婦人樂采而有子，故與采之爲對，所以總終始也。

◇六者本各見其一，因相首尾，以承其次耳。

◇◇掇、捋事殊，袺、襭用别，明非一人而爲此六事而已。

<一章-1>**采采芣（fú）苡（yǐ），薄言采之。**

【毛傳】采采，非一辭也。芣苡，馬舄（xì）。馬舄，車前也，宜懷任焉。薄，辭也。采，取也。

【鄭箋】薄言，我薄也。

【程析】薄，發語詞，含有勉力之意。

【樂道主人】任，娠也。

【孔疏】傳“芣苡，馬舄”。

◇◇郭璞曰：“今車前草大葉長穗，好生道邊。江東呼爲蝦蟆衣。”

◇◇陸機《疏》云：“馬舄，一名車前，一名當道，喜在牛迹中生，故曰車前、當道也。今藥中車前子是也。幽州人謂之牛舌草，可鬻作茹，大滑。其子治婦人難産。

◇◇宜懷任焉，即陸機《疏》云所治難産是也。

【孔疏】箋“薄言，我薄也”。

◇◇“我”訓經“言”也，“薄”還存其字，是爲“辭”也。言“我薄”者，我薄欲如此，於義無取，故爲語辭。

◇◇《時邁》云：“薄言震之。”箋云：“薄猶甫也。甫，始也。”《有客》曰：“薄言追之。”箋云：“王始言餞送之。”以“薄”爲“始”者，以《時邁》下句云“莫不震叠”，明上句“薄言震之”爲始動以威也。《有客》前云“以縶其馬”，欲留微子。下云“薄言追之”，是時將行，王始言餞送之。

◇《詩》之“薄言”多矣，唯此二者以“薄”爲“始”，餘皆爲“辭”也。

<一章-3>**采采芣苡，薄言有之。**

【毛傳】有，藏之也。

【樂道主人】【孔疏】首章言采之、有之。采者，始往之辭；有者，已藏之稱，總其終始也。於首章先言有之者，欲急明婦人樂采而有子，故與采之爲對，所以總終始也。

<二章-1>**采采芣苢，薄言掇（duō）之。**

【毛傳】掇，拾也。

【程析】掇，拾其子之既落者。

<二章-3>**采采芣苢，薄言捋（luō）之。**

【毛傳】捋，取也。

【程析】捋，取其子之未落者。從莖上成把地抹下來。

<三章-1>**采采芣苢，薄言袺（jié）之。**

【毛傳】袺，執衽（rèn）也。

【程析】袺，用手捏著衣襟揣進來。

<三章-3>**采采芣苢，薄言襭（xié）之。**

【毛傳】扱（xī）衽曰襭。

【樂道主人】扱，插。衽，《類篇》：衣襟也。扱衽謂插衣襟於帶。

【程析】襭，用衣襟角繫在衣帶上兜回來。

【孔疏】傳“袺執”至“曰襭”。

◇◇孫炎曰：“持衣上衽。”又云：“扱衽謂之襭。”

◇◇李巡曰：“扱衣上衽於帶。”

◇◇衽者，裳之下也。置袺，謂手執之而不扱，襭則扱於帶中矣。

《芣苢》三章，章四句。

漢　廣 【周南九】

南有喬木，不可休息（xī）。漢有游女，不可求思。漢之廣矣，不可泳思。江之永矣，不可方思。

翹（qiáo）翹錯薪，言刈（yì）其楚。之子于歸，言秣（mò）其馬。漢之廣矣，不可泳思。江之永矣，不可方思。

翹翹錯薪，言刈其蔞（lóu）。之子于歸，言秣其駒。漢之廣矣，不可泳思。江之永矣，不可方思。

《漢廣》三章，章八句

【毛序】《漢廣》，德廣所及也。文王之道被于南國，美化行乎江漢之域，無思犯禮，求而不可得也。

【鄭箋】紂時淫風遍於天下，維江、漢之域先受文王之教化。

【陸釋】漢廣，漢水名也。《尚書》云："嶓塚導漾水，東流爲漢。"

【孔疏】"《漢廣》"至"不可得"。

◇◇言文王之道，初致《桃夭》《芣苡》之化，今被於南國，美化行於江、漢之域，故男無思犯禮，女求而不可得，此由德廣所及然也。

◇◇此與《桃夭》皆文王之化，后妃所贊，於此言文王者，因經陳江、漢，指言其處爲遠，辭遂變后妃而言文王，爲遠近積漸之義。叙於此既言德廣，《汝墳》亦廣可知，故直云"道化行"耳。此既言美化，下篇不嫌不美，故直言"文王之化"，不言美也。

◇◇言南國則六州，猶《羔羊序》云"召南之國"也。彼言召南，此不言周南者，以天子事廣，故直言南。彼論諸侯，故止言召南之國。

◇◇此"無思犯禮，求而不可得"，總序三章之義也。

【孔疏】箋"紂時"至"教化"。

◇◇言先者，以其餘三州未被文王之化，故以江、漢之域爲先被也。定本"先被"作"先受"，因經、序有江、漢之文，故言之耳。

◇◇其實六州共被文王之化，非江、漢獨先也。

<一章-1>**南有喬木，不可休息（xī）。漢有游女，不可求思。**

【毛傳】興也。南方之木，美喬上竦（sǒng）也。思，辭也。漢上游女，無求思者。

【鄭箋】不可者，本有可道也。木以高其枝葉之故，故人不得就而止息也。興者，喻賢女雖出游流水之上，人無欲求犯禮者，亦由貞絜使之然。

【程析】喬木，高聳的樹。

【樂道主人】喬，《説文》：高而曲也。本，指女子之本。

【孔疏】傳“思辭”至“思者”。

◇◇以泳思、方思之等皆不取思爲義，故爲辭也。

◇◇疑經“休息”之字作“休思”也。但未見如此之本，不敢輒改耳。《内則》云：“女子居内，深宫固門。”

◇◇此漢上有游女者，《内則》言“閽（hūn，宫門）寺守之”，則貴家之女也。庶人之女，則執筐行饁（yè，送飯），不得在室，故有出游之事。既言不可求，明人無求者。

【孔疏】箋“不可”至“之然”。

◇◇箋知此爲“本有可道”者，以此皆據男子之辭，若恒不可，則不應發“不可”之辭，故云“本有可道”也。箋下言渡江漢有潛行、乘泭之道，不釋“不可”之文，是其互也。

◇◇然本淫風大行之時，女有可求，今被文王之化，游女皆絜。此云絜者，本未必已淫，興者取其一象，木可就蔭，水可方、泳，猶女有可求。今木以枝高不可休息，水以廣長不可求渡，不得要言木本小時可息，水本一勺可渡也。

◇◇言“木以高其枝葉”，解傳言“上竦”也。無求犯禮者，謂男子無思犯禮，由女貞絜使之然也。所以女先貞而男始息者，以奸淫之事皆男唱而女和。由禁嚴於女，法緩於男，故男見女不可求，方始息其邪意。

◇◇《召南》之篇，女既貞信，尚有强暴之男是也。

<一章-5>**漢之廣矣，不可泳思。江之永矣，不可方思。**

【毛傳】潛行爲泳。永，長。方，泭（fú）也。

【鄭箋】漢也，江也，其欲渡之者，必有潛行乘泭之道。今以廣長之故，故不可也。又喻女之貞絜，犯禮而往，將不至也。

【程析】方，乘筏渡過。

【孔疏】傳“潛行”至“方泭”。

◇◇“潛行爲泳”，《釋水》文。郭璞曰：“水底行也。”《晏子春秋》曰：潛行逆流百步，順流七里。“永，長”，《釋詁》文。“方，泭”，《釋言》文。

◇◇孫炎曰：“方，水中爲泭筏也。”《論語》曰：“乘桴浮於海。”注云：“桴，編竹木，大曰筏，小曰桴。”是也。

【孔疏】箋“漢也”至“不至”。

◇◇此江、漢之深，不可乘泭而渡。《谷風》云“就其深矣，方之舟之”者，雖深，不長於江、漢故也。

◇◇言“將不至”者，雖求之，女守禮，將不肯至也。

【孔疏-章旨】“南有”至“方思”。

①木所以庇蔭，本有可息之道，今南方有喬木，以上竦之故，不可就而止息，以興女以定情，本有可求之時，今漢上有游女，以貞絜之故，不可犯禮而求。是爲木以高其枝葉，人無休息者；女由持其絜清，人無求思者。此言游女尚不可求，則在室無敢犯禮可知也。出者猶能爲貞，處者自然尤絜。

②又言水所以濟物，本有泳思、方思之道，今漢之廣闊矣，江之永長矣，不可潛行乘泭以求濟，以興女皆貞絜矣，不可犯禮而求思。然則方、泳以渡江、漢，雖往而不可濟，喻犯禮以思貞女，雖求而將不至。是爲女皆貞絜，求而不可得，故男子無思犯禮也。定本游女作遊。

<二章-1>**翹（qiáo）翹錯薪，言刈（yì）其楚。**

【毛傳】翹翹，薪貌。錯，雜也。

【鄭箋】楚，雜薪之中尤翹翹者。我欲刈取之，以喻衆女皆貞絜，我又欲取其尤高絜者。

【程析】翹翹，高揚貌。錯，交錯。

【樂道主人】楚，牡荆，落葉灌木，開青色或紫色的穗狀小花，鮮葉供藥用。今名黃荆。

【孔疏】傳“翹翹，薪貌”。

◇◇翹翹，高貌。傳言“薪貌”者，明薪之貌翹翹然。若直云高貌，恐施於楚最高者。此翹翹連言錯薪，故爲薪貌。

◇◇《鴟鴞》云“予室翹翹”，即云“風雨所漂搖”，故傳曰：“翹翹，危也。”莊二十二年《左傳》引逸詩曰“翹翹車乘”，即云“招我以弓”，明其遠，故服虔云：“翹翹，遠貌。”

【孔疏】箋“楚雜”至“絜者”。

◇◇薪，木稱，故《月令》云“收秩薪柴”，注云：“大者可析謂之薪。”下章蔞草亦云薪者，因此通其文。

◇◇楚亦木名，故《學記》注以楚爲荆，《王風》《鄭風》并云“不流束楚”，皆是也。言楚在“雜薪之中尤翹翹”，言尤明雜薪亦翹翹也。

<二章-3>**之子于歸，言秣**（mò）**其馬。**

【毛傳】秣，養也。六尺以上曰馬。

【鄭箋】之子，是子也。謙不敢斥其適己，於是子之嫁，我原秣其馬，致禮餼（xì），示有意焉。

【程析】秣，喂馬。《説文》：秣，食馬穀也。魏源《詩古微》：三百篇娶妻者，皆以析薪取興。蓋古者嫁娶必以燎炬爲燭。秣馬、秣駒，即婚禮親迎御輪之禮。

【孔疏】秣，《説文》云：“食馬穀也。”餼，牲腥曰餼。

【孔疏】箋“之子”至“意焉”。

◇◇《釋訓》云：“之子，是子也。”李巡曰：“之子者，論五方之言是子也。然則‘之’爲語助，人言之子者，猶云是此子也。

◇◇《桃夭》傳云嫁子，彼説嫁事，爲嫁者之子，此則貞絜者之子，《東山》之子言其妻，《白華》之子斥幽王，各隨其事而名之。”

◇◇言“謙不敢斥其適己”，謂云往嫁，若斥適己，當言來嫁，所以《桃夭》《鵲巢》《東山》不爲謙者，不自言己，説他女嫁，故不爲謙也。

◇◇言“致禮餼”者，昏禮，下達、納采、用雁，問名、納吉皆如之。納徵用玄纁、束帛、儷皮，是士禮也。《媒氏》云“純帛無過五兩”，謂庶人禮也。欲致禮，謂此也。餼，謂牲也。昏禮不見用牲文，鄭以時事言之，或亦宜有也。

◇◇言“示有意”者，前已執謙，不敢斥言其適己。

◇◇言養馬，是欲致禮餼，示有意求之，但謙不斥耳。

【孔疏】“翹翹”至“其馬”。

①翹翹然而高者，乃是雜薪。此薪雖皆高，我欲刈其楚。所以然者，

以楚在雜薪之中，尤翹翹而高故也。以興貞絜者乃是衆女，此衆女雖皆貞絜，我欲取其尤貞絜者。

②又言是其尤絜者，之子若往歸嫁，我欲以粟秣養其馬，乘之以致禮餼，示已有意欲求之。下四句同前。

<二章-5>**漢之廣矣，不可泳思。江之永矣，不可方思。**

<三章-1>**翹翹錯薪，言刈其蔞（lóu）。**

【毛傳】蔞，草中之翹翹然。

【孔疏】傳“蔞，草中之翹翹然”。

◇◇傳以上楚是木，此蔞是草，故言草中之翹翹然。《釋草》云：“購，蔏蔞。”舍人曰：“購一名蔏蔞。”郭云：“蔏蔞，蔞蒿也。生下田，初出可啖，江東用羹魚也。”

◇◇陸機《疏》云：“其葉似艾，白色，長數寸，高丈餘。好生水邊及澤中，正月根牙生，旁莖正白，生食之，香而脆美。其葉又可蒸爲茹。”是也。

<三章-3>**之子于歸，言秣其駒。**

【毛傳】五尺以上曰駒。

【孔疏】傳“五尺以上曰駒”。

◇◇《廋人》云：“八尺以上爲龍，七尺以上爲騋（lái），六尺以上爲馬。”故上傳曰“六尺以上曰馬”。此駒以次差之，故知五尺以上也。五尺以上，即六尺以下，故《株林》箋云“六尺以下曰駒”是也。

◇◇《輈人》注國馬謂種、戎、齊、道，高八尺。田馬高七尺，駑馬高六尺。即《廋人》三等龍、騋、馬是也。何休注《公羊》云“七尺以上曰龍”不合《周禮》也。

【樂道主人】《陳風·株林》，《詩三家》引《公羊隱元年傳注》：天子馬曰龍，高七尺上；諸侯曰馬，高六尺上；大夫曰駒，高五尺上。

<三章-5>**漢之廣矣，不可泳思。江之永矣，不可方思。**

《漢廣》三章，章八句。

汝　墳 【周南十】

遵彼汝墳（fén），伐其條枚。未見君子，惄（nì）如調（zhāo）饑（jī）。

遵彼汝墳，伐其條肄（yì）。既見君子，不我遐弃。

魴（fáng）魚赬（chēng）尾，王室如燬（huǐ）。雖則如燬，父母孔邇。

《汝墳》三章，章四句。

【毛序】《汝墳》，道化行也。文王之化行乎汝墳之國，婦人能閔其君子，猶勉之以正也。

【鄭箋】言此婦人被文王之化，厚事其君子。

【樂道主人】道，言，講。

【孔疏】“《汝墳》”至“以正”。

◇◇文王之化行於汝墳之國，婦人能閔念其君子，猶復勸勉之以正義，不可逃亡，爲文王道德之化行也。言汝墳之國，以汝墳之厓，表國所在，猶江、漢之域，非國名也。閔者，情所憂念。勉者，勸之盡誠。

◇◇欲見情雖憂念，猶能勸勉，故先閔而後勉也。臣奉君命，不敢憚（dàn）勞，雖則勤苦，無所逃避，是臣之正道，故曰勉之以正也。

◇◇閔其君子，首章、二章是也。勉之以正，卒章是也。

<一章-1>**遵彼汝墳，伐其條枚。**

【毛傳】遵，循也。汝，水名也。墳，大防也。枝曰條，榦（gàn）曰枚。

【鄭箋】伐薪於汝水之側，非婦人之事，以言己之君子賢者，而處勤勞之職，亦非其事。

【程析】汝，汝水。源出河南天息山，東南流入淮河。墳，堤岸。

【孔疏】傳“汝水”至“曰枚”。

◇◇李巡曰：“墳謂厓岸狀如墳墓，名大防也。”則此墳謂汝水之側厓岸大防也。《釋水》云“水自河出爲灉（yōng），江爲沱（tuó）”，别爲小水之名。又云："江有沱，河有灉，汝有濆。"

◇箋、傳不然者，以彼濆從水，此墳從土，且伐薪宜於厓岸大防之上，不宜在濆汝之間故也。

◇◇枝曰條，榦曰枚，無文也。以枚非木，則條亦非木，明是枝榦相對爲名耳。枝者木大，不可伐其榦，取條而已。枚，細者，可以全伐之也。《周禮》有《銜枚氏》，注云"枚狀如箸"，是其小也。

◇下章言"條肄（yì）"，肄，餘也，斬而復生，是爲餘也，如今蘖生者，亦非木名也。

【孔疏】箋"伐薪"至"其事"。◇◇大夫之妻，尊爲命婦，而伐薪者，由世亂時勞，君子不在。猶非其宜，故云非婦人之事。婦人之事，深宫固門，紡績織紝之謂也。不賢而勞，是其常，故以賢者處勤爲非其事也。

<一章-3>**未見君子，惄（nì）如調（zhāo）饑（jī）。**

【毛傳】惄，饑意也。調，朝也。

【鄭箋】惄，思也。未見君子之時，如朝饑之思食。

【孔疏】傳"惄，饑意"。箋"惄，思"。

◇◇《釋詁》云："惄，思也。"舍人曰："惄，志而不得之思也。"《釋言》云："惄，饑也。"李巡曰："惄，宿不食之饑也。"惄之爲訓，本爲思耳。但饑之思食，意又惄然，故又以爲饑。惄是饑之意，非饑之狀，故傳言"饑意"。箋以爲思，義相接成也。

◇◇此以思食比思夫，故箋又云："如朝饑之思食。"

【孔疏-章旨】"遵彼"至"調饑"。

①言大夫之妻，身自循彼汝水大防之側，伐其條枝枚榦之薪。以爲己伐薪汝水之側，非婦人之事，因閔己之君子賢者，而處勤勞之職，亦非其事也。

②既閔其勞，遂思念其事，言己未見君子之時，我之思君子，惄然如朝饑之思食也。

<二章-1>**遵彼汝墳，伐其條肄（yì）。**

【毛傳】肄，餘也。斬而復生曰肄。

【孔疏】言"條肄"，肄，餘也，斬而復生，是爲餘也，如今蘖生者，亦非木名也。

<二章-3>**既見君子，不我遐弃。**

【毛傳】既，已。遐，遠也。

【鄭箋】已見君子，君子反也，於已反得見之，知其不遠弃我而死亡，於思則愈，故下章而勉之。

【樂道主人】反，返。

【孔疏】“既見君子，不我遐弃”。

◇◇不我遐弃，猶云不遐弃我。古之人語多倒，《詩》之此類衆矣。

◇◇婦人以君子處勤勞之職，恐避役死亡，今思之，覬君子事訖得反。我既得見君子，即知不遠弃我而死亡，我於思則愈。

◇未見，恐其逃亡；既見，知其不死，故憂思愈也。

【孔疏】箋“已見”至“勉之”。

◇◇言不遠弃我，我者，婦人自謂也。若君子死亡，已不復得見，爲遠弃我。今不死亡，已得見之，爲不遠弃我也。

◇◇然君子或不堪其苦，避役死亡；或自思公義，不避勞役，不由於婦人，然婦人閔夫之辭，據婦人而言耳。

◇◇下章云“父母孔邇”，是勉勸之辭，由此畏其死亡，故下章勉之。

<三章-1>**魴（fáng）魚䞓（chēng）尾，王室如燬（huǐ）。**

【毛傳】䞓，赤也，魚勞則尾赤。燬，火也。

【鄭箋】君子仕於亂世，其顔色瘦病，如魚勞則尾赤。所以然者，畏王室之酷烈。是時紂存。

【程析】魴魚，鯿魚。

【樂道主人】王室，指紂王朝。時值文王未稱王之時。

【孔疏】傳“䞓，赤”至“燬火”。

◇◇《釋器》云：“再染謂之䞓。”郭云：“䞓，淺赤也。”魴魚之尾不赤，故知勞則尾赤。

◇◇哀十七年《左傳》曰：“如魚䞓尾，衡流而彷徉。”鄭氏云：魚肥則尾赤，以喻蒯聵淫縱。不同者，此自魴魚尾本不赤，赤故爲勞也。

【孔疏】箋“君子”至“紂存”。

◇◇言君子仕於亂世，不斥大夫、士。王肅云：“當紂之時，大夫行役。”序稱“勉之以正”，則非庶人之妻。言賢者不宜勤勞，則又非爲士。

◇◇此引父母之甚近，傷王室之酷烈，閔之則恐其死亡，勉之則勸其盡節，比之於《殷其靁》，志遠而義高，大夫妻於是明矣。

◇◇雖王者之風，見感文王之化，但時實紂存，文王率諸侯以事殷，故汝墳之國，大夫猶爲殷紂所役。若稱王以後，則不復事紂，六州，文王所統，不爲紂役也。

◇箋以二《南》文王之事，其衰惡之事，舉紂以明之。上《漢廣》云“求而不可得”，本有可得之時，言紂時淫風大行。此云“王室如燬”，言是時紂存。《行露》云“衰亂之俗微”，言紂末之時，《野有死麕》云“惡無禮”，言紂時之世。《麟趾》有“衰世之公子”，不言紂時。法有詳略，承此可知也。

<三章-3>**雖則如燬，父母孔邇。**

【毛傳】孔，甚。邇，近也。

【鄭箋】辟（bì）此勤勞之處，或時得罪，父母甚近，當念之，以免於害，不能爲疏遠者計也。

【樂道主人】辟，避。

【孔疏-章旨】“魴魚”至“孔邇”。

①婦人言魴魚勞則尾赤，以興君子苦則容悴。君子所以然者，由畏王室之酷烈猛熾如火故也。既言君子之勤苦，即勉之，言今王室之酷烈雖則如火，當勉力從役，無得逃避。

②若其避之，或時得罪，父母甚近，當自思念，以免於害，無得死亡，罪及父母，所謂勉之以正也。

《汝墳》三章，章四句。

麟之趾 【周南十一】

麟之趾（zhǐ）。振（zhēn）振公子，于（xū）嗟（jiē）麟兮！
麟之定。振振公姓，于嗟麟兮！
麟之角。振振公族，于嗟麟兮！
《麟之趾》三章，章三句。

【毛序】《麟之趾》，《關雎》之應也。《關雎》之化行，則天下無犯非禮，雖衰世之公子，皆信厚如麟趾之時也。

【鄭箋】《關雎》之時，以麟爲應，後世雖衰，猶存《關雎》之化者，君之宗族猶尚振（zhēn）振然，有似麟應之時，無以過也。

【陸釋】《草木疏》云："麕，身牛，尾馬，足黄色，員蹄，一角，角端有肉，音中鍾吕，行中規矩，王者至仁則出。"服虔注《左傳》云："視明禮脩則麒麟至。"

【孔疏】"《麟之趾》"至"之時"。

◇◇此《麟趾》處末者，有《關雎》之應也。由后妃《關雎》之化行，則令天下無犯非禮。天下既不犯禮，故今雖衰世之公子，皆能信厚，如古致麟之時，信厚無以過也。

◇◇《關雎》之化，謂《螽斯》以前。天下無犯非禮，《桃夭》以後也。雖衰世之公子，皆信厚如麟趾之時，此篇三章是也。此篇處末，見相終始，故歷序前篇，以爲此次。既因有麟名，見若致然，編之處末，以法成功也。

◇◇此篇本意，直美公子信厚似古致麟之時，不爲有《關雎》而應之。大師編之以象應，敘者述以示法耳。不然，此豈一人作詩，而得相顧以爲終始也？又使天下無犯非禮，乃致公子信厚，是公子難化於天下，豈其然乎！明是編之以爲示法耳。

【孔疏】箋"關雎"至"以過"。

◇◇箋欲明時不致麟，信厚似之，故云《關雎》之時，以麟爲應，謂古者太平，行《關雎》之化，至極之時，以麟爲瑞。後世雖衰，謂紂時有文王之教，猶存《關雎》之化，能使君之宗族振振然，信厚如麟應之時，無以過也。

◇◇信厚如麟時，實不致麟，故張逸問《麟趾》義云："《關雎》之化，則天下無犯非禮，雖衰世之公子皆信厚，其信厚如《麟趾》之時。箋云喻今公子亦信厚，與禮相應，有似於麟。唯於此二者時，《關雎》之化致信厚，未致麟。"

◇答曰："衰世者，謂當文王與紂之時，而周之盛德，《關雎》化行之時，公子化之，皆信厚與禮合，古太平致麟之時，不能過也。由此言之，不致明矣。"

◇◇鄭言古太平致麟之時者，案《中候·握河紀》云："帝軒題象，麒麟在囿。"又《唐》傳云："堯時，麒麟在郊藪（sǒu，生長着很多草的湖）。"又《孔叢》云："唐、虞之世，麟鳳游於田。"由此言之，黃帝、堯、舜致麟矣。

◇◇然感應宜同，所以俱行《關雎》之化，而致否异者，亦時勢之運殊。古太平時，行《關雎》之化至極，能盡人之情，能盡物之性，太平化洽（qià），故以致麟。文王之時，殷紂尚存，道未盡行，四靈之瑞不能悉至。序云"衰世之公子"，明由衰，故不致也。

◇◇成、康之時，天下太平，亦應致麟，但無文證，無以言之。孔子之時，所以致麟者，自爲制作之應，非化洽所致，不可以難此也。

◇◇三章皆以麟爲喻，先言麟之趾，次定、次角者，麟是走獸，以足而至，故先言趾。因從下而上，次見其額，次見其角也。同姓疏於同祖（同高祖），而先言姓者，取其與"**定**"爲韵，故先言之。

<一章-1>**麟之趾（zhǐ）。振（zhēn）振公子，**

【毛傳】興也。趾，足也。麟信而應禮，以足至者也。振振，信厚也。

【鄭箋】興者，喻今。

【程析】麟，麒麟，傳説中的仁獸。被描寫成鹿身、牛尾、馬蹄、頭上一角。振振，振振有爲狀。公子，諸侯之子。

【孔疏】傳"麟信"至"信厚"。

◇◇傳解四靈多矣，獨以麟爲興，意以麟於五常屬信，爲瑞則應禮，故以喻公子信厚而與禮相應也。此直以麟比公子耳，而必言趾者，以麟是行獸，以足而至，故言麟之趾也。言信而應禮，則與《左氏》說同，以爲脩母致子也。

◇◇哀十四年《左傳》服虔注云："視明禮脩而麟至，思睿（ruì）信立白虎擾，言從義成則神龜在沼，聽聰知正而名山出龍，貌恭體仁則鳳皇來儀（傾心，嚮往）。"《騶虞》傳云"有至信之德則應之"，是與《左傳》說同也。

◇◇說者又云，人臣則脩母致子應，以昭二十九年《左傳》云水官不脩則龍不至故也。人君則當方（四方）來應，是以《駁异義》云"玄之聞也，《洪範》五事一曰言，於五行屬金，孔子時，周道衰，於是作《春秋》以見志，其言可從，故天應以金獸之瑞"，是其義也。

箋"公子信厚，與禮相應，有似於麟"，申述傳文，亦以麟爲信獸。《駁异義》以爲西方毛蟲，更爲別說。

<一章-3>**于（xū）嗟（jiē）麟兮！**

【毛傳】于嗟，嘆辭。

【孔疏】傳"于嗟，嘆辭"。◇◇此承上信厚，嘆信厚也。故《射義》注云："'于嗟乎騶虞'，嘆仁人也。"明此嘆信厚可知。

【孔疏-章旨】"麟之"至"麟兮"。

①言古者麟之趾，猶今之振振公子也。麟之爲獸，屬信而應禮，以喻今公子亦振振然信厚，與禮相應。

②言公子信厚，似於麟獸也，即嘆而美之，故於嗟乎嘆今公子信厚如麟兮。言似古致麟之時兮，雖時不致麟，而信與之等。反覆嗟嘆，所以深美之也。

<二章-1>**麟之定。振振公姓，**

【毛傳】定，題也。公姓，公同姓。

【程析】定，"頂"的假借，額頭。

【孔疏】傳"定，題"。◇◇《釋言》文。郭璞曰："謂額也。"傳或作"顛"。《釋畜》云："的顙，白顛。"顛亦額也，故因此而誤。定本作"題"。

【孔疏】傳"公姓，公同姓"。

◇◇言同姓，疏於同祖（高祖）。上云"公子"，爲最親。下云"公族"，傳云"公族，公同祖"，則謂與公同高祖，有廟屬之親。此"同姓”，則五服以外，故《大傳》云“五世袒（tǎn）免，殺同姓”是也。《大傳》注又云“外高祖爲庶（《説文》：屋下衆也）姓”，是同高祖爲一節也。此有公子、公族、公姓對例爲然。

◇◇案《杕杜》云：“不如我同父。”又曰：“不如我同姓。”傳曰：“同姓，同祖。”此同姓、同祖爲异。彼爲一者，以彼上云“同父”，即云同姓，同父之外，次同祖，更無异稱，故爲一也。且皆對他人异姓，不限遠近，直舉祖父之同爲親耳。

◇◇襄十二年《左傳》曰：“同姓於宗廟，同宗於祖廟，同族於禰廟（父廟，或稱考廟）。”又曰“魯爲諸姬，臨於周廟”，謂同姓於文王爲宗廟也。“邢、凡、蔣、茅、胙（zòu）、祭，臨於周公之廟”，是同宗於祖廟也。

◇◇同族謂五服之内，彼自以五服之外遠近爲宗姓，與此又异。此皆君親，非异國也。

◇◇要皆同姓以對异姓，异姓最爲疏也（此异姓指庶姓，即非姓、非姻）。

表 1　血緣稱謂關係

親疏	襄十二年《左傳》	襄十二年《左傳》又曰	《大傳》
家			
族	禰廟（父廟，或稱考廟）	五服之内	
宗	同祖（高祖廟）	同宗於祖廟	同姓
姓	同祖廟（始祖廟）	宗廟	庶姓，外（异）高祖
异姓	無血緣關係		

<二章-3>**于嗟麟兮！**

<三章-1>**麟之角。振振公族，**

【毛傳】麟角，所以表其德也。公族，公同祖也。

【鄭箋】麟角之末有肉，示有武而不用。

【樂道主人】【孔疏】傳云“公族，公同祖”，則謂與公**同高祖**，有廟屬之親。

【程析】公族，諸侯曾孫以下稱公族。公孫之子，支系旁生，各自成族，總括名之公族。

<三章-3>于嗟麟兮！

【孔疏】傳“麟角”箋至“不用”。

◇◇有角示有武，有肉示不用。有武而不用，是其德也。箋申説傳文也。

◇◇《釋獸》云：“麟，麕（jūn，似鹿）身，牛尾，一角。”

◇京房《易》傳曰：“麟，麕身，牛尾，馬蹄，有五彩，腹下黄，高丈二。”

◇陸機《疏》：“麟，麕身，牛尾，馬足，黄色，員蹄，一角，角端有肉。音中鍾吕，行中規矩，游必擇地，詳而後處。不履生蟲，不踐生草，不群居，不侣行，不入陷阱，不罹羅網。王者至仁則出。今并州界有麟，大小如鹿，非瑞應麟也。故司馬相如賦曰‘射麋脚麟’，謂此麟也。

《麟之趾》三章，章三句。

周南之國十一篇，三十六章，百五十九句。

鵲　巢【召南一】

維鵲有巢，維鳩居之。之子于歸，百兩（liàng）御（yà）之。
維鵲有巢，維鳩方之。之子于歸，百兩將之。
維鵲有巢，維鳩盈之。之子于歸，百兩成之。

《鵲巢》三章，章四句。

【毛序】《鵲巢》，夫人之德也。國君積行累功以致爵位，夫人起家而居有之，德如鳲（shī）鳩，乃可以配焉。

【鄭箋】起家而居有之，謂嫁於諸侯也。夫人有均壹之德如鳲鳩然，而後可配國君。

【孔疏】“《鵲巢》三章，章四句”至“配焉”。

◇◇作《鵲巢》詩者，言夫人之德也。言國君積脩其行，累其功德，以致此諸侯之爵位，今夫人起自父母之家而來居處共有之，由其德如鳲鳩，乃可以配國君焉，是夫人之德也。經三章皆言起家而來居之。

◇◇文王之迎大（tài）姒，未爲諸侯，而言國君者，《召南》諸侯之風，故以夫人國君言之。

◇◇文王繼世爲諸侯，而云“積行累功以致爵位”者，言爵位致之爲難，夫人起家而居有之，所以顯夫人之德，非謂文王之身始有爵位也。

<一章-1>**維鵲有巢，維鳩居之。**

【毛傳】興也。鳩，鳲鳩，秸（jié）鞠也。鳲鳩不自爲巢，居鵲之成巢。

【鄭箋】鵲之作巢，冬至架之，至春乃成，猶國君積行累功，故以興焉。興者，鳲鳩因鵲成巢而居有之，而有均壹之德，猶國君夫人來嫁，居君子之室，德亦然。室，燕寢也。

【程析】鳩，今之八哥、布穀。

【孔疏】傳“鳲鳩，秸鞠”。

◇◇序云“德如鳩”也，《釋鳥》云“鳲鳩，秸鞠”，郭氏曰：“今布穀也，江東呼獲穀。”《埤倉》云“鴶鵴”，《方言》云“戴勝”，謝氏云“布穀類也”。諸説皆未詳，布穀者近得之。

【孔疏】箋“鵲之”至“燕寢”。

◇◇《推度灾》曰：“鵲以復至之月始作室家，鳲鳩因成事，天性如此也。”復於消息十一月卦，故知冬至加功也。《月令》“十二月鵲始巢”，則季冬猶未成也，故云“至春乃成”也。此與《月令》不同者，大率記國中之候，不能不有早晚，《詩緯》主以釋此，故依而説焉。

◇◇此以巢比爵位，則鳲鳩居巢，猶夫人居爵位，然有爵者必居其室，不謂以室比巢。

◇◇燕寢，夫人所居，故云室者燕寢。下傳言“旋歸，謂反燕寢”，亦是也。

<一章-3>**之子于歸，百兩**（liàng）**御**（yà）**之。**

【毛傳】百兩（liàng），百乘也。諸侯之子嫁於諸侯，送御（yà）皆百乘。

【鄭箋】之子，是子也。御，迎也。是如鳲鳩之子，其往嫁也，家人送之，良人迎之，車皆百乘，象有百官之盛。

【程析】御（yà），“訝”的假借字。迎接。《説文》：訝，相迎也。

【孔疏】傳“百兩”至“百乘”。

◇◇《書序》云“武王戎車三百兩”，皆以一乘爲一兩。謂之兩者，《風俗通》以爲車有兩輪，馬有四匹，故車稱兩，馬稱匹。

◇◇言諸侯之女嫁於諸侯，送迎皆百乘者，探解下章“將之”，明此諸侯之禮，嫁女於諸侯，故迎之百乘；諸侯之女，故送亦百乘。若大夫之女，雖爲夫人，其送不得百乘。各由其家之所有爲禮也。

◇◇此夫人斥大姒也，《大明》云“纘（zuǎn）女維莘”，莘國長女，實是諸侯之子，故得百乘將之。

【孔疏】箋“家人”至“盛”。

◇◇此申説傳送迎百乘之事。

◇◇家人，謂父母家人也。《左傳》曰：“凡公女嫁於敵國，姊妹則上卿送之，公子則下卿送之。於大國，雖公子亦上卿送之。”言大姒自莘適周，必上卿送之。

◇◇良人，謂夫也。《昏禮》曰：“衽良席在東。”注云：“婦人稱夫曰良人。《孟子》曰：‘吾將瞯（jiàn，窺視，偷看）良人所之。’”

《小戎》曰："厭厭良人。"皆婦人之稱夫也。《綢繆》傳曰"良人，美室"者，以其文對"粲者"，粲是三女，故良人爲美室也。

◇◇百乘象百官者，昏禮，人倫之本，以象國君有百官之盛。諸侯禮亡，官屬不可盡知，唯《王制》云"三卿、五大夫、二十七士"，是舉全數，故云百官也。

◇《士昏禮》"從車二乘"，其天子與大夫送迎則無文，以言夫人之嫁，自乘家車，故鄭《箴膏肓》引《士昏禮》曰："主人爵弁纁裳，從車二乘，婦車亦如之，有供。"則士妻始嫁，乘夫家之車也。

◇又引此詩，乃云："此國君之禮，夫人自乘其家之車也。"然宣五年"齊高固及子叔姬來，反馬"，《何彼襛矣》美王姬之車，故鄭《箴膏肓》又云："禮雖散亡，以詩義論之，天子以至大夫皆有留車反馬之禮。"故《泉水》云"還車言邁"，箋云"還車者，嫁時乘來，今思乘以歸"，是其義也。知夫人自乘家車也。

◇◇言迓之者，夫自以其車迎之；送之，則其家以車送之，故知婿車在百兩迎之中，婦車在百兩將之中，明矣。

【孔疏-章旨】"維鵲"至"御之"。

①言維鵲自冬歷春功著，乃有此巢窠，鳲鳩往居之，以興國君積行累功勤勞乃有此爵位維，夫人往處之。今鳲鳩居鵲之巢，有均壹之德，以興夫人亦有均一之德，故可以配國君。

②又本其所起之事，是子有鳲鳩之德，其往嫁之時，則夫家以百兩之車往迎之，言夫人有德，禮迎具備。

<二章-1>**維鵲有巢，維鳩方之。**

【毛傳】方，有之也。

【程析】方，占有。

<二章-3>**之子于歸，百兩將之。**

【毛傳】將，送也。

<三章-1>**維鵲有巢，維鳩盈之。**

【毛傳】盈，滿也。

【鄭箋】滿者，言衆媵（nìng）侄娣之多。

【程析】盈，住滿。

【孔疏】箋"滿者"至"之多"。◇◇《公羊傳》曰"諸侯一娶九女，二國往媵之，以侄娣從"，凡有八人，是其多也。又曰："侄者何？兄之子。娣者何？女弟也。"

【樂道主人】《公羊傳·莊公十九年》："媵者何？諸侯娶一國，則二國往媵之，以侄娣從。侄者何？兄之子也。娣者何？弟也。諸侯一聘九女，諸侯不再娶。"一國的諸侯娶另一國的女子爲妻室時，嫁女方還必須有兩個同姓國派送女子去陪嫁，陪嫁的女子稱爲娣，陪嫁的侄女爲侄。諸侯一般都可以一次娶妻連媵娣共九人，然後便不再娶。《儀禮·士婚禮》説："媵，送也，謂女從者也。"

<三章-3>**之子于歸，百兩成之。**

【毛傳】能成百兩之禮也。

【鄭箋】是子有鳲鳩之德，宜配國君，故以百兩之禮送迎成之（與毛不同）。

【孔疏】傳"能成百兩之禮"。◇◇傳言夫人有鳲鳩之德，故能成此百兩迎之禮。箋以迓爲迎。夫人將之，謂送夫人；成之，謂成夫人，**故易以**百兩之禮送迎成之。

《鵲巢》三章，章四句。

采蘩 【召南二】

于以采蘩（fán），于沼（zhǎo）于沚（zhǐ）。于以用之，公侯之事。

于以采蘩，于澗之中。于以用之，公侯之宫。

被（bì）之僮（tóng）僮，夙夜在公。被之祁（qí）祁，薄言還（xuán）歸。

《采蘩》三章，章四句。

【毛序】《采蘩》，夫人不失職也。夫人可以奉祭祀，則不失職矣。

【鄭箋】奉祭祀者，采蘩之事也。不失職者，夙夜在公也。

<一章-1>于以采蘩（fán），于沼（zhǎo）于沚（zhǐ）。

【毛傳】蘩，皤（pó）蒿也。于，於。沼，池。沚，渚（zhǔ）也。公侯夫人執蘩菜以助祭，神饗德與信，不求備焉，沼沚谿（xī）澗之草，猶可以薦。王后則荇菜也。

【鄭箋】于以，猶言“往以”也。“執蘩菜”者，以豆薦蘩菹（zū，腌菜）。

【樂道主人】皤（pó），疏：凡艾白色爲皤蒿。薦，《康熙字典》：聚也。《説文》：薦席也。

【樂道主人】《秦風·蒹葭》孔疏引《釋水》云：“小洲曰渚。小渚曰沚。小沚曰坻（chí）。”然則坻是小沚，言小渚者，渚、沚皆水中之地，小大异也。

【孔疏】傳“蘩，皤蒿”。

◇◇《釋草》文。孫炎曰：“白蒿也。”然則非水菜。

◇◇此言沼沚者，謂於其傍采之也。

◇◇下於澗之中，亦謂于曲内，非水中也。

【孔疏】傳“公侯”至“荇菜”。

◇◇言執蘩菜以助祭者，以采之本爲祭用，既言公侯夫人執蘩菹，嫌王后尊，不可親事，故因明王后則親執荇菜也。

◇◇言不求備者，據詩舉荇菜，非其備者，其實祭則備物，故《關雎》傳云“備庶物以事宗廟”，是也。《左傳》曰：“苟有明信，谿澗沼沚之毛，可薦於鬼神。”彼言毛，此傳言草，皆菜也。

【孔疏】箋“于以”至“蘩（fán）菹（zū）”。

◇◇經有三“于”，傳訓爲“於”，不辨上下。箋明下二“于”爲“於”，上“于”爲“往”，故叠經以訓之。言“往”足矣，兼言“往以”者，嫌“于以”共訓爲“往”，故明之。

◇◇又言以豆薦蘩菹者，《醢（hǎi）人》云“四豆之實”，皆有菹，菹在豆，故知以豆薦蘩菹也。《特牲》云“主婦設兩敦（duì，盛黍稷的器具）黍稷於菹南，西上，及兩鉶（xíng）芼設於豆南，南陳”，即主婦亦設羹矣。

◇◇知蘩不爲羹者，《祭統》云“夫人薦豆”，《九嬪職》云“贊後薦，徹豆籩”，即王后夫人以豆爲重，故《關雎》箋云“后妃供荇菜之菹”，亦不爲羹。

◇《采蘋》知爲羹者，以教成之祭，牲用魚，芼之以蘋藻，故知爲羹。且使季女設之，不以薦事爲重，與此异也。

<一章-3>**于以用之，公侯之事。**

【毛傳】之事，祭事也。

【鄭箋】言夫人于君祭祀而薦此豆也。

【孔疏】傳“之事，祭事”。◇◇序云“可以奉祭祀”，故知祭事。祭必於宗廟，故下云“宫”，互見其義也。

【孔疏-章旨】“于以”至“之事”。

①言夫人往何處采此蘩菜乎？於沼池、於沚渚之傍采之也。

②既采之爲菹，夫人往何處用之乎？於公侯之宫祭事，夫人當薦之也。

◇◇此章言其采取，故卒章論其祭事。

<二章-1>**于以采蘩，于澗之中。**

【毛傳】山夾水曰澗。

【樂道主人】孔疏：於澗之中，亦謂于曲内，非水中也。

<二章-3>**于以用之，公侯之宫。**

【毛傳】宫，廟也。

<三章-1>**被（bì）之僮（tóng）僮，夙夜在公。**

【毛傳】被，首飾也。僮僮，竦敬也。夙，早也。

【鄭箋】公，事也。早夜在事，謂視濯（zhuó）溉（gài）饎（chì）爨（cuàn）之事。《禮記》："主婦髲（bì）髢（dí）。

【程析】髲髢，用假髮編成的頭髻。僮僮，假髻高聳貌。

【樂道主人】此指公侯夫人。饎，《康熙字典》：炊黍稷曰饎。爨，灶。髲髢，梳在頭頂上的假髮結。

【孔疏】傳"被，首飾"。

◇◇被者，首服之名，在首，故曰首飾。箋引《少牢》之文，云"主婦髲髢"，與此被一也。案《少牢》作"被裼（tì）"，注云："被裼讀爲髲鬄。古者或剔賤者、刑者之發，以被婦人之紒（jì，《類篇》結作紒）爲飾，因名髲髢焉。此《周禮》所謂**次**也。"

◇◇又"追師掌爲副編次"，注云"**次**，次第，髮長短爲之，所謂髲髢"，即與**次**一也。知者，《特牲》云"主婦纚（xǐ）笄"，《少牢》云"被錫纚笄"，笄上有次而已，故知是《周禮》之次也。

◇◇此言被，與髲髢之文同，故知被是《少牢》之髲髢，同物而异名耳。《少牢》注讀"被錫"爲"髲鬄"者，以剔是翦髮之名，直云"被錫"，於用髮之理未見，故讀爲"髲髢"，鬄，剔髮以被首也。《少牢》既正其讀，故此及《追師》引經之言髲鬄也。定本作"髲髢"，與俗本不同。

◇◇《少牢》云"主婦衣侈（chǐ）袂（mèi，衣袖，侈袂为廣袖、大袖）"，注云"衣（yì）綃（xiāo，《説文》：生絲也）衣而侈其袂耳"。侈者，蓋士妻之袂以益之，衣三尺三寸，袪（qū，袖口）尺八寸。此夫人首服與之同，其衣即异。何者？

◇夫人于其國，與王后同，展衣以見君，褖（tuàn）衣御序於君。此雖非正祭，亦爲祭事，宜與見君相似，故《緣衣》士視壺濯猶爵弁，則此夫人視濯溉，蓋展衣，否則褖衣也。

◇知非祭服者，《郊特牲》曰"王皮弁以聽祭報"，又曰"祭之日，王被衮以象天"。王非正祭不服衮，夫人非正祭不服狄衣（《康熙字典》：

揄，讀如摇。狄，讀如翟。謂畫摇翟之雉於衣），明矣。且狄，首服，副非被所當配耳，故下箋云“夫人祭畢，釋祭服而去”，是也。

◇◇《少牢》注侈綃衣之袂，《追師》注引《少牢》“衣侈袂”以爲侈禒衣之袂。不同者，鄭以《特牲禮》士妻綃衣，大夫妻言侈袂，對士而言，故侈綃衣之袂。以無明文，故《追師》之注更别立説，見士祭玄端，其妻綃衣，大夫祭朝服，其妻亦宜與士异，故爲侈禒衣之袂也。

◇◇知非助祭、自祭爲异者，以助祭申上服，卿妻鞠（jū）衣，大夫妻展衣，不得侈禒衣之袂。

◇◇此“主婦髲鬄”，在《少牢》之經，箋云“《禮記》曰”者，誤也。

【樂道主人】《周禮·天官·内司服》：王后之六服：褘（huī）狄、揄（yú）狄、闕狄、鞠衣、襢（tǎn）衣、禒（tuàn）衣。

【孔疏】傳“僮僮，竦敬”。◇◇知僮僮不爲被服者，以下祁祁據夫人之安舒，故此爲竦懼而恭敬也。

【孔疏】箋“早夜”至“之事”。

◇◇早謂祭日之晨，夜謂祭祀之先夕之期也。先夙後夜，便文耳。夜在事，謂先夕視濯溉。早在事，謂朝視饎爨。在事者，存在於此視濯溉饎爨之事，所謂不失其職也。

◇◇鄭何知非當祭之日，自早至夜而以爲視濯者，以“被之祁祁，薄言還歸”據祭畢，即此“被之僮僮”爲祭前矣。若爲自夙至夜，則文兼祭末，下不宜復言祭末之事，故鄭引髲鬄與被爲一，非祭時所服，解在公爲視濯，非正祭之時也。經言夙夜在公，知是視濯溉饎爨者，諸侯之祭禮亡，正以言夙夜是祭前之事。

◇◇案《特牲》“夕陳鼎於門外，宗人升自西階，視壺濯及籩（盛果實等的竹器）豆（木製，《説文》：古食肉器也）”，即此所云夜也。又云“夙興，主婦親視饎爨西堂下”，即此所云夙也。以其夙夜之事同，故約之以爲濯溉饎爨之事也。

◇◇《特牲》言濯，不言溉，注云“濯，溉也”，即濯、溉一也，鄭并言耳。《特牲》宗人視濯，非主婦，此引之者，諸侯與士不必盡同，以凡夙夜，文王夫人，故約彼夙夜所爲之事以明之。

◇◇不約《少牢》者，以《少牢》先夕無事，所以下人君祭之日，朝乃饔人溉鼎，廩人溉甑，無主婦所視，無饎爨之文，故鄭不約之。士妻得與夫人同者，士卑不嫌也。

◇◇此諸侯禮，故夫人視濯。天子則大宗伯視滌濯，王后不視矣。

<三章-3>**被之祁（qí）祁，薄言還（xuán）歸。**

【毛傳】祁祁，舒鷃（yàn）也，去事有儀也。

【鄭箋】言，我也。祭事畢，夫人釋祭服而去髲髢，其威儀祁祁然而安舒，無罷（pí）倦之失。我還歸者，自廟反其燕寢。

【樂道主人】鷃，雀。

【孔疏】傳"祁祁"至"有儀"。

◇◇言去事有儀者，謂祭畢去其事之時有威儀，故箋云"祭畢，釋祭服而去"，是去事也。"髲髢，其威儀祁祁然而安舒"，是有儀也。

◇◇定本云"祭事畢，夫人釋祭服而髲髢"，無"去"字。知祭畢釋祭服者，以其文言"被"，與上同，若祭服即副矣，故知祭畢皆釋祭服矣。

【孔疏】箋"我還"至"燕寢"。言此者，以廟寢同宫，嫌不得言歸，故明之燕寢，夫人常居之處。

【孔疏-章旨】"被之"至"還歸"。

①言夫人首服被鬄之飾，僮僮然甚竦敬乎！何時爲此竦敬？謂先祭之時，早夜在事，當視濯溉饎爨之時甚竦敬矣。

②至於祭畢釋祭服，又首服被鬄之釋，祁祁然有威儀。何時爲此威儀乎？謂祭事既畢，夫人云薄欲還歸，反其燕寢之時，明有威儀矣。

《采蘩》三章，章四句。

草　蟲　【召南三】

嘤（yāo）嘤草蟲，趯（tì）趯阜（fù）螽（zhōng）。未見君子，憂心忡（chōng）忡。亦既見止，亦既覯止，我心則降（hōng）。

陟（zhì）彼南山，言采其蕨（jué）。未見君子，憂心惙（chòu）惙。亦既見止，亦既覯止，我心則説（yuè）。

陟彼南山，言采其薇。未見君子，我心傷悲。亦既見止，亦既覯止，我心則夷。

《草蟲》三章，章七句。

【毛序】《草蟲》，大夫（之）妻能以禮自防也。

【樂道主人】以何“禮”自防？新娘在嫁途中，憂新夫不當禮迎親也。以孔疏，詩中新娘是周人。

【孔疏】“《草蟲》”至“自防”。◇◇作《草蟲》詩者，言大夫妻能以禮自防也。經言在室則夫唱乃隨，既嫁則憂不當其禮，皆是以禮自防之事。

<一章-1>嘤（yāo）嘤草蟲，趯（tì）趯阜（fù）螽（zhōng）。

【毛傳】興也。嘤嘤，聲也。草蟲，常羊也。趯趯，躍也。阜螽，蠜（fán）也。卿大夫之妻，待禮而行，隨從君子。

【鄭箋】草蟲鳴，阜螽躍而從之，异種同類，猶男女嘉時以禮相求呼。

【程析】草蟲，指蟈蟈。阜螽，蚱蜢。兩者都是秋天的蟲子。

【樂道主人】蠜，蚱蜢。一章與《小雅·出車》五章前六句完全一樣。

【孔疏】傳“草蟲”至“螽蠜”。

◇◇《釋蟲》云：“草蟲，負蠜。”郭璞曰：“常羊也。”陸機云：“小大長短如蝗也。奇音青色，好在茅草中。”《釋蟲》又云：“阜螽，蠜。”李巡曰：“蝗子也。”陸機云：“今人謂蝗子爲螽子，兖州人謂之螣。許慎云：‘蝗，螽也。’蔡邕云：‘螽，蝗也。’明一物。”

◇◇定本云“阜螽，蠜”，依《爾雅》云，則俗本云“螽蠜”者，衍字也。

【孔疏】箋“草蟲”至“求呼”。

◇◇言异種同類者，以《爾雅》别文而釋，故知异種；今聞聲而相從，故知同類也。以其種類大同，故聞其聲，跳躍而相從，猶男女嘉時以禮相求呼也。

◇◇嘉時者，謂嘉善之時，鄭爲仲春之月也。以此善時相求呼，不爲草蟲而記時也。《出車》箋云：“草蟲鳴，晚秋之時。”

<一章-3>**未見君子，憂心忡（chōng）忡。**

【毛傳】忡忡，猶衝衝也。婦人雖適人，有歸宗之義。

【鄭箋】未見君子者，謂在塗時也。在塗而憂，憂不當君子，無以寧父母，故心衝衝然。是其不自絶於其族之情。

【程析】忡忡，心神動摇貌。衝衝，《説文》：水湧摇也。

【樂道主人】歸宗，此指被夫出而歸回娘家。在塗，途，指女子出嫁家途中。不當，不適合。

【孔疏】傳“婦人”至“之義”。◇◇婦人雖適人，若不當夫氏，爲夫所出，還來歸宗，謂被出也。

【孔疏】箋“未見”至“塗時”。

◇◇知者，以上文説“待禮而行，隨從君子”，則已去父母之家矣。下文“亦既見止”，謂同牢而食，則已至夫家矣。此未見之文居其中，故知在塗時也。

◇◇此章首已論行嫁之事，故下采蕨、采薇皆爲在塗所見，文在未見之前，尚爲在塗，則未見之言，在塗明矣。

◇◇案《昏義》云“婿親受之於父母”，則在家已見矣。今在塗言未見者，謂不見君子接待之禮而心憂，非謂未見其面目而已。

【孔疏】箋“憂不”至“之情”。

◇◇知憂不當君子者，以未見而心憂，既見即心下，故知憂不當君子也。

◇◇又知憂無以寧父母者，此大夫之妻，能以禮自防者也，必不苟求親愛。《斯干》曰“無父母貽罹”，明父母以見弃爲憂。己緣父母之心，憂不當君子無以寧父母也。

◇◇又申説傳“歸宗之義”，憂不當夫意，慮反宗族，是其不自絶於族親之情也。

<一章-5>**亦既見止，亦既覯止，我心則降**（hōng）。

【毛傳】止，辭也。覯，遇。降，下也。

【鄭箋】既見，謂已同牢而食也。既覯，謂已昏也。始者憂於不當，今君子待已以禮，庶自此可以寧父母，故心下也。《易》曰：“男女覯精，萬物化生。”

【樂道主人】亦，發語詞。同牢，古代婚禮中，新夫婦共食一牲的儀式，牢即牲圈。

【孔疏】箋“既見”至“化生”。

◇◇知既見謂同牢而食者，以文在“既覯”之上。案《昏禮》“婦至，主人揖婦以入，席於奥（室西）”，即陳同牢之饌。“三飯卒食”，乃云：“御衽（rèn，《説文解字注》：假借爲衽席。衽席者，今人所謂褥也。）席於奥，媵衽良席在東，皆有枕北趾。主人入，親脱婦纓，燭出。”注云：“昏禮畢，將卧息。”是先同牢，後與夫相遇也。遇與夫爲禮，即見，非直空見也，故知據同牢而食，亦與夫爲禮也。

◇◇言“既覯”謂已昏者，謂已經一昏，得君子遇接之故也，所以既見、既覯并言。

◇◇乃云我心即降者，以同牢初見君子待已顔色之和，已雖少慰君子之心，尚未可知。至於既遇情親，知君子之於已厚，庶幾從此以往稍得夫意，其可以寧父母，心下下。二者相因，故并言之。

◇◇謂之遇者，男女精氣相覯遇，故引《易》以明之。所引者，《下系》文也。彼注云：“覯，合也。男女以陰陽合其精氣。”以覯爲合。此雲遇者，言精氣亦是相遇也。

【孔疏-章旨】“喓喓”至“則降”。

①言喓喓然鳴而相呼者，草蟲也。趯趯然躍而從之者，阜螽也。以興以禮求女者，大夫；隨從君子者，其妻也。此阜螽乃待草蟲鳴，而後從之，而與相隨也。以興大夫之妻必待大夫呼已而後從之，與俱去也。

②既已隨從君子，行嫁在塗，未見君子之時，父母憂已，恐其見弃，已亦恐不當君子，無以寧父母之意，故憂心衝衝然。

③亦既見君子，與之同牢而食；亦既遇君子，與之卧息於寢，知其待

己以禮，庶可以安父母，故我心之憂即降下也。

<二章-1>**陟（zhì）彼南山，言采其蕨（jué）。**

【毛傳】南山，周南山也。蕨，鼈也。

【鄭箋】言，我也。我采者，在塗而見采鼈（與毛不同），采者得其所欲得，猶己今之行者欲得禮以自喻也。

【程析】蕨，山菜，初生似蒜，可食。

【孔疏】傳“南山”至“蕨鼈”。

◇◇序云“大夫妻能以禮自防”，在羔羊之致前，則朝廷之妻大夫，不越境迎女，婦人自所見，明在周也，故云“周南山”。知非召地者，周總百里，雖召地亦屬周，不分別埰地之周、召也。

◇◇“蕨，鼈”，《釋草》文。舍人曰：“蕨，一名鼈。”郭璞曰：“初生無葉，可食。”

【孔疏】箋“言我”至“采鱉”。◇◇此婦人歸嫁，必不自采鼈，故以在塗見之，因興。知者，以大夫之妻待禮而嫁，明及仲春采蕨之時故也。

【孔疏】“陟彼”至“其蕨”。

○毛以爲，言有人升彼南山之上，云我欲采其鼈菜，然此采鼈者欲得此鼈，以興己在塗路之上，欲歸於夫家，然我今歸嫁，亦欲得夫待己以禮也。已嫁之欲禮，似采菜之人欲得鼈。

○鄭唯以在塗之時因見采鼈爲异耳，毛以秋冬爲正昏，不得有在塗因見之義故也。

<二章-3>**未見君子，憂心惙（chòu）惙。**

【毛傳】惙惙，憂也。

【程析】惙惙，心慌氣短貌。

<二章-5>**亦既見止，亦既覯止，我心則説（yuè）。**

【毛傳】説，服也。

【程析】説，同“悦”。

<三章-1>**陟彼南山，言采其薇。**

【毛傳】薇，菜也。

【程析】薇，山菜，亦名野豌豆苗。

【孔疏】傳“薇，菜”。◇◇陸機云：“山菜也，莖葉皆似小豆，蔓生。其味亦如小豆。藿可作羹，亦可生食。今官園種之，以供宗廟祭祀。”定本云“薇，草也”。

【樂道主人】藿，多年生草本植物，葉子心形，花藍紫色，瘦果倒卵形。莖葉香氣很濃，可入藥。

<三章-3>**未見君子，我心傷悲。**

【毛傳】嫁女之家，不息火三日，思相離也。

【鄭箋】維父母思己，故己亦傷悲。

【孔疏】傳“嫁女”至“相離”。◇◇解所以傷悲之意，由父母思己，故己悲耳。《曾子問》曰：“嫁女之家，三夜不息燭，思相離。”注云：“親骨肉。”是爲思與女相離也。

<三章-5>**亦既見止，亦既覯止，我心則夷。**

【毛傳】夷，平也。

《草蟲》三章，章七句。

采蘋【召南四】

于以采蘋（pín），南澗之濱。于以采藻，于彼行（háng）潦（lǎo）。

于以盛（chéng）之，維筐及筥（jǔ）。于以湘之，維錡（qí）及釜。

于以奠之，宗室牖下。誰其尸之，有齊（zhāi）季女。

《采蘋》三章，章四句。

【毛序】《采蘋》，大夫（之）妻能循法度也。能循法度，則可以承先祖，共祭祀矣。

【鄭箋】女子十年不出，姆教婉娩（miǎn）聽從，執麻枲（xǐ），治絲繭，織紝（rèn）組紃（xún），學女事以共衣服。觀於祭祀，納酒漿籩豆菹（zū）醢（hǎi），禮相助奠。十有五而笄，二十而嫁"。此言能循法度者，今既嫁爲大夫妻，能循其爲女之時所學所觀之事以爲法度。

【樂道主人】此篇對女子出嫁前的要求及出嫁時的祭祀之禮有詳細的説明。

【樂道主人】枲，大麻的雄株，只開花，不結果實。紝，織布帛的絲縷。組，《康熙字典》：素絲者，以爲縷，以縫紕旌旗之旒緣，或以維持之。紃，細帶。奠，設置，後專指祭祀時供置祭祀所用之酒食。因亦指祭祀，《説文》：置祭也。菹，酸菜，腌菜。醢，《説文》：肉醬也。

【孔疏】"《采蘋》"至"祭祀矣"。

◇◇作《采蘋》詩者，言大夫妻能循法度也。謂爲女之時所學所觀之法度，今既嫁爲大夫妻，能循之以爲法度也。

◇◇言既能循法度，即可以承事夫之先祖，供奉夫家祭祀矣。此謂已嫁爲大夫（之）妻，能循其爲女時事也。

◇◇經所陳在父母之家作教成之祭，經、序轉互相明也。

【孔疏】“女子”至“法度”。

◇◇從“二十而嫁”以上，皆《内則》文也。言女子十年不出者，對男子十年出就外傅也。

◇◇《内則》注云：“婉謂言語也。娩之言媚也，媚謂容貌也。”則婉謂婦言，娩謂婦容。聽從者，聽受順從於人，所謂婦德也。

◇執麻枲者，執治緝績之事。枲，麻也。

◇治絲繭者，繭則繅（sāo，《説文》：繹繭出絲也）之，絲則絡（纏繞。《説文》：絮也）之。織紝組紃者，紝也、組也、紃也，三者皆織之。服虔注《左傳》曰“織紝，治繒帛”者，則紝謂繒帛也。《内則》注云：“紃，絛也。”組亦絛之類，大同小异耳。

◇學女事者，謂治葛縫綫之事，皆學之所以供衣服，是謂婦功也。

◇此已上謂女所學四德之事。

◇◇又觀於父母之家祭祀之事，納酒漿籩豆菹醢之禮。

◇酒漿及籩豆，皆連上“納”文，謂當薦獻之節，納以進尸。《虞夏傳》曰“納以教成”，鄭云“謂薦獻時”，引此納酒漿以下證之。鄭知納謂薦（進）獻者，《内則》云“納酒漿”，與“納以教成”文同。菹醢以薦，酒漿以獻，納者進名，故知薦獻之時也。獻無漿而言之者，所以協句也。

◇“籩豆菹醢”，菹醢在豆，籩盛脯羞，皆薦所用也。籩不言所盛，文不備耳。《少牢》《特牲》皆先薦後獻，故鄭亦云“薦獻時”。此先酒後菹醢者，便文言之。

◇禮相助奠者，言非直觀薦獻，又觀祭祀之相佐助奠設器物也。觀之，皆爲婦當知之。此上謂所觀之事也。

◇◇十五許嫁，故笄。未許嫁，二十而笄。二十而嫁，歸於夫家也。鄭引此者，序言“能循法度”，明先有法度，今更循之，故引此。是先有法度之事，乃言所循之時，故叠。序云“能循法度”者，爲今嫁爲大夫妻，能循其爲女之時所學所觀之事以爲法度。

◇◇此女之四德，十年以後，傅姆當教。至於先嫁三月，又重教之。此引《内則》論十年之後，下箋引《昏義》論三月之前，皆是爲女之時法度，二注乃具也。

◇◇鄭知經非正祭者，以《昏義》教成之祭，言“芼之以蘋藻”，此亦言蘋藻，故知爲教成祭也。

◇◇定本云“姆教婉娩”，勘禮本亦然，今俗云“傅姆教之”，誤也。又“十有五而笄”上無“女子”二字，有者亦非。

<一章-1>于以采蘋（pín），南澗之濱。于以采藻，于彼行（háng）潦（lǎo）。

【毛傳】蘋，大蓱（pín）也。濱，涯也。藻，聚藻也。行潦，流潦也。

【鄭箋】“古者婦人先嫁三月，祖廟未毁，教于公宫；祖廟既毁，教于宗室。教以婦德、婦言、婦容、婦功。教成之祭，牲用魚，芼用蘋藻，所以成婦順也。”此祭，祭女所出祖也。法度莫大於四教，是又祭以成之，故舉以言焉。蘋之言賓也，藻之言澡也。婦人之行，尚柔順，自絜清，故取名以爲戒。

【樂道主人】澗，山溝間水流。大蓱，浮萍。芼，《康熙字典》：芼菜者，按《公食大夫禮》三牲皆有芼，牛藿、羊苦、豕薇也。

【孔疏】傳“蘋大”至“流潦”。

◇◇《釋草》云：蘋，苹。其大者蘋。郭璞曰：“今水上浮蓱也，江東謂之薸（piáo）。”音瓢。《左傳》曰：“蘋蘩蕰藻之菜。”蕰，聚也，故言藻聚。

◇◇藻，陸機云：“藻，水草也，生水底。有二種：其一種葉如雞蘇，莖大如箸，長四五尺。其一種莖大如釵股，葉如蓬蒿，謂之聚藻。”然則藻聚生，故謂之聚藻也。

◇◇行者，道也。《説文》云：“潦，雨水也。”然則行潦，道路之上流行之水。

【孔疏】箋“古者”至“爲戒”。

◇◇“成婦順”於上，皆《昏義》文。引之者，以此經陳教成之祭，以《昏義》亦爲教成之祭，故引之，欲明教之早晚及其處所，故先言先嫁三月，祖廟未毁，教於公宫；祖廟既毁，教於宗室。既言其處，又説所教之事，故言教以婦德、婦言、婦容、婦功。既教之三月，成則設祭，故言教成之祭，牲用魚，芼用蘋藻，爲此祭所以成婦順也。事次皆爲教成之祭，故具引之。

◇必先嫁三月，更教之以四德，以法度之大，就尊者之宫，教之三月，一時天氣變，女德大成也。

◇◇教之在宫，祭乃在廟也。知此祭，祭女所出祖者，以其言“祖廟既毁”，明未毁，祭其廟也。

◇與天子諸侯同高祖，祭高祖廟；同曾祖，祭曾祖廟，故《昏義》注云：“祖廟，女所出之祖也。”

◇宗室，宗子之家也。然則大宗之家，百世皆往，宗子尊不過卿大夫，立三廟二廟而已，雖同曾、高，無廟可祭，則五屬之外同告於壇，故《昏義》注云“若其祖廟已毁，則爲壇而告焉”，是也。

◇◇以魚爲牲者，鄭云：“魚爲俎實，蘋藻爲羹菜。”祭無牲牢，告事耳，非正祭也。

◇◇又解此大夫妻能循法度，獨言教成之祭者，以法度莫大於四教，四德既就，是又祭以成之，法度之大者，故詩人舉以言焉。

◇◇又解祭不以餘菜，獨以蘋藻者，蘋之言賓，賓，服也，欲使婦人柔順服從；藻之言澡，澡，浴也，欲使婦人自絜清，故云“婦人之行尚柔順，自絜清，故取名以爲戒”。

◇《左傳》曰：“女贄（zhì）不過榛、栗、棗、脩，以告虔。”言以告虔，取早起、戰慄、脩治法度、虔敬之義也，則此亦取名爲戒，明矣。《昏義》注云“魚蘋藻皆水物，陰類”者，義得兩通。

<二章-1>**于以盛（chéng）之，維筐及筥（jǔ）。于以湘之，維錡（qí）及釜。**

【毛傳】方曰筐。圓曰筥。湘，亨也。錡，釜屬，有足曰錡，無足曰釜。

【鄭箋】亨（烹）蘋藻者於魚湆（qìn）之中，是鉶（xíng）之芼。

【樂道主人】錡，三足釜也。湆，肉湯。

【孔疏】傳“方曰筐”至“曰釜”。

◇◇此皆《爾雅》無文，傳以當時驗之，以錡與釜連文，故知釜屬。《説文》曰：“江淮之間謂釜曰錡。”

◇◇定本“有足曰錡”下更無傳，俗本“錡”下又云“無足曰釜”。

【孔疏】箋“亨蘋”至“之芼”。

◇◇《少牢禮》用羊豕也。經云：“上利執羊俎，下利執豕俎。”下乃云：“上佐食羞兩鉶，取一羊鉶於房中，下佐食又取一豕鉶於房中，皆芼。”注云：“芼，菜也。羊用苦，豕用薇，皆有滑。”

◇云皆芼，煮於所亨之湆，始盛之鉶器也。故《特牲》注云："鉶，肉味之有菜和者。"

◇◇今教成祭，牲用魚，芼之以蘋藻，則魚體亦在俎，蘋藻亨於魚湆之中矣。故鄭云魚爲俎實，蘋藻爲羹菜，以准少牢之禮，故知在鉶中爲鉶羹之芼。

◇知非大羹盛在鐙者，以大羹不和，貴其質也。此有菜和，不得爲大羹矣。《魯頌》曰："毛炰（páo）胾（zì，切成大塊的肉）羹。"傳曰："羹，大羹、鉶羹也。"以經單言羹，故得兼二也。

◇《特牲禮》云："設大羹湆於醢北。"注云："大羹湆，煮肉汁。"則湆，汁也。

<三章-1>**于以奠之，宗室牖下。**

【毛傳】奠，置也。宗室，大宗之廟也。大夫士祭於宗廟，奠於牖下。

【鄭箋】牖下，户牖閒之前。祭不於室中者，凡昏事，於女禮設几筵於户外，此其義也與？宗子主此祭，維君使有司爲之。

【孔疏】傳"宗室"至"牖下"。

◇◇傳以《昏義》云教於宗室是大宗之家，此言牖下，又非於壇，故知是大宗之廟。宗子有廟，則亦爲大夫士矣。言大夫士祭於宗室，謂祖廟已毀，或非君同姓，故祭大宗之家也。

◇◇知非宗子之女自祭家廟者，經言"于以奠之，宗室牖下"，若宗子之女自祭家廟，何須言於宗室乎？

◇◇定本、《集注》皆云大夫士祭於宗廟，不作室字。

【孔疏】箋"牖下"至"爲之"。

◇◇箋知"牖下、户牖閒之前"者，以其正祭在奥西南隅，不直繼牖言之。今此云"牖下"，故爲户牖閒之前，户西牖東，去牖近，故云牖下。

◇◇又解正祭在室，此所以不於室中者，以其凡昏事，皆爲於女行禮，設几筵於户外，取外成之義。今教成之祭於户外設奠，此外成之義。"與"是語助也。

◇◇《昏禮》云："納采，主人筵於户西，西上，右幾。"問名、納吉、納徵、請期皆如初。《昏禮》又云："主人筵於户西，西上，右幾。"是其禮皆户外設幾筵也。

◇◇知宗子主此祭者，以其就宗子家，明告神，宗子所主。引《昏義》，兼言天子諸侯，故又解其言，“唯君使有司爲之”。知者，以教成之祭，告事而已，無牲牢。君尊，明使有司爲之。

<三章-3>**誰其尸之，有齊（zhāi）季女。**

【毛傳】尸，主。齊，敬。季，少也。蘋藻，薄物也。澗潦，至質也。筐筥錡釜，陋器也。少女，微主也。古之將嫁女者，必先禮之於宗室，牲用魚，芼之以蘋藻。

【鄭箋】主設羹者季女，則非禮也。女將行，父禮之而俟迎者，蓋母薦之，無祭事也。祭禮主婦設羹，教成之祭，更使季女者，成其婦禮也。季女不主魚，魚俎實男子設之，其粢（zī）盛（chéng）蓋以黍稷。（與毛不同）

【程析】有，狀物的助詞。

【樂道主人】鄭與毛不同之處：季女教成之祭，季女爲主；婚姻之禮祭，非季女主之。

【孔疏】傳“少女”至“蘋藻”。

◇◇季者，少也。以將嫁，故以少言之，未必伯仲處小也。襄二十八年《左傳》：“濟澤之阿，行潦之蘋藻，寘諸宗室，季蘭尸之，敬也。”隱三年《左傳》曰：“苟有明信，澗谿沼沚之毛，蘋蘩蕰藻之菜，筐筥錡釜之器，潢汙行潦之水，可薦於鬼神，可羞（《説文》進獻也）於王公。風有《采蘩》《采蘋》，雅有《行葦》《泂酌》，昭忠信也。”二者皆取此篇之義以爲説，故傳歷言之。

◇◇又言“古之將嫁女者，必先禮之於宗室”者，毛意以禮女與教成之祭爲一事也。言古之將嫁女者，必先禮之於大宗之室以俟迎者，其牲用魚，芼之以蘋藻，即所設教成之祭也。以此篇説教成之祭事終，故於此總之。毛意以教成之祭與禮女爲一者，蓋見《昏禮記》將嫁女之日，“父醴之而俟迎”者，更不見有教成之祭，故謂與禮女爲一也。

◇父醴女，以醴酒禮之，今毛傳作禮儀之禮者，《司儀》注云“上於下曰禮”，故《聘禮》用醴酒禮賓，作禮儀之禮。定本“禮”作“醴”

【孔疏】箋“主設”至“黍稷”。

◇◇自“無祭事”以上，**難（nàn）毛之辭也**。言父，無祭事不得有羹。今經陳采蘋藻爲羹，使季女尸之，主設羹者季女，則非禮女也。案《昏禮》女將行嫁，父醴女而俟迎者，其時蓋母薦之，更無祭事，不得有羹矣。今經陳季女設羹，正得爲教成之祭，不得爲。傳以教成之祭與禮女爲一，**是毛氏之誤**，故非之也。

◇◇蓋母薦之者，以《士昏禮》云“饗婦姑薦”，鄭注云：“舅獻爵，姑薦脯醢。”舅饗婦既姑薦，明父禮女母薦之可知。故《昏禮記》“父醴女”，注云“父醴之於房中南面，蓋母薦焉，重（zhòng）昏禮”，是也。以無正文，故云“蓋”。知醴之於房中者，以母在房外，故知父禮之在房中也。正祭之禮，主婦設羹。

◇◇此教成之祭，更使季女設羹者，以三月已來，教之以法度，今爲此祭，所以教成其婦禮，故使季女自設其羹也。

◇◇祭禮主婦設羹，謂《特牲》云“主婦人及兩鉶鉶芼設於豆南”是也。《少牢》無主婦設羹之事，此宗子或爲大夫，其妻不必設羹。要**非此祭**不得使季女設羹，因《特牲》有主婦設羹之義，故據以言之。

◇◇又解不言魚者，季女不主魚，魚俎實男子設之，故經不言焉。知俎實男子設之者，以《特牲》《少牢》俎皆男子主之故也。

◇◇又魚菜不可空祭，必有其饌，而食事不見，故因約之，“其粢盛蓋以黍稷”耳。知者，以《特牲》《少牢》止用黍稷，此不得過也。或不用稷，故兼言之。

◇◇**王肅**以爲，此篇所陳皆是大夫妻助夫氏之祭，采蘋藻以爲菹，設之於奧，奧即牖下。又解毛傳禮之宗室，謂教之以禮於宗室，本之季女，取微主也。其毛傳所云“牲用魚，芼之以蘋藻”，亦謂教成之祭，非經文之蘋藻也。

◇◇（王肅）自云述毛，非傳旨也。何則？傳稱“古之將嫁女者，必先禮之於宗室”，既言禮之，即云“牲用魚，芼之以蘋藻”，是魚與蘋藻爲禮之物。若禮之爲以禮教之，則“牲用魚，芼之以蘋藻”何所施乎？**明毛以禮女與教成之祭爲一**，魚爲所用之牲矣。而云以禮教之，非傳意也。

◇又上傳云“宗室，大宗之廟。大夫士祭於宗室”，若非教成之祭，則大夫之妻自祭夫氏，何故云大宗之廟？大夫豈皆爲宗子也？且大夫之妻助大夫之祭，則無士矣，傳何爲兼言“大夫士祭於宗室”乎？又經典未有以奧爲牖下者矣。據傳，“禮之宗室”與“大夫士祭於宗室”文同，“芼之以蘋藻”與經采蘋、采藻文協，**是毛實以此篇所陳爲教成之祭矣**。

◇**孫毓以王爲長，謬矣。**

【孔疏】“于以采蘋”至“季女”。三章勢連，須通解之也。

①大夫之妻，將行嫁，欲爲教成之祭。言往何處采此蘋菜？於彼南澗之厓采之。往何處采此藻菜？於彼流潦之中采之。南澗言濱，行潦言彼，互言也。

②既得此菜，往何器盛之？維筐及筥盛之。既盛此菜而還，往何器烹煮之？維錡及釜之中煮之也。

③既煮之爲羹，往何處置設之？於宗子之室户外牖下設之。當設置之時，使誰主之？有齊莊之德少女主設之。

《采蘋》三章，章四句。

甘棠【召南五】

蔽芾（fèi）甘棠，勿翦勿伐，召伯所茇（bá）。
蔽芾甘棠，勿翦勿敗，召伯所憩（qì）。
蔽芾甘棠，勿翦勿拜，召伯所説（shuì）。
《甘棠》三章，章三句。

【毛序】《甘棠》，美召伯也。召伯之教，明於南國。

【鄭箋】召伯，姬姓，名奭（shì），食采於召，作上公，爲二伯，後封于燕。此美其爲伯之功，故言“伯”云。

【陸釋】燕，國名，在《周禮》幽州之域，今涿郡薊縣是也。

【孔疏】“《甘棠》”至“南國”。

◇◇謂武王之時，召公爲西伯，行政於南土，决訟於小棠之下，其教著明於南國，愛結於民心，故作是詩以美之。經三章，皆言國人愛召伯而敬其樹，是爲美之也。

◇諸風、雅正經皆不言美，此云“美召伯”者，二《南》，文王之風，唯不得言美文王耳。召伯，臣子，故可言美也。

◇《芣苢》言后妃之美，謂説后妃之美行，非美后妃也。

◇《皇矣》言美周，不斥文王也。

◇至於變詩，美刺各於其時，故善者言美，惡者言刺。

◇《豳》亦變風，故有美周公。

【孔疏】箋“召伯”至“伯云”。

◇◇《燕世家》云召伯奭與周同姓，是姬姓，名奭也。皇甫謐以爲文王庶子，未知何所據也。言“作上公，爲二伯”，故云“召伯”。《典命職》云“上公九命爲伯”，然則二伯即上公，故言“作上公，爲二伯”也。食采文王時，爲伯武王時，故《樂記》曰武王伐紂“五成而分陜，周公左，召公右”是也。食采、爲伯，异時連言者，以經召與伯并言，故連解之。

◇◇言“後封於燕”者，《世家》云“武王滅紂，封召公於北燕”，是也。必歷言其官者，解經唯言召伯之意。不舉餘言，獨稱召伯者，美其爲伯之功，故言伯云。

◇故《鄭志》張逸以《行露》箋云“當文王與紂之時”，謂此《甘棠》之詩亦文王時事，故問之云：“《詩》傳及《樂記》武王即位，乃分周公左、召公右爲二伯，文王之時，不審召公何得爲伯？”答曰：“《甘棠》之詩，召伯自明，誰云文王與紂之時乎？”是鄭以此篇所陳，巡民決訟，皆是武王伐紂之後，爲伯時事。鄭知然者，以經云召伯，即此詩召公爲伯時作也。

◇序言召伯，文與經同，明所美亦是爲伯時也。若文王時，與周公共行王化，有美即歸之於王。《行露》直言召伯聽訟，不言美也。詩人何得感文王之化而曲美召公哉！武王之時，召公爲王官之伯，故得美之，不得繫之於王。因詩繫召公，故録之在《召南》。論卷則總歸文王，指篇即專美召伯也。

◇◇爲伯分陝，當云西國，言南者，以篇在《召南》爲正耳。

<一章-1>蔽芾（fèi）甘棠，勿翦勿伐，召伯所茇（bá）。

【毛傳】蔽芾，小貌。甘棠，杜也。翦，去。伐，擊也。

【鄭箋】茇，草舍也。召伯聽男女之訟，不重煩勞百姓，止舍小棠之下而聽斷焉。國人被其德，説其化，思其人，敬其樹。

【程析】蔽芾，樹木高大茂密貌。甘棠，即棠梨，野梨的一種。伐，砍伐。

【孔疏】傳“蔽芾”至“草舍”。

◇◇此比於大木爲小，故其下可息。《我行其野》云“蔽芾其樗（chū）”，箋云“樗之蔽芾始生”，謂樗葉之始生形亦小也。

◇◇《釋木》云：“杜，甘棠。”郭璞曰：“今之杜梨。”又曰“杜赤棠白”者，棠，舍人曰：“杜，赤色，名赤棠。白者亦名棠。”然則其白者爲棠，其赤者爲杜。《杕杜》傳曰“杜，赤棠”是也。

◇◇“茇，草舍”者，《周禮》“仲夏教茇舍”，注云：“舍，草止也，軍有草止之法。”然則茇者，草也，草中止舍，故云茇舍。《載馳》傳曰：“草行曰跋。”以其對涉是水行，故以跋爲草行，且“跋”字從“足”，與此异也。

【孔疏】箋“召伯”至“其樹”。

◇◇定本、《集注》於注内并無箋。

◇◇云知聽男女訟者，以此舍於棠下，明有决斷。若餘國政，不必於棠下斷之，故《大車》刺周大夫，言古者大夫出聽男女之訟，明王朝之官有出聽男女獄訟之理也。

◇《行露》亦召伯聽男女之訟。以此類之，亦男女之訟可知。武王時，猶未刑措，寧能無男女之訟。

【孔疏-章旨】“蔽芾”至“所茇”。國人見召伯止舍棠下，决男女之訟，今雖身去，尚敬其樹，言蔽芾然之小甘棠，勿得翦去，勿得伐擊，由此樹召伯所嘗舍於其下故也。

<二章-1>**蔽芾甘棠，勿翦勿敗，召伯所憩**（qì）。

【毛傳】憩，息也。

【程析】敗，摧毀。

<三章-1>**蔽芾甘棠，勿翦勿拜，召伯所説**（shuì）。

【毛傳】説，舍也。

【鄭箋】拜之言拔也。

【程析】説，同“税”，停馬解車而歇下。

《甘棠》三章，章三句。

行　露　【召南六】

厭（yì）浥（yì）行（háng）露，豈不夙（sù）夜？謂行（háng）多露！

誰謂雀無角，何以穿我屋？誰謂女（rǔ）無家，何以速我獄？雖速我獄，室家不足。

誰謂鼠無牙，何以穿我墉（yōng）？誰謂女無家，何以速我訟？雖速我訟，亦不女從！

《行露》三章，一章三句，二章章六句。

【毛序】《行露》，召伯聽訟也。衰亂之俗微，貞信之教興，彊（qiáng）暴之男不能侵陵貞女也。

【鄭箋】衰亂之俗微，貞信之教興者，此殷之末世，周之盛德，當文王與紂之時。

【樂道主人】陵，《玉篇》：犯也。《廣韵》：侮也，侵也。

【樂道主人】此篇應《召南・甘棠》，孔以兩篇异時，前篇爲武王時，此篇爲文王時。此篇意義重大。儒家認爲：如男違按禮，女完全可以不從，甚至訟男。男女有争，以禮爲準，而非以男爲準。另，孔疏以“化”爲化民心，以“禮”化民心也。

【孔疏】“《行露》”至“貞女”。

◇◇作《行露》詩者，言召伯聽斷男女室家之訟也。由文王之時，被化日久，衰亂之俗已微，貞信之教乃興，是故彊暴之男不能侵陵貞女也。男雖侵陵，貞女不從，是以貞女被訟，而召伯聽斷之。

◇◇《鄭志》張逸問：“《行露》召伯聽訟，察民之意化耳，何訟乎？”答曰：“實訟之辭也。”民被化久矣，故能有訟。問者見貞信之教興，怪不當有訟，故云察民之意而化之，何使至於訟乎？答曰：此篇實是訟之辭也。由時民被化日久，貞女不從，男女故相與訟。如是民被化日久，所以得有彊暴者，紂俗難革故也。言彊暴者，謂彊行無禮而陵暴於人。

◇◇經三章，下二章陳男女對訟之辭。首章言所以有訟，由女不從男，亦是聽訟之事也。

【孔疏】箋“衰亂”至“之時”。◇◇殷之末世，故有衰亂之俗；周之盛德，故有貞信之教。指其人當文王與紂之時也。《易》曰：“《易》之興也，當殷之末世，周之盛德邪？”當文王與紂之事，此其文也。

<一章-1>厭（yì）浥（yì）行（háng）露，豈不夙（sù）夜？謂行（háng）多露！

【毛傳】興也。厭浥，濕意也。行，道也。豈不，言有是也。

【鄭箋】夙，早。夜，莫（mù）也。厭浥然濕，道中始有露，謂二月中嫁取時也（與毛不同）。言我豈不知當早夜成昏禮與？謂道中之露大多，故不行耳。今彊暴之男，以此多露之時，禮不足而彊（qiáng）來，不度時之可否，故云然。《周禮》仲春之月，令會男女之無夫家者，行事必以昏昕（xī）。

【程析】厭浥，露水潮濕貌。

【樂道主人】夙夜，指女接受迎親之男，從婚也。昕，《説文》：旦明，日將出也。

【孔疏】傳“豈不，言有是”。◇◇傳解詩人之言豈不欲夙夜，即是有夙夜之意，故云“豈不，言有是也”。

【孔疏】箋“道中”至“昏昕”。

◇◇知始有露二月中者，以二月、八月，春秋分，陰陽中也。禮九月霜始降，八月仍有露也，則二月始有露矣。詩云“兼葭蒼蒼，白露爲霜”，是草既成，露爲霜，則二月草始生，霜爲露可知。《野有蔓草》箋云“仲春草始生，霜爲露”是也。

◇◇此述女之辭，言汝今二月道中始有露之時，以禮而來，我豈不知早夜而與汝成昏禮與？今我謂道中之露大多，故不行從汝耳。言多露者，謂三月、四月也。汝彊暴之男，不以禮來，雖二月來，亦不可矣。女因過時，假多露以拒耳。知禮不足而彊來者，下云“室家不足”，明禮亦不足。以女不從，故以彊來也。

◇◇引《周禮》者，《地官·媒氏職》云：“仲春之月，令會男女。”又曰：“司男女之無夫家者而會之。”彼“無夫家”與“令會男女”文不相連，此并引之者，《周禮》云“令會男女”，謂初昏者也；司男女之無夫家者而會之，謂矜寡者也。以二者不同，故别其文。其實初昏及矜寡，皆是男女之無夫家者。

◇此及《野有蔓草》箋云《周禮》者，引其事，不全用其文，故并無夫家者引之，是男無家，女無夫，男女相對，男得夫，女稱家，以男女所以成家，《周禮》云“夫家之衆寡”是也。此引《周禮》者，辨女令男以始有露之時來之意，由此始有露會無夫家者故也。

◇◇“行事必以昏昕”《儀禮》文也。彼注云：“用昕，女也。用昏，婿也。”《匏有苦葉》箋云“納采至請期用昕”，明其女也；“親迎用昏”，明是婿也。經言“夙”，即昕也；“夜”，即昏也。經所以夙夜兼言者，此彊暴之男，以多露之時，禮不足而彊來，則是先未行禮。今以俱來，雖則一時，當使女致其禮以昕，婿親迎以昏。

◇◇今行多露，失時也；禮不足而來彊暴，故貞女拒之，云汝若仲春以禮而來，我豈不旦受爾禮，夕受爾迎？何故不度時之可否，今始來乎？既不受其禮，亦不受其迎，故夙夜兼言之。

【孔疏-章旨】“厭浥”至“多露”。

○毛以爲厭浥然而濕，道中有露之時，行人豈不欲早夜而行也。有是可以早夜而行之道，所以不行者，以爲道中之露多，懼早夜之濡己，故不行耳。以興彊暴之男，今來求己，我豈不欲與汝爲室家乎？有是欲與汝爲室家之道，所以不爲者，室家之禮不足，懼違禮之汙身，故不爲耳。似行人之懼露，喻貞女之畏禮。

○鄭以爲昏用仲春之月多露之時而來，謂三月、四月之中，既失時而禮不足，故貞女不從。

<二章-1>**誰謂雀無角，何以穿我屋？誰謂女（rǔ）無家，何以速我獄？**

【毛傳】不思物變而推其類，雀之穿屋，似有角者。速，召。獄，埆（què）也。

【鄭箋】女，汝。彊暴之男，變异也。人皆謂雀之穿屋似有角，彊暴之男，召我而獄，似有室家之道於我也。物有似而不同，雀之穿屋不以角，乃以咮（zhòu），今彊暴之男召我而獄，不以室家之道於我，乃以侵陵。物與事有似而非者，士師所當審也。

【程析】速，招致。獄，官司。家，古男有妻子謂室，女子有丈夫謂家。

【樂道主人】堉，《説文》埆訓女牢，埆即埆之譌。咮，鳥嘴。

【樂道主人】以雀能“穿我屋”，則推測雀有角；比喻男能獄女，則男似有“室家之道”；但雀以鳥嘴穿屋，故雀没有角，比喻男要娶女是以强暴而不是以禮，則雖獄女，男子并無“室家之道”。

【孔疏】傳“不思”至“獄埆”。

◇◇不思物有變，彊暴之人見屋之穿，而推其類，謂雀有角。所以謂雀有角者，見雀之穿屋似有角故也。下傳曰：“視牆之穿，而推其類，可謂鼠有牙。”明此亦見穿屋室，而推其類，可謂雀有角。此是不思物變之人。

◇◇“獄埆”者，鄭《异義駁》云：“獄者，埆也，囚證於埆核之處。《周禮》之圜土。”然則獄者，核實道理之名。皋陶造獄，謂此也。既囚證未定，獄事未决，繫之於圜土，因謂圜土亦爲獄。

◇此章言獄，下章言訟。《司寇職》云“兩造禁民訟”，“兩劑禁民獄”，對文，則獄、訟异也，故彼注云“訟謂以財貨相告者”，“獄謂相告以罪名”，是其對例也。散則通也。此詩亦無財、罪之异，重章變其文耳，故序云“聽訟”以總之。

【孔疏】箋“物與”至“當審”。

◇◇物謂雀穿屋，事謂速我獄，二者皆有似也。穿屋似用角，速獄似有室家也。而非者，穿乃用咮，獄乃侵陵。

◇◇士師當審察之。此召伯謂之士師者，以其聽訟，故以獄官言之。《士師》注云：“士，察也。主審察獄訟之事者。”其職曰：“察獄訟之辭以詔司寇。”鄭以士師有察獄之事，因言士師所當察，非召伯即爲士師也。《大車》云古者大夫出聽男女之訟，則王朝之官皆得出外聽訟，不必要爲士師矣。且士師，司寇之屬，佐成司寇者也，寧召伯公卿所當爲乎？

<二章-5>**雖速我獄，室家不足。**

【毛傳】昏禮純（zī）帛不過五兩。

【鄭箋】幣可備也。室家不足，謂媒妁之言不和，六禮之來彊委之。

【程析】足，成功，此指婚姻成功。

【樂道主人】孔疏：箋申傳意，言非謂幣不足也。彊，强也。

【孔疏】傳“昏禮”至“五兩”。

◇◇此《媒氏》文也。引之者，解經言“不足”之意。以禮言“純帛不過五兩”，多不過之，則少有所降耳。明雖少，而不爲不足。不足者，謂事不和，同彊暴之謂，故箋申傳意，乘其文而爲之説，云“幣可備也”。

◇◇室家不足，謂媒妁之言不和，六禮之來彊委之，是非謂幣不足也。

◇《媒氏》注云：“純（zī），實緇字也。古緇以才爲聲，納幣用緇。婦人陰也，凡於娶禮，必用其類。五兩，十端也。必言兩者，欲得其配合之名。十者，象五行十日相成也。士大夫乃以玄纁束帛，天子加以穀圭，諸侯加以大璋（半圭也）。

◇《雜記》曰：’納幣一束，束五兩，兩五尋。’”注云：“十個爲束，貴成數也。禮尚儉，兩兩合其卷，是謂五兩。八尺曰尋，一兩五尋，則每卷二丈，合爲四十尺。今謂之匹，猶匹耦之云與？”則純帛亦緇也。

◇傳取《媒氏》，以故合其字。定本作“紂”字。此五兩，庶人禮也，故《士昏禮》“用玄纁束帛”，注云：“用玄纁者，象陰陽備也。”然則庶人卑，故直取陰類而已。大夫用幣，無文，準《士昏》而言。《玉人》曰：“穀圭，天子以娉女。大璋，諸侯以娉女。”是天子諸侯加圭璋之文也。

【孔疏】箋“幣可”至“委之”。

◇◇知不爲幣不足者，以男速女而獄，幣若不備，不得訟也。以訟拒之，明女不肯受，男子彊委其禮，然後訟之，言女受已之禮而不從已，故知幣可備。而云不足，明男女賢與不肯各有其耦，女所不從，男子彊來，故云“媒妁之言不和，六禮之來彊委之”，是其室家不足也。

◇◇《野有死麕》箋云：“不由媒妁。”知此有媒妁者，以此相訟，明其使媒，但不和而致訟耳。《野有死麕》以亂世民貧，思麕肉爲禮，明無媒可知。箋云“劫脅以成昏”，與此不同也。言媒妁者，《説文》云：“媒，謀也。謀合二姓。妁，酌也。斟酌二姓。”

◇◇“六禮之來彊委之”者，謂以雁幣，女雖不受，彊留委置之。故《左傳》昭元年云“徐吾犯之妹美，公孫楚娉之矣，公孫黑又使彊委禽焉”，是也。此貞女不從，明亦以六禮委之也。

◇六禮者，納采至親迎。女既不受，可彊委之。納采之雁，則女不告名，無所卜，無問名。納吉之禮，納徵（《康熙字典》：徵，成也。使使者納幣以成昏禮。又問也）之幣，可彊委，不和，不得請期，期不從，不得親迎。

◇言六禮之來彊委者，以方爲昏，必行六禮，故以六禮言之。其實時所委者，無六禮也，不過雁以納采，幣以納徵耳。

◇◇女爲父母所嫁，媒妁和否，不由於己，而經皆陳女與男訟之辭者，以文王之教，女皆貞信，非禮不動，故能拒彊暴之男，與之争訟。詩人假其事而爲之辭耳。

【孔疏-章旨】“誰謂”至“不足”。此彊暴之男侵陵貞女，女不肯從，爲男所訟，故貞女與對，此陳其辭也。

①言人誰謂雀無角乎？以其雀若無角，何以得穿我屋乎？以雀之穿屋似有角，故謂雀之有角。以言人誰謂汝於我無室家乎？以其汝若於我無室家，何以故召我而獄也？見召我而獄，似有室家之道於我，故謂之有室家之道。然事有相似而不同，雀之穿屋不以角，乃以咮；召我而獄，不以室家之道於我，乃以侵陵穿屋之物、速獄之事。二者皆有似而實非，士師今日當審察之。

②何者？此彊暴之男雖召我來至，與我埆實其情，而室家之道不足，已終不從之。

<三章-1>**誰謂鼠無牙，何以穿我墉（yōng）？誰謂女無家，何以速我訟？**

【毛傳】墉，牆也。視牆之穿，推其類可謂鼠有牙。

【程析】牙，壯牙。《説文》：牙，壯齒也。陸佃《埤雅》：“鼠，有齒而無牙。”

【孔疏】傳“墉，牆”。◇◇《釋宫》云：“牆謂之墉。”李巡曰：“謂垣牆也。《郊特牲》曰：‘君南鄉於北墉下’，注云‘社内北牆’是也。亦爲城，《王制》注云‘小城曰墉’，《皇矣》云‘以伐崇墉’，義得兩通也。”

<三章-5>**雖速我訟，亦不女從！**

【毛傳】不從，終不弃禮而隨此彊暴之男。

《行露》三章，一章三句，二章章六句。

羔 羊 【召南七】

羔羊之皮，素絲五紽（tuó）。退食（sì）自公，委蛇（yí）委蛇。

羔羊之革，素絲五緎（yù）。委蛇委蛇，自公退食。

羔羊之縫（féng），素絲五總（zōng）。委蛇委蛇，退食自公。

《羔羊》三章，章四句。

【毛序】《羔羊》，《鵲巢》之功致也。召南之國，化文王之政，在位皆節儉正直，德如羔羊也。

【鄭箋】《鵲巢》之君，積行累功，以致此《羔羊》之化，在位卿大夫競相切化，皆如此《羔羊》之人。

【樂道主人】在位，鄭指卿大夫，非指國君，此毛鄭之常訓。言國君、卿大夫皆得其化。强調德化，須有被德化之人，卿大夫也。此仍鄭之《周南》《召南》之邏輯。與《周南·關雎》强調衆妾之被德化一致。卿，《晋書·百官志》：古者，天子諸侯皆名執政大臣曰正卿，自周後始有三公九卿之號。

【孔疏】"《羔羊》"至"羔羊"。

◇◇作《羔羊》詩者，言《鵲巢》之功所致也。召南之國，化文王之政，故在位之卿大夫皆居身節儉，爲行正直，德如羔羊。然大夫有德，由君之功，是《鵲巢》之功所致也。定本"致"上無"所"字。

◇言南者，總謂六州（雍、梁、荆、豫、徐、揚歸文王，其餘冀、青、兖（yǎn）屬紂）也，以篇在《召南》，故連言召耳。

◇云德如羔羊者，《麟趾序》云"如麟趾之時"，《騶虞序》云"仁如騶虞"，皆如其經。則此德如羔羊，亦如經中之羔羊也。經陳大夫爲裘用羔羊之皮，此云德如羔羊者，詩人因事託意，見在位者裘得其制，德稱其服，故説羔羊之裘，以明在位之德。叙達其意，故云如羔羊焉。不然，則衣服多矣，何以獨言羔羊裘？

◇《宗伯》注雲："羔取其群而不失其類。"《士相見》注云："羔取其群而不黨。"《公羊傳》何休云："羔取其贄（zhì）之不鳴，殺之不號，乳必跪而受之。死義生禮者，此羔羊之德也。"然則今大夫亦能群不失類，行不阿黨，死義生禮，故皆節儉正直，是德如羔羊也。

◇◇毛以儉素由於心，服制形於外。章首二句言裘得其制，是節儉也，無私存於情，得失表於行。下二句言行可蹤迹，是正直也。鄭以退食爲節儉，自公爲正直。羔裘言德能稱之，委蛇者，自得之貌，皆亦節儉正直之事也。

◇◇經先言羔羊，以服乃行事，故先説其皮；序後言羔羊，舉其成功乃可以化物，各自爲文，勢之便也。

【孔疏】箋"鵲巢"至"之人"。

◇◇以篇首有鵲巢以比國君，故云《鵲巢》之君也。上言"積行累功，以致爵位"，則化及南國，亦積行累功而致之，故言"積行累功"以釋《鵲巢》之功所致之意。言由國君積行累功，以化天下，故天下化之，皆如羔羊，以致此《羔羊》之化也。

◇◇知在位是卿大夫者，以經陳羔裘，卿大夫之服，故傳曰"大夫羔裘以居"，是也。言競相切化，謂競相切磋以善化，皆如《羔羊》之人，謂人德如羔羊也。

<一章-1>羔羊之皮，素絲五紽（tuó）。

【毛傳】小曰羔，大曰羊。素，白也。紽，數也。古者素絲以英裘，不失其制，大夫羔裘以居。

【程析】素絲，潔白的絲。五，古文作"×"，象交叉之形，指絲綫的交叉，不是數名。紽，加。五紽，交加的意思。素絲五紽，是描寫用白絲綫將羔羊皮交叉縫製成的皮衣。

【樂道主人】英，飾裘以爲英。

【孔疏】傳"小曰羔"至"以居"。

◇◇小羔大羊，對文爲异。此説大夫之裘，宜直言羔而已，兼言羊者，以羔亦是羊，故連言以協句。傳以羔羊并言，故以大小釋之。

◇◇此言"紽，數"，下言"褍（yì，纏繞）數"，謂"紽、褍之數有五，非訓紽、褍爲數也。二章傳云"緎（yù），縫"者，《釋訓》云：

"緎，羔羊之縫。"孫炎曰："緎之云界緎。"然則縫合羔羊皮爲裘，縫即皮之界緎，因名裘縫。云緎五，緎既爲縫，則五紽、五褎亦爲縫也。視之見其五，故皆云五焉。

◇◇傳於首章先言"紽數"者，以經云"五紽"，先解五之意，故紽數有五也。首章既解其數，故二章解其體，言"緎，縫也"，且因《爾雅》之文。《爾雅》獨解緎者，蓋舉中言之。二章既解其體，恐人以爲紽自數也，緎自縫也，故於卒章又言褎數有五，以明緎數亦五。緎言縫，則紽、褎亦縫可知，傳互言也。

◇◇古者素絲所以得英裘者，織素絲爲組紃，以英飾裘之縫中。《清人》傳曰"矛有英飾"，《閟宫》傳云"朱英爲飾"，則此英亦爲飾可知。素絲爲飾，維組紃耳。若爲綫，則所以縫裘，非飾也。故《干旄》曰"素絲組之"，傳曰："褎以素絲而成組也。"紃亦組之類，則素絲可以爲組紃矣。既云素絲，即云五紽、五緎是裘縫明矣。

◇又明素絲爲組紃，而施於縫中，故《下雜記》注云："紃施諸縫，若今之絛。"是有組紃而施於縫中之驗。傳知素絲不爲綫，而得爲飾者，若綫則凡衣皆用，非可美，故素絲以英裘，非綫也。

◇◇言大夫羔裘以居者，由大夫服之以居，故詩人見而稱之也。謂居於朝廷，非居於家也。《論語》曰："狐貉之厚以居。"注云"在家所以接賓客"，則在家不服羔裘矣。《論語》注又云："緇衣羔裘，諸侯視朝之服。卿大夫朝服亦羔裘，唯豹袪，與君异耳。"明此爲朝服之裘，非居家也。

<一章-3>**退食（sì）自公，委蛇（yí）委蛇。**

【毛傳】公，公門也。委蛇（yí），行可從迹也。

【鄭箋】退食，謂減膳也（與毛不同）。自，從也。從於公，謂正直順於事也。委蛇，委曲自得之貌，節儉而順，心志定，故可自得也（與毛不同）。

【程析】委蛇，形容悠閑得意、走路邪曲摇擺的樣子。公，公門，謂應門也。門内治朝，爲卿大夫治事之所。

【樂道主人】孔疏：鄭訓"自"爲"從"，"公"爲"事"。孔穎達疏引李巡曰："宫中南嚮大門，應門也。應是當也。以當朝正門，故謂之應門。"

【孔疏】傳“公公”至“從迹”。

◇◇傳以言退者，自朝之喎（wāi），故知公謂公門。《少儀》云“朝廷曰退”是也。

◇◇行可蹤迹者，謂出言立行，有始有終，可蹤迹仿效也。

【孔疏】箋“退食”至“之貌”。

◇◇減膳食者，大夫常膳日特豚，朔月少牢，今爲節儉減之也。王肅云：“自減膳食，聖人有逼下之譏。”孫毓云：“自非天灾，無減膳之制。”所以得減膳食者，以序云節儉，明其減於常禮，經言退食，是減膳可知。

◇◇禮者，苦人之奢，制其中法，若車服之文物，祭祀之犧牲，不可逼下，是故此論羔裘，美其得制。至於春養已食，容得減退，故趙盾食魚飧（sūn，簡食、夕食、水澆飯），公孫弘脱粟之飯，前史以爲美談。

◇◇經云“自公”，鄭訓“自”爲“從”，“公”爲“事”，故云“從於公，謂正直順於事也”。

◇◇委曲自得者，心志既定，舉無不中，神氣自若，事事皆然，故云“委蛇，委曲自得之貌”。

◇◇定本“退謂減膳”，更無“食”字。

【孔疏-章旨】“羔裘”至“委蛇”。

〇毛以爲①召南大夫皆正直節儉，言用羔羊之皮以爲裘，縫殺（shà）得制，素絲爲英飾，其紽數有五。既外服羔羊之裘，内有羔羊之德，

②故退朝而食，從公門入私門，布德施行，皆委蛇然，動而有法，可使人蹤迹而效之。言其行服相稱，内外得宜。

◇◇此章言羔羊之皮，卒章言羔羊之縫，互見其用皮爲裘，縫殺得制也。

〇鄭唯下二句爲异，言大夫減退膳食，順從於事，心志自得委蛇然。

<二章-1>**羔羊之革，素絲五緎（yù）。**

【毛傳】革猶皮也。緎，縫也。

【程析】革，皮袍裹子。

【孔疏】傳“革猶皮”。

◇◇對文則皮革异，故《掌皮》云：“秋斂皮，冬斂革。”异時斂之，明其别也。許氏《説文》曰：“獸皮治去其毛曰革。”革，更也。對

文言之异，散文則皮、革通。

◇《司裘》曰“大喪飾皮車”，謂革輅也。去毛得稱皮，明是有毛得稱革，故攻皮之工有函、鮑、韗（yùn）、韋（wéi）、裘，是皮革通言也。此以爲裘，明非去毛，故云“革猶皮也”。

◇◇依《月令》，孟冬始裘，天子祭天則大裘而冕，故《司服》云：“王祀昊天上帝，則服大裘而冕，祀五帝亦如之。”鄭注“大裘，黑羔裘”是也。其五冕之裘亦同黑羔裘，知者，《司裘職》云“掌爲大裘，以供王祀天之服”，更不别言衮冕已下之裘，明六冕與爵弁同用黑羔裘。

◇若天子視朝及諸侯朝天子，皆以狐白裘，知者，以《玉藻》云“君衣狐白裘，錦衣以裼（xī，《玉篇》：裘單曰裼）之”。又《秦詩》曰“君子至止，錦衣狐裘”，以裘象衣色，皮弁服白布衣故也。

◇其卿大夫在朝及聘問亦衣狐白裘，知者，《玉藻》云“士不衣狐白”故也。其裼蓋用素衣，知者，以《鄭注》玉藻云“非諸侯則不用素錦爲裼”故也。

◇士則麛（mí）裘青犴（hān，駝鹿）褎（xiù，袖），以狐白之外，唯麑（ní，小鹿）裘素也。

◇其諸侯視朝及卿大夫等同用黑羔裘，以《玉藻》云“羔裘緇衣以裼之”，又鄭注《論語》云“緇衣羔裘，諸侯視朝之服”是也。

◇若諸侯視朔，君臣用麑裘，知者，鄭注《論語》云“素衣麑裘，諸侯視朝之服”。其臣則青犴褎，絞衣爲裼。

◇若兵事，既用韎（mèi，染成赤黄色的皮子，用作蔽膝護膝）韋，衣則用黄衣狐裘及貍裘，象衣色故也。又襄四年傳云“臧之狐裘，敗我於狐駘”，又定九年傳云“晳（xī，《正韵》：曾點字晳，本從白）幘（zé，古代的一種頭巾）而衣貍制”是也。

◇若天子以下，田獵則羔裘，緇衣以裼之，知者，《司服》云“凡田冠弁服”，注云“冠弁，委貌”，則諸侯朝服故也。

◇其天子諸侯燕居，同服玄端，則亦同服羔裘矣。凡裘，人君則用全，其臣則褎飾爲异，故《唐詩》云“羔裘豹祛”，鄭云“卿大夫之服”是也。

◇若崔靈恩等，以天子諸侯朝祭之服，先著明衣，又加中衣，又加裘，裘外又加裼衣，裼之上乃加朝祭之服。

◇其二劉等，則以《玉藻》云“君衣狐白裘，錦衣以裼之”，又云“以帛裹布，非禮也”，鄭注云“冕服中衣用素，朝服中衣用布”，若皮弁服之下，即次錦衣爲裼，便是以帛裹布，故知中衣在裼衣之上明矣。

◇又以《司服職》云“王祀昊天上帝，則服大裘而冕”，以下冕不復云裘，《司裘職》云“掌爲大裘，以供王祀天之服”，亦不别言衮冕以下之裘，明六冕與爵弁同用大裘之羔裘矣。

◇案《玉藻》云“君子狐青裘豹褎，玄綃衣以裼之”，注云“君子大夫士狐青裘，蓋玄衣之裘”，然衮冕與衣玄知不用狐青裘者，以《司裘職》云“季秋獻功裘，以待頒賜”，注云“功裘，人功微粗，謂狐青麛裘之屬”。鄭以“功裘以待頒賜”大夫士，明非冕服之裘矣。

【欒道主人】

①王祀昊天上帝，則服大裘而冕，祀五帝亦如之。鄭注“大裘，**黑羔裘**”。若天子視朝及諸侯朝天子，皆以狐**白裘**。

②若諸侯視朔，君臣用**麑**（ní）**裘**。其諸侯視朝及卿大夫等同用**黑羔裘**。

③若兵事，既用韎韋，衣則用**黄衣狐裘及貍裘**，象衣色故也。

<二章-3>**委蛇委蛇，自公退食。**

【鄭箋】自公退食，猶退食自公。

<三章-1>**羔羊之縫**（féng）**，素絲五總**（zōng）**。**

【毛傳】縫，言縫殺（shà）之，大小得其制。總，數也。

【欒道主人】殺，直也。孔疏：故於卒章又言總數有五，以明緎數亦五。緎言縫，則紽、總亦縫可知，傳互言也。

<三章-3>**委蛇委蛇，退食自公。**

《羔羊》三章，章四句。

殷其靁 【召南八】

殷（yǐn）其靁（léi），在南山之陽。何斯違（wéi）斯？莫敢或遑（huáng）。振（zhēn）振君子，歸哉歸哉！

殷其靁，在南山之側。何斯違斯？莫敢遑息。振振君子，歸哉歸哉！

殷其靁，在南山之下。何斯違斯？莫或遑處（chǔ）。振振君子，歸哉歸哉！

《殷其靁》三章，章六句。

【毛序】《殷其靁》，勸以義也。召南之大夫遠行從政，不遑寧處。其室家能閔其勤勞，勸以義也。

【鄭箋】召南大夫，召伯之屬。遠行，謂使出邦畿。

【樂道主人】重點在詮解後兩句，爲什麼不是思其夫回家，而是"勸以義"，是"勸以爲臣之義，未得歸也"。與《周南·汝墳》相應。

【孔疏】"《殷其靁》三章，章六句"至"勸以義"。

◇◇作《殷其靁》詩者，言大夫之妻勸夫以爲臣之義。召南之大夫遠行從政，施王命於天下，不得遑暇而安處，其室家見其如此，能閔念其夫之勤勞，而勸以爲臣之義。言雖勞而未可得歸，是勸以義之事也。定本"能閔其勤"，無"勞"字。

◇◇召南之大夫遠行從政，經三章章首二句是也。不遑寧處，其室家閔其勤勞，次二句是也。詩本美其勸以義，即具陳所勸之由，故先言從政勤勞，室家之事爲勸以義而施，經、序皆得其次。

【孔疏】箋"召南"至"之屬"。

◇◇此解大夫即是王朝之臣，而謂之召南者，以其是召伯之屬，故言召南之大夫也。

◇◇文王未稱王，召伯爲諸侯之臣，其下不得有大夫。此言召南大夫，則是文王都豐、召伯受采之後也。言召伯之屬者，召伯爲王者之卿士，《周禮》六卿，其下皆有大夫，各屬其卿，故云“之屬”。《左傳》曰“伯輿之大夫瑕禽”，亦此之類也。

◇◇知非六州諸侯之大夫者，以序云“遠行從政”。遠行，出境之辭。經云“殷其靁”，靁以喻號令，則此遠出封畿，行號令者也。若六州大夫，不得有出境行令之事。

◇◇知非聘問者，聘問結好，非殷靁之取喻。有時而歸，非室家所當閔念。言遠行從政，無期以反（返）室家，閔之。明是召伯之屬，從行化於南國也。◇◇時未爲伯（召公時未爲伯，武王時方爲伯），箋因《行露》之序從後言之耳。

<一章-1>**殷（yǐn）其靁（léi），在南山之陽。**

【毛傳】殷，靁聲也。山南曰陽。靁出地奮，震驚百里。山出雲雨，以潤天下。

【鄭箋】靁以喻號令於南山之陽，又喻其在外也。召南大夫以王命施號令於四方，猶靁殷殷然發聲於山之陽。

【程析】殷其，殷殷，其，狀物的語助詞。陽，山的南坡。靁，古“雷”字。

【孔疏】傳“殷靁”至“天下”。

◇◇此靁比號令，則雨靁之聲，故云“山出雲雨，以潤天下”。《雲漢》傳曰：“隆隆而雷”，箋云“非雨靁（léi）也，雨靁（léi）之聲尚殷殷然”，是也。

◇“靁出地奮”，豫卦象辭也，彼注云：“奮，動也。靁動於地上，而萬物豫也。”“震驚百里”，震卦彖（tuàn）辭也，注云：“震爲靁，靁，動物之氣也。

◇靁之發聲，猶人君出政教以動國中之人，故謂之震。驚之言警戒也。靁發聲百里，古者諸侯之象，諸侯之出教令，警戒其國疆之內。”是其義也。此二卦皆有靁，事義相接，故并引之，以證靁喻號令之義也。靁之發聲，止聞百里。文王之化，非唯一國，直取喻號令耳。

◇◇山出雲雨者，《公羊傳》曰：“觸石而出，膚寸而合，不崇（終也）朝而雨天下者，其唯泰山乎！”是山出雲雨之事。

<一章-3>**何斯違（wéi）斯？莫敢或遑（huáng）。**

【毛傳】何此君子也。斯，此。違，去。遑，暇也。

【鄭箋】何乎此君子，適居此，復去此，轉行遠，從事於王所命之方，無敢或閒暇時。閔其勤勞。

【程析】或，有。

【孔疏】傳"何此君子"至箋"復去此"。

◇◇傳言"何此君子"，解"何"字，何爲我此君子乃然。"此"非經中之"斯"，故傳先言"何此君子"，乃訓"斯"爲"此"。箋"何乎此君子"，亦謂傳中"何此君子"，亦非經中之"斯"。

◇◇言"適居此"，經中"何斯"之此，言我君子行於遠方，適居此處。今乃復去離此，轉向餘國，"去此"者，經中"違斯"之此也。

◇◇《集注》有"箋云"，定本於此無"箋云"，誤也。

<一章-5>振（zhēn）振君子，歸哉歸哉！

【毛傳】振振，信厚也。

【鄭箋】大夫信厚之君子，爲君使，功未成，歸哉歸哉！勸以爲臣之義，未得歸也。

【程析】振振，振奮有爲狀。

【孔疏-章旨】"殷其"至"歸哉"。

①言殷殷然靁聲在南山之陽，以喻君子行號令在彼遠方之國。

②既言君子行王政於遠方，故因而閔之，云何乎我此君子，既行王命於彼遠方，謂適居此一處，今復乃去此，更轉遠於餘方，而無敢或閒暇之時，何爲勤勞如此。

③既閔念之，又因勸之，言振振然信厚之君子，今爲君出使，功未成，可得歸哉？勸以爲臣之義，未得歸也。

<二章-1>殷其靁，在南山之側。

【毛傳】亦在其陰與左右也。

【孔疏】傳"亦在"至"左右"。◇◇上"陽"直云"山南"，此雲"側"，不復爲山南，三方皆是。陰，謂山北。左，謂東。右，謂西也。

<二章-3>何斯違斯？莫敢遑息。

【毛傳】息，止也。

<二章-5>振振君子，歸哉歸哉！

<三章-1>殷其靁，在南山之下。

【毛傳】或在其下。

【鄭箋】下謂山足。

<三章-3>**何斯違斯？莫或遑處（chǔ）。**

【毛傳】處，居也。○處，尺煮反。

<三章-5>**振振君子，歸哉歸哉！**

《殷其靁》三章，章六句。

摽有梅 【召南九】

摽（biào）有梅，其實七兮。求我庶士，迨（dài）其吉兮。
摽有梅，其實三兮。求我庶士，迨其今兮。
摽有梅，頃筐塈（xì）之。求我庶士，迨其謂之。
《摽有梅》三章，章四句。

【毛序】《摽有梅》，男女及時也。召南之國，被文王之化，男女得以及時也。

【樂道主人】毛鄭興意大不同，毛以梅喻男女之年齡，鄭以梅喻三夏，主講雖然二十之女，結婚日期仍應在仲春。

【孔疏】“《摽有梅》”至“及時”。

◇◇作《摽有梅》詩者，言男女及時也。召南之國，被文王之化，故男女皆得以及時。謂紂時俗衰政亂，男女喪其配耦，嫁娶多不以時。今被文王之化，故男女皆得以及時。俗本“男女”下有“得以”二字者，誤也。

◇◇毛以卒章云三十之男、二十之女爲蕃（fán）育法，二章爲男年二十八九、女年十八九，首章謂男年二十六七、女年十六七，以梅落喻男女年衰，則未落宜據男年二十五、女年十五矣，則毛以上二章陳年盛正昏之時，卒章蕃育法雖在期盡，亦是及時。

◇◇《東門之楊》傳云“不逮秋冬”，則毛意以秋冬皆得成昏。孫卿曰：“霜降逆女，冰泮（pàn，《康熙字典》：泮之言半也）殺止。”霜降，九月也。冰泮，正月也。孫卿，毛氏之師，明毛亦然，以九月至正月皆可爲昏也。

◇◇又《家語》曰：“霜降而婦功成，而嫁娶者行焉。冰泮農業起，昏禮殺於此。”又云：“冬合男女，春班爵位。”《邶詩》曰：“士如歸妻，迨冰未泮。”是其事也。其《周禮》言仲春，《夏小正》言二月者，皆爲期盡蕃育之法。

◇◇《禮記》云“二十曰弱冠”，又曰“冠，成人之道”，成人乃可爲人父矣。《喪服》傳曰“十九至十六爲長殤（未成年而亡）”，禮子不殤父，明男二十爲初娶之端。《禮記》曰“女子十五許嫁而笄”，以十五爲成人，許嫁不爲殤，明女十五爲初昏之端矣。王肅述毛曰：“前賢有言，丈夫二十不敢不有室，女子十五不敢不事人。”譙周亦云：“是故男自二十以及三十，女自十五以至二十，皆得以嫁娶。先是則速，後是則晚矣。凡人嫁娶，或以賢淑，或以方類，豈但年數而已。”此皆取說於毛氏矣。

◇◇然則男自二十以至二十九，女自十五以至十九，皆爲盛年，其昏，自季秋至於孟春，惟其所用，不限其月。若男三十、女二十爲期盡蕃（繁）育，雖仲春猶可行，即此卒章是也。又男女之昏，爲賢淑與方類，但男年二十以後，女年十五以後，隨任所當，嘉好則成，不必要以十五六女配二十一二男也。雖二十女配二十之男，三十之男配十五之女，亦可也。傳言三十之男，二十之女，據其并期盡者，依《周禮》文爲正。

◇◇鄭據《周禮》仲春爲昏是其正。此序云“男女得以及時”，言及者，汲汲之辭，故三章皆爲蕃育之法，非仲春也。上二章陳及夏行嫁，卒章言夏晚大衰，不復得嫁，待明年仲春，亦是及時也。以梅實喻時之盛衰，不以喻年。若梅實未落，十分皆在，喻時未有衰，即仲春之月是也。此經所不陳。

◇既以仲春之月爲正，去之彌遠則時益衰，近則衰少，衰少則梅落少，衰多則似梅落多，時不可爲昏則似梅落盡。

◇首章“其實七兮”，謂在樹者七，梅落仍少，以喻衰猶少，謂孟夏也。以去春近，仍爲善時，故下句言“迨其吉兮”，欲及其善時也。

◇二章言“其實三兮”，謂在者唯三，梅落益多，謂仲夏也。過此則不復可嫁，故云“迨其今兮”。今，急辭，恐其過此，故急也。

◇又卒章“頃筐塈之”，謂梅十分皆落，梅實既盡，喻去春光遠，善亦盡矣，謂季夏也。不可復昏，待至明年仲春，故下句雲“迨其謂之”。

◇箋云“女年二十而無嫁端，則有勤望之憂，明年仲春，不待以禮會之。時禮雖不備，相奔不禁”。由季夏時盡，故至明年也。季春亦非正時，箋不以首章當之者，以四月五月與春接連，猶可以嫁，三月則可以嫁明矣。六月則爲晚。

◇此篇三章，宜一章興一月，故以首章爲初夏，二章爲向晚，此得以及時，宜舉末以言之，故不以爲季春也。所以於五月得爲昏，至六月則不可者，以四月五月去春未一時，故可强嫁，故季夏，去春遠矣，故不得爲昏。知待至明年春者，《周禮·媒氏》“仲春之月，奔者不禁”，故知明年得行也。

◇◇鄭以**仲春爲昏月**，故《行露》《野有蔓草》皆引《周禮》“仲春之月，令會男女之無夫家者”。又《夏小正》“二月，綏多女士”，下云“有女懷春”，故以仲春爲昏月也。此首章箋云女年二十，則依《周禮》《書傳》《穀梁》《禮記》皆言男三十而娶，女二十而嫁，**故不從毛傳**。且女子十五，正言許嫁，不言即嫁也。《越語》曰：“女子十七不嫁，丈夫二十不娶，父母有罪。”越王謂欲報吴之故，特下此令。又若女年皆十五而嫁，越王欲速爲昏，何由乃下十七之期乎？又諸經傳所以皆云三十、二十，都不言正嫁娶之年，而皆爲期盡也。孫卿《家語》未可據信，故據《周禮》三十之男，二十之女，昏用仲春也。案《异義》：“人君年幾而娶？”

◇◇今《大戴禮》説男子三十而娶，女子二十而嫁，天子已下及庶人同禮；又《左傳》説人君十五生子，禮，三十而娶，庶人禮也。謹案：舜生三十不娶，謂之鰥；《禮·文王世子》曰“文王十五生武王，武王有兄伯邑考”，故知人君早昏，所以重繼嗣。鄭玄不駁，明知天子諸侯十二而冠，冠而生子。大夫以下，明從庶人法也。

◇◇《行露》之篇，女以多露拒男，此四月、五月而云猶可嫁者，《鄭志》答張逸云：“《行露》以正言也，《摽有梅》以蕃育人民。”然則《行露》爲不從男，故以禮拒之；此爲有故，不及正時許之，所以蕃育人民故也。《綢繆》首章“三星在天”，箋云：“三月之末，四月之中。”二章“三星在隅”，箋云：“四月之末，五月之中。”卒章“三星在户”，箋云：“五月之末，六月之中。”與此三章之喻大同。彼云“不得其時”，云“及時”者，此文王之化，有故不得以仲春者，許之，所以蕃育人民。彼正時不行，故爲違禮。事同意异，故美刺有殊。

<一章-1>**摽**（biào）**有梅，其實七兮。**

【毛傳】興也。摽，落也。盛極則隋落者，梅也。尚在樹者七。

【鄭箋】興者，梅實尚餘七未落，喻始衰也。謂女二十，春盛而不

嫁，至夏則衰。（與毛不同）

【樂道主人】毛以梅喻男女之年齡，鄭以梅實喻時日之盛衰，即不以喻男女之年齡，亦不記真實季節。鄭意女爲二十，當年春未成嫁，已到夏矣，但猶不大違婚時之禮，尚可嫁。

【程析】有，詞頭。

【孔疏】箋“梅實”至“始衰”。

◇◇箋知不以梅記時（四時）者，毛記時，鄭謂非記時，叙梅多少之事也。

◇◇以序云“男女得以及時”，而經有三章，宜一章喻一月。若爲記時，則梅已有落，不久則盡，“其實七兮”與“頃筐塈之”正同一月，非本歷陳及時之意，故爲喻也。

<一章-3>**求我庶士，迨（dài）其吉兮。**

【毛傳】吉，善也。

【鄭箋】我，我當嫁者。庶，衆。迨，及也。求女之當嫁者之衆士，宜及其善時。善時謂年二十，雖夏未大衰。（與毛不同）

【程析】迨，及，趁着。

【樂道主人】我，鄭意非女子自稱，指詩人，應爲女子之父母或媒人。

【孔疏】箋“我，我當嫁者”。◇◇言此者，以女被文王之化，貞信之教興，必不自呼其夫，令及時之取己。鄭恐有女自我之嫌，故辨之，言我者，詩人我，此女之當嫁者，亦非女自我。

【孔疏】“摽有”至“吉兮”。

○毛以爲①隋落者是有梅，此梅雖落，其實十分之中，尚在樹者七，其三始落，是梅始衰，興女年十六七，亦女年始衰。

②求女之當嫁者之衆士，宜及其此善時以爲昏。比十五爲衰，對十八九故爲善，此同興男女年，舉女年則男年可知矣。

○鄭以梅落興時衰爲异，①言隋落者是有梅，此梅雖落，其實十分之中尚七未落。已三分落矣，而在者衆，以興漸衰者善時。此時雖衰，其十分之中尚七分未衰，唯三分衰耳，而善者猶多，謂孟夏之月初承春後，仍爲善時，

②求我當嫁者之衆士，宜及孟夏善時以承昏事。

<二章-1>**摽有梅，其實三兮。**

【毛傳】在者三也。

【鄭箋】此夏鄉晚，梅之隋落差多，在者餘三耳。（與毛不同）

【樂道主人】鄉，向也。

<二章-3>**求我庶士，迨其今兮。**

【毛傳】今，急辭也。

【詩集傳】今，今日也。

<三章-1>**摽有梅，頃筐塈（xì）之。**

【毛傳】塈，取也。

【鄭箋】頃筐取之，謂夏已晚，頃筐取之於地。

【程析】頃筐，猶今之畚（běn）箕。

【樂道主人】《周南·卷耳》【程析】頃筐，淺筐。

<三章-3>**求我庶士，迨其謂之。**

【毛傳】不待備禮也。三十之男，二十之女，禮未備則不待禮會而行之者，所以蕃育民人也。

【鄭箋】謂，勤也。女年二十而無嫁端，則有勤望之憂。不待禮會而行之者，謂明年仲春，不待以禮會之也。時禮雖不備，相奔不禁。

【程析】謂，會。

【樂道主人】毛謂兩事可行，鄭謂先行一事也。

【孔疏】傳"不待"至"民人"。

◇◇傳先言不待備禮者，解"謂之"之意。所以得謂之而成昏者，由不待備禮故也。

◇◇又解不待備禮之意，言三十之男，二十之女，禮雖未備，年期既滿，則不待禮會而行之，所以蕃育民人也。謂多得成昏，令其有子，所以蕃息生育人民，使之衆多。

【孔疏】箋"不待"至"不禁"。

◇◇傳意三十之男，二十之女，其年仲春即不待禮會而行之。**故鄭易**之，言"不待禮會而行之"，謂明年仲春，如不待禮會之也。又稱不待禮者，禮雖不備，相奔不禁，即《周禮》"仲春之月，令會男女於是時也，相奔者不禁"，是也。

【孔疏-章旨】"摽有"至"謂之"。

○毛以爲①隋落者是有梅，此梅落盡，故以頃筐取之，以興女年二十，顏色甚衰，

②而用蕃育之禮以取之，求我當嫁者之衆士，宜及其此時而謂之以成昏。謂者，以言謂女而取之，不待備禮。

○鄭以①隋落者是梅，此梅落盡，故頃筐取之於地，以興漸衰者善時，此善時已盡，故待至明年仲春，以時已過，不可復昏故也。

②求我當嫁者之衆士，宜及明年仲春，女勤望之時，謂女年二十而不嫁，至明年仲春則有勤望之憂，宜及此時取之。

《摽有梅》三章，章四句。

小　星　【召南十】

嘒（huì）彼小星，三五在東。肅肅宵征，夙（sù）夜在公。寔（shí）命不同！

嘒彼小星，維參（shēn）與昴（mǎo）。肅肅宵征，抱衾（qīn）與裯（chóu）。寔命不猶！

《小星》二章，章五句。

【毛序】《小星》，惠及下也。夫人無妒忌之行，惠及賤妾，進御於君，知其命有貴賤，能盡其心矣。

【鄭箋】以色曰妒，以行曰忌。命謂禮命貴賤。

【孔疏】“《小星》二章，章五句”至“其心矣”。

◇◇作《小星》詩者，言夫人以恩惠及其下賤妾也。由夫人無妒忌之行，能以恩惠及賤妾，令得進御於君，故賤妾亦自知其禮命與夫人貴賤不同，能盡其心以事夫人焉。

◇◇言夫人惠及賤妾，使進御於君，經二章上二句是也。衆妾自知卑賤，故抱衾而往御，不當夕，下三句是也。既荷恩惠，故能盡心述夫人惠下之美，於經無所當也。

◇◇此賤妾對夫人而言，則總指衆妾媵與侄娣皆爲賤妾也。《曲禮下》云“公侯有妾”，謂在九女之外，若内司服、女御。注以衣服進者，彼暫時之事，不得次序進御，明不在此賤妾之中。

【鄭箋】箋“命謂禮命貴賤”。

◇◇命謂貴賤者，夫人禮命貴，與君同，故稱曰小君。衆妾則賤，故《喪服》注云：“貴者視卿，賤者視大夫也。”

◇◇妾之貴者，夫人侄娣也，即《喪服》所謂“貴臣賤妾”也。《左氏》皆言以夫人之侄娣爲繼室，明其貴也。何休云：“夫人無子，立右媵之子。右媵無子，立左媵之子。”以二媵爲貴，與禮不合，故《韓奕》箋獨言娣，舉其貴者，是侄娣貴於媵之義。

<一章-1>**嘒（huì）彼小星，三五在東。**

【毛傳】嘒，微貌。小星，衆無名者。三，心。五，噣（zhòu）。四時更見。

【鄭箋】衆無名之星，隨心、噣在天，猶諸妾隨夫人以次序進禦於君也。心在東方，三月時也。噣在東方，正月時也。如是終歲列宿更見。

【樂道主人】噣，星名，柳宿的别稱，南方朱雀七宿之一。

【孔疏】傳"嘒彼"至"更見"。

◇◇此言小星，故爲微貌。《雲漢》傳曰"嘒，星貌"者，以宣王仰視，不止小星，故直言星貌，兼大星皆在也。嘒之爲貌，不甚大明，比於日月爲小，故大星小星皆得爲小貌。

◇◇知三爲星者，下章云"維參與昴"，昴不五星，則五非下章之昴也。五既非昴，則三亦非參，列宿之大，房、心、參伐，三既非參，而心亦三星，故知三謂心也。

◇《綢繆》傳曰"三星，參也"者，以其刺昏姻不得其時，舉正時以刺之。冬日之昏，在天在户，唯參爲然，故知非心也。三星在罶（liǔ，《説文》：曲梁，寡婦之笱，魚所留也）皆爲心，心實三星，而傳不明説，蓋從此爲心，以其心稱三爲正，故此稱三以對參也。

◇箋則三皆爲心，以其心實三星，而列宿之尊，故《元命苞》曰"心爲天王"，《公羊》又云"心爲大辰"，故言三星。此及《綢繆》《苕之華》皆云心也。

◇◇知五是噣者，《元命苞》云"柳五星"，《釋天》云"咮謂之柳"，《天文志》曰"柳謂鳥喙"，則喙者，柳星也。以其爲鳥星之口，故謂之喙。

◇◇心，東方之宿；柳，南方之宿，著明者，故以比夫人也。

◇◇言四時更見者，見連言在東，恐其俱時在東，故云四時之中更迭見之。

【孔疏】箋"衆無"至"更見"。

◇◇經言"在東"，箋云"在天"者，在東據初見之方，此不取所見之方爲義，直取星之在天，似婦人之進於夫，故變言在天。《綢繆》言"三星在天"，傳曰"見於東方"者，彼取記候，須所在之方爲義，故變言在東。經取其韵，注説其義，故皆反其經也。

◇◇又心在東方，三月時；噣（zhòu）在東方，正月時，是不同時見也。二者同在春見，但异月耳。

◇◇云四時者，如是終歲列宿更見，因明二十八宿更迭而見，不止於心、噣也。

<一章-3>**肅肅宵征，夙（sù）夜在公。寔（shí）命不同！**

【毛傳】肅肅，疾貌。宵，夜。征，行。寔，是也。命不得同於列位也。

【鄭箋】夙，早也。謂諸妾肅肅然夜行，或早或夜，在於君所，以次序進御者，是其禮命之數不同也。凡妾御於君，不當夕。

【樂道主人】公，指君之寢宫。“不當夕”者，不住一夜也。

【孔疏】傳“命不得同於列位”。◇◇雖同事於君，夫人貴而妾賤，禮命之數不得同於行列等位。

【孔疏】箋“諸妾”至“當夕”。

◇◇《書傳》曰：“古者，后夫人將侍君，前息燭，後舉燭，至於房中，釋朝服，襲（xí，《説文注》：襲始於袍。衣上加衣，引申爲重迭）燕服，然後入御於君。鷄鳴，大師奏《鷄鳴》於階下，然後夫人鳴佩玉於房中，告去。”由此言之，夫人往來舒而有儀，諸妾則肅肅然夜而疾行，是其异也。

◇言或早或夜在於君所者，謂諸妾夜晚始往，及早來（回）也，亦异於夫人也。或以爲早謂夜初，妾有貴賤，往有早晚。知不然者，以其詩言“夙夜”者，皆記昏爲夜，晨初爲早，未有以初昏爲夙者。又序云“知其命有貴賤”，與此“寔命不同”一也。明此亦不同於夫人，非妾中自不同也。

◇◇言“凡妾御於君，不當夕”者，解所以夜晚乃往之意。由妾御於君，不當夕故也。《内則》雲：“妻不在，妾御莫敢當夕。”注云：“避女君之御日。”與此不同者，彼妻不在，妾不往御，此自往御之時，不敢當夕而往。文取於彼，義隨所證，亦斷章之義也。

【孔疏-章旨】“嘒彼”至“不同”。

①言嘒然微者，彼小星。此星雖微，亦隨三星之心、五星之噣以次列在天，見於東方，以興禮雖卑者，是彼賤妾雖卑，亦隨夫人以次序進禦於君所，由夫人不妒忌，惠及故也。

②衆妾自知己賤，不敢同於夫人，故肅肅然夜行，或早或夜，在於君

所。夜來早往，或夜往而早來，不敢當夕，是禮命之數不得同於夫人故也

<二章-1>**嘒彼小星，維參（shēn）與昴（mǎo）。**

【毛傳】參，伐也。昴，留也。

【鄭箋】此言衆無名之星，亦隨伐、留在天。

【孔疏】傳“參，伐。昴，留”。

◇◇《天文志》云：“參，白虎宿。三星直。下有三星，旒（liú，《康熙字典》：旌旗之垂者也。又冕旒，以絲繩貫玉，垂冕前後也）曰伐。其外四星，左右肩股也。”則參實三星，故《綢繆》傳曰：“三星，參也。”以伐與參連體，參爲列宿，統名之，若同一宿然。

◇◇但伐爲大星，與參互見，皆得相統，故《周禮》“熊斿六旒以象伐”，注云：伐屬白虎宿，與參連體，而六星言六旒，以象伐。”明伐得統參也。

◇◇是以《演孔圖》云“參以斬伐”，《公羊傳》曰“伐爲大辰”，皆互舉相見之文也，故言“參，伐也”，見同體之義。《元命苞》元“昴六星，昴之爲言留，言物成就系留”，是也。彼昴留爲一，則參伐明亦爲一也。

表 2　星宿名解

章节	字	星名	方向	月份
一章	三	心星	東方	三月時
	五	噣星	東方	正月時
二章	參	伐，三星，白虎宿		
	昴	六星		

<二章-3>**肅肅宵征，抱衾（qīn）與裯（chóu）。寔命不猶!**

【毛傳】衾，被也。裯，襌（dān）被也。猶，若也。

【鄭箋】裯，床帳也（與毛不同）。諸妾夜行，抱衾與床帳，待進御之，次序不若，亦言尊卑异也。

【孔疏】傳“衾，被。裯，襌被”。

◇◇《葛生》曰“錦衾爛兮”，是衾爲卧物，故知爲被也。今名曰被，古者曰衾，《論語》謂之寢衣也。

◇◇以衾既是被，裯亦宜爲卧物，故爲襌被也。

【孔疏】箋“裯，床帳”。

◇◇鄭以衾既爲被，不宜復云襌被也。

◇◇漢世名帳爲裯，蓋因於古，故以爲床帳。《鄭志》張逸問：“此箋不知何以易傳？又諸妾抱帳，進御於君，有常寢，何其碎？”答曰：“今人名帳爲裯，雖古無名被爲裯。諸妾何必人抱一帳？施者因之，如今漢抱帳也。”是鄭之改傳之意，云“施者因之”。

◇◇《内則》注云：“諸侯取九女，侄娣兩兩而御，則三日也。次兩媵，則四日也。次夫人專夜，則五日也。”是五日之中，一夜夫人，四夜媵妾。

◇夫人御後之夜，則次御者抱衾而往。其後三夜，御者因之，不復抱也。四夜既滿，其來者又抱之而還，以後夜夫人所專，不須帳也。所施帳者，爲二人共侍於君，有須在帳者。妾往必二人俱往，不然不須帳，故天子九嬪以下，九人一夜，明九人更迭而往來矣。

◇其御，望（月望）前先卑，望後先尊，宜二媵下侄娣畢，次二媵，次夫人。下侄娣次夫人。望後乃反之。則望前最賤，妾抱帳往，貴者抱之還。望後，貴者抱之往，賤者抱之還。帳爲諸妾而有，异於夫人也。

《小星》二章，章五句。

江有汜 【召南十一】

江有汜（sì），之子歸，不我以。不我以，其後也悔。
江有渚（zhǔ），之子歸，不我與。不我與，其後也處（chǔ）。
江有沱（tuó），之子歸，不我過。不我過，其嘯也歌。

《江有汜》三章，章五句。

【毛序】《江有汜》，美媵（nìng）也。勤而無怨，嫡（dí）能悔過也。文王之時，江沱（tuó）之閒，有嫡不以其媵備數，媵遇勞而無怨，嫡亦自悔也。

【鄭箋】勤者，以已宜媵而不得，心望之。

【孔疏】“《江有汜》三章，章五句”至“自悔”。

◇◇作《江有汜》詩者，言美媵也。美其勤而不怨，謂宜爲媵而不得行，心雖勤勞而不怨於嫡，故嫡亦能自悔過，謂悔其不與俱行也。當文王之時，江、沱之間，有嫡不以其媵備妾御之數，媵遇憂思之勞而無所怨，而嫡有所思，亦能自悔過也。此本爲美媵之不怨，因言嫡之能自悔，故美媵而後兼嫡也。

◇◇嫡謂妻也。媵謂妾也。謂之媵者，以其從嫡，以送爲名，故《士昏禮》注云：“媵，送也。”古者女嫁必侄娣從，謂之媵也。

◇◇《士昏禮》云：“雖無娣，媵先。”言若或無娣，猶先侄媵，士有娣，娣但不必備耳。《喪大記》“大夫撫侄娣”，是大夫有侄娣矣。《公羊傳》曰：“諸侯一取九女，二國媵之。”所從皆名媵，獨言二國者，异國主爲媵，故特名之。其實，雖夫人侄娣亦爲媵也。此言嫡媵，不指其諸侯大夫及士庶，雖文得兼施，若夫人，宜與《小星》同言夫人。此直云“有嫡”，似大夫以下，但無文以明之。

◇◇媵之行否，所由嫡者，嫡尊專妒，抑之而不得行，後思之而悔也。

◇◇勤、勞一也，勤者，心企望之，望之而不得，所以成勞，故云“遇勞”也。

◇◇不以其媵備數，經三章次二句是也。嫡亦自悔，皆卒句是也。首章一句，爲下而設。遇勞不怨，經無所當，稱美媵之本心耳。

<一章-1>**江有汜**（sì），

【毛傳】興也。决復入爲汜。

【鄭箋】興者，喻江水大，汜水小，然而并流，似嫡媵宜俱行。

【程析】汜，長江的支流。

【樂道主人】汜，東漢時期水名。古稱汜水。東漢以後寫作汜水，沿用至今。水出浮戲山（今稱五指、五枝、五至嶺）東麓，今新密市尖山鄉田種灣村，北流入河南滎陽市西南部，西北流入今鞏義市東南部。先後匯入車關水、楊蘭水、蒲水而北流。再入滎陽境，經其西部，北流注入黄河。

【樂道主人】决復入爲汜，汜水從水中出，又入水。

【孔疏】傳"决復入爲汜"。◇◇《釋水》文也。此毛解汜之狀，其興與鄭同，知毛不以興夫人初過而後悔者，以後悔之文下章自見，故不解。

<一章-2>**之子歸，不我以。不我以，其後也悔。**

【毛傳】嫡能自悔也。

【鄭箋】之子，是子也。是子，謂嫡也。婦人謂嫁曰歸。以猶與也。

【孔疏-章旨】"江有"至"也悔"。

①江水大，似嫡；汜水小，似媵。言江之有汜，得并流，以興嫡之有媵，宜俱行。

②言是子嫡妻往歸之時，不共我以俱行，由不以我俱去，故其後也悔。

<二章-1>**江有渚**（zhǔ），

【毛傳】渚，小洲也，水岐成渚。

【鄭箋】江水流而渚留，是嫡與己异心，使己獨留不行。

【樂道主人】《秦風·蒹葭》孔疏：《釋水》云："小洲曰渚。小渚曰沚（zhǐ）。小沚曰坻（chí）。"然則坻是小沚，言小渚者，渚、沚皆水中之地，小大异也。

<二章-2>**之子歸，不我與。不我與，其後也處**（chǔ）。

【毛傳】處，止也。

【鄭箋】嫡悔過自止。

【程析】與，同。

<三章-1>**江有沱（tuó），**

【毛傳】沱，江之别者。

【鄭箋】岷山道江，東别爲沱。

【程析】沱，長江的支流。

<三章-3>**之子歸，不我過。不我過，其嘯也歌。**

【鄭箋】嘯，蹙（cù）口而出聲。嫡有所思而爲之，既覺自悔而歌。歌者，言其悔過，以自解説（yuè）也。

【詩三家】過，到，至。

【樂道主人】蹙，急促。

《江有汜》三章，章五句。

野有死麕 【召南十二】

野有死麕（jūn），白茅包之。有女懷春，吉士誘之。

林有樸（pǔ）樕（sù），野有死鹿。白茅純（tún）束，有女如玉。

舒而脱（tuì）脱兮，無感（hàn）我帨（shuì）兮，無使尨（máng）也吠！

《野有死麕》三章，二章四句，一章三句。

【毛序】《野有死麕》，惡無禮也。天下大亂，彊暴相陵，遂成淫風。被（pī）文王之化，雖當亂世，猶惡無禮也。

【鄭箋】無禮者，爲不由媒妁，鴈幣不至，劫脅以成昏，謂紂之世。

【孔疏】“《野有死麕》”至“惡無禮”。◇◇作《野有死麕》詩者，言“惡無禮”，謂當紂之世，天下大亂，彊暴相陵，遂成淫風之俗。被文王之化，雖當亂世，其貞女猶惡其無禮。經三章皆惡無禮之辭也。

【孔疏】箋“無禮”至“紂之世”。

◇◇經言“吉士誘之”，女思媒氏導之，故知不由媒妁也。

◇◇思其麕肉爲禮，故知鴈幣不至也。

◇◇欲令舒而脱脱兮，故知劫脅以成昏也。

◇◇箋反經爲説，而先媒後幣，與經倒者，便文，見昏禮先媒。經主惡無禮，故先思所持之物也。或有俗本以“天下大亂”以下同爲鄭注者，誤。定本、《集注》皆不然。

<一章-1>野有死麕（jūn），白茅包之。

【毛傳】郊外曰野。包，裹也。凶荒則殺禮，猶有以將之。野有死麕，群田之獲而分其肉。白茅，取絜清也。

【鄭箋】亂世之民貧，而彊暴之男多行無禮，故貞女之情，欲令人以白茅裹束野中田者所分麕肉爲禮而來。

【程析】麕，小獐，鹿一樣的獸。古代多以鹿皮作爲送給女子的禮物。《儀禮·士昏禮》：納徵（zhǐ）：玄纁，束帛，鹿皮。

【樂道主人】茅有白茅、菅（jiān）茅、黄茅、香茅、芭茅數種，葉皆相似。白茅短小，三四月開白花成穗，結細實，其根甚長，白軟如筋而有節，味甘，俗呼絲茅，可以苫蓋及供祭祀苞苴之用。

【孔疏】傳“凶荒”至“絜清”。

◇◇解以死麕之意。

◇昏禮五禮用雁，唯納徵用幣（古人用作禮物的絲織品），無麕鹿之肉。言死麕者，凶荒則殺禮，謂減殺其禮，不如豐年也。禮雖殺，猶須有物以將行之，故欲得用麕肉也。此由世亂民貧，故思以麕肉當雁幣也。

◇故《有狐序》曰“古者凶荒，則殺禮多昏”。《司徒》“以荒政十有二聚萬民，十曰多昏”，鄭司農云“多昏，不備禮而昏，娶者多”，是也。傳文解傳文解野中所以有死麕者，由群聚於田獵之中，獲而分得其肉。《續人》注云“齊人謂麕爲獐”，麕是獐也。

◇◇必以白茅包之者，由取其絜清也。《易》曰“藉（jiè，襯墊）用白茅，無咎”，傳曰“爾貢包茅不入，王祭不供，無以縮酒，以供祭祀”，明其絜清。

<一章-3>**有女懷春，吉士誘之。**

【毛傳】懷，思也。春，不暇待秋也。誘，道（dǎo）也。

【鄭箋】有貞女思仲春（與毛不同）以禮與男會，起士使媒人道成之（與毛不同）。疾時無禮而言然。

【孔疏】傳“春，不暇待秋”

◇◇傳以秋冬爲正昏，此云春者，此女年二十，期已盡，不暇待秋也。

◇◇此思春，思開春，欲其以禮來。若仲春，則不待禮會而行之，無爲思麕肉矣。此女惡其無禮，恐其過晚，故舉春而言。其實往歲之秋冬，亦可以爲昏矣。

◇◇《釋詁》云：“誘，進也。”《曲禮》注“進客謂導之”，明進、導一也，故以誘爲導也。

【孔疏】箋“有貞”至“言然”。

◇◇**箋以仲春爲昏時**，故知貞女思仲春之月以禮與男會也。

◇◇言吉士誘之者，女欲令吉士使媒人導達成昏禮也。疾時無媒，故言然也。“懷春”，自思及時與男會也。言“誘之”，自吉士遣媒也，非謂仲春之月始思遣媒。

◇◇吉士者，善士也，述女稱男之意，故以善士言之。“士如歸妻”，“求我庶士”，皆非女所稱，故不言吉。《卷阿》云“用吉士”，謂朝廷之士有善德，故稱吉士也。

【孔疏-章旨】“野有”至“誘之”。

○毛以爲皆惡無禮之辭也。①言凶荒則殺禮，猶須禮以將之，故貞女欲男於野田中有死麕之肉，以白茅裹之爲禮而來也。

②既欲其禮，又欲其及時，故有貞女思開春以禮與男會，不欲過時也。又欲令此吉士，先使媒人導成之，不欲無媒妁而自行也。

○鄭唯“懷春”爲异，言思仲春正昏之時，以禮與男會也。餘與毛同。

<二章-1>**林有樸（pǔ）樕（sù），野有死鹿。白茅純（tún）束，**

【毛傳】樸樕，小木也。野有死鹿，廣物也。純束，猶包之也。

【鄭箋】樸樕之中及野有死鹿，皆可以白茅包裹束以爲禮，廣可用之物，非獨麕（jūn）也。純讀如屯。

【程析】樸樕，又名槲樕，有兩種：小者叢生，大者高丈餘。古人結婚時要砍柴作火把。純，束，捆扎。

【孔疏】傳“樸樕，小木”。

◇◇《釋木》云：“樸樕，心。”某氏曰：“樸樕，槲（hú）樕也，有心能濕，江河間以作柱。”孫炎曰：“樸樕一名心。”是樸樕爲木名也。言小木者，以林有此木，故言小木也。

◇◇“林有樸樕”，謂林中有樸樕之木也，故箋云“樸樕之中及野有死鹿”，不言林者，則林與樸樕爲一也。知不別者，以樸樕，木名，若一木，不得有死鹿；若木衆，即是林矣，不得林與樸樕并言也。且下云有死鹿，言有，足得蒙林，林下之有，不爲鹿施，明是林中有樸樕之處也。

◇◇樸樕與林不別，《正月》箋云：“林中大木之處。”此小木得爲林者，謂林中有此小木，非小木獨爲林也。此宜云“林中小木之處”。

【孔疏】箋“純讀如屯”。◇◇“純讀如屯”者，以純非束之義，讀爲屯，取肉而裹束之，故傳云“純束，猶包之”。

<二章-4>**有女如玉。**

【毛傳】德如玉也。

【鄭箋】如玉者，取其堅而絜白。

【孔疏】箋“如玉”至“絜白”。

◇◇此皆比白玉，故言堅而絜白。《弁師》云“五采玉”，則非一色。獨以白玉比之者，比其堅而絜白，不可汙以無禮。

◇◇《小戎》箋云“玉有五德”，不云堅而絜白者，以男子百行，不可止貞絜故也。

【孔疏-章旨】“林有”至“如玉”。

①言凶荒殺禮，非直麕肉可用，貞女又欲男子於林中有樸樕小木之處，及野之中有群田所分死鹿之肉，以白茅純束而裹之，以爲禮而來也。

②由有貞女，堅而絜白，德如玉然，故惡此無禮，欲有以將之。

<三章-1>**舒而脱（tuì）脱兮，**

【毛傳】舒，徐也。脱脱，舒遲也。

【鄭箋】貞女欲起士以禮來，脱脱然舒也。又疾時無禮，彊暴之男相劫脅。

【程析】舒，舒然，慢慢地。脱脱，“娧”的假借字，舒緩貌。

【孔疏】傳“脱脱，舒遲”。

◇◇脱脱，舒鷃之貌。不言貌者，略之。《采蘩》傳曰“僮僮，竦敬。祁祁，舒遲”，亦略而不言貌。

◇◇定本“脱脱，舒貌”，有貌字，與俗本异。

<三章-2>**無感（hàn）我帨（shuì）兮，**

【毛傳】感，動也。帨，佩巾也。

【鄭箋】奔走失節，動其佩飾。

【程析】帨，又名褘（huī），又名蔽膝。女子系在腹前的一塊佩巾，如今之圍裙。

【孔疏】傳“帨，佩巾”。◇◇《内則》云子事父母，婦事舅姑，皆云“左佩紛帨”。注云：帨“帨，拭物之巾。”又曰“女子設帨於門右”。然則帨者是巾，爲拭物，名之曰帨紛，其自佩之，故曰佩巾。

<三章-3>**無使尨（máng）也吠！**

【毛傳】尨，狗也。非禮相陵則狗吠。

【程析】尨，多毛而凶猛的狗。

【孔疏】傳“尨狗”至“狗吠”。◇◇“尨，狗”，《釋畜》文。李巡曰：“尨一名狗。”非禮相陵，主不迎客，則有狗吠。此女原（願）

其禮來，不用驚狗，故《鄭志》答張逸云“正行昏禮，不得有狗吠”，是也。

【孔疏-章旨】“舒而”至“也吠”。此貞女思以禮來，惡其劫脅。

①言起士當以禮而來，其威儀舒遲而脱脱兮，

②無動我之佩巾兮，

③又無令狗也吠。

◇◇但以禮來，我則從之。疾時劫脅成昏，不得安舒，奔走失節，動其佩巾，其使尨也吠，已所以惡之，是謂惡無禮也。

《野有死麕》三章，二章四句，一章三句。

何彼襛矣 【召南十三】

何彼襛（nóng）矣，唐棣（dì）之華（huā）。曷不肅雝，王姬之車（jū）。

何彼襛矣，華如桃李。平王之孫，齊侯之子。

其釣維何，維絲伊緡（mín）。齊侯之子，平王之孫。

《何彼襛矣》三章，章四句。

【毛序】《何彼襛矣》，美王姬也。雖則王姬亦下嫁於諸侯，車服不繫其夫，下王后一等，猶執婦道，以成肅雝之德也。

【鄭箋】下王后一等，謂車（jū）乘厭翟（dí），勒面繢（huì）裛（yì），服則褕（yú，古yáo）翟。

【樂道主人】雝，《康熙字典》：和。厭，《康熙字典》：壓也。古人對“官二代”早有規範，且是對天子子二代。

【孔疏】“《何彼襛矣》”至“之德”。

◇◇作《何彼襛矣》詩者，美王姬也。以其雖則王姬，天子之女，亦下嫁於諸侯。其所乘之車，所衣之服，皆不繫其夫爲尊卑，下王后一等而已。其尊如是，猶能執持婦道，以成肅敬雝和之德，不以已尊而慢人。

◇◇此王姬之美，即經云“曷不肅雝，王姬之車”是也。定本“雖王姬”無“則”字。此詩主美肅雝之德，因言顏色之美。以善道相求之事，敘者本其作意，略不言耳。

◇◇王姬者，王女而姬姓。《春秋》“築王姬之館于外”，杜預云“不稱字，以王爲尊”是也。言“雖則王姬亦下嫁於諸侯”者，以諸侯之女嫁於諸侯，是其常令，雖則王姬之尊，亦下嫁於諸侯，亦謂諸侯主也。然上無二王，王姬必當嫁於諸侯，言“雖則”者，欲美其能執婦道，故言“雖則”，爲屈尊之辭。

◇◇言下嫁於諸侯，雖嫁於王者之後，亦是也。《禮記》注云：“周女因魯嫁卒服之，如內女，天子爲之無服。嫁於王者之後，乃服之。”則王姬嫁於王者之後，似非下嫁。言王姬必下嫁者，必二王之後，通天三統，自行正朔，有與天子敵義。其實列土諸侯，不得純敵天子，亦爲下嫁也。因姑姊妹女子有恩，二王後有敵義，故服之，非實敵也。

◇若二王之後嫁女於諸侯，爵雖尊，非下嫁也，故魯之孝惠娶於商，及宋人來媵，皆無异於諸侯也。

◇然得行禮樂，唯祭爲然也。此王姬體王之尊，故下王后一等，不繫夫之尊卑。唯二王后之夫人，得與王后同，亦降一等，不系於夫也。此時齊侯子未爲諸侯，若爲諸侯，其夫人車服自當下王后一等，要本王姬車服不爲繫於夫也。

◇天子尊無二上，故其女可下王后一等。若諸侯之女下嫁，則各從夫之爵，不得下其母一等也。

◇◇何休云："天子嫁女於諸侯，備侄娣，如諸侯禮義。不可以天子之尊，絶人繼嗣之路。"皇甫謐云："武王五男二女，元女妻胡公，王姬宜爲媵，今何得適齊侯之子？何休事無所出，未可據信也。或以尊，故命同族爲媵。"

【孔疏】箋"下王后"至"褕翟"。

◇◇王后五路（車也），重翟（dí）爲上，厭翟次之。六服，褘衣爲上，褕（yú）翟次之。今言下王后一等，故知車乘厭翟，服則褕翟也。

◇◇《巾車職》云："王后之五路：①重（chóng）翟，鍚（yáng，古代馬額上的一種裝飾）面朱裛（yì，繚繞）；②厭翟，勒面繢裛；③安車，雕面鷖裛；皆有容蓋。"注云："①重翟，重翟雉之羽也。②厭翟，次其羽使相迫也。勒面，謂以如玉龍勒之韋爲當面飾也。雕者，畫之，不龍其韋。③安車，坐乘車，凡婦人車皆坐乘。鄭司農云：鍚馬，面鍚也。鷖裛者，青黑色，以繒爲之，裛著馬勒，直兩耳與兩鑣。繢（huì），畫文也。蓋，如今小車蓋也。皆有容有蓋，則重翟、厭翟謂蔽也。

◇◇①重翟，后從王祭祀所乘。②厭翟，后從王賓饗諸侯所乘。③安車無蔽，后朝見於王所乘，謂去飾也。《詩·國風·碩人》曰'翟蔽以朝'，謂諸侯夫人始來，乘翟蔽之車，以朝見於君，以盛之也。此翟蔽，蓋厭翟也。然則王后始來乘重翟矣。"

◇◇《巾車》又云："④翟車，貝面組裛，有握；⑤輦車，組輓（wǎn，挽），有翣（shà，横木上的扇形裝飾），羽蓋，羽蓋。"注云

"④翟車以出桑，⑤輦車宫中所乘"。此王后五等車所用也。其諸侯之夫人始嫁及常乘之車則無文，説者各爲其見。

◇◇崔靈恩以爲，二王之后夫人各乘本國先王之上車，魯之夫人乘重翟。知者，以魯夫人服褘衣，與王后同，故知車亦同也。其同姓异姓侯伯夫人皆乘厭翟，子男夫人乘翟車，所用助祭、饗賓、朝見各依差次。

◇其初嫁之時，**侯伯以下夫人所乘車皆上攝一等**，知者，以士妻乘墨車，上攝大夫之車故也。崔又一解云："**諸侯夫人初嫁不得上攝**，以其逼王后故也。卿大夫之妻得上攝一等。"

◇案鄭注《巾車》引《詩》"翟茀以朝"，謂厭翟也。衛是侯爵，故厭翟。**崔氏後解與鄭注同。既不上攝**，鄭注《巾車》云："乘翟茀之車以盛之者，以乘祭祀之車，故言盛也。"

◇二劉以五等諸侯夫人初嫁皆乘厭翟，**與鄭不合**。其三公之妻與子男同。其孤妻夏篆，卿妻夏縵，大夫墨車，士乘棧車，**初嫁皆上攝一等**。其始嫁之衣，**皆以祭服加以纁袡**（rán，圍裙），約《士昏禮》"女次純衣纁袡"故也。其諸侯夫人用自祭之服，卿大夫之妻用助祭之服。此序以經有王姬之車，故因言車服謂嫁時之車服耳。若其在國，則繫於其夫，各從其爵也。

<一章-1>**何彼襛（nóng）矣，唐棣（dì）之華（huā）。**

【毛傳】興也。襛猶戎戎也。唐棣，栘（yí）也。

【鄭箋】何乎彼戎戎者乃栘之華。興者，喻王姬顔色之美盛。

【程析】襛，艷盛貌。唐棣，又做棠棣，樹木名，結實形如李，可食。

【孔疏】傳"襛猶戎戎"。◇◇以戎戎者華形貌，故重言之，猶《柏舟》以汎爲汎汎之義。言戎戎者，毛以華狀物色，言之不必有文。

【孔疏】傳"唐棣，栘"。◇◇《釋木》文。舍人曰："唐棣一名栘。"郭璞曰："今白栘也，似白楊，江東呼夫栘。"

<一章-3>**曷不肅雝，王姬之車（jū）。**

【毛傳】肅，敬。雝，和。

【鄭箋】曷，何。之，往也。何不敬和乎，王姬往乘車也。言其嫁時，始乘車則已敬和。

【孔疏】箋"何不"至"敬和"。◇◇詩美王姬肅雝，非云何事不敬和乎？言事事皆敬和。王姬始乘車則已敬和，後至齊侯之家自然敬和，故

《樂記》云："肅肅，敬也。雝雝，和也。"夫敬與和，何事不行也？

【孔疏-章旨】"何彼"至"之車"。

①何乎彼戎戎者，乃唐棣之華，以興王姬之顏色，亦如此華然。王姬非直顏色之美，又能執持婦道，何事不敬和乎！

②王姬往乘車時，則已敬和矣。以其尊而適卑，恐有傲慢，今初乘車時已能敬和，則每事皆敬和矣。

<二章-1>**何彼襛矣，華如桃李。平王之孫，齊侯之子。**

【毛傳】平，正也。武王女，文王孫，適齊侯之子。

【鄭箋】"華如桃李"者，興王姬與齊侯之子顏色俱盛。正王者，德能正天下之王。

【孔疏】傳"平，正也"。箋"正王者，德能正天下之王"。

◇◇此文王也。文者，謚之正名也，稱之則隨德不一，故以則稱平王。《鄭志》張逸問："箋云德能正天下之王，然則不必要文王也。"答曰："德能平正天下則稱爲平，故以號文王焉。"又《大誥》注"受命曰寧王，承平曰平王"，故《君奭》云"割申勸寧王之德"，是文王也。

◇◇又《洛誥》云"平來毖殷，乃命寧"，即云"予以秬鬯二卣，曰明禋。文王騂牛一，武王騂牛一"。則"乃命寧"，兼文武矣，故注云"周公謂文王爲寧王"。

◇◇成王亦謂武王爲寧王，此一名二人兼之。武王亦受命，故亦稱寧王。理亦得稱平王，但無文耳。

【孔疏-章旨】"何彼"至"之子"。

①言何乎彼戎戎者，其華之色如桃李華也，以興王姬顏色之盛與齊侯之子。

②誰能有此顏色者，是平王之孫與齊侯之子耳。

◇◇上章言唐棣之華，此章不言木名，直言華如桃李，則唐棣之華如桃李之華也。以王姬顏色如齊侯之子顏色，故舉二木也。箋云"華如桃李者，興王姬與齊侯之子顏色俱盛"，是以華比華，然後爲興。

<三章-1>**其釣維何，維絲伊緡（mín）。齊侯之子，平王之孫。**

【毛傳】伊，維。緡，綸也。

【鄭箋】釣者以此有求於彼。何以爲之乎？以絲之爲綸，則是善釣也。以言王姬與齊侯之子以善道相求。

【詩集傳】絲之合爲綸，猶男女之合而爲婚也。

【程析】釣，指釣魚的工具。維，通“惟”，是。緡（mín），釣絲。

【孔疏】傳“緡，綸”。

◇◇“緡，綸”，《釋言》文。孫炎曰：“皆繩名也。”故《采緑》箋云：“綸，釣，繳。”《抑》又云“言緡之絲”，傳曰“緡，被”者，以荏染柔木，宜被之以弦，故云“緡，被”，謂被絲爲弦也。

◇◇綸，《禮記》云“王言如絲，其出如綸”，謂嗇夫所佩，與此別。

【孔疏-章旨】“其釣”至“之孫”。（下列序號以經文兩句爲一段譯解）

①其釣魚之法維何以爲乎？維以絲爲繩，則是善釣。以興其娶妻之法，亦何以爲之乎？維以禮爲之，則是善娶。釣者以此有求於彼，執絲綸以求魚；娶者以己有求於人，用善道而相呼。

②誰能以善道相求呼者？乃齊侯之子求平王之孫。

◇◇上章主美王姬適齊侯之子，故先言平王之孫。此章主説齊侯之子以善道求王姬，故先言齊侯之子。

《何彼襛矣》三章，章四句。

表 3　王后之五路

車名	主要標志	主要裝飾	用途
重翟	鍚（即當盧。馬頭上的鏤金飾物）面朱裹（套）	重翟雉之羽也，鍚馬，面鍚也，重翟、厭翟謂蔽也	后從王祭祀所乘
厭翟	勒面繢裹	次其羽使相迫也，勒面，謂以如玉龍勒之韋（皮革）爲當面飾也，繢，畫文也	后從王賓饗諸侯所乘，坐乘車，凡婦人車皆坐乘
安車	雕面鷖（鷗）裹	雕者，畫之，不龍其韋，鷖裹者，青黑色，以繒爲之，裹著馬勒，直兩耳與兩鑣	無蔽，后朝見於王所乘，謂去飾也
翟車	貝面組裹，有握		以出桑
輦車	組輓（挽），有翣（横木上的扇形裝飾），羽蓋		宫中所乘

騶　虞　【召南十四】

彼茁（zhuó）者葭（jiā），壹發五豝（bā）。于（xū）嗟（jiē）乎騶（zōu）虞！

彼茁者蓬，壹發五豵（zōng）。于嗟乎騶虞！

《騶虞》二章，章三句。

【毛序】《騶虞》，《鵲巢》之應也。《鵲巢》之化行，人倫既正，朝廷既治，天下純被（pī）文王之化，則庶類蕃（fān）殖，蒐（sōu）田以時，仁如騶虞，則王道成也。

【鄭箋】應者，應德自遠而至。

【陸釋】騶，《周書·王會》《草木疏》并同。又云："尾長於身，不履生草。"《尚書大傳》云"尾倍於身"。蒐，春獵爲蒐，田獵也。杜預云："蒐索擇取不孕者也。"《穀梁傳》云："四時之田，春曰田，夏曰苗，秋曰蒐，冬曰狩。"

【樂道主人】蒐，茜草。

【孔疏】"《騶虞》"至"道成"。

◇◇以《騶虞》處末者，見《鵲巢》之應也。言《鵲巢》之化行，則人倫夫婦既已得正，朝廷既治，天下純被文王之化，則庶類皆蕃息而殖長，故國君蒐田以時，其仁恩之心，不忍盡殺，如騶虞然，則王道成矣。

◇◇《鵲巢》之化，謂國君之化行於天下也。

◇人倫既正，謂夫人均一，不失其職是也。朝廷既治，謂以禮自防，聽訟決事是也。天下純被文王之化，謂《羔羊》以下也。

◇此處《騶虞》於末，以爲《鵲巢》之應，以故歷序《鵲巢》以下，然後言《騶虞》當篇之義，由文王之化被於天下也，故得庶類蕃殖，即豝（bā）豵（zōng）是也。

◇◇國君蒐田以時，即章首一句是也。"仁如騶虞"，下二句是也。言"王道成"者，以此篇處末，故總之言天下純被文王之化，庶類又蒙其澤，仁心能如騶虞，則王化之道成矣。所謂《周南》《召南》，王化之基也。

【孔疏】箋“應者”至“而至”。◇◇叙解德爲應之意，故箋解應者，應國君之德，若自遠而至，然非實至也。

<一章-1>**彼茁（zhuó）者葭（jiā），**

【毛傳】茁，出也。葭，蘆也。

【鄭箋】記蘆始出者，著春田之早晚。

【程析】茁，草初生出地貌。

【孔疏】傳“茁，出。葭，蘆”。◇◇謂草生茁茁然出，故云“茁茁”也，非訓爲“出”。“葭，蘆”，李巡曰：“葦初生。”

<一章-2>**壹發五豝（bā）。**

【毛傳】豕（shǐ）牝（pìn）曰豝。虞人翼五豝，以待公之發。

【鄭箋】君射一發而翼五豬者，戰禽獸之命。必戰之者，仁心之至。

【樂道主人】戰，占也，占卜。

【孔疏】傳“豕牝”至“之發”。

◇◇“豕牝曰豝”，《釋獸》文。又解君射一發而翼五豬者，由虞人翼驅五豝，以待公之發矢故也。

◇◇《多士》云“敢翼殷命”，注云：“翼，驅也。”則此翼亦爲驅也。知有驅之者，《吉日》云“漆沮之從，天子之所”，傳曰：“驅禽而至天子之所。”又曰“悉率左右，以燕天子”，”，傳曰：“驅禽之左右，以安待天子之射。”又《易》曰：“王用三驅，失前禽也。”故田獵有使人驅禽之義。

◇◇知虞人驅之者，以田獵則虞人之事。故《山虞》云：“若大田獵，則萊山田之野。”《澤虞》云：“若大田獵，則萊澤野。”天子田獵使虞人，則諸侯亦然，故《駟驖》箋云“奉是時牡者，謂虞人。”《田僕》云：“設驅逆之車。”則僕人設車，虞人乘之以驅禽也。言驅逆，則驅之逆之皆爲驅也。

【孔疏】箋“君射”至“之至”。◇◇解云君止一發，必翼五豝者，戰禽獸之命。必雲戰之者，不忍盡殺，令五豝止一發，中則殺一而已，亦不盡殺之，猶如戰然，故云“戰禽獸之命”也。而必云戰之者，仁心之至，不忍盡殺故也。

<一章-3>于（xū）嗟（jiē）乎騶（zōu）虞！

【毛傳】騶虞，義獸也。白虎黑文，不食生物，有至信之德則應之。

【鄭箋】于嗟者，美之也。

【孔疏】傳“騶虞”至“應之”。

◇◇白虎，西方毛蟲，故云義獸。《鄭志》張逸問：“傳曰‘白虎黑文’，又《禮記》曰‘樂官備’，何謂？”答曰：“白虎黑文，《周史·王會》云備者，取其一發五豝，言多賢也。”《射義》注及《答志》皆喻得賢多，引《詩》斷章也。

◇◇言不食生物者，解其仁心，故序云“仁如騶虞”。云“有至信之德則應之”者，騶虞之爲瑞應，至信之德也。陸機云：“騶虞，白虎黑文，尾長於軀，不食生物，不履生草，應信而至者也。”

【孔疏-章旨】“彼茁”至“騶虞”。

①言彼茁茁然出而始生者，葭草也。

②國君於此草生之時出田獵，壹發矢而射五豝。獸五豝唯壹發者，不忍盡殺。

③仁心如是，故於嗟乎嘆之，嘆國君仁心如騶虞。

◇◇騶虞，義獸，不食生物，有仁心，國君亦有仁心，故比之。

<二章-1>彼茁者蓬，

【毛傳】蓬，草名也。

<二章-2>壹發五豵（zōng）。

【毛傳】一歲曰豵。

【鄭箋】豕（shǐ）生三曰豵（與毛不同）。

【孔疏】傳“一歲曰豵”。

◇◇傳以《七月》云“言私其豵，獻豜（jiāng）于公”，《大司馬》云“大獸公之，小獸私之”，豜（應爲豵）言私，明其小，故彼亦云“一歲曰豵”。獻豜於公，明其大，故彼與《還》傳皆云“三歲曰豜”。《伐檀》傳曰“三歲曰特”，蓋异獸别名。故三歲者有二名也。

◇◇《大司馬職》注云：“一歲爲豵，二歲爲豝，三歲爲特，四歲爲肩，五歲爲慎。”其説與毛或异或同，不知所據。

【孔疏】箋“豕生三曰豵”。

◇◇箋以豵者豕生之數，非大小之名，故《釋獸》云：“豕生三豵、二師、一特。”

◇◇《鄭志》張逸問：“豕生三曰豵，不知母豕也？豚也？”答曰：“豚也。過三以往，猶謂之豵，以自三以上更無名也。”故知過三亦爲豵（zōng）。一解雖生數之名，大小皆得名之。“言私其豵”，謂小時，此國君蒐田所射，未必小也。

◇◇《釋獸》麕、鹿皆云“絶有力者，豜”，則“有懸特”謂豕生一名，獻豵豜兩。肩爲麕，麕，鹿也，絶有力者，非三歲矣。肩、豜，字雖异，音實同也。

<二章-3>于嗟乎騶虞！

《騶虞》二章，章三句。

召南之國十四篇，四十章，百七十七句。

柏　舟　【邶風一】

汎（fàn）彼柏（bǎi）舟，亦汎其流。耿（gěng）耿不寐，如有隱憂。微我無酒，以敖（áo）以遊。

我心匪鑒，不可以茹。亦有兄弟，不可以據。薄言往訴，逢彼之怒。

我心匪石，不可轉（zhuǎn）也。我心匪席，不可卷也。威儀棣（dì）棣，不可選（suàn）也。

憂心悄（qiǎo）悄，愠（yùn）于群小。覯閔既多，受侮不少。静言思之，寤辟（pì）有摽（biào）。

日居月諸，胡迭（dié）而微。心之憂矣，如匪澣（huàn）衣。静言思之，不能奮飛。

《柏舟》五章，章六句。

【毛序】《柏舟》，言仁而不遇也。衛頃公之時，仁人不遇，小人在側。

【鄭箋】不遇者，君不受已之志也。君近小人，則賢者見侵害。

【樂道主人】此詩爲詩經中第一篇變經風，也同時是第一篇賢者不遇的詩，很有深意。

【孔疏】序"《柏舟》"與箋"不遇"至"侵害"。

◇◇箋以仁人不遇，嫌其不得進仕（已在仕），故言"不遇者，君不受已之志"，以言"亦汎其流"，明與小人并列也。言"不能奮飛"，是在位不忍去也。

《穀梁傳》曰，"遇者何？志相得。"是不得君志亦爲不遇也。

◇◇二章云"薄言往訴，逢彼之怒"，是君不受已之志也。四章雲"覯閔既多，受侮不少"，是賢者見侵害也。

<一章-1>**汎（fàn）彼柏（bǎi）舟，亦汎其流。**

【毛傳】興也。汎，流貌。柏，木，所以宜爲舟也。亦汎汎其流，不

以濟度也。

【鄭箋】舟，載渡物者，今不用，而與物汎汎然俱流水中。興者，喻仁人之不見用，而與群小人并列，亦猶是也。

【程析】汎彼，等於叠字汎汎，飄流。（下）汎，動詞，浮。

【樂道主人】物，水上漂浮物。

【孔疏】傳“汎流”至“濟度”。◇◇《竹竿》云“檜楫松舟”，《菁菁者莪》云“汎汎楊舟”，則松楊皆可爲舟。言柏木所以宜爲舟者，解以舟喻仁人之意，言柏木所以宜爲舟，猶仁人所以宜爲官，非謂餘木不宜也。

<一章-3>**耿（gěng）耿不寐，如有隱憂。**

【毛傳】耿耿，猶儆（jǐng）儆也。隱，痛也。

【鄭箋】仁人既不遇，憂在見侵害。

【程析】耿耿，憂心焦灼貌。

【樂道主人】儆，古同“警”。《康熙字典》：《韵會》戒也。

<一章-5>**微我無酒，以敖（áo）以遊。**

【毛傳】非我無酒，可以敖遊忘憂也。

【程析】微，非，不是。敖，游玩。

【孔疏-章旨】“汎彼”至“以遊”。

①言泛然而流者，是彼柏木之舟。此柏木之舟宜用濟渡，今而不用，亦汎汎然其與衆物俱流水中而已。以興在列位者是彼仁德之人，此仁德之人宜用輔佐，今乃不用，亦與衆小人并列於朝而已。

②仁人既與小人并列，恐其害於己，故夜儆儆然不能寐，如人有痛疾之憂，言憂之甚也。

③非我無酒，可以敖遊而忘此憂，但此憂之深，非敖遊可釋也。

<二章-1>**我心匪鑒，不可以茹。**

【毛傳】鑒，所以察形也。茹，度（duó）也。

【鄭箋】鑒之察形，但知方圓白黑，不能度其真僞。我心非如是鑒，我於衆人之善惡外内，心度知之

【程析】鑒，鏡子，古用青銅製成。茹，本義爲“食”，引申爲容納。

<二章-3>**亦有兄弟，不可以據。**

【毛傳】據，依也。

【鄭箋】兄弟至親，當相據依。言亦有不相據依以爲是者，希耳。責之以兄弟之道，謂同姓臣也。

【孔疏】箋“責之”至“姓臣”。◇◇此責君而言兄弟者，此仁人（指詩中主人公）與君同姓，故以兄弟之道責之。言兄弟者，正謂君與己爲兄弟也，故“逢彼之怒”，傳曰“彼，彼兄弟”，正謂逢遇君之怒，以君爲兄弟也。

<二章-5>**薄言往訴，逢彼之怒。**

【毛傳】彼，彼兄弟

【程析】薄，語助詞。

【孔疏-章旨】“我心”至“之怒”。仁人不遇，故自稱己德，宜所親用。言我心非如鑒，然不可以茹也。我心則可以茹，何者？

①鑒之察形，但能知外之方圓白黑，不能度知内之善惡真僞。我心則可以度知内之善惡，非徒如鑒然。言能照察物者，莫明於鑒，今己德則逾之。

②又與君同姓，當相據依。天下時亦有兄弟不可以據依者，猶尚希耳。庶君應不然。何由亦不可以據乎？我既有德，又與君至親，而不遇我。

③薄往君所愬之，反逢彼君之恚怒，不受己志也。

<三章-1>**我心匪石，不可轉**（zhuǎn）**也。我心匪席，不可卷也。**

【毛傳】石雖堅，尚可轉。席雖平，尚可卷。

【鄭箋】言己心志堅平，過於石席。

【程析】轉，移動。卷，同倦。

<三章-5>**威儀棣**（dì）**棣，不可選**（suàn）**也。**

【毛傳】君子望之儼然可畏，禮容俯仰各有威儀耳。棣棣，富而閑習也。物有其容，不可數也。

【鄭箋】稱已威儀如此者，言己德備而不遇，所以慍也。

【程析】棣棣，嫻雅富麗貌。選，算。

【孔疏】傳“君子”至“可數”。

◇◇此言“君子望之儼然可畏”，解經之威也。“禮容俯仰各有宜耳”，解經之儀也。《論語》曰：“君子正其衣冠，尊其瞻視，儼然人望而畏之。”《左傳》曰“有威而可畏謂之威，有儀而可象謂之儀”是也。

言威儀棣棣然，富備而閑曉，貫習爲之。

◇◇又解不可選者，物各有其容，遭時制宜，不可數。昭九年《左傳》曰“服以旌禮，禮以行事，事有其物，物有其容”是也。

【孔疏-章旨】“我心”至“可選”。仁人既不遇，故又陳己德以怨於君。

①言我心非如石然，石雖堅，尚可轉，我心堅，不可轉也。我心又非如席然，席雖平，尚可卷，我心平，不可卷也。

②非有心志堅平過於石席，又有儼然之威，俯仰之儀，棣棣然富備，其容狀不可具數。内外之稱，其德如此。今不見用，故己所以怨。

<四章-1>**憂心悄（qiǎo）悄，慍（yùn）于群小。**

【毛傳】慍，怒也。悄悄，憂貌。

【鄭箋】群小，衆小人在君側者。

【程析】悄悄，心中憂悶貌。

<四章-3>**覯閔既多，受侮不少。**

【毛傳】閔，病也。

【程析】覯，遇。閔，指中傷陷害的事。

【樂道主人】覯，指上“群小”陷害。

<四章-5>**静言思之，寤辟（pì）有摽（biào）。**

【毛傳】静，安也。辟，拊（fǔ）心也。摽，拊心貌。

【鄭箋】言，我也。

【程析】辟，擗，撫拍。有摽，即摽摽，拍胸的聲音。

【孔疏】傳“摽，拊心貌”。◇◇辟既爲拊心，即云“有摽”，故知“摽，拊心貌”，謂拊心之時，其手摽然。

【孔疏-章旨】“憂心”至“有摽”。

①言仁人憂心悄悄然，而怨此群小人在於君側者也。

②又小人見困病於我既多，又我受小人侵侮不少，故怨之也。

③既不勝小人所侵害，故我於夜中安静而思念之，則寤覺之中，拊心而摽然，言怨此小人之極也。

◇◇“覯閔既多，受侮不少”，言“覯”，自彼加我之辭；言“受”，從己受彼之稱耳。

<五章-1>**日居月諸，胡迭（dié）而微。**

【鄭箋】日，君象也。月，臣象也。微，謂虧傷也。君道當常明如日，而月有虧盈，今君失道而任小人，大臣專恣，則日如月然。

【程析】迭，更迭。

【孔疏】箋“日居”至“月然”。

◇◇《禮器》曰“大明生於東，月生於西，陰陽之分，夫婦之位”，則日月喻夫婦也。《孝經讖》曰“兄日姊月”，日月又喻兄姊。以其陰陽之象，故隨尊卑爲喻。

◇◇居、諸者，語助也。故《日月》傳曰：“日乎月乎”，不言居、諸也。《檀弓》云：“何居，我未之前聞也？”注云：“居，語助也。”《左傳》曰：“皋陶庭堅不祀，忽諸？”服虔云：“諸，辭。”是居、諸皆不爲義也。

◇◇微謂虧傷者，《禮運》云：“三五而盈，三五而闕。”注雲“一盈一闕，屈伸之義”，是也。《十月之交》云：“彼月而微，此日而微。”箋云：“微，謂不明也。”以爲日月之食。知此微非食者，以經責日云“何迭而微”，是日不當微也。若食，則日月同有，何責云“胡迭而微”？故知謂虧傷也。彼《十月之交》陳食事，故微謂食，與此别。

<五章-3>**心之憂矣，如匪澣（huàn）衣。**

【毛傳】如衣之不澣矣。

【鄭箋】衣之不澣，則憒（kuì）辱無照察。

【程析】澣，洗。憒，用帶子、繩子等拴成的結。《集韵》：心亂也。

<五章-5>**静言思之，不能奮飛。**

【毛傳】不能如鳥奮翼而飛去。

【鄭箋】臣不遇於君，猶不忍去，厚之至也。

【樂道主人】邦無道、君有難時，何去何從？誰去，誰不去？孔子三去，殷三仁去留不同，管仲不死，變法三君子去留各异，何據？義之於比！

【孔疏】箋“臣不”至“之至”。

◇◇此仁人以兄弟之道責君，則同姓之臣，故恩厚之至，不忍去也。以《箴膏肓》云“楚鬻（yù）拳同姓，有不去之恩”，《論語》注云“箕子、比干不忍去”，皆是同姓之臣，有親屬之恩，君雖無道，不忍去之也。

◇◇然君臣義合，道終不行，雖同姓，有去之理，故微子去之，與箕子、比干同稱三仁，明同姓之臣，有得去之道也。

【孔疏-章旨】“日居”至“奮飛”。

①日當常明，月即有虧，今日何爲與月更迭而虧傷乎？猶君何爲與臣更迭而屈伸乎。日實無虧傷，但以日比君，假以言之耳。

②君既失道，小人縱恣，仁人不遇，故心之憂矣，如不澣之衣。衣不澣，憒辱無照察，似已之憂，煩憒無容樂。

③仁人憂不自勝，言我安静而思，君惡如是，意欲逃亡，但以君臣之故，不能如鳥奮翼而飛去，鳥能擇木，故取譬焉。

《柏舟》五章，章六句。

緑　衣　【邶風二】

緑（lǜ/tuàn）兮衣兮，緑衣黄裏。心之憂矣，曷（hé）維其已。

緑兮衣兮，緑衣黄裳（cháng）。心之憂矣，曷維其亡。

緑兮絲兮，女（rǔ）所治兮。我思古人，俾（bǐ）無訧（yōu）兮。

絺（chī）兮綌（xì）兮，凄其以風。我思古人，實獲我心。

《緑衣》四章，章四句。

【毛序】《緑衣》，衛莊姜傷己也。妾上僭（jiàn），夫人失位而作是詩也。

【鄭箋】緑當爲“褖”（tuàn）（與毛不同），故作“褖”，轉作“緑”，字之誤也。莊姜，莊公夫人，齊女，姓姜氏。妾上僭者，謂公子州吁（xū）之母，母嬖（bì）而州吁（xū）驕。

【陸釋】嬖（bì），《謚法》云：“賤而得愛曰嬖。”嬖，卑也、媟也。

【孔疏】“《緑衣》”至“是詩”。

◇◇作《緑衣》詩者，言衛莊姜傷已也。由賤妾爲君所嬖而上僭，夫人失位而幽微，傷已不被寵遇，是故而作是詩也。

◇◇四章皆傷辭，此言“而作是詩”及“故作是詩”，皆序作詩之由，不必即其人自作也。故《清人序》云“危國亡師之本，故作是詩”，非高克自作也。《雲漢》云“百姓見憂，故作是詩”，非百姓作之也。若《新臺》云“國人惡之，而作是詩”，《碩人》云“國人憂之，而作是詩”，即是國人作之。各因文勢言之，非一端，不得爲例也。

【孔疏】箋“緑當”至“吁驕”。

◇◇必知“緑”誤而“褖”是者，此“緑衣”與《内司服》“緑衣”字同。内司服當王后之六服，五服不言色，唯緑衣言色，明其誤也。《内司服》注引《雜記》曰：“夫人復税衣褕（yú）翟。”又《喪大記》曰“士妻，以褖衣”。言褖衣者甚衆，字或作“税”。此“緑衣”者，實作“褖衣”也。

◇以此言之，《内司服》無禒衣，而《禮記》有之，則禒衣是正也。彼綠衣宜爲禒衣，故此綠衣亦爲禒衣也。詩者咏歌，宜因其所有之服而言，不宜舉實無之綠衣以爲喻，故知當作禒也。

◇◇隱三年《左傳》曰“衛莊公娶於齊東宫得臣之妹，曰莊姜”，是齊女，姓姜氏也。又曰“公子州吁，嬖人之子。”是州吁之母嬖也。又曰：“有寵而好兵。石碏諫曰：‘寵而不驕，鮮矣！’”是州吁驕也。

◇◇定本“妾上僭者，謂公子州吁之母也，母嬖而州吁驕”。

<一章-1>綠（lù/tuàn）兮衣兮，綠衣黄裏。

【毛傳】興也。綠，間（jiàn）色。黄，正色。

【鄭箋】禒兮衣兮者，言禒衣自有禮制也。諸侯夫人祭服以下，鞠（jū）衣爲上，展衣次之，禒衣次之。次之者，衆妾亦以貴賤之等服之。鞠衣黄，展衣白，禒衣黑，皆以素紗爲裏。今禒衣反以黄爲裏，非甚禮制也，故以喻妾上僭。（與毛大不同）

【樂道主人】鄭認“綠”爲“禒”也。禒，古代一種邊緣有裝飾的禮服。

【樂道主人】《周南·葛覃》孔疏：《内司服》注，鄭云：“**褘**（huī）**翟**（dí），從王祭先王。**褕翟**，祭先公。**闕**（què）**翟**，祭群小祀。**鞠衣**以告桑。**展衣**，以禮見王及賓客。**禒衣**，以御于王。見表4。

【孔疏】傳“綠，間色。黄，正色”。

◇◇綠，蒼（青）黄之間色。黄，中央之正色。故云“綠，間色。黄，正色”。言間、正者，見衣正色，不當用間，故《玉藻》云：“衣正色，裳間色。”

◇◇王肅云“夫人正嫡而幽微，妾不正而尊顯”是也。

【孔疏】箋“禒兮”至“上僭”。

表4　周代后宫之服

名稱	顔色形狀	用途	穿衣人	
褘翟	—	從王祭先王	王后，夫人	
褕翟	—	祭先公	王后，夫人	
闕翟	—	祭群小祀	王后，夫人	
鞠衣	衣黄，素紗爲裏	告桑	王后，夫人，九嬪	侄娣
展衣	衣白，素紗爲裏	以禮見王及賓客	王后，夫人，世婦	侄娣，二媵
禒衣	衣黑，素紗爲裏	以御于王	王后，夫人，女御	侄娣，二媵，其餘

◇◇褖衣黄裏爲非制，明“褖兮衣兮”言其自有禮制也。禮制者，素紗爲裏是也。又言“諸侯夫人祭服以下”至“褖衣黑”者，解以褖衣爲喻之意。由諸侯之妾有褖衣，故假失制以喻僭也。

◇◇《内司服》“掌王后之六服：褘衣、褕翟、闕翟（dí，古代用做舞具的野鷄的羽毛）、鞠衣、展衣、褖衣、素紗。”注云：“后從王祭先王則服褘衣，祀先公則服褕翟，祭群小祀則服闕翟。”后以三翟爲祭服。夫人於其國，衣服與王后同，亦三翟爲祭服。衆妾不得服之。故鞠衣以下，衆妾以貴賤之等服之也。

◇◇《内司服》又曰：“辨外内命婦之服：鞠衣、展衣、褖衣、素紗。”注云：“内命婦之服，鞠衣，九嬪也；展衣，世婦也；褖衣，女御也。”

◇◇鄭以經稱命婦之服，王之三夫人與諸侯夫人名同，則不在命婦之中矣，故注云：“三夫人其闕翟以下乎？”自九嬪以下三等，故爲此次也。夫人於其國與王后同，明鞠衣以下，衆妾各以其等服之可知也。此服既有三，則衆妾亦分爲三等，蓋夫人下，侄娣鞠衣，二媵展衣，其餘褖衣也。

◇◇知“鞠衣黄，展衣白，褖衣黑”者，以《士冠禮》陳服於房中，爵弁服，皮弁服，玄端，及《士喪禮》陳襲事於房中，爵弁服，皮弁服，褖衣。以褖衣當玄端，玄端黑，則褖衣亦黑也。故《内司服》注以男子之褖衣黑，則知婦人之褖衣亦黑也。

◇◇又子羔之襲褖衣纁袡，袡用纁，則衣用黑明矣。褖衣既黑，以四方之色逆而差之，則展衣白、鞠衣黄可知。

◇◇皆以素紗爲裏者，以《周禮》六服之外，别言“素紗”，明皆以素紗爲裏也。◇◇今褖衣反以黄爲裏，非其制，故以喻妾上僭也。然則鞠衣、展衣亦不得以黄爲裏，獨舉褖衣者，詩人意所偶言，無義例也。

<一章-3>**心之憂矣，曷維其已。**

【毛傳】憂雖欲自止，何時能止也？

【程析】維，助詞。曷，何。其，指憂。已，止。

【孔疏-章旨】“綠兮”至“其已”。

○毛以間色之綠不當爲衣，猶不正之妾不宜嬖寵。

①今綠兮乃爲衣兮，間色之綠今爲衣而見，正色之黄反爲裏而隱，以興今妾兮乃蒙寵兮。不正之妾今蒙寵而顯，正嫡夫人反見疏而微。綠衣以

邪干正，猶妾以賤陵貴。

②夫人既見疏遠，故心之憂矣，何時其可以止也？

○鄭以爲婦人之服有褖衣，今見妾上僭，因以褖衣失制，喻嫡妾之亂。

①言褖兮衣兮，褖衣自有禮制，當以素紗爲裏，今褖衣反以黄爲裏，非其制也。以喻賤兮妾兮，賤妾自有定分，當以謙恭爲事，今賤妾反以驕僭爲事，亦非其宜。妾之不可陵尊，猶衣之不可亂制，汝賤妾何爲上僭乎！餘同。

<二章-1>**綠兮衣兮，綠衣黄裳（cháng）。**

【毛傳】上曰衣，下曰裳。

【鄭箋】婦人之服，不殊衣裳，上下同色。今衣黑而裳黄，喻亂嫡妾之禮。

【孔疏】箋"婦人"至"同色"。

◇◇言不殊裳者，謂衣裳連，連則色同，故云上下同色也。定本、《集注》皆云"不殊衣裳"。

◇◇《喪服》云："女子子在室爲父，布總，箭笄，髽（zhuā，古代婦女服喪時用麻扎成的髮髻），衰（cuī），三年。"直言衰，不言裳，則裳與衰連。

◇◇是（女子）吉服亦不殊裳也，故注云"不言裳者，婦人之服不殊裳"是也。◇◇知非吉凶异者，《士昏禮》云"女次純衣"，及《禮記》"子羔之襲，褖衣纁（xūn）袡（rán）爲一"，稱譏襲婦服，皆不言裳，是吉服亦不殊裳也。

◇◇若男子，朝服則緇衣素裳，喪服則斬衰素裳，吉凶皆殊衣裳也。

【孔疏-章旨】"綠衣黄裳"。

○毛以爲，◇◇間色之綠，今爲衣而在上；正色之黄，反爲裳而處下，以興不正之妾，今蒙寵而尊，正嫡夫人反見疏而卑。

◇◇前以表裏與幽顯，則此以上下喻尊卑，雖嫡妾之位不易，而莊公禮遇有薄厚也。

○鄭以婦人之服不殊裳，褖衣當以黑爲裳，今反以黄爲裳，非其制，以喻賤妾當以謙恭爲事，今反上僭爲事，亦非其宜。

<二章-3>**心之憂矣，曷維其亡。**

【鄭箋】亡之言忘也。

<三章-1>綠兮絲兮，女（rǔ）所治兮。

【毛傳】綠，末也。絲，本也。

【鄭箋】女，女（rǔ）妾上僭者。先染絲，後制衣（與毛不同），皆女之所治爲也，而女反亂之，亦喻亂嫡妾之禮，責以本末之行。◇禮，大夫以上衣織，故本於絲也。（與毛不同）

【程析】治，治理紡織。

【孔疏】傳“綠，末。絲，本”。

◇◇織絲而爲繒（zēng，古代絲織品的總稱），染之以成綠，故云綠末絲本，以喻妾卑嫡尊也。

◇◇上章言其反幽顯，此章責公亂尊卑。

【孔疏】箋“女妾”至“於絲”。

◇◇以此詩傷妾之僭已，故知“汝，汝妾之上僭者”。大夫以上衣織，故知“先染絲，後制衣”。染絲制衣是婦人之事，故言“汝所治爲也”。

◇◇此衣非上僭之妾所自治，但衣者，婦人所作，假言衣之失制，以喻妾之上僭耳。故汝上僭之妾，言汝反亂之，喻亂嫡妾之禮也。

◇◇云“亂嫡妾之禮，責之以本末之行”，本末者，以先染絲爲本，後制衣爲末，大意與毛同。但毛以染綠爲末，箋以制衣爲末耳。箋亦以本喻嫡，以末喻妾，故云“亂嫡妾之禮，責以本末之行”。

◇◇知者，《玉藻》云“士不衣織”。士不得，明大夫以上得也。染人掌染絲帛，染絲謂衣織者也。又解本絲之意，由大夫以上衣織，故本之。

<三章-3>我思古人，俾（bǐ）無訧（yōu）兮。

【毛傳】俾（bǐ），使。訧（yōu），過也。

【鄭箋】古人，謂制禮者。我思此人定尊卑，使人無過差之行。心善之也。

【孔疏】

【孔疏-章旨】“綠兮”至“訧兮”。

○毛以爲，①言綠兮而由於絲兮，此女人之所治。以興使妾兮而承於嫡兮，此莊公之所治，由絲以爲綠，即綠爲末，絲爲本，猶承嫡而使妾，則妾爲卑而嫡爲尊。公定尊卑不可亂，猶女治絲，本末不可易。今公何爲使妾上僭，而令尊卑亂乎？

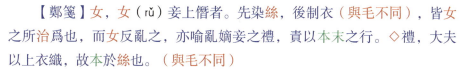

②莊姜既見公不能定尊卑，使己微而妾顯，故云我思古之君子，妻妾有序，自使其行無過差者。以莊公不能然，故思之。

○鄭①言爲褖衣兮，當先染絲而後制衣，是汝婦人之所爲兮，汝何故亂之，先制衣而後染，使失制度也？以興嫡在先而尊貴，妾在後而卑賤，是汝賤妾之所爲，汝何故亂，令妾在先而尊，嫡在後而卑？是亂嫡妾之禮，失本末之行。

②莊姜既見此妾上僭，違於禮制，故我思古制禮之人，定尊卑，使人無過差之行者。禮令下不僭上，故思之。

<四章-1>**絺（chī）兮綌（xì）兮，淒其以風。**

【毛傳】淒，寒風也。

【鄭箋】絺綌所以當暑，今以待寒，喻其失所也。

【樂道主人】《周南·葛覃》【毛傳】精（葛）曰絺（chī），粗（葛）曰綌（xì）。

【孔疏】傳"淒，寒風"。◇◇《四月》云"秋日淒淒"，淒，寒涼之名也。此連云以風，故云寒風也。

<四章-3>**我思古人，實獲我心。**

【毛傳】古之君子，實得我之心也。

【鄭箋】古之聖人制禮者，使夫婦有道，妻妾貴賤各有次序。

【孔疏】傳"古之君子"。◇◇傳以章首二句皆責莊公不能定其嫡妾之禮，故以爲思古之君子，謂能定尊卑，使妻妾次序者也。

【孔疏】箋"古之聖人制禮者"。◇◇箋以上二句皆責妾之上僭，故以爲古之聖人制禮者，使貴賤有序，則妾不得上僭，故思之。

【孔疏-章旨】"絺兮"至"我心"。

○毛以爲"稀兮綌兮"當服之以暑時，今用之於"淒其以風"之月，非其宜也，以興嫡兮妾兮當節之以禮，今使之翻然以亂之，亦非其宜也。言絺綌不以當暑，猶嫡妾不以其禮，

②故莊姜云：我思古之君子定尊卑，實得我之心。

○鄭以爲言"絺兮綌兮"①本當暑，今以待淒然寒風，失其所，以興賤兮妾兮所以守職，今以上僭於尊位，亦失其所，

②故思古之人制禮，使妻妾貴賤有次序，令妾不得上僭者，實得我之心也。

《綠衣》四章，章四句。

燕　燕 【邶風三】

燕燕于飛，差（cī）池其羽。之子于歸，遠送于野。瞻望弗及，泣涕如雨。

燕燕于飛，頡（xié）之頏（háng）之。之子于歸，遠于將之。瞻望弗及，佇（zhù）立以泣。

燕燕于飛，下上其音。之子于歸，遠送于南。瞻望弗及，實勞我心。

仲氏任只（zhǐ），其心塞（sè）淵。終温且惠，淑慎其身。先君之思，以勖（xù）寡人。

《燕燕》四章，章六句。

【毛序】《燕燕》，衛莊姜送歸妾也。

【鄭箋】莊姜無子，陳女戴嬀（guī）生子名完，莊姜以爲己子。莊公薨，完立，而州吁殺之。戴嬀於是大歸，莊姜遠送之於野，作詩見（xiàn）己志。

【孔疏】“《燕燕》”至“歸妾”。◇◇作《燕燕》詩者，言衛莊姜送歸妾也。謂戴嬀大歸，莊姜送之。經所陳，皆訣别之後，述其送之之事也。

【孔疏】箋“莊姜”至“己志”。

◇◇隱三年《左傳》曰：“衛莊公娶于齊東宫得臣之妹曰莊姜，美而無子。又娶于陳曰厲嬀，生孝伯，早死。其娣戴嬀生桓公，莊姜以爲己子。”四年春，州吁殺桓公，經書“弒其君完”。是莊姜無子，完立，州吁殺之之事也。由其子見殺，故戴嬀於是大歸。莊姜養其子，與之相善，故越禮遠送於野，作此詩以見莊姜之志也。

◇◇知歸是戴嬀者，經云“先君之思”，則莊公薨矣。桓公（完）之時，母不當輒歸。雖歸，非莊姜所當送歸，明桓公死後其母見子之殺，故歸。莊姜養其子，同傷桓公之死，故泣涕而送之也。

◇◇言“大歸”者，不反（返）之辭，故文十八年“夫人姜氏歸於齊”，《左傳》曰：“大歸也。”以歸寧者有時而反，此即歸不復來，故謂之大歸也。

◇◇《衛世家》云：“莊公娶齊女爲夫人而無子。又娶陳女爲夫人，生子早死。陳女女娣亦幸於莊公，而生子完。完母死，莊公命夫人齊女子之，立爲大子。”

◇◇禮，諸侯不再娶，且莊姜仍在，《左傳》唯言“又娶於陳”，不言爲夫人。《世家》云“又娶陳女爲夫人”，非也。《左傳》唯言戴嬀生桓公，莊姜養之，以爲己子，不言其死，云“完母死”，亦非也。然傳言又娶者，蓋謂媵也。《左傳》曰：“同姓媵之，异姓則否。”此陳其得媵莊姜者，《春秋》之世不能如禮。

<一章-1>**燕燕于飛，差（cī）池其羽。**

【毛傳】燕燕，鳦（yǐ）也。燕之于飛，必差（cī）池其羽。

【鄭箋】差池其羽，謂張舒其尾翼，興戴嬀將歸，顧視其衣服。

【程析】差池，不齊一。于，句中助詞。

【孔疏】傳“燕燕，鳦”。◇◇《釋鳥》“巂（guī）周、燕燕，鳦”。孫炎曰：“別三名。”舍人曰：“巂周名燕燕，又名鳦。”郭璞曰：“一名玄鳥，齊人呼鳦。此燕即今之燕也，古人重言之。《漢書》童謡云‘燕燕尾涎涎’，是也。”鳦、乙字异，音義同。郭氏一音烏拔反。

【孔疏】箋“差池”至“衣服”。

◇◇差池者，往飛之之貌，故云“舒張其尾翼”。實翼也，而兼言尾者，以飛時尾亦舒張故也。鳥有羽翼，猶人有衣服，故知以羽之差池喻顧視衣服。

◇◇既飛而有上下，故以“頡之頏之”喻出入前却。既上下而有音聲，故以“上下其音”喻言語大小，取譬連類，各以其次。

<一章-3>**之子于歸，遠送于野。**

【毛傳】之子，去者也。歸，歸宗也。遠送過禮。于，于也。郊外曰野。

【鄭箋】婦人之禮，送迎不出門。今我送是子，乃至于野者，舒己憤，盡己情。

【孔疏】箋“婦人送迎不出門”。僖二十二年《左傳》文。

【程析】于，往。

【樂道主人】野，《魯頌·駉》毛傳：邑外曰郊，郊外曰野，野外曰林，林外曰坰（jiōng）。

<一章-5>**瞻望弗及，泣涕如雨。**

【毛傳】瞻，視也。

【孔疏-章旨】“燕燕”至“如雨”。

①燕燕往飛之時，必舒張其尾翼，以興戴嬀將歸之時，亦顧視其衣服。既視其衣服，從此而去。

②是此去之子，往歸於國，我莊姜遠送至於郊外之野。

③既至於野，與之訣别，己留而彼去，稍稍更遠，瞻望之不復能及，故念之泣涕如雨然也。

◇◇上二句謂其將行，次二句言已在路，下二句言既訣之後。

<二章-1>**燕燕于飛，頡（xié）之頏（háng）之。**

【毛傳】飛而上曰頡，飛而下曰頏。

【鄭箋】頡頏，興戴嬀將歸，出入前却。

【孔疏】傳“飛而”至“曰頏”。

◇◇此及下傳“上音”“下音”皆無文。以經言往飛之時，頡之頏之，明頡頏非一也，故知上曰頡，下曰頏。

◇◇下經言“下上其音”，音無上下，唯飛有上下耳，知飛而上爲音曰上音，飛而下爲音曰下音也。

<二章-3>**之子于歸，遠于將之。**

【毛傳】將，行也。

【鄭箋】將亦送也。

<二章-5>**瞻望弗及，佇（zhù）立以泣。**

【毛傳】佇立，久立也。

<三章-1>**燕燕于飛，下上其音。**

【毛傳】飛而上曰上音，飛而下曰下音。

【鄭箋】“下上其音”，興戴嬀將歸，言語感激，聲有小大。

<三章-3>**之子于歸，遠送于南。**

【毛傳】陳在衛南。

<三章-5>**瞻望弗及，實勞我心。**

【陸釋】實，是也，本亦作“寔”。

【程析】勞，指思念之勞。

<四章-1>**仲氏任只（zhǐ），其心塞（sè）淵。**

【毛傳】仲，戴嬀字也。任，大。塞，瘞（yì）。淵，深也。

【鄭箋】任者，以恩相親信也（與毛不同）。《周禮》“六行（xíng）：孝、友、睦、婣、任、恤”。

【程析】只，語氣詞。塞，誠實。

【樂道主人】瘞，掩埋。

【孔疏】傳“仲戴”至“任大”。

◇◇婦人不以名行，今稱仲氏，明是其字。《禮記》“男女异長”，注云“各自爲伯季”，故婦人稱仲氏也。

◇“任，大”，《釋詁》文也。定本“任大”之下云：“‘塞，瘞也’，俗本‘塞，實也’。”

【孔疏】箋“任者”至“任恤”。

◇◇箋以此二句説戴嬀之操行，故知爲任恤，言其能以恩相親信也，故引“六行”之“任”以證之。

◇◇《周禮》注云：“善於父母爲孝。善於兄弟爲友。睦，親於九族。婣，親於外親。任，信於友道。恤，振於憂貧。”

<四章-3>**終温且惠，淑慎其身。**

【毛傳】惠，順也。

【鄭箋】温，謂顔色和也。淑，善也。

【程析】惠，和順。淑，善良。

<四章-5>**先君之思，以勖（xù）寡人。**

【毛傳】勖，勉也。

【鄭箋】戴嬀思先君莊公之故，故將歸，猶勸勉寡人以禮義。寡人，莊姜自謂也。

【孔疏】箋“戴嬀”至“禮義”。

◇◇以勸勉之，故知是禮義也。

◇◇《坊記》引此詩，注以爲夫人定姜之詩，不同者，《鄭志》答炅模云：“爲《記》注時，就盧君先師亦然。後乃得毛公傳，既古書義又且然。《記》注已行，不復改之。”

【孔疏-章旨】“仲氏”至“寡人”。

①莊姜既送戴嬀，而思其德行及其言語，乃稱其字，言仲氏有大德行也，其心誠實而深遠也。

②又終當顏色温和，且能恭順，善自謹慎其身。

③内外之德既如此，又於將歸之時，思先君之故，勸勉寡人以禮義也。

○鄭唯任字爲异，言仲氏有任之德，能以恩相親信也。

《燕燕》四章，章六句。

日 月 【邶風四】

日居月諸，照臨下土。乃如之人兮，逝不古處（chǔ）。胡能有定，寧（nìng）不我顧？

日居月諸，下土是冒。乃如之人兮，逝不相好。胡能有定，寧不我報？

日居月諸，出自東方。乃如之人兮，德音無良。胡能有定，俾（bǐ）也可忘。

日居月諸，東方自出。父兮母兮，畜（xù）我不卒（zú）。胡能有定，報我不述！

《日月》四章，章六句。

【毛序】《日月》，衛莊姜傷己也。遭州吁（xū）之難，傷己不見答於先君，以至困窮之詩也。

【孔疏】“《日月》”至“困窮”。俗本作“以致困窮之詩”者，誤也。

<一章-1>日居月諸，照臨下土。

【毛傳】日乎月乎，照臨之也。

【鄭箋】日月喻國君與夫人也，當同德齊意以治國者，常道也。

<一章-3>乃如之人兮，逝不古處（chǔ）。

【毛傳】逝，逮（dài）。古，故也。

【鄭箋】之人，是人也，謂莊公也。其所以接及我者，不以故處，甚違其初時。

【程析】乃，但是。逝不，不及。

【孔疏】傳“逝，逮”。《釋言》文也。

◇◇又曰：“逮，及也。”故箋云“其所以接及我者”。下章傳云：“不及我以相好。”皆爲及也。顧下章傳，亦宜倒讀，云“不及我以故處”也，雖倒，義與鄭同。但鄭順經文，故似與傳异耳。

<一章-5>**胡能有定，寧（nìng）不我顧?**

【毛傳】胡，何。定，止也。

【鄭箋】寧猶曾也。君之行如是，何能有所定乎？曾不顧念我之言，是其所以不能定完也。

【樂道主人】君，指衛莊公。完，指衛桓公完。

【孔疏】箋“是其”至“定完”。

◇◇此本傷君不答於己，言夫婦之道尚如是，於衆事何能有所定乎！

◇◇然則莊公是不能定事之人，鄭引不能定事之驗，謂莊公不能定完者，隱三年《左傳》曰：“公子州吁有寵而好兵，公不禁。石碏諫曰：‘將立州吁，乃定之矣。若猶未也，階之爲禍。’”是公有欲立州吁之意，故杜預云：“完雖爲莊姜子，然太子之位未定。”是完不爲太子也。

◇《左傳》唯言莊姜以爲己子，不言爲太子，而《世家》云“命夫人齊女子之，立爲太子”，非也。

【孔疏-章旨】“日居”至“我顧”。

①言日乎，日以照晝，月乎，月以照夜，故得同曜齊明，而照臨下土。以興國君也，夫人也，國君視外治，夫人視内政，當亦同德齊意以治理國事，如此是其常道。

②今乃如是人莊公，其所接及我夫人，不以古時恩意處遇之，是不與之同德齊意，失月配日之義也。

③公於夫婦尚不得所，於衆事亦何能有所定乎？適曾不顧念我之言而已，無能有所定也。

<二章-1>**日居月諸，下土是冒。**

【毛傳】冒，覆也。

【鄭箋】覆猶照臨也。

<二章-3>**乃如之人兮，逝不相好。**

【毛傳】不及我以相好。

【鄭箋】其所以接及我者，不以相好之恩情，甚於己薄也。

<二章-5>**胡能有定，寧不我報?**

【毛傳】盡婦道而不得報。

<三章-1>**日居月諸，出自東方。**

【毛傳】日始月盛，皆出東方。

【鄭箋】自，從也。言夫人當盛之時，與君同位。

【孔疏】傳“日始”至“東方”。◇◇日月雖分照晝夜，而日恒明，月則有盈有闕，不常盛，盛則與日皆出東方。猶君與夫人，雖各聽內外，而君恒伸，夫人有屈有伸，伸則與君同居尊位，故箋云“夫人當盛之時，與君同位”。

<三章-3>**乃如之人兮，德音無良。**

【毛傳】音，聲。良，善也。

【鄭箋】無善恩意之聲語於我也。

【孔疏】箋“無善”至“於我”。◇◇如箋所云，則當倒讀，云“無良德音”，謂無善恩意之音聲處語我夫人也。

<三章-5>**胡能有定，俾（bǐ）也可忘。**

【鄭箋】俾，使也。君之行如此，何能有所定，使是無良可忘也。

【樂道主人】無良，指公子州吁弑桓公、難莊姜之事。

【孔疏-章旨】“日居”至“可忘”。

①言日乎月乎，日之始照，月之盛望，皆出東方。言月盛之時，有與日同，以興國君也，夫人也，國君之平常，夫人之隆盛，皆秉其國事。夫人之盛時，亦當與君同，如此是其常。

②今乃如之人莊公，曾無良善之德音以處語夫人，是疏遠已，不與之同位，失月配日之義。

③君之行如是，何能有所定！使是無良之行可忘也。

<四章-1>**日居月諸，東方自出。父兮母兮，畜（xù）我不卒（zú）。**

【鄭箋】畜，養。卒，終也。父兮母兮者，言已尊之如父，又親之如母，乃反養遇我不終也。

<四章-5>**胡能有定，報我不述！**

【毛傳】述，循也。

【鄭箋】不循，不循禮也。

【程析】述，遵循。

《日月》四章，章六句。

終　風 【邶風五】

終風且暴，顧我則笑。謔（xuè）浪笑敖，中心是悼（dào）。
終風且霾，惠然肯來？莫往莫來，悠悠我思。
終風且曀（yì），不日有（yòu）曀。寤言不寐，願言則嚏（tì）。
曀曀其陰，虺（huǐ）虺其雷。寤言不寐，願言則懷。

《終風》四章，章四句。

【毛序】《終風》，衛莊姜傷己也。遭州吁之暴，見侮慢而不能正也。

【鄭箋】正，猶止也。

【樂道主人】毛鄭以此篇講州吁之暴，繼上篇刺莊公，見父子同惡也。

【孔疏】“《終風》”至“不能正”。◇◇暴與難，一也。遭困窮是厄難之事，故上篇言難。見侮慢是暴戾之事，故此篇言暴。此經皆是暴戾見侮慢之事。

<一章-1>**終風且暴，顧我則笑。**

【毛傳】興也。終日風爲終風。暴，疾也。笑，侮之也。

【鄭箋】既竟日風矣，而又暴疾。興者，喻州吁之爲不善，如終風之無休止。而其間又有甚惡，其在莊姜之旁，視莊姜則反笑之，是無敬心之甚。

【程析】則，而。

【孔疏】傳“暴，疾”。◇◇《釋天》云：“日出而風爲暴。”孫炎曰：“陰雲不興，而大風暴起。”然則爲風之暴疾，故云疾也。

<一章-3>**謔（xuè）浪笑敖，**

【毛傳】言戲謔不敬。

【程析】謔，調戲。浪，放蕩。敖，放縱。

【孔疏】傳“言戲謔不敬”。◇◇《釋詁》云：“謔浪笑敖，戲謔（xuè）也。”舍人曰：“謔（xuè），戲謔也。浪，意明也。笑，心樂也。敖，意舒也。戲笑，邪戲也。謔，笑之貌也。”郭璞曰：“謂調戲也。"此連云笑敖，故爲不敬。《淇奧》云"善戲謔兮"，明非不敬也。

<一章-4>中心是悼（dào）。

【鄭箋】悼者，傷其如是，然而已不能得而止之。

【程析】中心，心中。悼，傷心。

【孔疏-章旨】"終風"至"是悼"。

①言天既終日風，且其間有暴疾，以興州吁既不善，而其間又有甚惡，在我莊姜之傍，顧視我則反笑之，

②又戲謔調笑而敖慢，己莊姜無如之何，

③中心以是悼傷，傷其不能止之。

<二章-1>終風且霾，

【毛傳】霾，雨（yù）土也。

【孔疏】傳"霾，雨土"。◇◇《釋天》云："風而雨土爲霾。"孫炎曰："大風揚塵土從上下也。"

<二章-2>惠然肯來？

【毛傳】言時有順心也。

【鄭箋】肯，可也。有順心然後可以來至我旁，不欲見其戲謔（與毛不同）。

【程析】惠，順。然，語助詞。

<二章-3>莫往莫來，悠悠我思，

【毛傳】人無子道以來事己，己亦不得以母道往加之。

【鄭箋】我思其如是，心悠悠然。

【樂道主人】悠悠，思緒不斷貌。

【樂道主人】毛傳之解爲人性之繹，此處可明"考"之本意。

【孔疏】傳"人無"至"加之"。◇◇以本由子不事己，己乃不得以母道往加之，故先解莫來，後解莫往。經先言莫往者，蓋取便文也。

【孔疏-章旨】"終風"至"我思"。

·○毛以爲，①天既終日風，且又有暴甚雨土之時，以興州吁常爲不善，又有甚惡恚怒之時。

②州吁之暴既如是，又不肯數見莊姜，時有順心，然後肯來，雖來，復侮慢之。與上互也。

③州吁既然則無子道以來事己，是"莫來"也；由此己不得以母道往

加之，是“莫往”也。今既莫往莫來，母子恩絶，悠悠然我心思之，言思其如是則悠悠然也。

○鄭唯“惠然肯來”爲异。以上云“顧我則笑”，是其來無順心，明莊姜不欲其來。且州吁之暴，非有順心肯來也，故以爲若有順心，則可來我傍，既無順心，不欲見其來而戲謔也。

<三章-1>**終風且曀（yì），不日有（yòu）曀。**

【毛傳】陰而風曰曀。

【鄭箋】有，又也。既竟日風，且復曀（yì）不見日矣。而又曀者，喻州吁闇（àn）亂甚也。

【程析】曀，天陰而有風。不日，不到一天。

【孔疏】傳“陰而風曰曀”。◇◇《釋天》文。孫炎曰：“云風曀日光。”

【孔疏】箋“既竟”至“亂甚”。

◇◇此州吁暴益甚，故見其漸也。

◇◇言“且曀”者，且陰往曀（yì）日，其陰尚薄，不見日則曰曀（yì）也。復云曀，則陰雲益甚，天氣彌闇（àn），故云“喻州吁之闇亂甚也”。以“且曀”已喻其闇，“又曀（yì）”彌益其闇，故云甚也。

<三章-3>**寤言不寐，願言則嚏（tì）。**

【毛傳】嚏（tì），跲（jié）也。

【鄭箋】言，我。願，思也。嚏讀當爲不敢嚏咳之嚏。我其憂悼而不能寐，汝思我心如是，我則嚏（tì）也（與毛不同）。今俗人嚏，云：“人道我。”此古之遺語也。

【程析】寤言，醒着説話。不寐，無法入睡。嚏（tì），打噴嚏。

【樂道主人】汝，指州吁。

【孔疏】傳“嚏，跲”。◇◇王肅云“原以母道往加之，則嚏劫而不行”，跲與劫音義同也。定本、《集注》并同。

【孔疏】箋“嚏讀”至“遺語”。

◇◇《内則》云：“子在父母之所，不敢噦（yuě，嘔吐時嘴裏發出的聲音）噫（yī，《康熙字典》：噫，嘆也）嚏（tì）咳。”此讀如之也。

◇◇言“汝思我心如是”，解經之“願”也。言“我則嚏”，解經言“則嚏”也。◇◇稱“俗人云”者，以俗之所傳，有驗於事，可以取之。

《左傳》每引“諺曰”，《詩》稱“人亦有言”，是古有用俗之驗。

【孔疏-章旨】“終風”至“則嚏”。

○毛以爲，①天既終日風，且復陰而曀，不見日光矣，而又曀。以興州吁既常不善，且復怒而甚，不見喜悦矣，而又甚。

②州吁既暴如是矣，莊姜言我寤覺而不能寐，原以母道往加之，我則嚏跆而不行。

○鄭唯下一句爲异，具在箋。

<四章-1>**曀曀其陰，**

【毛傳】如常陰曀曀然。

【孔疏】傳“如常陰曀曀然”。

◇◇上“終風且曀”，且其間有曀時，不常陰。此重言曀曀，連云其陰，故云常陰也。言曀復曀，則陰曀之甚也。

◇◇《爾雅》云“陰而風爲曀（yì）”，則此曀亦有風，但前風有不陰，故曀連終風，此則常陰，故直云曀有風可知也。

<四章-2>**虺（huǐ）虺其雷。**

【毛傳】暴若震雷之聲虺虺然。

【程析】虺虺，雷始發之聲。

【孔疏】傳“暴若”至“虺然”。◇◇雨雷則殷（yǐn）殷然，此喻州吁之暴，故以爲震雷奮擊之聲虺虺然。《十月之交》曰“爗（yè）爗震電”，皆此類也。

<四章-3>**寤言不寐，願言則懷。**

【毛傳】懷，傷也。

【鄭箋】懷，安也。女（rǔ）思我心如是，我則安也（與毛不同）。

【樂道主人】此章再言“願言”，明莊姜之善也。

【孔疏-章旨】“曀曀”至“則懷”。

○毛以爲，①天既曀曀然其常陰，又虺虺然其震雷也，以興州吁之暴如是，

②故莊姜言，我夜覺常不寐，原以母道往加之，我則傷心。

○鄭唯下句爲异，言汝州吁思我心如是，我則安。

《終風》四章，章四句。

擊　鼓 【邶風六】

擊鼓其鏜（tāng），踴躍（yuè）用兵。土國城漕（cáo），我獨南行（xíng）。

從孫子仲，平陳與宋。不我以歸，憂心有忡（chōng）。

爰（yuán）居爰處（chǔ），爰喪（sàng）其馬？于以求之，于林之下。

死生契（qiè）闊，與子成説（shuō）。執子之手，與子偕老。

于（xū）嗟（jiē）闊兮，不我活兮！于嗟洵（xún）兮，不我信（shēn/xìn）兮！

《擊鼓》五章，章四句。

【毛序】《擊鼓》，怨州吁也。衛州吁用兵暴亂，使公孫文仲將而平陳與宋，國人怨其勇而無禮也。

【鄭箋】將者，將兵以伐鄭也。平，成也。

◇將伐鄭，先告陳與宋，以成其伐事。

◇《春秋》傳曰："宋殤公之即位也，公子馮出奔鄭。鄭人欲納之。及衛州吁立，將修先君之怨於鄭，而求寵於諸侯，以和其民。使告於宋曰：'君若伐鄭，以除君害，君爲主，敝邑以賦與陳、蔡從，則衛國之願也。'宋人許之。於是陳、蔡方睦於衛，故宋公、陳侯、蔡人、衛人伐鄭。"是也。

◇伐鄭在魯隱四年。

【樂道主人】此爲公元前719年之事，時爲宋殤公元年，陳桓公二十六年，蔡宣侯三十一年，鄭莊公二十五年。

【孔疏】"《擊鼓》"至"無禮"。

◇◇作《擊鼓》詩者，怨州吁也。由衛州吁用兵暴亂，乃使其大夫公孫文仲爲將，而興兵伐鄭，又欲成其伐事，先告陳及宋與之俱行，故國人怨其勇而無禮。

◇◇怨與刺皆自下怨上之辭。怨者，情所恚（huì，《説文》：恨也）恨，刺者，責其愆（qiān）咎，大同小异耳，故《論語》注云："怨謂刺上政。"《譜》云："刺怨相尋。"是也。

◇◇言用兵暴亂者，阻兵而安忍，暴虐而禍亂也。古者謂戰器爲兵，《左傳》曰："鄭伯朝於楚，楚子賜之金，曰：'無以鑄兵。'"兵者人所執，因號人亦曰兵。《左傳》曰"敗鄭徒兵"，此箋云"將者，將兵"是也。然則此序云"用兵"者，謂用人兵也。經云"踴躍用兵"，謂兵器也。

◇◇國人怨其勇而無禮，經五章皆陳兵役之怨辭。

【孔疏】箋"將者"至"隱四年"。

◇◇知將兵伐鄭者，州吁以隱四年春弑君，至九月被殺，其中唯夏秋再有伐鄭之事，此言州吁用兵暴亂，是伐鄭可知。時無伐陳、宋之事，而經、序云"平陳與宋"，《傳》有告宋使除君害之事，陳侯又從之伐鄭，故訓"平"爲"成"也。告陳與宋，成其伐事也。

◇◇"《春秋》曰"以下，皆隱四年《左傳》文也，引之以證州吁有伐鄭先告陳之事也。末言"在魯隱四年"者，以州吁之立，不終此年，唯有此伐鄭之事，上直引傳曰"其年不明"，故又詳之也。

◇◇宋殤公之即位，公子馮所以出奔鄭者，殤公，宋穆公之兄子，公子馮則其子也，穆公致位於殤公，使馮避之，出居於鄭也。鄭人欲納之，欲納於宋以爲君也。

◇◇先君之怨，服、杜皆云"隱二年鄭人伐衛"是也。《譜》依《世家》，以桓公爲平王三十七年即位，則鄭以先君爲桓公矣。服虔云莊公，非也。

◇◇言求寵於諸侯者，杜預云"諸侯雖篡弑而立，既列於會，則不得復討"，欲求此寵也。言以除君害者，服虔云"公子馮將爲君之害"。

◇◇言以賦與陳、蔡從者，服虔云："賦，兵也。以田賦出兵，故謂之賦。"正謂以兵從也。

◇◇傳又説衛州吁欲和其民，宋殤公欲除其害，故二國伐鄭。所以陳、蔡亦從者，是時陳、蔡方親睦於衛，故宋公、陳侯、蔡人、衛人伐鄭。

◇◇《春秋》之例，首兵者爲主。今伐鄭之謀，則吁爲首，所以衛人敘於陳、蔡之下者，服虔云"衛使宋爲主，使大夫將，故敘衛於陳、蔡下"。傳唯云告宋使爲主，此箋先言告陳與宋者，以陳亦從之衛告可知。但傳見使宋爲主，故不言告陳之事。此言平陳與宋，故箋兼言告陳也。

<一章-1>**擊鼓其鏜（tāng），踴躍（yuè）用兵。**

【毛傳】鏜然，擊鼓聲也。使衆皆踴躍用兵也。

【鄭箋】此用兵，謂治兵時。

【程析】其鏜，等於鏜鏜。兵，兵器。不是指士兵。秦漢以下，始謂執兵之人爲兵。

【樂道主人】踴躍，形容情緒熱烈，争先恐後。

【孔疏】傳"鏜然"至"用兵"。◇◇《司馬法》云："鼓聲不過閶（chāng）。"字雖异，音實同也。《左傳》曰："夫戰，勇氣也。一鼓作氣。"又曰："金鼓以聲氣。"故先擊其鼓，而衆皆踴躍用兵也。

【孔疏】箋"此用兵，謂治兵時"。◇◇以下始云從孫子仲在路之事，故知此謂治兵時。《穀梁傳》曰："出曰治兵，入曰振旅"是也。

<一章-3>**土國城漕（cáo），我獨南行（xíng）。**

【毛傳】漕（cáo），衛邑也。

【鄭箋】此言衆民皆勞苦也，或役土功於國，或脩理漕城，而我獨見使從軍南行伐鄭，是尤勞苦之甚。

【程析】土國，在國内服土工。漕，在今河南省滑縣東南。

【孔疏】傳"漕，衛邑"。《定之方中序》云"野處漕邑"，《載馳序》云"露于漕邑"，是也。

【孔疏】箋"此言"至"之甚"。

◇◇州吁虐用其民，此言衆民雖勞苦，猶得在國，己從征役，故爲尤苦也。

◇◇《禮記》曰："五十不從力政，六十不與服戎。"注云："力政，城郭道渠之役。"則戎事六十始免，輕於土功，而言尤苦者，以州吁用兵暴亂，從軍出國，恐有死傷，故爲尤苦。土國城漕，雖用力勞苦，無死傷之患，故優於兵事也。

◇◇若力政之役，則二十受之，五十免之，故《韓詩説》"二十從役"，《王制》云"五十不從力政"，是也。

◇◇戎事，則《韓詩説》曰"三十受兵，六十還兵"，《王制》云

“六十不與服戎”，是也。蓋力政用力，故取丁壯之時，五十年力始衰，故早役之，早舍之。戎事當須閑習，三十乃始從役，未六十年力雖衰，戎事希簡，猶可以從軍，故受之既晚，舍之亦晚。戎事非輕於力役。

【孔疏-章旨】“擊鼓”至“南行”。

①言州吁初治兵出國，命士衆將行，則擊此鼓，其聲鏜然，使士衆皆踴躍用兵也。

②軍士將行，以征伐爲苦，言今國人或役土功於國，或修理漕城，而我獨見使南行，不得在國也。

<二章-1>**從孫子仲，平陳與宋。**

【毛傳】孫子仲，謂公孫文仲也。平陳於宋。

【鄭箋】子仲，字也。平陳於宋，謂使告宋曰“君爲主，敝邑以賦與陳、蔡從”。

【樂道主人】鄭箋：平，成也。

【樂道主人】從，跟隨。

【孔疏】傳“孫子”至“文仲”。◇◇經叙國人之辭，既言從於文，不得言公孫也。箋云子仲，字。仲，長幼之稱，故知是字，則文是謚也。國人所言時未死，不言謚，序從後言之，故以謚配字也。

<二章-3>**不我以歸，憂心有忡**（chōng）。

【毛傳】憂心忡忡然。

【鄭箋】以猶與也。與我南行，不與我歸期。兵，凶事，懼不得歸，豫憂之。

【孔疏】傳“憂心忡忡然”。◇◇傳重言忡忡者，以忡爲憂之意，宜重言之。《出車》云“憂心忡忡”，是也。

【孔疏】箋“與我”至“豫憂之”。◇◇《采薇》云：“曰歸曰歸，歲亦莫止。”是與之歸期也。故云“兵，凶事，懼不得歸，豫憂之”，解言不得歸期之意也。

言“兵，凶事”者，戰有必死之志，故云凶也。

【孔疏-章旨】“從孫”至“有忡”。國人從軍之士云：

①我獨南行，從孫子仲，成伐事於陳與宋。成伐事者，先告陳，使從於宋，與之俱行也。

②當往之時，不於我以告歸期，不知早晚得還，故我憂心忡忡然，豫

憂不得歸也。

<三章-1>爰（yuán）居爰處（chǔ），爰喪（sàng）其馬？

【毛傳】有不還者，有亡其馬者，

【鄭箋】爰，於也。不還，謂死也，傷也，病也。今於何居乎，於何處乎，於何喪其馬乎？

【孔疏】傳“有不”至“馬者”。◇◇此解從軍之人所以言“爰居爰處”者，由恐有不還者也。言“爰喪其馬”者，恐有亡其馬者故也。

【孔疏】箋“不還”至“馬乎”。◇◇古者兵車一乘，甲士三人，步卒七十二人，則死傷及病兼步卒，亡其馬唯甲士耳。

<三章-3>于以求之，于林之下。

【毛傳】山木曰林。

【鄭箋】于，於也。求不還者及亡其馬者，當於山林之下。軍行必依山林，求其故處，近得之。

【孔疏】箋“軍行”至“得之”。◇◇以軍行爲所取給易，必依險阻，故於也山林。是以《肆師》云：“祭兵於山川。”注云：“蓋軍之所依止也。”求其故處，謂求其所依止之處，近於得之。

【孔疏-章旨】“爰居”至“之下”。

①從軍之士懼不得歸，言我等從軍，或有死者、病者，有亡其馬者，則於何居乎？於何處乎？於何喪其馬乎？

②若我家人於後求我，往於何處求之？當於山林之下。以軍行必依山林，死傷病亡當在其下，故令家人於林下求之也。

<四章-1>死生契（qiè）闊，與子成説（shuō）。

【毛傳】契闊，勤苦也。説，數也。

【鄭箋】從軍之士與其伍約，死也生也，相與處勤苦之中，我與子成相説愛之恩，志在相存救也（與毛不同）。

【詩三家】契闊，約束也。（言生死相約束，不相離弃也。）

【程析】契，合。闊，離。

【孔疏】傳“契闊，勤苦”。◇◇此叙士衆之辭。連云死生，明爲從軍勤苦之義，則契闊，勤苦之狀。

【孔疏】箋“從軍”至“伍約”。◇◇《大司馬》云：“五人爲伍。”謂與其伍中之人約束也。軍法有兩、卒、師、旅，其約亦可相及，獨言伍者，以執手相約，必與親近，故昭二十一年《左傳》曰："不死伍乘，軍之大刑也。"是同伍相救，故舉以言之。

<四章-3>**執子之手，與子偕老。**

【毛傳】偕，俱也。

【鄭箋】執其手，與之約誓示信也。言俱老者，庶幾俱免於難。

【孔疏-章旨】"死生"至"偕老"。

○毛以爲，①從軍之士與其伍約，云我今死也生也，共處契闊勤苦之中，親莫是過，當與子危難相救，成其軍伍之數，勿得相背，使非理死亡也。

②於是執子之手，殷勤約誓，庶幾與子俱得保命，以至於老，不在軍陳而死。

◇◇王肅云："言國人室家之志，欲相與從生死，契闊勤苦而不相離，相與成男女之數，相扶持俱老。"此似述毛，非毛旨也。卒章傳曰"不與我生活"，言與是軍伍相約之辭，則此爲軍伍相約，非室家之謂也。

○鄭唯"成説"爲异，言我與汝共受勤苦之中，皆相説愛，故當與子成此相悦愛之恩，志在相救。餘同。

<五章-1>**于（xū）嗟（jiē）闊兮，不我活兮！**

【毛傳】不與我生活也。

【鄭箋】州吁阻兵安忍，阻兵無衆，安忍無親，衆叛親離。軍士弃其約，離散相遠，故吁嗟嘆之，闊兮，女（rǔ）不與我相救活，傷之。

【樂道主人】【程析】闊，離。

【樂道主人】安忍，安於、能於做殘忍的事；殘忍。忍，《説文》：能也。

【孔疏】箋"州吁"至"傷之"。

◇◇隱四年《左傳》曰："夫州吁阻兵而安忍，阻兵無衆，安忍無親，衆叛親離，難以濟矣。"杜預云："恃兵則民殘，民殘則衆叛。安忍則刑過，刑過則親離。"然則以州吁恃兵安忍，故衆叛親離，由是軍士弃其約，散而相遠，是以在軍之人傷其不相救活也。時州吁不自行，言州吁阻兵安忍者，以伐鄭之謀，州吁之由，州吁暴虐，民不得用，故衆叛親離，弃其約束。不必要州吁自行乃致此也。

◇◇案《左傳》"伐鄭，圍其東門，五日而還"，則不戰矣。而軍士離散者，以其民不得用，雖未對敵，亦有離心，故有闊兮洵兮之嘆也。

<五章-3>**于嗟洵（xún）兮，不我信（shēn/xìn）兮！**

【毛傳】洵，遠。信（shēn），極也。

【鄭箋】嘆其弃約，不與我相親信（xìn）（與毛不同），亦傷之。

【樂道主人】【孔疏】極，使性命得申極兮。

【孔疏】傳“信，極”。◇◇信，古伸字。故《易》曰“引而信之”。伸即終極之義，故云“信，極也”。

【孔疏-章旨】“于嗟”至“信兮”。

○毛以爲，既臨伐鄭，軍士弃約而乖散，故其在軍之人嘆而傷之，云：①於嗟乎，此軍伍之人，今日與我乖闊兮，不與我相存救而生活兮。

②又重言之，云：于嗟乎，此軍伍之人，與我相疏遠兮，不與我相存救，使性命得申極兮。“乖闊”“疏遠”及“性命不得申極”，與“不得生活兮”一也，下句配成上句耳。

○鄭唯“信兮”爲异，言從軍之人與我疏遠，不復與我相親信。由不親信，故不與已相救活，義相接成也。

《擊鼓》五章，章四句。

凱　風 【邶風七】

凱風自南，吹彼棘心。棘心夭夭，母氏劬（qú）勞。

凱風自南，吹彼棘薪。母氏聖善，我無令人。

爰有寒泉，在浚之下。有子七人，母氏勞苦。

睍（xiàn）睆（huǎn）黄鳥，載好（hǎo）其音。有子七人，莫慰母心。

《凱風》四章，章四句。

【毛序】《凱風》，美孝子也。衛之淫風流行，雖有七子之母，猶不能安其室，故美七子能盡其孝道，以慰其母心，而成其志爾。

【鄭箋】不安其室，欲去嫁也。成其志者，成言孝子自責之意。

【孔疏】“《凱風》”至“志爾”。

◇◇作《凱風》詩者，美孝子也。當時衛之淫風流行，雖有七子之母，猶不能安其夫室，而欲去嫁，故美七子能自盡其孝順之道，以安慰其母之心，作此詩而成其孝子自責之志也。此與孝子之美，以惡母之欲嫁，故云“雖有七子之母，猶不能安其室”，則無子者不能安室可知也。

◇◇此叙其自責之由，經皆自責之辭。將欲自責，先説母之勞苦，故首章二章上二句皆言母氏之養己，以下自責耳。

◇◇俗本作“以成其志”，“以”字誤也。定本“而成其志”。

【鄭箋】箋“不安”至“之意”。

◇◇以序云不安其室，不言已嫁，則仍在室，但心不安耳，故知欲去嫁也。

◇◇此母欲有嫁之志，孝子自責已無令人，不得安母之心，母遂不嫁，故美孝子能慰其母心也。以美其能慰母心，故知成其志者，成言孝子自責之意也。

<一章-1>凱風自南，吹彼棘心。

【毛傳】興也。南風謂之凱風。樂夏之長養，棘難長養者。

【鄭箋】興者，以凱風喻寬仁之母，棘猶七子也。

【程析】棘，酸棗樹。棘心，酸棗樹初發芽時心赤。

【樂道主人】赤子之心，此爲濫觴。

【孔疏】傳“南風”至“長養”。

◇◇“南風謂之凱風”，《釋天》文。李巡曰：“南風長養萬物，萬物喜樂，故曰凱風。凱，樂也。”傳以風性樂養萬物，又從南方而來，故云“樂夏之長養”也。

◇◇又言“棘難長養”者，言母性寬仁似凱風，己難長養似棘，故箋云“凱風喻寬仁之母，棘猶七子也”。

表 5 四风三别

風名	异名	性質	涉及篇目
東風	谷風	谷之言穀，穀，生也。谷風者，生長之風。”陰陽不和，即風雨無節，故陰陽和乃谷風至。	《邶風·谷風》
南風	凱風	南風長養萬物，萬物喜樂。凱，樂也。	《邶風·凱風》
西風			
北風	飄風	寒涼之風。	《邶風·北風》《小雅·蓼莪》《小雅·四月》

<一章-3>**棘心夭夭，母氏劬（qú）勞。**

【毛傳】夭夭，盛貌。劬勞，病苦也。

【鄭箋】夭夭以喻七子少長，母養之病苦也。

【程析】夭夭，樹木嫩壯貌。劬勞，勞累辛苦。

【孔疏-章旨】“凱風”至“劬勞”。

①言凱樂之風從南長養之方而來，吹彼棘木之心，故棘心夭夭然得盛長，以興寬仁之母，以己慈愛之情，養我七子之身，故七子皆得少長。

②然棘木之難長者，凱風吹而漸大，猶七子亦難養者，慈母養之以成長，我母氏實亦劬勞病苦也。

<二章-1>**凱風自南，吹彼棘薪。**

【毛傳】棘薪，其成就者。

【孔疏】傳“棘薪，其成就者”。◇◇上章言棘心夭夭，是棘之初生，風長之也。此不言長之狀，而言棘薪，則棘長已成薪矣。《月令》注云“大者可析謂之薪”，是薪者，木成就。

<二章-3>**母氏聖善，我無令人。**

【毛傳】聖，叡（ruì）也。

【鄭箋】叡作聖。令，善也。母乃有叡知之善德，我七子無善人能報之者，故母不安我室，欲去嫁也。

【程析】聖善，明理而有美德。

【孔疏】傳“聖，叡”。

◇◇聖者通智之名，故言叡也。箋申説所以得爲叡之意，故引《洪範》以證之，由“叡作聖”，故得爲叡也。

◇◇《洪範》云“思曰叡”，注云“叡通於政事”，又曰“叡（ruì）作聖”，注云“君思叡則臣賢智”，是也。然則彼叡謂君也，聖謂臣也，所以得爲一者，以彼五行各以事類相感，由君叡而致臣聖，則叡、聖義同。

◇◇此“母氏聖善”，人之齊聖，皆以明智言之，非必要如周、孔也。

【孔疏-章旨】“凱風”至“令人”。

①言凱風，樂夏之風從南長養之方而來，吹彼棘木，使得成薪，以興寬仁之母，能以己慈愛之情，養我七子，皆得長成。

②然風吹難養之棘以成就，猶母長養七子以成人，則我之母氏有叡智之善德，但我七子無善人之行以報之，故母不安而欲嫁也。

<三章-1>**爰有寒泉，在浚之下。**

【毛傳】浚，衛邑也。“在浚之下”，言有益於浚。

【鄭箋】爰，曰也。曰有寒泉者，在浚之下浸潤之，使浚之民逸樂，以興七子不能如也。

【孔疏】傳“浚，衛邑”。◇◇《干旄》云“在浚之都”，傳曰：“下邑曰都。”是衛邑也。

【孔疏】箋“爰曰”至“不能如”。

◇◇“爰，曰”，《釋詁》文。

◇◇知不以寒泉興母之長養己，而云喻“七子不能如”者，以上棘薪爲喻，則子已成長矣。此及下章皆云“有子七人”，則以寒泉、黄鳥喻七子可知也。

<三章-3>**有子七人，母氏勞苦。**

【孔疏-章旨】“爰有”至“勞苦”。此孝子自責，無益於母，使母不安也。

①言曰有寒泉，在浚邑之下，以喻七子在母之前。寒泉有益於浚，浸潤浚民，使得逸樂，以興七子無益於母，不能事母，使母勞苦，乃寒泉之不如。

②又自責云：母無子者，容可勞苦，今乃有子七人，而使母氏勞苦，思欲去嫁，是其七子之咎也。

◇◇母欲嫁者，本爲淫風流行，但七子不可斥言母淫，故言母爲勞苦而思嫁也。上章言母氏劬勞，謂少長七子，實劬勞也。此言母氏勞苦，謂母今日勞苦而思嫁，與上不同也。

<四章-1>**睍（xiàn）睆（huǎn）黃鳥，載好（hǎo）其音。**

【毛傳】睍睆，好貌。

【鄭箋】睍睆以興顏色説（yuè）也。“好其音”者，興其辭令順也，以言七子不能如也。

【程析】黃鳥，黃雀。

【樂道主人】睍睆,形容鳥色美好或鳥聲清和圓轉貌。

【孔疏】箋“睍睆”至“令順”。◇◇興必以類，睍睆是好貌，故興顏色也；音聲猶言語，故興辭令也。《論語》曰：“色難。”注云：“和顏悦色，是爲難也。”又《内則》云：“父母有過，下氣怡聲。”是孝子當和顏色、順辭令也。

<四章-3>**有子七人，莫慰母心。**

【毛傳】慰，安也。

【孔疏-章旨】“睍睆”至“母心”。

①言黃鳥有睍睆之容貌，則又和好其音聲，以興孝子當和其顏色，順其辭令也。

②今有子七人，皆莫能慰母之心，使有去嫁之志。言母之欲嫁，由顏色不悦，辭令不順故也。自責言黃鳥之不如也。

《凱風》四章，章四句。

雄雉 【邶風八】

雄雉于飛，泄（yì）泄其羽。我之懷矣，自詒（yí）伊阻。

雄雉于飛，下上其音。展矣君子，實勞我心。

瞻彼日月，悠悠我思。道之云遠，曷云能來？

百爾君子，不知德行。不忮（zhì）不求，何用不臧（zāng）？

《雄雉》四章，章四句。

【毛序】《雄雉》，刺衛宣公也。淫亂不恤國事，軍旅數起，大夫久役，男女怨曠，國人患之而作是詩。

【鄭箋】淫亂者，荒放於妻妾，烝於夷姜之等。國人久處軍役之事，故男多曠，女多怨也。男曠而苦其事，女怨而望其君子。

【樂道主人】孔疏把男淫的種類分得很細：**淫**，若非其匹配，與疏遠私通者，直謂之淫。**通**，總名，服虔云："**傍**淫曰**通**。"言傍者，非其妻妾，**傍**與之淫，上下通名也。**烝**，上淫曰烝，**報**，淫親屬之妻，**亂**，謂犯悖（bèi）人倫。

【孔疏】"《雄雉》"至"是詩"。◇◇男既從役於外，女則在家思之，故云男女怨曠。上二章，男曠之辭。下二章，女怨之辭。

【孔疏】箋"淫亂"至"君子"。

◇◇淫，謂色欲過度；亂，謂犯悖人倫，故言"荒放於妻妾"以解淫也，"烝於夷姜"以解亂也。《大司馬職》曰："外内亂，鳥獸行，則滅之。"注引《王霸記》曰："悖人倫，外内無以异於禽獸。"然則宣公由上烝父妾，悖亂人倫，故謂之亂也。

◇《君子偕老》《桑中》皆云"淫亂"者，謂宣公上烝夷姜，下納宣姜，公子頑通於君母，故皆爲亂也。《南山》刺襄公鳥獸之行，淫於其妹，不言亂者，言鳥獸之行，則亂可知。文勢不可言亂於其妹，故言淫耳。

◇若非其匹配，與疏遠私通者，直謂之淫，故《澤陂》云“靈公君臣淫於其國”，《株林》云“淫於夏姬”，不言亂，是也。

◇言荒放者，放恣情欲，荒廢政事，故《鷄鳴》云“荒淫怠慢”，《五子之歌》云“内作色荒，外作禽荒”，是也。

◇言烝者，服虔云“上淫曰烝”，則烝，進也，自進上而與之淫也。

◇《左傳》曰：“文姜如齊，齊侯通焉。”服虔云：“傍淫曰通。”言傍者，非其妻妾，傍與之淫，上下通名也。《牆有茨》云“公子頑通於君母”，《左傳》曰“孔悝之母與其竪渾良夫通”，皆上淫也。齊莊公通於崔杼之妻，蔡景侯爲大子般娶於楚，通焉，皆下淫也。以此知通者總名，故服虔又云“凡淫曰通”，是也。

◇又宣公三年傳曰：“文公報鄭子之妃。”服虔曰：“鄭子，文公叔父子儀也。報，復也，淫親屬之妻曰報。”漢律“淫季父之妻曰報。”則報與亂爲類，亦鳥獸之行也。

◇宣公納伋之妻，亦是淫亂。箋於此不言者，是時宣公或未納之也，故《匏有苦葉》譏“雉鳴求其牡”，夫人爲夷姜，則此亦爲夷姜明矣。

◇◇由國人久處軍役之事，故男多曠，女多怨也。序直云“男女怨曠”。知男曠女怨者，以《書》傳云“外無曠夫，内無怨女”，故謂男爲曠，女爲怨。

◇曠，空也，謂空無室家，故苦其事。《書》傳“曠夫”謂未有室家者。此男雖有室家，久從軍役，過時不歸，與無不异，猶《何草不黄》云“何人不矜”也。此相對，故爲男曠女怨，散則通言也。故《采緑》刺怨曠，經無男子，則總謂婦人也。《大司徒》云：“以陰禮教親則民不怨。”怨者，男女俱兼，是其通也。

◇此男女怨曠，不違於禮，故舉以刺宣公。《采緑》婦人不但憂思而已，乃欲從君子於外，非禮，故并刺婦人也。

<一章-1>**雄雉于飛，泄（yì）泄其羽。**

【毛傳】興也。雄雉見雌雉飛，而鼓其翼泄泄然。

【鄭箋】興者，喻宣公整其衣服而起，奮訊其形貌，志在婦人而已，不恤國之政事。

【程析】雉，野鷄。泄泄，鼓羽舒暢貌。

<一章-3>**我之懷矣，自詒（yí）伊阻。**

【毛傳】詒，遺。伊，維。阻，難也。

【鄭箋】懷，安也。“伊”當作“緊”，緊猶是也（與毛不同）。君之行如是，我安其朝而不去。今從軍旅，久役不得歸，此自遺以是患難。

【程析】伊，這，此。

【樂道主人】君，指衛宣公。此兩句明大夫悔恨不早衛宣公而去。此章主人公爲男子，扣題：男曠。

【孔疏】箋“伊當”至“患難”。

◇◇箋以宣二年《左傳》趙宣子曰“嗚呼！我之懷矣，自詒伊戚”，《小明》云“自詒伊戚”，爲義既同，明伊有義爲“緊”者，故此及《蒹葭》《東山》《白駒》各以伊爲緊。

◇◇《小明》不易者，以“伊戚”之文與傳正同，爲“緊”可知。此云“自詒伊阻”，《小明》云“心之憂矣”，宣子所引，并與此不同者，杜預云“逸詩也”，故文與此异。

【孔疏-章旨】“雄雉”至“伊阻”。

①毛言雄雉往飛向雌雉之時，則泄泄然鼓動其羽翼，以興宣公往起就婦人之時，則奮訊其衣服，言志在婦人而已，不恤國之政事也。又數起軍旅，使大夫久役。

②大夫傷本見君之行如是，志在婦人之時，即應去之，我之安其朝而不去矣。今見使從軍，久不得歸，自遺此患難也。既處患難，自悔以怨君。

◇◇伊訓爲維，毛爲語助也。鄭唯以伊字爲异，義勢同也。

<二章-1>**雄雉于飛，下上其音。展矣君子，實勞我心。**

【毛傳】“下上其音”，興宣公小大其聲，怡悦婦人。

【毛傳】展，誠也。

【鄭箋】誠矣君子，訴於君子也。君之行如是，實使我心勞矣。君若不然，則我無軍役之事。

【樂道主人】此句男子仍爲主人公。君子，非指婦人丈夫，指其他賢人。君，指衛宣公。見下孔疏。

【孔疏-章旨】“雄雉”至“我心”。

①言雄雉飛之時，下上其音聲，以怡悦雌雉，以興宣公小大其言語，

心怡悦婦人。

②宣公既志在婦人，不恤政事，大夫憂之，故以君行訴於君子，言君之誠如是，志在婦人矣。君子聞君行如此，實所以病勞我心也。

◇◇此大夫身既從役，乃追傷君行者，以君若不然，則無今日之役故也。

<三章-1>**瞻彼日月，悠悠我思。**

【毛傳】瞻，視也。

【鄭箋】視日月之行，迭（dié）往迭來。今君子獨久行役而不來，使我心悠悠然思之。女怨之辭。

【程析】悠悠，綿綿不斷貌。

【樂道主人】此章主人公爲女子，大夫之妻，扣題：女怨。君子，指女子之丈夫，即上章之主角。

<三章-3>**道之云遠，曷云能來？**

【鄭箋】曷，何也。何時能來望之也。

【程析】云，語氣詞。

【樂道主人】道，道路。

【孔疏-章旨】“瞻彼”至“能來”。

①大夫久役，其妻思之。言我視彼日月之行，迭往迭來。今君子獨行役而不來，故悠悠然我心思之。

②道路之遥，亦云遠矣，我之君子，何時可云能來，使我望之也。

<四章-1>**百爾君子，不知德行。**

【鄭箋】爾，女（rǔ）也。女衆君子，我不知人之德行何如者可謂爲德行，而君或有所？女怨，故問此焉。

【程析】百，凡是，所有。君子，指衛宣公周圍的大臣。君，指衛宣公。

【樂道主人】此章主人公爲女子，大夫妻。

<四章-3>**不忮（zhì）不求，何用不臧（zāng）？**

【毛傳】忮，害。臧，善也。

【鄭箋】我君子之行，不疾害，不求備於一人，其行何用爲不善，而君獨遠使之在外，不得來歸？亦女怨之辭。

【程析】求，追求名利。

【樂道主人】君子，指婦人丈夫。君，指衛宣公。

【孔疏-章旨】“百爾”至“不臧”。

①婦人念夫，心不能已，見大夫或有在朝者，而已君子從征，故問之云：汝爲衆之君子，我不知人何者謂爲德行。

②若言我夫無德而從征也，則我之君子不疾害人，又不求備於一人，其行如是，何用爲不善，而君獨使之在外乎？

《雄雉》四章，章四句。

匏有苦葉 【邶風九】

匏（páo）有苦（kū）葉，濟（jì）有深涉。深則厲，淺則揭（qì）。

有瀰（mǐ）濟盈，有鷕（yǎo）雉鳴。濟盈不濡（rú）軌，雉鳴求其牡。

雝（yōng）雝鳴雁，旭日始旦。士如歸妻，迨（dài）冰未泮（pàn）。

招招舟子，人涉卬（áng）否。人涉（shè）卬否，卬須我友。

《匏有苦葉》四章，章四句。

【毛序】《匏有苦葉》，刺衛宣公也。公與夫人并爲淫亂。

【鄭箋】夫人，謂夷姜。

【樂道主人】此篇對淫亂之定義很清楚。可以對照《召南·行露》。

【孔疏】“《匏有苦葉》”至“淫亂”。

◇◇并爲淫亂，亦應刺夫人，獨言宣公者，以詩者主爲規諫君，故舉君言之，其實亦刺夫人也。

◇◇故經首章、三章責公不依禮以娶，二章、卒章責夫人犯禮求公，是并刺之。

【孔疏】箋“夫人謂夷姜”。◇◇知非宣姜者，以宣姜本適伋子，但爲公所要，故有魚網離鴻之刺。此責夫人，云“雉鳴求其牡”，非宣姜之所爲，明是夷姜求宣公，故云并爲淫亂。

<一章-1>匏（páo）有苦（kū）葉，濟（jì）有深涉。

【毛傳】興也。匏謂之瓠，瓠葉苦不可食也。濟，渡也。由膝以上爲涉。

【鄭箋】瓠葉苦而渡處深，謂八月之時，陰陽交會，始可以爲昏禮，納采、問名（與毛不同）。

【程析】匏，胡蘆。

【孔疏】傳“匏謂”至“可食”。

◇◇陸機云“匏葉少時可爲羹，又可淹煮，極美，故詩曰‘幡幡瓠葉，采之亨之’。今河南及揚州人恒食之。八月中，堅强不可食，故云苦葉”。瓠、匏一也，故云“謂之瓠”。

◇言葉苦不可食，似禮禁不可越也。傳以二事爲一興，《詩》有此例多矣。涉言深不可渡，似葉之苦不可食。

◇◇《外傳·魯語》曰：“諸侯伐秦，及涇不濟。叔向見叔孫穆子。穆子曰：‘豹之業及匏有苦葉矣。’叔向曰：‘苦葉不材，於人供濟而已。’”韋昭注云：“不材，於人言不可食，供濟而已，佩匏可以渡水也。”彼云取匏供濟，與此傳不同者，賦《詩》斷章也。

【孔疏】傳“由膝以上爲涉”，後傳“以衣涉水爲厲，謂由帶以上。揭（qì），褰衣”。

◇◇今定本如此。

◇◇《釋水》云：“濟有深涉。深則厲，淺則揭。揭者，褰（qiān，把衣服撩起來）衣也。以衣涉水爲厲。由膝以上爲涉，由帶以上爲厲。”孫炎曰：“揭衣，褰裳也，衣涉濡褌（kūn，褲子）也。”《爾雅》既引此詩，因揭在下，自人體以上釋之，故先揭，次涉，次厲也。傳依此經先後，故引《爾雅》不次耳。然傳不引《爾雅》由膝以下爲揭者，略耳。涉者，渡水之名，非深淺之限，故《易》曰“利涉大川”，謂乘舟也。褰裳涉洧（wěi），謂膝下也。

◇深淺者，各有所對，《谷風》云：“就其淺矣，泳之游之。”言泳，則深於厲矣。但對“方之舟之”，則爲淺耳。此深涉不可渡，則深於厲矣。厲言深者，對揭之淺耳。《爾雅》以深淺無限，故引《詩》以由帶以上、由膝以下釋之，明過此不可厲深淺，异於餘文也。

◇◇揭者褰衣，止得由膝以下，若以上，則褰衣不得渡，當須以衣涉爲厲也。見水不没人，可以衣渡，故言由帶以上。其實以由膝以上亦爲厲，因文有三等，故曰“由膝以上爲涉”。傳因《爾雅》成文而言之耳，非解此經之深涉也。

◇◇鄭注《論語》及服注《左傳》皆云“由膝以上爲厲”者，以揭衣、褰衣止由膝以下，明膝以上至由帶以上總名厲也。

◇◇鄭以此深涉謂深於先時，則隨先時深淺，至八月水長深於本，故雲深涉。涉亦非深淺之名。既以深淺記時，故又假水深淺，以喻下深字亦不與深涉同也。

【孔疏】箋“瓠葉”至“問名”。

◇◇二至寒暑極，二分温凉中，春分則陰往陽來，秋分則陰來陽往，故言“八月之時，陰陽交會”也。以昏禮者令會男女，命其事必順其時，故《昏禮目録》云：“必以昏時者，取陽往陰來之義。”然則二月陰陽交會，《禮》云“令會男女”，則八月亦陰陽交會，可以納采、問名明矣。以此月則匏葉苦，渡處深，爲記八月之時也，故下章“雝雝鳴雁，旭日始旦”，陳納采之禮。此記其時，下言其用，義相接也。納采者，昏禮之始；親迎者，昏禮之終，故皆用陰陽交會之月。

◇◇《昏禮》“納采用雁”。賓既致命，降，出。“擯者出請。賓執雁，請問名”。則納采、問名同日行事矣，故此納采、問名連言之也。其納吉、納徵無常時月，問名以後，請期以前，皆可也。請期在親迎之前，亦無常月，當近親迎乃行，故下箋云：“歸妻謂請期。冰未散，正月中以前也。二月可以爲昏。”

◇◇《禮》以二月當成昏，則正月中當請期，故云“迨冰未泮”，則冰之未散，皆可爲之。以言及，故云正月中，非謂唯正月可行此禮。女年十五已得受納采，至二十始親迎，然則女未二十，納采之禮，雖仲春亦得行之，不必要八月也。何者？仲春亦陰陽交會之月，尚得親迎，何爲不可納采乎？此云八月之時，得行納采，非謂納采之禮必用八月也。

◇◇六禮唯納徵用幣，餘皆用雁也。《禹貢》注云：“陽鳥，鴻雁之屬，隨陽氣南北。”

【樂道主人】《禮記・昏義》西周時期，“婚姻六禮”如下：

納采：男方欲擇某家之女爲妻，便托媒交通女方，試探女家之意。若女家同意，則可收下男方送去的采擇之禮。納采的禮物，因人而异，因時代而已。納采用雁者，爲的是明嫁娶之禮，長幼有序，不相逾越。納采也有用羊者。羊者，祥也，取其群而不黨。

問名：納采儀式結束後，使者退而復返，向女方的父母問女兒之名。從納采的儀式記載來看，納采和問名當是同一時間進行的。既然是人來呈納采之禮，男家當然早已知道女方之名，此時再問，所謂問名其實是問女方的生辰是何年、何月、何日、何時，以備問卜，也便是“納吉”，後來的人也稱爲“合八字”。

納吉：婚姻是中國古代人生的大事，需占卜方可即所謂“納吉”。除父母之命、媒妁之言外，以占卜而問天意是中國古代男女之間婚姻能否成就的又一次決定性因素。古代在納采之時，者要返回去再次“問名”，以備占卜。後來是男方先把生辰八字寫在“庚帖”上托媒妁送到女方家，媒妁再把女方的年庚八字帶回男家，雙方均請“先生”看看年庚八字是否相配。若八字匹配，婚事便可初步定下來。

納徵：“徵”有“成”的意思。即納吉之後，兩家的婚姻就算成立，某種意義上講類似與今天的訂婚，不同的是古時候是以“過禮”未先提條件的。只有此項儀式後男家方可娶女家過來。納徵是中國古代婚姻習俗中最重要，也最具特色的一個環節，即便是“貴爲天子”的帝王亦不能免。用於納徵的物品因地域、時代、地位、貧富各有差异。聘禮無論多少，均要有吉祥的寓意，且均爲偶數，取其成雙成對的意思。納徵之後，雙方便要訂立婚約。婚約一旦訂立，男家便可擇日成親了。

請期：俗稱“擇日”，即男家要請“先生”擇選結婚的“黄道吉日”之後，告知女方。古人的請期不是簡單告知，也是有一定儀式的。

親迎：即爲正式舉行婚禮。顧名思義，是指在約定的日期，新郎親往女家迎接新娘。古時男家去女家迎親時，均在夜間。迎親的人均穿黑衣，車馬也用黑色。此俗與後世以白天迎親、穿紅色服飾的婚俗迥然不同。自唐代開始，將迎親的時間改爲早晨。

<一章-3>**深則厲，淺則揭（qì）。**

【毛傳】以衣涉水爲厲，謂由帶以上也。揭，褰衣也。遭時制宜，如遇水深則厲，淺則揭矣。男女之際，安可以無禮義？將無以自濟也。

【鄭箋】既以深淺記時，因以水深淺喻男女之才性賢與不肖及長幼也（與毛不同）。各順其人之宜，爲之求妃耦。

【樂道主人】孔疏：以衣涉水爲厲。由膝以上爲涉，由帶以上爲厲。因揭在下，自人體以上釋之，故先揭，次涉，次厲也。

【孔疏】傳“遭時”至“自濟”。

◇◇此以貧賤責尊貴之辭，言遭所遇之時，而制其所宜，隨時而用禮，如遇水之必渡也。

◇◇男女之際，謂昏姻之始，故《禮記·大傳》曰：“异姓主名治際會。”注云：“名，謂母與婦之名；際會，謂昏禮交接之會”，是也。言遭時制宜，不可無禮，况昏姻人道之始，安可以無禮義乎？

◇◇禮者，人所以立身，行禮乃可度世難，無禮將無以自濟。言公之無禮，必遇禍患也。

【孔疏】箋“既以”至“妃耦”。

◇◇箋解上爲記時，此爲喻意。上既以深涉記時，此因以深淺爲喻，則上非喻，此非記時也。

◇◇“男女才性賢與不肖”者，若《大明》云“天作之合”，箋曰：“賢女妃，聖人得禮之宜。”言“長幼”者，禮：女年十五得許嫁，男年長於女十年。則女十五，男二十五；女二十，男三十，各以長幼相敵，以才性長幼而相求，是各順其人之宜，爲之求妃耦。

【孔疏-章旨】“匏有”至“則揭”。

○毛以爲，①匏有苦葉不可食，濟有深涉不可渡，以興禮有禁法不可越。

②又云：“若過深水則厲，淺水則褰衣。”過水隨宜，期之必渡，以興用禮當隨豐儉之异。若時豐則禮隆，時儉則禮殺，遭時制宜，不可無禮。若其無禮，將無以自濟，故雖貧儉，尚不可廢禮。君何爲不以正禮娶夫人，而與夷姜淫亂乎？

○鄭以爲，①匏葉先不苦，今有苦葉；濟處先不深，今有深涉。此匏葉苦，渡處深，謂當八月之中時，陰陽交會之月，可爲昏禮之始，行納采、問名之禮也。

②行納采之法如過水，深則厲，淺則揭，各隨深淺之宜，以興男女相配，男賢則娶賢女，男愚則娶愚女，各順長幼之序以求昏，君何不八月行納采之禮，取列國之女，與之相配，而反犯禮而烝於夷姜乎？

<二章-1>**有瀰（mǐ）濟盈，有鷕（yǎo）雉鳴。**

【毛傳】瀰，深水也。盈，滿也。深水，人之所難也。鷕，雌雉聲也。衛夫人有淫佚之志，授人以色，假人以辭，不顧禮義之難，至使宣公有淫昏之行。

【鄭箋】“有瀰濟盈”，謂過於厲，喻犯禮深也。

【程析】有瀰，即瀰瀰，水滿盈貌。有鷕，即鷕鷕。

【樂道主人】厲，【毛傳】以衣涉水爲厲。

【孔疏】傳“瀰深”至“之行”。

◇◇下言雉求其牡，則非雄雉，故知“鷕，雌雉聲也”。又《小弁》云“雉之朝雊（gòu），尚求其雌”，則雄雉之鳴曰雊也。

◇◇言“衛夫人有淫佚之志，授人以色，假以辭”，解“有鷕雉鳴”也。“不顧禮義之難”，解“有瀰濟盈”也。“致使公有淫昏之行”，解所以責夫人之意也。以經上句喻夫人不顧禮義之難，即下句言其事，故傳反而覆之也。

◇◇言“授人以色，假人以辭”，謂以顏色、言辭怡悅於人，令人啓發其心，使有淫佚之志。雌雉之鳴以假人以辭，并言授人以色者，以爲辭必怡悅顏色，故連言之。

【孔疏】箋“有瀰”至“禮深”。◇◇前厲衣可渡，非人所難，以深不可渡而人濟之，故知過於厲以喻犯禮深。

<二章-3>**濟盈不濡（rú）軌，雉鳴求其牡。**

【毛傳】濡，漬也。由輈（zhōu）以上爲軌。違禮義，不由其道，猶雉鳴而求其牡矣。飛曰雌雄。走曰牝牡。

【鄭箋】渡深水者必濡其軌，言不濡者，喻夫人犯禮而不自知，雉鳴反求其牡，

【程析】濡，沾濕。軌，車軸的兩端。

【樂道主人】輈，車轅。

【孔疏】傳“由輈”至“牝牡”。

◇◇《説文》云：“軌，車轍也”，“軓（fàn，古代車箱前面的檔板），車軾前也。”然則軾前謂之軓也，非軌也。但軌聲九，軓聲凡，於文易爲誤，寫者亂之也。

◇《少儀》云：“祭左右軌範，乃飲。”注云：“《周禮·大馭》‘祭兩軹，祭轨，乃飲’。軌與軹於車同謂轊（wèi，車軸頭）頭也。軌與範聲同，謂軾前也。”

◇《輈人》云：“軌前十尺，而策半之。”鄭司農云“軌謂軾前也。書或作軌。

◇玄謂軌是軌法也，謂與下三面之材，輢軾之所樹，持車正”者，《大馭》云：“祭兩軹，祭軌，乃飲。”注云：“古書‘軹’爲‘軓’，‘軌’爲‘範’。杜子春云：‘文當如此。’又云‘軒當作軹。軹謂兩轊。

範當爲軌。軌，車軾前’。”鄭不易之，是依杜子春軓爲正也。

◇然則諸言軾前皆謂軌也。《小戎》傳曰：“陰揜軌也。”箋“揜軌在軾前垂輈上”。文亦作軓，非軌也，軓自車轍耳。《中庸》云“車同軌”，《匠人》云“經途九軌”，注云“軌謂轍廣”，是也。

◇《說文》又云：“軹，輪小穿也。轊，車軸端也。”《考功記》注鄭司農云：“軹，轊也。”又云：“軹，小穿也。”玄謂“軹，轂末也”。然則轂末軸端共在一處，而有軹、轊二名，亦非軌也。

◇《少儀》注云“轨與軹於車同謂轊頭”者，以《少儀》與《大馭》之文事同而字异，以“範”當《大馭》之“軓”，“軓”當《大馭》之“軹”，故并其文而解其義，不復言其字誤耳。其實《少儀》“軌”字誤，當爲“軹”也。

◇◇此經皆上句責夫人之犯禮，下句言犯禮之事，故傳釋之，言“違禮義，不由其道，猶雌雉鳴求牡”也。“違禮義”者，即“濟盈”也。“不由其道”者，猶“雉鳴求其牡”也。

◇◇《釋鳥》云：“鳥之雌雄不可别者，以翼右掩左雄，左掩右雌。”是“飛曰雌雄”也。《釋獸》云：“麋，牡麔（jiù），牝麎（chén）。”是“走曰牝牡”也。此其定例耳。若散則通，故《書》曰“牝鷄之晨”，傳曰“獲其雄狐”，是也。

◇◇《鄭志》張逸云：“雌雉求牡，非其耦，故喻宣公與夫人，言夫人與公非其耦，故以飛雌求走牡爲喻，傳所以并解之也。”

【孔疏-章旨】“有瀰”至“其牡”。

①言有瀰然深水者，人所畏難，今有人濟此盈滿之水，不避其難，以興有儼然禮義者，人所防閑，今夫人犯防閑之禮，不顧其難。又言夫人犯禮，猶有鷕雉鳴也，有鷕然求其妃耦之聲者。雌雉之鳴，以興有求爲淫亂之辭者，是夫人之聲。此以辭色媚悦於公，是不顧禮義之難。又言夫人犯禮既深，而不自知。

②言濟盈者，必濡其軌。今言不濡軌，是濟者不自知，以興淫亂者必違禮義。今云不違禮，是夫人不自知。夫人違禮淫亂，不由其道，猶雉鳴求其牡也。今雌雉，鳥也，乃鳴求其走獸之牡，非其道，以興夷姜，母也，乃媚悦爲子之公，非所求也。夫人非所當求而求之，是犯禮不自知也。

<三章-1>**雝（yōng）雝鳴雁，旭日始旦。**

【毛傳】雝（yōng）雝，雁聲和也。納采用雁。旭日始出，謂大昕（xī）之時。

【鄭箋】雁者隨陽而處，似婦人從夫，故昏禮用焉。自納采至請期用昕（xī），親迎用昏。

【樂道主人】昕，《説文》：旦明，日將出也。

【孔疏】傳"雝雝"至"之時"。

◇◇雁生執之以行禮，故言雁聲。《舜典》云"二生"，注云"謂羔、雁也"。言"納采"者，謂始相采擇，舉其始。其實六禮唯納徵用幣，餘皆用雁也。親迎雖用雁，非昕時，則此雁不兼親迎。前經謂納采，下經謂親迎，總終始，其餘可知也。

◇◇旭者，明著之名，故爲爲日出。昕者，明也，日未出已名爲昕矣，至日出益明，故言大昕也。《禮記》注"大昕謂朔日"者，以言大昕之朝，奉種浴於川。若非朔日，恒日出皆可，無爲特言大昕之朝，故知朔日與此不同。

【孔疏】箋"雁者"至"用昏"。

◇◇此皆陰陽并言。《禹貢》注云："陽鳥，鴻雁之屬，隨陽氣南北。"不言陰者，以其彭蠡之澤近南恒暖，鴻雁之屬避寒隨陽而往居之，故經云"陽鳥攸居"，注釋其名曰陽鳥之意，故不言陰耳。定本云"雁隨陽"，無"陰"字。

◇◇又言"納采至請期用昕，親迎用昏"者，因此旭日用雁，非徒納采而已。唯納徵不用雁，亦用昕。此總言其禮耳。

◇下歸妻謂請期，則鄭於此文不兼親迎日用昕者，君子行禮貴其始。親迎用昏，鄭云取陽往陰來之義。然男女之家，或有遠近，其近者即夜而至於夫家，遠者則宜昏受其女，明發而行，其入蓋亦以昏時也。《儀禮·士昏禮》執燭而往婦家，其夜即至夫氏，蓋同城郭者也。

<三章-3>**士如歸妻，迨（dài）冰未泮（pàn）。**

【毛傳】迨，及。泮，散也。

【鄭箋】歸妻，使之來歸於己，謂請期也。冰未散，正月中以前也，二月可以昏矣。（與毛不同）

【程析】泮，融化。

【孔疏】箋“歸妻”至“昏矣”。

◇◇以冰未散，未二月，非親迎之時，故爲使之來歸於己，謂請期也。以正月尚有魚上負冰，故知冰未散，正月中以前也。所以正月以前請期者，二月可以爲昏故也。

◇◇正月冰未散，而《月令》孟春云“東風解凍”，《出車》云“雨雪載塗”，謂陸地也，其冰必二月乃散，故《溱洧》箋云“仲春之時，冰始散，其水涣涣然”，是也。

【孔疏-章旨】“雝雝”至“未泮”。

○毛以爲，宣公淫亂，不娶夫人，故陳正禮以責之。①言此雝雝然聲和之鳴雁，當於旭然日始旦之時，以行納采之禮。既行納采之等禮成，又須及時迎之。

②言士如使妻來歸於己，當及冰之未散，正月以前迎之。君何故不用正禮，及時而娶，乃烝父妾乎？

○鄭唯下二句及冰未散請期爲異。

<四章-1>**招招舟子，人涉卬（ánɡ）否。**

【毛傳】招招，號召之貌。舟子，舟人，主濟渡者。卬，我也。

【鄭箋】舟人之子，號召當渡者，猶媒人之會男女無夫家者，使之爲妃匹。人皆從之而渡，我獨否。

【程析】招招，招手貌。

【孔疏】傳“招招，號召之貌”。◇◇號召必手招之，故云“之貌”。是以王逸云“以手曰招，以口曰召”，是也。

<四章-3>**人涉卬否，卬須我友。**

【毛傳】人皆涉，我友未至，我獨待之而不涉。以言室家之道，非得所適，貞女不行；非得禮義，昏姻不成。

【程析】須，等待。

【孔疏-章旨】“招招”至“我友”。

①言招招然號召當渡者，是舟人之子。人見號召，皆從渡，而我獨否。

②所以人皆涉，我獨否者，由我待我友，我友未至，故不渡耳。

◇◇以興招招然欲會合當嫁者，是爲媒之人。女見會合，餘皆從嫁，而我貞女獨否者，由我待我匹，我匹未得，故不嫁耳。此則非得所適，貞女不行；非得禮義，昏姻不成耳。夫人何以不由禮而與公淫乎？

《匏有苦葉》四章，章四句。

谷風 【邶風十】

習（sà）習谷風，以陰以雨。黽（mǐn）勉同心，不宜有怒。采葑（fēng）采菲，無以下體。德音莫違（wéi），及爾同死。

行（háng/xíng）道遲遲，中心有違。不遠伊邇，薄送我畿。誰謂荼（tú）苦，其甘如薺（jì）。宴爾新昏，如兄如弟。

涇以渭濁，湜（shí）湜其沚（zhǐ）。宴爾新昏，不我屑以。毋逝我梁，毋發我笱（gǒu）。我躬不閱，遑（huáng）恤（xù）我後。

就其深矣，方之舟之。就其淺矣，泳之游之。何有何亡（wú），黽（mǐn）勉求之。凡民有喪（sāng），匍匐救之。

不我能慉（xù），反以我爲讎。既阻我德，賈（gǔ）用不售。昔育恐育鞫（jū），及爾顛覆。既生既育，比予于毒。

我有旨蓄，亦以御冬。宴爾新昏，以我御窮。有洸（guāng）有潰，既詒（yí）我肄（yì）。不念昔者，伊余來塈（xì）！

《谷風》六章，章八句。

【毛序】《谷風》，刺夫婦失道也。衛人化其上，淫於新昏而弃其舊室，夫婦離絶，國俗傷敗焉。

【鄭箋】新昏者，新所與爲昏禮。

【詩三家】魯詩與毛意同。

【詩集傳】婦人爲夫所弃，故作引詩，以叙其悲怨之情。

【詩經原始】逐臣自傷也。

【孔疏】“《谷風》”至“敗焉”。

◇◇作《谷風》詩者，刺夫婦失其相與之道，以至於離絶。言衛人由化效其上，故淫於新昏，而弃其舊室，是夫婦離絶，致令國俗傷敗焉。

◇◇此指刺夫接其婦不以禮，是夫婦失道，非謂夫婦并刺也。其婦既與夫絶，乃陳夫之弃已，見遇非道，淫於新昏之事。六章皆是。

<一章-1>**習（sà）習谷風，以陰以雨。**

【毛傳】興也。習習，和舒貌。東風謂之谷風。陰陽和而谷風至，夫婦和則室家成，室家成而繼嗣生。

【程析】習習，連綿不斷的大風聲。以，爲，是。

【孔疏】傳“東風”至“嗣生”。

◇◇“東風謂之谷風”，《釋天》文也。孫炎曰：“谷之言穀，穀，生也。谷風者，生長之風。”

◇◇陰陽不和，即風雨無節，故陰陽和乃谷風至。此喻夫婦，故取於生物。《小雅·谷風》以喻朋友，故直云“潤澤行，恩愛成”而已。

<一章-3>**黽（mǐn）勉同心，不宜有怒。**

【毛傳】言黽勉者，思與君子同心也。

【鄭箋】所以黽勉者，以爲見譴怒者，非夫婦之宜。

【程析】黽勉，努力，勉力。

<一章-5>**采葑采菲，無以下體。**

【毛傳】葑，須也。菲，芴（wù）也。下體，根莖也。

【鄭箋】此二菜者，蔓菁與葍（fú）之類也，皆上下可食。然而其根有美時，有惡時，采之者不可以根惡時并弃其葉，喻夫婦以禮義合，顔色相親，亦不可以顔色衰，弃其相與之禮。

【程析】葑，又名蔓菁，今名大頭菜。菲，又名萊菜，今名蘿蔔。葑、菲的根和莖菜皆可以食，但根是主要食用部，莖和菜過時即不可以食。這裏以根德美，以莖菜喻色衰。指責她丈夫采食葑菲却不用它的根，以比取妻不取期德，但取其色，色衰即抛弃。

【孔疏】傳“葑，須。菲，芴”。箋“此二菜”至“之類”。

◇◇《釋草》云：“須，葑蓯。”孫炎曰：“須，一名葑蓯。”《坊記》注云：“葑，蔓菁也，陳、宋之間謂之葑。”陸機云：“葑，蕪菁，幽州人或謂之芥。”《方言》云：“蘴蕘，蕪菁也，陳、楚謂之蘴，齊、魯謂之蕘，關西謂之蕪菁，趙魏之郊謂之大芥。”蘴與葑（fēng）字雖异，音實同，即葑也，須也，蕪菁也，蔓菁也，葑蓯也，蕘也，芥也，七者一物也。

◇◇《釋草》又云：“菲，芴也。”郭璞曰：“土瓜也。”孫炎曰：

“葍類也。”《釋草》又云：“菲，莨菜。”郭璞曰：“菲草，生下濕地，似蕪菁，華紫赤色，可食。”陸機云：“菲似葍，莖粗葉厚而長有毛，三月中烝鬻爲茹，滑美可作羹。幽州人謂之芴，《爾雅》謂之莨菜，今河内人謂之宿菜。”

◇《爾雅》“菲芴”與“莨菜”异釋，郭注似是别草。如陸機之言，又是一物。某氏注《爾雅》二處，引此詩即菲也，芴也，莨菜也，土瓜也，宿菜也，五者一物也。其狀似葍而非葍，故云“葍類也。”箋云“此二菜者，蔓菁與葍之類”者，蔓菁謂葑也，葍類謂菲也。

【孔疏】箋“皆上下”至“之禮”。◇◇《坊記》引此詩證君子不盡利於人，故注云“無以其根美則并取之”，與此异也。

<一章-7>**德音莫違（wéi），及爾同死。**

【鄭箋】莫，無。及，與也。夫婦之言，無相違者，則可與女（rǔ）長相與處至死。顔色斯須之有。

【程析】德音，本意是聲譽，此處指其丈夫對其説過的好話。

【孔疏-章旨】“習習”至“同死”。

①習習然和舒之谷風，以陰以雨而潤澤行，百物生矣，以興夫婦和而室家成，即繼嗣生矣。言己黽勉然勉力思與君子同心，以爲大婦之道不宜有譴怒故也。

②言采葑菲之菜者，無以下體根莖之惡，并弃其葉，以興爲室家之法，無以其妻顔色之衰，并弃其德。何者？

③夫婦之法，要道德之音無相違，即可與爾君子俱至於死，何必顔色斯須之有乎？我之君子，何故以顔色衰而弃我乎？

<二章-1>**行（háng/xíng）道遲遲，中心有違。**

【毛傳】遲遲，舒行貌。違，離也。

【鄭箋】違，徘徊也（與毛不同）。行（xíng）於道路之人，至將於别，尚舒行，其心徘徊然，喻君子於已不能如也。

<二章-3>**不遠伊邇，薄送我畿。**

【毛傳】畿，門内也。

【鄭箋】邇，近也。言君子與已訣别，不能遠，維近耳，送我裁於門内，無恩之甚。

【程析】伊，是。

【孔疏】傳“畿，門内”。◇◇以言畿者，期限之名，故《周禮》九畿及王畿千里皆期限之義，故《楚茨傳》曰：“畿，期也。”經云“不遠”，言至有限之處，故知是門内。

<二章-5>**誰謂荼（tú）苦，其甘如薺（jì）。**

【毛傳】荼，苦菜也。

【鄭箋】荼誠苦矣，而君子於已之苦毒又甚於荼，比方之，荼則甘如薺。

【程析】薺，甜味的菜。

<二章-7>**宴爾新昏，如兄如弟。**

【毛傳】宴，安也。

【樂道主人】【孔疏】君子苦已（但）猶得新昏，故又言安愛汝之新昏，其恩如兄弟也。以夫婦坐圖可否，有兄弟之道，故以兄弟言之。

【孔疏-章旨】“行道”至“如弟”。

○毛以爲①，婦人既已被弃，追怨見薄，言相與行於道路之人，至將離別，尚遲遲舒行，心中猶有乖離之志，不忍即別，况已與君子猶是夫婦，

②今弃已訣別之時，送我不遠，維近耳，薄送我於門内而已，是恩意不如行路之人也。

③又説遇已之苦，言人誰謂荼苦乎，以君子遇我之苦毒比之，荼即其甘如薺。

④君子苦已猶得新昏，故又言安愛汝之新昏，其恩如兄弟也。以夫婦坐圖可否，有兄弟之道，故以兄弟言之。

○鄭唯“有違”爲异，以傳訓爲“離”，無眷戀之狀，於文不足，故以違爲徘徊也。

<三章-1>**涇以渭濁，湜（shí）湜其沚（zhǐ）。**

【毛傳】涇渭相入而清濁异。

【鄭箋】小渚曰沚。涇水以有渭，故見渭濁。湜湜，持正貌。喻君子得新昏，故謂已惡也（與毛不同）。已之持正守初如沚然，不動摇。此絶去所經見，因取以自喻焉。

【陸釋】涇，濁水也。渭，清水也。

【程析】湜湜，水清貌。

【樂道主人】《釋水》云："小洲曰渚。小渚曰沚。小沚曰坻（chí）。"

【孔疏】傳"涇渭"至"濁异"。

◇◇《禹貢》云："涇屬渭汭。"注云："涇水、渭水發源皆幾二千里，然而涇小渭大，屬於渭而入於河。"又引《地理志》云："涇水出今安定涇陽西開頭山，東南至京兆陽陵，行千六百里入渭。"即涇水入渭也。

◇◇此以涇濁喻舊室，以渭清喻新昏，取相入而清濁异，似新舊相并而善惡别，故云"涇渭相入"，不言渭（應爲"涇"）水入涇（應爲"渭"）也。

【孔疏】箋"涇水"至"喻焉"。

◇◇此婦人以涇比已，箋將述婦人之心，故先述涇水之意。涇水言以有渭，故人見渭已濁，猶婦人言以有新昏，故君子見謂已惡也。見渭濁，言人見渭己涇之濁，由與清濁相入故也。定本"涇水以有渭，故見其濁"。

◇《漢書·溝洫志》云："涇水一碩，其泥數斗。"潘岳《西征賦》云"清渭濁涇"是也。

◇◇此已絶去，所經見涇渭之水，因取以自喻也。《鄭志》張逸問："何言絶去？"答曰："衛在東河，涇在西河，故知絶去，不復還意。"以涇不在衛境，作詩宜歌土風，故信絶去。此婦人既絶，至涇而自比已志。邶人爲詩得言者，蓋從送者言其事，故詩人得述其意也。

◇◇禮，臣無境外之交。此詩所述，似是庶人得越國而昏者。《左傳》曰："大夫越境逆女，非禮。"即士以下不禁，故《士昏禮》云："若异邦，則贈丈夫，送者以束錦。"是士得外娶，即庶人得越國娶明矣。

<三章-3>**宴爾新昏，不我屑以。**

【毛傳】屑，絜也。

【鄭箋】以，用也。言君子不復絜用我當室家。

【孔疏】傳"屑，絜"。◇◇絜者，飾也。謂不絜飾而用已也。

<三章-5>**毋逝我梁，毋發我笱**（gǒu）。

【毛傳】逝，之也。梁，魚梁。笱，所以捕魚也。

【鄭箋】毋者，諭禁新昏也。女（rǔ）毋之我家，取我爲室家之道。

【程析】逝，往，去。梁，魚壩，磊石塊兒攔住水流，中空而留缺口，以便捕魚。發，撥的假借字，搞亂。笱，捕魚的竹簍。

【孔疏】傳"梁魚"至"捕魚"。

◇◇此與《小弁》及"敝笱在梁"皆云笱。笱者，捕魚之器，即梁爲魚梁明矣。《何人斯》云："胡逝我梁。"我者，己所自專之辭，即亦爲魚梁也。《有狐》云："在彼淇梁。"傳曰："石絶水曰梁。"《候人》云："維鵜在梁。"傳曰："梁，水中之梁。"《鴛鴦》云："鴛鴦在梁。"箋云："石絶水之梁。"《白華》亦云："有鶖在梁。"又云："鴛鴦在梁。"皆鳥獸所在，非人所往還之處，即皆非橋梁矣，故以"石絶水"解之。

◇◇此石絶水之梁，亦是梁，故《王制》云："獺祭魚，然後虞人入澤梁。"注云："梁，絶水取魚者。"《白華》箋云："鶖也，鶴也，皆以魚爲美食者也。鶖之性貪惡，而今在梁。"《表記》注云："鵜（tí）洿（wū）澤，善居泥水之中，在。"是梁皆魚梁明矣。

◇◇其制，《㪿人》"掌以時㪿爲梁"，鄭司農云："梁，水堰，堰水而爲關空，以笱承其空。"然則梁者爲堰，以鄣水空，中央承之以笱，故云"笱，所以捕魚也"。然則水不絶，云"絶水"者，謂兩邊之堰是絶水，堰則以土，皆雲石者，蓋因山石之處，亦爲梁以取魚也。

◇◇《月令》"孟冬謹關梁"，《大明》云"造舟爲梁"之類，皆謂橋梁，非絶水，故《月令》注云"梁，横橋"，是也。

【孔疏】箋"毋者，喻禁新昏"。◇◇以毋，禁辭，禁人無逝我梁，是喻禁新昏無乃之我家也。故《角弓》箋云："毋，禁辭"。《説文》云："毋，從女，象有奸之者。"禁令勿奸，故毋爲禁辭。

<三章-7>**我躬不閲，遑（huáng）恤（xù）我後。**

【毛傳】閲，容也。

【鄭箋】躬，身。遑，暇。恤，憂也。我身尚不能自容，何暇憂我後所生子孫也。

【程析】遑，哪裏來得及。

【孔疏】箋"我身"至"子孫"。◇◇以此婦人去夫，故知憂所生之子孫也。時未必有孫，言之協句耳。《小弁》云大子身被放逐，明恐身死之後，憂其父更受讒，故文同而義异。

【孔疏-章旨】“涇以”至“我後”。

①婦人既言君子苦已，又本已見薄之由，言涇水以有渭水清，故見涇水濁，以興舊室以有新昏美，故見舊室惡。本涇水雖濁，未有彰見，由涇渭水相入而清濁异，言已顔色雖衰，未至醜惡，由新舊并而善惡别。新昏既駁已爲惡，君子益憎惡於已。已雖爲君子所惡，尚湜湜然持正守初，其狀如沚然，不動摇，可用爲室家矣。

②君子何爲安樂汝之新昏，則不復絜飾用我，已不被絜用事，由新昏，故本而禁之。

③言人無之我魚梁，無發我魚笱，以之人梁，發人笱，當有盗魚之罪，以興禁新昏，汝無之我夫家，無取我婦事。以之我夫家，取我婦事，必有盗寵之過。然雖禁新昏，夫卒惡已，至於見出。心念所生，已去必困。

④又追傷遇已之薄，即自訣：言我身尚不能自容，何暇憂我後所生之子孫乎？母子至親，當相憂念，言已無暇，所以自怨痛之極也。

<四章-1>**就其深矣，方之舟之。就其淺矣，泳之游之。**

【毛傳】舟，船也。

【鄭箋】方，泭也。潛行爲泳。言深淺者，喻君子之家事無難易，吾皆爲之。

【程析】方，筏子。泭，同“桴”，。

【詩集傳】游，浮水爲游。

【孔疏】傳“舟，船”。◇◇舟者，古名也，今名船。《易》曰：“利涉大川，乘木舟虚。”注云：“舟謂集板，如今船。空大木爲之，曰虚，即古又名曰虚，總名皆曰舟。”

<四章-5>**何有何亡（wú），黽（mǐn）勉求之。**

【毛傳】有謂富也，亡謂貧也。

【鄭箋】君子何所有乎？何所亡乎？吾其黽勉勤力爲求之，有求多，亡求有（與毛不同）。

【程析】黽，勉力。

【孔疏】傳“有謂富，亡謂貧”。◇◇以有謂有財，故云富。亡謂無財，故曰貧。言不問貧富，皆勉力求之。

【孔疏】箋“有求多，亡求有”。◇◇以有無，謂於一物之上有此物無此物，故言“有求多，亡求有”也。以求財業，宜於一事爲有亡，故易傳。

<四章-7>**凡民有喪（sāng），匍匐救之。**

【鄭箋】匍匐，言盡力也。凡於民有凶禍之事，鄰里尚盡力往救之，況我於君子家之事難易乎，固當黽勉。以疏喻親也。

【程析】匍匐，本義是手足伏地爬行。《説文》：匍，手行也，匐，伏地也。

【孔疏】箋“匍匐，言盡力”。

◇◇以其救恤凶禍，故知宜爲盡力。

◇◇《生民》云“誕實匍匐”，謂后稷之生爲小兒匍匐，與此不同也。《問喪》注云：“匍匐猶顛蹷。”然則匍匐者，以本小兒未行之狀，其盡力顛蹶似之，故取名焉。

◇◇凡於民有凶禍之事，鄰里尚盡力往救之謂營護凶事，若有賵（fèng，古時指用財物幫助人辦喪事）贈也。

【孔疏-章旨】“就其”至“救之”。

○毛以爲，①婦人既怨君子弃己，反追説己本勤勞之事，如人之渡水，若就其深矣，則方之舟之；若就其淺矣，則泳之游之，隨水深淺，期於必渡。以興已於君子之家事，若值其難也，則勤之勞之；若值其易也，即優之游之，隨事難易，期於必成。

②匪直於君子之家事無難易，又於君子之家財業，何所富有乎？何所貧無乎？不問貧富，吾皆勉力求之。

③所以君子家事已皆勉力者，以其凡民於有喪禍之事，其鄰里尚盡力以救之。鄰里之疏猶能如是，況我於君子家事難易，何得避之？故已所以盡力也。而君子弃已，故怨之。

○鄭唯“何有何亡”爲小异。

<五章-1>**不我能慉（xù），反以我爲讎。**

【毛傳】慉，養也。

【鄭箋】慉，驕也。君子不能以恩驕樂我，反憎惡我。

【孔疏】傳“慉，養”。箋“慉，驕”至“惡我”。

◇◇遍檢諸本，皆云“慉，養”。孫毓引傳雲：“慉，興。”非也。《爾雅》不訓慉爲驕，由養之以至於驕，故箋訓爲驕。

◇◇驕者，至恩之辭。讎者，至怨之稱。君子遇已至薄，怨切至痛，故舉至愛以駁（jiāo，驕）至惡。

<五章-3>**既阻我德，賈（gǔ）用不售。**

【毛傳】阻，難云。

【鄭箋】既難却我，隱蔽我之善，我脩婦道而事之，覬（jì）其察已，猶見疏外，如賣物之不售。

【程析】賈，賣。用，貨物。賈用不售，我的好意對你竟像賣不出去的貨物一樣。

【樂道主人】覬，《廣韵》：覬覦（yú），希望也。

<五章-5>**昔育恐育鞫（jū），及爾顛覆。**

【毛傳】育，長。鞫，窮也。

【鄭箋】"昔育"，育，稚也。及，與也。昔幼稚之時，恐至長老窮匱，故與女（rǔ）顛覆盡力於衆事，難易無所辟（bì）。

【孔疏】箋"昔育"至"所辟"。

◇◇以"育"得兩説，故《釋言》爲"稚"，《釋詁》爲"長"，以經有二"育"，故辨之云："昔育"者，"育，稚也"。

◇◇以下云"既生"謂"財業"，又以黽勉、匍匐類之，故"顛覆"爲盡力。若《黍離》云"閔周室之顛覆"，《抑》云"顛覆厥德"，各隨其義，不與此同。

<五章-7>**既生既育，比予于毒。**

【鄭箋】生謂財業也。育謂長老也。于，於也。既有財業矣，又既長老矣，其視我如毒螫（shì）。言惡已甚也。

【孔疏】箋"生謂財業"。◇◇以上云昔年稚恐窮，以生對窮，故爲財業，以財由人而生之，故《大學》曰"生財有大道，生之者衆，食之者寡"，是也。

【樂道主人】孔疏：今日既生有財業矣，又既長老矣，汝何爲視我如蟲之毒螫乎？言惡已至甚。

【孔疏-章旨】"不我"至"于毒"。

○毛以爲，婦人云，①君子假不能以善道養我，何故反以我爲讎乎？

②既不被恩遇，又爲善不報，故言既難却我，而隱蔽我之善德。謂先有善德，已被隱蔽矣。今我更修婦道以事之，覬其察已，而猶見疏外，似

賣物之不售。

③又追説己本勤勞以責之，言我昔日幼稚之時，恐至長而困窮，故我與汝顛覆盡力於家事，難易無所避。

④今日既生有財業矣，又既長老矣，汝何爲視我如蟲之毒螫乎？言惡己至甚。“不我能慉”，當倒之云“不能慉我”。

○鄭唯“不我能慉”爲异。

<六章-1>**我有旨蓄，亦以御冬。**

【毛傳】旨，美。御，御也。

【鄭箋】蓄聚美菜者，以御冬月乏無時也。

【程析】蓄，鹽（yān）的乾菜。

<六章-3>**宴爾新昏，以我御窮。**

【鄭箋】君子亦但以我御窮苦之時，至於富貴，則弃我如旨蓄。

【孔疏】箋“君子”至“旨蓄”。

◇◇上經與此互相見，以舊至比旨蓄，新昏以比新菜。此云“宴爾新昏”，則上宜云“得爾新菜”，上言“我有旨蓄”，此宜云“爾有舊室”。得新菜而弃旨蓄，猶得新昏而弃己。

◇◇又言己爲之生有財業，故云“至於富貴”也。己言爲致富耳，言貴者，協句也。

<六章-5>**有洸**（guāng）**有潰，既詒**（yí）**我肄**（yì）**。**

【毛傳】洸洸，武也。潰潰，怒也。肄，勞也。

【鄭箋】詒，遺也。君子洸洸然，潰潰然，無溫潤之色，而盡遺我以勞苦之事，欲窮困我。

【程析】有洸有潰，本意爲水激流貌。此處借用方形容發怒而動武貌。

【孔疏】傳“肄，勞”。◇◇《釋詁》文。《爾雅》或作“勩”，孫炎曰：“習事之勞也。”

<六章-7>**不念昔者，伊余來塈**（xì）**！**

【毛傳】塈，息也。

【鄭箋】君子忘舊，不念往昔，年稚我始來之時安息我。

【程析】伊，惟。余，語助詞。伊余來塈，猶言維予是愛。

【孔疏-章旨】“我有”至“來塈”。

①婦人怨其惡己，得新昏而見弃，故稱人言我有美菜，蓄之亦以御冬

月乏無之時，猶君子安樂汝之新昏，本亦但以我御窮苦之時而已。

②然窮苦取我，至於富貴而見弃，似冬月蓄菜，至於春夏則見遺也。

③君子既欲弃已，故有洸洸然威武之容，有潰潰然恚怒之色，於我又盡道我以勞苦之事，

④不復念昔者我幼稚始來之時安息我也。由無恩如此，所以見出，故追而怨之。

◇◇“亦以御冬”，言“亦”者，因亦己之御窮。伊，辭也。

《谷風》六章，章八句。

式 微 【邶風十一】

式微式微，胡不歸？微君之故，胡爲乎中露？

式微式微，胡不歸？微君之躳，胡爲乎泥中？

《式微》二章，章四句。

【毛序】《式微》，黎侯寓於衛，其臣勸以歸也。

【鄭箋】寓，寄也。黎侯爲狄人所逐，弃其國而寄於衛。衛處之以二邑，因安之，可以歸而不歸，故其臣勸之。

【樂道主人】此篇以下篇《旄丘》，皆言衛已不能承擔方伯之職也。此篇刺衛君，下篇主刺衛臣。

【孔疏】“《式微》”至“勸以歸”。◇◇此經二章，皆臣勸以歸之辭。此及《旄丘》皆陳黎臣之辭，而在《邶風》者，蓋邶人述其意而作，亦所以刺衛君也。

【孔疏】箋“黎侯”至“勸之”。

◇◇以《旄丘》之叙，故知爲狄人所逐。以經云“中露”“泥中”，知處之以二邑。勸之云“胡不歸”，知可以歸而不歸。

◇◇此被狄所逐，而云寄者，若《春秋》出奔之君，所在亦曰寄，故《左傳》曰“齊以郲寄衛侯”是也。《喪服傳》曰：“寄公者何？失地之君也。”謂削地盡者，與此别。

<一章-1>**式微式微，胡不歸？**

【毛傳】式，用也。

【鄭箋】“式微式微”者，微乎微者也。君何不歸乎？禁君留止於此之辭。式，發聲也（與毛不同）。

【程析】微，幽暗。

【孔疏】傳“式，用”。

◇◇《釋言》文。《左傳》曰：“榮成伯賦《式微》。”服虔云：“言君用中國之道微。”亦以“式”爲“用”。此勸君歸國，以爲君用中國之道微，未若君用在此微爲密也。

【孔疏】箋“式微”至“發聲”。◇◇“式微式微者，微乎微者也”，《釋訓》文。郭璞曰：“言至微也。以君被逐既微，又見卑賤，是至微也。”不取“式”爲義，故云“發聲也”。

<一章-3>**微君之故，胡爲乎中露？**

【毛傳】微，無也。中露，衛邑也。

【鄭箋】我若無君，何爲處此乎？臣又極諫之辭。

【毛詩通釋】“中露”疑爲“中路”。

【程析】微，非，要不是。

【孔疏】傳“中露，衛邑”。◇◇以寄於衛所處之下，又責其不來迎我君，明非衛都，故知中露、泥中皆衛邑也。

【孔疏】箋“我若”至“之辭”。◇◇主憂臣勞，主辱臣死，固當不憚淹恤。今言我若無君，何爲處此？自言己勞，以勸君歸，是極諫之辭。

【孔疏-章旨】“式微”至“中露”。

○毛以爲，①黎之臣子責君久居於衛，言君用在此而益微。用此而益微，君何不歸乎？②我等若無君在此之故，何爲久處於此中露？

鄭以式爲發聲，言微乎微者，言君今在此皆甚至微，君何不歸乎？餘同。

<二章-1>**式微式微，胡不歸？**

<二章-3>**微君之躬，胡爲乎泥中？**

【毛傳】泥中，衛邑也。

【毛詩通釋】“泥”與“禰”（《邶風·泉水》“出宿于禰”）蓋同地也。

【程析】躬，身體。

《式微》二章，章四句。

旄　丘 【邶風十二】

旄（máo）丘之葛（gé）兮，何誕之節兮？叔兮伯兮，何多日也？

何其處（chǔ）也？必有與也。何其久也？必有以也。

狐裘蒙戎，匪（bǐ）車不東。叔兮伯兮，靡（mǐ）所與同。

瑣兮尾（wēi）兮，流離之子。叔兮伯兮，褎（yòu）如充耳。

《旄丘》四章，章四句。

【毛序】責衛伯也。狄人迫逐黎侯，黎侯寓於衛。衛不能脩方伯連率之職，黎之臣子以責於衛也。

【鄭箋】衛康叔之封爵稱侯，今曰伯者，時爲州伯也。周之制，使伯佐牧。《春秋傳》曰五侯九伯，侯爲牧也。

【樂道主人】此篇與上篇《式微》，皆言衛已不能承擔方伯之職也。上篇刺衛君，此篇主刺衛臣，此爲鄭説。

【孔疏】“《旄丘》”至“於衛”。

◇◇作《旄丘》詩者，責衛伯也。所以責之者，以狄人迫逐黎侯，故黎侯出奔來寄於衛。以衛爲州伯，當脩連率之職以救於己，故奔之。今衛侯不能脩方伯連率之職，不救於己，故黎侯之臣子以此言責衛，而作此詩也。

◇◇狄者，北夷之號，此不斥其國。宣十五年《左傳》伯宗數赤狄路氏之罪云：“奪黎氏地，三也。”服虔曰：“黎侯之國。”

◇此詩之作，責衛宣公。以魯桓二年卒，至魯宣十五年，百有餘歲，即此時，雖爲狄所逐，後更復其國，至宣公之世，乃赤狄奪其地耳，與此不同。彼奪地是赤狄，此唯言狄人迫逐，不必是赤狄也。

◇◇言方伯連率者，《王制》云：“五國以爲屬，屬有長。十國以爲連，連有帥。三十國以爲卒，卒有正。二百一十國以爲州，州有伯。”注云：“凡長皆因賢侯爲之。殷之州長曰伯，虞夏及周皆曰牧。”

◇又曰："千里之外設方伯。"《公羊傳》曰："上無明天子，下無賢方伯。"方伯皆謂州長，則此方伯亦州長矣。周謂之牧，而云方伯者，以一州之中爲長，故云方伯。若牧下二伯，不得云方伯也。

◇連率者，即"十國以爲連，連有帥"，是也。不言屬、卒者，舉其中也。《王制》雖殷法，周諸侯之數與殷同，明亦十國爲連。此詩周事，有連率之文。《左傳》曰："晋侯享公，公請屬鄫。"是周亦有連、屬。

◇◇此宣公爲二伯，非方伯，又非連率，而責不能脩之者，以連帥屬方伯。若諸侯有被侵伐者，使其連屬救之。宣公爲州伯，佐方伯，今黎侯來奔之，不使連率救己，是不能脩方伯連率之職也。此叙其責衛伯之由，經皆責衛之喎也。

◇經言叔、伯，則責衛臣矣。言責衛伯者，以衛爲方伯，故責其諸臣之廢事，由君之不使，亦是責衛伯也。

【孔疏】箋"衛康"至"爲牧"。

◇◇此解言衛伯之意，故云"衛康叔之封爵稱侯，今曰伯者，時爲州伯也。周之制，使伯佐牧"，牧是州牧，伯佐之，是州伯也。知者，以《春秋傳》曰"五侯九伯"，是侯爲牧，伯佐之也。

◇◇宣公爲侯爵，見於《春秋》，明矣。今而本之康叔者，以諸侯之爵，皆因始封之君，故本康叔也。《顧命》云"乃同召太保奭、畢公、衛侯"，是爵稱侯也。◇◇案《世家》自康叔至貞伯不稱侯，頃侯賂夷王始爲侯。又平王命武公爲公，不恒以康叔言康叔之封者，以康叔之後，自爲時王所黜（chù）。頃侯因康叔本侯，故賂夷王而複之。命武公爲公，謂爲三公，爵仍侯也。

◇◇此云責衛伯，何以知宣公非州牧爲方伯，而以爲牧下二伯者，以周之州長曰牧，以長一方言之，得謂之方伯，未有謂之州伯者。此若是牧，當言責衛牧，今言責衛伯，明非牧也，故知爲二伯。

◇◇言"周之制，使伯佐牧"者，以《左傳》所論周世之事，前代必不然，知指言周也。此方伯連率皆是諸侯之身相爲長耳。

◇◇《王制》云："使大夫監於方伯之國，國三人。"注云："使佐方伯領諸侯者。"謂天子命人爲方伯，國内大夫監之，非此牧伯之類。《王制》雖是殷法，於周亦當然，故《燕禮》注云："言諸公者，容牧有三監。"是鄭言周之牧國亦有三監也。

◇一解云："蓋牧國在先王之墟有舊法者，聖王因而不改。周之牧國則無三監矣。"《太宰職》云："建其牧，立其監。"注云："監謂公侯伯子男各監一國。"又非牧下三監也。

◇◇所引"《春秋》傳曰"，僖四年管仲對楚辭也。曰："昔召康公命我先君太公，五侯九伯，汝實征之，以夾輔周室。"服虔云："五侯、公、侯、伯、子、男。九伯，九州之長。"太公爲王官之伯，掌司馬職，以九伐之法征討邦國，故得征之。

◇鄭不然者，以司馬征伐，由王命乃行，不得云"汝實征之"。且"夾輔"者，左右之辭也，故因漢張逸受《春秋异讀》。鄭云："五侯，侯爲州牧也。九伯，伯爲州伯也。一州一牧，二伯佐之。"太公爲王官之伯，二人共分陝而治。自陝以東，當四侯半，一侯不可分，故言五侯。九伯則九人。若主五等諸侯，九州之伯是天子何异，何云夾輔之有也？

◇知侯爲牧伯者，《周禮》上公九命作伯，則東西大伯，上公爲之。八命作牧，非上公也，公下唯侯耳。且傳當言五牧，而云五侯，明牧於外曰侯，是牧本侯爵，故《曲禮下》云："九州之長，入天子之國曰牧，於外曰侯。"是牧本侯爵也。侯既爲牧，其佐自然伯矣。

◇◇此衛侯爵而爲伯者，《鄭志》答張逸云："實當用伯，而侯德適任之，何嫌不可命人位以德，古亦然也。"以此言，則宣公德適任伯，故爲伯。《下泉序》云："思明王賢伯。"經云："四國有王，郇伯勞之。"傳曰："郇伯，郇侯。"箋云："文王之子爲州伯。"則郇侯侯爵，而有賢德，亦爲伯者。蓋其時多賢，故郇侯亦爲伯。爲伯，言其正法耳。

◇◇亦有侯爲伯，伯爲牧者，故《周禮》"八命作牧"，注云："謂侯伯有功德者，加命得專征伐。"謂侯與伯皆得爲牧也。是以《雜問志》云："五侯九伯，選州中諸侯以爲牧，以二伯爲之佐。"此正法也。若一州之中無賢侯，選伯之賢者以爲牧，是也。

表 6　天子諸侯的管制秩序（一）

名	職責
天子	天下
伯	分東西大伯，周王直屬，下轄牧
牧	九州之長，下轄伯
伯	周邊諸侯之伯約長，州長助理
諸侯	清侯国

<一章-1>旄（máo）丘之葛（gé）兮，何誕之節兮？

【毛傳】興也。前高後下曰旄丘。諸侯以國相連屬，憂患相及，如葛之蔓延相連及也。誕，闊也。

【鄭箋】土氣緩則葛生闊節。興者，喻此時衛伯不恤其職，故其臣於君事亦疏廢也（與毛不同）。

【孔疏】傳“前高”至“誕闊”。

◇◇《釋丘》云：“前高旄丘。”李巡云：“謂前高後卑下。”以前高後必卑下，故傳亦言後下。傳以序云“責衛不脩方伯連率之職”，故以旄丘之葛闊節，延蔓相及，猶諸侯之國連屬，憂患相及，所以爲喻也。

◇◇又解言誕節者，誕，闊也，謂葛節之間長闊，故得异葛延蔓而相連也。

【孔疏】箋“土氣”至“疏廢”。

◇◇箋以自此而下皆責諸臣。將由疏廢而責之，故以此土氣和緩，生物能殖，故葛生闊節，以喻君政解緩，不恤其職，故臣亦疏廢。君不恤職，臣廢其事，是不能脩方伯連率之職也。

◇◇凡興者，取一邊相似耳，不須以美地喻惡君爲難也。

<一章-3>叔兮伯兮，何多日也？

【毛傳】日月以逝而不我憂。

【鄭箋】叔、伯，字也。呼衛之諸臣，叔與伯與，女（rǔ）期迎我君而復之。可來而不來，女日數何其多也？先叔後伯，臣之命不以齒（與毛不同）。

【孔疏】傳“日月”至“我憂”。◇◇傳以黎臣責衛，稱己來之久，言日月以往矣，而衛之諸臣不憂我，故責之云，何多日而不憂我？

【孔疏】箋“叔伯”至“以齒”。

◇◇鄭以呼爲叔伯，是責諸臣之辭。以黎侯奔衛，必至即求復矣。衛且處之二邑，許將迎而復之，卒違其言，故責衛之諸臣，汝期來迎我君而復之，可來而不來，汝之日數何其多也？

◇◇臣之爵命，自有高下，不以年齒長幼定尊卑也，故先叔後伯。

【孔疏】“旄丘”至“多日也”。

○毛以爲，①言旄丘之葛兮，何爲闊之節兮，以當蔓延相及，以興方伯之國兮，何爲使之連屬兮，亦當憂患相及。令衛伯何爲不使連屬救己而同其憂患乎？

②又責其諸臣久不憂己，言叔兮伯兮，我處衛邑已久，汝當早迎我而復之，何故多日而不憂我哉！

○鄭以爲，①言旄丘之葛兮，何由誕之節兮？由旄丘之土，其氣和緩，故其葛之生長皆闊節，以興衛伯之臣兮，何由廢其事兮？由衛伯不恤其職，故其臣於君事亦疏廢。

②臣既廢事，故責之云：叔兮伯兮，汝所期來迎我君而複之。可來而不來，何其多日數也？

<二章-1>**何其處（chǔ）也？必有與也。**

【毛傳】言與仁義也。

【鄭箋】我君何以處於此乎？必以衛有仁義之道故也。責衛今不行仁義。

【詩三家】處，居。

【程析】與，同伙，同盟。

<二章-3>**何其久也？必有以也。**

【毛傳】必以有功德。

【鄭箋】我君何以久留於此乎？必以衛有功德故也。又責衛今不務功德也。

【程析】以，原因。

【孔疏】傳“言與仁義”，又曰“必以有功德”。

◇◇此言“必有”，與下言“必有”，以二者別設其文，故分爲仁義與功德。

◇言仁義者，謂迎已複國，是有仁恩，且爲義事。已得復國，由衛之功，是衛之德，則仁義功德一也。據其心爲仁義，據其事爲功德，心先發而事後見，故先言仁義，後言功德也。

◇◇言“與”、言“以”者，互文。“以者”，自已於彼之辭。“與”者，從彼於我之稱。已望彼以事與已，唯仁義功德耳，故傳此“言與仁義”，不云“必”，由與自彼來。下云“必以有功德”，是自已情，故云“必”也。

【孔疏】“何其”至“有以也”。◇◇黎之臣子既責衛之諸臣，故又本已之情而責之。①言我何其久處於此也？必以衛有仁義之道與！②我何其久留於此也？必以衛有功德與我故也。汝今何爲不行仁義，不務功德，而迎我復之乎？

<三章-1>**狐裘蒙戎，匪（bǐ）車不東。**

【毛傳】大夫狐蒼裘，蒙戎以言亂也。不東，言不來東也。

【鄭箋】刺衛諸臣形貌蒙戎然，但爲昏亂之行。女（rǔ）非有戎車乎，何不來東迎我君而復之？黎國在衛西，今所寓在衛東。

【樂道主人】匪（bǐ），彼。

【孔疏】傳"大夫"至"來東"。

◇◇以責衛諸臣，不當及士，故傳云"大夫"也。

◇◇《玉藻》云："君子狐青裘豹褎。"青、蒼色同，與此一也。大夫息民之服，有黃衣狐裘。又狐貉（hé，哺乳動物；毛棕灰色；栖息在山林中；是一種重要的毛皮獸）之厚以居，在家之服。傳以此刺其徒服其服，明非蜡祭與在家之服，知爲狐蒼裘也。

◇蒼裘所施，禮無明文，唯《玉藻》注云："蓋玄衣之裘。"禮無玄衣之名，鄭見"玄綃衣以裼（xī）之"，因言"蓋玄衣之裘"，兼無明説，蓋大夫士玄端之裘也。

◇大夫士玄端裳雖异也，皆玄裘象衣色，故皆用狐青，是以《玉藻》注云："君子大夫士衣。"此傳亦云大夫，當是大夫玄端之裘也。

◇◇以蒙戎者，亂之貌，故云"蒙戎以言亂也"。《左傳》曰："士蔿賦詩云：'狐裘蒙戎。'"杜預云："蒙戎，亂貌。"以此傳爲説。

◇◇不東者，言不來東迎我也，故箋申之，云"黎國在衛西，今所寓在衛東"者，杜預云："黎，侯國。上党壺關縣有黎亭。"是在衛之西也。

表 7　大夫的裘

名	特徵	使用場所
羔裘	狐青裘豹玄褎衣以裼之。褎，用豹皮緣飾的衣袖。裼，孔疏：裘上加裼衣，裼衣雖加，他服猶開，露裼衣見裼之美，以爲敬也。◇古代加在裘上面的無袖衣	居於朝廷
狐貉	貉之厚	在家之服
黃衣狐裘		蜡祭

<三章-3>**叔兮伯兮，靡（mǐ）所與同。**

【毛傳】無救患恤同也。

【鄭箋】衛之諸臣行如是，不與諸伯之臣同，言其非之特甚（與毛不同）。

【樂道主人】與同，指與其他伯屬下的大臣們相同。諸伯，其他伯長。

【孔疏】“狐裘”至“與同”。

○毛以爲，①黎之臣子責衛諸臣服此狐裘，其形貌蒙戎然，但爲昏亂之行，而不務行仁義也。豈非有戎車乎，何爲不來東迎我君而復之乎？

②言實有戎車，不肯迎已，故又責之，言叔兮伯兮，爾無救患恤同之心迎我也。

○鄭唯下二句爲异。

<四章-1>**瑣兮尾（wěi）兮，流離之子。**

【毛傳】瑣尾，少好之貌。流離，鳥也，少好長醜，始而愉樂，終以微弱。

【鄭箋】衛之諸臣，初有小善，終無成功，似流離也。

【樂道主人】流離，梟（xiāo）也，貓頭鷹。此句似爲衛國後被狄幾乎滅國埋下了伏筆。

【孔疏】傳“瑣尾”至“微弱”。

◇◇瑣者，小貌。尾者，好貌。故并言小好之貌。《釋訓》云：“瑣瑣，小也。”《釋鳥》云：“鳥少美長醜，爲鶹（liú）鷅（lì）。”陸機云：“流離，梟也。自關西謂梟爲流離，其子適長大，還食（sì）其母。”故張奐云“鶹鷅食母”，許慎云“梟，不孝鳥”，是也。流與鶹蓋古今之字。《爾雅》“離”或作“栗”。

◇◇傳以上三章皆責衛不納己之辭，故以此章爲黎之臣惡衛之諸臣，言汝等今好而苟且爲樂，不圖納我，爾無德以治國家，終必微弱也。定本“偷樂”作“愉樂”。

<四章-3>**叔兮伯兮，褎（yòu）如充耳。**

【毛傳】褎，盛服也。充耳，盛飾也。大夫褎然有尊盛之服而不能稱也。

【鄭箋】充耳，塞耳也（與毛不同）。言衛之諸臣顔色褎然，如見塞耳無聞知也。人之耳聾，恒多笑而已。

【程析】褎如，即褎然，盛服而驕傲自大貌。充耳，本指一種挂在耳旁的首飾，又有充耳不聞的意思，這裏有雙關的意義。

【樂道主人】褎，本意为衣袖。充耳，古代挂在冠冕兩旁的飾物，下垂及耳，可以塞耳避聽。也叫“瑱（tiàn）”。

【孔疏】“瑣兮”至“充耳”。

○毛以爲，①黎之臣子責衛諸臣，言瑣兮而少，尾兮而好者，乃流離之子也。此流離之子，少而美好，長即醜惡，以興衛之諸臣，始而愉樂，終以微弱。言無德自將，不能常爲樂也。

②故又責之，言叔兮伯兮，汝徒衣褎然之盛服，汝有充耳之盛飾，而無德以稱之也。

○鄭以爲，衛之諸臣，初許迎黎侯而復之，終而不能，故責之。

①言流離之子，少而美好，長即醜惡，以興衛之臣子，初有小善，終無成功。

②言初許迎我，終不能復之，故又疾而言之，叔兮伯兮，汝顏色褎褎然，如似塞其耳無所聞知也。恨其不納己，故深責之。

《旄丘》四章，章四句。

簡　兮 【邶風十三】

簡兮簡兮，方將萬舞。日之方中，在前上處（chǔ）。碩人俁（yǔ）俁，公庭萬舞。

有力如虎，執轡（pèi）如組。左手執籥（yuè），右手秉翟（dí）。赫如渥（wò）赭（zhě），公言錫（cì）爵。

山有榛，隰（xí）有苓（líng）。云誰之思，西方美人。彼美人兮，西方之人兮！

《簡兮》三章，章，六句

【毛序】《簡兮》，刺不用賢也。衛之賢者仕於伶官，皆可以承事王者也。

【鄭箋】伶官，樂官也。伶氏世掌樂官而善焉，故後世多號樂官爲伶官。

【孔疏】“《簡兮》”至“王者”。

◇◇作《簡兮》詩者，刺不能用賢也。衛之賢者仕於之賤職，其德皆可以承事王者，堪爲王臣，故刺之。

◇◇伶官者，樂官之總名。經言“公庭方舞”，即此仕於伶官在舞職者也。

◇◇《周禮》掌舞之官有舞師、籥（yuè）師、旄（máo）人、韎（mèi）師也。《舞師》云“凡野舞，則皆教之”，不教國子。下傳曰“教國子弟”，則非舞師也。

◇籥師掌教國子舞羽吹籥，則不教《萬》舞。經言“公庭萬舞”，則非籥師也。

◇旄人、韎師皆教夷樂，非《萬》舞，又不教國子，且夷狄之樂，諸侯所無，非賢者所得爲也。

◇唯《大司樂》云“以樂教國子”，《樂師》云“以教國子小舞”。其用人則大司樂中大夫二人，樂師下大夫四人、上士八人、下士十有六人。此乃天子之官也。諸侯之禮，亡其官屬，不可得而知。

◇◇《燕禮》注云“樂正于天子爲樂師也”，則諸侯有樂正之屬乎？首章傳曰：“非但在四方，親在宗廟、公庭。”二章傳曰：“祭有畀（bì，予也）煇（yùn，制鼓的工匠）胞翟閽（hūn）寺者，惠下之道。”《禮記》云“翟者，樂吏之賤者也”，則此賢者身在舞位，在賤吏之列，必非樂正也。

◇◇又刺衛不用賢，而箋云“擇人”。擇人則君所置用，又非府史也。若府史，則官長所自辟除，非君所擇也。《祭統》曰：“尸飲九，以散爵獻士。”下言祭之末，乃賜之一爵，又非士也，蓋爲樂正之屬。

◇祭廟、教國子皆在舞位，則爲舞人也，若周官旄人舞者衆寡無數，韎師舞者十有六人之類也。周官司樂、樂師，其下無舞人，此蓋諸侯官而有之。

◇然則此非府史，而言樂吏者，以賤，故以吏言之。故煇胞閽寺悉非府史，皆以吏言之也。

◇◇言“皆可以”者，見不用者非一，或在其餘賤職，故言“皆”也。時周室卑微，非能用賢，而言“可以承事王者”，見碩人德大，堪爲王臣，而衛不用，非要周室所能任也。

◇◇“仕於伶官”，首章是也。二章言“多才多藝”，卒章言“宜爲王臣”，是可以承事王者之事也。

【孔疏】箋“伶官”至“爲伶官”。

◇◇《左傳》鍾儀對晉侯曰：“伶人也。”“使與之琴，操南音。”《周語》曰：“周景王鍾成，伶人告和。”《魯語》云：“伶蕭咏歌及《鹿鳴》之三。”

◇◇此云“仕於伶官”，以“伶氏世掌樂官而善焉，故後世多號樂官爲伶官”。《吕氏春秋》及《律曆志》云“黄帝使伶倫氏，自大夏之西，昆侖之陰，取竹斷雨節間而吹之，爲黄鍾之宫”。《周語》“景王鑄無射，而問於伶州鳩”。是伶氏世掌樂官。

<一章-1>**簡兮簡兮，方將萬舞。**

【毛傳】簡，大也。方，四方也。將，行也。以干羽爲《萬》舞，用之宗廟山川，故言於四方。

【鄭箋】簡，擇。將，且也（與毛不同）。擇兮擇兮者，爲且祭祀當

《萬》舞也。《萬》舞，干舞也（與毛不同）。

【程析】方，將要。

【樂道主人】鄭與毛大不同，鄭説爲長，見下孔疏。

【孔疏】傳“以干羽”至“四方”。

◇◇萬，舞名也。謂之“萬”者，何休云：“象武王以萬人定天下，民樂之，故名之耳。”《商頌》曰：“萬舞有奕。”殷亦以武定天下，蓋象湯之伐桀也。何休指解周舞，故以武王言之。《萬》舞之名，未必始自武王也。

◇◇以《萬》者，舞之總名，干（盾）戚（qī，斧）與羽（雉羽）籥皆是，故云“以干羽爲《萬》舞”，以祭山川宗廟。宜干、羽并有，故云“用之宗廟山川”。由山川在外，故云“於四方”，解所以言四方之意也。

◇◇《周禮》舞師教羽舞，帥而舞四方之祭祀；教兵舞，帥而舞山川之祭祀，則山川與四方别。此言山川，而云四方者，以《周禮》言“天子法四方爲四望”，故注云：“四方之祭祀，謂四望也。”《大司樂》注云：“四望，謂五岳、四鎮、四瀆（dú）。”然則除此以外，乃是山川也，故山川與四方别舞。

◇◇諸侯之祭山川，其在封内則祭之，非其地則不祭，無岳、瀆之异，唯祭山川而已，故以山川對宗廟在内爲四方也。

◇◇此傳干羽爲《萬》舞，宗廟、山川同用之，而《樂師》注云“宗廟以人，山川以干”，皆非羽舞，宗廟、山川又不同。此得同者，天子之禮大，故可爲之節文，别祀别舞。諸侯唯有時王之樂，禮數少，其舞可以同也。

【樂道主人】五岳，東岳泰山、西岳華山、南岳衡山、北岳恒山、中岳嵩山。四鎮，山之重大者，謂楊州之會稽山，青州之沂山，幽州之醫無閭，冀州之霍山。四瀆，東爲江，北爲濟（jǐ），西爲河，南爲淮。

【孔疏】箋“簡擇”至“干舞”。

◇◇以下云“公言錫爵”，當祭末，則“公庭萬舞”是祭時。此方論擇人爲《萬》舞，故爲且祭祀也。傳亦以此推之，故用之宗廟、山川爲祭也。

◇◇知《萬》舞爲干舞，不兼羽籥者，以《春秋》云“萬入去《籥》”

别文。《公羊傳》曰："《籥》者何？籥舞。《萬》者何？干舞。"言干則有戚矣，《禮記》云"朱干玉戚，冕而舞《大武》"。

◇◇言籥則有羽矣，《籥師》曰"教國子舞羽吹籥"。羽、籥相配之物，則羽爲《籥》舞，不得爲《萬》也。以干戚武事，故以萬言之；羽籥文事，故指體言籥耳。是以《文王世子》云"春夏學干戈，秋冬學羽籥"，注云："干戈，《萬》舞，象武也。羽籥，《籥》舞，象文也。"是干、羽之异也。

◇◇且此《萬》舞并兼羽籥，則碩人故能《籥》舞也。下二章論碩人之才藝，無爲復言"左手執籥，右手秉翟"也。明此言干戚舞，下説羽籥舞也。

◇◇以此知《萬》舞唯干，無羽也。孫毓亦云："《萬》舞，干戚也。羽舞，翟之舞也。傳以干羽爲《萬》舞，失之矣。

【樂道主人】《説文解字注》：戚，戉也。《大雅》曰"干戈戚揚"，傳云：戚、斧也。揚、鉞也。

<一章-3>**日之方中，在前上處**（chǔ）。

【毛傳】教國子弟，以日中爲期。

【鄭箋】"在前上處"者，在前列上頭也。《周禮》："大胥（xū）掌學士之版，以待致諸子。春，入學，舍采合舞。"（與毛不同）

【樂道主人】大胥，官員。《周禮》謂春官所屬有大胥中士四人、小胥下士四人及府、史、胥、徒等人員。掌學士（在學中學舞的卿大夫士之子）的版籍，按籍召令入學。其職爲樂師的助手。胥，《集韵》：助也，待也。

【孔疏】傳"教國"至"爲期"。

◇◇知教國子弟者，以言"在前上處"。在前列上頭，唯教者爲然。祭祀之禮，旦明而行事，非至日之方中始在前上處也。

◇◇此既爲樂官，明其所教者，國子也。國子，謂諸侯大夫士之適子。

◇言"弟"，容諸侯之庶子，於適子爲弟，故《王制》云"王太子、王子、群后之太子、卿大夫元士之適子"。彼雖天子之法，推此諸侯亦有庶子在國學，故言國子弟也。

◇◇傳言"日中爲期"，則謂一日之中，非春秋日夜中也。若春秋，言不當爲期也，故王肅云“教國子弟，以日中爲期，欲其遍至”，是也。

【孔疏】箋“在前”至“合舞”。

◇◇《公羊傳》曰：“諸侯四佾（yì），則舞者爲四列。”使此碩人居前列上頭，所以教國子諸子學舞者，令法於己也。

◇◇《周禮》者，皆《春官·大胥職》文也。彼注云：“學士，謂卿大夫諸子學舞者。版，籍也。大胥主此版籍，以待當召聚學舞者。卿大夫之諸子，則案此籍以召之。”

◇◇又云“春，入學”者，注云：“春始以學士入學宫而學之合舞等，其進退使應節奏。《月令》仲春之月，命樂正習舞。入學者必釋菜以禮先師，謂蘋藻之屬也。”引此者以證此“日之方中”，即彼“春，入學”是矣，謂二月日夜中也。《尚書》云“日中星鳥”，《左傳》曰“馬日中而出”，皆與此同也。

<一章-5>**碩人俁（yǔ）俁，公庭萬舞。**

【毛傳】碩人，大德也。俁俁，容貌大也。《萬》舞，非但在四方，親在宗廟、公庭。

【程析】碩人，身材高大的人。

【孔疏】傳“碩人”至“公庭”。

◇◇碩者，美大之稱，故諸言碩人者，傳皆以爲大德。唯《白華》“碩人”，傳不訓此。及《考槃》傳意類之，則亦爲大德也。故王肅云：“碩人謂申后。此刺不用賢。”則箋意亦以碩人爲大德。其餘則隨義而釋，不與此同，故《白華》碩人爲妖大之人，謂褒姒也。

◇◇碩既爲大德，故俁俁爲容貌大也。上亦教國子，此直云“非但在四方”，不并言教國子者，以“在前上處”文無舞，故據《萬》舞言也。

【孔疏-章旨】“簡兮”至“萬舞”。

○毛以爲，言衛不用賢。①有大德之人兮，大德之人兮，祭山川之時，乃使之於四方，行在《萬》舞之位。

②又至於日之方中，教國子弟習樂之時，又使之在舞位之前行而處上頭，親爲舞事以教之。

③此賢者既有大德，復容貌美大俁俁然，而君又使之在宗廟、公庭親爲《萬》舞，是大失其所也。

○鄭以爲，①衛君擇人兮，擇人兮，爲有方且祭祀之時，使之當爲

《萬》舞。

②又日之方中，仲春之時，使之在前列上頭，而教國子弟習樂。

③爲此賤事，不當用賢，而使大德之人，容貌俣俣然者，於祭祀之時，親在宗廟、公庭而《萬》舞。言擇大德之人，使爲樂吏，是不用賢也。

<二章-1>**有力如虎，執轡（pèi）如組。**

【毛傳】組，織組也。武力比於虎，可以御亂。御衆有文章，言能治衆，動於近，成遠也。

【鄭箋】碩人有御亂、御衆之德，可任爲王臣。

【程析】組，編織的一排排絲綫。

【孔疏】傳“組織”至“於遠”。

◇◇以義取動近成遠，故知爲織組，非直如組也。武力比於虎，故可以御亂。御，治也，謂有侵伐之亂，武力可以治之。定本作“御”字。

◇◇又言“御衆有文章”者，御衆似執轡，有文章似織組。又云“言能治衆，動於近，成於遠”者，又總解御衆有文章之事也。以執轡及於如組與治衆，三者皆動於近、成於遠也。此治民似執轡，執轡又似織組，轉相如，故經直云“執轡如組”，以喻御衆有文章也。

◇《大叔于田》云“執轡如組”，謂段之能御車，以御車似織組。知此不然者，以彼説段之田獵之伎，故知爲實御，此碩大堪爲王臣，言“有力如虎”，是武也，故知“執轡如組”比其文德，不宜但爲御矣。

<二章-3>**左手執籥（yuè），右手秉翟（dí）。**

【毛傳】籥，六孔。翟，翟羽也。

【鄭箋】碩人多才多藝，又能籥舞。言文武道備。

【樂道主人】籥，有説七孔、六孔、三孔者，諸説不同。《爾雅·釋樂》：大籥謂之産，其中謂之仲，小者謂之約。

【孔疏】傳“籥，六孔。翟，翟羽”。

◇◇《釋樂》云：“大籥謂之産。”郭璞曰：“籥如笛，三孔而短小。”《廣雅》云：“七孔。”鄭於《周禮·笙師》及《少儀》《明堂位》注皆云“籥如笛，三孔”。此傳云六孔，與鄭不同，蓋以無正文，故不復改。

◇◇傳“翟，翟羽”，謂雉之羽也，故《异義》：《公羊》説樂

《萬》舞，以鴻羽取其勁輕，一舉千里；《詩毛》説《萬》以翟羽；《韓詩》説以夷狄大鳥羽。謹案：《詩》云“右手秉翟”，《爾雅》説“翟，鳥名，雉屬也”，知翟，羽舞也。

【孔疏】箋“碩人”至“道備”。

◇◇籥雖吹器，舞時與羽并執，故得舞名。是以《賓之初筵》云“《籥》舞笙鼓”，《公羊傳》曰“籥者何？《籥》舞”是也。

◇◇首章云“公庭萬舞”，是能武舞，今又説其《籥》舞，是又能爲文舞也。

◇◇碩人有多才多藝，又能爲此《籥》舞，言文武備也。言其能而已，非謂碩人實爲之也。何者？此章主美其文德，不論其在職之事。

<二章-5>**赫如渥（wò）赭（zhě），公言錫（cì）爵。**

【毛傳】赫，赤貌。渥，厚漬（zì）也。祭有畀（bǐ）煇（huī）、胞、翟、閽（hūn）、寺者，惠下之道，見惠不過一散。

【鄭箋】碩人容色赫然，如厚傅丹，君徒賜其一爵而已。不知其賢而進用之。散受五升。

【程析】赫，形容臉色紅而有光。渥，塗抹。赭，紅土。錫，賜。

【樂道主人】《周南·卷耳》一升曰**爵**，二升曰**觚**（gū），三升曰**觶**（zhì），四升曰**角**，五升曰**散**，總名曰**爵**，其實曰**觴**。觴者，餉也。◇《韓詩》説“一升曰爵，爵，盡也，足也。二升曰**觚**（gū，古代一種盛酒器具，口部和底部呈喇叭形，細腰，高圈足，腹和圈足上有棱），**觚**，寡也，飲當寡少。三升曰**觶**（zhì），觶，適也，飲當自適也。四升曰**角**，角，觸也，不能自適，觸罪過也。五升曰**散**，散，訕也，飲不自節，爲人謗訕。總名曰**爵**，其實曰**觴**。觴者，餉也。觥（gōng）亦五升，所以罰不敬。觥，廓也，所以著明之貌，君子有過，廓然著明，非所以餉，不得名觴”。《詩》毛説觥大七升，許慎謹案：“觥罰有過，一飲而盡，七升爲過多。”由此言之，則觥是觚、觶、角、散之外别有此器，故《禮器》曰：“宗廟之祭，貴者獻以**爵**，賤者獻以**散**，尊者舉**觶**，卑者舉**角**。”《特牲》二爵、二觚、四觶、一角、一散，不言觥之所用，是正禮無觥，不在五爵之例。

【孔疏】傳“渥厚”至“一散”。

◇◇渥者，浸潤之名，故《信南山》曰“益之以霡霂，既優既渥”，是也。故此及《終南》皆云“渥，厚漬也”。言漬之人厚則有光澤，故以興顔色之潤。是以《終南》箋云“如厚漬之丹，言赤而澤”是也。◇定本“渥，厚也”，無“漬”字。

◇◇“祭有畀煇、胞、翟、閽、寺者，惠下之道”，皆《祭統》文。（以下據《祭統》及注）

◇畀之爲言與也，能以其餘畀於下也。

◇煇者，甲吏之賤者。煇，《周禮》作‘韗’，蓋謂磔（zhé，《韵會》：張也，開也，裂也，剔也）皮革之官。

◇胞者，肉吏之賤者。其官次於韗人。庖（páo）之言苞也，裹肉曰苞苴。其職供王之膳羞。庖人，中士四人，下士八人

◇翟者，樂吏之賤者。

◇閽者，守門之賤者。閽人，王宫每門四人。寺人，王之正内五人。

◇◇以庖人類之，則皆非府史，不在獻，又非士。庖人於天子爲士，於諸侯故亦非士。引之證此碩人亦樂吏，故於祭末乃是賜也。

◇◇知此亦是樂吏者，以經云“錫爵”，若士，則屍飲九而獻之，不得既祭乃賜之，故知在“惠下”之中。

◇◇經云“爵”，傳言“散”者，《禮器獻》云：“禮有以小爲貴者，貴者獻以爵，賤者獻以散。”《祭統》云：“屍飲九，以散爵獻士。”士猶以散獻爵，賤無過散，故知不過一散。散謂之爵，爵總名也。

【孔疏-章旨】“有力”至“錫爵”。

①言碩人既有武力，比如虎，可以能御亂矣。又有文德，能治民，如御馬之執轡，使之有文章，如織組矣。以御者執轡於此，使馬騁於彼；織組者總紕於此，而成文於彼，皆動於近，成於遠。以興碩人能治衆施化，於己而有文章，在民亦動於近，成於遠矣。

②碩人既有御衆、御亂之德，又有多才多藝之伎，能左手執管籥，右手秉翟羽而舞，復能爲文舞矣。

③且其顔色赫然而赤，如厚漬之丹赭。德能容貌若是，而君不用。至於祭祀之末，公唯言賜一爵而已，是不用賢人也。

<三章-1>**山有榛，隰（xí）有苓（líng）。**

【毛傳】榛，木名。下濕曰隰。苓，大苦。

【鄭箋】榛也苓也，生各得其所。以言碩人處非其位。

【樂道主人】孔疏：苓，蘦（lìng），今甘草。

【孔疏】傳“榛，木名。苓，大苦”。

◇◇陸機云“栗屬，其子小，似柿子，表皮黑，味如栗”，是也。榛字或作“蓁”，蓋一木也。

◇◇《釋草》云：“蘦，大苦。”孫炎曰：“《本草》云：‘蘦，今**甘草’**，是也。蔓延生。葉似荷，青黃。其莖赤，有節，節有枝相當。或云蘦似地黃。”

<三章-3>**云誰之思，西方美人。**

【鄭箋】我誰思乎？思周室之賢者，以其宜薦碩人，與在王位。

<三章-5>**彼美人兮，西方之人兮！**

【毛傳】乃宜在王室。

【鄭箋】彼美人，謂碩人也。

【孔疏】箋“彼美人，謂碩人”。◇◇上言西方之美人，謂周室之賢人，以薦此碩人，故知“彼美人”謂碩人，“西方之（應爲“美”）人”謂宜爲西方之人，故傳曰“乃宜在王室”，言宜在王朝之位爲王臣也。

【孔疏-章旨】“山有”至“人兮”。

①山之有榛木，隰之有苓草，各得其所，以興衛之有碩人而在賤職，可謂處非其位，乃榛苓之不如。

②碩人既不寵用，故令我云：誰思之乎？思西方周室之美人。若得彼美人，當薦此碩人，使在王朝也。

③彼美好之碩人兮，乃宜在王朝爲西方之人兮，但無人薦之耳。

《簡兮》三章，章六句。

泉水 【邶風十四】

毖（bì）彼泉水，亦流于淇（qí）。有懷于衛，靡日不思。孌（luán）彼諸姬，聊與之謀。

出宿于泲（jǐ），飲餞于禰（nǐ）。女子有行（háng），遠父母兄弟。問我諸姑，遂及伯姊（zǐ）。

出宿于干（gān），飲餞于言。載脂載舝（xiá），還（xuán）車言邁。遄（chuán）臻（zhēn）于衛，不瑕（xiá）有害（hài/hé）？

我思肥泉，兹之永歎。思須與漕，我心悠悠。駕言出遊，以寫（xiè）我憂。

《泉水》四章，章六句。

【毛序】《泉水》，衛女思歸也。嫁於諸侯，父母終，思歸寧而不得，故作是詩以自見（xiàn）也。

【鄭箋】“以自見”者，見己志也。國君夫人，父母在則歸寧，没則使大夫寧於兄弟。衛女之思歸，雖非禮，思之至也。

【孔疏】“《泉水》”至“以自見”。

◇◇此時宣公之世，宣父莊，兄桓。

◇◇此言父母已終，未知何君之女也。言嫁於諸侯，必爲夫人，亦不知所適何國。蓋時簡札不記，故序不斥言也。四章皆思歸寧之事。

【孔疏】箋“衛女”至“之至”。◇◇以之衛女思歸，雖非禮，而思之至極也。君子善其思，故録之也。定本作“思”字。

<一章-1>毖（bì）彼泉水，亦流于淇（qí）。

【毛序】興也。泉水始出，毖然流也。淇，水名也。

【鄭箋】泉水流而入淇，猶婦人出嫁於异國。

【程析】毖，“泌”的假借字，湧流。泉水，衛水名，即下經之肥泉。

【孔疏】傳“泉水始出，毖然流”。◇◇以此連云泉水，知爲始出毖然流也。是以《衡門》傳亦云：“泌，泉水也。”言“亦流於淇”者，以本叙衛女之情，故言亦。亦，己也。

<一章-3>**有懷于衛，靡日不思。**

【鄭箋】懷，至。靡，無也。以言我有所至念於衛，我無日不思也。所至念者，謂諸姬，諸姑伯姊。

【孔疏】箋“懷至”至“伯姊”。◇◇以下云“靡日不思”，此“懷”不宜復爲思，故以爲“至念於衛”。以下文言之，知至念者，諸姬伯姊。

<一章-5>**孌**（luán）**彼諸姬，聊與之謀。**

【毛序】孌，好貌。諸姬，同姓之女。聊，願也。

【鄭箋】聊，且，略之辭（與毛不同）。諸姬者，未嫁之女。我且欲略與之謀婦人之禮，觀其志意，親親之恩也。

【程析】聊，姑且。

【孔疏】箋“聊且”至“之恩”。

◇◇言“且”者，意不盡，故言“略之辭”，以言諸姬是未嫁之辭，又向衛所見，宜據未嫁者。傳言同姓之女，亦謂未嫁也。

◇◇言諸姬，容兄弟之女，及五服之親，故言同姓以廣之。所以先言諸姬，後姑姊者，便文互見，以諸姬總辭，又卑欲與謀婦人之禮也。姑姊尊，故云問，明亦與謀婦人之禮。

◇◇此衛女思歸，但當思見諸姬而已，思與與謀婦禮，觀其志意，是親親之恩也。

【孔疏-章旨】“毖彼”至“之謀”。

○毛以爲，①毖彼然而流者，是泉水亦流入於淇水，以興行嫁者是我婦人，我婦人亦嫁於异國，

②故我有所至念於衛，無一日而不思念之也。

③我所思念者，念孌然彼諸姬未嫁之女，願欲與之謀婦人之禮。

○鄭唯以“聊”爲“且欲略與之謀”爲异，餘同。

<二章-1>**出宿于泲**（jǐ）**，飲餞于禰**（nǐ）**。**

【毛傳】泲，地名。祖而舍軷（bá），飲酒於其側曰餞，重（zhòng）始有事於道也。禰，地名。

【鄭箋】泲、禰者，所嫁國適衛之道所經，故思宿餞。

【樂道主人】古者出行之儀式：先在家釋幣，告將行，再軷而飲餞，

乃後出宿。

①在家釋幣，告將行，在祖廟也。

②犯軷（bá），又名道，又名出祖，《大馭》："掌馭玉輅（lù），及犯軷，遂驅之。"注云："封土爲山象，以菩芻（chú）棘柏爲神主。既祭之，以車轢（lì，車輪碾過）之而去，喻無險難也。天子以犬，諸侯以羊，尊卑异禮也，卿大夫用酒脯而已。

③飲餞，出國門用酒脯以祈告。

④出宿，出宿者，示行不留於是也。宿餞不得同處。

◇天子諸侯卿大夫皆於國外爲之。

【孔疏】傳"泲，地名"至"禰，地名"。

◇◇言祖而舍軷，飲酒於其側者，謂爲祖道之祭，當釋酒脯於軷舍。軷即釋軷也。於時送者遂飲酒於祖側，曰餞。餞，送也。所以爲祖祭者，重已方始有事於道，故祭道之神也。

◇◇《聘禮記》曰："出祖釋軷，祭酒脯，乃飲酒於其側。"注云："祖，始也。既受聘享之禮，行出國門，止陳車騎，釋酒脯之奠於軷，爲行始。《詩傳》曰：'軷，道祭'，謂祭道路之神。《春秋傳》口'軷涉山川'，然則軷，山行之名也。道路以阻險爲難，是以委土爲山，或伏牲其上，使者爲軷，祭酒脯，祈告。卿大夫處者於是餞之，飲酒於其側。禮畢，乘車轢之而遂行，舍於近郊矣。其牲犬羊可也。"

◇《大馭》："掌馭玉輅，及犯軷，遂驅之。"注云："封土爲山象，以菩芻棘柏爲神主。既祭之，以車轢之而去，喻無險難也。"以此言之，軷者，本山行之名，以祭道路之神，求無險難，故取名焉。

◇知出國而爲之者，以《聘禮》《烝民》《韓奕》皆言出祖，則不在國内；以祖爲行道之始，則不得至郊，故知在國門外也。

◇以軷者，軷壤之名，與中霤行神之位同，知"委土爲山"。

◇言"或伏牲其上"者，據天子諸侯有牲，卿大夫用酒脯而已。《犬人》云"伏瘞（yì，《康熙字典》：埋牲曰瘞）亦如之"，明天子以犬伏於軷上。《羊人》無伏祭之事，則天子不用羊。《詩》云"取羝（dī）以軷"，謂諸侯也。故云"其有牲，則犬羊耳"。謂天子以犬，諸侯以羊，尊卑异禮也。

◇以《大馭》云"犯"，即云"遂驅之"，故知禮畢，乘車轢之也。

以《聘禮》上文“既受聘享之禮”，云“遂行，舍於郊”，故知轢之而遂行，舍於郊也。

◇◇卿大夫之聘，出國則釋，聘禮於家，“又釋幣於行”。注云：“告將行也。行者之先，其古人之名未聞。天子諸侯有常祀，在冬。大夫三祀，曰門，曰行，曰厲。喪禮有毀宗躐（liè，踐踏）行。出於大門，則行神之位在廟門外西方。今時民春秋祭祀有行神，古之遺禮。”是在家釋幣，告將行；出國門用酒脯以祈告，故二處不同也。

◇◇《月令》：“冬其祀行。”注依中霤之禮云：“行在廟門外之西，爲軷壤，厚二寸，廣五尺，輪四尺。有主有尸，用特牲。”是天子諸侯常祀在冬，與軷异也。

◇◇軷祭，則天子諸侯卿大夫皆於國外爲之。《大馭》云“犯軷”，《詩》云“取羝以軷”，《聘禮》云“釋軷”是也。

◇◇又名祖，《聘禮》及《詩》云“出祖”，是也。又名道，《曾子問》云“道而出”，是也。以其爲犯軷，祭道路之神，爲行道之始，故一祭而三名也。

◇◇皆先軷而飲餞，乃後出宿。此先言出宿者，見飲餞爲出宿而設，故先言以致其意。《韓奕》云：“韓侯出祖，出宿于屠。”既祖，即當出宿，故彼箋云：“祖於國外，畢，乃出宿者，示行不留於是也。”欲先明祖必出宿，故皆先言出宿，後言飲餞也。

◇◇《聘禮》“遂行，舍於郊”，則此出宿當在郊。而傳云“泲，地名”，不言郊者，與下傳互也。下“干”云“所適國郊”，則此泲亦在郊也。此泲云地名，則干亦地名矣。正以《聘禮》“遂行，舍於郊”，則此衛女思宿焉，明亦在郊也。干、泲思宿焉，傳以爲在郊，則言禰思餞焉，差近在國外耳。

◇計宿、餞當各在一處而已。而此云泲、禰，下云干、言，别地者，下箋云：“干、言猶泲、禰，未聞遠近同异。”要是衛女所嫁國適衛之道所經見，所思之耳。

◇下傳或兼云“干、言，所適國郊”者，一郊不得二地，宿餞不得同處，“言”，衍字耳。定本、《集注》皆云“干，所適國郊”。

<二章-3>**女子有行（háng），遠父母兄弟。**

【鄭箋】行，道也。婦人有出嫁之道，遠於親親，故禮緣人情，使得

歸寧。

【孔疏】箋“婦人”至“歸寧”。◇◇此與《蝃蝀》《竹竿》文同而義异者，以此篇不得歸寧而自傷，故爲由遠親親而望歸寧；《蝃蝀》刺其淫奔，故爲禮自得嫁，何爲淫奔；《竹竿》以不見答，思而能以禮，故爲出嫁爲常，不可違禮。詩者各本其意，故爲義不同。

<二章-5>**問我諸姑，遂及伯姊**（zǐ）**。**

【毛傳】父之姊妹稱姑。先生曰姊。

【鄭箋】寧則又問姑及姊，親其類也。先姑後姊，尊姑也。

【孔疏】傳“父之”至“曰姊”。◇◇《釋親》文。孫炎曰：“姑之言古，尊老之名也。”然則姑姊，尊長，則當已嫁，父母既没，當不得歸。所以得問之者，諸侯之女有嫁於卿大夫者，去歸則見之。

【孔疏】箋“寧則”至“尊姑”。◇◇以上章思與諸姬謀，今復問姑及姊，故言“又”也。不問兄弟宗族，而問姑及姊，由親其類也。

【孔疏-章旨】“出宿”至“伯姊”。

①衛女思歸，言我思欲出宿於泲，先飲餞於禰，而出宿以鄉衛國，

②而以父母既没，不得歸寧，故言女子生而有適人之道，遠於父母兄弟之親，故禮緣人情，使得歸寧。今何爲不聽我乎？

③我之向衛，爲覲問諸姑，遂及伯姊而已，豈爲犯禮也哉！而止我也？

<三章-1>**出宿干于**（gān）**，飲餞**（jiàn）**于言。**

【毛傳】干、言，所適國郊也。

【鄭箋】干、言猶泲、禰，未聞遠近同异。

<三章-3>**載脂載舝**（xiá）**，還**（xuán）**車言邁。**

【毛傳】脂舝其車，以還我行也。

【鄭箋】言還車者，嫁時乘來，今思乘以歸。

【詩集傳】脂，以脂膏塗其舝使其滑潤也。

【程析】舝，車軸兩頭的金屬鍵。邁，行路。

【孔疏】傳“脂舝”至“我行”。

◇◇古者車不駕則脱其舝，故《車舝》云“間關車之舝兮”，傳曰“間關，設舝貌”，是也。今將行，既脂其車，又設其舝，故云“脂舝其車”。

◇◇云還者，本乘來，今欲乘以還，故箋云："還車者，嫁時乘來，今思乘以歸。"

<三章-5>**遄（chuán）臻（zhēn）于衛，不瑕（xiá）有害（hài/hé）？**

【毛傳】遄，疾。臻，至。瑕，遠也。

【鄭箋】瑕猶過也（與毛不同）。害，何也。我還車疾至於衛而返，於行無過差，有何不可而止我？

【孔疏-章旨】"出宿"至"有害"。

○毛以爲，①我思欲出宿於干，先飲餞於言，而歸衛國耳。

②則爲我脂車，則爲我設舝，而還回其車，我則乘之以行。

③而欲疾至衛，不得爲違禮遠義之害，何故不使我歸寧乎？傳以瑕爲遠。王肅云"言原疾至於衛，不遠禮義之害"，

是也。○鄭唯"不瑕有害"爲异。

<四章-1>**我思肥泉，兹之永歎。**

【毛傳】所出同、所歸异爲肥泉。

【鄭箋】兹，此也。自衛而來所渡水，故思此而長歎。

【孔疏】傳"所出同，所歸异，爲肥泉"。◇◇《釋水》云："泉歸异出同流，肥。"

【孔疏】箋"自衛"至"渡水"。◇◇以下須、漕是衛邑，故知此肥泉是衛水也。

<四章-3>**思須與漕，我心悠悠。**

【毛傳】須、漕，衛邑也。

【鄭箋】自衛而來所經邑，故又思之。

【孔疏】傳"須、漕，衛邑"。◇◇《鄘》云："以廬于漕。"漕是衛邑，須與漕連，明亦衛邑。

<四章-5>**駕言出遊，以寫（xiè）我憂。**

【毛傳】寫，除也。

【鄭箋】既不得歸寧，且欲乘車出游，以除我憂。

【孔疏】箋"既不"至"我憂"。◇◇以此不得歸寧，而出遊不過出國，故言且出遊。《竹竿》不見答，故以出遊爲歸，是以彼箋云："適异國而不見答，其除此憂，維有歸耳。"

《泉水》四章，章六句。

北　門 【邶風十五】

出自北門，憂心殷（yīn）殷。終窶（jù）且貧，莫知我艱。已焉哉，天實爲之，謂之何哉！

王事適（shì）我，政事一埤（pí）益我。我入自外，室人交徧（biàn）讁（zhé）我。已焉哉，天實爲之，謂之何哉！

王事敦（dūn/duī）我，政事一埤遺（wèi）我。我入自外，室人交徧摧我。已焉哉，天實爲之，謂之何哉！

《北門》三章，章七句。

【毛序】《北門》，刺仕不得志也。言衛之忠臣不得其志爾。

【鄭箋】不得其志者，君不知已志而遇困苦。

【孔疏】“《北門》”至“志爾”。◇◇謂衛君之闇，不知士有才能，不與厚禄，使之困苦，不得其志，故刺之也。經三章皆不得志之事也。言士者，有德行之稱。其仕爲官，尊卑不明也。

<一章-1>出自北門，憂心殷（yīn）殷。

【毛傳】興也。北門背明鄉（xiàng）陰。

【鄭箋】自，從也。興者，喻已仕於闇（àn）君，猶行而出北門，心爲之憂殷殷然。

【程析】殷殷，深憂貌。

【樂道主人】鄉，向也。

【孔疏】傳“北門背明鄉陰”。◇◇本取人鄉陰行，似已仕闇君，故以出自北門爲喻。傳以鄉陰者必背明耳，不取背明爲義，何者？此人既仕闇君，雖困不去，非恨本不擇君，故知不以背明爲喻也。

<一章-3>終窶（jù）且貧，莫知我艱。

【毛傳】窶者，無禮也。貧者，困於財。

【鄭箋】艱難也。君於已禄薄，終不足以爲禮。又近困於財，無知已以此爲難者。言君既然矣，諸臣亦如之。

【孔疏】傳“寠者”至“於財”。

◇◇《釋言》云：“寠，貧也。”則貧、寠爲一也。

◇◇傳此經云“終寠且貧”，爲二事之辭，故爲寠與貧別。寠（jù）謂無財可以爲禮，故言“寠者，無禮”；貧謂無財可以自給，故言“貧者，困於財”。是以箋云“禄薄，終不足以爲禮”，是終寠也。“又近困於財”，是且貧也。

◇◇言近者，已所資給，故言近；對以之爲禮者，爲遠也。無財謂之貧，此二者皆無財之事，故《爾雅》貧、寠通也。

◇◇“終寠且貧”，言君於已禄薄，是君既然矣，莫知我艱，總謂人無知已，是諸臣亦如之。以頒禄由君，故怨已貧寠禄薄，不由諸臣，故但恨其不知已也。

<一章-5>**已焉哉，天實爲之，謂之何哉！**

【鄭箋】謂勤也。詩人事君無二志，故自决歸之於天。我勤身以事君，何哉？忠之至。

【孔疏】箋“詩人”至“之至”。

◇◇此詩人叙仕者之意，故謂之“詩人事君”，不知已而不去，是“無二志”也。已困苦，應去而不去，是終當貧困，故言“已焉哉”，是自决也。此實由君，言“天實爲之”，是歸之於天也。

◇◇君臣義合，道不行則去。今君於已薄矣，猶云勤身以事之，知復何哉！無去心，是忠之至也。

【孔疏-章旨】“出自”至“何哉”。衛之忠臣，不得其志。

①言人出自北門者，背明鄉陰而行，猶已仕於亂世，鄉於闇君而仕。由君之闇，已則爲之憂心殷殷然。

②所以憂者，以君於已禄薄，使已終當寠陋，無財爲禮，又且貧困，無資充用，而衆臣又莫知我貧寠之艱難者。

③君於已雖禄薄，已又不忍去之，止得守此貧困，故自决云：已焉哉，我之困苦，天實爲之。使我遭此君，我止當勤以事之，知復奈何哉！

<二章-1>**王事適（shì）我，政事一埤（pí）益我。**

【毛傳】適，之。埤，厚也。

【鄭箋】國有王命役使之事，則不以之彼，必來之我；有賦税之事，則減彼一而以益我。言君政偏，已兼其苦。

【程析】適，投擲，扔。一，完全。埤，使。

【樂道主人】彼，指國君。

【孔疏】傳“埤，厚”。◇◇謂減彼一以厚益己，使己厚出賦税之事是也。

【孔疏】箋“國有”至“其苦”。

◇◇政事云一埤益我，有可減一，則爲賦税之事。

◇◇政事是賦税，則王事是役使可知。役使之事，不之彼而之我，使我勞而彼逸；賦税之事，減彼一而益我，使彼少而我多。此王事不必天子事，直以戰伐行役皆王家之事，猶《鴇羽》云“王事靡盬”，於時甚亂，非王命之事也。

<二章-3>**我入自外，室人交徧（biàn）謫（zhé）我。**

【毛傳】謫，責也。

【鄭箋】我從外而入，在室之人更迭徧來責我，使已去也。言室人亦不知已志。

【程析】交，更迭，輪流。徧，同“遍”。

【孔疏】箋“我從”至“已志”。

◇◇禮，君臣有合離之義。今遭困窮，而室人責之，故知使之去也。

◇◇此士雖困，志不去君，而家人使之去，是不知已志。上言諸臣莫知我艱，故云室人亦不知已志。

【孔疏】“王事”至“謫我”。

①此仕者言君既昏闇，非直使已貧窶，又若國有王命役使之事，則不以之彼，必來之我，使已勞於行役；若有賦税之事，則減彼一而厚益我，使已困於資財。

②君既政偏，已兼其苦，而我入自外而歸，則室家之人更迭而徧來責我。言君既政偏，爾何不去？此忠臣不忍去，而室人不知以責已。

◇◇外爲君所困，內爲家人不知，故下又自決歸天。

<二章-5>**已焉哉，天實爲之，謂之何哉！**

<三章-1>**王事敦（dūn/duī）我，政事一埤遺（wèi）我。**

【毛傳】敦（dūn），厚。遺，加也。

【鄭箋】敦（duī）猶投擲也（與毛不同）。

【樂道主人】毛傳：埤，厚也。

【樂道主人】王事，指役使之事。政事，指賦稅之事。

【孔疏】傳“敦，厚”。箋“敦猶投擲”。◇◇箋以役事與之，無所爲厚也。且上云“謫我”，此亦宜爲“之已”之義，**故易傳**以爲投擲於己也。

<三章-3>**我入自外，室人交徧摧我。**

【毛傳】摧，沮也。

【鄭箋】摧者，刺譏之言。

【孔疏】傳“摧，沮”。箋“摧者，刺譏之言”。

◇◇毛以爲，室人更責則乖沮己志。定本、《集注》皆云“摧，沮也”。

◇◇箋以上章類之，言謫己者是室人責己，故以摧爲刺譏己也。

<三章-5>**已焉哉，天實爲之，謂之何哉！**

《北門》三章，章七句。

北 風 【邶風十六】

北風其凉，雨（yù）雪其雱（páng）。惠而好（hào）我，攜（xié）手同行（háng）。其虚其邪（xú）？既亟只（zhǐ）且（jū）！

北風其喈（jiē），雨雪其霏（fēi）。惠而好我，攜手同歸。其虚其邪？既亟只且！

莫赤匪狐，莫黑匪烏。惠而好我，攜手同車（jū）。其虚其邪？既亟只且！

《北風》三章，章六句。

【毛序】《北風》，刺虐也。衛國并爲威虐，百姓不親，莫不相攜持而去焉。

【樂道主人】上幾篇君臣各有主刺，此篇一并刺也。

【孔疏】“《北風》”至“去焉”。

◇◇作《北風》詩者，刺虐也。言衛國君臣并爲威虐，使國民百姓不親附之，莫不相攜持而去之，歸於有道也。

◇◇此主刺君虐，故首章、二章上二句皆獨言君政酷暴。卒章上二句乃君臣并言也。三章次二句皆言攜持去之，下二句言去之意也。

<一章-1>**北風其凉，雨（yù）雪其雱（páng）。**

【毛傳】興也。北風，寒凉之風。雱，盛貌。

【鄭箋】寒凉之風，病害萬物。興者，喻君政教酷暴，使民散亂。

【程析】雨，用作動詞。

【孔疏】箋“寒凉”至“散亂”。◇◇風雪并喻君虐，而箋獨言凉風者，以風非所害物，但北風寒凉，故害萬物，與常風异，是以興君政酷暴也。而雪害物，不言可知。

<一章-3>**惠而好（hào）我，攜（xié）手同行（háng）。**

【毛傳】惠，愛。行，道也。

【鄭箋】性仁愛而又好我者，與我相攜持同道而去。疾時政也。

【孔疏】箋“性仁”至“而去”。◇◇以經“攜手”之文承“惠好”之下，則與此惠而好我者相攜手也。

<一章-5>**其虛其邪**（xú）？**既亟只**（zhǐ）**且**（jū）！

【毛傳】虛，虛也。亟，急也。

【鄭箋】邪讀如徐。言今在位之人，其故威儀虛徐寬仁者，今皆以爲急刻之行矣，所以當去，以此也。

【程析】其，語助詞。虛，舒。（既亟，事已緊急。）只且，相當於“也哉”。

【樂道主人】【孔疏】既，盡也。只且，語助也。

【孔疏】傳“虛，虛”。箋“邪讀如徐”。

◇◇《釋訓》云：“其虛其徐，威儀容止也。”孫炎曰：“虛、徐，威儀謙退也。”然則虛徐者，謙虛閑徐之義，故箋云“威儀虛徐寬仁者”也。

◇◇但傳質，詁訓叠經文耳，非訓虛爲徐。此作“其邪”，《爾雅》作“其徐”，字雖异，音實同，故箋云“邪讀如徐”。

【孔疏-章旨】“北風”至“只且”。

①言天既爲北風，其寒涼矣，又加之雨雪其雱然而盛。由涼風盛雪，病害萬物，以興君政酷暴，病害百姓也。百姓既見病害，莫不散亂，

②故皆云：彼有性仁愛而又好我者，我與此人攜手同道而去。欲以共歸有德。

③我所以去之者，非直爲君之酷虐，而在位之臣，雖先日其寬虛，其舒徐，威儀謙退者，今莫不盡爲急刻之行，故已所以去之。既，盡也。只且，語助也。

<二章-1>**北風其喈**（jiē），**雨雪其霏**（fēi）。

【毛傳】喈，疾貌。，甚貌。

【程析】喈，寒涼。其霏（fēi），即霏霏，紛紛之意。

<二章-3>**惠而好我，攜手同歸**。

【毛傳】歸有德也。

<二章-5>**其虛其邪？既亟只且！**

<三章-1>**莫赤匪狐，莫黑匪烏**。

【毛傳】狐赤烏黑，莫能別也。

【鄭箋】赤則狐也，黑則烏也，猶今君臣相承，爲惡如一。

【孔疏】傳“狐赤”至“能別”。

◇◇狐色皆赤，烏色皆黑，以喻衛之君臣皆惡也。

◇◇人於赤狐之群，莫能別其赤而非狐者，言皆是狐；於黑烏之群，莫能別其黑而非烏者，言皆是烏，以喻於衛君臣，莫能別其非惡者，言皆爲惡，故箋云“猶今之君臣相承，爲惡如一”也，故序云“并爲威虐”，經云“莫赤”“莫黑”，總辭，故知并刺君臣，以上下皆惡，故云相承也。

<三章-3>**惠而好我，攜手同車（jū）。其虛其邪？既亟只且！**

【孔疏-章旨】“莫赤”至“匪烏”。

①衛之百性疾其時政，以狐之類皆赤，烏之類皆黑，人莫能分別赤以爲非狐者，莫能分別黑以爲非烏者，由狐赤烏黑，其類相似，人莫能別其同异，以興今君臣爲惡如一，似狐、烏相類，人以莫能別其同异。

②言君惡之極，臣又同之，已所以攜持而去之。

《北風》三章，章六句。

静　女 【邶風十七】

静女其姝（shū），俟我於城隅（yú）。愛而不見（xiàn），搔首踟（chí）躕（chú）。

静女其孌，貽我彤管。彤管有煒（wěi），説（yuè）懌（yì/shì）女（rǔ）美。

自牧歸（kuì）荑（tí），洵美且異。匪女（rǔ）之爲美，美人之貽（yí）。

《静女》三章，章四句。

【毛序】刺時也。衛君無道，夫人無德。

【鄭箋】以君及夫人無道德，故陳静女遺我以彤管之法德，如是可以易之爲人君之配。

【孔疏】“《静女》”至“無德”。

◇◇道德一也，异其文耳。

◇◇經三章皆是陳静女之美，欲以易今夫人也，庶輔臡（ní，帶骨的肉醬）於君，使之有道也。

◇◇此直思得静女以易夫人，非謂陳古也，故經云“俟我”“貽我”，皆非陳古之辭也。

<一章-1>静女其姝（shū），俟我於城隅（yú）。

【毛序】静，貞静也。女德貞静而有法度，乃可説（yuè）也。姝，美色也。俟，待也。城隅，以言高而不可逾。

【鄭箋】女德貞静，然後可畜美色，然後可安。又能服從，待禮而動，自防如城隅，故可愛之。

【程析】静，靖的假借字，善。城隅，城上的角樓。

【樂道主人】我，指大夫，“我”爲人君尋找賢妃。此篇詩主人公爲尋找賢女的大夫。

【孔疏】傳“女德”至“可逾”。

◇◇言静女，女德貞静也。俟我於城隅，是有法度也。女德如是，乃可悦愛，故下云“愛而不見”是也。

◇◇姝、孌皆連静女，静既爲德，故姝爲美色也。《東方之日》傳：“姝，初昏之貌。”以彼論初昏之事，亦是美色，故箋云：“姝姝然美好之子。”《幹旄》傳曰：“姝，順貌。”以賢者告之善道，不以色，故爲順，亦謂色美之順也。

◇◇城隅高於常處，以喻女之自防深故。《周禮》“王城高七雉，隅九雉”，是高於常處也。

【孔疏】箋“女德”至“可愛”。

◇◇箋解本舉女静德與美色之意，言女德貞静，然後可保畜也；有美色，然後可意安以爲匹也，故德色俱言之。

◇◇據女爲説（yuè），故云服從、待禮，謂待君子媒妁聘好之禮，然後乃動。不爲淫佚，是其自防如城隅，故可愛也。

<一章-3>**愛而不見（xiàn），搔首踟（chí）躕（chú）。**

【毛序】言志往而行正。

【鄭箋】志往謂踟躕，行正謂愛之而不往見。

【詩三家】搔，以象骨搔首。人每有所思而搔首，亦於發上取其骨揥（tì）而復安之。

【程析】踟躕，猶豫不進之貌。

【孔疏】“静女”至“踟躕”。

①言有貞静之女，其美色姝然，又能服從君子，待禮而後動，自防如城隅然，高而不可逾。

②有德如是，故我愛之，欲爲人君之配。心既愛之，而不得見，故搔其首而踟躕然。

<二章-1>**静女其孌（luán），貽我彤管。**

【毛序】既有静德，又有美色，又能遺我以古人之法，可以配人君也。

◇古者后夫人必有女史彤管之法，史不記過，其罪殺之。

◇后妃群妾以禮御於君所，女史書其日月，授之以環，以進退之。

◇生子月辰，則以金環退之。

◇當御者，以銀環進之，著於左手；既御，著於右手。事無大小，記以成法。

【鄭箋】彤管，筆赤管也。

【陸釋】貽，遺也，下同。彤，赤也。管，筆管。

【程析】孌，美好貌。其孌，等於孌孌。

【孔疏】傳“既有”至“人君”。◇◇既有静德，謂静女也。又有美色，謂其孌也。遺遺我以古人之法，即貽我彤管也。

【孔疏】傳“古者”至“成法”。

◇◇傳以經云“貽我彤管”是女史之事，故具言女史之法也。

◇◇《周禮》“女史八人”，注雲：“女史，女奴曉書者。”其職云：“掌王后之禮職，掌内治之貳，以詔後治内政。逆内宫，書内令。凡后之事，以禮從。”夫人女史亦如之，故此總云“后夫人必有女史彤管之法”也。

◇女史若有不記妃妾之過，其罪則殺之，謂殺此女史。

◇凡后妃群妾以禮次序御於君所之時，使女史書其日月，使知某日某當御，某日當次某也。

◇“授之以環，以進退之”者，即下句是也。“生子月辰”，謂將生子之月，故《内則》“妻將生子，及月辰，居側室”是也。此以月辰將産爲文，實有娠即宜退之，故《生民》箋云“於是遂有身而肅戒不復御”，是也。《内則》月辰所居側室者，爲將産异其處，非謂始不御也。

◇“當御，以銀環進之，著於左手；既御，乃著於右手。”金環不言著，略之。

◇◇此妃妾進御煩碎之事，而令女史書之者，事無大小，記以成法也。此是女史之法。

◇◇静女遺我者，謂遺我不違女史之法，使妃妾德美也。此似有成文，未聞所出。

<二章-3>**彤管有煒（wěi），説（yuè）懌（yì/shì）女（rǔ）美。**

【毛序】煒，赤貌。彤管以赤心正人也。

【鄭箋】“説懌”當作“説釋”。赤管煒煒然，女史以之説釋妃妾之德，美之（與毛不同）。

【詩三家】説懌，人悦則心釋然。

【程析】煒，紅而有光貌。

【樂道主人】女（rǔ），毛指静女，鄭指國君夫人。

【孔疏】傳“彤管以赤心正人”。◇◇必以赤者，欲使女史以赤心正人，謂赤心事夫人，而正妃妾之次序也。

【孔疏】箋“説懌”至“美之”。◇◇以女史執此赤管而書，記妃妾進退日月所次序，使不違失，宜爲書説而陳釋之，成此妃妾之德美，故美之也。

【孔疏】“静女”至“女美”。

○毛以爲，①言有貞静之女，其色孌然而美，又遺我以彤管之法，不違女史所書之事，成其妃妾之美。我欲易之，以爲人君之妃。②此女史彤管能成静女之德，故嘉善此彤管之狀有煒煒然，而喜樂其能成女德之美。因静女能循彤管之法，故又悦美彤管之能成静女。王肅云：“嘉彤管之煒煒然，喜樂其成女美也。”

○鄭唯“説釋女美”爲异。以上句既言遺我彤管之法，故説彤管以有法，由女史執之，以筆陳説而釋此妃妾之德美。有進退之法，而静女不違，是遺我彤管之法也。

<三章-1>**自牧歸（kuì）荑（tí），洵美且異。**

【毛序】牧，田官也。荑，茅之始生也。本之於荑，取其有始有終。

【鄭箋】洵，信也。茅，絜白之物也。自牧田歸荑，其信美而异者，可以供祭祀，猶貞女在窈窕（tiǎo）之處，媒氏達之，可以配人君。

【樂道主人】異，同“异”。孔疏：信美而異於衆草。

【孔疏】傳“荑茅”至“有終”。

◇◇傳以茅則可以供祭祀之用。荑者，茅之始生，未可供用，而本之於荑者，欲取興女有始有終，故舉茅生之名也。

◇◇言始爲荑，終爲茅，可以供祭祀，以喻始爲女能貞静，終爲婦有法則，可以配人君。

【孔疏】箋“茅絜”至“人君”。

◇◇箋解以茅喻之意。以茅絜白之物，信美而異於衆草，故可以供祭祀，喻静女有德，异於衆女，可以配人君，故言洵美且異也。言供祭祀之用者，祭祀之時，以茅縮酒。《左傳》曰“爾貢包茅不入，王祭不供，無以縮酒”是也。

◇◇定本、《集注》云“信美而異者”。

<三章-3>**匪女（rǔ）之爲美，美人之貽（yí）。**

【毛序】非爲荑徒説美色而已，美其人能遺我法則。

【鄭箋】遺我者，遺我以賢妃也（與毛不同）。

【孔疏】箋“遺我”至“賢妃”。◇◇箋以上“自牧歸荑”，欲人貽己以美女，此言“非女之爲美，美人之貽”，則非美其女，美貽己之人也，故**易之**以爲遺我以賢妃也。

【孔疏】“自牧”至“之貽”。

○毛以爲，①詩人既愛静女而不能見，思有人歸之，言我欲令有人自牧田之所歸我以茅荑，信美好而且又異者，我則供之以爲祭祀之用，進之於君，以興我原有人自深宫之所，歸我以貞信之女，信美好而又異者，我則進之爲人君之妃。

②又言我所用此女爲人君之妃者，由此女之美。我非徒悦其美色，又美此女人之能遺我彤管之法，故欲易之以配人君。

○鄭唯下二句爲异。言若有人能遺我貞静之女，我則非此女之爲美，言不美此女，乃美此人之遺於我者。愛而不見，冀於得之，故有人遺之，則美其所遺之人也。

《静女》三章，章四句。

新　臺　【邶風十八】

新臺有泚（cǐ），河水瀰（mǐ）瀰。燕（yàn）婉之求，籧（qú）篨（chú）不鮮（xiǎn）。

新臺有洒（cuǐ），河水浼（měi）浼。燕婉之求，籧篨不殄（tiǎn）。

魚網之設，鴻則離（lì）之。燕婉之求，得此戚施（yì）。

《新臺》三章，章四句。

【毛序】《新臺》，刺衛宣公也。納伋（jí）之妻，作新臺於河上而要（yāo）之。國人惡之，而作是詩也。

【鄭箋】伋，宣公之世子。

【孔疏】“《新臺》”至“是詩”：◇◇此詩伋妻蓋自齊始來，未至於衛，而公聞其美，恐不從己，故使人於河上爲新臺，待其至於河，而因臺所以要之耳。若已至國，則不須河上要之矣。

<一章-1>新臺有泚（cǐ），河水瀰（mǐ）瀰。

【毛傳】泚，鮮明貌。瀰瀰，盛貌。水所以絜汙穢，反於河上而爲淫昏之行。

【陸釋】瀰（mǐ），水盛也。《説文》云：水滿也。

【程析】臺，築在水上的房子稱爲臺。舊址在今河北省邯鄲市臨漳縣西黄河旁，建有銅雀三臺。泚，新而鮮明貌。

【孔疏】傳“此鮮”至“之行”。

◇◇此與下傳互也。臺泚言鮮明，下言高峻，見臺體高峻而其狀鮮明也。河瀰言盛貌，下言平地，見河在平地而波流盛也。

◇◇以（齊宣）公作臺要齊女，故須言臺。又言河水者，表作臺之處也。言水流之盛者，言水之盛流，當以絜汙穢，而公反於其上爲淫昏，故惡之也。

<一章-3>燕（yàn）婉之求，籧（qú）篨（chú）不鮮（xiǎn）。

【毛傳】燕，安。婉，順也。籧篨，不能俯者。

【鄭箋】鮮，善也。伋之妻，齊女，來嫁於衛。其心本求燕婉之人，謂伋也，反得不善，謂宣公也。籧篨口柔，常觀人顔色而爲之辭，故不能俯也。

【程析】燕婉，安和美好貌。籧篨，癩蛤蟆一類的東西。

【孔疏】傳“籧篨，不能俯者”。

◇◇籧篨、戚施（yì），本人疾之名，故《晋語》云“籧篨不可使俯，不可使仰”，是也。

◇但人口柔者，必仰面觀人之顔色而爲辭，似籧篨不能俯之人，因名口柔者爲籧篨。故箋云“籧篨口柔，常觀人顔色而爲之辭，故不能俯。”

◇面柔者，必低首下人，媚以容色，似戚施之人，因名面柔者爲戚施。戚施面柔，下人以色，故不能仰也。

◇◇時宣公爲此二者，故惡而比之，非宣公實有二病，故箋申傳意，以爲口柔、面柔也。籧篨口柔，戚施面柔，《釋訓》文。李巡曰：“籧篨巧言好辭，以口饒人，是謂口柔。戚施和顔悦色以誘人，是謂面柔也。”

【孔疏-章旨】“新臺”至“不鮮”。

○毛以爲，衛人惡公納伋之妻，故言所要之處。①云公新作高臺，有泚然鮮明，在於河水瀰瀰之處，而要齊女以爲淫昏也。水者所以絜汙穢，反於河上作臺而爲淫昏之行，是失其所也。

②又言齊女來嫁，本燕婉之人，是求欲以配伋，乃今爲所要，反得行籧篨佞媚之行不少者之宣公，是非所求也。

○鄭唯“不鮮”爲异。

<二章-1>新臺有洒（cuǐ），河水浼（měi）浼。

【毛傳】洒，高峻也。浼浼，平地也。

【程析】浼浼，水平緩貌。

<二章-3>燕婉之求，籧篨不殄（tiǎn）。

【毛傳】殄，絶也。

【鄭箋】殄當作腆（與毛不同）。腆，善也。

【孔疏】傳“殄，絶”。《釋詁》文。◇◇言齊女反得籧篨之行而不絶者，謂行之不止常然。推此則首章“鮮”爲“少”，傳不言耳，故王肅亦爲“少”也。

【孔疏】箋“殄當作腆。腆，善。”◇◇箋云籧篨口柔，當不能俯，言“少”與“不絶”，非類也，故以上章“鮮”爲“善”，讀此“殄”爲“腆”。腆與殄，古今字之异，故《儀禮》注云“腆，古文字作殄”，是也。

<三章-1>**魚網之設，鴻則離（lì）之。**

【毛傳】言所得非所求也。

【鄭箋】設魚網者宜得魚，鴻乃鳥也，反離焉。猶齊女以禮來求世子，而得宣公。

【程析】鴻，雁之大者。離，附着，獲得。

<三章-3>**燕婉之求，得此戚施（yì）。**

【毛傳】戚施，不能仰者。

【鄭箋】戚施面柔，下人以色，故不能仰也。

【程析】戚施，癩蛤蟆。

《新臺》三章，章四句。

二子乘舟 【邶風十九】

二子乘舟，汎（fàn）汎其景。願言思子，中心養（yàng）養。
二子乘舟，汎汎其逝。願言思子，不瑕有害。

《二子乘舟》二章，章四句。

【毛序】《二子乘舟》，思伋（jí）、壽也。衛宣公之二子争相爲死，國人傷而思之，作是詩也。

【孔疏】“《二子乘舟》”至“是詩”。◇◇作《二子乘舟》詩者，思伋、壽也。衛宣公之二子伋與壽，争相爲死，故國人哀傷而思念之，而作是《二子乘舟》之詩也。二子争相爲死，即首章二句是也。國人傷而思之，下二句是也。

<一章-1>**二子乘舟，汎（fàn）汎其景。**

【毛序】二子，伋、壽也。宣公爲伋取於齊女而美，公奪之，生壽及朔。

◇朔與其母愬伋於公，公令伋之齊，使賊先待於隘而殺之。壽知之，以告伋，使去之。伋曰：“君命也，不可以逃。”壽竊其節而先往，賊殺之。伋至，曰：“君命殺我，壽有何罪？”賊又殺之。

◇國人傷其涉危遂往，如乘舟而無所薄，汎汎然迅疾而不礙也。

【程析】汎汎，飄浮貌。景，遠行。

【孔疏】傳“二子”至“不礙”。

◇◇其言與桓十六年《左傳》小异大同也。《左傳》言“壽子告之，使行。不可，曰：弃父之命，惡用子矣？有無父之國則可也。‘及行，飲以酒。壽子載其旌以先”。

◇◇旌、節不同，蓋載旌旗以爲節信也。言“國人傷其涉危遂往”者，解經以乘舟爲喻之意。無所薄猶涉危也，謂涉渡危難而取死。

◇◇下言“其影”，以其影謂舟影，觀其去而見其影，義取其遂往不還，故卒章云“其逝”。傳曰“逝，往”，謂舟汎汎然，其形往，影形可見，故言往也。

<一章-3>**願言思子，中心養（yàng）養。**

【毛序】願，每也。養養然憂不知所定。

【鄭箋】願，念也（與毛不同）。念我思此二子，心爲之憂養養然。

【程析】養養，憂思而心神不定。

【孔疏-章旨】“二子”至“養養”。

毛以爲，

①二子伋、壽争相爲死，赴死似歸，不顧其生，如乘舟之無所薄，觀之汎汎然，見其影之去往而不礙。

②猶二子争死，遂往而亦不礙也。故我國人傷之，每有所言，思此二子，則中心爲之憂養養然，不知所定。

○鄭唯以“願言思子”爲“念我思此二子”爲异。

<二章-1>**二子乘舟，汎汎其逝。**

【毛傳】逝，往也。

【樂道主人】【程析】汎汎，飄浮貌。

<二章-3>**願言思子，不瑕有害（hài/hé）。**

【毛傳】言二子之不遠害（hài）。

【鄭箋】瑕猶過也（與毛不同）。我思念此二子之事，於行無過差，有何不可而不去也？

【樂道主人】行，指二子平時的行爲。

【孔疏】箋“我念”至“不去”。◇◇此國人思念之至，故追言其本，何爲不去而取死。深閔之之辭也。

《二子乘舟》二章，章四句。

邶國十九篇，七十一章，三百六十三句。

柏　舟　【鄘風一】

汎彼柏（bǎi）舟，在彼中河。髧（dàn）彼兩髦（máo），實維我儀。之死矢靡它（tuō）。母也天只（zhǐ）！不諒人只！

汎彼柏舟，在彼河側。髧彼兩髦，實維我特。之死矢靡慝。母也天只！不諒人只！

《柏舟》二章，章七句。

【毛序】《柏舟》，共姜自誓也。衛世子共伯蚤死，其妻守義，父母欲奪而嫁之，誓而弗許，故作是詩以絶之。

【鄭箋】共伯，僖侯之世子。

【樂道主人】此篇與衛武公不光彩上位有關。僖，《史记》作“釐”。

【孔疏】“《柏舟》”至“以絶之”。

◇◇作《柏舟》詩者，言其共姜自誓也。所以自誓者，衛世子共伯蚤死，其妻共姜守義不嫁，其父母欲奪其意而嫁之，故與父母誓而不許更嫁，故作是《柏舟》之詩，以絶止父母奪己之意。

◇◇此誓云已至死無他心，與鄭伯誓母云“不及黄泉，無相見”，皆豫爲來事之約，即盟之類也。

◇◇言衛世子者，依《世家》，共伯之死，時釐侯已葬，“入釐侯羨（墓道）自殺”，則未成君，故系之父在之辭。言世子，以别於衆子，《曾子問》曰“君薨而世子生”之類也。《春秋公羊》之説云：存稱世子，君薨稱子某，既葬稱子。《左氏》之義，既葬稱君，與此不同。此詩便文説事，非史策屬辭之例也。

◇◇言共伯者，共，謚；伯，字。以未成君，故不稱爵。言早死者，謂早死不得爲君，不必年幼也。

◇◇《世家》武公和篡共伯而立，“五十五年，卒”。《楚語》曰：“昔衛武公年九十有五矣，猶箴儆于國。”則未必有死年九十五以後也，則武公即位，四十一二以上，共伯是其兄，則又長矣。其妻蓋少，猶可以嫁。

◇《喪服傳》曰："夫死，妻稚子幼，子無大功之親，妻得與之適人。"是於禮得嫁，但不如不嫁爲善，故雲"守義"。《記》云："一與之齊，終身不改。"故夫死不嫁，是夫妻之義也。

◇◇此叙其自誓之由也。自誓，即下云"至死矢靡他"，是也。但上四句見已所以不嫁之由，下二句乃追恨父母奪已之意。

【孔疏】箋"共伯，僖侯之世子"。◇◇《史記》"僖"字皆作"釐"，《列女傳》曰"曹大家云釐音僖"，則古今字异而音同也。

<一章-1>**汎彼柏（bǎi）舟，在彼中河。**

【毛傳】興也。中河，河中。

【鄭箋】舟在河中，猶婦人之在夫家，是其常處。

【程析】汎彼，即汎汎，快速不停地飄浮貌。

<一章-3>**髧（dàn）彼兩髦（máo），實維我儀。**

【毛傳】髧，兩髦之貌。髦者，發至眉，子事父母之飾。儀，匹也。

【鄭箋】兩髦之人，謂共伯也，實是我之匹，故我不嫁也。禮，世子昧爽而朝，亦櫛（zhì）、纚（lí）、笄、總、拂髦、冠、緌（ruí）、纓。

【陸釋】髦，禮：子生三月，翦發爲鬌，長大作髦以象之。

【程析】髧，發下垂貌。兩髦，古未成年的男子前額發分向兩邊披着，長齊眉毛，額後則扎成兩綹，左右各一，稱爲兩髦。

【樂道主人】櫛，梳子、篦（bì）子等的統稱。纚，古代束髮的布帛。笄，古代盤束頭髮用的簪子。總，《釋名》：束髮也，總而束之也。緌，冠飾。系冠纓也。《説文》謂纓之垂者。纓，冠帶。《説文》冠繫也。從糸嬰聲。於盈切。清代段玉裁《説文解字注》：冠繫也。冠繫，可以繫冠者也。以二組繫於冠卷結頷下是謂纓。與紘（hóng）之自下而上繫於笄者不同。冠用纓。冕弁用紘。纓以固武。即以固冠。故曰冠繫。《玉藻》之記曰：玄冠朱組纓，天子之冠也。緇布冠繢（huì）緌，諸侯之冠也。玄冠丹組纓，諸侯之齊冠也。玄冠綦（qí）組纓，士之齊冠也。許此冠字專謂冠，不該冕弁。

【孔疏】傳"髦者"至"之飾"。

◇◇《既夕禮》云："既殯，主人脱髦。"注云："兒生三月，翦發爲鬌（duǒ），男角（夾囟爲角，兩角也）女羈（jī，午達爲羈，在中也）。

否則男左女右（一角而已）。長大猶爲之飾存之，謂之髦，所以順父母幼小之心。至此尸柩不見，喪無飾，可以去之。髦之形象未聞。”

◇◇《内則》注云：“髦者，用發爲之，象幼時鬌。其制未聞。”發至眉亦無文，故鄭云“其制未聞”。《内則》云：“子事父母，總拂髦。”是子事父母之飾也。

◇◇言兩者，以象幼時鬌，則知鬌以挾囟，故兩髦也。《喪大記》云：“小斂，主人脱髦。”注云：“士既殯而脱髦。此云小斂，蓋諸侯禮也。”士之既殯，諸侯之小斂，於死者俱三日也，則脱髦，諸侯小斂而脱之。

◇◇此共伯之死，時僖侯已葬，去髦久矣，仍云“兩髦”者，追本父母在之飾，故箋引“世子昧爽而朝”，明君在時事也。

◇◇髦者，事父母之飾也。若父母有先死者，於死三日脱之，服闋又著之。若二親并没，則因去之矣。《玉藻》云“親没不髦”，是也。

【孔疏】箋“兩髦”至“緌纓”。

◇◇以共伯已死，不忍斥言，故以兩髦言之也。世子昧爽平旦而朝君，初亦如是。

◇◇櫛髦乃櫛、纚（布帛）、笄，《内則》注云“纚，所以韜發者也；笄，今之簪”，則著纚乃以簪約之。

◇又著總（《釋名》：束髮也，總而束之也。），又拂髦而著之，故《内則》注云“拂髦，振去塵而著之。既著髦，乃加冠，又著緌、纓，然後朝君也。”《禮》“世子之記曰：‘朝夕至於寢門外。’”朝即昧爽也。

◇◇又《内則》云：“由命士以上，父子皆异宫，昧爽而朝。”世子亦是命士以上，故知昧爽也。“文王之爲世子，鷄初鳴而衣服，至於寢門外”者，鄭玄云：“文王之爲世子也，非禮之制，故不與常世子同也。”

◇◇《内則》云“子事父母，鷄初鳴，端韠（bì）紳”。注云：“端，玄端，士服也。庶人以深衣。”然則命士以下亦於鷄鳴之時朝者，命士以下當勉力從事，因早起而適父母之所，不主爲朝也。

◇◇异宫者則敬多，故《内則》注云“异宫崇敬”，是也。但文王之爲世子加隆焉，故鷄初鳴而至寢門耳。

◇◇《内則》云：“子事父母，鷄初鳴，咸盥漱、櫛、纚、笄、總、拂髦、冠、緌、纓、端、韠（bì，古代朝服的蔽膝。蔽膝，古代一種遮蔽在身前的皮制服飾）、紳（古代士大夫束在腰間的大帶子）、搢（jìn）笏（hù，古代君臣朝見時均執笏，用以記事備忘，不用時插於腰帶上）。”謂命士以上，父子异宫，昧爽而朝，更不言衣服之异，則纚、笄以下同，故云“亦櫛、纚、笄、總、拂髦、冠、緌、纓也”。《禮記·文王世子》云：“親疾，世子親齊玄冠而養。”蓋亦衣玄端矣。不并引端、韠、紳、搢笏者，以證經之兩髦，故盡首服而已。

◇◇《士冠禮》曰：“皮弁笄，爵弁笄。”注云：“有笄者屈組爲紘（hóng），無笄者纓而結其條。”然則此冠言緌、纓，則無笄矣。上言纚、笄者，爲纚而著笄也。《問喪》曰：“親始死，雞斯。”注云：“雞斯，當爲笄纚。”是著纚必須笄也。

<一章-5>**之死矢靡它（tuō）。**

【毛傳】矢，誓。靡，無。之，至也。至已之死，信無它心。

<一章-6>**母也天只（zhǐ）！不諒人只！**

【毛傳】諒，信也。母也天也，尚不信我。天謂父也。

【樂道主人】人，我，指第一人稱。

【孔疏】傳“天謂父”。◇◇序云“父母欲奪而嫁之”，故知天謂父也。先母后天者，取其韵句耳。

【孔疏-章旨】“汎彼”至“人只”。

①言汎汎然者，彼柏木之舟，在彼中河，是其常處，以興婦人在夫家，亦是其常處。

②今我既在夫家矣，又髧然著彼兩髦之人共伯，實維是我之匹耦。言其同德齊意矣。

③其人雖死，我終不嫁。

④而父母欲奪已志，故與之誓言：已至死，誓無變嫁之心。母也父也，何謂尚不信我也，而欲嫁我哉！

<二章-1>**汎彼柏舟，在彼河側。髧彼兩髦，實維我特。**

【毛傳】特，匹也。

【程析】特，本意爲牡牛，陽奇數，引申爲單獨之稱。物無偶曰特。

<二章-5>**之死矢靡慝。**

【毛傳】慝，邪也。

<二章-6>**母也天只！不諒人只！**

《柏舟》二章，章七句。

牆有茨 【鄘風二】

牆有茨（cí），不可埽也。中冓之言，不可道（dào）也。所可道也，言之醜也。

牆有茨，不可襄（xiāng）也。中冓（gòu）之言，不可詳也。所可詳也，言之長（cháng）也

牆有茨，不可束也。中冓之言，不可讀也。所可讀也，言之辱也。

《牆有茨》三章，章六句。

【毛序】《牆有茨》，衛人刺其上也。公子頑通乎君母，國人疾之而不可道也。

【鄭箋】宣公卒，惠公幼，其庶兄頑烝於惠公之母，生子五人：齊子、戴公、文公、宋桓夫人、許穆夫人。

【孔疏】“《牆有茨》”至“不可道”。◇◇此注刺君，故以宣姜繫於君，謂之君母。《鶉之奔奔》則主刺宣姜與頑，亦所以惡公之不防閑，詩人主意异也。

【孔疏】箋“宣公”至“夫人”。◇◇《左傳》閔二年曰：“初，惠公之即位也少，齊人使昭伯（即公子頑）烝於宣姜，（昭伯）不可，强之。生齊子、戴公、文公、宋桓夫人、許穆夫人。”服虔云：“昭伯，衛宣公之長庶伋之兄。宣姜，宣公夫人，惠公之母。”是其事也。

<一章-1>**牆有茨（cí），不可埽也。**

【毛傳】興也。牆所以防非常。茨，蒺（jí）藜（lí）也。欲埽去之，反傷牆也。

【鄭箋】國君以禮防制一國，今其宫内有淫昏之行者，猶牆之生蒺藜。

【程析】埽，同“掃”，掃除。牆上種茨，是爲了防閑内外。

【樂道主人】以牆喻禮。

<一章-3>**中冓（gòu）之言，不可道（dào）也。**

【毛傳】中冓，內冓也。

【鄭箋】內冓之言，謂宮中所冓成頑與夫人淫昏之語。○

【程析】中冓，宮廷內部。

【孔疏】傳“中冓，內冓”。箋“內冓”至“之語”。◇◇《媒氏》云：“凡男女之陰訟，聽之於勝（被勝）國之社。”注云：“陰訟，争中冓之事以觸法者。勝國，亡國也。亡國之社，掩其上而棧其下，使無所通，就之以聽陰訟之情，明不當宣露。”即引此詩以證之。是其冓合淫昏之事，其惡不可道也。

<一章-5>**所可道也，言之醜也。**

【毛傳】於君醜也。

【孔疏-章旨】“牆有”至“醜也”。

①言人以牆防禁一家之非常，今上有蒺藜之草，不可埽而去之，欲埽去之，反傷牆而毀家，以興國君以禮防制一國之非法，今宮中有淫昏之行，不可滅而除之，欲除而滅之，反違禮而害國。

②夫人既淫昏矣，宮中所冓成此頑與夫人淫昏之語，其惡不可道。

③所可道言之，於君醜也。君本何以不防閑其母，至令有此淫昏。

<二章-1>**牆有茨，不可襄（xiāng）也。**

【毛傳】襄，除也。

<二章-3>**中冓之言，不可詳也。**

【毛傳】詳，審也。

【程析】詳，細説。

<二章-5>**所可詳也，言之長（cháng）也。**

【毛傳】長，惡長也。

<三章-1>**牆有茨，不可束也。**

【毛傳】束而去之。

【程析】束，打掃乾净。

<三章-3>**中冓之言，不可讀也。**

【毛傳】讀，抽也。

【鄭箋】抽猶出也。

【孔疏】傳“讀，抽”。箋“抽猶出”。

◇◇上云“不可詳”，則此爲讀誦，於義亦通。

◇◇必以爲抽者，以讀誦非宣露之義。傳訓爲“抽”，箋申“抽”爲“出”也。

<三章-5>**所可讀也，言之辱也。**

【毛傳】辱，辱君也。

《牆有茨》三章，章六句。

君子偕老 【鄘風三】

君子偕老，副笄（jī）六珈（jiā）。委委佗（tuó）佗，如山如河，象服是宜。子之不淑，云如之何！

玼（cí）兮玼兮，其之翟（dí）也。鬒（zhěn）髮如雲，不屑髢（dí）也。玉之瑱（tiàn）也，象之揥（tì）也。揚且（jū）之晳（xī）也。胡然而天也，胡然而帝也？

瑳（cuō）兮瑳兮，其之展也。蒙彼縐（zhòu）絺（chī），是紲（xiè）袢（pàn）也。子之清揚，揚且之顔也。展如之人兮，邦之媛也？

《君子偕老》三章，一章七句，一章九句，一章八句。

【毛序】《君子偕老》，刺衛夫人也。夫人淫亂，失事君子之道，故陳人君之德，服飾之盛，宜與君子偕老也。

【鄭箋】夫人，宣公夫人，惠公之母也。人君，小君也。或者“小”字誤作“人”耳。

【樂道主人】小君，指夫人，衛宣姜。

【樂道主人】毛與鄭詩旨同，如何刺則不同：毛陳善刺惡，鄭以宣姜外表光華，而行爲淫佚，故刺其徒有其表，内無良無德。

【孔疏】“《君子偕老》”至“偕老”。

◇◇作《君子偕老》詩者，刺衛夫人也。以夫人淫亂，失事君子之道也。

◇◇毛以爲，由夫人失事君子之道，故陳别有小君，内有貞順之德，外有服飾之盛，德稱其服，宜與君子偕老者，刺今夫人有淫佚之行，不能與君子偕老。偕老者，謂能守義貞絜以事君子，君子雖死，志行不變，與君子俱至於老也。

◇經陳行步之容，髮膚之貌，言德美盛飾之事，能與君子偕老者乃然。故發首言“君子偕老”，以爲一篇之總目。序則反之，見内有其德，外稱其服，然後能與君子偕老。各自爲勢，所以倒也。

◇◇鄭以爲，由夫人失事君子之道，故陳此夫人既有舉動之德，服飾之盛，宜應與君子俱至於老。反爲淫佚之行，而不能與君子偕老，故刺之。此人君之德，謂宣姜服飾之盛，行止有儀，不謂内有其德也。

【孔疏】箋“夫人”至“誤作人”。

◇◇以上篇公子頑通乎君母，母是宣姜，故知此亦爲宣公夫人，惠公之母也。

◇◇以言刺夫人，故知人君爲小君。以夫妻一體，婦人從夫之爵，故同名曰人君。《碩人》傳曰“人君以朱纏鑣”亦謂夫人也。

◇夫人雖理得稱人君，而經、傳無謂夫人爲人君者，故箋疑之云：“或者‘小’字誤作‘人’耳。”俗本亦有無此一句者，定本有之。

<一章-1>**君子偕老，副笄（jī）六珈（jiā）。**

【毛傳】能與君子俱老，乃宜居尊位，服盛服也。副者，后夫人之首飾，編髮爲之。笄，衡笄也。珈笄，飾之最盛者，所以别尊卑。

【鄭箋】珈之言加也，副既笄而加飾，如今步摇上飾。古之制所有，未聞。

表 8　后夫人之首飾

名	裝飾内容	區别	用途	備注
副	副之言覆，所以覆首爲之飾	王后之衡笄，皆以玉爲之，唯祭服有衡笄垂於副之兩傍當耳，其下以紞，懸瑱，稱爲珈，侯伯夫人爲六，王后則多少無文也。此副及衡笄與珈飾，唯后夫人有之，卿大夫以下則無	祭服之首飾	漢稱之爲步摇
編	編列髮爲之，其遺象若今假紒矣	編列他髮爲之，假作紒形，加於首上，編無衡笄	告桑	
次	次第髮長短，所謂髲髢	他髮與己髮相合爲紒，次無衡笄	見王	

【孔疏】傳“能與”至“尊卑”。

◇◇副者，祭服之首飾。《追師》“掌王后之首服，爲副、編、次”，注云“其遺象若今之步摇矣，服之以從王祭祀”。

◇編，編列髮爲之，其遺象若今假紒（jì，束髮爲髻）矣，服之以告桑也。次，次第髮長短，所謂髲（bì）髢（dí，梳在頭頂上的假髮結），服之以見王”，是也。

◇言編若今假紒者，編列他髮爲之，假作紒形，加於首上。次者，亦鬄（tì）他髮與己髮相合爲紒，故云“所謂髮鬄”。是編、次所以异也。

◇◇以此笄連副，則爲副之飾，是衡笄也，故《追師》又云“追衡笄。”注云“王后之衡笄，皆以玉爲之，唯祭服有衡笄垂於副之兩傍當耳，其下以紞（dǎn，冠冕上用來繫瑱的帶子）懸瑱”，是也。編、次則無衡笄。

◇◇言珈者，以玉珈於笄爲飾，后夫人首服之尤尊，故云“珈笄，飾之最盛者”。此副及衡笄與珈飾，唯后夫人有之，卿大夫以下則無，故云“所以别尊卑”也。

【孔疏】箋“珈之”至“未聞”。

◇◇以珈字從玉，則珈爲笄飾。謂之珈者，珈之言加，由副既笄，而加此飾，故謂之珈，如漢之步摇之上飾也。步摇，副之遺象，故可以相類也。古今之制不必盡同，故言“古之制所有，未聞”。

◇◇以言“六珈”，必飾之有六，但所施不可知。據此言“六珈”，則侯伯夫人爲六，王后則多少無文也。

<一章-3>**委委佗（tuó）佗，如山如河，**

【毛傳】委委者，行可委曲蹤迹也。佗佗者，德平易也。山無不容，河無不潤。

【孔疏】傳“委委”至“不潤”。

◇◇傳以陳人君之德而駁（bó）宣姜，則以爲内有德也。

◇◇《釋訓》云：“委委佗佗，美也。”李巡曰：“寬容之美也。”孫炎曰：“委委，行之美。佗佗，長之美。”郭璞曰：“皆佳麗美艷之貌。”

◇◇傳意陳善以駁宣姜，則以爲内實有德，其言行可委曲，德平易。李巡與孫炎略同，則委委、佗佗皆行步之美，以内有其德，外形於貌，故傳互言之。委委者，行可委曲。佗佗者，德平易也。由德平易，故行可委曲。

◇德平易，即“如山如河”是也。

◇◇鄭以論宣姜之身，則或與孫、郭同，爲宣姜自佳麗美艷，行步有儀，長大而美，其舉動之貌，如山如河耳，無取於容潤也。

<一章-5>**象服是宜。**

【毛傳】象服，尊者所以爲飾。

【鄭箋】象服者，謂褕翟、闕翟也（與毛不同）。人君之象服，則舜所雲“予欲觀古人之象，日月星辰”之屬。

【程析】象服，畫袍。

【孔疏】傳“象服”至“爲飾”。◇◇以下傳云“褕翟，羽飾衣”，則象非畫羽也。言服則非揥（《康熙字典》：以象骨搔首，因以爲飾，名之曰揥），明以象骨飾服，唯尊者爲然，故云“尊者所以爲飾”，象骨飾服，經、傳無文，但推此傳，其理當然。

【孔疏】箋“象服”至“之屬”。

◇◇箋以經言“象服”，則非首服也。以象骨飾服，則《書傳》之所未聞。下云“其之翟也”，明此爲褕翟、闕翟也。翟而言象者，象鳥羽而畫之，故謂之象。以人君之服畫日月星辰謂之象，故知畫翟羽亦爲象也，故引古人之象以證之。

◇◇《皋（gāo）陶（yáo）謨（mó）》云“帝曰：‘予欲觀古人之象，日、月、星辰、山、龍、華蟲，作會；宗彝、藻、火、粉米、黼（fǔ）、黻（fú），絺綉’”是也。自日月至黼黻皆爲象，獨言日、月、星辰者，取證象服而已，故略之也。

<一章-6>**子之不淑，云如之何！**

【毛傳】有子若是，何謂不善乎？

【鄭箋】子乃服飾如是，而爲不善之行，於禮當如之何（與毛不同）！深疾之。

【程析】子，指宣姜。淑，善。云，語助詞。

【孔疏】傳“有子”至“不善”。◇◇傳意舉善以刺惡，故反其言以激之。“何謂不善”，言其善也。

【孔疏-章旨】“君子”至“之何”。

○毛以爲，①言夫人能與君子俱至於老者，首服副飾而著衡笄，以六珈玉爲之飾。

②既服此服，其行委委然，行可委曲，佗佗然，其德平易，如山之無不容，如河之無不潤。

③德能如是，以象骨飾服而著之，是爲得宜。

④此子之德，與服相稱以此。可謂不善，云如之何乎？言其宜善也。

◇◇今之夫人何以不善而爲淫亂，不能與君子偕老乎？。

○鄭以爲，①言此夫人宜與君子偕老，何者？

②今夫人既有首服副笄而著六珈，又能委委佗佗，如山如河，

③象服褕翟、闕翟得其宜。服飾如是，宜爲善以配君子。

④今子之反爲不善之行，欲云如之何乎？深疾之。

<二章-1>玼（cí）兮玼兮，其之翟（dí）也。

【毛傳】玼，鮮盛貌。褕翟、闕翟，羽飾衣也。

【鄭箋】侯伯夫人之服，自褕翟而下，如王后焉。

【孔疏】傳“褕翟”至“飾衣”。

◇◇傳以翟，雉名也，今衣名曰翟，故謂以羽飾衣，猶右手秉翟，即執真翟羽。

◇◇鄭注《周禮》三翟，皆刻繒爲翟雉之形，而彩畫之以爲飾，不用真羽。孫毓云：“自古衣飾山、龍、華蟲、藻、火、粉米，及《周禮》六服，無言以羽飾衣者。羽施於旌旂蓋則可，施於衣裳則否。蓋附人身，動則卷舒，非可以羽飾故也。鄭義爲長。

<二章-3>鬒（zhěn）髮如雲，不屑髢（dí）也。

【毛傳】鬒，黑髮也。如雲，言美長也。屑，絜也。

【鄭箋】髢，髲也。不絜者，不用髲爲善。

【樂道主人】髲（bì），假髮。

【孔疏】傳“鬒黑”至“美長”。◇◇昭二十八年《左傳》云：“有仍氏生女，鬒黑而甚美，光可以鑒，名曰玄妻。”服虔云：“髮美爲鬒。《詩》云‘鬒髮如雲’，其言美長而黑。以髮美，故名玄妻。”是鬒爲黑髮也。

【孔疏】箋“髢髲”至“爲善”。

◇◇髢一名髲，故云“髢，髲”也。《説文》云：“髲，益髮也。”言己髮少，聚他人髮益之。哀十七年《左傳》曰，衛莊公“見己氏之妻髮美，使髡（kūn，剃去男子頭髮的一種刑罰）之，以爲吕姜髲”，是也。

◇◇不絜髲者，言婦人髮美，不用他髮爲髲而自絜美，故云“不用髲爲善。”

<二章-5>玉之瑱（tiàn）也，象之揥（tì）也。

【毛傳】瑱，塞耳也。揥，所以摘髮也。

【程析】象，象牙。揥，象牙做的簪。後來稱作搔首或搔頭。

【孔疏】傳“瑱，塞”至“摘髮”。◇◇《既夕》記云“瑱塞耳”，充耳是也。或曰“充耳”，《淇奧》云“充耳琇瑩”，是也。以象骨搔首，因以爲飾，名之揥（tì），故云“所以摘髮”，《葛屨》云“佩其象揥”，是也。

<二章-7>揚且（jū）之皙（xī）也。

【毛傳】揚，眉上廣。皙，白皙。

【程析】揚，形容顏色之美。且，語助詞。

<二章-8>胡然而天也，胡然而帝也？

【毛傳】尊之如天，審諦（dì）如帝。

【鄭箋】胡，何也。帝，五帝也。何由然女（rǔ）見尊敬如天帝乎？非由衣服之盛，顏色之莊與？反爲淫昏之行。（與毛不同）

【詩集傳】問之也。

【孔疏】傳“尊之”至“如帝”。

◇◇傳互言之。言尊之如天，明德如天也。◇◇言審諦如帝，則亦尊之如帝。故經再云“胡然”也。《運斗樞》云：“帝之言諦。”夫人審諦似帝德，故云“如帝”，則“如天”亦然。《元命苞》云：“天之言瑱。”則此蓋亦爲瑱，取其瑱實也。毛不明説天、帝同别，不可知也，二者皆取名以見德也。

◇◇此章論祭服，言其德當神明，故尊之以比天帝。卒章論事君子、見賓客之服，故以美女言之，是以《内司服》注引“《詩·國風》曰‘玼兮玼兮，其之翟也’，下云‘胡然而天也，胡然而帝也’，言其德當神明。又曰‘瑳兮瑳兮，其之展也’，下云‘展如之人兮，邦之媛也’，言其行配君子。二者之義與禮合矣”。

◇◇鄭雖非舉善駁惡，其以類根配，與傳同也。

【孔疏】箋“帝五帝”至“之行”。

◇◇天、帝名雖别而一體也，以此别，設其文爲有帝王之嫌，故云“帝，五帝”，謂五精之帝也。《春秋文耀鈎》曰“倉帝，其名靈威仰；赤帝，其名赤熛怒；黄帝，其名含樞紐；白帝，其名白招拒；黑帝，其名汁光紀”，是也。

◇◇此責夫人之辭，故言何由然而見（xiàn）尊敬如天帝乎？非由衣服之盛、顏色之莊與？是覆上以責之。

◇◇此云“反爲淫昏之行”，卒章箋云“淫昏亂國”者，以下經云“邦之媛也”，因有“邦”文，故言“亂國”。

【孔疏-章旨】“玼兮”至“如帝”。

○毛以爲，夫人能與君子偕老者，故宜服此。①玼兮玼兮，其鮮盛之翟衣也。

②又其鬒髮如雲，言其美長，不用髲而自絜美也。

③又以玉爲之瑱也，又以象骨爲之揥也。

④又其眉上揚廣，且其面之色又白皙。

⑤既服飾如此，其德又稱之，其見尊敬如天帝。何由然見尊敬如天乎？由其瑱實如天。何由然見尊敬如帝乎？

◇◇由其審諦如帝，故能與君子偕老。今夫人何故淫亂而不瑱實、不審諦，使不可尊敬乎？

○鄭以指據宣姜今爲淫亂，故責之，⑤言夫人何由見尊敬如天乎？何由見尊敬如帝乎？非由衣服之盛、顏色之莊與？既由衣服、顏色以見尊敬，何故反爲淫昏之行乎？”

<三章-1>**瑳（cuō）兮瑳兮，其之展也。蒙彼縐（zhòu）絺（chī），是紲（xiè）袢（pàn）也。**

【毛傳】禮有展衣者，以丹縠（hú）爲衣。蒙，覆也。絺之靡者爲縐，是當暑袢延之服也。

【鄭箋】后妃六服之次展衣，宜白（與毛不同）。縐絺，絺之蹙（cù）蹙者。展衣，夏則裏衣縐絺。此以禮見於君及賓客之盛服也。展衣字誤，《禮記》作“襢（tǎn）衣”。（與毛不同）

【程析】縐絺，細夏布。今名縐紗。紲袢，内衣，如今之汗衫。亦稱褻衣。

【樂道主人】瑳，同“玼”。縠，有皺紋的紗。蹙，收縮。

【孔疏】傳“禮有”

◇◇縐絺”相連，嫌以絺爲之，故辨其所用也。絺者，以葛爲之，精曰絺，粗曰綌。其精尤細靡者，縐也。言細而縷縐，故箋申之云：“縐絺，絺之蹙蹙者。”

◇◇言“是當暑袢延之服服”者，謂縐絺是紲袢之服，展衣則非是也。紲袢者，去熱之名，故言袢延之服。袢延是熱之氣也。

◇◇此傳言展用丹縠，餘五服，傳無其說。丹縠亦不知所出，而孫毓推之，以爲褘衣赤，褕翟青，闕翟黑，鞠衣黄，展衣赤，褖衣黑。鞠名與麴同，雖毛亦當色黄。褖衣與男子之褖衣名同，則亦宜黑。

◇然則六服逆依方色，義或如毓所言。以婦人尚華飾，赤爲色之著，因而右行以爲次，故褘衣赤，褕翟青，闕翟黑。次鞠衣，鞠衣宜白，以爲疑於凶服，故越取黄。而展衣同赤。因西方闕其色，故褖衣越青而同黑也。

◇二章傳曰“褕翟、闕翟，羽飾衣”則褘衣亦羽飾衣。褘衣以翬鳥羽，褕翟以摇鳥羽，闕翟次褕翟，則亦用摇羽矣，但飾之有闕少耳。

【孔疏】箋“后妃”至“襢衣”。

◇◇**箋不同傳**，故云“后妃六服之次展衣，宜白”。言宜者，無明文。《周禮》之注，差之以爲然也。

◇◇《内司服》“掌王后之六服，褘衣、褕翟、闕翟、鞠衣、展衣、褖衣”，鄭司農云：“展衣白，鞠衣黄，褖衣黑。”

◇◇玄謂“鞠衣黄，桑服也，色如麴塵，象桑葉始生。《月令》三月薦鞠衣於先帝，告桑事也。緑衣者，實褖衣也。男子之褖衣黑，則是亦黑也。六服備於此矣”。以下推次其色，則闕翟赤，褕翟青，褘衣玄。

◇◇是鄭以天地四方之色差次六服之文。以《士冠禮》爵弁服、皮弁服之下有玄端，無褖衣，《士喪禮》爵弁服、皮弁服之下有褖衣，無玄端，則褖衣當玄端，玄端當黑，則褖亦黑矣。以男子之褖衣黑，知婦人之褖衣亦黑。

◇褖衣上有展衣，鄭司農云“展衣白”。上又有鞠衣，以色如麴塵，故取名焉，是鞠衣黄也。三服之色以見矣，是從下依行運，逆而爲次。

◇唯三翟之色不明，故云“以下推次其色，闕翟亦，褕翟青，褘衣玄”也。

◇◇又解展衣之裹，不恒以絺，而云“蒙彼縐絺”者，衣展衣者，夏則裹之以縐絺，作者因舉時事而言之，故云“是紲袢也”。定本云“展衣，夏則裹衣縐絺”，俗本多云“冬衣展衣”，蓋誤也。

◇又解展衣所用，云“此以禮見於君及賓客之盛服”。

◇◇《玉藻》云“一命襢衣”，《喪大記》曰“世婦以襢衣”，是《禮記》作“襢衣”也。定本云《禮記》作“襢”，無衣字。《司服》注以展爲聲誤，從襢爲正。以衣服之字宜從衣故也。

<三章-5>**子之清揚，揚且之顔也。**

【毛傳】清，視清明也。揚，廣揚而顔角豐滿。

【孔疏】傳“清視”至“廣揚”。

◇◇以目視清明，因名爲清，故此云“清，視清明也”。揚者，眉上之美名，因名眉目曰揚。故《猗嗟》云“美目揚兮”，傳曰“好目揚眉”是也。既名眉爲揚，目爲清，因謂眉之上眉之下皆曰揚，目之上目之下皆曰清。故上傳曰“揚，眉上廣”，此及《猗嗟》傳云“揚，廣揚。”是眉上爲揚。

◇◇《野有蔓草》傳曰：“清揚，眉目之間。”是眉之下爲揚，目之上爲清。《猗嗟》傳又曰：“目下爲清。”是目之下亦爲清也。《釋訓》云：“猗嗟名兮，目上爲名。”郭云：“眉眼之間。”是目上又爲之名也。“猗嗟名兮”既爲日上，故知“美日清兮”，清爲日下。

<三章-7>**展如之人兮，邦之媛也？**

【毛傳】展，誠也。美女爲媛。

【鄭箋】媛者，邦人所依倚以爲媛助也。疾宣姜有此盛服而以淫昏亂國，故云然。

【詩集傳】惜之也。

【樂道主人】展，鄭認爲是展衣。

【孔疏】傳“美女爲媛”。

◇◇《釋訓》文。孫炎曰：“君子之援助。然則由有美可以援助君子，故云美女爲媛。”

◇◇箋以爲，責非夫人之辭，當取援助爲義，故云“邦人所依倚以爲援助”，因顔色依爲美女，故知邦人依之爲援助。是舉其外，責其爲内之不稱，故説各殊也。

【孔疏-章旨】“瑳兮”至“媛也”。

○毛以爲，①言夫人能與君子偕老者，故服此“瑳兮瑳兮”其鮮盛之展衣，以覆彼縐絺之上。縐絺是當暑絏去袢延烝熱之服也。

②子之夫人非直服飾之盛，又目視清明，而眉上平廣，且顔角豐滿，而德以稱之。

③誠如是德服相稱之人，宜配君子，故爲一國之美女兮。今夫人何爲淫亂，失事君子之道，而不爲美女之行乎？

○鄭以③言宣姜服飾容貌如是，故一邦之人依倚以爲援助，何故反爲淫昏之行而亂國乎？

《君子偕老》三章，一章七句，一章九句，一章八句。

桑中 【鄘風四】

爰（yuán）采唐矣？沬（mèi）之鄉矣。云誰之思？美孟姜矣。期我乎桑中，要（yāo）我乎上宫，送我乎淇之上矣。

爰采麥矣？沬之北矣。云誰之思？美孟弋（sì）矣。期我乎桑中，要我乎上宫，送我乎淇之上矣。

爰采葑（fēng）矣？沬之東矣。云誰之思？美孟庸矣。期我乎桑中，要我乎上宫，送我乎淇之上矣。

《桑中》三章，章七句。

【毛序】《桑中》，刺奔也。衛之公室淫亂，男女相奔，至於世族在位，相竊妻妾，期於幽遠，政散民流而不可止。

【鄭箋】衛之公室淫亂，謂宣惠之世，男女相奔，不待媒氏以禮會之也。世族在位，取姜氏、弋（sì）氏、庸氏者也。竊，盜也。幽遠，謂桑中之野。

【孔疏】“《桑中》”至“不可止”。

◇◇作《桑中》詩者，刺男女淫怨而相奔也。由衛之公室淫亂之所化，是故又使國中男女相奔，不待禮會而行之，雖至於世族在位爲官者，相竊其妻妾，而期於幽遠之處，而與之行淫。時既如此，即政教荒散，世俗流移，淫亂成風而不可止，故刺之也。定本云“而不可止”，“止”下有“然”字。

◇此男女相奔，謂民庶男女；世族在位者，謂今卿大夫世其官族而在職位者。相竊妻妾，謂私竊而與之淫，故云“期於幽遠”，非爲夫婦也。

◇◇此經三章，上二句惡衛之淫亂之主，下五句言相竊妻妾，期我於桑中，是“期於幽遠”。此叙其淫亂之由，經陳其淫亂之辭。

◇◇言公室淫亂，國中男女相奔者，見衛之淫風，公室所化，故經先言衛都淫亂，國中男女相奔，及世族相竊妻妾，俱是相奔之事，故序總雲“刺奔”。經陳世族相奔，明民庶相奔明矣。

◇◇經言孟姜之等爲世族之妻，而兼言妾者，以妻尚竊之，况於妾乎？故連言以協句耳。謂之竊者，蔽其夫而私相奸，若竊盜人物，不使其主知之然。

◇◇既上下淫亂，有同亡國，故序云“政散民流而不可止”，是以《樂記》曰“桑間濮（pú）上之音，亡國之音也。其政散，其民流，誣上行私而不可止”，是也。

【孔疏】箋“衛之”至“之野”。

◇◇此惠公之時，兼云宣公者，以其言由公惑淫亂，至於政散民流，則由化者遠矣。此直言公室淫亂，不指其人，而宣公亦淫亂，故并言之也。

◇◇序言“相竊妻妾”，經陳相思之辭，則孟姜之輩與世族爲妻也，故知世族在位，取姜氏、弋（sì）氏、庸氏矣。

<一章-1>**爰（yuán）采唐矣？沬（mèi）之鄉矣。**

【毛傳】爰，於也。唐，蒙，菜名。沬，衛邑。

【鄭箋】於何采唐，必沬之鄉，猶言欲爲淫亂者，必之衛之都。惡衛爲淫亂之主。

【程析】爰（yuán），在什麼地方。沬，衛都朝歌。商代稱妹邦、牧野。在今河南省淇縣北。

【孔疏】傳“唐蒙，菜名”。

◇◇《釋草》云“唐蒙，女蘿。女蘿，菟絲。”舍人曰：“唐蒙名女蘿，女蘿又名菟絲。”孫炎曰：“别三名。”郭璞曰：“别四名。”則唐與蒙或并或别，故三、四异也。以經直言唐，而傳言“唐蒙”也。

◇◇《頍弁》傳曰：“女蘿，菟絲，松蘿也。”則又名松蘿矣。《釋草》又云：“蒙，王女。”孫炎曰：“蒙，唐也。”一名菟絲，一名王女，則通松蘿、王女爲六名。

【孔疏】傳“沬，衛邑”。

◇◇《酒誥》注云：“沬邦，紂之都所處也。”於《詩》國屬鄘，故其風有“沬之鄉”，則“沬之北”“沬之東”，朝歌也。然則沬爲紂都，故言“沬邦”。後三分殷畿，則紂都屬鄘。

◇◇《譜》云“自紂城而南”，據其大率，故猶云“之北”“之東”，明紂城北與東猶有屬鄘者。今鄘并於衛，故言衛邑。紂都朝歌，明朝歌即沬也。

【孔疏】箋“於何”至“之主”。

◇◇《殷武》傳曰：“鄉，所也。”則此沬之鄉以，爲沬之所矣。沬，邑名，則采唐不於邑中，但總言於其所耳，不斥其方。下云“之北”“之東”，則指其所在采之處矣。言衛之都，謂國所在也。

◇◇時衛之淫風流行，遍於境内。獨言都者，淫風所行，相習成俗，公室所在，都尤甚焉，故舉都爲主。國外承化，淫亦可知。

◇◇言淫亂主者，猶《左傳》云“武王數紂之罪，以告諸侯曰：‘紂爲天下逋逃主。’”然言淫在其都而君不禁，似若爲之主然，故言“惡衛爲淫亂之主”。

<一章-3>**云誰之思？美孟姜矣。**

【毛傳】姜，姓也。言世族在位有是惡行。

【鄭箋】淫亂之人誰思乎？乃思美孟姜。孟姜，列國之長女，而思與淫亂。疾世族在位，有是惡行也。

【程析】云，語助詞。之，語中助詞。

【孔疏】箋“淫亂”至“惡行”。

◇◇知“孟姜，列國之長女”者，以衛朝貴族無姓姜者，故爲列國。列國姜姓，齊、許、申、吕之屬。不斥其國，未知誰國之女也。臣無境外之交，得取列國女者，春秋之世，因聘逆妻，故得取焉。

◇◇言孟，故知長女。下孟弋（sì）、孟庸，以孟類之，蓋亦列國之長女，但當時列國姓庸、弋者，無文以言之。

<一章-5>**期我乎桑中，要（yāo）我乎上宫，送我乎淇之上矣。**

【毛傳】桑中、上宫，所期之地。淇，水名也。

【鄭箋】此思孟姜之愛厚已也，與我期於桑中，而要見我於上宫，其送我則於淇水之上。

【孔疏】傳“桑中”至“之地”。◇◇經“桑中”言“期”，“上宫”言“要”，傳并言“所期”者，見設期而相要，一也。

【孔疏-章旨】“爰采”至“上矣”。

①人欲采唐者，於何采唐菜乎？必之沬之鄉矣。以興人欲淫亂者，於何處淫亂乎？必之衛之都。言沬鄉，唐所生；衛都，淫所主故也。

②又言衛之淫亂甚矣，故雖世族在位之人，相竊妻妾，與之期於幽遠

而行淫，乃云我誰思乎？乃思美好之孟姜，與之爲淫亂。

③所以思孟姜者，以孟姜愛厚於我，與我期往於桑中之野，要見我於上宫之地，又送我於淇水之上。愛厚於我如此，故思之也。

◇◇世族在位，猶尚如此，致使淫風大行，民流政散，故陳其嗢以刺之。

<二章-1>爰采麥矣？沬之北矣。云誰之思？美孟弋（sì）矣。

【毛傳】弋，姓也。

【詩集傳】弋，春秋時或作“姒”，杞女夏后氏之後。

<二章-3>期我乎桑中，要我乎上宫，送我乎淇之上矣。

<三章-1>爰采葑（fēng）矣？沬之東矣。

【鄭箋】葑，蔓菁。

【程析】葑，今名蘿蔔（今大頭菜）。

<三章-3>云誰之思？美孟庸矣。

【毛傳】庸，姓也。

<三章-5>期我乎桑中，要我乎上宫，送我乎淇之上矣。

《桑中》三章，章七句。

鶉之奔奔 【鄘風五】

鶉（chún）之奔奔，鵲之彊彊。人之無良，我以爲兄。
鵲之彊彊，鶉之奔奔。人之無良，我以爲君。
《鶉之奔奔》二章，章四句。

【毛序】《鶉之奔奔》，刺衛宣姜也。衛人以爲，宣姜，鶉鵲之不若也。

【鄭箋】刺宣姜者，刺其與公子頑爲淫亂行，不如禽鳥。

【孔疏】"《鶉之奔奔》"至"不若"。

◇◇二章皆上二句刺宣姜，下二句責**公**（衛惠公）不防閑也。

◇◇頑與宣姜共爲此惡，而獨爲刺宣姜者，以宣姜衛之小君，當母儀一國，而與子淫，尤爲不可，故作者意有所主，非謂頑不當刺也。今"人之無良，我以爲兄"，亦是惡頑之亂。

<一章-1>**鶉（chún）之奔奔，鵲之彊彊。**

【毛序】鶉則奔奔，鵲則彊彊然。

【鄭箋】奔奔、彊彊，言其居有常匹，飛則相隨之貌。刺宣姜與頑非匹偶。

【程析】鶉，鵪鶉。奔奔，飛貌。彊彊，義同奔奔。

【樂道主人】鵲，喜鵲。

【孔疏】箋"奔奔"至"匹耦"。

◇◇序云"鶉鵲之不若"，則以奔奔、彊彊爲相匹之善，故爲居有常匹。定本、皆云"居有常匹"，則爲"俱"者誤也。

◇◇《表記》引此證君命逆則臣有逆命，故注云："彊彊、奔奔，爭鬥惡貌也。"

<一章-3>**人之無良，我以爲兄。**

【毛序】良，善也。兄，謂君之兄。

【鄭箋】人之行無一善者，我君反以爲兄。君謂惠公。

【樂道主人】人，指公子頑。我，我君主。

【孔疏-章旨】“鶉之”至“爲兄”。

①言鶉，則鶉自相隨奔奔然，鵲，則鵲自相隨彊彊然，各有常匹，不亂其類。今宣姜爲母，頑則爲子，而與之淫亂，失其常匹，曾鶉鵲之不如矣。

②又惡頑，言人行無一善者，我君反以爲兄，而不禁之也。惡頑而責惠公之辭。

<二章-1>**鵲之彊彊，鶉之奔奔。人之無良，我以爲君。**

【毛序】君，國小君。

【鄭箋】小君，謂宣姜。

【樂道主人】人，指宣姜。我，我君主。

【孔疏】傳“君，國小君”。◇◇夫人對君稱小君。以夫妻一體言之，亦得曰君。襄九年《左傳》筮穆姜曰君，其出乎是也。

《鶉之奔奔》二章，章四句。

定之方中 【鄘風六】

定之方中，作于楚宫。揆（kuí）之以日，作于楚室。樹之榛栗，椅（yī）桐梓（zǐ）漆，爰伐琴瑟。

升彼虚矣，以望楚矣。望楚與堂，景山與京，降觀于桑。卜云其吉，終然允臧（zāng）。

靈雨既零，命彼倌（guān）人。星言夙（sù）駕，説（shuì/shōu）于桑田。匪直也人，秉心塞淵，騋（lái）牝（pìn）三千。

《定之方中》三章，章七句。

【毛序】《定之方中》，美衛文公也。衛爲狄所滅，東徙渡河，野處漕邑。齊桓公攘戎狄而封之。文公徙居楚丘，始建城市而營宫室，得其時制，百姓説（yuè）之，國家殷富焉。

【鄭箋】《春秋》閔公二年冬，"狄人入衛"。衛懿公及狄人戰於熒澤而敗。宋桓公迎衛之遺民渡河，立戴公以廬於漕。戴公立一年而卒。魯僖公二年，齊桓公城楚丘而封衛，於是文公立而建國焉。

【孔疏】"《定之方中》"至"富焉"。

◇◇作《定之方中》詩者，美衛文公也。衛國爲狄人所滅，君爲狄人所殺，城爲狄人所入。其有遺餘之民，東徙渡河，暴露野次，處於漕邑。齊桓公攘去戎狄而更封之，立文公焉。文公乃徙居楚丘之邑，始建城，使民得安處。始建市，使民得交易。而營造宫室，既得其時節，又得其制度，百姓喜而悦之。民既富饒，官亦充足，致使國家殷實而富盛焉，故百姓所以美之。

◇言封者，衛國已滅，非謂其有若新造之然，故云封也。

◇言徙居楚丘，即二章升墟、望楚、卜吉、終臧，是也。

◇而營宫室者，而首章"作于楚宫"，"作于楚室"，是營宫室也。建成市，經無其事，因徙居而始築城立市，故連言之。

◇◇毛則"定之方中"，"揆之以日"，皆爲得其制。既得其制，則得時可知。

◇◇鄭則“定之方中”得其時，“揆之以日”爲得其制，既營室得其時，樹木爲豫備，雨止而命駕，辭説于桑田，故“百姓説之”。“匪直也人，秉心塞淵”，是悦之辭也。國家殷富，則“騋牝三千”是也。

◇◇序先言徙居楚丘者，先言所徙之處，乃於其處而營宮室，爲事之次。而經主美宮室得其時制，乃追本將徙觀望之事，故與序倒也。

◇◇國家殷富，在文公末年，故《左傳》曰：“元年，革車三十乘；季年，乃三百乘。”明其“騋牝三千”亦末年之事也。此詩蓋末年始作，或卒後爲之。

【孔疏】箋“《春秋》”至“國焉”。

◇◇此序總説衛事，故直云“滅衛”，不必斥懿公。《載馳》見懿公死而戴公立，夫人之唁，戴公時，故言懿公爲狄人所滅。實滅也，而《木瓜序》云“衛國有狄人之敗”者，敗、滅一也。

◇但此見文公滅而復興，《載馳》見國滅而唁兄，故言滅。《木瓜》見國敗而救之，故言敗。是文勢之便也。

◇◇閔二年《左傳》曰：“狄人侵衛。衛懿公好鶴，鶴有乘軒者。將戰，國人受甲者皆曰：‘使鶴！鶴實有禄位。余焉能戰？’公與石祈子玦，與寧莊子矢，使守，曰：‘以此贊國，擇利而爲之。’與夫人綉衣，曰：‘聽於二子。’渠孔禦戎，子伯爲右，黄夷前驅，孔嬰齊殿。及狄人戰於滎澤，衛師敗績，遂滅衛。”是爲狄所滅之事。

◇◇傳言“滅”，經書“入”者，賈逵云：“不與夷狄得志於中國。”杜預云：“君死國散，經不書滅者，狄不能赴，衛之君臣皆盡，無復文告，齊桓爲之告諸侯，言狄已去，言衛之存，故但以‘入’爲文。”是《春秋》書“入”之意也。《詩》則據實而言，以時君死民散，故云“滅”耳。

◇◇言東徙渡河，則戰在河北也。

◇《禹貢》豫州，“滎波既豬”，注云：“沇水溢出河爲澤，今塞爲平地，滎陽民猶謂其處爲滎澤，其在縣東。《春秋》魯閔公二年，衛侯及狄人戰於滎澤，此其地也。”如《禹貢》之注，則當在河南。

◇時衛都河北，狄來伐而禦之。既敗而渡河，在河北明矣，故杜預云“此滎澤當在河北”。

◇但沇水發源河北，入於河，乃溢爲滎，則沇水所溢，被河南北，故河北亦有滎澤，但在河南多耳。故指其豬水大處，則在豫州。此戰於滎，則在其北畔，相連猶一物，故云“此其地也”。

◇◇《左傳》又曰：“及敗，宋桓公逆諸河，宵濟。衛之遺民男女七百有三十人，益之以共、滕之民爲五千人。立戴公以廬於漕。”是宋桓公迎衛之遺民渡河，立戴公廬於漕之事。杜預云“廬，舍也”。

◇◇言國都亡滅，且舍於此也。此渡河處漕，戴公時也。傳唯言戴公之立，不言其卒，而《世家》云：“戴公申元年卒，復立其弟文公。二十五年，文公卒。”案經僖二十五年，“衛侯毀卒”，則戴公之立，其年即卒，故云一年。

◇然則狄以十二月入衛，懿公死。其月，戴公立而卒。又文公立，故閔二年傳説衛文公衣“大布之衣、大帛之冠”，服虔云“戴公卒在於此年”，杜預云“衛文公以此年冬立”，是也。

◇戴公立未逾年，而成君稱謚者，以衛既滅而立，不系於先君，故臣子成其喪而爲之謚。而爲之謚者，與系世者异也。

◇◇又言僖二年齊桓城楚丘而封衛者，《春秋》“僖二年春王正月，城楚丘”。《左傳》曰“諸侯城楚丘而封衛”，是也。引證齊桓公攘戎狄而封之，《木瓜序》云“救而封之”，與此一也。

◇《左傳》無攘戎狄救衛之事，此言攘戎狄者，以衛爲狄所滅，民尚畏狄。閔二年傳曰：“齊侯使公子無虧帥車三百乘以戍漕。”至僖二年，又帥諸侯城楚丘，於是戎狄避之，不復侵衛。是亦攘救之事，不必要與狄戰，故《樂緯·稽耀嘉》云：“狄人與衛戰，桓公不救。於其敗也，然後救之。”宋均注云：“救，謂使公子無虧戍之。”《公羊傳》曰：“以城楚丘，爲力能救之，則救之可也。”是戍漕、城楚丘并是救之之事也。

◇◇滅衛者，狄也。兼言戎者，戎狄同類，協句而言之。序自“攘戎狄而封之”以上，總説衛事，不指其君，故爲狄所滅，懿公時也。野處漕邑，戴公時也。攘戎狄而封之，文公時也。

◇◇自“文公徙居楚丘”以下，指説文公建國營室得其制，所以美之，故箋云：“於是文公立而建國焉。”

<一章-1>**定之方中，作于楚宮。**

【毛傳】定，營室也。方中，昏正四方。楚宮，楚丘之宮也。仲梁子

曰："初立楚宫也。"

【鄭箋】楚宫，謂宗廟也。定星昏中而正（與毛不同），於是可以營制宫室，故謂之營室。定昏中而正，謂小雪時，其體與東壁連正四方。

【詩集傳】定，北方之宿，營室星也。此星昏而正中，夏正十月也。於是時可以營制宫室，故謂之營室。

【程析】定，星名，亦名營室，二十八宿之一。方中，當正中的位置。大約在每年十月十五後至十一月初的時候，定星在黄昏時出現于正南天空。古人在這時興建宫室。

【樂道主人】毛記位，鄭記時。《周禮·考工記·輈人》："龜蛇四斿，以象營室也。"鄭玄注："營室，玄武宿，與東壁連體而四星。"

【孔疏】傳"楚宫"至"立楚宫"。

◇◇《鄭志》"張逸問：'楚宫今何地？仲梁子何時人？'答曰：'楚丘在濟（jǐ）河間，疑在今東郡界中。仲梁子，先師，魯人，當六國時，在毛公前。然衛本河北，至懿公滅，乃東徙渡河，野處漕邑，則在河南矣。又此二章升漕墟望楚丘，楚丘與漕不甚相遠，亦河南明矣。故疑在東郡界中。'"

◇杜預云"楚丘，濟陰成武縣西南，屬濟陰郡"，猶在濟北，故云"濟河間"也。但漢之郡境已不同，鄭疑在東郡，杜云濟陰也。

◇毛公，魯人，而春秋時魯有仲梁懷，爲毛所引，故言"魯人"，當六國時，蓋承師説而然。

【孔疏】箋"定星"至"四方"。

◇◇傳雖不以方中爲記時，亦以定爲營室方中爲昏正四方，而箋以爲記時，故因解其名定爲營室及其方中之意。

◇◇《釋天》云："營室謂之定。"孫炎曰"定，正也。天下作宫室者，皆以營室中爲正。"此言定定星昏中而正四方，是可以營制宫室，故謂之營室，是取《爾雅》爲説也。然則毛不取記時，而名營室者，爲視其星而正南北，以營宫室，故謂之營室。

◇◇又云定星昏而正中，謂小雪時。小雪者，十月之中氣。十二月皆有節氣，有中氣。十月立冬節，小雪中於此時，定星昏而正中也。

◇◇又解中得方者，由其體與東壁相成，故得正四方，以於列宿，室與壁别星，故指室云其體，又壁居南，則在室東，故因名東壁。

◇《釋天》云："娵（jū，星名，十二星次之一）觜之口，營室東壁也。"孫炎曰："娵（中國古代南方少數民族稱魚）觜之口，嘆則口開方，營室東壁四方似口，故因名云。"是也。此定之方中，小雪時，則在周十二月矣（夏之十月）。

◇◇《春秋》"正月城楚丘"，《穀梁傳》曰："不言城衛，衛未遷。"則諸侯先爲之城其城，文公乃於其中營宫室也。建城在正月，則作室亦正月矣。而云"得時"者，《左傳》曰："凡土功，水昏正而裁，日至而畢。"則冬至以前，皆爲土功之時。以曆校之，僖二年閏餘十七，則閏在正月之後，正月之初未冬至，故爲得時也。

◇◇箋言定星中，小雪時，舉其常期耳，非謂作其楚宫即當十月也。如此，則小雪以後方興土功。而《禮記》云"君子既蜡不興功"者，謂不復興農功，而非土功也。《月令》仲秋云"是月也，可以築城郭，建都邑"者，秦法與周异。仲冬云"命有司曰：'土事無作'，亦與《左傳》同。然則《左傳》所云乃是正禮。

◇◇而《召誥》於三月之下營洛邑之事，於周之三月起土功，不依禮之常時者，《鄭志》答趙商云："傳所言者，謂庸時也。周、召之作洛邑，因欲觀衆殷樂之與否。"則由欲觀民之意，故不依常時也。

<一章-3>揆（kuí）之以日，作于楚室。

【毛傳】揆，度也。度日出日入，以知東西。南視定，北準極，以正南北。室猶宫也。

【鄭箋】楚室，居室也。君子將營宫室，宗廟爲先，廄（jiū）庫爲次，居室爲後。

【程析】日，日影。

【孔疏】傳"度日"至"南北"。

◇◇此度日出日入，謂度其影也。故《公劉》傳曰"考於日影"，是也。其術則《匠人》云："水地以縣，置槷以縣，視以影。爲規，識日出之影與日入之影，晝參諸日中之影，夜考之極星，以正朝夕。"

◇注云："於四角立植而縣以水，望其高下。高下既定，乃爲位而平地。於所平之地中央，樹八尺之臬（niè，古代測日影的標杆），以縣正之。

◇視之以其影，將以正四方也。日出日入之影，其端則東西正也。

◇又爲規以識之者，爲其難審也。自日出而畫其影端，以至日入既，則爲規。測影兩端之内，規之，規之交乃其審也。

◇度兩交之間，中屈之以指臬，則南北正也。

◇日中之影最短者也。極星，謂北辰也。"

是揆日瞻星以正東西南北之事也。

◇◇如《匠人》注度日出日入之影，不假於視定、視極，而東西南北皆知之。此傳度日出入，以知東西，視定、極以正南北者，《考工》之文止言以正朝夕，無正南北之語，故規影之下別言"考之極星"，是視極乃南北正矣。但鄭因屈横度之繩，即可以知南北，故細言之，與此不爲乖也。

◇◇唯傳言"南視定"者，鄭意不然。何者？以《匠人》云"晝參諸日中之影"，不言以定星參之。經、傳未有以定星正南北者，故上箋以定爲記時，异於傳也。傳以視定爲正南北，則四句同言得制，非記時也。

【孔疏】傳"室猶宫"。

◇◇《釋宫》云："宫謂之室，室謂之宫。"郭璞曰："皆所以通古今之异語。"明同實而兩名，故云"室猶宫"也。

【孔疏】箋"楚室"至"爲後"。

◇◇《釋宫》以宫室爲一，謂通而言之，其對文則异，故上箋楚宫謂廟，此楚室謂居室，别其文以明二者不同也。故引《曲禮》曰："君子將營宫室，宗廟爲先，厩庫爲次，居室爲後。"明制有先有後，别設其文也。

◇◇《緜》與《斯干》皆述先作宗廟，後營宫室也。

<一章-5>**樹之榛栗，椅（yī）桐梓（zǐ）漆，爰伐琴瑟。**

【毛傳】椅，梓屬。

【鄭箋】爰，曰也。樹此六木於宫者，曰其長大可伐以爲琴瑟。言豫備也

【程析】椅，楸一類的樹，青色，秋日結紅果。桐，梧桐。梓，楸一類的樹，似桐而葉小，白色在，生子。漆，漆樹。這四種好樹木都是制琴瑟的原料，尤以桐爲多用。

【孔疏】傳"椅，梓屬"。

◇◇《釋木》云："椅，梓也。"舍人曰："梓一名椅。"郭璞曰：

"即楸也。"《湛露》曰："其桐其椅。"桐椅既爲類，而梓一名椅，故以椅桐爲梓屬。言梓屬，則椅梓别，而《釋木》椅梓爲一者，陸機云"梓者，楸之疏理白色而生子者爲梓，梓實桐皮曰椅"，則大類同而小别也。

◇◇箋云"樹此六木於宫中"，明其别也。定本"椅，梓屬"，無"桐"字，於理是也。

【孔疏-章旨】"定之"至"琴瑟"。

○毛以爲，①言定星之昏正四方而中，取則視之以正其南，因準極以正其北，作爲楚丘之宫也。

②度之以日影，度日出之影與日入之影，以知東西，以作爲楚丘之室也。東西南北皆既正方，乃爲宫室。别言宫室，异其文耳。

③既爲宫室，乃樹之以榛、栗、椅、桐、梓、漆六木於其宫中，曰此木長大，可伐之以爲琴瑟。言公非直營室得其制，又能樹木爲豫備，故美之。

○鄭以爲，①文公於定星之昏正四方而中之時，謂夏之十月，以此時而作爲楚丘之宫廟。

②又度之以日影而營表其位，正其東西南北，而作楚丘之居室。室與宫俱於定星中而爲之，同度日影而正之，各於其文互舉一事耳。餘同。

<二章-1>**升彼虚矣，以望楚矣。望楚與堂，景山與京，**

【毛傳】虚，漕虚也。楚丘有堂邑者。景山，大山。京，高丘也。

【鄭箋】自河以東，夾於濟（jǐ）水，文公將徙，登漕之虚以望楚丘，觀其旁邑及其丘山，審其高下所依倚，乃後建國焉，慎之至也。

【程析】堂，堂邑，楚丘邊的旁邑。

【孔疏】傳"虚漕"至"高丘"。

◇◇知墟，漕墟者，以文公自漕而徙楚丘，故知升漕墟。蓋地有故墟，高可登之以望，猶僖二十八年《左傳》稱"晋侯登有莘之墟"也。升墟而并望楚堂，明其相近，故言楚丘有堂邑，楚丘本亦邑也。但今以爲都，故以堂繫楚丘而言之。

◇◇《釋詁》云："景，大也。"故知景山爲大山。

◇◇京與山相對，故爲高丘。《釋丘》云："絶高爲之京。"郭璞曰："人力所作也。"又云："非人爲之丘。"郭璞曰："地自然生。"則丘者，自然而有；京者，人力所爲，形則相類，故云"京，高丘也"。

◇《公劉》箋云“絶高爲之京”，與此一也。《皇矣》傳曰“京，大阜也”，以與“我陵”“我阿”相接，類之，故爲大阜。

【孔疏】箋“自河”至“濟水”。

◇◇箋解楚丘所在，故云“自河以東，夾於濟水”，言楚丘在其間。

◇◇《禹貢》云：“道沇水，東流爲濟，入於河，溢爲滎。東出於陶丘北，又東至於菏，又東北會於汶。”是濟自河北而南入於河，又出而東。楚丘在於其間，西有河，東有濟，故云“夾於濟水”也。

<二章-5>**降觀于桑。**

【毛傳】地勢宜蠶，可以居民。

【程析】降，從高處下來。

<二章-6>**卜云其吉，終然允臧**（zāng）**。**

【毛傳】龜曰卜。允，信。臧，善也。建國必卜之，故①建邦能命龜，②田能施命，③作器能銘，④使能造命，⑤升高能賦，⑥師旅能誓，⑦山川能説，⑧喪紀能誄（lěi），⑨祭祀能語，君子能此九者，可謂有德音，可以爲大夫。

【樂道主人】毛之謂大夫能九德，用賢也。

【孔疏】傳“龜曰卜”至“大夫”。

◇◇《大卜》曰：“國大遷，大師，則貞龜。”是建國必卜之。《緜》云“爰契我龜”，是也。大遷必卜，而筮人掌九筮，“一曰筮更”，注云：“更，謂筮遷都邑也。”《鄭志》答趙商云：“此都邑比於國爲小，故筮之。”然則都邑則用筮，國都則卜也。

◇◇此卜云“終吉”，而僖三十一年又遷於帝丘，而言“終善”者，卜所以决疑，衛爲狄人所滅，國人分散，文公徙居楚丘，興復祖業，國家殷富，吉莫如之。後自更，以時事不便而遷，何害“終然允臧”也。

◇◇傳因引“建邦能命龜”，證“建國必卜之”，遂言“田能施命”。以下本有成文，連引之耳。

◇建邦能命龜者，命龜以遷，取吉之意。若《少牢》史述曰：“假爾大筮有常，孝孫某來日丁亥，用薦歲事于皇祖伯某，以某妃配某氏，尚饗。”《士喪》卜曰：“哀子某，卜葬其父某甫。考降，無有近悔。”如此之類也。建邦亦言某事以命龜，但辭亡也。

◇田能施命者，謂於田獵而能施教命以設誓，若《士師職》云：“三曰禁，用諸田役。”注云：“禁，則軍禮曰：‘無於車無自後射其類也。’”《大司馬職》云：“斬牲，以左右徇陳，曰：‘不用命者，斬之。’”是也。田所以習戰，故施命以戒衆也。

◇作器能銘者，謂既作器，能爲其銘。若《栗氏》“爲量，其銘曰：‘時文思索，允臻其極。嘉量既成，以觀四國。永啓厥後，茲器維則。’”是也。《大戴禮》説武王盤盂幾杖皆有銘，此其存者也。銘者，名也，所以因其器名而書以爲戒也。

◇使能造（《説文》：就也）命者，謂隨前事應機，造其辭命以對，若屈完之對齊侯，國佐之對晋師，君無常辭也。

◇升高能賦者，謂升高有所見，能爲詩賦其形狀，鋪陳其事勢也。

◇師旅能誓者，謂將帥能誓戒之，若鐵之戰，趙鞅誓軍之類。

◇山川能説者，謂行過山川，能説其形勢，而陳述其狀也。《鄭志》“張逸問：‘傳曰山川能説，何謂？’答曰：‘兩讀。或云説者，説其形勢。或云述者，述其古事。’”則鄭爲兩讀，以義俱通故也。

◇喪（sāng）紀能誄者，謂於喪紀之事，能累列其行，爲文辭以作謚，若子囊之誄楚恭之類，故《曾子問》注云：“誄，累也，累列生時行迹，以作謚。”是也。

◇祭祀能語者，謂於祭祀能祝告鬼神而爲言語，若荀偃禱河、蒯聵禱祖之類是也。

◇君子由能此上九者，故可爲九德，乃可以列爲大夫。定本、《集注》皆云“可謂有德音”，與俗本不同。

◇獨言可以爲大夫者，以大夫，事人者，當賢著德盛乃得位極人臣。大夫，臣之最尊，故責其九能。天子諸侯嗣世爲君，不可盡責其能此九者，

【孔疏-章旨】“升彼”至“允臧”。此追本欲遷之由，

①言文公將徙，先升彼漕邑之墟矣，以望楚丘之地矣，又望其傍堂邑及景山與京丘。言其有山林之饒，高丘之阻，可以居處。

②又下漕墟而往觀於其處之桑，既形勢得宜蠶桑，又茂美可以居民矣。

③人事既從，乃命龜卜之，云從其吉矣，終然信善，非直當今而已。乃由地勢美而卜又吉，故文公徙居楚丘而建國焉。

<三章-1>**靈雨既零，命彼倌（guān）人。星言夙（sù）駕，說（shuì/shōu）于桑田。**

【毛傳】零，落也。倌人，主駕者，

【鄭箋】靈，善也。星，雨止星見。夙，早也。文公於雨下，命主駕者，雨止，爲我晨早駕，欲往爲辭說（shuì）于桑田，教民稼穡。務農急也（與毛不同）。

【程析】說（shuì），休息。

【樂道主人】說（shuì），鄭如字，說教。

<三章-5>**匪直也人，**

【毛傳】非徒庸君。

【程析】直，特。匪直，不僅。也，語氣助詞。

【樂道主人】孔疏：言文公既愛民務農如此，則非直庸庸之人。

<三章-6>**秉心塞淵，**

【毛傳】秉，操也。

【鄭箋】塞，充實也。淵，深也。

【程析】秉心，用心。

【樂道主人】孔疏：秉操其心，能誠實且復深遠，是善人也。

<三章-7>**騋（lái）牝（pìn）三千。**

【毛傳】馬七尺以上曰騋。騋馬與牝馬也。

【鄭箋】國馬之制，天子十有二閑，馬六種，三千四百五十六匹。邦國六閑，馬四種，千二百九十六匹。衛之先君兼邶、鄘而有之，而馬數過禮制。今文公滅而復興，徙而能富，馬有三千，雖非禮制，國人美之。

【孔疏】傳“馬七尺”至“牝馬”。

◇◇七尺曰騋，《廋人》文也。定本云“六尺”，恐誤也。此三千，言其總數。

◇◇國馬供用，牝牡俱有，或七尺六尺，舉騋牝以互見，故言騋馬與牝馬也。知非直牝而七尺有三千者，以諸侯之制，三千已多，明不得獨牝有三千。

◇◇《輈人職》注云：“國馬，謂種馬、戎馬、齊馬、道馬，高八尺，田馬七尺，駑馬六尺。”此天子國馬有三等，則諸侯國馬之制不一等，明不獨七尺也。乘車、兵車及田車高下各有度，則諸侯亦齊、道高八尺，田馬高七尺，駑馬高六尺。獨言騋馬者，舉中言之。

【孔疏】箋“國馬”至“美之”。◇◇言國馬，謂君之家馬也。其兵賦，則《左傳》曰“元年革車三十乘，季年乃三百乘”，是也。

【孔疏】天子十有二閑，馬六種，邦國六閑，馬四種，皆《校人》文也。其天子三千四百五十六匹，諸侯千二百九十六匹，皆推《校人》而計之。

◇◇《校人》又曰：“凡頒良馬而養乘之，乘馬一師四圉，三乘爲皂，**皂一趣馬**；三皂爲繫，系一馭夫；六繫爲廄，廄一僕夫；六廄成校（此“六廄”解爲“六種馬”），校有左右。駑馬三良馬之數。”注云：“二耦爲乘。自乘至廄，其數二百一十六匹。《易》：‘乾爲馬。’此應乾之策也。至校變言成者，明六馬各一廄（1種馬有1廄爲1校216匹）（6種馬爲1校，即爲1廄馬，即每種馬36匹），而王馬小備也。

◇◇**校**有左右，則良馬一種者四百三十二匹（216匹×2=432匹），五種合二千一百六十匹（216匹×2×5=2160匹）。

◇◇駑馬三之，則爲千二百九十六匹（216匹×2×3=1296匹）。五良一駑，凡三千四百五十六匹（2160匹+1296匹=3456匹），然後王馬大備。”

◇◇由此言之，六廄成校，校有左右，則爲十二廄，即是十二閑，故鄭又云“每廄爲一閑”，明廄別一處，各有閑衛，故又變廄言閑也。

◇◇以一乘四匹，三乘爲皂，則十二匹。

◇三皂爲繫，則三十六匹。

◇六繫成廄，以六乘三十六，則二百一十六匹。

◇故云自**乘**至**廄**，其數二百一十六匹，應乾之策。

◇謂變者，爲揲蓍用四，四九三十六，謂一爻之數。純乾六爻，故二百一十六也。

以校有左右，故倍二百一十六，爲四百三十二。

◇駑馬三之，又三乘此四百三十二，爲千二百九十六匹。

此天子之制，雖駑馬數言三良，亦以三駑之數共廄爲一閑。

◇◇諸侯言六閑，馬四種，則不種爲二閑，明因駑三良之數而分爲三閑，與上三種各一閑，而六閑，皆二百一十六匹，以六乘之，故諸侯千二百九十六匹也。

◇◇是以《校人》又云：大夫四閑，馬二種。鄭因諸侯不種爲二閑，亦分駑馬爲三，故注云諸侯有齊馬、道馬、田馬，大夫有田馬，各一閑，其駑皆分爲三，是也。

◇◇故《鄭志》“趙商問曰：‘《校人職》**天子**十有二閑，馬六種，爲三千四百五十六匹。**邦國**六閑，馬四種，爲二千五百九十二匹。**家**四閑，馬二種，爲千七百二十八匹。商案大夫食縣，何由能供此馬？《司馬法》論之，一甸之田方八里，有戎馬四匹，長轂一乘。今大夫采四甸，一甸之税以給王，其餘三甸裁有十二匹。今就《校人職》相覺甚异。’

◇答曰：‘邦國六閑，馬四種，其數適當千二百九十六匹。家四閑，馬二種，又當八百六十四。今子何術計之乎？此馬皆國君之制，非民之賦。《司馬法》甸有戎馬四匹，長轂一乘，此謂民出軍賦，無與於天子國馬之數。’”是鄭計諸侯大夫之明數也。

◇趙商因校有左右，謂二厩爲一閑，故其數皆倍而誤。鄭以十二厩即十二閑數，諸侯大夫閑數，駑與良同，故云“子以何術計之”。

◇◇鄭以諸侯之馬千二百九十六匹，而此亦諸侯之國，馬有三千，過制，明非始文公，所從遠矣，故本之先君，言由衛之先君兼邶、鄘而有之。謂有此邶、鄘之富，而馬數過禮制，故今文公過制也。

◇然則三千之數，違禮者也。而《校人》注引《詩》云“‘騋牝三千’，王馬之大數”者，以三千與王馬數近相當，故因言之。其實此數非王馬之數也。

【孔疏-章旨】“靈雨”至“三千”。此章説政治之美。

①言文公於善雨既落之時，命彼倌人云：汝於雨止星見，當爲我早駕，當乘之往辭説於桑田之野，以教民之稼穡。

②言文公既愛民務農如此，則非直庸庸之人，

③故秉操其心，能誠實且複深遠，是善人也。

④既政行德實，故能興國，以致殷富，騋馬與牝馬乃有三千，可美之極也。

《定之方中》三章，章七句。

蝃　蝀 【鄘風七】

蝃（dì）蝀（dōng）在東，莫之敢指。女子有行（háng），遠父母兄弟。

朝（zhāo）隮（jī）于西，崇（zhōng）朝其雨。女子有行，遠兄弟父母。

乃如之人也，懷昏姻也。大（tài）無信也，不知命也。

《蝃蝀》三章，章四句。

【毛序】《蝃蝀》，止奔也。衛文公能以道化其民，淫奔之恥，國人不齒也。

【鄭箋】不齒者，不與相長稚。

【孔疏】“《蝃蝀》”至“不齒”。

◇◇作《蝃蝀》詩者，言能止當時之淫奔。衛文公以道化其民，使皆知禮法，以淫奔者爲耻。

◇◇其有淫之耻者，國人皆能惡之，不與之爲齒列相長稚，故人皆耻之而自止也。

<一章-1>蝃（dì）蝀（dōng）在東，莫之敢指。

【毛傳】蝃蝀，虹也。夫婦過禮則虹氣盛，君子見戒而懼諱之，莫之敢指。

【鄭箋】虹，天氣之戒，尚無敢指者，况淫奔之女，誰敢視之。

【孔疏】傳“蝃蝀”至“敢指”。

◇◇《釋天》云：“蝃蝀謂之雩（yú，古代爲求雨而舉行的一種祭祀）。蝃蝀，虹也。”郭璞曰：“俗名爲美人。”《音義》云：“◇◇虹雙出，色鮮盛者爲雄，雄曰虹；闇者爲雌，雌曰蜺。”此與《爾雅》字小异，音實同，是爲虹也。

◇序云“止奔”，而經云“莫之敢指”，是虹爲淫戒，故言夫婦過禮則虹氣盛也。夫婦過禮，謂不以道妄淫行夫婦之事也。《月令》孟冬虹藏不見，則十月以前，當自有虹。言由夫婦過禮者，天垂象，因事以見戒，且由過禮而氣更盛，不謂凡平無虹也。

◇◇以天見戒，故君子見而懼諱自戒。懼諱，惡此由淫過所致，不敢指而視之。若指而視之，則似慢天之戒不以淫爲懼諱然，故莫之敢指也。

<二章-3>**女子有行（háng），遠父母兄弟。**

【鄭箋】行，道也。婦人生而有適人之道，何憂於不嫁，而爲淫奔之過乎？惡之甚。

【诗三家】行，嫁也。

【孔疏-章旨】“蝃蝀”至“兄弟”。此惡淫奔之辭也。

①言虹氣見於東方，爲夫婦過禮之戒。君子之人尚莫之敢指而視之，況今淫奔之女，見爲過惡，我誰敢視之也？既惡淫奔之女，因即就而責之。

②言女子有適人之道，當自遠其父母兄弟，於理當嫁，何憂於不嫁，而爲淫奔之過惡乎？

<二章-1>**朝（zhāo）隮（jī）於西，崇（zhōng）朝其雨。**

【毛傳】隮，升。崇，終也。從旦至食時爲終朝。

【鄭箋】朝有升氣於西方，終其朝則雨，氣應自然。以言婦人生而有適人之道，亦性自然。

【孔疏】傳“從旦”至“終朝”。◇◇以朝者早旦之名，故《爾雅》：“山東曰朝陽。”今言終朝，故至食時矣。《左傳》曰：“子文治兵，終朝而畢，子玉終日而畢。”是終朝非竟日也。

【孔疏】箋“朝有”至“自然”。

◇◇《視祲》注云：“隮，虹也。《詩》云：‘朝隮於西。’”則隮亦虹也。言升氣者，以隮，升也，由升氣所爲，故號虹爲隮。鄭司農亦云“隮者，升氣”，是也。

◇◇上“蝃蝀，虹也”，色青赤，因雲而見。此言雨徵，則與彼同也。《眡祲》“掌十煇之法，以觀妖祥”，注云“煇（huī，輝）謂日光氣也”，則隮亦日之光氣矣。蝃蝀亦日光氣，但日在東，則虹見西方，日在西方，虹見東方，無在日傍之時。

◇◇鄭注《周禮》見隮與此同，故引以證，非謂此爲妖祥也。

<二章-3>**女子有行，遠兄弟父母。**

【孔疏-章旨】“朝隮”至“父母”。

①言朝有升氣於西方，終朝其必有雨。有隮氣必有雨者，是氣應自然，以興女子生則必當嫁，亦性自然矣。

②故又責之，言女子生有適人之道，遠其兄弟父母，何患於不嫁而爲淫奔乎？

<三章-1>**乃如之人也，懷昏姻也。**

【毛傳】乃如是淫奔之人也。

【鄭箋】懷，思也。乃如是之人，思昏姻之事乎？言其淫奔之過惡之大。

<三章-3>**大**（tài）**無信也，不知命也。**

【毛傳】不待命也。

【鄭箋】淫奔之女，大無貞絜之信，又不知昏姻當待父母之命，惡之也。

【程析】命，父母之命。

《蝃蝀》三章，章四句。

相　鼠　【鄘風八】

相（xiàng）鼠有皮，人而無儀。人而無儀，不死何爲?
相鼠有齒，人而無止。人而無止，不死何俟（sì）。
相鼠有體，人而無禮。人而無禮，胡不遄（chuán）死。

《相鼠》三章，章四句。

【毛序】《相鼠》，刺無禮也。衛文公能正其群臣，而刺在位承先君之化無禮儀也。

【樂道主人】爲何在位之大臣如此行爲，尚不黜（chù）之者，原因有三：第一，衛宣之風化，非一朝一夕可移易；第二，文公之臣短時間内不可能全部都換新人；前二者都需時日，故第三，身無大罪，不可廢之也。

【孔疏】“《相鼠》”至“禮儀”。

◇◇作《相鼠》詩者，刺無禮也。由衛文公能正其群臣，使有禮儀，故刺其在位有承先君之化無禮儀者。

◇◇由文公能化之，使有禮，而刺其無禮者，所以美文公也。《凱風》美孝子而反以刺君，此刺無禮而反以美君，作者之本意然也。

◇◇在位無禮儀，文公不黜之者，以其承先君之化，弊風未革，身無大罪，不可廢之故也。

<一章-1>**相（xiàng）鼠有皮，人而無儀。**

【毛傳】相，視也。無禮儀者，雖居尊位，猶爲闇（àn）昧之行。

【鄭箋】儀，威儀也。視鼠有皮，雖處高顯之處，偷食苟得，不知廉耻，亦與人無威儀者同。

【樂道主人】古人屋爲木製，鼠常居在屋梁上，故下孔疏曰在高位。

【孔疏】箋“視鼠”至“者同”。◇◇大夫雖居尊位，爲闇昧之行，無禮儀而可惡，猶鼠處高顯之居，偷食苟得，不知廉耻。鼠無廉耻，與人無威儀者同同，故喻焉。以傳曰“雖居尊位”，故箋言“雖處高顯之居”以對之。

<一章-3>人而無儀，不死何爲？

【鄭箋】人以有威儀爲貴，今反無之，傷化敗俗，不如其死，無所害也。

【孔疏-章旨】“相鼠”至“何爲”。文公能正其群臣，而在位猶有無禮者，故刺之。

①視鼠有皮，猶人之無儀，何則？人有皮，鼠亦有皮，鼠猶無儀，故可耻也，人無禮儀，何异於鼠乎？

②人以有威儀爲貴。人而無儀，則傷化敗俗，此人不死何爲？若死，則無害也。

<二章-1>相鼠有齒，人而無止。

【毛傳】止，所止息也。

【鄭箋】止，容止。《孝經》曰：“容止可觀。”無止，則雖居尊，無禮節也。

【程析】止，節止。

【樂道主人】《召南·行露》程析：牙，壯牙。《説文》：牙，壯齒也。陸佃《埤（pí）雅》：“鼠，有齒而無牙。”

<二章-3>人而無止，不死何俟（sì）。

【毛傳】俟，待也。

<三章-1>相鼠有體，

【毛傳】體，支體也。

【孔疏】傳“體，支體”。◇◇上云“有皮有齒”，已指體言之，明此言體，非遍體也，故爲支體。

<三章-3>人而無禮。人而無禮，胡不遄（chuán）死。

【毛傳】遄，速也。

【程析】首二章威儀、節止都是禮的一個方面，這章總言禮，興以鼠比人的取喻相當。

《相鼠》三章，章四句。

干 旄 【鄘風九】

孑（jié）孑干（gān）旄（máo），在浚（xùn）之郊。素絲紕（pí）之，良馬四之。彼姝（shū）者子，何以畀（bì）之？

孑孑干旟（yú），在浚之都。素絲組之，良馬五之。彼姝者子，何以予之？

孑孑干旌（jīng），在浚之城。素絲祝之，良馬六之。彼姝者子，何以告之？

《干旄》三章，章六句。

【毛序】《干旄》，美好善也。衛文公臣子多好善，賢者樂告以善道也。

【鄭箋】賢者，時處士也。

【樂道主人】文公有善賢之美名。接上篇《鄘風・相鼠》，文公移風易俗，大臣好善。可參見《小雅・皇皇者華》。

【孔疏】“《干旄》”至“善道”。

◇◇作《干旄》詩者，美好善也。衛文公臣子多好善，故處士賢者樂告之以善道也。

◇◇毛以爲，此敘其由臣子多好善，故賢者樂告以善道。經三章皆陳賢者樂告以善道之事。鄭以三章皆上四句言文公臣子建旌乘馬，數往見賢者於浚邑，是好善。見其好善，下二句言賢者樂告以善道也。

【孔疏】箋“賢者，時處士”。

◇◇以臣子好善，賢者告之，則賢者非臣子，故云處士也。

◇◇士者，男子之大稱。言處者，處家未仕爲官。《鄉飲酒》注云：“賓介，處士賢者，鄉大夫賓之，以獻於君。”是未仕也。

<一章-1>孑（jié）孑干（gān）旄（máo），在浚（xùn）之郊。

【毛傳】孑孑，干旄之貌，注旄於干首，大夫之旃（zhān）也。浚，衛邑。古者，臣有大功，世其官邑。郊外曰野。

【鄭箋】《周禮》“孤卿建旃，大夫建物”，首皆注旄焉。時有建此旄來至浚之郊，卿大夫好善也。

【程析】干，旗竿。旄，一種旌旗的名稱，旗竿頂端用氂（máo）牛尾爲飾。

【樂道主人】旃，《説文》：旗曲柄也，所以旃表士衆，《周禮》曰：通帛爲旃。《魯頌・駉》毛傳：邑外曰郊，郊外曰野，野外曰林，林外曰坰（jiōng）。

【孔疏】傳“孑孑”至“曰野”。

◇◇謂之干旄者，以注旄於干首，故《釋天》云：“注旄首曰旌。”李巡曰：“旄牛尾著干首。”孫炎曰：“析五采羽注旄上也。其下亦有旒（liú，旗子上面的飄帶）縿（shān，古時旌旗的正幅）。”郭璞曰：“載旄於竿頭，如今之幢，亦有旒（liú）也。”

◇如是則干之首有旄有羽也，故《周禮・序官・夏采》注云：“夏采，夏翟羽色。《禹貢》徐州貢夏翟之羽，有虞氏以爲綏。後世或無，故染鳥羽象而用之，謂之夏采。”其職注云“綏以旄（máo）牛尾爲之，綴於幢上，所謂注旄於干首者”也。

◇◇言大夫之旃者，以經言干旄，唯言干首有旄，不言旒縿，明此言干旄者，乃是大夫之旃也。《周禮》“孤卿建旃”，衛侯無孤，當是卿也。大夫者，總名，故《春秋》書諸侯之卿皆曰大夫，是也。天子以下建旃之者，干首皆注旄，獨以爲卿之建旃者，以臣多好善，當據貴者爲言，故知是卿旃也。

◇◇大夫得言在浚之郊，則此臣子食邑於浚也。所以得食邑者，由古者臣有大功，世其官邑，故《左傳》曰：“官有世功，則有官族。邑亦如之。”是有功之臣得世官邑也。有功世邑，則宜爲卿，故舉旃言之。三章皆言在浚，則所論是一人，皆卿也。

◇◇二章言“干旟（yú，古代畫著鳥隼的軍旗）”，傳曰：“鳥隼曰旟（yú，古代畫著鳥隼的軍旗）。”於《周禮》則州里之所建，若卿而得建旟者，《大司馬職》曰：“百官載旟。”注云：“百官，卿大夫也。載旟者，以其屬衛王也。凡旌旗，有軍衆者畫异物。”

◇然則平常建旃，出軍則建旟，是卿有建旟之時。旟亦有旄，二章互文也。言旄則有旒縿，言旟則亦有旄矣。卒章言“干旌”，傳曰：“析羽爲旌。”於《周禮》則游車之所載。卿而得建旌者，《鄉射記》注云：“旌，總名也。”《爾雅》云：“注旄首曰旌。”則干旄、干旌一也。

◇既設旒（liú）縿（shān），有旟、旗之稱；未設旒縿，空有析羽，謂之旌。卿建旌者，設旒縿而載之，游車則空載析羽，無旒縿也。

◇◇《釋地》云：“郊外謂之牧，牧外謂之野。”此言“郊外曰野”，略《爾雅》之文，以言在浚之郊，明所食邑在郊外也。下言“在浚之都”，“在浚之城”，言於郊爲都邑相兼一也。

【孔疏】箋“周禮”至“好善”。

◇◇孤卿建旜，大夫建物，《司常》文也。又曰：“通帛爲旜，雜帛爲物。”注云：“凡九旗之帛皆用絳。”則通帛，大赤也；雜帛，以白爲飾絳之側也。

◇◇知“首皆注旄”者，以《夏采》王崩，以綏復魄，綏有旄牛尾也。注云：“王祀四郊，乘玉輅，建太常。今以之復去其旒，异於此，亦因先王有徒綏。”是太常之干有旄也。

◇又《出車》云：“設此旐矣，建彼旄矣。”此亦云“干旄”，是九旗之干皆有旄矣，故知旜、物首皆注旄焉。

◇◇以序言“多好善”，故卿大夫兼言之。

表 9　周代九旗

名稱	本意	使用者	用途
常	原本作爲下裙的“裳”引申而來，兩字是异體字。日月爲常	天子	玉路建大常，用於祭祀
旂	旗有衆鈴。交龍爲旂，一象升朝，一象其下復也	諸侯	以令衆也
旜	通帛爲旜。赤色無飾曲柄的旗子。設旒（liú，旗子上面的飄帶）縿（shān，古時旌旗的正幅）	大夫	表士衆
物	雜帛爲物。雜色旗，以雜色綴其邊	將帥	
旗	熊虎爲旗。言與衆期於下	軍將	金路建大旗，以會賓客
旟	鳥隼爲旟，衆多也		軍旗的一種
旐	龜蛇爲旐。知氣兆之凶吉		

續表

名稱	本意	使用者	用途
旞	全羽爲旞。繫在導車旗上的裝飾物，是完整的五色鳥羽		
旌	析羽爲旌。用山鷄之類有鮮明色彩的羽毛或染色羽毛作旗竿竿首的裝飾。後來把用羽毛裝飾的旗也稱作旌。未設旒縿		可能是用來表揚作戰勇敢、立過戰功的人
◇◇九旗之干皆有旄矣			

<一章-3>素絲紕（pí）之，良馬四之。

【毛傳】紕，所以織組也。褭（yì）紕於此，成文於彼，願以素絲紕組之法御四馬也。

【鄭箋】素絲者，以爲縷以縫紕旌旗之旒縿，或以維持之。浚郊之賢者，既識卿大夫建旄而來，又識其乘善馬。四之者，見之數（shuò）也（與毛不同）。

【程析】素絲，潔白的絲綫。紕，在衣裳上鑲邊。這裏指用白絲綫在旗幟上鑲邊作爲裝飾。

【樂道主人】褭，纏繞。縷，《説文》：綫也。旒，旗子上面的飄帶。縿，古時旌旗的正幅。

【孔疏】傳“紕所”至“四馬”。

◇◇以二章言組，卒章言織，故於此總解之。言“紕所以織組”也。以織組褭紕於此，成文於彼，似御執轡於此，馬騁於彼，故願以素絲紕組之法御四馬也。

◇言“願以”者，稱賢者之意，欲告文公臣子以此道，故言“願以”也。

◇◇言“總紕於此，成文於彼”者，《家語》文也。

【孔疏】箋“素絲”至“之數”。

◇◇以前云干旄説旌旗，而此云“素絲紕之”，故知以素絲爲綫縷，所以縫紕旌旗之旒縿也。縿謂繫於旌旗之體，旒謂縿末之垂者，須以縷縫之，使相連。

◇《釋天》云：“纁帛縿。”郭璞曰：“衆旒所著。”孫炎曰：“爲旒於縿。”是也。或以維持者，謂旒之垂數非一，故以繯相綴連之。

◇◇《節服氏》云：“六人，維王之太常。”注云：“維之以縷，王旌十二，兩兩以縷綴連之傍，三人持之。禮，天子旌曳地。”諸侯旂九旒。《釋天》又曰：“練旒九，維以縷。”孫炎曰：“維持以縷，不欲其曳地。”然則諸侯以下，旒少而且短，維之以否，未可知也。

◇經直言“紕之”，不言其所用，故言“或”，爲疑辭。前經言“干旄”，是浚郊之賢者識卿大夫建旄而來。

◇◇此又云“良馬”，是又識其乘善馬也。“四之”者，四見之數也。

<一章-5>**彼姝（shū）者子，何以畀（bì）之？**

【毛傳】姝，順貌。畀，予也。

【鄭箋】時賢者既説（yuè）此卿大夫有忠順之德，又欲以善道與之，心誠愛厚之至。

【孔疏-章旨】“孑孑”至“畀之”。

○毛以爲，衛之臣子好善，故賢者樂告之以善道。①言建孑孑然之干旄，而食邑在於浚之郊。

②此好善者，我願告之以素絲紕組之法，而御善馬四轡之數，以此法而治民也。織組者裹紕於此，成文於彼，猶如御者執轡於此，馬騁於彼，以喻治民立化於已，而德加於民，使之得所，有文章也。賢者願以此道告之。

③賢者既願告以御衆之德，又美此臣之好善，言彼姝然忠順者之子，知復更何以予之？言雖有所告，意猶未盡也。

○鄭以爲，①浚郊處士言，衛之卿大夫建此孑孑然之干旄，來在浚之郊，

②以素絲爲縷，縫紕此旌旗之旒縿，又以維持之，而乘善馬，乃四見於已也。

③故賢者有善道，樂以告之。云彼姝然忠順之子，好善如是，我有何善道以予之？言心誠愛之，情無所吝。

<二章-1>**孑孑干旟（yú），在浚之都。**

【毛傳】鳥隼（sǔn）曰旟。下邑曰都。

【鄭箋】《周禮》州里建旟，謂州長之屬。

【程析】都，陳奐傳疏：周制，鄉遂之外建都，都爲畿疆之境名。

【樂道主人】周代行政單位及旗别，兩個體系。據孔疏及《周禮·地官》注。

表 10　周代行政單位及旗別

級別	大夫	士	士 / 非士	非士		
單位	鄉	州	黨	族	閭	比
家數	12500 家	2500 家，五州爲鄉	500 家	125 家	25 家，五比爲閭	五家爲比
首長	師都	州長	黨正	族師	閭胥	比長
旗別	旗	旟	旟	旐	旐	旐
單位	遂	縣	鄙	酇	里	鄰
首長	師都	縣正	鄙師	酇長	里宰	鄰長
旗別	旗	旐	旐	旟	旟	旟

【孔疏】箋“周禮”至“之屬”。

◇◇箋以爲，賢者見時臣子實建旟而來，此爲州長，非卿大夫。若卿大夫，則將兵乃建旟，非賢者所當見也。《周禮》州長，中大夫，天子之州長也。《鄉射目録》云：“州長射於州序之禮。”經曰：“釋獲者執鹿中。”《記》云：“士則鹿中。”是諸侯之州長，士也。言“之屬”者，見鄉遂官非一。

◇◇《司常》云：“師都建旗，州里建旟，縣鄙建旐（zhào，古代的一種旗子，上面畫著龜蛇）。”注云：“師都，六鄉六遂大夫也。州裏、縣鄙，鄉遂之官，互約言之。”如鄭之意，則以鄉、遂同建旗。鄉之下有州，州爲第二，黨爲第三，族爲第四，閭爲第五，比爲第六。其遂之下有縣，縣爲第二，鄙爲第三，酇爲第四，里爲第五，鄰爲第六。今云州里建旟，則六鄉内州長、黨正及六遂内酇長、里宰、鄰長等五人同建旟也。

◇又云“縣鄙建旐”，謂六遂内縣正、鄙師及六鄉内族師、閭胥、比長等五人同建旐，故鄭云“互約言”也。

◇◇諸侯之鄉亦大夫，故《鄉飲酒目録》云：“諸侯之鄉大夫三年賓賢能之禮。”是鄉爲大夫，則遂亦大夫也。其縣與州長班同，則亦士也。黨、鄙在州、縣之下，或亦爲士。酇、族以下卑，則皆非士矣。

◇◇上章朝臣言卿大夫，則此各亦有大夫兼鄉遂與州縣也。鄉大夫以下及不命之士等職位雖卑，皆問善道，其可互約，别圖於後：鄉旗，州旟，黨旟，族旐，閭旐，比旐，遂旗，縣旐，鄙旐，酇旟，里旟，鄰旟。

<二章-3>**素絲組之，良馬五之。**

【毛傳】總以素絲而成組也。驂（cān）馬五轡。

【鄭箋】以素絲縷縫組於旌旗以爲之飾。五之者，亦爲五見之也（與毛不同）。

【樂道主人】驂馬，古代指駕車時套在車前兩邊的馬。在中間的馬名服馬。此應爲三匹馬。

【孔疏】傳"驂馬五轡"。

◇◇凡馬，士駕二，《既夕禮》云"公賵以兩馬"，是也。大夫以上駕四，四馬則八轡矣。

◇◇驂馬五轡者，御車之法，驂馬内轡納於觖，唯執其外轡耳。驂馬執一轡，服馬則二轡俱執之，所謂六轡在手也。此經有四之、五之、六之，以御馬喻治民，馬多益難禦，故先少而後多。傳稱漸多之由爲說，從内而出外。

◇◇上章四之，謂服馬之四轡也。此章加一驂馬益一轡，故言五之也。下章又加一驂，更益一轡，故六之也。據上四之爲服馬，此加一驂乃有五，故言五轡也。

◇◇王肅云："古者一轅之車駕三馬則五轡，其大夫皆一轅車。夏后氏駕兩謂之麗，殷益以一騑謂之驂。周人又益一騑謂之駟。本從一驂而來，亦謂之驂。"經言驂，則三馬之名。又孔晁云："作者歷言三王之法，此似述傳，非毛旨也。何則？馬以引重，左右當均。一轅車以兩馬爲服，傍以一馬驂之，則偏而不調，非人情也。《株林》曰：'乘我乘駒。'傳曰：'大夫乘駒。'則毛以大夫亦駕四也。且殷之制亦駕四，故王基云：'《商頌》曰："約軧錯衡，八鸞鏘鏘。"是則殷駕四，不駕三也。'"

◇◇又《异義》："天子駕數，《易孟京》《春秋公羊》說天子駕六，《毛詩》說天子至大夫同駕四，士駕二。《詩》云'四牡彭彭'，武王所乘；'龍旂承祀，六轡耳耳'，魯僖所乘；'四牡騑騑，周道委遲'，大夫所乘。

◇◇謹案：《禮·王度記》曰'天子駕六，諸侯與卿同駕四，大夫駕三，士駕二，庶人駕一'，說與《易》《春秋》同。"玄之聞也，《周禮·校人》"掌王馬之政，凡頒良馬而養乘之，乘馬一師四圉"。四馬爲乘，此一圉者養一馬，而一師監之也。《尚書·顧命》諸侯入應門皆布乘黄朱，言獻四黄馬朱鬣也。既實周天子駕六，《校人》則何不以馬與圉以六爲數？《顧命》諸侯何以不獻六馬？《王度記》曰"大夫駕三"，經傳無所言，是自古無駕三之制也。

【孔疏】箋"以素"至"之飾"。◇◇前云"孑孑干旟"，言旌旗之狀，此云"素絲組之"，爲旌旗之飾，可知《周禮》九旂（qí，旗）皆不言組飾。《釋天》説龍旂云"飾以組"，而此鄉大夫鄉遂之官亦有組，則九旂皆以組爲飾，故郭璞曰"用綦組飾旒之邊"，是也。

<二章-5>**彼姝者子，何以予之？**

<三章-1>**孑孑干旌（jīng），在浚之城。**

【毛傳】析羽爲旌。城，都城也。

【程析】城，都城也。按春秋時，諸侯的封邑大者皆謂之都城。

<三章-3>**素絲祝之，良馬六之。**

【毛傳】祝，織也。四馬六轡。

【鄭箋】祝當作"屬"（與毛不同）。屬，著也。六之者，亦謂六見之也（與毛不同）。

<三章-5>**彼姝者子，何以告之？**

《干旄》三章，章六句。

載　馳 【鄘風十】

載馳載驅，歸唁（yàn）衛侯。驅馬悠悠，言至于漕（cáo）。大夫跋涉，我心則憂。

既不我嘉，不能旋反。視爾不臧（zāng），我思不遠。

既不我嘉，不能旋濟（jì）。視爾不臧（zāng），我思不閟（bì）。

陟（zhì）彼阿（ē）丘，言采其蝱（méng）。女子善懷，亦各有行（háng）。許人尤之，衆穉（zhì）且狂。

我行（xíng）其野，芃（péng）芃其麥。控于大邦，誰因誰極！大夫君子，無我有尤。百爾所思，不如我所之！

《載馳》五章，一章六句，二章四句，一章六句，一章八句。

【毛序】《載馳》，許穆夫人作也。閔其宗國顛覆，自傷不能救也。衛懿公爲狄人所滅，國人分散，露於漕邑。許穆夫人閔衛之亡，傷許之小，力不能救，思歸唁其兄，又義不得，故賦是詩也。

【鄭箋】滅者，懿公死也。君死於位曰滅。露於漕邑者，謂戴公也。懿公死，國人分散，宋桓公迎衛之遺民渡河，處之於漕邑，而立戴公焉。戴公與許穆夫人俱公子頑烝於宣姜所生也。男子先生曰兄。

【樂道主人】許國，中國歷史上西周及春秋時代的諸侯國，男爵爵位，國君爲姜姓，建國君主是許文叔，許男結時亡國，許國滅亡於戰國初期，許元公在位時。被楚國攻滅，一説爲魏國所滅。今許昌城東二十公里的張潘古城四周。

【孔疏】"《載馳》"至"是詩"。

◇◇此《載馳》詩者，許穆夫人所作也。閔念其宗族之國見滅，自傷不能救之。言由衛懿公爲狄人所滅，國人分散，故立戴公，暴露而舍於漕邑。宗國敗滅，君民播遷，是以許穆夫人閔念衛國之亡，傷己許國之小，而力弱不能救，故且欲歸國而唁其兄。

◇◇但在禮，諸侯夫人父母終，唯得使大夫問於兄弟，有義不得歸，是以許人尤之，故賦是《載馳》之詩而見己志也。定本、《集注》皆云“又義不得”，則爲“有”字者非也。

◇◇上云“許穆夫人作”，又云“故賦是詩”，作、賦一也。以作詩所以鋪陳其志，故作詩名曰賦。《左傳》曰“許穆夫人賦《載馳》”，是也。

◇◇此“思歸唁其兄”，首章是也。“又義不得”，二章以下是也。此實五章，故《左傳》叔孫豹、鄭子家賦《載馳》之四章，四猶未卒，明其五也。然彼賦《載馳》，義取控引大國，今控於大邦，乃在卒章。

◇言賦四章者，杜預云：“并賦四章以下。賦詩雖意有所主，欲爲首引之勢，并上章而賦之也。”

◇《左傳》服虔注：“《載馳》五章屬《鄘風》。許夫人閔衛滅，戴公失國，欲馳驅而唁之，故作以自痛國小，力不能救。在禮，婦人父母既没，不得寧兄弟，於是許人不嘉，故賦二章以喻‘思不遠’也。‘許人尤之’，遂賦三章。以卒章非許人不聽，遂賦四章，言我遂往，無我有尤也。”

◇服氏既云《載馳》五章，下歷説唯有四章者，服虔意以傳稱四章，義取控於大國，此卒章乃是傳之所謂四章也，因以差次章數以當之。首章論歸唁之事，其所思之意。下四章爲許人所尤而作之，置首章於外，以下别數爲四章也。言許大夫不嘉，故賦二章，謂除首章而更有二章，即此二章、三章是也。

◇凡詩之作，首尾接連，未有除去首章，更爲次弟者也。服氏此言，無所案據，正以傳有四章之言，故爲此釋，不如杜氏并賦之説也。

【孔疏】“滅者”至“曰滅”。

◇◇“君死於位曰滅”，《公羊傳》文也。

◇◇《春秋》之例，滅有二義。若國被兵寇，敵人入而有之，其君雖存而出奔，國家多喪滅，則謂之滅，故《左傳》曰：“凡勝國曰滅。”齊滅譚，譚子奔莒；狄滅温，温子奔衛之類是也。

◇若本國雖存，君與敵戰而死，亦謂之滅，故云“君死於位曰滅”，即昭二十三年“胡子髡、沈子逞滅”之類是也。

<一章-1>**載馳載驅，歸唁（yàn）衛侯。**

【毛傳】載，辭也。吊失國曰唁。

【鄭箋】載之言則也。衛侯，戴公也。

【程析】【孔疏】走馬謂之馳，策馬謂之驅。

【孔疏】傳“吊失國曰唁”。

◇◇昭二十五年，“公孫於齊，次於陽州。齊侯唁公於野井”。《穀梁傳》曰“吊失國曰唁。唁公不得入於魯”，是也。此據失國言之。

◇◇若對，吊死曰吊，則吊生曰唁。《何人斯》云：“不入唁我。”《左傳》曰：“齊人獲臧堅，齊侯使夙沙衛唁之。”服虔云：“吊生曰唁。”以生見獲，故唁之也。

<一章-3>**驅馬悠悠，言至于漕（cáo）。**

【毛傳】悠悠，遠貌。漕，衛東邑。

【鄭箋】夫人願御者驅馬悠悠乎，我欲至於漕。

<一章-5>**大夫跋涉，我心則憂。**

【毛傳】草行曰跋。水行曰涉。

【鄭箋】跋涉者，衛大夫來告難於許時。

【孔疏】傳“草行曰跋”。◇◇《左傳》云“跋涉山川”，則跋者，山行之名也。言草行者，跋本行草之名，故傳曰“反首茇舍以行”。山必有草，故山行亦曰跋。

【孔疏-章旨】“載馳”至“則憂”。

①夫人言己欲驅馳而往歸於宗國，以弔唁衛侯，

②故願御者馳馬悠悠然而遠行，我欲疾至於漕邑。

③我所以思願如是者，以衛大夫跋涉而告難於我，我心則憂閔其亡，傷不能救，故且驅馳而唁之。

◇◇鄭唯“載之言則”爲异，餘同。

<二章-1>**既不我嘉，不能旋反。**

【毛傳】不能旋反，我思也。

【鄭箋】既，盡。嘉，善也。言許人盡不善我欲歸唁兄。

【程析】旋，返。

<二章-3>**視爾不臧（zāng），我思不遠。**

【毛傳】不能遠衛也。

【鄭箋】爾，女（nǔ）。女，許人也。臧，善也。視女不施善道救衛。

【樂道主人】不能遠衛，不能遠救於衛。

【孔疏-章旨】“既不”至“不遠”。夫人既欲歸唁，而許大夫不聽，故責之云：

①汝許人盡不善我欲歸唁其兄，然不能旋反我心中之思，使不思歸也。

②既不得去，而又責之言：我視汝許大夫不施善道以救衛，由此故我思不遠於衛，恒欲歸唁之爾。既不能救，何以止我也？

<三章-1>既不我嘉，不能旋濟（jì）。

【毛傳】濟，止也。

【程析】濟，渡。

<三章-3>視爾不臧，我思不閟（bì）。

【毛傳】閟，閉也。

【程析】閟，閉塞，不通。

<四章-1>陟（zhì）彼阿（ē）丘，言采其蝱（méng）。

【毛傳】偏高曰阿丘。虻，貝母也。升至偏高之丘，采其蝱者，將以療疾。

【鄭箋】升丘采貝母，猶婦人之適異國，欲得力助，安宗國也。

【孔疏】傳“偏高”至“貝母”。

◇◇“偏高，阿丘”，《釋丘》文。李巡曰：“謂丘邊高。”“莔，貝母”，《釋草》文。

◇◇陸機《疏》云：“蝱，今藥草貝母也。其葉如栝樓而細小。其子在根下，如芋，子正白，四方連累相著有分解”，是也。

<四章-3>女子善懷，亦各有行（háng）。

【毛傳】行，道也。

【鄭箋】善猶多也。懷，思也。女子之多思者有道，猶升丘采其蝱也。

【孔疏】箋“善猶”至“采蝱”。

◇◇夫人思衛，爲許所尤。方宜開釋許人，不宜自稱善思，故許人尤之，明嫌其多思，故云善猶多也。此多思有道，自夫人之意，言猶升丘采其蝱者。

◇◇以經云“亦各有行”，“亦各”，不一之辭，明采蝱與已俱有道理，故云“亦各”也。然則此與上互相明，上言采蝱療疾，猶己欲力助宗國；此言已思有理，則采蝱亦有理矣。

<四章-5>**許人尤之，衆穉（zhì）且狂。**

【毛傳】尤，過也。是乃衆幼穉且狂進，取一概之義。

【鄭箋】許人，許大夫也。過之者，過夫人之欲歸唁其兄。

【程析】穉，《説文》：幼禾也。狂，愚妄。

【孔疏】傳“是乃”至“之義”。◇◇《論語》云：“狂者進取。”注云：“狂者進取，仰法古例，不顧時俗。”是進取一概之義。一概者，一端不曉變通，以常禮爲防，不聽歸唁，是童蒙而狂也。

【孔疏】箋“許人，許大夫”。

◇◇下云“大夫君子”，故許人爲許大夫。上章“視爾不臧”，箋云：“爾，女（nǔ）。女，許人”大夫亦由此也。大夫而曰人者，衆辭。

◇◇下箋云“君子，國中賢者”，此獨云大夫者，以言“衆穉且狂”，是責大夫之辭，故不及國中賢者。下以己情恕而告之，不必唯對國中大夫，故兼言賢者焉。

【孔疏-章旨】“陟彼”至“且狂”。夫人既爲許人所止而不得歸，故説己歸意以非之。

①言有人升彼阿丘之上，言欲采其蝱者，欲得其蝱以療疾，猶婦人適於异國，亦欲得力助以安宗國。

②然我言力助宗國，似采蝱療疾。是我女子之多思，亦各有道理也。既不能救，思得暫歸。

③許人守禮尤我，言此許人之尤過者，是乃衆童穉無知且狂狷之人也，唯守一概之義，不知我宗國今人敗滅，不與常同，何爲以常禮止我也?

<五章-1>**我行（xíng）其野，芃（péng）芃其麥。**

【毛傳】願行衛之野，麥芃芃然方盛長。

【鄭箋】麥芃芃者，言未收刈（yì），民將困也。

【程析】芃芃，茂盛貌。

【孔疏】我所以歸唁於衛者，我比欲行衛之野，觀其芃芃然方盛之麥，時未收刈，明民困苦。閔其國民，故欲往行之。

【樂道主人】非已歸衛，想象矣。

<五章-3>**控於大邦，誰因誰極！**

【毛傳】控，引。極，至也。

【鄭箋】今衛侯之欲求援引之力助於大國之諸侯，亦誰因乎？由誰至乎？閔之，故欲歸問之。

【程析】控，赴告、奔告。因，親，依靠。極，至，帶兵到他國救難稱爲至。

【孔疏】箋“欲求”至“誰至乎”。

◇◇此時宋桓公迎衛之遺民，立戴公，是夫人所知，不須問矣。又於時十二月也，草木已枯，野無生麥，而云問所控引，言欲觀麥者，夫人志在唁兄，思歸訪問，非是全不知也。又思欲向衛，得於三月四月，民饑麥盛之時，出行其野，不謂當今十二月也。

◇◇故《鄭志》答趙商云“狄人入衛，其時明然。戴公廬漕及城楚丘二者，是還復其國也。許夫人傷宗國之滅，又閔其民，欲歸行其野，視其麥，是時之憂思，乃引日月而不得歸，責以冬夏與誰因誰極，未通於許夫人之意”，是也。

<五章-5>**大夫君子，無我有尤（yóu）。**

【鄭箋】君子，國中賢者。無我有尤，無過我也。

<五章-7>**百爾所思，不如我所之！**

【毛傳】不如我所思之篤厚也。

【鄭箋】爾，女（nǔ）。女，衆大夫君子也。

【程析】之，往，方向。

【孔疏-章旨】“我行”至“所之”。夫人冀得歸唁，説己往意。

①我所以歸唁於衛者，我比欲行衛之野，觀其芃芃然方盛之麥，時未收刈，明民困苦。閔其國民，故欲往行之。

②又欲問衛求援引之力助於大國之諸侯，亦由誰因乎？由誰至乎？我之歸唁，爲此而已。

③爾許之大夫及國中君子，無以我爲有過，而不聽問。爾之過我，由不思念於衛。

④汝百衆大夫君子，縱有所思念於衛，不如我所思之篤厚也。由情不及己，故不聽我去耳。

《載馳》五章，一章六句，二章四句，一章六句，一章八句。

鄘國十篇，三十章，百七十六句。

淇　奥 【衛風一】

瞻彼淇奥（yù），綠（lù）竹猗（yī）猗。有匪君子，如切如磋（cuō），如琢如磨。瑟兮僩（xiàn）兮，赫兮咺（xuān）兮。有匪君子，終不可諼（xuān）兮。

瞻彼淇奥，綠竹青青。有匪君子，充耳琇（xiù）瑩，會（kuài）弁（biàn）如星。瑟兮僩兮，赫兮咺兮。有匪君子，終不可諼兮。

瞻彼淇奥，綠竹如簀（zé）。有匪君子，如金如錫（xī），如圭如璧。寬兮綽（chòu）兮，猗（yǐ）重（chóng）較（jué）兮。善戲謔（xuè）兮，不爲虐（nüè）兮。

《淇奥》三章，章九句。

【毛序】《淇奥（yù）》，美武公之德也。有文章，又能聽其規諫，以禮自防，故能入相于周，美而作是詩也。

【樂道主人】首章謂衛武公尚在切磨過程中，二章謂喻衛武公始成器也，三章講衛武公已精煉成金錫（xī）圭璧，成大器矣。衛武公，姬姓，衛氏，名和，衛厘侯之子，衛共伯之弟，春秋時期衛國第十一任國君，公元前812年至公元前758年在位。

【樂道主人】兩個重點：其一，禮義者德之則。其二，“大德不逾閑，小德出入，可也。”——美武公逆取順守，德流於民。可參考孔子對管仲的評價。

【孔疏】“《淇奥》”至“是詩”。

◇◇作《淇奥》詩者，美武公之德也。既有文章，又能聽臣友之規諫，以禮法自防閑，故能入相于周爲卿士，由此故美之而作是詩也。

◇◇《沔水》箋云：“規者，正圓之器也。”《司諫》注云：“以義正君曰規。”然則方圓者度之凖，禮義者德之則。正圓以規，使依度，猶正君以禮，使入德，故謂之規諫。諫，干也，干君之意而告之。

◇◇卒章傳曰“重較（jué），卿士之車”，則入相爲卿士也。《賓之初筵》云“武公既入而作是詩也”，則武公當幽王之時已爲卿士矣。又《世家》云：“武公將兵佐周平戎，甚有功。平王命爲公。”則平王之初，未命爲公，亦爲卿士矣。

◇此云“入相于周”，不斥其時之王，或幽或平，未可知也。若平王則爲公，而云卿士者，卿爲典事，公其兼官，故《顧命》注“公兼官，以六卿爲正次”，是也。

◇◇言“美武公之德”，總叙三章之義也。“有文章”，即“有匪君子”是也。“聽其規諫，以禮自防”，即切磋琢磨、金錫圭璧是也。“入相于周”，即充耳會弁、猗重較兮是也。其餘皆是武公之德從可知也。

◇◇序先言聽諫自防，乃言入相于周者，以先説在國之德，乃言入相。經亦先言其德盛聽諫，後陳卿士之車服爲事次也。諸言美者，美所施之政教，此則論質美德盛，學問自修，乃言美其身之德，故叙者异其文也。

◇◇案《世家》云“武公以其賂賂士，以襲攻共伯”，而殺兄簒國，得爲美者，美其逆取順守，德流於民，故美之。齊桓、晋文皆簒弑而立，終建大功，亦皆類也。

<一章-1>**瞻彼淇奥（yù），绿（lù）竹猗（yī）猗。**

【毛傳】興也。奥，隈也。绿，王芻（chú）也。竹，萹（biǎn）竹也。猗猗，美盛貌。武公質美德盛，有康叔之餘烈。

【程析】淇，淇水。绿、竹，是兩種草名。奥，水岸深曲之處。

【詩經植物圖鑒】绿（lù），藎草。

【孔疏】傳“奥隈”至“餘烈”。

◇◇“隩，隈”，《釋丘》文。孫炎曰：“隈，水曲中也。”又云：“厓内爲奥。”李巡曰：“厓内近水爲隩。”是也。陸機云“淇、奥，二水名”，以毛云“隩，隈”爲誤，此非也。《爾雅》所以訓此，而云“隩，隈”，明非毛誤。

◇◇《釋草》云：“菉（lù），王芻。”舍人曰：“菉，一爲王芻。”某氏曰：“菉，鹿蓐也。”又曰：“竹，萹蓄。”李巡曰：“一物二名。”郭璞曰：“似小藜，赤莖節，好生道傍，可食。”此作“竹，萹（biǎn）竹”，字异音同，故孫炎、某氏皆引此詩，明其同也。

◇陸機云："绿、竹一，草名，其莖葉似竹，青绿色，高數尺。今淇隩傍生此，人謂此爲绿竹。"此説亦非也。

◇《詩》有"終朝采绿"，則绿與竹别草，故傳依《爾雅》以爲王芻與萹竹异也。二章"绿竹青青"，傳云"茂盛"。卒章"绿竹如簀"，傳云"積也"，言茂盛似如積聚，亦爲美盛也。

◇◇又云"有康叔之餘烈"者，烈，業也。美武公之質美德盛，有康叔之餘業，即謂以淇水比康叔，以隩内比衛朝，以绿竹美盛比武公質美德盛也。

<一章-3>**有匪君子，如切如磋（cuō），如琢如磨。**

【毛傳】匪，文章貌。治骨曰切，象曰磋（cuō），玉曰琢，石曰磨。道其學而成也。聽其規諫以自修，如玉石之見琢磨也。

【瑞辰通釋】匪，即斐之假借。

【孔疏】傳"匪文章"至"琢磨"。

◇◇《論語》云"斐然成章"，序曰"有文章"，故斐爲文章貌也。

◇◇《釋器》云："骨謂之切，象謂之磋，玉謂之琢，石謂之磨。"孫炎曰："治器之名。"則此謂治器加功而成之名也，故《論語》注云"切磋琢磨以成寶器"，是也。此其對例耳。白圭之玷尚可磨，則玉亦得稱磨也，故下箋云"圭璧亦琢磨"。傳既云切磋琢磨之用，乃云"道其學而成也"，指解切磋之喻也。

◇◇又言而能聽其規諫，以禮自修飾，如玉石之見琢磨，則唯解琢磨，無切磋矣。此經文相似，傳必知分爲别喻者，以《釋訓》云："如切如磋，道學也。"郭璞曰："骨象須切磋而爲器，人須學問以成德。"又云："如琢如磨，自修也。"郭璞曰："玉石之被琢磨，猶人自修飾也。"《禮記·大學》文同《爾雅》。是其别喻可知。

<一章-6>**瑟兮僩（xiàn）兮，赫兮咺（xuān）兮。**

【毛傳】瑟，矜莊貌。僩，寬大也。赫，有明德赫赫然。咺，威儀容止宣著也。

【瑞辰通釋】僩，武貌。（與毛不同）

【孔疏】傳"瑟矜莊"至"宣著"。

◇◇此四者，皆言内有其德，外見於貌，大同而小异也。

◇"瑟，矜莊貌"，是外貌莊嚴也。

◇“僩，寬大也”，是内心寬裕。

◇“赫，有明德赫然”，是内有其德，故發見於外也。

◇“咺，威儀容止宣著也”，皆言外有其儀，明内有其德，

◇◇故《釋訓》與《大學》皆云：“瑟兮僩兮，恂栗也。赫兮咺兮，威儀也。”以瑟、僩者，自矜持之事，故云“恂栗也”，言其嚴峻戰慄也。赫、咺者，容儀發揚之言，故言“威儀也”。其實皆是威儀之事，但其文互見，故分之。

<一章-7>**有匪君子，終不可諼（xuān）兮。**

【毛傳】諼，忘也。

【樂道主人】有匪，猶言那個。

【孔疏-章旨】“瞻彼”至“諼兮”。

①視彼淇水隈曲之内，則有王芻與萹竹猗猗然美盛以興，視彼衛朝之上，則有武公質美德盛。然則王芻、萹竹所以美盛者，由得淇水浸潤之故。武公所以德盛者，由得康叔之餘烈故。

②又言此有斐然文章之君子謂武公，能學問聽諫，以禮自修，而成其德美，如骨之見切，如象之見磋，如玉之見琢，如石之見磨，以成其寶器。

③而又能瑟兮顏色矜莊，僩兮容裕寬大，赫兮明德外見，咺兮威儀宣著。

④有斐然文章之君子，盛德之至如此，故民稱之，終不可以忘兮。

<二章-1>**瞻彼淇奥，綠竹青青。**

【毛傳】青青，茂盛貌。

<二章-3>**有匪君子，充耳琇（xiù）瑩，會（kuài）弁（biàn）如星。**

【毛傳】充耳謂之瑱（tiàn<zhèn>）。琇瑩，美石也。天子玉瑱，諸侯以石。弁，皮弁，所以會髮。

【鄭箋】會，皮弁，飾之以玉，皪（lì）皪而處，狀似星也。天子之朝服皮弁，以日視朝。

【瑞辰通釋】毛傳“弁，皮弁，所以會髮”應爲“會，所以會髮。弁，皮弁。”後注疏本誤。（改傳）

【程析】會，弁兩縫相合處。

【樂道主人】瑱，古人冠冕上垂在兩側的裝飾物，用玉、石、貝等製

成。瑱與瑧都是由玉石製成，喻衛武衛始成器也。皪皪，潔白鮮明貌。

【欒道主人】孔疏：皮弁之縫中，每貫結五采玉十二以爲飾，謂之綦（qí）。

表 11　皮弁上的綦（《弁師》）

	王	侯，伯	子，男	士	王卿	大夫	諸侯卿大夫
質地	五采玉	三采					二采
數量	十二以	七	五		六	四	依命數
充耳，瑱（《冬官·玉人職》）							
	王	上公	侯	伯	子	男	
質地	全玉	龍	瓚	將			
數量		四玉一石		三玉二石			

【孔疏】傳“天子”至“會髮”。

◇◇案《冬官·玉人職》云：“天子用全，上公用龍，侯用瓚，伯用將。”鄭注云：“公、侯四玉一石，伯、子、男三玉二石。”由此言之，此傳云“諸侯以石”，謂玉、石雜也。

◇◇《禮記》云：“周弁，殷冔（xú），夏收。”言收者，所以收發，則此言會者，所以會發可知。

【孔疏】箋“會謂”至“視朝”。

◇◇《弁師》云：“王之皮弁，會五采玉瑧（qí，古代皮件縫合處的玉飾）。”注云：“會，縫中也。皮弁之縫中，每貫結五采玉十二以爲飾，謂之綦。《詩》云‘會弁如星’，又曰‘其弁伊綦’，是也。”

◇◇此云武公所服非爵弁，是皮弁也。皮弁而言會，與《弁師》皮弁之會同，故云“謂弁之縫中”也。

◇◇《弁師》上云：“王之皮弁，會五采玉瑧。”又曰：“諸侯及孤卿大夫之皮弁，各以其等爲之。”注云：“皮弁，則侯、伯瑧飾七，子、男瑧飾五，玉亦三采。”

◇武公本畿外諸侯，入相于周，自以本爵爲等，則玉用三采，而瑧飾七，故云“飾之以玉，皪皪而處，狀似星”。若非外土諸侯事王朝者，則卿瑧飾六，大夫瑧飾四，及諸侯孤卿大夫各依命數，并玉用二采，其韋弁飾與皮弁同。

◇◇此皮弁，天子視朝之服，《玉藻》云“天子皮弁，以日視朝”，是也。在朝君臣同服，故言天子之朝也。諸侯亦皮弁以視朝，以序云“入相于周”，故爲在王朝之服。

【孔疏】“有匪”至“如星”。

○毛以爲，有斐然文章之君子謂武公，其充耳以琇瑩之石，爲之會發之弁，文駮如星，言有其德而稱其服，故宜入王朝而爲卿相也。

○鄭説在箋。

<二章-6>**瑟兮僩兮，赫兮咺兮。有匪君子，終不可諼兮。**

<三章-1>**瞻彼淇奥，緑竹如簀（zé）。**

【毛傳】簀，積也。

【詩三家】簀，緑（lù）竹盛如積也

<三章-3>**有匪君子，如金如錫（xī），如圭如璧。**

【毛傳】金、錫練而精，圭、璧性有質。

【鄭箋】圭、璧亦琢磨，四者亦道其學而成也。

【樂道主人】【孔疏】言有匪然文章之君子，謂武公，器德已成，練精如金錫。道業既就，琢磨如圭璧。

【孔疏】傳“金錫”至“有質”。

◇◇此與首章互文。首章論其學問聽諫之時，言如器未成之初，須琢磨。此論道德既成之時，故言如圭璧已成之器。

◇◇傳以金錫言其質，故釋之言，此已練而精。圭璧舉已成之器，故本之言性有質，亦互文也。

◇◇言金錫有其質，練之故益精，圭璧有其實，琢磨乃成器，故箋云“圭、璧亦琢磨，四者亦道其學而成之”。

<三章-6>**寬兮綽（chòu）兮，猗（yǐ）重（chóng）較（jué）兮。**

【毛傳】寬能容衆。綽，緩也。重較，卿士之車。

【鄭箋】綽兮，謂仁於施舍。

【程析】猗，倚，依靠。重較，其形如耳，故名“重耳”。

【瑞辰通釋】重較，銅飾更加較上則重耳矣，戴震謂重較即左右兩較，望之而重，凡車皆然，失之。崔豹古今注曰：文武重耳，古重較也。文官赤耳，武官青耳。

【孔疏】傳“重較，卿士之車”。

◇◇序云“入相于周”，而此云“猗重較兮”，故云卿士之車。

◇◇《輿人》注云："較，兩輢（yǐ，古代車箱兩旁人可以倚靠的木板）上出軾者。"則較謂車兩傍，今謂之平較。案《大車》以子男入爲大夫，得乘子男車服，則此重較謂侯伯之車也。但《周禮》無重較、單較之文。

【孔疏】箋"綽兮，謂仁於施舍"。◇◇謂有仁心于施恩惠、舍勞役。《左傳》曰"喜有施舍"，是也。俗本作"人"字者，誤。定本作"仁"。

<三章-8>**善戲謔（xuè）兮，不爲虐（nuè）兮。**

【毛傳】寬緩弘大，雖則戲謔（xuè），不爲虐（nüè）矣。

【鄭箋】君子之德，有張有弛，故不常矜莊，而時戲謔。

【瑞辰通釋】虐，之言劇，謂甚也，戲謔之甚。

【程析】戲謔，開玩笑。虐，過分（本意为殘暴）。

【孔疏-章旨】"有匪"至"虐兮"。

①言有匪然文章之君子，謂武公，器德已成，練精如金錫。道業既就，琢磨如圭璧。

②又性寬容兮，而情綽緩兮，既外修飾而内寬弘，入相爲卿士，倚此重較之車兮，實稱其德也。

③又能善戲謔兮，而不爲虐兮，言其張弛得中也。

《淇奥》三章，章九句。

考　槃 【衛風二】

考槃（pán）在澗（jiàn），碩人之寬。獨寐寤（wù）言，永矢弗諼（xuān）。

考槃在阿（ē），碩人之薖（kē）。獨寐寤歌，永矢弗過。

考槃在陸，碩人之軸（dí/zhóu）。獨寐寤宿（sù），永矢弗告。

《考槃》三章，章四句。

【毛傳】《考槃》，刺莊公也。不能繼先公之業，使賢者退而窮處。

【鄭箋】窮，猶終也。

【樂道主人】毛與鄭大不同。毛講不忘先君之德，鄭主説不忘時君之惡，也可以説不矛盾。

【孔疏】“《考槃》”至“窮處”。

◇◇作《考槃》詩者，刺莊公也。刺其不能繼其先君武公之業，修德任賢，乃使賢者退而終處於澗（jiàn）阿（ē），故刺之。

◇◇言先君者，雖今君之先，以通於遠，要則不承繼者皆指其父，故《晨風》云“忘穆公之業”，又曰“弃先君之舊臣”，先君謂穆公也。此刺不能繼先君之業，謂**武公**也。經三章皆是也。

【孔疏】箋“窮，猶終”。◇◇不以澗阿爲窮處者，以經皆賢者怨君之辭，而言成樂在澗，成其樂之所在，是終處之義，故以窮爲終也。

<一章-1>考槃（pán）在澗（jiàn），碩人之寬。

【毛傳】考，成。槃，樂也。山夾水曰澗。

【鄭箋】碩，大也。有窮處，成樂在於此澗者，形貌大人，而寬然有虚乏之色（與毛不同）。

【樂道主人】槃，《説文解字》：承槃也。《説文解字注》：承槃者，承水器也。槃引申義爲凡承受者之稱。

【孔疏】傳“山夾水曰澗”。

◇◇《釋山》文也。傳以澗爲窮處，下文“阿陸”亦爲窮處矣，故《釋地》云“大陸曰阿”，而下傳曰“曲陵曰阿”，以《大雅》云“有卷者阿”，則阿有曲者，於隱遯爲宜。

◇◇《釋地》又云“高平曰陸，大陸曰阜”，則陸與阜類，亦可以隱居也。

【孔疏】箋“成樂”至“之色”。

◇◇此經言“考槃”，文連“在澗”，明碩人成樂在於此澗，謂成此樂而不去，所謂終處也。

◇◇以寬、薖（kē）及軸（zhóu/zhú）言碩人之饑狀，則碩人是其形也，故云“形貌大人”。不以寬爲寬德者，以卒章言軸爲病，反以類此，故知爲虚乏之色也。不論其有德之事者，以怨君不用賢，有德可知，故不言也。

<一章-3>**獨寐寤言，永矢弗諼**（xuān）。

【鄭箋】寤，覺。永，長。矢，誓。諼，忘也。在澗獨寐，覺而獨言，長自誓以不忘君之惡，志在窮處，故云然（與毛不同）。

【程析】獨寐寤，獨寐、獨寤、獨言。

【樂道主人】鄭表明賢者歸隱之堅定決心。鄭子自誓也。

【孔疏】箋“在澗”至“云然”◇◇賢者志欲終處於此澗，而不仕君朝，故云然。若其更有仕心，則不復自誓矣。

【孔疏-章旨】“考槃”至“弗諼”。

○此篇毛傳所說不明，但諸言碩人者，《傳》皆以爲大德之人。卒章“碩人之軸”，《傳》訓軸爲進，則是大德之人進于道義也。推此而言，則寬薖（kē）之義，皆不得與箋同矣。王肅之説，皆述毛傳，其注云：

①窮處山澗之間，而能成其樂者，以大人寬博之德。

②故雖在山澗，獨寐而覺，獨言先王之道，長自誓不敢忘也。美君子執德弘，通道篤也。

◇歌所以咏志，長以道自誓，不敢過差，其言或得傳旨。今依之以爲毛説。

○鄭以爲，①成樂在於澗中而不仕者，是形貌大人，寬然而有虚乏之色，

②既不爲君用，饑乏退處，故獨寐而覺則言，**長自誓不忘君之惡**。

◇◇莊公不用賢者，反使至饑困，故刺之。

<二章-1>**考槃在阿**（ē）**，碩人之薖**（kē）**。**

【毛傳】曲陵曰阿。薖，寬大貌。

【鄭箋】薖，饑意（與毛不同）。

<二章-3>**獨寐寤歌，永矢弗過。**

【鄭箋】弗過者，不復入君之朝也。

<三章-1>**考槃在陸，碩人之軸**（dí/zhóu）**。**

【毛傳】軸（dí），進也。

【鄭箋】軸（zhóu），病也（與毛不同）。

【詩三家】陸，高平地。

【程析】軸（zhóu），原意爲車軸，引申爲盤旋。

【詩經原始】張彰曰：言其旋轉而不窮，猶所謂“游於環中”者也。

【孔疏】傳“軸，進”。箋“軸，病”。

◇◇傳“軸”爲“迪”，《釋詁》云：“迪，進也。”

◇◇箋以與陸爲韵，宜讀爲逐。《釋詁》云：“逐，病。”逐與軸蓋古今字异。

<三章-3>**獨寐寤宿**（sù）**，永矢弗告。**

【毛傳】無所告語也。

【鄭箋】不復告君以善道（與毛不同）。

【程析】矢，發誓。

【詩集傳】寤宿，已覺而猶卧也。

【樂道主人】《康熙字典》：宿，安也，守也。

《考盤》三章，章四句。

碩　人【衛風三】

碩人其頎（qí），衣（yì）錦褧（jiǒng）衣。齊侯之子，衛侯之妻。東宫之妹，邢侯之姨，譚公維私。

手如柔荑（tí），膚如凝脂。領如蝤（qiú）蠐（qí），齒如瓠（hù）犀（xī）。螓（qín）首蛾眉，巧笑倩兮，美目盼兮。

碩人敖（áo）敖，説（shuì/suì）于農郊。四牡有驕，朱幩（fén）鑣（biāo）鑣，翟（dí）茀（fú）以朝（cháo）。大夫夙（sù）退，無使君勞。

河水洋（yáng）洋，北流活（guō）活。施罛（gū）濊（huò）濊，鱣（zhān）鮪（wěi）發（bō）發，葭（jiā）菼（tǎn）揭（jié）揭。庶姜孽（niè）孽，庶士有朅（qiè）。

《碩人》四章，章七句。

【毛序】《碩人》，閔莊姜也。莊公惑於嬖（bì）妾，使驕上僭。莊姜賢而（莊公）不荅，終以無子，國人閔而憂之。

【程析】何楷《詩經世本古義》、姚際恒《詩經通論》、崔述《讀風偶識》都認爲詩作于莊姜始嫁至衛之時。細品詩意，是正確的。按衛武公死後，莊公即位，那是公元前752年左右。

【孔疏】“《碩人》”至“憂之”。

◇◇嬖妾謂州吁之母。惑者，謂心所嬖愛，使情迷惑，故夫人雖賢，不被答偶。

◇◇經四章皆陳莊姜宜荅，而君不親幸，是爲國人閔而憂之。

<一章-1>碩人其頎（qí），衣（yì）錦褧（jiǒng）衣。

【毛傳】頎，長貌。錦，文衣也。夫人德盛而尊，嫁則錦衣加褧襜（chān）。

【鄭箋】碩，大也。言莊姜儀表長麗俊好頎頎然。褧，禪（dān）也。國君夫人翟衣而嫁，今衣錦者，在塗之所服也。尚之以禪衣，爲其文之大（tài）著。

【程析】褧，枲（xǐ，大麻的雄株，只開花，不結果實）麻一類的纖維織成紗，製成單層罩衫，稱爲褧衣。女子出嫁時穿，用以蔽塵土。

【樂道主人】襜，古代一種短的便衣。禪，單。塗，同“途”。

【孔疏】傳“頎長”至“褧襜”。

◇◇《猗嗟》云“頎而長兮”，《孔世家》云“頎然而長”，故爲長貌。下箋云“敖敖猶頎頎也”，與此相類，故亦爲長貌。以類宜重言，故箋云“頎頎然”也。

◇◇《王制》云“錦文珠玉”，《書傳》云“衣文錦”，故知“錦，文衣也”。以碩爲大德，錦衣爲在塗之服，故云“夫人德盛而尊，嫁則錦衣”。

◇◇經言“衣錦褧衣”，上“衣”謂衣著（動詞），下“衣”爲衣服。《豐》云“衣錦褧衣”，對“裳錦褧裳”，裳非著名，故箋云“裳用錦”，與此异也。

◇◇襜亦禪而在上，故云加之以褧襜。

【孔疏】箋“莊姜”至“大著”。

◇◇言莊姜儀容表狀乃長大而佳麗，又佼壯美好頎頎然也。《玉藻》云“禪爲絅”，故知“褧，禪衣”也。

◇◇又解國君夫人當翟衣而嫁，今言錦衣非翟衣，則是在塗之所服也。錦衣所以加褧者，爲其文之大著也，故《中庸》云“衣錦尚絅，惡其文之大著”，是也。

◇◇此夫人錦衣爲在塗之服，《豐》云錦衣錦裳，庶人之妻嫁時之服，非爲在塗，與夫人异也。《士昏禮》云“女次純衣纁袇（rán）”，士禮，故不用錦衣。庶人之妻得與夫人同者，賤不嫌也。

<一章-3>**齊侯之子，衛侯之妻。東宮之妹，邢侯之姨，譚公維私。**

【毛傳】東宮，齊大（tài）子也。女子後生曰妹。妻之姊妹曰姨。姊妹之夫曰私。

【鄭箋】陳此者，言莊姜容貌既美，兄弟皆正大。

【詩三家】邢，國名，周公子之封地，後被齊伐。（在今河北邢臺）。譚，國名，後被齊滅（在今山東歷城）。

【樂道主人】齊侯，齊莊公。

【孔疏】傳“東宮”至“曰私”。

◇◇太子居東宮，因以東宮表太子，故《左傳》曰“娶於東宮得臣之妹”，服虔云“得臣，齊太子名，居東宮”，是也。系太子言之，明與同母，見夫人所生之貴，故箋云“兄弟皆正大”。

◇◇經無弟而言弟者，協句也。《釋親》云：“男子謂女子先生爲姊，後生爲妹。妹姨妻之姊妹同出爲姨。女子謂姊妹之夫爲私。”孫炎曰：“同出，俱已嫁也。

私，無正親之言。然則謂吾姨者，我謂之私。邢侯、譚公皆莊姜姊妹之夫，互言之耳。

◇◇《春秋》譚子奔莒，則譚子爵言公者，蓋依臣子之稱，便文耳。”

【孔疏-章旨】“碩人”至“維私”。

○毛以爲，①有大德之人，其貌頎頎然長美，衣此文錦之服，而上加以褧襜之禪衣，在塗服之，

②以來嫁者，乃是齊侯之子，嫁爲衛侯之妻。又是東宮太子之妹，嫡夫人所生，爲邢侯之姨，而譚公又是其私。容貌既美，父母兄弟正大如此，君何爲不答之也？

○鄭以碩大爲形貌碩大爲异。

<二章-1>**手如柔荑（tí），**

【毛傳】如荑之新生。

【樂道主人】《邶風·静女》毛序：荑，茅之始生也。

【程析】荑，初生白茅的嫩芽。喻白潔柔嫩的手。

【孔疏】傳“如荑之新生”。◇◇以荑所以柔，新生故也。若久則不柔，故知新生也。

<二章-2>**膚如凝脂。**

【毛傳】如脂之凝。

【程析】喻滋潤白皙的皮膚。

【孔疏】傳“如脂之凝”。◇◇以脂有凝有釋，散文則膏脂皆總名，對例即《内則》注所云：“脂，肥凝者。釋者曰膏。”《釋器》云：“冰，脂也。”孫炎曰“膏凝曰脂”，是也。

<二章-3>**領如蝤（qiú）蠐（qí），**

【毛傳】領，頸也。蝤蠐（qí），蝎蟲也。

【程析】蝤蠐，天牛（金龜子）的幼蟲，又名木蟲，身長而白。喻豐潤白净的頭頸。

【孔疏】傳“領，頸。蝤蠐，蝎蟲”。

◇◇領一名頸，故《禮記》曰：“其頸七寸。”又名項，《士冠禮》云“緇布冠頍項”，是也。

◇◇《釋蟲》云“蟦（fèi，蠐螬，金龜子的幼蟲）蠐，螬（cáo）。蝤蠐，蝎。”孫炎曰：“蠐螬謂之蟦蠐，關東（應爲函谷關）謂之蝤蠐，梁益之間謂之蝎。”又曰：“蝎，蛣蝠。”孫炎曰：“蝎，木蟲也。”又曰：“蝎，桑蠹。”孫炎曰：“即蛣蝠也。”

◇然則蟦蠐也，蠐螬也，蝤蠐也，蛣蝠也，桑蠹也，蝎也，一蟲而六名也。以在木中，白而長，故以比頸。今定本云“蝤蠐，蝎也”，無“蟲”字，與《爾雅》合。

<二章-4>**齒如瓠（hù）犀（xī）。**

【毛傳】瓠犀，瓠瓣。

【程析】瓠犀，葫蘆的籽。喻整齊潔白的牙齒。

【孔疏】傳“瓠犀，瓠瓣”。◇◇《釋草》云：“瓠，棲瓣也。”今定本亦然。孫炎曰：“棲瓠，中瓣也。”棲與犀，字異音同。

<二章-5>**螓（qín）首蛾眉，**

【毛傳】螓首，顙（sǎng）廣而方。

【鄭箋】螓謂蜻蜻也。

【程析】蛾，蟬蛾，其觸鬚細長而彎曲。

【樂道主人】顙，額頭。

【孔疏】箋“螓謂蜻蜻”。

◇◇《釋蟲》云：“蚻，蜻蜻。”舍人曰：“小蟬也。”青青者，某氏曰：“鳴蚻蚻者。”孫炎曰：“《方言》云‘有文者謂之螓’。郭氏曰‘如蟬而小，有文’，是也。”

◇◇此蟲額廣而且方，此經手、膚、領、齒，舉全物以比之，故言“如”，“螓首蛾眉”，則指其體之所似，故不言“如”也。

<二章-6>**巧笑倩兮，**

【毛傳】倩，好口輔（fǔ）。

【程析】倩，笑時兩頰出現酒窩貌。

【孔疏】傳“倩，好口輔”。

◇◇以言巧笑之狀，故知好口輔也。《左傳》曰：“輔車相依。”服虔云：“輔，上頷車也，與牙相依。”則是牙外之皮膚，頰下之别名也，故《易》云：“鹹其輔頰舌。”明輔近頰也，而非頰也。

◇◇笑之貌美，在於口輔，故連言之也。

<二章-7>**美目盼兮。**

【毛傳】盼，白黑分。

【鄭箋】此章説莊姜容貌之美，所宜親幸。○盼，敷莧反，徐又膚諫反。《韓詩》云：“黑色也。”《字林》云：“美目也。”匹間反，又匹莧反。

【程析】盼，眼睛轉動現出黑白分明貌。

<三章-1>**碩人敖（áo）敖，説（shuì/suì）于農郊。**

【毛傳】敖敖，長貌。農郊，近郊。

【鄭箋】“敖敖”猶“頎頎”也。“説”當作“襚（suì）”（與毛不同）。《禮》《春秋》之襚，讀皆宜同。衣服曰襚，今俗語然。此言莊姜始來，更正衣服于衛近郊。

【孔疏】傳“農郊，近郊”。◇◇以下云“翟茀以朝”，明此在國近郊。毛於《詩》皆不破字，明此説爲舍。孫毓述毛云：“説（shuì）之爲舍，常訓也。”

【孔疏】箋“説當”至“近郊”。

◇◇類前章“衣錦褧衣”，謂在塗之服。明至近郊，更正翟衣而入國，故爲襚。不言聲之誤，從可知。

◇《士喪禮》云：“兄弟不以襚進。”《雜記》云：“襚者曰：寡君使某襚。”此《禮》之襚。

◇《春秋》文九年，“秦人來歸僖公成風之襚”。隱元年《公羊傳》曰：“衣被曰襚。”《穀梁傳》曰：“衣衾曰襚。”此《春秋》之遂也。

◇襚于農郊之襚，與《禮》及《春秋》之襚，讀皆同也。《禮》與《春秋》之襚謂之衣服，曰“襚贈死者”，故何休云：謂爲襚。今俗語猶然。”以《禮》文施于死者，故引俗語以證之。

◇傳云衣被，襚猶遺也，以衣服可以遺人，因謂衣服爲襚。雖遺吉之衣服，亦衣衾，此云衣服者，以夫人所更正而服之，不必爲衾也，故云服。

◇服，總名也。前“衣錦褧衣”，在塗之服，則此爲夫人所嫁之服，

所嫁之服，褕翟之等也。以近郊服之而入國，故爲“更正衣服于衛近郊”。又下言夫人車馬之飾，明此爲正其所著之正服也。

<三章-3>**四牡有驕，朱幩（fén）鑣（biāo）鑣，翟（dí）茀（fú）以朝（cháo）。**

【毛傳】驕，壯貌。幩，飾也。人君以朱纏鑣扇汗，且以爲飾。鑣鑣，盛貌。翟，翟車也。夫人以翟羽飾車。茀，蔽也。

【鄭箋】此又言莊姜自近郊既正衣服，乘是車馬以入君之朝，皆用嫡夫人之正禮。今而不答。

【陸釋】鑣，馬銜外鐵。

【程析】朱幩，馬嚼兩旁的鐵飾，以紅綢纏裹。

【孔疏】傳“幩，飾”至“茀，蔽”。

◇◇以言朱幩，朱爲飾之物，故幩爲飾。又解朱所飾之狀，故言“人君以朱纏鑣扇汗”，且因以爲馬之飾。

◇◇此纏鑣之鑣，自解飾之所施，非經中之鑣也，故又云：“鑣鑣，盛貌。”言既以朱飾其鑣，而四牡之馬鑣鑣而盛，非謂唯鑣之盛。《清人》云：“駟介麃（biāo）麃。”傳曰“盛貌”，與此同也。

◇◇車之所以有翟者，夫人以翟羽飾車。茀，車蔽也。婦人乘車不露見（xiàn），車之前後設障以自隱蔽，謂之茀，因以翟羽爲之飾。

◇《巾車》注引《詩》乃云“此翟茀，蓋厭翟也。厭翟，次其羽，使相迫也。重（chóng）翟、厭翟，謂蔽”，是也。

<三章-6>**大夫夙（sù）退，無使君勞。**

【毛傳】大夫未退，君聽朝於路寢（qǐn），夫人聽內事於正寢。大夫退，然後罷。

【鄭箋】莊姜始來時，衛諸大夫朝夕者皆早退，無使君之勞倦者，以君夫人新爲妃耦，宜親親之故也。

【孔疏】傳“大夫”至“然後罷”。

◇◇釋大夫所以早退之意，而兼言夫人者，以君聽外治，夫人聽內職，事與君皆同。大夫退，然後罷，故連言之。

◇《玉藻》云“君日出而視朝，退適路寢聽政。使人視大夫，大夫退，然後適小寢。”釋服適小寢即是罷也。又《昏義》曰：“天子聽外治，後聽內職。”夫人之于國與後同，故知聽內事於正寢。

◇◇《鷄鳴》箋云："蟲飛薨薨，所以當起者，卿大夫朝者旦罷歸。"則似早退由君者。以國之政事，君與大夫之所謀，若君早朝，事早畢，若晚朝，事晚畢，故云卿大夫旦罷歸，是早晚由君也。

◇君出視朝，事畢乃之路寢，以待大夫之所諮。決事之多少，大夫所主，故使人視大夫，大夫退，然後罷。明非由於大夫，要事畢否大夫。

【孔疏-章旨】"碩人"至"君勞"。

○毛以爲，①言有大德之人，敖敖然其形貌長美，其初來嫁，則説舍于衛之近郊，

②而整其車飾，則乘四牡之馬，驕驕然壯健，以朱飾其鑣，則鑣鑣然而盛美。又以翟羽爲車之蔽。其車馬之飾如此，乃乘之以入君之朝。

③既入朝，而諸大夫聽朝者皆爲早退，以君與夫人新爲妃耦，宜相親幸，無使君之勞倦。此言莊姜容貌之美，皆用嫡夫人之正禮，君何爲不荅之乎？

○鄭以爲，①形貌大人而佼好長麗敖敖然，欲至於國，舍其在塗之服，而更正衣服於近郊，乃馳車馬以入國。餘同。

<四章-1>**河水洋（yáng）洋，北流活（guō）活。施罛（gū）濊（huò）濊，鱣（zhān）鮪（wěi）發（bō）發，葭（jiā）菼（tǎn）揭（jiē）揭。庶姜孽（niè）孽，庶士有朅（qiè）。**

【毛傳】洋洋，盛大也。活活，流也。罛，魚罟。濊濊，施之水中。鱣，鯉也。鮪，鮥也。發發，盛貌。葭，蘆。菼，xx也。揭揭，長也。孽孽，盛飾。庶士，齊大夫送女者。朅，武壯貌。

【鄭箋】庶姜，謂侄娣。此章言齊地廣饒，士女佼好，禮儀之備，而君何爲不荅夫人？

【程析】河，黄河。北流，黄河在齊西衛東，北流入海，由齊至衛，必須渡河。濊濊，撒網入水聲。鱣，大鯉魚，也有説是黄魚。鮪，與鯉同類的魚。菼，荻草。此章描寫莊姜出嫁時，所經途中風景之美、待從之盛。

【樂道主人】罟，捕魚的網。

【孔疏】傳"罛，魚罟"至"送女者"。

◇◇《釋器》云："魚罟謂之罛。"李巡曰："魚罟，捕魚具也。"

◇◇鱣，鯉；鮪，鮥。謂魚有二名。《釋魚》有"鯉""鱣"。

◇舍人曰："鯉一名鱣。"郭璞曰："鯉，今赤鯉魚也。鱣，大魚，似鱏而短鼻，口在頷下，體有邪行甲，無鱗，肉黄，大者長二三丈。今江東呼爲黄魚。"即是也。

◇《釋魚》又有"鰋""鮎"。孫炎曰："鰋一名鮎。"郭璞曰："鰋，今鰋額白魚。鮎别名鯷，江東通呼鮎爲鮧。"

◇舍人以鱣、鯉爲一魚，孫以鰋、鮎爲一魚，郭璞以四者各爲一魚。

◇陸機云："鱣、鮪出江海，三月中，從河下頭來上。鱣身形似龍，鋭頭，口在頷下，背上腹下，皆有甲，縱廣四五尺。今于盟津東石磧上釣取之，大者千餘斤，可烝爲臛，又可爲鮓，魚子可爲醬。鮪，魚形，似鱣而青黑，頭小而尖，似鐵兜鍪，口亦在頷下。其甲可以摩薑，大者不過七八尺。益州人謂之鱣。鮪大者爲王鮪，小者爲xx鮪。一名鮥，肉色白，味不如鱣也。今東萊遼東人謂之尉魚，或謂之仲明。仲明者，樂浪尉也，溺死海中，化爲此魚。"

◇如陸之言，又以今語驗之，則鯉、鮪、鱣、鮥皆异魚也，故郭璞曰："先儒及《毛詩訓傳》皆謂此魚有兩名，今此魚種類形狀有殊，無緣强合之爲一物。"**是郭謂毛傳爲誤也**。

◇◇"葭，蘆""菼，薍"，《釋草》文。李巡曰："分别葦類之异名。"郭璞曰："蘆，葦也。薍，似葦而小。"如李巡云，蘆、薍共爲一草。如郭云，則蘆、别草。《大車》傳曰："菼，鵻也，蘆之初生。"則毛意以葭、菼爲一草**也**。

◇陸機云："薍或謂之荻，至秋堅成則謂之萑。其初生三月中，其心挺出，其下本大如箸，上鋭而細，揚州人謂之馬尾。"以今語驗之，則蘆、薍别草也。◇◇桓三年《左傳》曰："凡公女嫁于敵國公子，則下卿送之。"于時齊、衛敵國，莊姜，齊侯之子，則送者下卿也。大夫，卿之總名。士者，男子之大稱，故云："庶士，齊大夫送女者。"

【孔疏】箋"庶姜"至"廣饒"。

◇◇此爲莊姜不見答而言，則非曰國中之女，故爲侄娣。二者非一，故稱衆也。

◇◇齊所以得有河者，《左傳》曰："賜我先君之履，西至於河。"是河在齊西北流也。衛境亦有河，知此是齊地者，以庶姜、庶士類之，知不據衛之河也。

《碩人》四章，章七句。

氓【衛風四】

氓（méng）之蚩（chī）蚩，抱布貿絲。匪來貿絲，來即我謀。送子涉淇，至于頓丘。匪我愆（qiān）期，子無良媒。將（qiāng）子無怒，秋以爲期。

乘彼垝（guǐ）垣（yuán），以望復關。不見復關，泣涕漣漣。既見復關，載（zài）笑載言。爾卜爾筮，體無咎（jiù）言。以爾車來，以我賄（huì）遷。

桑之未落，其葉沃若。于（xū）嗟（jiē）鳩（jiū）兮，無食桑葚（shèn）。于嗟女兮，無與士耽（dān）。士之耽兮，猶可説（tuō）也。女之耽兮，不可説也。

桑之落矣，其黄而隕（yǔn）。自我徂（cú）爾，三歲食貧。淇水湯（shāng）湯，漸車帷裳（cháng）。女（rǔ）也不爽，士貳（tè）其行（háng）。士也罔極，二三其德。

三歲爲婦，靡（mǐ）室勞矣。夙（sù）興夜寐，靡有朝矣。言既遂（suì）矣，至于暴矣。兄弟不知，咥（xì）其笑矣。静言思之，躬自悼（dào）矣。

及爾偕老，老使我怨。淇則有岸，隰（xí）則有泮（pàn）。總角之宴，言笑晏（yàn）晏。信誓旦旦，不思其反。反是不思，亦已焉哉！

《氓》六章，章十句。

【毛序】《氓》，刺時也。宣公之時，禮義消亡，淫風大行，男女無別，遂相奔誘。華落色衰，復相弃背。或乃困而自悔，喪其妃耦，故序其事以風焉。美反正，刺淫泆也。

【樂道主人】春秋時的自由戀愛。可作爲《邶風·谷風》的前傳。

【孔疏】“《氓》”至“淫，佚”。

◇◇言男女無别者，若“外言不入於閫（kǔn，門檻，舊時指婦女居住的内室），内言不出於閫”，是有别也。今交見往來，是無别也。

◇◇奔誘者，謂男子誘之，婦人奔之也。華落、色衰，一也，言顔色之衰，如華之落也。或乃困而自悔者，言當時皆相誘，色衰乃相弃，其中或有困而自悔弃喪其妃耦者，故叙此自悔之事，以風刺其時焉。

◇◇美者，美此婦人反正自悔，所以刺當時之淫泆也。

◇◇“復相弃背”以上，總言當時一國之事。“或乃困而自悔”以下，叙此經所陳者，是困而自悔之辭也。上二章説女初奔男之事，下四章言困而自悔也。“言既遂矣，至于暴矣”，是其困也。“躬自悼矣”，盡“亦已焉哉”，是自悔也。

<一章-1>**氓（méng）之蚩（chī）蚩，抱布貿絲。**

【毛傳】氓，民也。蚩蚩，敦厚之貌。布，幣也。

【鄭箋】幣者，所以貿買物也。季春始蠶，孟夏賣絲。

【程析】貿，交易，交换。

【樂道主人】孔疏：以男子既欲爲近期，女子請之至秋，明近期不過夏末，則賣絲是孟夏也。

【孔疏】傳“氓，民”至“布，幣”。

◇◇氓、民之一名，對文則异，故《遂人》注云：“變民言甿（méng），异内外也。甿，猶懵（méng）懵無知貌。”是其别也。其實通，故下箋云“言民誘己”，是也。《論語》及《靈臺》注皆云：“民者，冥也。”

◇◇此婦人見弃，乃追本男子誘己之時，己所未識，故以悠悠天子之民言之，不取於冥與無知。既求謀己與之相識，故以男子之通稱言之，“送子涉淇”“將子無怒”是也。既因有廉耻之心，以君子所近而託號之，“以望復關”是也。

◇以婦人號夫爲君子，是其常稱，故傳曰：“復關，君子之所近。”又因男子告己云“爾卜爾筮”，己亦荅之云“以爾車來”也。

◇◇三章言士、女者，時賢者所言，非男女相謂也。士者，亦男子之大號，因賢者所言，故四章言“士貳其行”也。以蚩蚩言民之狀，故云“敦厚貌”。謂顔色敦厚，己所以悦之。

◇◇《外府》注云：“布，泉也。其藏曰泉，其行曰布。取名於水泉，其流行無不遍。”《檀弓》注云：“古者謂錢爲泉布，所以通布貨財。泉亦爲布也。”

◇知此布非泉，而言幣者，以言抱之，則宜爲幣，泉則不宜抱之也。《載師》鄭司農云："裏布者，布參印書，廣二寸，長二尺，以爲幣貿易物。"引《詩》云"'抱布貿絲'，抱此布也"。司農之言，事無所出，故鄭易之云"罰以一裏二十五家之泉"也。此布幣謂絲麻布帛之布。

◇幣者，布帛之名，故《鹿鳴》云"實幣帛筐篚"，是也。

【孔疏】箋"季春"至"賣絲"。

◇◇《月令》季春云："后妃齊戒以勸蠶事。"是季春始蠶。孟夏云："蠶事既畢，分繭稱絲。"是孟夏有絲賣之也。

◇◇欲明此婦人見誘之時節，故言賣絲之早晚。以男子既欲爲近期，女子請之至秋，明近期不過夏末，則賣絲是孟夏也。

<一章-3>**匪來貿絲，來即我謀。**

【鄭箋】匪，非。即，就也。此民非來買絲，但來就我，欲與我謀爲室家也。

【程析】謀，謀劃。

<一章-5>**送子涉淇，至于頓丘。**

【毛傳】丘一成爲頓丘。

【鄭箋】子者，男子之通稱。言民誘己，己乃送之，涉淇水至此頓丘，定室家之謀，且爲會期。

【程析】頓丘，地名。

【樂道主人】《鄘風·桑中》期我乎桑中，要（yāo）我乎上宫，送我乎淇之上矣。

【孔疏】傳"丘一成爲頓丘"。

◇◇《釋丘》云："丘一成爲敦丘，再成爲陶丘，三成爲昆侖丘。"孫炎曰："形如覆敦。敦器似盂。"郭璞曰："成猶重（chóng）也。"《周禮》曰："爲壇三成。"又云："如覆敦者敦丘。"孫炎曰："丘一成之形象也。"

◇◇郭璞曰："敦，盂也，音頓。"與此字异音同。

【孔疏】箋"子者"至"會期"。

◇◇子者，有德之名。此男子非能有德，直以子者男子之通稱，故謂之爲子也。

◇◇上云"來即我謀"，男就女來與之謀也。今此送之，故知至此頓丘定室家之謀。又下云“匪我愆期”，則男子於此與之設期也，故知且爲會期。言且者，兼二事也。

<一章-7>**匪我愆**（qiān）**期，子無良媒。**

【毛傳】愆，過也。

【鄭箋】良，善也。非我以欲過子之期，子無善媒來告期時。○愆，起虔反，字又作“僁”。

【程析】愆，拖延。

<一章-9>**將**（qiāng）**子無怒，秋以爲期。**

【毛傳】將，願也。

【鄭箋】將，請也（與毛不同）。民欲爲近期，故語之曰：請子無怒，秋以與子爲期。

【孔疏-章旨】“氓之”至“爲期”。

○毛以爲，①此婦人言已本見誘之時，有一民之善蚩蚩然顔色敦厚，抱布而來，云當買絲。

②此民於時本心非爲來買絲，但來就我，欲謀爲室家之道，以買絲爲辭，以來誘已。

③我時爲男子所誘，即送此子涉淇水至於頓丘之地，與之定謀，且爲會期。

④男子欲即於夏中以爲期，已即謂之：非我欲得過子之期，但子無善媒來告其期時，近恐難可會，

⑤故願子無怒於我，與子秋以爲期。

○鄭唯以“將爲”“請爲”異。其以時對面與之言，宜爲請。

<二章-1>**乘彼垝**（guǐ）**垣**（yuán）**，以望復關。**

【毛傳】垝，毁也。復關，君子所近也。

【鄭箋】前既與民以秋爲期，期至，故登毁垣，鄉其所近而望之，猶有廉耻之心，故因復關以托號民（與毛不同），云此時始秋也。

【樂道主人】鄉，向。

【孔疏】傳“復關，君子所近”。

◇◇復關者，非人之名號，而婦人望之，故知君子所近之地。

◇◇箋又申之猶有廉耻之心，故因其近復關以托號此民，故下云“不見復關”“既見復關”，皆號此民爲復關。

◇◇又知此時始秋者，上云“秋以爲期”。下四章“桑之落矣”爲季秋，三章“桑之未落”爲仲秋，故知此時始秋也。

<二章-3>**不見復關，泣涕漣漣。**

【毛傳】言其有一心乎君子，故能自悔。

【鄭箋】用心專者怨必深。

<二章-5>**既見復關，載**（zài）**笑載言。**

【鄭箋】則笑則言，喜之甚。

<二章-7>**爾卜爾筮，體無咎**（jiù）**言。**

【毛傳】龜曰卜。蓍（shī）曰筮。體，兆卦之體。

【鄭箋】爾，女（rǔ）也。復關既見此婦人，告之曰：我卜女筮，女宜爲室家矣。兆卦之繇，無凶諮之辭，言其皆吉，又誘定之。

【孔疏】傳“體，兆卦之體”。箋“兆卦”至“定之”。

◇◇傳以經卜、筮并言，故兼云“兆卦之體”謂龜兆、筮卦也。《左傳》云：“其繇曰：‘一薰一蕕，十年尚猶有臭。’”是龜之繇。《易》曰：“困于石，據於蒺藜。”是卦之繇也。二者皆有繇辭。

◇◇此男子實不卜筮，而言皆吉無凶咎者，又誘以定之。前因貿絲以誘之，今復言卜筮以誘之，故言又也。

<二章-9>**以爾車來，以我賄**（huì）**遷。**

【毛傳】賄，財。遷，徙也。

【鄭箋】爾，女（rǔ）也。女，女復關也。信其卜筮皆吉，故答之曰：徑以女車來迎我，我以所有財遷徙就女也。

【樂道主人】女子人財俱遷。

<三章-1>**桑之未落，其葉沃若。于**（xū）**嗟**（jiē）**鳩**（jiū）**兮，無食桑葚**（shèn）。**于嗟女**（nǚ）**兮，無與士耽**（dān）。

【毛傳】桑，女功之所起。沃若，猶沃沃然。鳩，鶻（gǔ）鳩也。食桑葚過則醉而傷其性。耽，樂也。女與士耽則傷禮義。

【鄭箋】桑之未落，謂其時仲秋也。於是時，國之賢者刺此婦人見誘，故于嗟而戒之。鳩以非時食葚，猶女子嫁不以禮，耽非禮之樂。（與毛不同）

【程析】沃若，潤澤柔嫩貌。耽，本意是垂耳。《説文》耳大垂也。這裏同“酖”。

【孔疏】傳“桑女”至“禮義”。

◇◇言桑者，女功之所起，故此女取桑落與未落，以興己色之盛衰。**毛氏之説，《詩》未有爲記時者**，明此以爲興也。

◇◇言“鳩，鶻鳩”者，《釋鳥》云：“鶻鳩，鶻鵃。”某氏曰：“《春秋》云‘鶻鳩氏司事’，春來冬去。”孫炎曰：“一名鳴鳩。”《月令》云：“鳴鳩拂其羽。”

◇郭璞曰：“似山鵲而小，短尾，青黑色，多聲。”“宛彼鳴鳩”，亦此鳩也。陸機云：“班鳩也。”《爾雅》鳩類非一，知此是鶻鳩者，以鶻鳩冬始去，今秋見之，以爲喻，故知非餘鳩也。·

◇◇鳩食椹過時者，謂食之過多，故醉而傷其性。經直言“無食桑椹”，而云過時者，以“與士耽”相對。

◇◇耽者過禮之樂，則如食桑椹過時矣。女與士耽以過禮，故爲傷禮義，則時賢者戒女之過禮，謂己爲君子所寵過度，不謂非禮之嫁耽也。

【孔疏】箋“桑之”至“之樂”。

◇◇以上章初秋云“以爾車來”，始令男子取車，下章季秋云“漸車帷裳”，謂始適夫家，則桑之未落爲仲秋明矣。

◇◇言“士”“女”則非自相謂之辭，故知國之賢者刺其見誘而戒之。

◇◇其時仲秋則無椹，賢者禁鳩食之，由當時無也。假有而食之，爲非時。以非時之食椹，以興非禮之行嫁，故云耽非禮之樂。

◇◇《鄭志》張逸問：“箋云‘耽非禮之樂’，《小雅》云‘和樂且耽’，何謂也？”答曰：“禮樂者，五聲八音之謂也。《小雅》亦言過禮之盛。和樂，過禮之言也。燕樂嘉賓過厚，賢也。不以禮耽者，非禮之名，故此禁女爲之。《小雅》論燕樂，言作樂過禮，以見厚意，故亦言耽，而文連和樂也。”

<三章-7>**士之耽兮，猶可説（tuō）也。女之耽兮，不可説也。**

【鄭箋】説，解也。士有百行，可以功過相除。至於婦人無外事，維以貞信爲節。

【孔疏】箋“士有”至“爲節”。◇◇士有大功則掩小過，故云可以功過相除。齊桓、晉文皆殺親戚篡國而立，終能建立高勛於周世，是以功除過也。

【孔疏-章旨】“桑之”至“不可説”。

○毛以爲，①桑之未落之時，其葉則沃沃然盛，以興己色未衰之時，其貌亦灼灼然美。君子則好樂於己，己與之耽樂。時賢者見己爲夫所寵，非禮耽樂，故吁嗟而戒己，言“吁嗟鳩兮，無食桑椹”，猶“吁嗟女兮，無與士耽”。然鳩食桑椹過時則醉而傷其性，女與士耽過度則淫而傷禮義。

②然耽雖士、女所同，而女思於男，故言士之耽兮，尚可解説，女之耽兮，則不可解説。己時爲夫所寵，不聽其言，今見弃背，乃思而自悔。

○鄭以爲，男子既秋來見己，己使之取車。男子既去，當桑之未落，其葉沃若，仲秋之時。國之賢者刺己見誘，故言：

①吁嗟鳩兮，無得非時食椹；吁嗟女兮，無得非禮與士耽。

②士之耽兮，尚可解説，女之耽兮，則不可解説。己時不用其言，至季秋乘車而從之，故今思而自悔。

<四章-1>**桑之落矣，其黄而隕**（yǔn）**。自我徂**（cú）**爾，三歲食貧。淇水湯**（shāng）**湯，漸車帷裳**（cháng）**。**

【毛傳】隕，惰也。湯湯，水盛貌。帷裳，婦人之車也。

【鄭箋】桑之落矣，謂其時季秋也（與毛不同）。復關以此時車來迎己。徂，往也。我自是往之女（rǔ）家。女家乏穀食已三歲，貧矣。言此者，明己之悔，不以女今貧故也。幃裳，童容也。我乃渡深水，至漸車童容，猶冒此難而往，又明己專心於女（與毛不同）。

【程析】漸，浸濕也。惰，墮也。

【孔疏】傳“帷裳，婦人之車”。、

◇◇傳以大夫之車立乘，有蓋無幃裳。此言帷裳者，婦人之車故也。

◇◇傳於上章以桑爲女功所起爲興此，桑落黄隕亦興也。其黄而隕既興顔色之衰，則食貧在已衰之後。

◇言自我徂爾，三歲食貧，謂至夫家三歲之後，始貧乏於衣食，漸不得志，乃追悔本冒漸車之難而來也。故王肅曰：“言其色黄而隕墜也。”婦人不慎其行，至於色衰無以自托。我往之汝家，從華落色衰以來，三歲食貧矣。貧者乏食，饑而不充，喻不得志也。

【孔疏】箋“桑之”至“於女”。

◇◇《月令》季秋草木黄落，故知桑之落矣，其黄而隕，其時季秋也。上使“以爾車來”，不見其迎之事，此言漸車涉水，是始往夫家，故知復關以此時車來迎已也。此始鄉夫家。

◇◇已言“自我徂爾，三歲食貧”，故以爲自我往之汝家之時，汝家乏穀食已三歲，貧矣，我猶渡水而來。此婦人但當悔其來耳。而言穀食先貧者，於時君子家貧，恩意之情遇已漸薄，已遭困苦，所以悔。

◇言已先知此貧而來，明已之悔不以汝今貧之故，直以二三其德，恩意疏薄故耳。◇◇幃裳一名童容，故《巾車》云：重翟、厭翟、安車皆有容蓋。鄭司農云：“容謂襜（chān）車，山東謂之裳幃，或曰童容。”

◇◇以幃障車之傍，如裳以爲容飾，故或謂之幃裳，或謂之童容。其上有蓋，四傍垂而下，謂之襜，故《雜記》曰：“其輤（qiàn）有裧（chān）。”注云：“裧裧謂鱉甲邊緣”，是也。然則童容與襜别。司農云：“謂襜車者，以有童容，上必有襜，故謂之爲襜車也。”此唯婦人之車飾爲然，故《士昏禮》云“婦車亦如之，有襜”，是也。

◇◇幃裳在傍，渡水則濕，言已雖知汝貧，猶尚冒此深水漸車之難而來，明已專心於汝，故責復關有二意也。

<四章-7>**女（rǔ）也不爽，士貳（tè）其行（háng）。**

【毛傳】爽，差也。

【鄭箋】我心於女（rǔ），故無差貳（tè），而復關之行有二意。

【程析】貳，忒，差錯。

<四章-9>**士也罔極，二三其德。**

【毛傳】極，中也。

【程析】罔，無。極，中正，準則。

【孔疏-章旨】“桑之”至“其德”。

○毛以爲，①桑之落矣之時，其葉黄而隕墜，以興婦人年之老矣之時，其色衰而凋落。時君子則弃已，使無自以託，故追説見薄之漸。言自我往爾男子之家，三歲之後，貧於衣食而見困苦，已不得其志。悔已本爲所誘，涉湯湯之淇水，而漸車之帷裳而往，今乃見弃，所以自悔也。

②既追悔本之見誘，而又怨之，言我心於汝男子也不爲差貳，而士何謂二三其行於已也？

③士也行無中正，故二三其德，及年老而弃已，所以怨也。

○鄭以爲，①婦人言已本桑之落矣，其黄而隕之時，當季秋之月，我往之爾家。自我往汝家時，已聞汝家三歲以來乏於穀食，已貧矣。我不以汝貧之故，猶涉此湯湯之淇水，漸車之帷裳，冒難而來。言己專心於汝如是。今而見弃，所以悔也。餘同。

<五章-1>**三歲爲婦，靡（mǐ）室勞矣。**

【鄭箋】靡，無也。無居室之勞，言不以婦事見困苦。有舅姑曰婦。

【孔疏】箋"有舅姑曰婦"。◇◇《公羊傳》曰："稱婦，有姑之辭。"傳以國君無父，故云有姑。其實婦亦對舅，故《士昏禮》云"贊見婦於舅姑"，是也。

【樂道主人】《爾雅·釋親》婦稱夫之父曰舅，稱夫之母曰姑。

<五章-3>**夙（sù）興夜寐，靡有朝矣。**

【鄭箋】無有朝者，常早起夜卧，非一朝然。言已亦不解（xiè）惰。

<五章-5>**言既遂（suì）矣，至于暴矣。**

【鄭箋】言，我也。遂猶久也。我既久矣，謂三歲之後，見遇浸薄，乃至見酷暴。

【程析】既，已經。遂，安，指生活安逸。

<五章-7>**兄弟不知，咥（xì）其笑矣。**

【毛傳】咥咥然笑。

【鄭箋】兄弟在家，不知我之見酷暴。若其知之，則咥咥然笑我。

【陸釋】咥，《説文》云："大笑也。"

【樂道主人】兄弟，指女子之兄弟。

<五章-9>**静言思之，躬自悼（dào）矣。**

【毛傳】悼，傷也。

【鄭箋】静，安。躬，身也。我安思君子之遇已無終，則身自哀傷。

【孔疏-章旨】"三歲"至"悼矣"。

①婦人追説已初至夫家，三歲爲婦之時，顔色未衰，爲夫所愛，無室家之勞，謂夫不以室家婦事以勞於已。

②時夫雖如此，已猶不恃寵自安，常自早起夜卧，無有一朝一夕而自解惰。

③我已三歲之後，在夫家久矣，漸見疏薄，乃至于酷暴矣。

④我兄弟不知我之見遇如此，若其知之，則咥咥然其笑我矣。

⑤我既本爲夫所誘，遇己不終，安静而思之，身自哀傷矣。

<六章-1>**及爾偕老，老使我怨。**

【鄭箋】及，與也。我欲與女（rǔ）俱至於老，老乎汝反薄我，使我怨也。

【孔疏】箋“我欲”至“我怨”。

◇◇以下云“不思其反”，責其不念前言，則男子之初與婦人有期約矣，則此“及爾偕老”，男子之辭，故箋述之云：我欲與女（rǔ）俱至於老，老乎汝反薄我，使我怨也。言反薄我，明“及爾偕老”，男子之言也。

◇◇老者，以華落色衰爲老，未必大老也。

<六章-3>**淇則有岸，隰（xí）則有泮（pàn）。**

【毛傳】泮，陂（bēi）也。

【鄭箋】泮讀爲畔（與毛不同）。畔，涯也。言淇與隰皆有厓岸，以自拱持。今君子放恣心意，曾無所拘制。

【孔疏】傳“泮，陂”。箋“泮讀”至“拘制”。

◇◇以隰者下濕，猶如澤，故以泮爲陂。《澤陂》傳云“陂，澤障”，是也。箋以泮不訓爲陂，故讀爲畔，以申傳也。

◇◇但毛氏於《詩》無易字者，故箋易之，其義猶不异於傳也。畔者，水厓之名，以經云“有岸”“有泮”，明君子之無也，故云今君子放恣心意，曾無所拘制，則非君子。

<六章-5>**總角之宴，言笑晏（yàn）晏。信誓旦旦，**

【毛傳】總角，結髮也。晏晏，和柔也。信誓旦旦然。

【鄭箋】我爲童女未笄結髮宴然之時，女（rǔ）與我言笑晏晏然而和柔，我其以信，相誓旦旦爾。言其懇惻款誠。

【程析】宴，安樂。

【樂道主人】惻，《説文》：痛也。款，誠懇。

【孔疏】傳“總角”至“旦旦然”。◇◇《甫田》云：“總角丱（guàn，古代兒童束的上翹的兩隻角辮）兮，未幾見兮，突而弁兮”，是男子裛（yì，纏繞）角未冠，則婦人裛角未笄也。故箋云“我爲童女未笄”，《内則》亦云：“男女未冠笄（jī）者，總角，衿纓。”以無笄，直結其髮，聚之爲兩角，故《内則》注云：“故髮結之。”《甫田》傳云：“總角，聚兩髦也。”

◇◇《釋訓》云：“晏晏，柔也。”故此云：“晏晏，和柔”又曰：“晏晏，旦旦，悔爽忒也。”謂此婦人恨夫差貳其心，變本言信，故言此晏晏、旦旦而自悔。解言此之意，非訓此字也。定本云“旦旦”猶“怛怛”。

【孔疏】箋“我爲”至“款誠”。

◇◇箋言結髮宴然之時，解經“總角之宴”。經有作“丱”者，因《甫田》“總角丱兮”，而誤也，定本作“宴”。

◇◇傳直云“信誓旦旦然”，不解旦旦之義，故箋申之言，旦旦者，言懇惻爲信誓，以盡己款誠也。

<六章-8>**不思其反。**

【鄭箋】反，復也。今老而使我怨，曾不念復其前言。

【孔疏】箋“曾不復念其前言”。

◇◇今定本云“曾不念復其前言”，俗本多誤。

◇◇“複其前言”者，謂前要誓之言，守而不忘，使可反復。今乃違弃，是不思念復其前言也

<六章-9>**反是不思，亦已焉哉！**

【鄭箋】已焉哉，謂此不可奈何，死生自决之辭。

【孔疏-章旨】“及爾”至“已焉哉”。言男子本謂已云：

①與汝爲夫婦，俱至於老，不相弃背。何謂今我既老，反薄我，使我怨？何不念其前言也？

②然淇則有岸，隰則有泮，以自拱持。今君子反薄而弃已，放恣心意，曾無所拘制。言淇隰之不如。

③本我總角之宴然幼稚之時，君子與已言笑晏晏然和柔而相親，與已爲信誓，許偕至於老者，旦旦然懇惻款誠如是。

④及今老而使我怨，是曾不思念復其前言，而弃薄我。

⑤我反復是君子不思前言之事，則我亦已焉哉，無可奈何。

《氓》六章，章十句。

竹竿 【衛風五】

籊（tì）籊竹竿，以釣于淇。豈不爾思，遠莫致之。

泉源在左，淇水在右。女子有行（háng），遠兄弟父母。

淇水在右，泉源在左。巧笑之瑳（cuō），佩玉之儺（nuó）。

淇水滺滺，檜（guì）楫（jí）松舟。駕言出遊，以寫（xiè）我憂。

《竹竿》四章，章四句。

【毛序】《竹竿》，衛女思歸也。適异國而不見荅，思而能以禮者也。

<一章-1>籊（tì）籊竹竿，以釣于淇。

【毛序】興也。籊籊，長而殺（shà）也。釣以得魚，如婦人待禮以成爲室家。

【程析】竹竿，長而細貌。淇，淇水。

<一章-3>豈不爾思，遠莫致之。

【鄭箋】我豈不思與君子爲室家乎？君子疏遠己，己無由致此道。

【孔疏-章旨】“籊籊”至“致之”。

①籊籊然長而殺之竹竿，以釣於淇，必得魚，乃成爲善釣，以興婦人嫁於夫，必得禮，乃成爲室家。

②今君子不以禮答己，己豈不思與爾君子爲室家乎？但君子疏遠于己，己無由致此室家之道耳。

<二章-1>泉源在左，淇水在右。

【毛序】泉源，小水之源。淇水，大水也。

【鄭箋】小水有流入大水之道，猶婦人有嫁于君子之禮。今水相與爲左右而已，亦以喻己不見答。

【程析】泉源，水名，在朝歌西北，東南流與淇水合。陳奂《傳疏》水以北爲左，南右。泉源在朝歌北，故曰在左，淇水則屈轉於朝歌之南，故曰在右。

【孔疏】傳“泉源”至“大水”。

◇◇泉源者，泉水初出，故云小水之源。淇則衛地之川，故知大水。

◇◇箋申說之，言小水有流入大水合爲一之道，猶婦人于君子有相親幸之禮。今淇水與泉源左右而已，不相入，猶君子與已异處，不相親，故以喻已之不見答。

<二章-3>**女子有行（háng），遠兄弟父母。**

【鄭箋】行，道也。女子有道當嫁耳，不以不答而違婦禮。

<三章-1>**淇水在右，泉源在左。巧笑之瑳（cuō），佩玉之儺（nuó）。**

【毛序】瑳，巧笑貌。儺，行有節度。

【鄭箋】已雖不見答，猶不惡（wù）君子，美其容貌與禮儀也。

【程析】瑳，齒潔白貌。儺，女子身上挂着玉佩，走起路來腰身婀娜而有節奏。（此章是詩人回憶過去意在二水之間笑語游戲。）

<四章-1>**淇水滺滺，檜（guì）楫（jí）松舟。**

【毛序】滺滺，流貌。檜，柏葉松身。楫，所以棹舟也。舟楫相配，得水而行，男女相配，得禮而備。

【鄭箋】此傷已今不得夫婦之禮。

【程析】檜，木名，似松柏，亦名刺柏。檜楫，檜木作的槳。

【樂道主人】棹，槳。此用作動詞，劃船。

【孔疏】傳“檜，柏葉”至“而備”。

◇◇《釋木》云“檜（guì），柏葉松身”。《書》作“栝（guā，古書上指檜樹）”字。《禹貢》云：“杶幹栝柏。”注云：“柏葉松身曰栝。”與此一也。

◇◇言楫所以棹舟，以喻女所以配男。此不答之詩，以舟楫喻男女，故反而爲興，言舟楫相配，得水而行，男女相配，得禮而備。

<四章-1>**駕言出遊，以寫（xiè）我憂。**

【毛序】出遊，思鄉衛之道。

【鄭箋】適异國而不見荅，其除此憂，維有歸耳。

【樂道主人】《邶風·泉水》毛序：寫（xiè），除也。

【鄭箋】且欲乘車出遊，以除我憂。

【孔疏】傳“出遊，思鄉衛之道”。◇◇今定本“思”作“斯”，或誤。

《竹竿》四章，章四句。

芄　蘭 【衛風六】

芄（wán）蘭之支，童子佩觿（xī）。雖則佩觿，能不我知。容兮遂（suì）兮，垂帶悸（jì）兮。

芄（wán）蘭之葉，童子佩韘。雖則佩韘，能不我甲。容兮遂兮，垂帶悸兮。

《芄蘭》二章，章六句。

【毛序】《芄蘭》，刺惠公也。驕而無禮，大夫刺之。

【鄭箋】惠公以幼童即位，自謂有才能而驕慢。於大臣但習威儀，不知爲政以禮。

【樂道主人】可與《周頌·訪落》等幾篇周頌中的成王初登王位的態度相對比。

【孔疏】“《芄蘭》”至“刺之”。

◇◇毛以爲，君子當柔潤温良，自謂無知。今而不然，是爲驕慢，故二章章首一句及第四句是也。下二句言有威儀，是無禮也。次二句言佩觿（xī）、佩韘（shè），明雖幼而行成人之事，不當驕慢。

◇◇鄭以爲，幼而行成人之事，當任用大臣，不當驕慢，上四句是也。刺之，亦下二句是也。

【孔疏】箋“惠公”至“以禮”。

◇◇經言童子，則惠公時仍幼童。童者，未成人之稱，年十九以下皆是也。閔二年《左傳》曰：“初，惠公之即位也少。”

◇杜預云：“蓋年十五六。”杜氏以傳言“初，衛宣公烝於夷姜，生伋子，爲之（宣公）娶於齊而美，公娶之。生壽及朔。”言爲之娶於齊，則宣公已即位也。宣公以隱四年冬立，假令五年即娶齊女，至桓十二年見經，凡十九年，而朔尚有兄壽，則宣公即位三四年始生惠公也，故疑爲十五六也。

◇◇且此自謂有才能，則非身幼也。經云“能不我知”，是自謂有才能。刺之而言容璲之美，故知但習威儀，不知爲政以禮。

<一章-1>**芄（wán）蘭之支，**

【毛傳】興也。芄蘭，草也。君子之德當柔潤温良。

【鄭箋】芄蘭柔弱，恒蔓延於地，有所依緣則起。興者，喻幼稚之君，任用大臣，乃能成其政（與毛不同）。

【孔疏】傳“芄蘭”至“温良”。

◇◇《釋草》云：“藿，芄蘭。”郭璞曰：“蔓生，斷之有白汁，可啖。”陸機《疏》云：“一名蘿藦，幽州人謂之雀瓢。”

◇◇以此草支葉柔弱，序刺君驕慢，故以喻君子之德當柔潤温良。

【孔疏】箋“芄（wán）蘭”至“其政”。◇◇以此大夫刺之，而下云“能不我知”，則刺其驕慢自專，**故易傳**取其有所依緣，以興幼稚當須任用大臣也。

<一章-2>**童子佩觿（xī）。**

【毛傳】觿，所以解結，成人之佩也。人君治成人之事，雖童子猶佩觿，早成其德。

【程析】觿，古代一種解結的錐子，用骨、玉等製成。古代貴族成人的佩飾，也叫解結錐。

【孔疏】傳“觿所以”至“其德”。

◇◇《内則》云：“子事父母，左佩小觿，右佩大觿。”下别云“男女未冠笄者”，故知成人之佩。《内則》注云“觿貌如錐，以象骨爲之”，是可以解結也。

◇◇又解童子而得佩成人之佩者，由人君治成人之事，故使得佩，以早成其德故也。《尚書》注云：“人君十二而冠佩爲成人。”則似十二以上。要人君雖未十二，亦治成人之事，不必至冠也。

◇◇此解觿以成人自當佩之，不必國君，爲父母在乃服也。下章韘（shè）亦佩時有之，舉以言焉，不必國君常佩。

<一章-3>**雖則佩觿，能不我知。**

【毛傳】不自謂無知，以驕慢人也。

【鄭箋】此幼稚之君，雖佩觿與，其才能實不如我衆臣之所知爲也（與毛不同）。惠公自謂有才能而驕慢，所以見刺。

【樂道主人】我，毛指惠公，鄭指衆臣。

【孔疏】傳“不自謂無知”。◇◇傳以此直責君驕慢，言君於才能不肯自謂我無知。

【孔疏】箋“此幼”至“見刺”。◇◇箋以此大夫刺之，云“能不我知”，則大夫自我也。以君才能不如我所知，因解其見刺之意，由自謂有才能而驕慢大臣，故刺之。

<一章-5>容兮遂（suì）兮，垂帶悸（jì）兮。

【毛傳】容儀可觀，佩玉遂遂然垂其紳帶，悸悸然有節度。

【鄭箋】容，容刀也（與毛不同）。遂，瑞也。言惠公佩容刀與瑞及垂紳帶三尺，則悸悸然行止有節度，然其德不稱服。

【程析】遂，因走路搖擺引起的佩玉搖動貌（與毛同）。悸悸，形容走路時大帶下垂搖動有節度貌。

【孔疏】傳“容儀”至“節度”。

◇◇傳以此三者皆言兮，故各爲其狀。《孝經》曰：“容止可觀。”《大東》云：“鞙鞙佩璲。”璲本所佩之物，因爲其貌，故言佩玉璲璲然。

◇◇帶之垂者，唯有紳耳，故知垂其紳帶也。“悸悸然有節度”，總三者之辭。

【孔疏】箋“容刀”至“不稱服”。

◇◇箋以容及璲與帶相類，則皆指體言也，故爲容刀與瑞。知紳帶垂三尺者，《禮記·玉藻》云“紳長，制三尺”，是也。

◇◇“行止有節度”，亦總三者之辭也。定本云“然其德不稱服”。

【孔疏-章旨】“芄蘭”至“悸兮”。

○毛以爲，①言芄蘭之支性柔弱阿儺，以興君子之德當柔潤温良。今君之德何以不温柔而爲驕慢？

②以君今雖童子，而佩成人之觿，則當治成人之事，當須温柔。

③何爲今雖則佩觿，而才能不自謂我無知以驕慢人也？

④君非直驕慢，又不知爲政當以禮，而徒善其外飾，使容儀可觀兮，佩玉璲璲兮，垂其紳帶悸悸兮，而内德不稱，無禮以行之。

○鄭以爲，①言芄蘭之支以柔弱恒延蔓於地，有所依緣則起，以興幼稚之君，以幼時恒闇昧，於政有所任用，乃能成其德教。君今幼弱，何以不任用大臣？

②君雖童子，佩成人之觿，則當治成人之事。

③君雖則佩觿，欲治成人之事，其才能實不如我衆臣之所知，何故不任大臣，而爲驕慢矣！

④不知爲政以禮，徒善其威儀，佩容刀與瑞玉及垂紳帶，使行止有節度悸悸兮，而内無德以稱之。

<二章-1>**芄蘭之葉，**

【鄭箋】葉猶支也。

【程析】葉形狀似心而略長，下垂并向後微彎，樣子很像韘（shè），所以詩人用其起興。

<二章-2>**童子佩韘（shè）。**

【毛傳】韘，玦（jué）也。能射御則佩韘。

【鄭箋】韘之言遝（tà）（與毛不同），所以彄（kōu）遝（tà）手指。

【程析】韘，用獸骨或玉製成的扳指，在缺口處聯上柔皮，古人射箭時套在右手大拇指上以鈎弦。《召南·騶虞》【程析】挾，挾持。挾矢，左拇指拓弓，右拇指鈎弦，而以兩我的食指和中指挾持箭（此爲中國式）。

【孔疏】傳“韘（shè），玦”。箋“韘之言遝”。

◇◇傳云玦者，以《禮》及《詩》言决拾。《車攻》傳曰：“决，鈎弦也。”《繕人》注云：“玦，挾矢時所以持弦飾也，著右手巨指。”引《士喪禮》曰：“玦用正，玉棘若擇棘。”

◇則天子用象骨爲之，著右臂大指以鉤弦闓體。《大射》《士喪》注皆然。以◇士用棘，故推以上用骨。《大射》注“諸侯亦用象骨”，以大夫用骨，不必用象。◇彼注云“鈎弦”，與《車攻》傳同，則一也。拾，一名遂，以韋爲之，著於左臂，所以遂弦，與玦别。

◇◇鄭以《禮》無以韘爲玦者，故易之爲遝。《士喪禮》曰：“纊極二。”注云：“極猶放弦也。以遝指放弦，令不挈（qiè）也。生者以朱韋爲之而三，死用纊又二，明不用也。”

◇◇知生用朱韋而三者，《大射》云：“朱極三。”注云：“以朱韋爲之，食指、將指、無名指。小指短，不用。”此是彄遝手指也。《車攻》云：“决拾既佽。”箋云：“手指相比次。”亦謂巨指既著玦，左臂加拾，右手指又著遝而相比次也。

<二章-3>**雖則佩韘，能不我甲。**

【毛傳】甲，狎（xiá）也。

【鄭箋】此君雖佩韘與，其才能實不如我衆臣之所狎習。

<二章-5>**容兮遂兮，垂帶悸兮。**

《芄蘭》二章，章六句。

河　廣【衛風七】

誰謂河廣，一葦（wěi）杭（háng）之。誰謂宋遠，跂（qǐ）予（yú）望之。

誰謂河廣，曾（zēng）不容刀。誰謂宋遠，曾不崇（zhōng）朝（zhāo）。

《河廣》二章，章四句。

【毛序】《河廣》，宋襄公母歸於衛，思而不止，故作是詩也。

【鄭箋】宋桓公夫人，衛文公之妹，生襄公而出。襄公即位，夫人思宋，義不可往，故作詩以自止。

【樂道主人】邶鄘衛三風共有三首衛女子嫁在國外思歸的詩。另外兩篇是《邶風·泉水》《衛風·竹竿》。

【孔疏】“《河廣》”至“是詩”。◇◇作《河廣》詩者，宋襄公母，本爲夫所出而歸於衛。及襄公即位，思欲鄉（向）宋而不能止，以義不可往，故作《河廣》之詩以自止也。序言所思之意，經二章皆言義不得往之事。

【孔疏】箋“宋桓”至“自止”。

◇◇《左傳》云“公子頑烝於宣姜，生文公及宋桓公夫人”，故知文公之妹。襄公，桓公之子，故知襄公之母。今定本無“襄公之母”四字，然子無出母之道，故知當桓公之時，生襄公而出。今繫之襄公。言母歸者，明思而不止，當襄公時，故云“生襄公而出。襄公即位”也。

◇◇所以義不得往者，以夫人爲先君所出，其子承父之重，與祖爲一體，母出與廟絶，不可以私反，故義不得也。

◇◇《大戴禮》及《家語》皆云：“婦有七出：①不順父母出，爲逆；②無子出，爲絶人世；③淫佚出，爲其亂族；④嫉妒出，爲其亂家；⑤有惡疾出，爲其不可供粢（zī，古代祭祀用的糧食）盛；⑥多口出，爲其離親；⑦盜竊出，爲其反義。有三不去：①有所取，無所歸，不去；②更三年喪，不去；③前貧賤，後富貴，不去。”於今令犯七出，雖在三不去之中，若不順父母與淫、無子亦出。雖古亦應然，以其終不可絶嗣與勃德故也。

◇◇諸侯之夫人，雖無子不出，以嬪妾既多，不爲絶嗣。故《易·同人》注云“天子諸侯後夫人不出”，是也。知者，以《春秋》魯夫人無子多矣，皆不出。若犯餘六出則去，故《雜記》有出夫人禮。又《春秋》杞伯姬來婦，及此宋桓公夫人，皆是也。

◇◇王后犯出，則廢之而已，皆不出，非徒無子，故《易·鼎卦》注云：“嫁於天子，雖失禮，無出，道遠之而已。”以天子天下爲家，其後無所出故也。

<一章-1>**誰謂河廣，一葦**（wěi）**杭**（háng）**之。**

【毛傳】杭，渡也。

【鄭箋】誰謂河水廣與？一加之則可以渡之，喻狹也。今我之不渡，直自不往耳，非爲其廣。

【程析】葦，用蘆葦紡織的筏子。杭，方舟，此用作動詞。

【樂道主人】直，以直正之道。

【孔疏】箋“一葦”至“喻狹”。

◇◇言一葦者，謂一束也，可以浮之水上而渡，若桴筏然，非一根葦也。

◇◇此假有渡者之辭，非喻夫人之鄉（向）宋渡河也。何者？此文公之時，衛已在河南，自衛適宋，不渡河。

<一章-3>**誰謂宋遠，跂**（qǐ）**予**（yú）**望之。**

【鄭箋】予，我也。誰謂宋國遠與？我跂足則可以望見之。亦喻近也。今我之不往，直以義不往耳，非爲其遠。

【程析】跂，企。跂的原意是足多趾也。

【孔疏】箋“誰謂”至“亦喻近”。◇◇宋去衛甚遠，故杜預云：“宋，今梁國睢陽縣也。”言跂足可見，是喻近也。言“亦”者，以喻宋近，猶喻河狹，故俱言“亦”。定本無“亦”字，義亦通。

<二章-1>**誰謂河廣，曾**（zēng）**不容刀。**

【鄭箋】不容刀，亦喻狹。小船曰刀。

【程析】曾，乃，而，可是。

【孔疏】箋“小船曰刀”。◇◇上言一葦桴筏之小，此刀宜爲舟船之小，故云“小船曰刀。”《説文》作“舠”。舠，小船也，字异音同。劉熙《釋名》云：“二百斛（hú，量器名。古時以十斗爲斛；後來又以五斗爲斛）以上曰艇，三百斛曰刀。江南所謂短而廣、安不傾危者也。”

<二章-3>**誰謂宋遠，曾不崇（zhōng）朝（zhāo）。**

【鄭箋】崇（zhōng），終也。行不終朝，亦喻近。

《河廣》二章，章四句。

伯兮 【衛風八】

伯兮朅（qiè）兮，邦之桀兮。伯也執（zhí）殳（shū），爲王前驅。

自伯之東，首如飛蓬。豈無膏沐，誰適爲容。

其雨其雨，杲（gǎo）杲出日。願言思伯，甘心首疾。

焉得諼（xuān）草，言樹之背（běi）？願言思伯，使我心痗（mèi）！

《伯兮》四章，章四句。

【毛序】《伯兮》，刺時也。言君子行役，爲王前驅，過時而不反焉。

【鄭箋】衛宣公之時，蔡人、衛人、陳人從王伐鄭。伯也爲王前驅久，故家人思之。

【樂道主人】刺時，刺過時也。反，同“返”。

【孔疏】“《伯兮》”至“不反焉”。

◇◇此言過時者，謂三月一時。《穀梁傳》“伐不逾時”，故《何草不黄》箋云“古者師出不逾時，所以厚民之性”，是也。此叙婦人所思之由。經陳所思之辭，皆由行役過時之所致。

◇◇叙言“爲王前驅”，雖辭出於經，總叙四章，非指一句也。

【孔疏】箋“衛宣”至“思之”。

◇◇蔡人、衛人、陳人從王伐鄭，《春秋》桓五年經也。時當宣公，故云“衛宣公之時”。服虔云：“言人者，時陳亂無君，則三國皆大夫也，故稱人。”《公羊傳》曰：“其言從王伐鄭何？從王，正也。”鄭答臨碩引《公羊》之文，言諸侯不得專征伐，有從天子及伯者之禮。

◇◇然則宣公從王爲得其正，以兵屬王節度，不由於衛君。而以過時刺宣公者，諸侯從王雖正，其時天子微弱，不能使衛侯從己，而宣公自使從之。據其君子過時不反，實宣公之由，故主責之宣公，而云“刺時”者也。

<一章-1>**伯兮朅（qiè）兮，邦之桀兮。**

【毛傳】伯，州伯也。朅，武貌。桀，特立也。

【鄭箋】伯，君子字也（與毛不同）。桀，英桀，言賢也。

【程析】朅，同“偈（jié）”，壯健英武貌。

【樂道主人】桀，古同“傑”，《王風·君子于役》【程析】本意杙（yì），繫鷄的木樁。

【孔疏】傳“伯州伯”至“特立”。

◇◇言爲王前驅，則非賤者。今言伯兮，故知爲州伯，謂州里之伯。若牧下州伯，則諸侯也，非衛人所得爲諸侯之州長也。謂之伯者，伯，長也。《内則》云“州史獻諸州伯，州伯命藏諸州府”。彼州伯對閭史、閭府，亦謂州里之伯。

◇◇傑者，俊秀之名，人莫能及，故云特立。

【孔疏】箋“伯，君子字”。

◇◇伯、仲、叔、季，長幼之字，而婦人所稱云伯也，宜呼其字，不當言其官也。此在前驅而執兵，則有勇力，爲車右，當亦有官，但不必州長爲之。

◇◇朅爲武貌，則傑爲有德，故云英傑。傑亦特立，與傳一也。

<二章-3>**伯也執（zhí）殳（shū），爲王前驅。**

【毛傳】殳，長丈二而無刃。

【鄭箋】兵車六等，軫（zhěn）也，戈也，人也，殳也，車戟也，酋矛也，皆以四尺爲差。

【程析】殳，竹製，形如竿，長一丈二尺（古）。

【樂道主人】據《考工記圖説》：

表 12　古人战人部分規格

等級	物（或人）	高　度	差　數
一	車軫	四尺	四尺（距地）
二	戈柲	四尺	四尺（距軫）
三	人	八尺	八尺－四尺＝四尺
四	殳	一丈二尺（一尋四尺）	一丈二尺－八尺＝四尺
五	車戟	一丈六尺（二尋）	一丈六尺－一丈二尺＝四尺
六	酋矛	二丈（一常四尺）	二丈－一丈六尺＝四尺

【孔疏】傳“殳長丈二而無刃”。

◇◇《考工記》云：“殳長尋有四尺。”尋八尺，又加四尺，是丈二也。冶氏爲戈戟之刃，不言殳刃，是無刃也。

【孔疏】箋“兵車”至“爲差”。

◇◇因殳是兵車之所有，故歷言六等之差。《考工記》曰：“兵車六等之數：①車軫（zhěn）四尺，謂之一等。

②戈祕（mì）六尺有六寸，既建而迤（yī，延伸），崇於軫（zhěn）四尺，謂之二等。

③人長八尺，崇於戈四尺，謂之三等。

④殳長尋有四尺，崇於人四尺，謂之四等。

⑤車戟常崇於殳四尺，謂之五等。

酋矛常有四尺，崇於戟四尺，謂之六等。”是也。

◇彼注云：“戈、殳、戟、矛皆插車輢。”

◇◇此云執之者，在車當插，用則執之，此據用以言也。

◇◇又《廬人》先言戈、殳、車戟、酋矛、夷矛之長短，乃云“攻國之兵”。又雲：“六建既備，車不反覆。”注云：“六建，五兵與人也。”則六建於六等不數軫而數夷矛。

◇◇不引之者，因六等自軫歷數人殳以上爲差之備故。引之六等者，白地以上數之，其等差有六，故注云“法《易》之三才六畫”，非六建也。建者，建於車上，非車上所建也。凡兵車皆有六建，故《廬人》先言戈、殳、車戟、酋矛、夷矛，乃云“攻國之兵”，又云“六建既備”，六建在車，明矣。

◇但記者因酋矛、夷矛同爲矛稱，故自軫至矛爲六等，象三材之六畫，故不數夷矛。

◇◇其實六建與六等一也。若自戈以上數爲六等，則人於六建不處其中。故鄭云“車有天地之象，人在其中焉”，明爲由此，故自軫數之，以戈、軫爲地材。人、殳爲人材，矛、戟爲天材，人處地上，故在殳下。如此則得其象矣。

◇◇或以爲，凡兵車則六建，前驅則六等。知不然者，以《考工記》“兵車六等之數”，鄭云“此所謂兵車也”，明兵車皆然，非獨前驅也。前驅在車之右，其當有勇力以用五兵，不得無夷矛也。

◇《司兵》云“掌五兵”，鄭司農云：“五兵者，戈、殳、戟、酋矛、夷矛。”又曰：“軍事，建車之五兵。”注云：“車之五兵，司農所雲者是也。”步卒之五兵則無夷矛，而有弓矢，則前驅非步卒，必有夷矛明矣。

◇◇知步卒五兵與在車不同者，《司右》云：“凡國之勇力之士，能用五兵者屬焉。”注云：“勇力之士屬焉者，選右當於中。”《司馬法》云弓矢、殳、矛、戈、戟相助，“凡五兵，長以衛短，短以救長”。以《司兵》云“建車之五兵”，則步卒五兵與車兵异矣。夷矛長，非步卒所宜用，故以《司馬法》五兵弓矢、殳、矛、戈、戟當之。

◇◇車之五兵云“建”，與“六建”文同，故以司農所云戈、殳、戟、酋矛、夷矛當之。勇力之士屬司右，選右當於中，則仍是步卒，未爲右也，故以步卒五兵解之。步卒無夷矛，數弓矢爲五兵，在車則六建，除人即五兵。以弓矢不在建中，故不數也。

◇其實兵車皆有弓矢，故《司弓矢》云：“唐大利車戰、野戰。枉矢、絜矢用諸守城、車戰。”又《檀弓》注云：“射者在左。”又《左傳》曰：“前驅歂（quán）犬，射而殺之。”是皆有弓矢也。

<二章-1>**自伯之東，首如飛蓬。**

【毛傳】婦人，夫不在，無容飾。

【程析】飛蓬，蓬草遇風，四散飄飛，以喻不常梳洗的亂髮。

【孔疏】“自伯之東”。

◇◇此時從王伐鄭，鄭在衛之西南，而言東者，時蔡、衛、陳三國從王伐鄭，則兵至京師乃東行伐鄭也。上云“爲王前驅”，即云“自伯之東”，明從王爲前驅而東行，故據以言之，非謂鄭在衛東。

<二章-3>**豈無膏沐，誰適爲容。**

【毛傳】適，主也。

【程析】膏，潤面的油。沐，洗頭。適，悦也。

<三章-1>**其雨其雨，杲（gǎo）杲出日。**

【毛傳】杲杲然日復出矣。

【鄭箋】人言其雨其雨，而杲杲然日復出，猶我言伯且來，伯且來，則復不來。

【詩三家】杲杲，日出謂之杲杲。

【程析】其，語助詞。重迭，比喻詩人迫切盼望丈夫歸來的心情。興詩人失望的心情：盼望下雨，却出了太陽。

<三章-3>**願言思伯，甘心首疾。**

【毛傳】甘，厭也。

【鄭箋】願，念也。我念思伯，心不能已。如人心嗜欲所貪，口味不能絶也。我憂思以生首疾。

【程析】願言，念念不忘貌。甘心，痛心。

【孔疏】傳“甘，厭”。◇◇謂思之不已，乃厭足於心，用是生首疾也。凡人飲食口甘，遂至於厭足，故云“甘，厭也”。

【孔疏】箋“如人”至“不能絶”。◇◇箋以甘心者，思之不能已，如口味之甘，故《左傳》云“請受而甘心焉”。始欲取以甘心，則甘心未得爲厭，故云“我念思伯，心不能已”。如人心嗜欲，甘口不能絶。“甘與子同夢”，義亦然。

【孔疏】“原言思伯，甘心首疾”。◇◇毛於《二子乘舟》傳曰：“願，每也。”則此“願”亦爲“每”。言我每有所言，則思念於伯，思之厭足於心，由此故生首疾。

<四章-1>**焉得諼**（xuān）**草，言樹之背**（bèi）**？**

【毛傳】諼草令人善忘，背，北堂也。

【鄭箋】憂以生疾，恐將危身，欲忘之。

【詩三家】諼草，萱草。

【程析】樹，種植。言，仍，而。

【孔疏】傳“諼草”至“北堂”。

◇◇諼訓爲忘，非草名，故傳本其意，言焉得諼草，謂欲得令人善忘憂之草，不謂諼爲草名，故《釋訓》云：“諼，忘也。”孫氏引《詩》云“焉得諼草”，是**諼非草名也**。

◇◇背（bèi）者，鄉（向）北之義，故知在北。婦人欲樹草於堂上，冀數見之，明非遠地也。婦人所常處者，堂也，故知北堂。《士昏禮》云“婦洗在北堂”，《有司徹》云“致爵于主婦，主婦北堂”，注皆云：“北堂，房半以北爲北堂。堂者，房室所居之地，總謂之堂。房半以北爲北堂，房半以南爲南堂也。”堂者，總名，房外内皆名爲堂也。

◇◇《昏禮》注云：“洗南北直室東隅，東西直房户與隅間。”謂在房室之内也。此欲樹草，蓋在房室之北。

<四章-3>**願言思伯，使我心痗**（mèi）。

【毛傳】痗，病也。

【樂道主人】鄭箋：願，念也。

【程析】心痗，心痛。

【孔疏】“焉得”至“心痗”。

○毛以爲，①君子既過時不反，己思之至甚，既生首疾，恐以危身，故言我憂如此，

②何處得一忘憂之草，我樹之於北堂之上，冀觀之以忘憂。伯也既久而不來，每有所言思此伯也，使我心病。

○鄭以“願”爲“念”爲异。

《伯兮》四章，章四句。

有　狐 【衛風九】

有狐綏（suí）綏，在彼淇梁。心之憂矣，之子無裳（cháng）。
有狐綏綏，在彼淇厲。心之憂矣，之子無帶。
有狐綏綏，在彼淇側。心之憂矣，之子無服。
《有狐》三章，章四句。

【毛序】《有狐》，刺時也。衛之男女失時，喪其妃耦焉。古者國有凶荒，則殺（shà）禮而多昏，會男女之無夫家者，所以育人民也。

【鄭箋】育，生長也。

【孔疏】"《有狐》"至"人民"。

◇◇作《有狐》詩者，刺時也。以時君不教民隨時殺禮爲昏，至使衛之男女失年盛之時爲昏，而喪失其妃耦，不得早爲室家，故刺之。

◇◇以古者國有凶荒，則減殺其禮，隨時而多昏，會男女之無夫家者，使爲夫婦，所以蕃育人民。刺今不然，男女失時，謂失男女年盛之時，不得早爲室家，至今人而無匹，是喪其妃耦，非先爲妃而相弃也。

◇◇與《氓序》文同而義异。《大司徒》曰："以荒政十有二，聚萬民。十曰多昏。"注云："荒，凶年也。多昏，不備禮而娶昏者多也。"是凶荒多昏之禮也。序意言古者有此禮，故刺衛不爲之，而使男女失時。

◇◇非謂以此詩爲陳古也，故經皆陳喪其妃耦，不得匹行，思爲夫婦之辭。

<一章-1>有狐綏（suí）綏，在彼淇梁。

【毛傳】興也。綏，匹行貌。石絕水曰梁。

【程析】綏，本意是古代車上用於位手的繩索，綏綏，慢吞吞地走。梁，橋，古代的橋用石砌成。

【樂道主人】淇，淇水。

【孔疏】傳"綏綏，匹行貌"。◇◇序云"喪其妃耦"而言，故知綏綏是匹行之貌。

<一章-3>**心之憂矣，之子無裳**（cháng）。

【毛傳】之子，無室家者。在下曰裳，所以配衣也。

【鄭箋】之子，是子也。時婦人喪其妃耦，寡而憂是子無裳。無爲作裳者，欲與爲室家。

【孔疏】傳“之子”至“配衣”。

◇◇以此稱婦人之辭。言之子無裳，則謂男子爲之子也，故言“之子，無室家者”。直指言無裳，則因事見義，以喻己當配夫，故云“裳，所以配衣”。

◇◇二章傳曰“帶，所以申束衣”，則傳皆以**衣**喻**夫**，以裳帶喻**妻**，宜配之也。故箋云是子無裳，欲與爲室家之道，申説傳“裳所以配衣”之義。

【孔疏-章旨】“有狐”至“無裳”。

①有狐綏綏然匹行，在彼淇水之梁，而得其所，以興今衛之男女皆喪妃耦，不得匹行，乃狐之不如。

②故婦人言心之憂矣，是子無室家，已思欲與之爲室家。

◇◇裳之配衣，猶女之配男，故假言之子無裳，已欲與爲作裳，以喻已欲與之爲室家。

<二章-1>**有狐綏綏，在彼淇厲。**

【毛傳】厲，深可厲之旁。

【程析】厲，瀨（lài）的假借字，水邊有沙石的淺灘。

<二章-3>**心之憂矣，之子無帶。**

【毛傳】帶，所以申束衣。

【程析】帶，衣帶。這裏指外衣的帶。

【樂道主人】申，《釋名》：申，身也。物皆成，其身體各申束之，使備成也。

<三章-1>**有狐綏綏，在彼淇側。心之憂矣，之子無服。**

【毛傳】言無室家，若人無衣服。

《有狐》三章，章四句。

木　瓜 【衛風十】

投我以木瓜，報之以瓊琚（jū）。匪報也，永以爲好也。
投我以木桃，報之以瓊瑶（yáo）。匪報也。永以爲好也。
投我以木李，報之以瓊玖（jiǔ）。匪報也，永以爲好也。

《木瓜》三章，章四句。

【毛序】《木瓜》，美齊桓公也。衛國有狄人之敗，出處于漕，齊桓公救而封之，遺（wèi）之車馬器服焉。衛人思之，欲厚報之，而作是詩也。

【樂道主人】此篇爲衛文公時詩。

【孔疏】“《木瓜》”至“是詩”。

◇◇有狄之敗，懿公時也。至戴公，爲宋桓公迎而立之，出處於漕，後即爲齊公子無虧所救。戴公卒，文公立，齊桓公又城楚丘以封之。則戴也、文也，皆爲齊所救而封之也。下總言遺之車馬器服，則二公皆爲齊所遺。

◇◇《左傳》：“齊侯使公子無虧帥車三百乘以戍漕。歸公乘馬、祭服五稱、牛羊豕鷄狗皆三百，及門材。歸夫人魚軒、重錦三十兩。”是遺戴公也。《外傳·齊語》曰：“衛人出廬於漕，桓公城楚丘以封之。其畜散而無育，齊桓公與之繫馬三百。”是遺文公也。

◇◇**繫**馬，繫於廄之馬，言遺其善者也。器服，謂門材與祭服。傳不言車，文不備。此不言羊豕鷄狗，舉其重者言。

◇◇欲厚報之，則時實不能報也，心所欲耳。經三章皆欲報之辭。

<一章-1>**投我以木瓜，報之以瓊琚**（jū）。

【毛傳】木瓜，楙（máo）木也，可食之木。瓊，玉之美者。琚，佩玉名。

【程析】瓊，本意是赤玉，後引申爲形容玉美。

【孔疏】傳“木瓜”至“玉名”。

◇◇《釋木》云：“楙，木瓜。”以下木桃、木李，皆可食之木，則此木瓜亦美木可食，故郭璞云“實如小瓜，酸可食”是也。

◇◇以言瓊琚，琚是玉名，則瓊非玉名，故云：“瓊，玉之美者。”言瓊是玉之美名，非玉名也。《聘義》注云：“瑜，玉之美者，亦謂玉中有美處謂之瑜。”瑜非玉名也。《有女同車》云“佩玉瓊琚”，故知“琚，佩玉名”。

◇◇此言“琚，佩玉名”，下傳云“瓊瑶，美石”，“瓊玖，玉石”。三者互也。琚言佩玉名，瑶、玖亦佩玉名。瑶言美石，玖言玉名，明此三者皆**玉石雜**也，故《丘中有麻》傳云：“玖，石次玉。”是玖非全玉也。

<一章-3>**匪報也，永以爲好也。**

【鄭箋】匪，非也。我非敢以瓊琚爲報木瓜之惠，欲令齊長（cháng）以爲玩好，結已國之恩也。

【樂道主人】齊，齊國。長，長久。

【孔疏-章旨】“投我”至“爲好”。以衛人得齊桓之大功，思厚報之而不能，乃假小事以言。

①設使齊投我以木瓜，我則報之而不能，乃假以瓊琚。

②我猶非敢以此瓊琚報齊之木瓜，欲令齊長以爲玩好，結我以恩情而已。

◇◇今國家敗滅，出處於漕，齊桓救而封我，如此大功，知何以報之。

<二章-1>**投我以木桃，報之以瓊瑶（yáo）。**

【毛傳】瓊瑶，美玉。

<二章-3>**匪報也。永以爲好也。**

<三章-1>**投我以木李，報之以瓊玖。**

【毛傳】瓊，玉名。

【程析】木李，又名木梨。玖，黑色次等的玉。瓊玖，泛指寶石。

<三章-3>**匪報也，永以爲好也。**

【毛傳】孔子曰：“吾於《木瓜》，見苞苴（jū）之禮行。”

【鄭箋】以果實相遺（wèi）者，必苞苴之。《尚書》曰：“厥苞橘柚。”

【樂道主人】苞苴，①包裝魚肉等用的草袋，②指饋贈的禮物。

【孔疏】傳“孔子”至“禮行”。

◇◇《孔叢》云：孔子讀《詩》，自二《南》至於《小雅》，喟然嘆曰：

◇“吾於二《南》，見周道之所成。

◇於《柏舟》，見匹夫執志之不易。

◇於《淇奧》，見學之可以爲君子。

◇於《考槃》，見遯世之士而無悶於世。

◇於《木瓜》，見苞苴之禮行。

◇於《緇衣》，見好賢之至。”是也。

◇◇傳於篇末乃言之者，以《孔叢》所言，總論一篇之事，故篇終言之。《小弁》之引《孟子》亦然。

【孔疏】箋“以果”至“橘柚”。

◇◇箋解於木瓜所以得見苞苴之禮者，凡以果實相遺者，必苞苴之。此投人以木瓜、木李，必苞苴而往，故見苞苴之禮行。

◇◇知果實必苞之者，《尚書》曰：“厥苞橘柚。”橘柚在苞，明果實皆苞之。《曲禮》注云：“苞苴裹魚肉。”不言苞果實者，注舉重而略之。◇◇此苞之所通，《曲禮》注云：“或以葦，或以茅。”故《既夕禮》云“葦苞二”，《野有死麕》“白茅苞之”，是或葦或茅也。

《木瓜》三章，章四句。

衛國十篇，三十四章，二百四句。

黍　離　【王風一】

彼黍（shǔ）離離，彼稷（jì）之苗。行（háng）邁靡靡，中心搖搖。知我者，謂我心憂，不知我者，謂我何求。悠悠蒼天，此何人哉！

彼黍離離，彼稷之穗。行邁靡靡，中心如醉。知我者，謂我心憂，不知我者，謂我何求。悠悠蒼天，此何人哉！

彼黍離離，彼稷之實。行邁靡靡，中心如噎（yē）。知我者，謂我心憂，不知我者，謂我何求。悠悠蒼天，此何人哉！

《黍離》三章，章十句。

【毛序】《黍離》，閔宗周也。周大夫行役至於宗周，過故宗廟宮室，盡爲禾黍。閔周室之顛覆，彷徨不忍去，而作是詩也。

【鄭箋】宗周，鎬京也，謂之西周。周王城也，謂之東周。幽王之亂而宗周滅，平王東遷，政遂微弱，下列于諸侯，其詩不能復雅，而同于國風焉。

【樂道主人】此詩以稷生長不同時期的苗、穗、實，襯以形容心憂程度的搖搖、醉、噎，實爲千古絕唱。

【孔疏】“《黍離》”至“是詩”。

◇◇作《黍離》詩者，言閔宗周也。周之大夫行從征役，至於宗周鎬京，過歷故時宗廟宮室，其地民皆墾耕，盡爲禾黍。以先王宮室忽爲平田，於是大夫閔傷周室之顛墜覆敗，彷徨省視，不忍速去，而作《黍離》之詩以閔之也。

◇◇言“過故宗廟”，則是有所適，因過舊墟，非故詣宗周也。周室顛覆，正謂幽王之亂，王室覆滅，致使東遷洛邑，喪其舊都，雖作在平王之時，而志恨幽王之敗，但主傷宮室生黍稷，非是追刺幽王，故爲平王詩耳。又宗周喪滅，非平王之咎，故不刺平王也。

◇◇“彷徨不忍去”，敘其作詩之意，未必即在宗周而作也。言“宗周宮室，盡爲禾黍”，章首上二句是也。“閔周顛覆，彷徨不忍去”，三章下八句是也。言“周大夫行役至於宗周”，叙其所傷之由，於經無所當也。

【孔疏】箋“宗周”至“風焉”。

◇◇鄭先爲箋而復作《譜》，故此箋與《譜》大同。《周語》云：“幽王三年，西周三川皆震。”是鎬京謂之西周也，即知王城謂之東周也。

◇◇《論語》“孔子曰：‘如有用我者，吾其爲東周乎。’”注云“據時東周則謂成周爲東周”者，以敬王去王城而遷于成周，自是以後，謂王城爲西周，成周爲東周。

◇故昭二十二年，王子猛入于王城，《公羊傳》曰：“王城者何？西周也。”二十六年，天王入于成周，《公羊傳》曰：“成周者何？東周也。”

◇孔子設言之時，在敬王居成周之後，且意取周公之教頑民，故知其爲東周，據時成周也。

◇◇此在敬王之前，王城與鎬京相對，故言王城謂之東周也。《周本紀》云：“平王東徙洛邑，避戎寇。平王之時，周室微弱，諸侯以强并弱，齊、楚、秦、晋始大，政由方伯。”是平王東遷，政遂微弱。《論語》注云“平王東遷，政始微弱”者，始者，從下本上之辭，遂者，從上鄉下之稱。彼言十世希不失矣，據末而本初，故言始也。

◇◇此言天子當爲雅，從是作風，據盛以及衰，故言遂也。下列于諸侯，謂化之所及，才行境内，政教不加于諸侯，與諸侯齊其列位，故其詩不能複更作大雅、小雅，而與諸侯同爲國風焉。

<一章-1>彼黍（shǔ）離離，彼稷（jì）之苗。

【毛傳】彼，彼宗廟宫室。

【鄭箋】宗廟宫室毁壞，而其地盡爲禾黍。我以黍離離時至，稷則尚苗。

【程析】離離，莊稼長長排列整齊貌。

【瑞辰通釋】黍，黄米；稷，高粱。稷在春種，黍在夏種，稷秀在黍後。

【孔疏】傳“彼，彼宗廟宫室”。

◇◇序云“宗廟宫室，盡爲禾黍”，故知彼黍彼稷是宗廟宫室之地黍與稷也。

◇◇作者言彼黍彼稷，正謂黍、稷爲彼耳。傳言“彼宗廟宫室”者，言彼宗廟宮室之地有此黍、稷也。

【孔疏】箋“宗廟”至“尚苗”。

◇◇言毁壞者，以傳文質略，嫌宗廟尚存，階庭生禾黍，故辨之。《湛露》傳曰：“離離，垂然。”則黍離離亦謂秀而垂也。

◇◇黍言離離，稷言苗，則是黍秀，稷未秀，故云：“我以黍離離時至，稷則尚苗。”苗謂禾未秀。《出車》云“黍稷方華”，則二物大時相類，但以稷比黍，黍差爲稙，故黍秀而稷苗也。

◇◇詩人以黍秀時至，稷則尚苗，六月時也。未得還歸，遂至於稷之穗，七月時也。又至於稷之實，八月時也。是故三章曆道其所更見，稷則穗、實改易，黍則常云離離，欲記其初至，故不變黍文。大夫役當有期而反，但事尚未周了故也。

<一章-3>**行（háng）邁靡靡，中心摇摇。**

【毛傳】邁，行也。靡靡，猶遲遲也。摇摇，憂無所愬（訴）。

【鄭箋】行，道也。道行，猶行道也。

【程析】行邁，遠行。摇摇，愮，《爾雅》：憂無所告。中心摇摇，思鬱積在心中無人可訴。

【孔疏】傳“邁，行”至“所愬”。

◇◇“邁，行”，《釋言》文。

◇◇靡靡，行舒之意，故言猶遲遲也。《釋訓》云：“遲遲，徐也。”

◇◇《戰國策》云：“楚威王謂蘇秦曰：‘寡人心摇摇然如懸旌而無所薄。’”然則摇摇是心憂無所附著之意，故爲憂思無所愬也。

【孔疏】箋“行，道也。道行，猶行道”。◇◇今定本文當如此。傳訓經之邁以爲行，箋又訓經之行以爲道，嫌相涉，故又釋之，云：“道行，猶行道也。”

<一章-5>**知我者，謂我心憂，**

【鄭箋】知我者，知我之情。

<一章-7>**不知我者，謂我何求。**

【鄭箋】謂我何求，怪我久留不去。

<一章-9>**悠悠蒼天，此何人哉！**

【毛傳】悠悠，遠意。蒼天，以體言之。尊而君之，則稱皇天；元氣廣大，則稱昊天；仁覆閔下，則稱旻（mín）天；自上降鑒，則稱上天；據

遠視之蒼蒼然，則稱蒼天。

【鄭箋】遠乎蒼天，仰愬（訴）欲其察己言也。此亡國之君，何等人哉！疾之甚。

【孔疏】傳“悠悠”至“蒼天”。

◇◇《釋詁》云：“悠，遠也。”故知“悠悠，遠意”。《釋天》云：“穹蒼，蒼天。”

①李巡曰：“古詩人質，仰視天形，穹隆而高，其色蒼蒼，故曰穹蒼。是蒼天以體言之也。皇，君也，故尊而君之，則稱皇天。昊，大貌，故言其混元之氣昊昊廣大，則稱昊天。旻，閔也，言其以仁慈之恩覆閔在下，則稱旻天。從上而下視萬物，則稱上天。據人遠而視之，其色蒼蒼然，則稱蒼天。“

◇然以經、傳言天，其號不一，故因蒼天而總釋之，當有成文，不知出何書。

②《釋天》云：“春爲蒼天，夏爲昊天，秋爲旻天，冬爲上天。”李巡曰：“春，萬物始生，其色蒼蒼，故曰蒼天。夏，萬物盛壯，其氣昊大，故曰昊天。秋，萬物成熟，皆有文章，故曰旻天。冬，陰氣在上，萬物伏藏，故曰上天。”

③郭璞曰：“旻猶湣也，湣萬物凋落。”冬時無事，在上臨下而已。如《爾雅·釋天》以四時异名，此傳言天，各用所宜爲稱，鄭君和合二說，故《异義》天號，

◇“《今尚書》歐陽說：‘春曰昊天，夏曰蒼天，秋曰旻天，冬曰上天。’《爾雅》亦云‘《古尚書》說與毛同’。謹案：《尚書·堯典》羲、和以昊天，總敕以四時，故知昊天不獨春也。《左傳》‘夏四月，孔丘卒’，稱曰‘旻天不吊’，非秋也。”

◇◇玄之聞也，《爾雅》者，孔子門人所作，以釋六藝之言，蓋不誤也。春氣博施，故以廣大言之。夏氣高明，故以達人言之。秋氣或生或殺，故以閔下言之。冬氣閉藏而清察，故以監下言之。皇天者，至尊之號也。六藝之中，諸稱天者，以情所求之耳，非必于其時稱之。

◇◇“浩浩昊天”，求天之博施。“蒼天蒼天”，求天之高明。“旻天不吊”，求天之生殺當得其宜。“上天同雲”，求天之所爲當順其時也。此之求天，猶人之說事，各從其主耳。

◇◇若察於是，則“堯命羲和，欽若昊天”，“孔丘卒，旻天不吊”，無可怪耳。是鄭君和合二説之事也。

◇◇《爾雅》春爲蒼天，夏爲昊天；歐陽説春爲昊天，夏爲蒼天。鄭既言《爾雅》不誤，當從《爾雅》，而又從歐陽之説，以春昊、夏蒼者，鄭《爾雅》與孫、郭本异，故許慎既載《今尚書》説，即言“《爾雅》亦云”明見《爾雅》與歐陽説同，雖蒼、昊有春、夏之殊，則未知孰是，要二物理相符合，故鄭和而釋之。

【孔疏】箋“此亡國”至“之甚”。

◇◇《正月》云：“赫赫宗周，褒姒滅之”亡國之君者，幽王也。

◇◇《史記·宋世家》云：“箕子朝周，過殷故墟，城壞生黍。箕子傷之，乃作《麥秀》之詩以歌之。其詩曰：‘麥秀漸漸兮，禾黍油油兮。彼狡童兮，不我好兮。’所謂狡童者，紂也。”

◇過殷墟而傷紂，明此亦傷幽王，但不是主刺幽王，故不爲雅耳。何等人猶言何物人，大夫非爲不知，而言何物人，疾之甚也。

【孔疏-章旨】“彼黍”至“人哉”。鎬京宫室毀壞，其地盡爲禾黍。大夫行役，見而傷之，

①言彼宗廟宫室之地，有黍離離而秀，彼宗廟宫室之地，又有稷之苗矣。

②大夫見之，在道而行，不忍速去，遲遲然而安舒，中心憂思，揺揺然而無所告訴。

③④大夫乃言，人有知我之情者，則謂我爲心憂，不知我之情者，乃謂我之何求乎。見我久留不去，謂我有何所求索。知我者希，無所告語，乃訴之於天。

⑤悠悠而遠者，彼蒼蒼之上天，此亡國之君，是何等人哉！而使宗廟丘墟至此也？疾之太甚，故云“此何人哉”。

<二章-1>**彼黍離離，彼稷之穗。**

【毛傳】穗，秀也。詩人自黍離離見稷之穗，故歷道其所更見。

<二章-3>**行邁靡靡，中心如醉。**

【毛傳】醉於憂也。

【程析】醉，心憂像喝醉酒一樣恍惚。

【樂道主人】醉，詩人心憂至不能自拔，憂之甚。

<二章-5>**知我者，謂我心憂，不知我者，謂我何求。悠悠蒼天，此何人哉！**

<三章-1>**彼黍離離，彼稷之實。**

【毛傳】自黍離離見稷之實。

<三章-3>**行邁靡靡，中心如噎**（yē）。

【毛傳】噎，憂不能息也。

【樂道主人】噎，詩人心憂至碎，憂之極。

【孔疏】傳"噎，憂不能息"。◇◇噎者，咽喉蔽塞之名，而言中心如噎，故知憂深，不能喘息，如噎之然。

<三章-5>**知我者，謂我心憂，不知我者，謂我何求。悠悠蒼天，此何人哉！**

《黍離》三章，章十句。

君子于役 【王風二】

君子于役，不知其期。曷至哉？雞棲（qī）于塒（shí），日之夕矣，羊牛下來。君子于役，如之何勿思！

君子于役，不日不月。曷其有佸（huó）？雞棲于桀，日之夕矣，羊牛下括（kuò）。君子于役，苟無饑渴！

《君子于役》二章，章八句。

【毛序】《君子于役》，刺平王也。君子行役無期度，大夫思其危難以風焉。

【孔疏】“《君子于役》”至“風焉”。◇◇大夫思其危難，謂在家之大夫，思君子僚友在外之危難。君子行役無期度，二章上六句是也。思其危難，下二句是也。

<一章-1>君子于役，不知其期（qī）。曷至哉？

【鄭箋】曷，何也。君子往行役，我不知其期，何時當來至哉！思之甚。

【程析】曷，何。

【樂道主人】反，同“返”。

<一章-4>雞棲（qī）于塒（shí），日之夕矣，羊牛下來。

【毛傳】鑿牆而棲曰塒（shí）。

【鄭箋】鷄之將棲，日則夕矣，羊牛從下牧地而來。言畜産出入，尚使有期節，至於行役者，乃反不也。

【陸釋】棲，鑿牆以棲雞。

【程析】塒，雞窩，在牆上挖洞砌泥而成。

【孔疏】傳“鑿牆而棲曰塒”。◇◇《釋宮》文也。又云：“雞棲於杙（yì）爲桀。”李巡曰：“別雞所棲之名。寒鄉鑿牆，爲雞作棲曰塒。”

<一章-7>君子于役，如之何勿思！

【鄭箋】行役多危難，我誠思之。

<二章-1>**君子于役，不日不月。曷其有佸（huó）？**

【毛傳】佸（huó），會也。

【鄭箋】行役反無日月，何時而有來會期。

<二章-4>**雞棲于桀，日之夕矣，羊牛下括（kuò）。**

【毛傳】雞棲於杙（yì）爲桀。括（kuò），至也。

【程析】桀，本意杙（yì），繫雞的木樁。

【樂道主人】杙（yì），《說文》：果名，古書上說的樹，果實像梨，味酸甜，核堅實。引申爲木樁。

<二章-7>**君子于役，苟無饑渴！**

【鄭箋】苟，且也。且得無饑渴，憂其饑渴也。

【程析】苟，且，或許。

《君子于役》二章，章八句。

君子陽陽 【王風三】

君子陽陽，左執（zhí）簧，右招我由房，其樂（lè）只且（jū）！

君子陶陶，左執翿（dào），右招我由敖，其樂只且！

《君子陽陽》二章，章四句。

【毛序】《君子陽陽》，閔周也。君子遭亂，相招爲禄仕，全身遠害而已。

【鄭箋】禄仕者，苟得禄而已，不求道行。

【樂道主人】賢者避禍養家，可參見《邶風·簡兮》。

【孔疏】"《君子陽陽》"至"而已"。

◇◇作《君子陽陽》之詩者，閔周也。君子之人，遭此亂世，皆畏懼罪辜，招呼爲禄仕，冀安全己身，遠離禍害，已不復更求道行，故作詩以閔傷之。

◇◇此叙其招呼之由，二章皆言其相呼之事。

【孔疏】箋"禄仕"至"道行"。◇◇君子仕于朝廷，欲求行己之道，非（衹）爲禄食而仕。今言禄仕，則是止爲求禄，故知是苟得禄而已，不求道行也。

<一章-1>**君子陽陽，左執（zhí）簧，右招我由房，**

【毛傳】陽陽，無所用其心也。簧，笙也。由，用也。國君有房中之樂。

【鄭箋】由，從也（與毛不同）。君子禄仕在樂（yuè）官，左手持笙，右手招我，欲使我從之于房中，俱在樂官也。我者，君子之友自謂也，時在位，有官職也。

【程析】簧，古樂器名，似笙而大。陽陽，快樂得意貌。

【樂道主人】房，天子路寢《爾雅·釋宮》：無東西廂，有室曰寢。周制，王公六寢，路寢一，小寢五。路寢，治事之所，小寢，燕息之地也。《公羊傳·莊三十二年》路寢者何，正寢也。又寢廟。凡廟，前曰廟，後曰寢。

【孔疏】傳“陽陽”至“之樂”。

◇◇言無所用心者，《史記》稱晏子“御擁大蓋，策四馬，意氣陽陽，甚自得”，則陽陽是得志之貌。賢者在賤職而亦意氣陽陽，是其無所用心，故不憂。下傳云“陶陶，和樂”，亦是無所用心，故和樂也。

◇◇簧者，笙管之中金薄鍱也。《春官·笙師》注：“鄭司農云：‘笙十三簧。’”笙必有簧，故以簧表笙。傳以笙簧一器，故云“簧，笙也”。

◇◇《月令》“仲夏調竽、笙、篪（chí）、簧”，則簧似别器者。彼於竽、笙、篪三器之下而别言簧者，欲見三器皆有簧，簧非别器也。若然三器皆有簧，

◇何知此非竽、篪，而必以爲笙者？以《笙師》備言樂器有笙、簧。《鹿鳴》云：“吹笙鼓簧。”言吹笙則鼓簧，是簧之所用，本施於笙，言笙可以見簧，言簧可以見笙，故知簧即笙，非竽、篪也。

◇◇此執笙招友，欲令在房，則其人作樂在房内矣，故知國君有房中之樂。此實天子，而言國君者，以諸侯亦有此樂，舉國君以明天子。《譜》云：“諮寢之常樂，風之正經，天子以《周南》，諸侯以《召南》。”是天子諸侯皆有房中之樂也。

【孔疏】箋“由從”至“官職”。

◇◇《釋詁》云：“由、從，自也。”俱訓爲“自”，是由得爲從。以招人必欲其從已，**故易傳也**。此君子之友説君子招己，故言“我，君子之友自謂也”。

◇◇此人于時在位，有官職，故君子得招之。《鄭志》張逸問：“何知在位有官職？又男子焉得在房？”答曰：“房中而招人，豈遠乎？故知可招者當在位也。招之者樂官，有禄而無言責，苟免時耳。路寢房中可用男子，是説男子得在房招友之事也。”

◇◇《斯干》箋云“宗廟及路寢制如明堂”，則天子路寢有五室，無左右房矣。言路寢房中可用男子者，此路寢之樂，謂路寢之下、小寢之内作之，非于正寢作樂也。何則？《玉藻》云：“君日出而視朝，退適路寢聽政，使人視大夫；大夫退，然後適小寢，釋服。”是路寢以聽政，小寢以燕息，路寢非燕息之所也。下箋云“欲使從之于燕舞之位”，以燕言

之，明不在路寢也。

◇樂實不在路寢，而《譜》云路寢之樂者，云路寢房中者，以小寢是路寢之下室，繫路寢言之。《天官·宮人》：“掌六寢之修”，注云：“六寢者，路寢一，小寢五。”是小寢繫於路寢之事也。天子小寢，如諸侯之路寢，故得有左右房。

<一章-4>**其樂（lè）只且（jū）！**

【鄭箋】君子遭亂，道不行，其且樂此而已。

【程析】只且，句尾助詞。

【孔疏-章旨】“君子”至“只且”。

○毛以爲，君子禄仕賤職，招呼其友。

①君子之友，陳其呼已之事。言有君子之人，陽陽然無所用心，在於樂官之位，左手執其笙簧，右手招我用此房中樂官之位。

②言時世衰亂，道教不行，其且相與樂此而已。

○鄭唯以“由”爲“從”爲异，餘同。

<二章-1>**君子陶陶，左執翿（dào），右招我由敖，**

【毛傳】陶陶，和樂貌。翿，纛也，翳也。

【鄭箋】陶陶，猶陽陽也。翳，舞者所持，謂羽舞也。君子左手持羽，右手招我，欲使我從之于燕舞之位，亦俱在樂官也。

【詩三家】敖，游（與毛不同）。

【程析】翿（dào），用五彩野鷄羽毛做的扇形舞具。敖，舞曲名，即鼇（áo）夏，九夏之一。

【樂道主人】九夏：古樂名。

◇◇《周禮·春官·鍾師》：“鍾師掌金奏。凡樂事以鐘鼓奏九夏：《王夏》《肆夏》《昭夏》《納夏》《章夏》《齊夏》《族夏》《祴夏》《鶩（áo）夏》。”鄭玄注：“皆詩篇名，頌之族類也。此歌之大者，載在樂章，樂崩亦從而亡。”

◇◇清夏炘《學禮管釋·釋九夏樂章》：

“◇九夏皆門庭之樂也。

◇《周禮·大司樂》：‘王出入則令奏《王夏》；

◇尸出入則令奏《肆夏》；

◇牲出入則令奏《昭夏》。’

◇出入，謂出門入門也。”

◇◇《樂府詩集·郊廟歌辭六·唐祀九宫貴神樂章》：“金奏九夏，圭陳八籥。”

【孔疏】傳“翿，纛也，翳也”。◇◇《釋言》云：“翿，纛也。”李巡曰：“翿，舞者所持纛也。”孫炎曰：“纛，舞持羽也。”又云：“纛，翳也。”郭璞云：“所持以自蔽翳也。”然則翿訓爲纛也，纛所以爲翳，故傳并引之。

<二章-4>**其樂只且！**

《君子陽陽》二章，章四句。

揚之水 【王風四】

揚之水，不流束薪。彼其（jì）之子，不與我戍申。懷哉懷哉！曷（hé）月予還（xuán）歸哉？

揚之水，不流束楚。彼其之子，不與我戍甫（fǔ）。懷哉懷哉！曷月予還歸哉？

揚之水，不流束蒲（pú）。彼其之子，不與我戍許。懷哉懷哉！曷月予還歸哉？

《揚之水》三章，章六句。

【毛序】《揚之水》，刺平王也。不撫其民，而遠屯戍於母家，周人怨思焉。

【鄭箋】怨平王恩澤不行於民，而久令屯戍，不得歸，思其鄉里之處者。言周人者，時諸侯亦有使人戍焉，平王母家申國，在陳、鄭之南，迫近强楚，王室微弱，而數見侵伐，王是以戍之。

【樂道主人】《詩經》中共有三篇《揚之水》：本篇，《鄭風·揚之水》，《唐風·揚之水》。

【孔疏】“《揚之水》”至“思焉”。

◇◇“不撫其民”，三章章首二句是也。“屯戍母家”，次二句是也。思者，下二句是也。

◇◇此三章，皆是所怨之思，俱出民心，故以怨配思而總之。

【孔疏】箋“怨平王”至“戍之”。

◇◇此刺平王，不嫌非是周人，而特言周人者，時諸侯亦有使人戍焉，故言周人以别之。

◇◇諸侯之戍，亦由於王，諸侯之人所以不怨者，時王政不加于諸侯，諸侯自使戍耳。假有所怨，自怨其君，故周人獨怨王也。《車舝》《白華》之序亦云“周人”，但其詩在雅，天下爲一，此則下同列國，故須辨之。

◇◇杜預云“申，今南陽宛縣”，是也。在陳、鄭之南，後竟爲楚所滅，故知迫近强楚，數見侵伐，是以戍之。

<一章-1>**揚之水，不流束薪。**

【毛傳】興也。揚，激揚也。

【鄭箋】激揚之水至湍（tuān）迅，而不能流移束薪。興者，喻平王政教煩急，而恩澤之令不行於下民（與毛不同）。

【孔疏】傳“興也。揚，激揚”。◇◇激揚，謂水急激而飛，揚波流疾之意也。此傳不言興意，而《鄭風》亦云“揚之水，不流束楚”，文與此同。傳曰：“激揚之水，可謂不能流漂束楚乎？”則此亦不與鄭同，明别爲興。

<一章-3>**彼其（jì）之子，不與我戍申。**

【毛傳】戍，守也。申，姜姓之國，平王之舅。

【鄭箋】之子，是子也。彼其是子，獨處鄉里，不與我來守申，是思之言也。“其”或作“記”，或作“已”，讀聲相似。

【程析】其，語助詞，或作記、已。申，國名，在今河南省唐河縣南。

【樂道主人】申國，有東、南、西三“申國”，此爲南申國。

<一章-5>**懷哉懷哉！曷（hé）月予還（xuán）歸哉？**

【鄭箋】懷，安也。思鄉里處者，故曰今亦安不哉，安不哉！何月我得歸還見之哉！思之甚。

【孔疏】箋“懷安”至“之甚”。

◇◇《釋詁》云：“懷、安，止也。”俱訓爲止，是懷得爲安。此承“不與我戍申”之下，故知思鄉里處者之安否也。

◇◇役人所思，當思其家，但既怨王政不均，羡其在家處者。雖託辭於處者，原早歸而見之，其實所思之甚，在於父母妻子耳。

【孔疏-章旨】“揚之水”至“歸哉”。

○毛以爲，①激揚之水豈不能流移一束之薪乎？言能流移之，以興王者之尊，豈不能施行恩澤於下民乎？言其能施行之。今平王不撫下民，自不爲耳，非不能也。

②王既不撫下民，又復政教頗僻（pì），彼其之子在家，不與我共戍申國，使我獨行，偏當勞苦。

③自我之來，日月已久，此在家者，今日安否哉？安否哉？何月得還歸見之哉！羡其得在家，思原早歸見之。久不得歸，所以爲怨。

鄭唯上二句爲异，餘同。

<二章-1>揚之水，不流束楚。

【毛傳】楚，木也。

【程析】楚，荆條。

<二章-3>彼其之子，不與我戍甫（fǔ）。

【毛傳】甫，諸姜也。

【程析】甫，國名，亦作吕。在今河南省南陽縣西。

【孔疏】傳“甫，諸姜”。

◇◇《尚書》有《吕刑》之篇，《禮記》引之，皆作《甫刑》。孔安國云：“吕侯後爲甫侯。”《周語》云：“祚（zuò）四岳，爲侯伯賜姓，曰姜氏，曰有吕。”又曰：“申、吕雖衰，齊、許猶在。”是申與甫（fǔ）、許同爲姜姓，故傳言“甫，諸姜”，“許，諸姜”。皆爲姓，與申同也。

◇◇平王母家申國，所戍唯應戍申，不戍甫、許也。言甫、許者，以其同出四岳，俱爲姜姓，既重章以變文，因借甫（fǔ）、許以言申，其實不戍甫、許也。六國時，秦、趙皆伯益之後，同爲嬴姓。《史記》《漢書》多謂秦爲趙，亦此類也。

<二章-5>懷哉懷哉！曷月予還歸哉？

<三章-1>揚之水，不流束蒲（pú）。

【毛傳】蒲，草也。

【鄭箋】蒲，蒲柳（與毛不同）。

【程析】蒲，蒲柳。柳條較荆條旺鋪細更輕。

【孔疏】箋“蒲，蒲柳”。

◇◇以首章言薪，下言蒲、楚，則蒲、楚是薪之木名，不宜爲草，故**易傳**以蒲爲柳。

◇◇陸機《疏》云：“蒲柳有兩種，皮正青者曰小楊，其一種皮紅者曰大楊。其葉皆長廣於柳葉，皆可以爲箭幹，故《春秋》傳曰：‘董澤之蒲，可勝既乎。’今又以爲箕鑵（guàn）之楊也。”

<三章-3>彼其之子，不與我戍許。

【毛傳】許，諸姜也。

【程析】許，國名，在今河南省許昌市。

<三章-5>懷哉懷哉！曷月予還歸哉？

《揚之水》三章，章六句。

中谷有蓷 【王風五】

中谷有蓷（tuī），暵（hàn）其乾（gān）矣。有女仳（pǐ）離，嘅（kǎi）其歎矣。嘅其歎矣，遇人之艱難矣。

中谷有蓷，暵其脩（xiū）矣。有女仳離，條（tiáo）其歗（xiào）矣。條其歗矣，遇人之不淑矣。

中谷有蓷，暵其濕（shī/qī）矣。有女仳離，啜（chuò）其泣矣。啜其泣矣，何嗟（jiē）及矣。

《中谷有蓷》三章，章六句。

【毛序】《中谷有蓷》，閔周也。夫婦日以衰薄，凶年饑饉，室家相弃爾。

【孔疏】“《中谷有蓷》”至“弃爾”。

◇◇作《中穀有蓷》詩者，言閔周也。平王之時，民人夫婦之恩日日益以衰薄，雖薄未至弃絶，遭遇凶年饑饉，遂室家相離弃耳。夫婦之重逢，遇凶年薄而相弃，是其風俗衰敗，故作此詩以閔之。

◇◇“夫婦日以衰薄”，三章章首二句是也。“凶年饑饉，室家相弃”，下四句是也。

◇夫婦衰薄，以凶年相弃，假陸草遇水而傷，以喻夫恩薄厚。蓷之傷於水，始則濕，中則脩，久而乾，猶夫之於婦，初已衰，稍而薄，久而甚，甚乃至於相弃。婦既見弃，先舉其重，然後倒本其初，故章首二句先言乾，次言脩，後言濕，見夫之遇己，用凶年深淺爲薄厚也。

◇下四句言婦既被弃，怨恨以漸而甚，初而歎，次而嘯，後而泣。既歎而後乃嘯，艱難亦輕於不淑，“何嗟及矣”，是決絶之語，故以爲篇終。雖或逆或順，各有次也。

<一章-1>中谷有蓷（tuī），暵（hàn）其乾（gān）矣。

【毛傳】興也。蓷，鵻（zhuī）也。暵，菸（yān）貌。陸草生於谷中，傷於水。

【鄭箋】興者，喻人居平之世，猶鵻之生於陸，自然也。遇衰亂凶年，猶鵻之生谷中，得水則病將死。

【陸釋】菸，《説文》云“鬱也。”《廣雅》云：“臭（chòu，同“臭”）也。”

【程析】蓷，益母草。暵，乾燥貌。暵其，即暵暵。

【程析】《嚴粲詩緝》“據《本草》，益母正生海濱池澤，其性宜濕。”生長在低窪潮濕的山谷中的益母草都乾萎了，可見旱災的嚴重。（與毛不同）

【樂道主人】鵻，又青鵻，本草，一名黄褐侯。

【孔疏】傳“蓷，鵻”至“於水”。

◇◇《釋草》云：“萑，蓷。”李巡曰：“臭穢草也。”郭璞曰：“今茺蔚也。葉似萑，方莖白華，華注節間，又名益母。”陸機《疏》云：“舊説及魏博士濟陰周元明皆云‘菴蔄’是也。

◇《韓詩》及《三蒼》説悉云‘益母’，故曾子見益母而感。”案《本草》云：“益母，茺蔚也。”一名益母，故劉歆曰“蓷，臭穢”。臭穢即茺蔚也。

◇◇《説文》云：“暵，燥也。”《易》曰：“燥萬物者莫暵乎火。”《説文》云：“菸，緌也。”然則由菸死而至於乾燥，以暵爲菸也。

◇◇《釋水》云：“水注川曰谿，注谿曰谷。”谷是水之所注，蓷處其中而乾，故知以陸草傷水爲喻。

<一章-3>**有女仳（pǐ）離，嘅（kǎi）其歎矣。**

【毛傳】仳，别也。

【鄭箋】有女遇凶年而見弃，與其君子别離，嘅然而歎，傷己見弃，其恩薄。

【程析】仳，原意爲離。嘅，歎息貌。

【孔疏】傳“仳，别”。以仳與離共文，故知當爲别義也。

<一章-5>**嘅其歎矣，遇人之艱難矣。**

【毛傳】艱亦難也。

【鄭箋】所以嘅（kǎi）然而歎者，自傷遇君子之窮厄。

【樂道主人】孔疏：人者，斥其夫艱難，謂無恩情而困苦之。

【孔疏-章旨】“中谷”至“難矣”。

①言谷中之有蓷草，爲水浸之，暵然其乾燥矣。以喻凶年之有婦人，其夫遇之恩情甚衰薄矣。蓷草宜生高陸之地，今乃生於谷中，爲谷水浸之，故乾燥而將死。喻婦人宜居平安之世，今乃居於凶年，爲其夫薄之，故情疏而將絶。恩既疏薄，果至分離矣。

②有女與夫別離，嘅然其長歎矣。

③所以長嘆者，自傷逢遇人之艱難於己矣。人者，斥其夫艱難，謂無恩情而困苦之。

<二章-1>**中谷有蓷，暵其脩（xiū）矣。**

【毛傳】脩，且乾也。

【程析】脩，願意爲乾肉，引申爲乾。

【樂道主人】且，剛剛。

<二章-3>**有女仳離，條（tiáo）其歗（xiào）矣。**

【毛傳】條條然歗也。。

【程析】條，長。條其，即條條，形容長嘯。歗，嘯，撮口出聲，長嘯。

<二章-5>**條其歗矣，遇人之不淑矣。**

【鄭箋】淑，善也。君子於己不善也。

<三章-1>**中谷有蓷，暵其濕（shī/qī）矣。**

【毛傳】鵻（zhuī）遇水則濕。

【鄭箋】鵻之傷於水，始則濕（shī），中而脩，久而乾。有似君子於己之恩，徒用凶年深淺爲厚薄。

【程析】濕（qī），曬乾（半乾不乾）。（與毛不同）

【孔疏】箋“鵻之”至“薄厚”。

◇◇以水之浸草，當先濕後乾，今詩立文，先乾後濕，故知喻君子於己有薄厚，從其甚而本之也。

◇◇但君子於己自薄，因遭凶年益甚，故云“徒用凶年深淺爲薄厚”。徒，空也。言其意自薄，己空假凶年爲喎（wāi）也。

<三章-3>**有女仳離，啜（chuò）其泣矣。**

【毛傳】啜，泣貌。

【程析】啜，本意是嘗食，這裏是”惙（chuò，憂傷）”的假借字。

<三章-5>**啜其泣矣，何嗟（jiē）及矣。**

【鄭箋】及，與也。泣者傷其君子弃已，嗟（jiē）乎，將復何與爲室家乎！此其有餘厚於君子也。

【孔疏】箋“及，與”至“君子”。

◇◇“及，與”，《釋詁》文。嗟乎，將複何與爲室家乎！其意言舍此君子，則無所與。此其有餘厚於君子。

◇◇定本作“餘”。俗本作“殊”，非也。

《中谷有蓷》三章，章六句。

兔　爰 【王風六】

有兔爰（yuán）爰，雉離于羅（lóu）。我生之初，尚無爲。我生之後，逢此百罹（lí），尚寐（mèi）無吪（é）！

有兔爰爰，雉離于罦（fú）。我生之初，尚無造。我生之後，逢此百憂，尚寐無覺（jiào）！

有兔爰爰，雉離于罿（chōng）。我生之初，尚無庸。我生之後，逢此百凶，尚寐無聰！

《兔爰》三章，章七句。

【毛序】《兔爰》，閔周也。桓王失信，諸侯背叛，構怨連禍，王師傷敗，君子不樂其生焉。

【鄭箋】不樂其生者，寐不欲覺（jiào）之謂也。

【孔疏】"《兔爰》"至"生焉"。

◇◇作《兔爰》詩者，閔周也。桓王失信於諸侯，諸侯背叛之。王與諸侯交構怨惡，連結殃禍，乃興師出伐諸侯。諸侯禦之，與之交戰，於是王師傷敗，國危役賦不息，使君子之人皆不樂其生焉，故作此詩以閔傷之也。

◇◇隱三年《左傳》曰："鄭武公、莊公爲平王卿士。王貳於虢，鄭伯怨王。王曰：'無之。'故周、鄭交質。王子狐爲質於鄭，鄭公子忽爲質於周。及平王崩，周人將畀（bì，與也）虢公政。四月，鄭祭足帥師取温之麥。秋，又取成周之粟。周、鄭交惡。君子曰：'信不由中，質無益也。'"是桓王失信之事也。

◇◇桓五年《左傳》曰："王奪鄭伯政，鄭伯不朝。"是諸侯背叛也。傳又曰："秋，王以諸侯伐鄭。王爲中軍；虢公林父將右軍，蔡人、衛人屬焉；周公黑肩將左軍，陳人屬焉。"鄭伯禦之，"曼伯爲右拒，祭仲足爲左拒，原繁、高渠彌以中軍奉公，爲魚麗之陳。戰於繻（xū，彩色的絲織品）葛。蔡、衛、陳皆奔，王卒亂，鄭師合以攻之，王卒大敗。祝聃射王中肩。”是王師傷敗之事也。

◇傳稱“射王中肩”，自是矢傷王身。此言“師敗”，正謂軍敗耳。據《邶·谷風》序雲“國俗傷敗”，止言俗敗，則知此云傷敗，亦止言師敗，非謂王身傷也。

◇◇序云君子不樂其生之由，三章下五句皆言不樂其生之事，章首二句言王政有緩有急，君子亦爲此而不樂。序不言，略之也。

<一章-1>**有兔爰（yuán）爰，雉離于羅（luó）。**

【毛傳】興也。爰爰，緩意。鳥網爲羅。言爲政有緩有急，用心之不均。

【鄭箋】有緩者，有所聽縱也；有急者，有所躁蹙（cù）也。

【程析】離，遭。

【樂道主人】爲政有緩有急，可也，但如緩則過遲，急則甚促，極則病矣。

【孔疏】傳“爰爰”至“不均”。

◇◇《釋訓》云：“爰爰，緩也。”《釋器》云：“鳥罟謂之羅。”李巡曰：“鳥飛，張網以羅之。”此經兔言緩，則雉爲急矣；雉言在羅，則兔無拘制矣。舉一緩一急之物，故知喻政有緩急，用心之不均也。

◇◇箋“有所躁蹙”者，定本作“操”，義并得通。

<一章-3>**我生之初，尚無爲。**

【毛傳】尚無成人爲也。

【鄭箋】尚，庶幾也。言我幼稚之時，庶幾於無所爲，謂軍役之事也。

【孔疏】箋“尚，庶幾”至“之事”。◇◇《釋言》云：“庶幾，尚也。”是尚得爲庶幾也。《易》注：“庶，幸也。幾，覬（jì，《康熙字典》：幸也）也”。是庶幾者幸覬之意也。以傳云尚無成人者爲成人之所爲，正謂軍役之事，申述傳意。

<一章-5>**我生之後，逢此百罹（lí），尚寐（mèi）無吪（é）！**

【毛傳】罹，憂。吪，動也。

【鄭箋】我長大之後，乃遇此軍役之多憂。今但庶幾於寐，不欲見動，無所樂生之甚。

【樂道主人】寐，睡覺。尚，有希望之意。此句猶言但願長醉不復醒。三章層層遞進，詩人更願意像初生的嬰兒一樣，沉睡而不動、不醒、不聽。

【孔疏】傳“罹，憂。吪，動”。皆《釋詁》文。

【孔疏-章旨】“有兔”至“無吪”。

①言有兔無所拘制，爰爰然而緩。有雉離於羅網之中而急。此二者緩急之不均，以喻王之爲政，有所聽縱者則緩，有所躁蹙者則急。此言王爲政用心之不均也，故君子本而傷之。

②言我生初幼稚之時，庶幾無此成人之所爲。言其冀無征役之事也。

③今我生之後，年已長大，乃逢此軍役之百憂，既不能殺身，庶幾服寐而無動耳。言不樂其生也。

<二章-1>**有兔爰爰，雉離于罦（fú）。**

【毛傳】罦，覆車也。

【程析】罦，是一種帶有機關的捕鳥獸網。

【孔疏】傳“罦，覆車”。

◇◇下傳“罿（chōng），罬（chóu）”與此一也。《釋器》云：“繴謂之罿。罿，罬也。罬謂之罦。罦，覆車也。”

◇◇孫炎曰：“覆車，網可以掩兔者也。一物五名，方言异也。”郭璞曰：“今之翻車也。有兩轅，中施罥以捕鳥。”輾轉相解，廣异語也。

<二章-3>**我生之初，尚無造。**

【毛傳】造，僞也。

【程析】造，爲也。

<二章-5>**我生之後，逢此百憂，尚寐無覺（jiào）！**

【詩集傳】覺，寤也。

【程析】覺，清醒。

<三章-1>**有兔爰爰，雉離于罿（chōng）。**

【毛傳】罿，罬（chóu）也。

【陸釋】罿，《韓詩》云：“施羅於車上曰罿。”

<三章-3>**我生之初，尚無庸。**

【毛傳】庸，用也。

【鄭箋】庸，勞也。

<三章-5>**我生之後，逢此百凶，尚寐無聰！**

【毛傳】聰，聞也。

【鄭箋】百凶者，王構怨連禍之凶。

《兔爰》三章，章七句。

葛藟【王風七】

緜緜葛（gé）藟（lěi），在河之滸（hǔ）。終遠兄弟，謂他人父。謂他人父，亦莫我顧！

緜緜葛藟，在河之涘（sì）。終遠兄弟，謂他人母。謂他人母，亦莫我有！

緜緜葛藟，在河之漘（chún）。終遠兄弟，謂他人昆。謂他人昆，亦莫我聞（wèn）！

《葛藟》三章，章六句。

【毛序】《葛藟》，王族刺平王也。周室道衰，弃其九族焉。

【孔疏】"《葛藟》"至"族焉"。

◇◇弃其九族者，不復以族食族燕之禮叙而親睦之，故王之族人作此詩以刺王也。此叙其刺王之由，經皆陳族人怨王之辭。

◇◇定本云"刺桓王"，義雖通，不合鄭《譜》。

【孔疏】箋"九族"至"之親"。

◇◇此《古尚書》説，鄭取用之。

◇◇《异義》，"九族，今《戴禮》《尚書》歐陽説云：'九族，乃异姓有親屬者。父族四：五屬之内爲一族，父女昆弟適人者與其子爲一族，己女昆弟適人者與其子爲一族，己之子適人者與其子爲一族。母族三：母之父姓爲一族，母之母姓爲一族，母女昆弟適人者爲一族。妻族二：妻之父姓爲一族，妻之母姓爲一族。'《古尚書》説：'九族者，上從高祖，下至玄孫，凡九，皆爲同姓。'謹案：'《禮》，緦麻三月以上，恩之所及。《禮》，爲妻父母有服。明在九族，不得但施於同姓。'"

◇◇玄之聞也，婦人婦宗，女子雖適人，字猶繫姓，明不與父兄爲异族，其子則然。《昏禮》請期辭曰："惟是三族之不虞（不憂慮，不擔心）。"欲及今三族未有不億度之事而迎婦也。如此所云，則三族當有异姓（父一女一子）。异姓其服皆緦麻，緦麻之服，（喪期）不禁嫁女聚妻，是爲异姓不在族中明矣。

◇《周禮》：“小宗伯掌三族之别。”《喪服小記》説族之義曰：“親親以三爲五，以五爲九。”以此言之，知高祖至玄孫，昭然察矣。

◇◇是鄭以古説長，宜從之事也。《古尚書》説直云高祖至玄孫，凡九，不言“之親”。此言“之親”，欲見同出高祖者當皆親之。此言“弃其九族”，正謂弃其同出高祖者，非弃高祖之身。

<一章-1>**緜緜葛（gé）藟（lěi），在河之滸（hǔ）。**

【毛傳】興也。緜緜，長不絶之貌。水厓曰滸（hǔ）。

【鄭箋】葛也藟也，生於河之厓，得其潤澤，以長大而不絶。興者，喻王之同姓，得王之恩施，以生長其子孫。

【程析】葛藟，野葡萄。

【樂道主人】滸，《康熙字典》：岸上平地去水稍遠者名滸。

【孔疏】傳“水厓曰滸（hǔ）”。◇◇《釋水》云：“滸，水厓。”李巡曰：“滸，水邊地，名厓也。

<一章-3>**終遠兄弟，謂他人父。**

【毛傳】兄弟之道已相遠矣。

【鄭箋】兄弟，猶言族親也。王寡於恩施，今已遠弃族親矣，是我謂他人爲己父。族人尚親親之辭。

【程析】遠，離弃。謂，稱呼。

<一章-5>**謂他人父，亦莫我顧！**

【鄭箋】謂他人爲己父，無恩於我，亦無顧眷我之意。

【孔疏-章旨】“緜緜”至“我顧”。

①緜緜然枝葉長而不絶者，乃是葛藟之草，所以得然者，由其在河之滸，得河之潤故也。以興子孫長而昌盛者，乃是王族之人。所以得然者，由其與王同姓，得王之恩故也。王族宜得王之恩施，猶葛藟宜得河之潤澤，王何故弃遺我宗族之人乎？

②王終是遠於兄弟，無復恩施於我，是我謂他人爲己父也。

③謂他人爲己父，則無恩於我，亦無肯於我有顧戀之意。言王無恩於己，與他人爲父同，責王無父之恩也。

<二章-1>**緜緜葛藟，在河之涘（sì）。**

【毛傳】涘，厓也。

【孔疏】傳“涘，厓”。◇◇《釋丘》云：“涘爲厓。”李巡曰：“涘一名厓。”郭璞曰：“謂水邊也。”

<二章-3>**終遠兄弟，謂他人母。**

【鄭箋】王又無母恩。

【程析】遠，離弃。謂，稱呼。

【孔疏】箋“王又無母恩”。

◇◇又者，亞前之辭。上言謂他人父，責王無父恩也。此言謂他人母，責王又無母恩也。然則下章謂他人昆，責王無兄恩也。

◇◇定本及諸本“又”作“后”，義亦通。

<二章-5>**謂他人母，亦莫我有！**

【鄭箋】有，識有也。

【程析】有，同“友”，親近，親愛之意。

<三章-1>**緜緜葛藟，在河之漘**（chún）。

【毛傳】漘，水溓（lián）也。

【程析】漘，深水邊。

【孔疏】傳“漘，水隒（yǎn）”。

◇◇《釋丘》云：“夷上灑下不漘。”李巡曰：“夷上，平上；灑下，峭下，故名漘。”孫炎曰：“平上峭下故名曰漘。不者，蓋衍字。”郭璞曰：“厓上平坦而下水深者爲漘。不，發聲也。”此在河之漘，即彼漘也。

◇◇《釋山》云：“重甗（古代蒸煮用的炊具，陶製或青銅製），隒。”孫炎曰：“山基有重岸也。”隒是山岸，漘是水岸，故云“水隒”。

<三章-3>**終遠兄弟，謂他人昆。**

【毛傳】昆，兄也。

<三章-5>**謂他人昆，亦莫我聞**（wèn）！

【鄭箋】不與我相聞命也。

【程析】聞，同“問”，求助之意。

【孔疏】傳“昆，兄”。《釋親》文。

《葛藟》三章，章六句。

采葛 【王風八】

彼采葛（gé）兮，一日不見，如三月兮。
彼采蕭兮，一日不見，如三秋兮。
彼采艾兮，一日不見，如三歲兮。

《采葛》三章，章三句。

【毛序】《采葛》，懼讒也。桓王之時，政事不明，臣無大小使出者，則爲讒人所毀，故懼之。

【樂道主人】接上篇。《王風·葛藟》對親，此篇對臣，由内及外，無本至無仁。

【孔疏】“《采葛》”至“讒也”。

◇◇三章如此次者，既以葛、蕭、艾爲喻，因以月、秋、歲爲**韵**。積日成月，積月成**時**，積時成歲，欲先少而後多，故以月、秋、歲爲次也。

◇◇臣之懼讒於小事大事，其憂等耳，未必小事之憂則如月，急事之憂則如歲。設文各從其韵，不由事大憂深也。

◇◇年有**四**時，時皆三月，二秋謂九（個）月也。設言三春三夏，其義亦同，作者取其韵耳。

<一章>**彼采葛（gé）兮，一日不見，如三月兮。**

【毛詩】興也。葛所以爲絺（chī）綌（xì）也。事雖小，一日不見於君，憂懼於讒矣。

【鄭箋】興者，以采葛喻臣以小事使出。

【程析】葛，葛藤，其皮製成纖維可織夏衣布。絺，細麻。綌，粗麻。

【孔疏】傳“葛所”至“讒矣”。

◇◇言所以爲絺綌者，以其所采，疑作當暑之服，比於祭祀療疾乃緩而且小，故以喻小事使出也。

◇◇大事容或多過，小事當無愆咎，但桓王信讒之故，其事唯小，一日不見於君，已憂懼於讒矣。

【孔疏-章旨】“彼采”至“月兮”。彼采葛草以爲絺綌兮，以興臣有使出而爲小事兮。其事雖小，憂懼於讒，一日不得見君，如三月不見君兮，日久情疏，爲懼益甚，故以多時況少時也。

<二章>**彼采蕭兮，一日不見，如三秋兮。**

【毛詩】蕭所以共（供）祭祀。

【鄭箋】彼采蕭者，喻臣以大事使出。

【程析】蕭，蒿類，有香氣，古人在祭祀時雜以油脂將它點燃，類似後來的香燭。

【孔疏】傳“蕭所以共祭祀”。

◇◇《釋草》云：“蕭，荻。”李巡曰：“荻，一名蕭。”陸機云：“今人所謂荻蒿者是也。或云牛尾蒿，似白蒿，白葉莖粗，科生多者數十莖，可作燭，有香氣，故祭祀以脂爇（ròu）之爲香。許慎以爲艾蒿，非也。”

◇《郊特牲》云：“既奠，然後爇蕭合馨香。”《生民》云：“取蕭祭脂。”是蕭所以供祭祀也。

◇◇成十三年《左傳》曰“國之大事，在祀與戎”，故以祭祀所須者喻大事使出。

<三章>**彼采艾兮，一日不見，如三歲兮。**

【毛詩】艾所以療疾。

【鄭箋】彼采艾者，喻臣以急事使出。

【詩集傳】艾，蒿類，乾之可灸（jiǔ），故采之。

《采葛》三章，章三句。

大車 【王風九】

大車（jū）檻（kǎn）檻，毳（cuì）衣如菼（tǎn）。豈不爾思，畏子不敢。

大車啍（tūn）啍，毳衣如璊（mén）。豈不爾思，畏子不奔。

穀（gǔ）則异室，死則同穴。謂予不信，有如皦（jiǎo）日！

《大車》三章，章四句。

【毛序】《大車》，刺周大夫也。禮義陵遲，男女淫奔，故陳古以刺今大夫不能聽男女之訟焉。

【樂道主人】毛鄭之一貫之邏輯：有昏君，必有惡臣矣：天下之政，非一人能爲之，需一個集團也。

【孔疏】"《大車》"至"訟焉"。

◇◇經三章，皆陳古者大夫善於聽訟之事也。陵遲，猶陂（bēi）陀，言禮義廢壞之意也。男女淫奔，謂男淫而女奔之也。

◇◇《檀弓》曰："合葬，非古也。自周公以來，未之有改。"然則周法始合葬也。經稱"死則同穴"，則所陳古者，陳周公以來賢大夫。

<一章-1>大車（jū）檻（kǎn）檻，毳（cuì）衣如菼（tǎn）。

【毛傳】大車，大夫之車。檻檻，車行聲也。毳衣，大夫之服。菼，鵻（zhuī）也。蘆之初生者也。天子大夫四命，其出封五命，如子男之服。乘其大車檻檻然，服毳冕以決訟。

【鄭箋】菼（tǎn），薍也。古者，天子大夫服毳冕以巡行邦國，而決男女之訟，則是子男入爲大夫者。毳衣之屬，衣繢（huì）而裳綉，皆有五色焉，其青者如鵻。（與毛不同）

【程析】毳衣，用獸毛織成，上面綉着五彩花紋的衣裳。毳，《説文》：獸細毛也。

【樂道主人】鵻，又青鵻，本草，一名黄褐侯。孔疏：郭璞曰："菼，草色如鵻，在青白之間。"繢，繪畫。

表 13　诸侯爵位、级别在畿内外的不同

任職地區	爵位	命級
畿内	三公	八命
	卿	六命
	大夫	四命
畿外	公	九命
	侯	九命
	伯	七五命
	子	五命
	男	五命

【孔疏】傳“大車”至“决訟”。

◇◇以序云陳古大夫，故知大車是大夫之車。《春官・巾車職》云：“革路，以封四衛。”四衛，四方諸侯守衛者，謂蠻服以内。又云：“大夫乘墨車。”然則王朝大夫於禮當乘墨車以大夫出封，如子男之服，則車亦得乘諸侯之車，此大車，蓋革路也。

◇◇檻檻，聲之狀，故爲車行聲。

◇◇陳古大夫而云毳衣，故知毳衣，大夫之服也。“菼，鵻”，《釋言》文。郭璞曰：“菼，草色如鵻，在青白之間。”傳以經云“如菼”，以衣冠比菼色，故先解菼色，又解草，言菼是蘆之初生。

◇《釋草》云“葭，蘆”，“菼（tǎn），薍”。孫炎、郭璞皆以蘆、薍爲二草，李巡、舍人、樊光以蘆、薍爲一草。此傳菼爲蘆之初生，則意同李巡之輩以蘆、菼爲一也。

◇《春官・司服》曰：“子男之服，自毳冕而下。卿大夫之服，自玄冕而下。”則大夫不服毳冕。傳又解其得服之意，天子大夫四命，其出封五命，如子男之服，故得服毳冕也。

◇《春官・典命職》曰：“王之三公八命，其卿六命，其大夫四命。及其出封，皆加一等。”鄭解《周禮》出封，謂出於畿内，封爲諸侯。加一等，褒有德也。◇謂大夫爲子男，卿爲侯伯，其命加於王朝一等，耳非謂使出封畿外即加命也。今傳言大夫四命，出封五命，則毛意以《周禮》出封，謂出於封畿，非封爲諸侯也。尊王命而重其使，出於封畿，即得加命；反（返）於朝廷，還服其本。

◇此陳古者大夫出封聽訟，故得如子男之衣服，乘其大車檻檻然，服毳冕以決訟也。

◇◇比時王政才行境内而已，周人刺其大夫不能聽境内之訟，無複出封之事，但作者陳出封之事以刺之耳。

【孔疏】箋“菼薍”至“如騅”。

◇◇“菼，薍”，《釋草》文。以傳解菼色，未辨草名，故取《爾雅》以定之。

◇◇鄭以《周禮》出封，謂爲諸侯，乃加一等。出封行使則不得。然此詩陳古天子大夫服毳冕以決訟，則是其人於禮自得服之，緣此服之貴賤，準其官之尊卑，解得服之所由，故云“則是子男入爲大夫者”也。

◇◇王朝之卿大夫出封於畿外，褒有德，加一等。使卿爲侯伯，大夫爲子男。其諸侯入於王朝爲卿大夫者，以其本爵仍存，直（只）以入仕爲榮耳，不復更加其命數，故侯伯入爲卿，子男入爲大夫。

◇◇諸侯之數衆，王朝之官少，或亦侯伯爲大夫，非唯子男耳。隱十一年《左傳》曰：“滕侯曰：‘我，周之卜正。’”《顧命》孔安國注云：“齊侯吕伋，爲天子虎賁氏。”是侯伯入爲大夫者也。

◇◇以其本爵先尊，服其於國之服，故《鄭志》答趙商云：諸侯入爲卿大夫，與在朝仕者异，各依本國，如其命數。是由尊諸侯，使之以其命。此陳子男爲大夫，仍得服毳冕也。

◇◇又解毳衣之色所以得如菼者，以毳衣之屬，衣則畫繪爲之，裳則刺綉爲文，由皆有五色，其青色者則如騅，故得如菼色。言毳衣之屬者，自毳以上，當有兖冕、鷩（bì）冕與毳冕之服，其衣皆用繢（huì，繪畫）也。

◇◇若絺冕，則衣刺粉米，唯用綉。玄冕，則衣無文，不復用綉。明毳衣之屬，正謂兖鷩耳。知衣繢裳綉者，《考工記》言畫繢之事，則繢謂畫之也。

◇◇《皋陶謨》云：“予欲觀古人之象，日、月、星辰、山、龍、華蟲作會，宗彝、藻、火、粉米、黼、黻，絺綉。”於“華蟲”以上言“作繢”，明畫爲繢文。“宗彝”以下言“絺綉”，明是絺爲綉文。

◇◇但王者相變，禮制不同。周法火與宗彝亦畫而爲衣，不復在裳，故鄭於《司服》引《尚書》以校之《周禮》，考之而立説云：“古者天子冕服十二章，至周而以日、月、星辰畫於旌旗，而冕服九章，登龍於山，登火於宗彝（yí，法度）。

◇九章，初一曰龍，次二曰山，次三曰華蟲，次四曰火，次五曰宗彝，皆畫以爲繢，次六曰藻，次七曰粉米，次八曰黼，次九曰黻，皆絺以爲綉。則兖之衣五章，裳四章，凡九也。

◇鷩（bì，赤雉）畫以雉，謂華蟲也，其衣三章，裳四章，凡七也。

◇毳畫虎雉，謂宗彝也，其衣三章，裳二章，凡五也。

◇絺刺粉米，無畫也，其衣一章，裳二章，凡三也。

◇玄者，衣無文，裳刺黻而已，是以謂之玄焉。”

◇如鄭此言，是毳以上則衣用繢，絺冕則衣亦綉也。

◇◇知綉皆有五色者，《考工記》曰：“畫繢之事雜五色。”又曰：“五色備，謂之綉。”是繢綉皆五色。其青者如鵻，其赤者如赬，故二章各舉其一耳。◇◇傳以菼爲鵻，箋以菼爲薍，似如易傳。又言其青者如鵻，復似從傳。張逸疑而問之，鄭答云：“鵻鳥青，非草名，薍亦青，故其青者如鵻。”

<一章-3>**豈不爾思，畏子不敢。**

【毛傳】畏子大夫之政，終不敢。

【鄭箋】此二句者，古之欲淫奔者之辭。我豈不思與女以爲無禮與？畏子大夫來聽訟，將罪我，故不敢也。子者，稱所尊敬之辭。

【孔疏-章旨】“大車”至“不敢”。

①言古者大夫乘大車而行，其聲檻檻然。身服毳冕之衣，其有青色者，如菼草之色。然乘大車、服毳冕巡行邦國，决男女之訟，於時男女莫不畏之。

②有女欲奔者，謂男子云：我豈不於汝思爲無禮之交與？畏子大夫之政，必將罪我，故不敢也。古之大夫使民畏之若此。今之大夫不能然，故陳古以刺之也。

<二章-1>**大車啍（tūn）啍，毳衣如璊（mén）。**

【毛傳】啍啍，重遲之貌。璊，赬（chēng）也。

【程析】啍啍，車行緩慢狀。璊，本意爲紅玉。

【樂道主人】赬，紅色。

【孔疏】傳“啍啍”至“璊赬”。

◇◇啍啍，行之貌，故爲重遲。上言行之聲，此言行之貌，互相見也。

◇◇《釋器》云："一染謂之緹（tí，橘紅色），再染謂之赬。"郭璞雲："淺赤也。"《説文》云："璊，玉赤色。"故以璊爲赬。

<二章-3>**豈不爾思，畏子不奔。**

【樂道主人】我豈不思與汝以爲無禮與？畏子大夫來聽訟，將罪我，故不敢奔也。

<三章-1>**穀（gǔ）則异室，死則同穴。謂予不信，有如皦（jiǎo）日！**

【毛傳】穀，生。皦，白也。生在於室，則外内异，死則神合，同爲一也。

【鄭箋】穴，謂塚壙（kuàn，墓穴）中也。此章言古之大夫聽訟之政，非但不敢淫奔，乃使夫婦之禮有别。今之大夫不能然，反謂我言不信。我言之信，如白日也。刺其闇於古禮。

【樂道主人】室，孔疏："《左傳》曰：'女有家，男有室。'室家，謂夫婦也。"《詩集傳》："室謂夫婦所居，家謂一門之内。"壙，墓穴。

【孔疏】傳"穀生"至"爲一"。

◇◇"穀，生"，《釋言》文。皦者，明白之貌，故爲白也。

◇◇《内則》曰："禮始於謹夫婦宫室，辨外内。男不入，女不出。"是禮也，生在於室，則内外异，死所以得同穴者，死則神合，同而爲一，故得同穴也。《祭統》曰："鋪筵設同幾。"《春官·司幾筵》注云："《周禮》雖今葬及同時在殯，皆异幾，體實不同。祭於廟中，同幾精氣合也。"是既葬之後，神合爲一，神合故可以同穴也。

【孔疏-章旨】"穀則"至"皦日"。

①言古之大夫聽政也，非徒不敢淫奔，又令室家有禮，使夫之與婦，生則异室而居，死則同穴而葬，男女之别如此。

②汝今時大夫若謂我此言爲不信乎？我言之信，有如皦然之白日，言其明而可信也。

刺今大夫闇於古禮，而不信此言也。

《大車》三章，章四句。

【樂道主人】鄭於《司服》引《尚書》以校之《周禮》，考之而立説云：

表 14　周代官服九章

爵位			天子		伯侯		子男		其他			
九章之位			衮九章		鷩其衣三章，裳四章，凡七也		畫虎雉，謂宗彝，衣三章，裳二章，凡五也		絺刺粉米，無畫也，其衣一章，裳二章，凡三也		玄者，衣無文，裳刺黻而已	
衣裳			衣	裳	衣	裳	衣	裳	衣	裳	衣	裳
畫以爲繢	初一	龍	◇									
	次二	山	◇									
	次三	華蟲	◇		◇		◇					
	次四	火	◇		◇		◇					
	次五	宗彝	◇		◇		◇					
絺以爲綉	次六	藻		◇		◇						
	次七	粉米		◇		◇			◇			
	次八	黼		◇		◇		◇		◇		
	次九	黻		◇		◇		◇		◇		◇
			九章		七章		五章		三章		無	

◇黼（fǔ），古代禮服上綉的半黑半白的花紋。孔疏：黼，蓋半白半黑，似斧刃白而身黑，取能斷意。一説白爲西方色，黑爲北方色，西北爲黑白之交，乾陽位焉，剛健能斷，故畫黼以黑白爲文。

◇黻（fú），古代禮服上綉的半青半黑的花紋。《説文》：黑與青相次文。

◇粉米，古代貴族禮服上的白色米形綉文。孔穎達疏引鄭玄曰：”粉米白米也。”蔡沈集傳：”粉米白米取其養也。”一説粉米爲二物。孔傳：“粉若粟冰，米若聚米。”

◇藻，《孔安國·尚書傳》曰：藻，水草之有文者，以喻文焉。

◇宗彝，指天子祭服上所綉虎與蜼（wèi）的圖像，因宗彝常以虎、蜼爲圖飾，因以借稱。蜼，一種長尾猿猴，古人傳説其性孝。《書·益稷》：“予欲觀古人之象，日、月、星辰、山、龍、華蟲，作會；宗彝、藻、火、粉米、黼、黻，絺綉。以五采彰施於五，作服，汝明。”周秉鈞注：“宗彝，虎蜼也，宗廟彝器有虎彝蜼彝，故以宗彝名虎蜼也。”《舊唐書·文苑傳上·楊炯》：“宗彝者，武蜼也，以剛猛制物，象聖王神武定亂。”

◇◇古者天子冕服十二章，至周而以日、月、星辰畫於旌旗，而冕服九章，登龍於山，登火於宗彝。

九章，初一曰龍，次二曰山，次三曰華蟲，次四曰火，次五曰宗彝，皆畫以爲繢；次六曰藻，次七曰粉米，次八曰黼，次九曰黻，皆絺以爲綉。則：

◇◇兖之衣五章，裳四章，凡九也。

◇◇鷩畫以雉，謂華蟲也，其衣三章，裳四章，凡七也。

◇◇毳畫虎雉，謂宗彝也，其衣三章，裳二章，凡五也。

◇◇**絺刺**粉米，無畫也，其衣一章，裳二章，凡三也。

◇◇**玄**者，衣無文，裳刺黻而已，是以謂之玄焉。”

◇◇自毳以上，當有兖冕、鷩冕與毳冕之服，其衣皆用繢也。

如鄭此言，是毳以上則衣用繢，絺冕則衣亦綉也。知綉皆有五色者，《考工記》曰：“畫繢之事雜五色。”

丘中有麻 【王風十】

丘中有麻，彼留子嗟（jiē）。彼留子嗟，將（qiāng）其來施（shī）施。

丘中有麥，彼留子國。彼留子國，將其來食（shí/sì）。

丘中有李，彼留之子。彼留之子，貽（yí）我佩玖（jiǔ）。

《丘中有麻》三章，章四句。

【毛序】《丘中有麻》，思賢也。莊王不明，賢人放逐，國人思之，而作是詩也。

【鄭箋】思之者，思其來，已得見之。

【樂道主人】此篇作爲王風的最後一首，有其特殊意義。詩中作者思賢人，思賢人之德，思賢人之功，嘆惜賢人之不在；進一層，夫子更思周初之德，思周初之聖，嘆聖之不再矣。

【孔疏】“《丘中有麻》”至“是詩”。

◇◇毛以爲，放逐者，本在位有功，今去，而思之。

◇◇鄭以爲，去治賤事，所在有功，故思之。意雖小异，三章俱是思賢之事。

【孔疏】箋“思之”至“見之”

◇◇箋以爲“施施”爲見已之貌，“來食”謂已得食之，故以“思之”爲“思其來，已得見之”。

◇◇毛以“來食”爲“子國復來，我乃得食”，則思其更來在朝，非徒思見而已，其意與鄭小异。子國是子嗟之父，俱是賢人，不應同時見逐。若同時見逐，當先思子國，不應先思其子。今首章先言子嗟，二章乃言子國，然則賢人放逐，止謂子嗟耳。

◇◇但作者既思子嗟，又美其弈（《廣雅》：容也，又帳也）世有德，遂言及子國耳。故首章傳曰“麻、麥、草、木，乃彼子嗟之所治”，是言麥亦子嗟所治，非子國之功也。二章箋言“子國使丘中有麥，著其世賢”，言著其世賢，則是引父以顯子，其意非思子國也。卒章言“彼留之子”，亦謂子嗟耳。

<一章-1>**丘中有麻，彼留子嗟**（jiē）。

【毛傳】留，大夫氏。子嗟，字也。丘中墝（qiāo）埆（què）之處，盡有麻、麥、草、木，乃彼子嗟之所治。

【鄭箋】子嗟（jiē）放逐於朝，去治卑賤之職而有功，所在則治理，所以爲賢（與毛不同）。

【程析】留，劉。

【樂道主人】鄭意作者爲賢人所流放之地，即子嗟在朝則能助教行政，隱遁則能使墝埆生物，所在則治理，是其所以爲賢也。墝，堅硬不肥沃。埆，貧瘠。

【孔疏】傳“留大”至“所治”。

◇◇賢人放逐，明爲大夫而去。下云“彼留之子”與易稱“顏氏之子”，其文相類，故知劉氏，大夫氏也。子者，有德之稱，古人以子爲字，與嗟連文，故知字也。

◇◇《釋丘》云：“非人力爲之丘。”丘是地之高者，在丘之中，故云墝埆。墝（堅硬不肥沃）埆（貧瘠），謂地之瘠薄者也。傳探下章而解之，故言麻、麥、草、木也。木即下章李也，兼言草以足句，乃彼子嗟之所治。

◇◇謂子嗟未去之日，教民治之也。定本云“丘中墝埆，遠盡有麻、麥、草、木”，與俗本不同也。

【孔疏】箋“子嗟”至“爲賢”。

◇◇箋以“有麻”之下即云“彼留子嗟”，則是子嗟今日所居有麻麥也。且丘中是隱遁之處，故易傳以爲“去治卑賤之職而有功”。

◇◇《孝經》云：“居家理，故治可移於官。”子嗟在朝則能助教行政，隱遁則能使墝埆生物，所在則治理，是其所以爲賢也。

<一章-3>**彼留子嗟，將**（qiāng）**其來施**（shī）**施**。

【毛傳】施施，難進之意。

【鄭箋】施施，舒行，伺間（xián）獨來見己之貌（與毛不同）。

【樂道主人】將，請，希望。間（xián），空閑。

【孔疏】傳“施施，難進之意”。◇◇傳亦以施施爲舒行，由賢者難進，故來則舒行，言其本性爲然，恐將不復更來，故思之也。

【孔疏】箋“施施”至“之貌”。◇◇箋以思之欲使更來，不宜言其難進。且言其“將”者，是冀其復來，故易傳以爲“伺候閒暇，獨來見己之貌”。此章欲其獨來見己，下章冀得設食以待之，亦事之次也。

【孔疏-章旨】“丘中”至“來施施”。

○毛以爲，①子嗟在朝有功，今而放逐在外，國人睹其業而思之。言丘中墝埆之處，所以得有麻者，乃留氏子嗟之所治也，由子嗟教民農業，使得有之。今放逐於外，國人思之，乃遥述其行。

②彼留氏之子嗟，其將來之時，施施然甚難進而易退，其肯來乎？言不肯復來，所以思之特甚。

○鄭以爲，①子嗟放逐於朝，去治卑賤之職。言丘中墝埆之處，今日所以有麻者，彼留氏之子嗟往治之耳，故云“所在則治理”，信是賢人。

②國人之意，原得彼留氏之子嗟。其將欲來，舒行施施然，伺候閒暇，獨來見己。閔其放逐，愛其德義，冀來見己，與之盡歡。

<二章-1>**丘中有麥，彼留子國。**

【毛傳】子國，子嗟父。

【鄭箋】言子國使丘中有麥，著其世賢。

【孔疏】傳“子國，子嗟父”。正義曰：毛時書籍猶多，或有所據，未詳毛氏何以知之。

【孔疏】箋“言子”至“世賢”。◇◇箋以丘中有麻，是子嗟去往治之，而此章言子國亦能使丘中有麥，是顯著其世賢。言其父亦是治理之人耳，非子國實使丘中有麥也。

<二章-3>**彼留子國，將其來食**（shí/sì）。

【毛傳】子國復來，我乃得食。

【鄭箋】言其將來食，庶其親己，己得厚待之。

【樂道主人】庶，庶幾，希望。

【孔疏】傳“子國”至“得食”。◇◇傳言以子國教民稼穡，能使年歲豐穰，及其放逐，下民思之，乏於飲食，故言子國其將來，我乃得有食耳。

【孔疏】箋“言其”至“待之”。◇◇準上章思者欲令子國見己，言其獨來，就我飲食，庶其親己。來至己家，己得厚禮以待之。思賢之至，欲飲食之也。

<三章-1>**丘中有李，彼留之子。**

【鄭箋】丘中而有李，又留氏之子所治。

【樂道主人】孔疏言“彼留之子”，亦謂子嗟耳。

<三章-3>**彼留之子，貽（yí）我佩玖（jiǔ）。**

【毛傳】玖，石次玉者。言能遺（wèi）我美寶。

【鄭箋】留氏之子，於思者則朋友之子，庶其敬己而遺己也。

【程析】玖，似玉的淺黑色石。

【孔疏】傳“玖石”至“美寶”。◇◇玖是佩玉之名，故以美寶言之。美寶猶美道。傳言以爲作者思而不能見，乃陳其昔日之功，言彼留氏之子，有能遺我以美道，謂在朝所施之政教。

【孔疏】箋“留氏”至“遺已”。◇◇箋亦以佩玖喻美道，所异者，正謂今日冀望其來，敬己而遺已耳，非是昔日所遺。

◇◇上章欲其見已，己得食之，言己之待留氏。此章留氏之子遺我以美道，欲留氏之子教己，是思者與留氏情親，故云“留氏之子，於思者則朋友之子”，正謂朋友之身，非與其父爲朋友。孔子謂子路“賊夫人之子”，亦此類也。

《丘中有麻》三章，章四句。

王國十篇，二十八章，百六十二句。

毛詩注疏簡補

國風卷 下

徐勁松 編著

中國書店

緇　衣【鄭風一】

緇（zī）衣之宜兮，敝予又改爲（wéi）兮。適子之館（guǎn）兮，還予授子之粲（cān）兮。

緇衣之好兮，敝予又改造兮。適子之館兮，還予授子之粲兮。

緇衣之蓆（xī）兮，敝予又改作兮。適子之館兮，還予授子之粲兮。

《緇衣》三章，章四句。

【毛序】《緇衣》，美武公也。父子并爲周司徒，善於其職，國人宜之，故美其德，以明有國善善之功焉。

【鄭箋】父，謂武公父，桓公也。司徒之職掌十二教，善善者，治之有功也。鄭國之人皆謂桓公、武公居司徒之官，正得其宜。

【樂道主人】毛鄭不同。毛以爲鄭以授之以食爲王授之，則改作衣服亦王爲之也。鄭以授之以食爲民授之，則改作衣服亦民爲之也。

【孔疏】“《緇衣》”至“功焉”。

◇◇作《緇衣》詩者，美武公也。武公之與桓公，父子皆爲周司徒之卿，而善於其卿之職，鄭國之人咸宜之，謂武公爲卿，正得其宜。

◇◇諸侯有德，乃能入仕王朝。武公既爲鄭國之君，又復入作司徒，已是其善，又能善其職，此乃有國者善中之善，故作此詩，美其武公之德，以明有邦國者善善之功焉。

◇◇經三章，皆是國人宜之，美其德之辭也。“以明有國善善之功焉”，叙其作詩之意，於經無所當也。

【孔疏】箋“父謂”至“其宜”。

◇◇以桓公已作司徒，武公又複爲之，子能繼父，是其美德，故兼言父子，所以盛美武公。

◇◇《周禮·大司徒職》曰：因民常而施十有二教焉：

①一曰以祀禮教敬，則民不苟；祀禮，謂祭祀之禮，教之恭敬，則民

不苟且。

②二曰以陽禮教讓，則民不争；陽禮，謂鄉射、飲酒之禮，教之謙讓，則民不争鬥。

③三曰以陰禮教親，則民不怨；陰禮，謂男女昏姻之禮，教之相親，則民不怨曠。

④四曰以樂教和，則民不乖；樂，謂五聲八音之樂，教之和睦，則民不乖戾。

⑤五曰以儀辨等，則民不越；儀，謂君南面，臣北面，父坐子伏之屬，辨其等級，則民不逾越

⑥六曰以俗教安，則民不愉；俗，謂土地所生習，教之安存，則民不愉惰。

⑦七曰以刑教中，則民不暴；誓，謂戒敕，教之相憂，則民不懈怠。

⑧八曰以誓教恤，則民不怠；刑，謂刑罰，教之中正，則民不殘暴。

⑨九曰以度教節，則民知足；度，謂宫室衣服之制，教之節制，則民知止足。

⑩十曰以世事教能，則民不失職；世事，謂士農工商之事，教之各能其事，則民不失業。

⑪十有一曰以賢制爵，則民慎德；以賢之大小，制其爵之尊卑，則民皆謹慎其德，相勸爲善。

⑫十有二曰以庸制禄，則民興功。是司徒職掌十二教也；以功之多少，制其禄之數量，則民皆興立功效，自求多福。

◇司徒之職，所掌多矣。此十二事，是教民之大者，故舉以言焉。

◇◇此與《淇奥》國人美君有德，能仕王朝，是其一國之事，故爲風。蘇公之刺暴公，吉甫之美申伯，同寮之相刺美，乃所以刺美時王，故爲雅。作者主意有异，故所系不同。

<一章-1>緇（zī）衣之宜兮，敝予又改爲（wéi）兮。

【毛傳】緇（zī），黑色，卿士聽朝之正服也。改，更也。有德君子，宜世居卿士之位焉。

【鄭箋】緇衣者，居私朝之服也。天子之朝服，皮弁服也（與毛不同）。

【程析】爲，製作。

【樂道主人】予，我，鄭國之民也。

【孔疏】傳“緇黑”至“之位”。

◇◇《考工記》言染法，“三入爲纁（xūn，淡紅色），五入爲緅（zhōu，黑中帶紅的顏色），七入爲緇”。注云：“染纁者三入而成，又再染以黑則爲緅（zōu），又復再染以黑乃成緇。”是緇爲黑色。此緇衣，即《士冠禮》所云“主人玄冠朝服，緇帶素韠（wěi，光明）”是也。

◇◇諸侯與其臣服之以日視朝，故禮通謂此服爲朝服。美武公善爲司徒，而經云“緇衣”，明緇衣，卿士所服也。

◇◇而天子與其臣皮弁以日視朝，則卿士旦朝於王服皮弁，不服緇衣，故知是卿士聽朝之正服。

◇◇謂既朝於王，退適治事之館，釋皮弁而服，**以聽其所朝之政也**。

◇◇言緇衣之宜，謂德稱其服，宜衣此衣，敝則更原王爲之，令常衣此服。以武公繼世爲卿，并皆宜之，故言“有德君子，宜世居卿士之位焉”。

【孔疏】箋“緇衣”至“弁服”。

◇◇退適治事之處，爲私也，對在天子之庭爲公。此私朝在天子宫内，即下句“適子之館兮”是也。

◇◇《舜典》云“辟四門”者，注云：“卿士之職，使爲已出政教於天下。”言四門者，亦因卿士之私朝在國門，魯有東門襄仲，宋有桐門右師，是後之取法於前也。

◇◇彼言私朝者在國門，謂卿大夫夕治家事，私家之朝耳，與此不同。何則？《玉藻》説視朝之禮曰：“君既視朝，退適路寢。使人視大夫，大夫退，然後適小寢，釋服。”君使人視其事盡，然後休息，則知國之政教事在君所斷之，不得歸適國門私朝，明國門私朝非君朝矣。

◇◇《論語》“冉子退朝”，注云“朝於季氏之私朝”，亦謂私家之朝，與此异也。《玉藻》云“天子皮弁以日視朝”，是天子之朝服皮弁，故退適諸曹（古代分科辦事的官署）服緇衣也。定本云“天子之朝，朝服皮弁服”。

<一章-3>**適子之館（guǎn）兮，還予授子之粲（cān）兮。**

【毛傳】適，之。館，舍。粲，餐也。諸侯入爲天子卿士，受采禄。

【鄭箋】卿士所之之館，在天子宫，如今之諸廬也。自館還在采地之都，我則設餐以授之。愛之，欲飲食之。（與毛不同）

【程析】粲，原意爲潔白的精米。

【樂道主人】予，我，鄭國之民也。

【孔疏】傳“適之”至“采禄”。

◇◇《釋詁》云：“之、適，往也。”故適得爲之。館者，人所止舍，故爲舍也。

◇◇“粲，餐”，《釋言》文。郭璞曰：“今河北人呼食爲粲，謂餐食也。”諸侯入爲天子卿士，受采禄，解其授粲之意。采謂田邑，采取賦税。禄謂賜之以穀。二者皆天子與之，以供飲食，故謂之授子粲也。

【孔疏】箋“卿士”至“飲食”。

◇◇《考工記》説王官之制，“内有九室，九嬪居之。外有九室，九卿朝焉”。注云：“内，路寢之裏。外，路寢之表。九室如今朝堂諸曹治事之處也。六卿三孤爲九卿”。

◇◇彼言諸曹治事處，此言諸廬，正謂天子宫内，卿士各立曹司，有廬舍以治事也。言適子之館，則有所從而適也。言還授子粲，則還有所至也。

◇◇既爲天子卿士，不可還歸鄭國，明是從采邑而適公館，從公館而反采邑，故云“還在采地之都，我則設餐以授之”。

◇◇傳言受采禄者，以采禄解粲義也。箋言還在采地之都者，自謂回還所至國人授粲之處，其意與傳不同。

◇◇雖在采地之都，願授之食，其授之者，謂鄭國之人，非采地之人。何則?

◇此詩是鄭人美君，非采地之人美之。且食采之主，非邑民常君，善惡系於天子，不得曲美鄭國君也。鄭國之人所以能遠就采地，授之食者，言愛之，願飲食之耳，非即實與之食也。**易傳者**，以言予者鄭人自授之食，非言天子與之禄也。

◇◇飲食雖云小事，聖人以之爲禮。《伐柯》言王迎周公，言“我覯之子，籩豆有踐”，奉迎聖人，猶願以飲食，故小民愛君，願飲食之。

【孔疏-章旨】“緇衣”至“粲兮”。

○毛以爲，①武公作卿士，服緇衣，國人美之。言武公於此緇衣之宜服之兮，言其德稱其服也。此衣若敝，我願王家又復改而爲之兮，原其常居其位，常服此服也。

②卿士於王宮有館舍，於畿内有采禄。言武公去鄭國，入王朝之適子卿士之館舍兮，自朝而還，我願王家授子武公以采禄兮，欲使常朝於王，常食采禄也。采禄，王之所授，衣服，王之所賜，而言予爲子授者，其意願王爲然，非民所能改受之也。

○鄭以爲，①國人愛美武公，緇衣若弊，我願爲君改作兮。

②自館而還，我願授君以飲食兮。愛之，願得作衣服，與之飲食也。鄭以授之以食爲民授之，則改作衣服亦民爲之也。

<二章-1>**緇衣之好兮，敝予又改造兮。**

【毛傳】好，猶宜也。

【鄭箋】造，爲也。

【孔疏】箋"造，爲"。◇◇《釋言》文。

<二章-3>**適子之館兮，還予授子之粲兮。**

<三章-1>**緇衣之蓆（xī）兮，敝予又改作兮。**

【毛傳】蓆，大也。

【鄭箋】作，爲也。

【孔疏】傳"蓆，大"。◇◇《釋詁》文。言服緇衣，大得其宜也。

<三章-3>**適子之館兮，還予授子之粲兮。**

《緇衣》三章，章四句。

將仲子 【鄭風二】

將（qiāng）仲（zhòng）子兮！無踰（yú）我里，無折我樹杞（qǐ）。豈敢愛之，畏我父母。仲可懷也，父母之言，亦可畏也！

將仲子兮！無踰我牆，無折我樹桑。豈敢愛之，畏我諸兄。仲可懷也，諸兄之言，亦可畏也。

將仲子兮！無踰我園，無折我樹檀（tán）。豈敢愛之，畏人之多言。仲可懷也，人之多言，亦可畏也。

《將仲子》三章，章八句。

【毛序】《將仲子》，刺莊公也。不勝（shēng）其母，以害其弟。弟叔失道而公弗制，祭仲諫而公弗聽，小不忍以致大亂焉。

【鄭箋】莊公之母，謂武姜。生莊公及弟叔段，段好勇而無禮。公不早爲之所，而使驕慢。

【樂道主人】不忍，不忍制也。公元前757年，鄭武公十四年，莊公生。武公十七年，大叔段生。公元前722年，莊公二十二年，大叔段作亂，奔共。是年，莊公三十五歲，大叔段三十二歲。

【孔疏】“《將仲》”至“大亂焉”。

◇◇作《將仲子》詩者，刺莊公也。

◇◇公有弟名段，字叔。其母愛之，令莊公處之大都。莊公不能勝止其母，遂處段於大都，至使驕而作亂，終以害其親弟。是公之過也。

◇◇此叔於未亂之前，失爲弟之道，而公不禁制，令之奢僭。有臣祭仲者，諫公，令早爲之所，而公不聽用。於事之小，不忍治之，以致大亂國焉，故刺之。

◇◇經三章，皆陳拒諫之辭。“豈敢愛之，畏我父母”，是小不忍也。後乃興師伐之，是致大亂大也。

【孔疏】箋“莊公”至“驕慢”

◇◇此事見於《左傳》隱元年。傳曰：

◇“武公娶於申，曰武姜，生莊公及共叔段。莊公寤生，驚姜氏，故名曰寤生，遂惡之。愛共叔段，欲立之。亟請於武公，公不許。

◇及莊公即位，爲之請制。公曰：‘制，岩邑也，虢叔死焉。他邑唯命。’請京，使居之，謂之京城大叔。祭仲曰：‘都，城過百雉，國之害也。今京不度，非制也，君將不堪。’公曰：‘姜氏欲之，焉辟害？’對曰：‘姜氏何厭之有！不如早爲之所，無使滋蔓。蔓，難圖也。蔓草猶不可除，况君之寵弟乎？’公曰：‘多行不義，必自斃，子姑待之。’

◇既而大叔命西鄙（bǐ，邊遠的地方）、北鄙貳於己。公子吕曰：‘國不堪二，君將若之何？欲與大叔，臣請事之；若不與，則請除之。’公曰：‘無庸，將自及。’

◇大叔又收貳以爲己邑，至於廩（lǐn）延。子封曰：‘可矣。厚將得衆。’公曰：‘不義，不暱，厚將崩。’

◇大叔完聚，繕甲兵，具卒乘，將襲鄭，夫人將啓之。公聞其期，曰：‘可矣。’命子封帥車二百乘以伐京。京叛大叔段。段入於鄢。公伐諸鄢。大叔出奔共。”

◇是謂共城大叔。是段驕慢作亂之事也。

◇◇《大叔于田序》曰：“叔多才而好勇。”是段勇而無禮也。

<一章-1>**將（qiāng）仲（zhòng）子兮！無踰我里，無折我樹杞（qǐ）。**

【毛傳】將，請也。仲子，祭仲也。踰，越。里，居也。二十五家爲里。杞，木名也。折，言傷害也。

【鄭箋】祭仲驟諫，莊公不能用其言，故言請，固距之。“無逾我里”，喻言無干我親戚也。“無折我樹杞”，喻言無傷害我兄弟也。仲初諫曰：“君將與之，臣請事之。君若不與，臣請除之。”

【孔疏】傳“里居”至“木名”。

◇◇里者，民之所居，故爲居也。《地官·遂人》云：“五家爲鄰，五鄰爲里。”是二十五家爲里也。

◇“無踰我里”，謂無踰越我里居之垣牆，但里者，人所居之名，故以所居表牆耳。

◇◇《四牡》傳云：“杞（qǐ），枸檵。”此直云木名，則與彼别也。陸機《疏》云：“杞，柳屬也，生水傍，樹如柳，葉粗而白色，理微赤，故今人以爲車轂（gǔ）。”今共北淇水傍，魯國泰山汶水邊，純杞也。

【孔疏】箋"祭仲"至"除之"。

◇◇哀二十年《左傳》云："吴公子慶忌驟諫吴王。"服虔云："驟，數也。"箋言驟諫，出於彼文。序不言驟，而箋言驟者，若非數諫，不應固請，故知驟諫也。

◇以里垣之内始有樹木，故里喻親戚，樹喻兄弟。既言驟諫，以爲其諫非一，故言"初諫曰"，以爲數諫之意。

◇◇案《左傳》此言乃是**公子吕**辭，今箋以爲祭仲諫者，詩陳請祭仲，不請公子吕，然則祭仲之諫多於公子吕矣。而公子吕請除大叔，爲諫之切，莫切於此。祭仲正可數諫耳，其辭亦不是過。仲當亦有此言，故引之以爲祭仲諫。

<一章-4>**豈敢愛之，畏我父母。**

【鄭箋】段將爲害，我豈敢愛之而不誅與？以父母之故，故不爲也。

<一章-6>**可懷也，父母之言，亦可畏也。**

【鄭箋】懷私曰懷。言仲子之言可私懷也。我迫於父母，有言不得從也。

【孔疏】箋"懷私"至"得從"。

◇◇《晉語》稱公子重耳安於齊，姜氏勸之行，云："懷與安，實病大事。《鄭詩》云：'仲可懷也。'"引此爲懷私之義，故以懷爲私。

◇◇以父母愛段，不用害之，故畏迫父母，有言不得從也。於時其父雖亡，遺言尚存，與母連言之也。

【孔疏-章旨】"將仲子"至"可畏"。

①祭仲數諫莊公，莊公不能用之，反請於仲子兮，汝當無踰越我居之里垣，無損折我所樹之杞木，以喻無干犯我之親戚，無傷害我之兄弟。

②段將爲害，我豈敢愛之而不誅與？但畏我父母也。以父母愛之，若誅之，恐傷父母之心，故不忍也。

③仲子之言可私懷也，雖然父母之言亦可畏也。

◇◇言莊公以小不忍至於大亂，故陳其拒諫之辭以刺之。

<二章-1>**將仲子兮！無踰我牆，無折我樹桑。**

【毛傳】牆，垣也。桑，木之衆也。

【程析】桑，古代牆邊種桑。

<二章-4>**豈敢愛之，畏我諸兄。**

【毛傳】諸兄，公族。

<二章-6>仲可懷也，諸兄之言，亦可畏也。

<三章-1>將仲子兮！無踰我園，無折我樹檀（tán）。

【毛傳】園所以樹木也。檀，彊韌之木。

【程析】園，古代種樹木各果樹的場所。

【孔疏】傳“園所”至“之木”。

◇◇《大宰職》云：“園圃，毓（yù，育）草木。”園者圃之蕃（fán，茂盛），故其內可以種木也。

◇◇檀（tán）材可以爲車，故云“强韌之木。”陸機《疏》云：“檀木皮正青滑澤，與檕（lì，山楂）迷相似，又似駮馬。駮馬，梓檎（qín）。

◇故里語曰：‘斫檀不諦得檕迷，檕迷尚可得駮馬。’檕迷一名挈榼，故齊人諺曰：‘上山斫檀，挈榼先殫。’”

<三章-4>豈敢愛之，畏人之多言。仲可懷也，人之多言，亦可畏也。

《將仲子》三章，章八句。

叔于田 【鄭風三】

叔于田，巷無居人。豈無居人？不如叔也，洵（xún）美且仁。

叔于狩（shòu），巷無飲酒。豈無飲酒？不如叔也，洵美且好。

叔適野，巷無服馬。豈無服馬？不如叔也，洵美且武。

《叔于田》三章，章五句。

【毛序】《叔于田》，刺莊公也。叔處於京，繕（shàn）甲治兵，以出於田，國人説（yuè）而歸之。

【鄭箋】繕之言善也。甲，鎧也。

【樂道主人】繕（shàn），修繕，修補，整治。

【孔疏】“《叔于田》三章，章五句”至“歸之”。箋“繕之”至“甲鎧”。◇◇“杼作甲。”宋仲子云：“少康子名杼也。”經典皆謂之甲，後世乃名爲鎧。箋以今曉古。

<一章-1>**叔于田，巷無居人。**

【毛傳】叔，大叔段也。田，取禽也。巷，里塗也。

【鄭箋】叔往田，國人注心于叔，似如無人處。

【程析】于，往。

【孔疏】傳“叔大”至“里塗”。

◇◇《左傳》及下篇皆謂之大叔，故傳辨之，以明叔與大叔一人，其字曰叔，以寵私過度，時呼爲大叔，《左傳》謂之京城大叔。是由寵而异其號也。此言“叔于田”，下言“大叔于田”，作者意殊，無他義也。

◇◇田者，獵之别名，以取禽於田，因名曰田，故云“田，取禽也”。

◇◇《丰》曰“俟我乎巷”，謂待我於門外，知巷是里内之途道也。

<一章-3>**豈無居人？不如叔也，洵（xún）美且仁。**

【鄭箋】洵，信也。言叔信美好而又仁。

【程析】洵，確實。仁，厚道謹慮（只是表面意思）。

【樂道主人】仁，指其得衆。仁和義的關係：如果立人、達人而不以義爲最終標準，則仁爲惡矣。

【孔疏】箋“洵信”至“又仁”。

◇◇“洵，信”，《釋詁》文。

◇◇仁是行之美名，叔乃作亂之賊，謂之信美好而又仁者，言國人悦之辭，非實仁也。

【孔疏-章旨】“叔于”至“且仁”。此皆悦叔之辭。

①時人言叔之往田獵也，里巷之内全似無復居人。

②豈可實無居人乎，有居人矣，但不如叔也信美好而且有仁德。國人注心於叔，悦之若此，而公不知禁，故刺之。

<二章-1>**叔于狩（shòu），巷無飲酒。**

【毛傳】冬獵曰狩。

【鄭箋】飲酒，謂燕飲也。

【程析】巷無飲酒，意爲巷里没有人稱得上是能喝酒了。

【孔疏】傳“冬獵曰狩”。◇◇《釋天》文。李巡曰：“圍守取之，無所擇也。”

<二章-3>**豈無飲酒？不如叔也，洵美且好。**

<三章-1>**叔適野，巷無服馬。**

【鄭箋】適，之也。郊外曰野。服馬，猶乘（shèng）馬也。

【程析】適，往。

【樂道主人】好，指其多才多藝。《魯頌·駉》毛傳：坰（jiōng），遠野也。邑外曰郊，郊外曰野，野外曰林，林外曰坰。

【孔疏】箋“郊外”至“乘馬”。

◇◇《釋地》云：“郊外謂之牧，牧外謂之野。”是野在郊外也。

◇◇《易》稱“服牛乘馬”，俱是駕用之義，故云服馬猶乘（shèng）馬。夾轅兩馬謂之服馬。

◇何知此非夾轅之馬，而云“猶乘馬”者，以上章言無居人，無飲酒，皆是人事而言，此不宜獨言無馬，知正謂叔既往田，巷無乘馬之人耳。

<三章-3>豈無服馬？不如叔也，洵美且武。

【鄭箋】武，有武節。

【孔疏】箋“武，有武節”。◇◇文武者，人之伎能。今言美且武，悦其爲武，則合武之要，故云有武節。言其不妄爲武。

《叔于田》三章，章五句。

大叔于田 【鄭風四】

大叔于田，乘（chéng）乘（shèng）馬。執轡（pèi）如組，兩驂（cān）如舞。叔在藪（sǒu），火烈具舉。襢（tǎn）裼（xī）暴虎，獻于公所。將（qiāng）叔無狃（niǔ），戒其傷女（rǔ）。

叔于田，乘乘黄。兩服上襄，兩驂雁行（háng）。叔在藪，火烈具揚。叔善射忌（jì），又良御忌。抑（yì）磬控忌，抑縱送忌。

叔于田，乘乘鴇（bǎo）。兩服齊首，兩驂如手。叔在藪，火烈具阜（fǔ）。叔馬慢忌，叔發罕（hǎn）忌。抑釋掤（bīng）忌，抑鬯（chàng）弓忌。

《大叔于田》三章，章十句。

【毛序】《大叔于田》，刺莊公也。叔多才而好勇，不義而得衆也。

【孔疏】“《大叔于田》”至“得衆”。

◇◇叔負才恃衆，必爲亂階，而公不知禁，故刺之。

◇◇經陳其善射御之等，是多才也；“襢裼暴虎”，是好勇也；“火烈具舉”，是得衆也。

<一章-1>大叔于田，乘（chéng）乘（shèng）馬。

【毛傳】叔之從公田也。

【樂道主人】從公田，即與莊公共田，更加表現出大叔之狂妄無忌。

【孔疏】傳“叔之從公田”。◇◇下云“襢裼暴虎，獻于公所”，明公亦與之俱田，故知從公田也。

<一章-3>執轡（pèi）如組，兩驂（cān）如舞。

【毛傳】驂之與服，和諧中節。

【鄭箋】如組者，如織組之爲也。在旁曰驂。

【程析】組，帶也。

【孔疏】傳“驂之”至“中節”。

◇◇此經止云“兩驂”，不言“兩服”，知驂與服和諧中節者，以下二章於此二句皆説“兩服”“兩驂”，則知此經所云，亦總驂、服。

◇◇但馬之中節，亦由御善，以其篇之首先云御者之良。既言“執轡如組”，不可更言兩服，理則有之，故知“如舞”之言，兼言服亦中節也。

◇◇此二句言叔之所乘，馬良御善耳，非大叔親自御之。下言“又良御忌”，乃云叔身善御。

<一章-5>**叔在藪（sǒu），火烈具舉。**

【毛傳】藪，澤，禽之府也。烈，列。具，俱也。

【鄭箋】列人持火俱舉，言衆同心。

【程析】藪，低濕而多草木之處，爲鳥獸聚散地。

【孔疏】傳“藪澤”至“具俱”。

◇◇《地官序·澤虞》云：“每大澤大藪，小澤小藪。”注云：“澤，水所鍾（集中。《説文》：酒器也）。水希曰藪。”然則藪非一，而此云“藪，澤”者，以藪澤俱是曠野之地，但有水無水异其名耳。

◇《地官》藪澤共立澤虞掌之。《夏官·職方氏》每州云其澤藪曰“某”，明某是一也。《釋地》説十藪云：“鄭有圃田。”

◇此言“在藪”，蓋在圃田也。此言“府”者，貨之所藏謂之府，藪澤亦禽獸之所藏，故云“禽之府”。

◇◇爛熟謂之烈，火烈嫌爲火猛，此無取爛義，故轉烈爲列，言火有行列也。火有行列，由布列人使持之，故箋申之云“列人持火”。此爲宵田，故持火照之。具，備，即偕俱之義，故爲俱也。

<一章-7>**禮（tǎn）裼（xī）暴虎，獻于公所。**

【毛傳】襢裼，肉袒也。暴虎，空手以搏之。

【鄭箋】“獻于公所”，進於君也。

【樂道主人】裼，覆加在裘外之衣。也稱中衣。

【孔疏】傳“襢裼”至“搏之”。

◇◇“襢裼，肉袒”，《釋訓》文。李巡曰：“襢裼，脱衣見體曰肉袒。”孫炎曰：“袒去裼衣。”

◇◇《釋訓》又云：“暴虎，徒搏也。”舍人曰：“無兵，空手搏之。”

<一章-9>**將（qiāng）叔無狃（niǔ），戒其傷女（rǔ）。**

【毛傳】狃，習也。

【鄭箋】狃，復也（與毛不同）。請叔無復者，愛也。

【程析】將，請。

【樂道主人】此兩句爲莊公言。

【孔疏】傳“狃，習”。◇◇《釋言》云：“狃，復也。”孫炎曰：“狃伏前事復爲也。”復亦貫習之意，故傳以狃爲習也。箋以《爾雅》正訓，故以爲復。

【孔疏-章旨】“大叔”至“傷女”。

○毛以爲，①大叔往田獵之時，乘駕一乘之馬。

②叔馬既良，叔之御人又善，執持馬轡如織組。織組者，總紕於此，成文於彼。御者執轡於手，馬騁於道，如織組之爲，其兩驂之馬與兩服馬和諧，如人舞者之中於樂節也。

③大叔乘馬，從公田獵。叔之在於藪澤也，火有行列，俱時舉之，言得衆之心，故同時舉火。

④叔於是襢去裼衣，空手搏虎，執之而獻於公之處所。

⑤公見其如是，恐其更然，謂之曰：請叔無習此事。戒慎之，若復爲之，其必傷汝矣。言大叔得衆之心，好勇如此，必將爲亂，而公不禁，故刺之。

○鄭唯以“狃”爲“復”，餘同。

<二章-1>**叔于田，乘乘黄。**

【毛傳】四馬皆黄。

<二章-3>**兩服上襄，兩驂雁行。**

【鄭箋】兩服，中央夾轅者。襄，駕也。上駕者，言爲衆馬之最良也。雁行者，言與中服相次序。

【孔疏】箋“兩服”至“次序”。

◇◇《小戎》云：“騏（qí）駵（lóu）是中，騧（guā，黑嘴的黄馬）驪（lí）是驂。”驂、中對文，則驂在外。外者爲驂，則知内者爲服，故言“兩服，中央夾轅者”也。

◇◇“襄，駕”，《釋言》文。馬之上者，謂之上駕，故知上駕者，言衆馬之最上也。《曲禮》注云：“雁行者，與之并差退。”此四馬同駕，其兩服則齊首，兩驂與服馬雁行，其首不齊，故《左傳》云："如驂之有靳。"

<二章-5>**叔在藪，火烈具揚。**

【毛傳】揚，揚光也。

【孔疏】傳"揚，揚光"。◇◇言舉火而揚其光耳，非訓揚爲光也。

<二章-7>**叔善射忌（jì），又良御忌。**

【毛傳】忌，辭也。

【鄭箋】良亦善也。忌，讀如"彼已之子"之已。

<二章-9>**抑（yì）磬控忌，抑縱送忌。**

【毛傳】騁（chěng）馬曰磬。止馬曰控。發矢曰縱。從（zhòng）禽曰送。

【程析】抑，發語詞。

【樂道主人】騁，跑。

【孔疏】傳"騁馬"至"曰送"。

◇◇此無正文，以文承射御之下，申說射御之事。馬之進退，唯騁止而已，故知騁馬曰磬，止馬曰控。今止馬猶謂之控，是古遺語也。

◇◇縱謂放縱，故知發矢。送謂逐後，故知從禽。

【孔疏-章旨】"叔于"至"送忌"。

①言叔之往田也，乘一乘之黄馬。

②在内兩服者，馬之上駕也。在外兩驂，與服馬如雁之行，相次序也。叔乘此四馬，從公田獵。

③叔之在於藪澤也，火有行列，俱時揚之。

④叔有多才，既善射矣，又善御矣。

⑤抑者，此叔能磬騁馬矣，又能控止馬矣。言欲疾則走，欲止則往。抑者，此叔能縱矢以射禽矣，又能縱送以逐禽矣。

◇◇言發則能中，逐則能及，是叔之善御、善射也。叔既得衆多才如是，必將爲亂，而公不禁，故刺之。

<三章-1>**叔于田，乘乘鴇（bǎo）。**

【毛傳】驪白雜毛曰鴇。

【孔疏】傳"驪白雜毛曰鴇"。◇◇《釋畜》文。郭璞曰："今呼之爲烏驄（cōng，青色與白色夾雜的馬）。"

<三章-3>**兩服齊首，**

【毛傳】馬首齊也。

<三章-4>兩驂如手。

【毛傳】進止如御者之手。

【鄭箋】如人左右手之相佐助也（與毛不同）。

【程析】如手，兩匹驂馬在旁而稍後，像人雙手那樣整齊。

<三章-5>叔在藪，火烈具阜（fǔ）。

【毛傳】阜，盛也。

【樂道主人】阜，《小雅·天保》毛傳：言廣厚也。高平曰陸。大陸曰阜。大阜曰陵。

<三章-7>叔馬慢忌，叔發罕（hǎn）忌。

【毛傳】慢，遲。罕，希也。

【鄭箋】田事且畢，則其馬行遲，發矢希。

【孔疏】傳"慢，遲。罕，希"。◇◇以惰慢者必遲緩，故慢爲遲也。《釋詁》云："希，罕也。"是罕爲希也。

<三章-9>抑釋掤（bīng）忌，抑鬯（chàng）弓忌。

【毛傳】掤，所以覆矢。鬯弓，弢（tāo）弓。

【鄭箋】射者蓋矢弢弓，言田事畢。

【程析】釋，打開。掤，箭筒蓋。

【樂道主人】弢，《康熙字典》：弓衣也。又旌囊也。

【孔疏】傳"掤所"至"弢弓"。

◇◇昭二十五年《左傳》云："公徒執冰而踞。"字雖异，音義同。服虔云："冰，犢丸蓋。"杜預云：或說犢丸是箭筒，其蓋可以取飲。

◇◇先儒相傳掤爲覆矢之物，且下句言鬯弓，明上句言覆矢可知矣，故云"掤，所以覆矢"。

◇◇鬯者，盛弓之器。鬯弓，謂弢弓而納之鬯中，故云"鬯弓，弢弓"，謂藏之也。

【孔疏-章旨】"叔于"至"弓忌"。

○毛以爲，①叔往田獵之時，乘一乘之鴇馬。

②其內兩服則齊其頭首，

③其外兩驂，進止如御者之手。乘此車馬，從公田獵。

④叔之在於藪也，火有行列，其光俱盛。⑤及田之將罷，叔之馬既遲矣，叔發矢又希矣。

⑥及其田畢，抑者叔釋掤以覆矢矣，抑者叔執鬯以弢弓矣。既美叔之多才，遂終説其田之事。

○鄭唯“如手”如人手相助爲异。餘同。以如者比諸外物，故易傳。

《大叔于田》三章，章十句。

清　人 【鄭風五】

清人在彭（péng），駟（sì）介旁（bēng）旁。二矛重（chóng）英，河上乎翱翔。

清人在消，駟介麃（biāo）麃。二矛重喬，河上乎逍遥。

清人在軸（chōu），駟介陶（táo）陶。左旋右抽，中軍作好。

《清人》三章，章四句。

【毛序】《清人》，刺文公也。高克好利而不顧其君，文公惡而欲遠之不能。使高克將兵而禦狄于竟，陳其師旅，翱翔河上。久而不召，衆散而歸，高克奔陳。公子素惡高克進之不以禮，文公退之不以道，危國亡師之本，故作是詩也。

【鄭箋】好利不顧其君，注心於利也。禦狄于竟，時狄侵衛。

【程析】詩三章，每章先極力渲染戰馬的强壯和武器的精良，末句則點出軍中恬然嬉戲無備的狀態。這是一種反襯的寫法，形成明顯的對比，則末句不言刺不諷刺之意自見，諷刺的意味還是非常辛辣的。

【孔疏】“《清人》”至“是詩”。

◇◇作《清人》詩者，刺文公也。文公之時，臣有高克者，志好財利，見利則爲，而不顧其君。文公惡其如是，而欲遠離之，而君弱臣强，又不能以理廢。退適值有狄侵衛，鄭與衛鄰國，恐其來侵，文公乃使高克將兵禦狄於竟。狄人雖去，高克未還，乃陳其師旅，翱翔於河上。日月經久，而文公不召，軍衆自散而歸，高克懼而奔陳。

◇◇文公有臣鄭之公子名素者，惡此高克進之事君不以禮也，又惡此文公退之逐臣不以道，高克若擁兵作亂則是危國，若將衆出奔則是亡師。公子素謂文公爲此，乃是危國亡師之本，故作是《清人》之詩以刺之。

◇◇經三章唯言“陳其師旅，翱翔河上”之事耳，序則具説翱翔所由。作詩之意，二句以外，皆於經無所當也。

【孔疏】箋“好利”至“侵衛”。

◇◇《春秋》閔公二年冬十二月，“狄入衛，鄭弃其師”。《左傳》曰：“鄭人惡高克，使帥師次於河上，久而不召，師潰而歸，高克奔陳。鄭人爲之賦《清人》。”是於時有狄侵衛也。

◇◇衛在河北，鄭在河南，恐其渡河侵鄭，故使高克將兵於河上禦之。《春秋》經書“入衛”，而箋言“侵”者，狄人初實侵衛，衛人與戰而敗，後遂入之。此據其初侵，故言侵也。

◇◇案襄十九年，晋侯使士匄（gài）侵齊，聞齊侯卒乃還，《左傳》稱爲“禮也”，《公羊傳》亦云“大夫以君命出，進退在大夫”，然則高克禮當自還，不須待召。而文公不名，久留河上者，其戰伐進退，自由將帥。

◇若罷兵還國，必須君命，故不召不得歸也。傳善士匄不伐喪耳，其得反國，亦當晋侯有命，故善之。

<一章-1>**清人在彭（péng），駟（sì）介旁（bēng）旁。**

【毛傳】清，邑也。彭，衛之河上，鄭之郊也。介，甲也。

【鄭箋】清者，高克所帥衆之邑也。駟，四馬也。

【程析】旁旁，馬强壯貌。

【孔疏】傳“清邑”至“介甲”。

◇◇序言高克將兵，則清人是所將之人，故知清是鄭邑。

◇◇言禦狄於竟，明在鄭、衛境上。言翱翔河上，是營軍近河，而衛境亦至河南，故云“衛之河上，鄭之郊也”。

◇郊謂二國郊境，非近郊、遠郊也。《碩鼠》云“適彼樂郊”，亦總謂境爲郊也。下言消、軸，傳皆以爲河上之地，蓋久不得歸，師有遷移，三地亦應不甚相遠，故俱於河上。

◇◇介是甲之别名，故云“介，甲也”。

◇◇《北山》傳云“旁旁然不得已”，則此言旁旁亦爲不得已之義，與下麃爲武貌，陶爲驅馳之貌，互相見也。

<一章-3>**二矛重（chóng）英，河上乎翱翔。**

【毛傳】重英，矛有英飾也。

【鄭箋】二矛，酋矛、夷矛也，各有畫飾。

【程析】翱翔，《廣雅》“浮游也”，這裏形容士兵駕著戰車游逛。

【孔疏】傳“重英，矛有英飾”。◇◇重英與二矛共文，明是矛飾。《魯頌》説矛之飾，謂之朱英，則以朱染爲英飾。二矛長短不同，其飾重累，故謂之重英也。

【孔疏】箋“二矛”至“畫飾”。

◇◇《考工記》云：“酋矛常有四尺，夷矛三尋。”注云：“八尺曰尋，倍尋曰常。”◇◇酋、夷，長短名也，酋近夷長也，是矛有二等也。《記》又云：“攻國之兵用短，守國之兵用長。”此禦狄於境，是守國之兵長，宜有夷矛，故知二矛爲酋矛、夷矛。

◇◇《魯頌》以矛與重弓共文，弓無二等，直是一弓而重之，則知二矛，亦一矛而有二，故彼箋云：“二矛重弓，備折壞。”直是酋矛有二，無夷矛也。

◇◇經言重英，嫌一矛有重飾，故云各有畫飾。言其各自有飾，并建而重累。

【孔疏-章旨】“清人”至“翱翔”。

①言高克所率清邑之人，今在於彭地。狄人以去，無所防禦，高克乃使四馬被馳驅敖游，旁旁然不息。

②其車之上，建二種之矛，重有英飾，河水之上，於是翱翔。言其不復有事，可召之使還，而文公不召，故刺之。

<二章-1>**清人在消，駟介麃（biāo）麃。**

【毛傳】消，河上地也。麃麃，武貌。

<二章-3>**二矛重喬，河上乎逍遥。**

【毛傳】重喬，累荷也。

【鄭箋】喬矛矜近，上及室題，所以懸毛羽。

【陸釋】荷，謂刻矛頭爲荷葉相重累也；謂兩矛之飾相負荷也。題，頭也。室，劍削名也，《方言》云：“劍削，自河而北，燕、趙之間謂之室。”此言室，謂矛頭受刃處也。

【詩三家】喬，原指長尾雉，此處意見鄭箋。

【程析】逍遥，游玩。

【孔疏】傳“重喬，累荷”。

◇◇《釋詁》云：“喬，高也。”重喬猶如重英，以矛建於車上，五兵之最高者也。而二矛同高，其高復有等級，故謂之重高。

◇◇傳解稱高之意，故言累荷。《候人》傳曰：“荷，揭也（《説文》：高舉也）。”謂此二矛，刃有高下，重累而相負揭。

【孔疏】箋“喬矛”至“毛羽”。

◇◇矜謂矛柄也。室謂矛之銎（qióng）孔。

◇◇襄十年《左傳》云：“舞，師題以旌夏。”杜預云：“題，識也。以大旌表識其行列。”然題者，表識之言。箋申説累荷之意，言喬者，矛之柄近於上頭及矛之銎室之下，當有物以題識之，其題識者，所以懸毛羽也。

◇◇二矛於其上頭皆懸毛羽以題識之，似如重累相負荷然，故謂之累荷也。經、傳不言矛有毛羽，鄭以時事言之，猶今之鵝毛槊也。

<三章-1>**清人在軸（chōu），駟介陶（táo）陶。**

【毛傳】**軸**，河上地也。**陶陶**，驅馳之貌。

<三章-3>**左旋右抽，中軍作好。**

【毛傳】左旋講兵，右抽抽矢以射，居軍中爲容好。

【鄭箋】（與毛不同）左，左人，謂御者。右，車右也。中軍，爲將也。高克之爲將，久不得歸日，使其御者習旋車，車右抽刃，自居中央，爲軍之容好而已。兵車之法，將居鼓下，故御者在左。、

【孔疏】傳“左旋”至“容好”。

◇◇毛以爲，左右中總謂一軍之事。左旋以講習兵事，在軍之人皆右手抽矢而射。高克爲將，將在軍中，以此左旋右抽矢爲軍之容好。言其無事，故逍遥也。

◇◇必左旋者，《少儀》云：“軍尚左。”注云：“右，陽也。陽主生。將軍有廟勝之策，左將軍爲上，貴不敗績。”然則此亦以左爲陽，故爲左旋。

【孔疏】箋“左人”至“在左”。

◇◇箋以左右爲相敵之言，傳以左爲軍之左旋，右爲人之右手，於事不類，**故易傳**以爲一車之事，左謂御者在車左，右謂勇力之士在車右，中謂將居車中也。車是御之所主也，故習旋回之事。右主持兵，故抽刃擊刺之，亦是習之也。◇高克自居車中，以此一車所爲之事爲軍之容好。

◇◇成二年《左傳》説晉之伐齊云：“郤（xì）御，鄭兵緩爲右。郤克傷於矢，流血及屨，未絶鼓音，曰：“余病矣！”張侯曰：“自始合，而

矢貫余手及肘，余折以御。左輪朱殷，豈敢言病？”張侯即解張也。郤克傷矢，言未絶鼓音，是郤克爲將，在鼓下也。張侯傷手，而血染左輪，是御者在左也。此謂將之所乘車耳。◇◇若士卒兵車，則《閟宫》箋所云：“兵車之法，左人持弓，右人持矛，中人御。”御車不在左也。

◇◇此二箋皆言兵車之法，則平常乘車不然矣。《曲禮》曰：“乘君之乘車，不敢曠左。”注云：“君存，惡空其位。”則人君平常皆在車左，御者在中央，故《月令》説耕籍之義云：“天子親載耒耜，措之於參保介之御閒。”保介謂車右也。置耒耜於車右、御者之閒，御者，在中，與兵車异也。

◇◇將居鼓下，雖人君親將，其禮亦然。《夏官·大僕職》云：“凡軍旅田役，贊王鼓。”注云：“王通鼓佐擊其餘面。”是天子親鼓也。成二年《左傳》云：“齊侯伐我北鄙，圍龍，齊侯親鼓之。”是爲將乃然，故云“將居鼓下”。

【孔疏-章旨】“左旋右抽，中軍作好”。

○毛以爲，①高克閒暇無爲，逍遥河上，

②乃左迴旋其師，右手抽矢以射，高克居軍之中，以爲一軍之容好，言可召而不召，故刺之。

○鄭以②高克使御人在車左者，習迴旋其車。勇士在右者，習抽刃擊刺。高克自居中央，爲軍之容好。指謂一車之上事也。

《清人》三章，章四句

羔裘【鄭風六】

羔裘如濡（rú），洵（xún）直且侯。彼其（jī）之子，舍（shě）命不渝。

羔裘豹飾，孔武有力。彼其之子，邦之司直。

羔裘晏兮，三英粲（càn）兮。彼其之子，邦之彥（yàn）兮。

《羔裘》三章，章四句。

【毛序】《羔裘》，刺朝也。言古之君子，以風其朝焉。

【鄭箋】言，猶道也。鄭自莊公，而賢者陵遲，朝無忠正之臣，故刺之。

【孔疏】“《羔裘》”至“朝焉”。

◇◇作《羔裘》詩者，刺朝也。以莊公之朝無正直之臣，故作此詩，道古之在朝君子，有德有力，故以風刺其今朝廷之人焉。

◇◇經之所陳，皆古之君子之事也。此主刺朝廷之臣。朝無賢臣，是君之不明，亦所以刺君也。

【孔疏】箋“言猶”至“刺之”。

◇◇言，謂口道說。諸序之言字，義多爲道，就此一釋，餘皆從之。

◇◇下篇之序猶言莊公，則此莊公詩也，故言莊公以明之。以桓、武之世，朝多賢者，陵遲自莊公爲始，故言自也。

<一章-1>羔裘如濡（rú），洵（xún）直且侯。

【毛傳】如濡，潤澤也。洵，均。侯，君也。

【鄭箋】緇衣、羔裘，諸侯之朝服也。言古朝廷之臣，皆忠直且君也。君者，言正其衣冠，尊其瞻視，儼然人望而畏之。

【孔疏】傳“如濡”至“侯君”。

◇◇如似濡濕，故言潤澤，謂皮毛光色潤澤也。

◇◇“洵，均”，《釋言》文。“侯，君”，《釋詁》文。定本“濡，潤澤也”，無“如”字。

【孔疏】箋“緇衣”至“畏之”。

◇◇經云羔裘，知緇衣者，《玉藻》云“羔裘緇衣以犬軍之”，《論語》云“緇衣羔裘”，是羔裘必緇衣也。

◇《士冠禮》云：“主人玄冠朝服，緇帶素韠（bì，古代朝服的蔽膝。蔽膝，古代一種遮蔽在身前的皮制服飾）。”注云：“衣不言色者，衣與冠同也。”是緇衣爲朝服也。《玉藻》云“諸侯朝服，以日視朝”，故知緇衣羔裘是諸侯之朝服也。

◇◇以臣在朝廷服此羔裘，故舉以言，是皆均直且君，言其有人君之度。孔子稱“雍也，可使南面”，亦美其堪爲人君，與此同也。“正其衣冠”以下，《論語》文。

<一章-3>**彼其（jī）之子，舍（shě）命不渝。**

【毛傳】渝，變也。

【鄭箋】舍，猶處也。之子，是子也。是子處命不變，謂守死善道，見危授命之等。

【樂道主人】上句講表，此句講裏，君子表裏如一。

【孔疏】傳“渝，變”。◇◇《釋言》文。

【孔疏】箋“舍猶”至“之等”。◇◇舍息，是安處之義，故知舍猶處也。“之子，是子也”，《釋訓》文。

【孔疏-章旨】“羔裘”至“不渝”。

①言古之君子，在朝廷之上服羔皮爲裘，其色潤澤，如濡濕之。然身服此服，德能稱之，其性行均直，且有人君之度也。

②彼服羔裘之是子，其自處性命，躬行善道，至死不變。刺今朝廷無此人。

<二章-1>**羔裘豹飾，孔武有力。**

【毛傳】豹飾，緣以豹皮也。孔，甚也。

【孔疏】傳“豹飾”至“孔甚”。

◇◇《唐風》云“羔裘豹祛（qū，袖口）袖”然則緣以豹皮，謂之爲祛、袖也。禮，君用純物，臣下之，故袖飾异皮。

◇◇“孔，甚”，《釋言》文。

<二章-3>**彼其之子，邦之司直。**

【毛傳】司，主也。

【程析】直，正也。

【孔疏-章旨】“羔裘”至“司直”。

①言古之君子服羔皮爲裘，以豹皮爲袖飾者，其人甚武勇且有力，可禦亂也。

②彼服羔裘之是子，一邦之人主，以爲直刺今無此人。

<三章-1>**羔裘晏兮，三英粲（càn）兮。**

【毛傳】晏，鮮盛貌。三英，三德也。

【鄭箋】三德，剛克，柔克，正直也。粲，衆意。

【程析】晏，本意爲天清。三英，指上章的豹飾。豹皮鑲在袖口上有三排裝飾。粲，本意爲精米。

【孔疏】箋“三德”至“衆意”。

◇◇英，俊秀之名。言有三種之英，故傳以爲三德。

◇◇《洪範》云：“三德，一曰正直，二曰剛克，三曰柔克。”注云：“正直，中平之人。克，能也。”剛能、柔能，謂寬猛相濟，以成治立功。剛則强，柔則弱。此陷於滅亡之道，非能也。

◇然則正直者，謂不剛不柔，每事得中也。剛克者，雖剛而能以柔濟之。柔克者，雖柔而能以剛濟之。故三者各爲一德。《洪範》先言正直，此引之而與彼倒者，以經有正直，無剛柔，故先言剛柔，意明剛能、柔能亦爲德故也。

◇◇《洪範》之言，謂人性不同，各有一德。此言“三英粲兮”，亦謂朝夕賢臣，具此三德，非一人而備有三德也。

◇《地官·師氏》以三德教國子：至德，敏德，孝德。彼乃德之大者，教國子使知之耳，非朝廷之人所能有，故知此三德是《洪範》之三德。

◇◇《周語》稱“三女爲粲”，是粲爲衆意。

<三章-3>**彼其之子，邦之彦（yàn）兮。**

【毛傳】彦，士之美稱。

【孔疏】“彦，士之美稱”。

◇◇《釋訓》云：“美士爲彦。”舍人曰：“國有美士，爲人所言道。”

【孔疏-章旨】“羔裘”至“彦兮”。

①言古之君子，服羔皮爲裘，其色晏然而鮮盛兮，其人有三種英俊之

德，粲然而衆多兮。

②彼服羔裘之是子，一邦之人以爲彦士兮。刺今無此人。

《羔裘》三章，章四句。

遵大路 【鄭風七】

遵大路兮，摻（shǎn）執子之祛（qū）兮！無我惡（wù）兮，不寁（zǎn）故也。

遵大路兮，摻執子手兮！無我䰩（chǒu）兮，不寁好（hǎo）也！

《遵大路》二章，章四句。

【毛序】《遵大路》，思君子也。莊公失道，君子去之，國人思望焉。

<一章-1>**遵大路兮，摻（shǎn）執子之祛（qū）兮！**

【毛傳】。路，道。摻，擥。祛，袂（mèi）也。

【鄭箋】思望君子，於道中見之，則欲擥持其袂而留之。

【程析】祛，袖口。袂，衣袖。

【孔疏】傳“遵循”至“祛袂”。

◇◇“遵，循”，《釋詁》文。

◇◇《地官·遂人》云：“澮（kuài，田間的水溝）上有道，川上有路。”對文則有廣狹之异，散則道路通也。

◇◇以字從手，又與執共文，故爲擥也。《説文》摻字，參山音反聲，訓爲斂也。操字，喿此遥反聲，訓爲奉也。二者義皆小异。

◇◇《喪服》云：“袂屬幅。祛二寸。”則袂是祛之本，祛爲袂之末。《唐·羔裘》傳云：“祛，袂末。”則袂、祛不同。此云“祛，袂”者，以祛、袂俱是衣袖，本末别耳，故舉類以曉人。《唐風》取本末爲義，故言“袂末”。

【樂道主人】幅，古制一幅爲二尺二寸。今爲布帛等寬度的通稱。

<一章-3>**無我惡（wù）兮，不寁（zǎn）故也。**

【毛傳】寁，速也。

【鄭箋】子無惡我擥持子之袂，我乃以莊公不速於先君之道使我然。

【孔疏】傳“寁，速”。《釋詁》文。舍人曰：“寁，意之速。”

【孔疏-章旨】“遵大”至“故也”。

①國人思望君子，假説得見之狀，言己循彼大路之上兮，若見此君子

之人，我則攬執君子之衣袪兮。

②君子若忿我留之，我則謂之云：無得於我之處怨惡我留兮，我乃以莊公不速於先君之道故也。

◇◇言莊公之意，不速於先君之道，不愛君子，令子去之，我以此固留子。

<二章-1>**遵大路兮，摻執子手兮！**

【鄭箋】言執手者，思望之甚。

<二章-3>**無我䰱**（chǒu）**兮，不寁好**（hǎo）**也！**

【毛傳】䰱，弃也。

【鄭箋】䰱亦惡也。好猶善也。子無惡我，我乃以莊公不速於善道使我然。

【孔疏】傳"䰱弃"。◇◇䰱與醜，古今字。醜惡，可弃之物，故傳以爲弃。言子無得弃遺我。箋準上章，故云"䰱亦惡"，意小异耳。

《遵大路》二章，章四句。

女曰雞鳴 【鄭風八】

女曰雞鳴，士曰昧（mèi）旦。子興視夜，明星有爛。將翱將翔，弋（yì）鳧（fú）與雁。

弋言加之，與子宜之。宜言飲酒，與子偕老。琴瑟在御，莫不静好。

知子之來之，雜佩以贈之。知子之順之，雜佩以問之。知子之好（hào）之，雜佩以報之。

《女曰雞鳴》三章，章六句。

【毛序】《女曰雞鳴》，刺不説（yuè）德也。陳古義以刺今，不説德而好色也。

【鄭箋】德，謂士大夫賓客有德者。

【孔疏】“《女曰雞鳴》”至“好色”。

◇◇作《女曰雞鳴》詩者，刺不説德也。以莊公之時，朝廷之士不悦有德之君子，故作此詩。陳古之賢士好德不好色之義，以刺今之朝廷之人，有不悦賓客有德，而愛好美色者也。

◇◇經之所陳，皆是古士之義，好德不好色之事。

◇◇以時人好色不好德，故首章先言古人不好美色，下章乃言愛好有德，但主爲不悦有德而作，故序指言“刺不悦德也”。

◇◇定本云“古義”，無“士”字，理亦通。

【孔疏】箋“德謂”至”德者”。

◇◇經陳愛好賓客，思贈問之，故知德謂士大夫賓客有德者。士大夫，君子之總辭，未必爵爲大夫士也。下箋云“士大夫以君命出使”者，義亦然。

◇◇《月出》指刺好色，經無好德之事，此則經陳好德，文异於彼，故於此箋辨其德之所在也。

<一章-1>女曰雞鳴。士曰昧（mèi）旦。

【鄭箋】此夫婦相警覺以夙興，言不留色也。

【詩三家】昧旦，猶昧爽，旦明也，未大明狀（拂曉）。

【孔疏】○箋“此夫”至“留色”。

◇◇士女相對與語，故以夫妻釋之。士者，男子之大號，下傳言“閒於政事”“習射”“待賓客”，則所陳古士，是謂古朝廷大夫士也。

◇◇雞鳴，女起之常節；昧旦，士自起之常節，皆是自言起節，非相告語。而云相警覺者，見賢思齊，君子恒性。彼既以時而起，此亦不敢淹留，即是相警之義也。

◇◇各以時起，是不爲色而留也。

<一章-3>子興視夜，明星有爛。

【毛傳】言小星已不見也。

【鄭箋】明星尚爛爛然，早於别色時。

【詩三家】明星，謂啓明星。視夜，看看天色。

【程析】爛，明亮。

【孔疏】箋“明星”至“色時”。◇◇《玉藻》説朝之禮云：“群臣别色始入。”以别色之時當入公門，故起又早於别色時。

<一章-5>將翺將翔，弋（yì）鳧（fú）與雁。

【毛傳】閒於政事，則翺翔習射。

【鄭箋】弋，繳射也。言無事則往弋射鳧雁，以待賓客爲燕具。

【程析】弋，古時以生絲作繩，繫在箭上射鳥。鳧，野鴨。

【樂道主人】翺翔，在空中迴旋地飛。繳，繫在箭上的絲繩。

【孔疏】箋“弋繳”至“燕具”。

◇◇《夏官·司弓矢》：“矰（zēng）矢茀（fú，拔除）矢，用諸弋射。”注云：“結繳於矢謂之矰。矰，高也。茀矢象焉，茀之言刜（fú，剷除）也。二者皆可以弋飛鳥，刜羅之也。”然則繳射謂以繩系矢而射也。

◇◇《説文》云：“繳，謂生絲爲繩也。”下云“宜言飲酒”，故知以待賓客爲燕飲之具。

【孔疏-章旨】“女曰”至“與雁”。

①言古之賢士不留於色，夫妻同寢，相戒夙興。其女曰雞鳴矣，而妻起；士曰已昧旦矣，而夫起。夫起即子興也。

②此子於是同興，而視夜之早晚，明星尚有爛然，早於别色之時；

③早朝於君，君事又早，終閒暇無事，將翱翔以學習射事。弋射鳧之與雁，以待賓客爲飲酒之羞。

◇◇古士好德不好色如此。而今人不好有德，唯悦美色，故刺之。

<二章-1>**弋言加之，與子宜之。**

【毛傳】宜，肴也。

【鄭箋】言，我也。子，謂賓客也。所弋之鳧雁，我以爲加豆之實，與君子共肴也。

【樂道主人】之，指鳧雁。肴，《廣韵》：凡非穀而食曰肴。

【孔疏】傳“宜，肴”。◇◇《釋言》文。李巡曰：“宜，飲酒之肴。”

【孔疏】箋“言我”至“共肴也”。

◇◇“言，我”，《釋詁》文。

◇◇與之飲酒相親，故知子謂賓客，故以所射之鳧雁，爲加豆之實，與君子共肴之。

◇若然，《曲禮》云：“凡進食之禮，左肴右胾（zì，切成大塊的肉）。食居人之左，羹居人之右，膾炙處外，醯（xī，醋）醬處内，蔥渫（xiè，《説文》：除去也）處末，酒漿處右。”注云：此大夫士與賓客燕食之禮。其禮食則宜仿《公食大夫禮》云。

◇◇又案《公食大夫禮》皆無用鳧雁之文，此得用鳧雁者，公食大夫自是食禮，此則飲酒。彼以正禮而食，此以相好私燕，其饌不得同也。

◇◇《曲禮》所陳燕食之饌，與禮食已自不同，明知燕飲之肴，又當异於食法，故用雁爲加豆也。牲牢之外，别有此肴，故謂之加也。

<二章-3>**宜言飲酒，與子偕老。**

【鄭箋】宜乎我燕樂賓客而飲酒，與之俱至老。親愛之言也。

【樂道主人】子，郑意指賓客。

【孔疏】箋“宜乎”者，謂閒暇無事，宜與賓客燕，與上“宜，肴”别也。

<二章-5>**琴瑟在御，莫不静好。**

【毛傳】君子無故不徹琴瑟。賓主和樂，無不安好。

【程析】静，靖的假借字。

【樂道主人】徹，撤。

【孔疏】傳“君子”至“安好”。

◇◇解其在御之意，由無故不徹（撤），故飲則有之。《曲禮》云：“大夫無故不徹懸，士無故不徹琴瑟。”注云：“故，謂灾患喪病。”傳意出於彼文。

◇◇此古士兼有大夫，當云不徹懸，而唯言琴瑟者，證經之琴瑟有樂懸者，亦有琴瑟故也。

【孔疏－章旨】“弋言”至“静好”。此又申上弋射之事。

①弋取鳧雁，我欲爲加豆之實，而用之與子賓客作肴羞之饌，共食之。

②宜乎我以燕樂賓客而飲酒，與子賓客俱至於老。言相親之極，没身不衰也。

③於飲酒之時，琴瑟之樂在於侍卿。有肴有酒，又以琴瑟樂之，則賓主和樂，又莫不安好者。

◇◇古之賢士親愛有德之賓客如是，刺今不然。

<三章-1>**知子之來之，雜佩以贈之。**

【毛傳】雜佩者，珩（héng）、璜、琚（jū）、瑀（yǔ）、衝牙之類。

【鄭箋】贈，送也。我若知子之必來，我則豫儲雜佩，去則以送子也。與异國賓客燕時，雖無此物，猶言之，以致其厚意。其若有之，固將行之。士大夫以君命出使，主國之臣必以燕禮樂之，助君之歡。

【樂道主人】衝牙，成組佩玉中的一種，用於組佩的下部。因佩玉者行走時衝牙與兩側的玉璜相撞衝可發出悦耳的聲音，起到以正舉止、步態的作用。《説文解字》段玉裁注：“繫於中組者曰衝牙。繫於左右組者曰璜。皆以玉。璜似半璧而小。亦謂之牙。繫於中者觸牙而成聲。故曰衝牙。”由此知，衝牙與并非牙形，與用於解繩的觿無關。豫，預。

【孔疏】傳“雜佩”至“之類”。

◇◇《説文》云：“珩，佩上玉也。璜，圭璧也。琚，佩玉名也。瑀、玖，石次玉也。”《玉藻》云：“佩玉有衝牙。”注云：“居中央，以前後觸也。”則衝牙亦玉爲之，其狀如牙，以衝突前後也。

◇◇《玉藻》説“佩有黝珩”，《列女傳》稱“阿谷之女佩璜而澣”，下云“佩玉瓊琚”，《丘中有麻》云“貽我佩玖”，則琚、玖與瑀皆是石次玉。玖是佩，則瑀亦佩也，故云“雜佩，珩、璜、琚、瑀、衝牙之類。"

◇◇《玉藻》又云："天子佩**白玉**，公侯佩**山玄玉**，大夫佩**水蒼玉**，世子佩**瑜玉**，士佩**瓀**（ruǎn，似玉的美石）**玟玉**。"則佩玉之名未盡於此，故言"之類"以包之。

◇◇《天官·玉府》云："共王之服玉、佩玉、珠玉。"注引《詩》傳曰："佩玉上有蔥珩，下有雙璜，衝牙蠙（pín，珍珠）珠以納其間。"下傳亦云"佩有琚玖，所以納間"，謂納衆玉與珩上下之間。

【孔疏】箋"贈送"至"之歡"。

◇◇上章與賓客飲酒，箋不言异國。於此言异國者，上章燕即是此客，俱辭不言來，客非异國。至此章言來，送之與别，故以异國稱之。

◇燕禮者，諸侯燕聘問之賓與己之群臣，其禮同此。朝廷之士與賓客燕樂，同國异國，其義亦同。此篇所陳，非古士獨説外來賓客，但上章不言外來賓客，有國内賓客，此章自是异國耳。

◇◇又稱臣無境外之交，所以得與异國賓客燕者，士大夫以君命出使他國，主國之臣必以燕禮樂之，助主君之歡心，故得與之燕也。《聘禮》云："公於賓一食再饗，大夫於賓一饗一食。"不言燕者，以燕非大禮，故不言之。饗、食猶尚有之，明當燕樂之矣。

<三章-3>**知子之順之，雜佩以問之！**

【毛傳】問，遺也。

【鄭箋】順，謂與已和順。

【孔疏】傳"問，遺"。

◇◇《曲禮》云"凡以苞苴簞笥問人者"，哀二十六年《左傳》云"衛侯使以弓問子貢"，皆遺人物謂之問，故云"問，遺也"。

◇◇問之者，即出已之意，施遺前人。報之者，彼能好我，報其恩惠。贈之者，以物與之。送之與别，其實一也，所從言之异耳。

<三章-5>**知子之好（hào）之，雜佩以報之。**

【孔疏－章旨】"知子"至"報之"。古者之賢士與异國賓客燕飲相親，設辭以愧謝之。

①我若知子之今日必來之，我當豫儲雜佩，去則以贈送之。

②若知子之與我和順之，當豫儲雜佩，去則以問遺之。

③若知子之與我和好之，當豫儲雜佩，去則以報答之。正爲不知子之

來，愧無此物。親愛有德之甚。

◇◇言此以致厚意，刺今不然。

《女曰雞鳴》三章，章六句。

有女同車 【鄭風九】

有女同車（jū），顏如舜（shùn）華（huā）。將翱將翔，佩玉瓊（qióng）琚（jū）。彼美孟姜，洵（xún）美且都。

有女同行（háng），顏如舜英。將翱將翔，佩玉將（qiāng）將。彼美孟姜，德音不忘。

《有女同車》二章，章六句。

【毛序】《有女同車》，刺忽也。鄭人刺忽之不昏于齊。太子忽嘗有功于齊，齊侯請妻之。齊女賢而不取，卒以無大國之助，至於見逐，故國人刺之。

【鄭箋】忽，鄭莊公世子，祭（zhài）仲逐之而立突。

【樂道主人】在其位需謀其政，政治不能有潔癖。昏，同“婚”。齊侯，指齊釐公禄。

【樂道主人】孔疏與鄭箋在對文姜的評論上有不同：鄭以爲此詩刺忽不娶文姜，認爲文姜“當時佳耳，後乃有過。或者早嫁，不至於此。作者據時而言，故序達經意。”孔認爲文姜始即不善，此詩刺忽不娶非爲文姜。鄭説爲長。

【樂道主人】公元前706年，鄭莊公三十八年，齊釐公禄二十五年，鄭太子忽救齊，齊釐公禄將妻之，不許。公元前701年夏，莊公薨，在位四十三年。同年，忽立爲昭公，同年秋，被祭（zhài）仲逐，祭立突爲厲公，其年爲周桓王二十年，魯桓公十一年。

【孔疏】“《有女同車》”至“刺之”。

◇◇作《有女同車》詩者，刺忽也。鄭人刺忽之不婚於齊，對齊爲文，故言鄭人。既總叙經意，又申説之。此太子忽嘗有功於齊，齊侯喜得其功，請以女妻之。此齊女賢，而忽不娶。由其不與齊爲婚，卒以無大國之助，至於見逐，弃國出奔，故國人刺之。

◇◇忽宜娶齊女，與之同車，而忽不娶，故經二章皆假言鄭忽實娶齊女，與之同車之事，以刺之。

◇◇桓六年《傳》曰："北戎侵齊，齊侯使乞師於鄭。鄭太子忽帥師救齊。六月，大敗戎師，獲其二帥大良、少良，甲首三百，以獻於齊。"是太子忽嘗有功於齊也。

◇◇《傳》又云："公之未婚於齊也，齊侯欲以文姜妻鄭太子忽。太子忽辭。人問其故。太子曰：'人各有耦，齊大，非吾耦也。《詩》云："自求多福。"在我而已，大國何爲？'君子曰：'善自爲謀。'及其敗戎師也，齊侯又請妻之。固辭。人問其故。太子曰：'無事於齊，吾猶不敢。今以君命奔齊之急，而受室以歸，是以師婚也。人其謂我何？'遂辭諸鄭伯。"

◇◇如《左傳》文，齊侯前欲以文姜妻忽，後復欲以他女妻忽，再請之。此言齊女賢而忽不娶，不娶謂復請妻者，非文姜也。

◇《鄭志》張逸問曰："此序云'齊女賢'，經云'德音不忘'，文姜内淫，適人殺夫，幾亡魯國，故齊有雄狐之刺，魯有敝笱之賦，何德音之有乎？"答曰："當時佳耳，後乃有過。或者早嫁，不至於此。作者據時而言，故序達經意。"

如鄭此答，則以爲此詩刺忽不娶文姜。

◇案此序言"忽有功於齊，齊侯請妻之"，則請妻在有功之後，齊女賢而忽不娶，其文又在其下，明是在後妻者也，安得以爲文姜乎？

◇◇又桓十一年《左傳》曰："鄭昭公之敗北戎也，齊人將妻之。昭公辭。祭仲曰：'必娶之。君多内寵，子無大援，將不立。'弗從。夏，鄭莊公卒。秋，昭公出奔衛。"《傳》亦以出奔之年，追説不婚於齊，與詩刺其意同也。

◇◇張逸以文姜爲問，鄭隨時答之。此箋不言文姜，《鄭志》未爲定解也。若然，前欲以文姜妻之，後欲以他女妻之，他女必幼於文姜。而經謂之"孟姜"者，詩人以忽不娶，言其身有賢行，大國長女，刺忽應娶不娶，何必實賢實長也？《桑中》"刺奔"，"相竊妻妾"，言孟姜、孟庸、孟弋，責其大國長女爲此奸淫，其行可耻惡耳，何必三姓之女皆處長也？

◇此忽實不同車，假言同車以刺之，足明齊女未必實賢實長。假言其賢長以美之，不可執文以害意也。

◇◇此陳同車之禮，欲忽娶爲正妻也。案隱八年《左傳》云："鄭公子忽如陳逆婦嬀。"則是已娶正妻矣。齊侯所以得請妻之者，春秋之世，不必如禮。或者陳嬀已死，忽將改娶。二者無文以明之。

◇◇此請妻之時，在莊公之世，不爲莊公詩者，不娶齊女，出自忽意，及其在位無援，國人乃追刺之。序言"嘗有功於齊"，明是忽爲君後，追刺前事，非莊公之時，故不爲莊公詩也。

◇◇傳稱忽不娶文姜，君子謂之"善自爲謀"，則是善忽矣。此詩刺之者，傳言"善自爲謀"，言其謀不及國，故再發傳以言忽之無援，非善之也。

【孔疏】箋"忽鄭"至"立突"。

◇◇經書"鄭世子忽"，是爲莊公子也。

◇◇桓十一年《左傳》曰："祭仲有寵於莊公，爲公娶鄧曼，生昭公。故祭仲立之。宋雍氏女於鄭莊公，曰雍姞，生厲公。雍氏宗，有寵於宋莊公，故誘祭仲而執之，曰：'不立突，將死。'亦執厲公而求賂焉。祭仲與宋人盟，以厲公歸而立之。九月，丁亥，昭公奔衛。己亥，厲公立。"是祭仲逐之而立突也。

<一章-1>有女同車（jū），顏如舜（shùn）華（huā）。

【毛傳】親迎同車也。舜，木槿（jǐn）也。

【鄭箋】鄭人刺忽不取齊女，親迎與之同車，故稱同車之禮，齊女之美。

【樂道主人】舜，又名木槿，今名牽牛花。落葉灌木或小喬木，葉卵形互生，花鐘形，單生，通常有紅、白、紫等顏色。莖的纖維可造紙或做蓑衣，花和種子可入藥。

【孔疏】傳"親迎"至"木槿"。

◇◇《士昏禮》云：婿揖（yī），婦出門，乃云"婿御婦車，授綏"，是親迎之禮，與婦同車也。

◇◇《釋草》云："椴，木槿。櫬，木槿。"樊光曰："別二名也。其樹如李，其華朝生暮落，與草同氣，故在草中。"陸機《疏》云："舜，一名木槿，一名櫬（chèn），一名曰椴（duàn）。齊、魯之間謂之王蒸。今朝生暮落者是也。五月始華，故《月令》'仲夏，木槿榮'。"

<一章-3>將翱將翔，佩玉瓊（qióng）琚（jū）。

【毛傳】佩有琚玖，所以納閒（xián）。

【程析】翱翔，形容女子步履輕盈貌。

【樂道主人】閒，同“閑”。《衛風·木瓜》毛傳：琚，佩玉名也。程析：瓊，本意是赤玉，後引申爲形容玉美。孔疏：言瓊是玉之美名，非玉名也。

<一章-5>**彼美孟姜，洵（xún）美且都。**

【毛傳】孟姜，齊之長女。都，閑也。

【鄭箋】洵，信也。言孟姜信美好，且閑習婦禮。

【孔疏】傳“都，閑”。◇◇都者，美好閑習之言，故爲閑也。司馬相如《上林賦》云“妖冶閑都”，亦以都爲閑也。

【孔疏-章旨】“有女”至“且都”。鄭人刺忽不娶齊女，假言忽實娶之，與之同車。

①言有女與鄭忽同車，此女之美，其顏色如舜木之華，然其將翱將翔之時，所佩之玉是瓊琚之玉，言其玉聲和諧，行步中節也。

②又嘆美之，言彼美好之孟姜，信美好而又且閑習於婦禮。

◇◇如此之美，而忽不娶，使無大國之助，故刺之。

<二章-1>**有女同行（háng），顏如舜英。**

【毛傳】行，行道也。英猶華也。

【鄭箋】女始乘車，婿御輪三周，御者代婿。

【孔疏】箋“女始”至“代婿”。◇◇《昏義》文也。“御者代婿”，即先道而行，故引之以證同道之義。

<二章-3>**將翱將翔，佩玉將（qiāng）將。**

【毛傳】將將鳴玉而後行。

【程析】將將，瑲瑲的假借字，走路時佩玉相擊的聲音。

【孔疏】傳“將將鳴玉而後行”。

◇◇此解將將之意。將動而玉已鳴，故於“將翱將翔”之時，已言佩玉將將也。

◇◇上章言玉名，此章言玉聲，互相足。

<二章-5>**彼美孟姜，德音不忘。**

【鄭箋】不忘者，後世傳其道德也。

【詩三家】德音，謂齊侯請妻之德音，鄭人懷之不能忘也。

《有女同車》二章，章六句。

山有扶蘇 【鄭風十】

山有扶蘇，隰（xí）有荷華（huā）。不見子都，乃見狂且（jū）。
山有喬松，隰有游龍。不見子充，乃見狡（jiǎo）童。
《山有扶蘇》二章，章四句。

【毛序】《山有扶蘇》，刺忽也。所美非美然。

【鄭箋】言忽所美之人，實非美人。

【孔疏】“《山有扶蘇》”至“美然”。

◇◇毛以二章皆言用臣不得其宜。鄭以上章言用之失所，下章言養之失所。箋、傳意雖小异，皆是所美非美人之事。

◇◇定本云“所美非美然”，與俗本不同。

<一章-1>山有扶蘇，隰（xí）有荷華（huā）。

【毛傳】興也。扶蘇、扶胥，小木也。荷華，扶渠也，其華菡萏。言高下大小各得其宜也。

【鄭箋】（與毛不同）興者，扶胥之木生於山，喻忽置不正之人於上位也。荷華生於隰，喻忽置有美德者於下位。此言其用臣顛倒，失其所也。

【程析】扶蘇，樹枝葉茂盛分披貌。

【樂道主人】毛爲反刺，鄭直刺。

【孔疏】傳“扶蘇”至“其宜”。

◇◇毛以下章“山有喬松”是木，則扶蘇是木可知，而《釋木》無文。傳言“扶胥，小木”者，毛當有以知之，未詳其所出也。

◇◇“荷，扶蕖，其華菡萏”，《釋草》文。又云：“其實蓮，其根藕，其中的，的中薏（yì）。”李巡曰：“皆分別蓮華實莖葉之名。的，蓮實薏中心苦者也。”

◇◇扶胥，山木，宜生於高山；荷華，水草，宜生於下隰，言高下大小各得其宜。反以喻不宜。言忽使小人在上，君子在下，亦爲不宜也。

【孔疏】箋“興者”至“其所”。◇◇箋以扶蘇是木之小者，荷華是草之茂者。今舉山有小木，隰有茂草爲喻，則以山喻上位，隰喻下位，小木喻小人，茂草喻美德，**故易傳**喻忽置不正之人於上位，置美德於下位。

<一章-3>**不見子都，乃見狂且**（jū）。

【毛傳】子都，世之美好者也。狂，狂人也。且，辭也。

【鄭箋】人之好美色，不往睹子都，乃反往睹狂醜之人，以興忽好善不任用賢者，反任用小人，其意同。

【程析】子都，天下著名的美男子。

【孔疏】傳“子都”至“且辭”。

◇◇都謂美好而閑習於禮法，故云“子都，世之美好者也”。

◇◇狂者，狂愚之人。

◇◇下傳以狡童爲昭公，則此亦謂昭公也。狡童皆以爲義，嫌且亦爲義，故云“且，辭”。

【孔疏】箋“人之”至“意同”。◇◇箋以子都謂美麗閑習者也，都是美好，則狂是醜惡，舉其見好醜爲言，則是假外事爲喻，非朝廷之上有好醜也，故知此以人之好美色，不往睹美，乃往睹惡，興忽之好善，不任賢者，反用小人，其意與好色者同。

【孔疏-章旨】“山有”至“狂且”。

○毛以爲，①山上有扶蘇之木，隰中有荷華之草，木生於山，草生於隰，高下各得其宜，以喻君子在上，小人在下，亦是其宜。今忽置小人於上位，置君子於下位，是山隰之不如也。

②忽之所愛，皆是小人，我適忽之朝上，觀其君臣，不見有美好之子閑習禮法者，乃唯見狂醜之昭公耳。言臣無賢者，君又狂醜，故以刺之。

鄭①以高山喻上位，下隰喻下位，言山上有扶蘇之小木，隰中有荷華之茂草，小木之處高山，茂草之生下隰，喻忽置不正之人於上位，置美德之人於下位。言忽用臣顛倒，失其所也。忽之所以然者，由不識善惡之故。

②有人自言愛好美色，不往見子都之美好閑習者，乃往見狂醜之人，喻忽之好善，不任用賢者，反任用小人。所美非美，故刺之。

<二章-1>**山有喬松，隰有游龍。**

【毛傳】松，木也。龍，紅草也。

【鄭箋】游龍，猶放縱也。橋松在山上，喻忽無恩澤於大臣也。紅草放縱枝葉於隰中，喻忽聽恣（zì）小臣。此又言養臣，顛倒失其所也。

【程析】喬，高也。游，本意爲旌旗之流，引申爲放縱。龍，蘢也，今名狗尾巴花。

【樂道主人】喬，鄭意同“槁”，枯槁。恣，放縱。

【孔疏】傳“松木”至“紅草”。

◇◇傳以喬松共文，嫌爲一木，故云“松，木”，以明喬非木也。

◇◇《釋草》云：“紅，蘢（lóng，青翠茂盛）古，其大者蘬（guī，葵菜）。”舍人曰：“紅名蘢古，其大者名蘬。”是蘢、紅草而列名，故云“蘢，紅草也”陸機《疏》云：“一名馬蓼（liǎo），葉大而赤白色，生水澤中，高丈餘。”

◇◇據上章之傳，正取高下得宜爲喻，不取喬、游爲義。

【孔疏】箋“游龍”至“其所”。

◇◇此章直名龍耳，而言游龍，知謂枝葉放縱也。箋以作者若取山木隰草爲喻，則當指言松、龍而已，不應言橋、游也。今松言槁，而龍云游，明取槁、游爲義。

山上之木言枯槁，隰中之草言放縱，明槁松喻無恩於大臣，游龍喻聽恣於小臣，言養臣顛倒失其所也。

◇◇孫毓難鄭云：“箋言用臣顛倒，置不正於上位。上位，大臣也。置有美德於下位。下位，小臣也。則其養之又無恩於所寵，而聽恣於所薄乎？”以箋爲自相違戾。斯不然矣。忽之群臣，非二人而已。用臣則不正者在上，有美德者在下。養臣則薄於大臣，厚於小臣。此二者俱爲不可，故二章各舉以刺忽。

<二章-3>**不見子充，乃見狡（jiǎo）童。**

【毛傳】子充，良人也。狡童，昭公也。

【鄭箋】人之好忠良之人，不往睹子充，乃反往睹狡童。狡童有貌而無實。（與毛不同）

【樂道主人】子充，原爲人名，鄭國的美男子。亦以謂美好的人。狡童，鄭以爲小人。狡，《説文》：少狗也。《山海經》：玉山有獸，狀如犬而豹文，角如牛，名曰狡，音如吠犬，見則其國大穰。

【孔疏】“子充”至“昭公”。

◇◇充者，實也。言其性行充塞良善之人，故爲良人。

◇◇下篇刺昭公，而言“彼狡童兮”，是斥昭公，故以狡童爲昭公也。

【孔疏】箋“人之”至“無實”。

◇◇充是誠實，故以忠良言之。充爲性行誠實，則知狡童是有貌無實者也。狡童謂狡好之童，非有指斥定名也。

◇◇下篇刺昭公之身，此篇刺昭公之所美非美，養臣失宜，不以狡童爲昭公，**故易傳**以爲“人之好忠良，不睹子充，而睹狡童”，以喻昭公之好善，不愛賢人，而愛小人也。

◇◇孫毓云：“此狡，狡好之狡，謂有貌無實者也。云刺昭公，而謂狡童爲昭公，於義雖通，下篇言‘昭公有壯狡之志’，未可用也。箋義爲長。”

【孔疏-章旨】“山有”至“狡童”。

○毛以爲，①山上有喬高之松木，隰中有放縱之龍草，木生於山，草生於隰，高下得其宜，以喻君子在上，小人在下，亦是其宜。今忽置小人於上位，置君子於下位，是山隰之不如也。

②忽之所愛，皆是小人。我適忽之朝上，觀其君臣，不見有美好之子充實忠良者，乃唯見此壯狡童昏之昭公。言臣無忠良，君又昏愚，故刺之。

○鄭以爲，①山上有枯槁之松木，隰中有放縱之龍草，松木雖生高山而柯條枯槁，龍草雖生於下隰而枝葉放縱，喻忽之養臣，君子在於上位則不加恩澤，小人在於下位則禄賜豐厚。言忽養臣，顛倒失其所也。忽之所以然者，由不識善惡之故。

②有人自言愛好忠，良不往見子之充實之善人，乃往見狡好之童稚有貌無實者，以喻忽之好善，不任用賢者，反任用小人，故刺之。

《山有扶蘇》二章，章四句。

蘀兮【鄭風十一】

蘀（tuò）兮蘀兮，風其吹女（rǔ）。叔兮伯兮，倡（chàng）予和（hè）女。

蘀兮蘀兮，風其漂女。叔兮伯兮，倡予要（yāo）女。

《蘀兮》二章，章四句。

【毛序】《蘀兮》，刺忽也。君弱臣强，不倡而和也。

【鄭箋】不倡而和，君臣各失其禮，不相倡和。

<一章-1>蘀（tuò）兮蘀兮，風其吹女（rǔ）。

【毛序】興也。蘀，槁（gǎo）也。人臣待君倡而後和。

【鄭箋】槁，謂木葉也。木葉槁，待風乃落。興者，風喻號令也，喻君有政教，臣乃行之。言此者，刺今不然。

【程析】女，指蘀。

【樂道主人】蘀，指群臣，風，指君令。

【孔疏】傳"蘀槁"至"後和"。

◇◇《七月》云："十月隕蘀。"傳云："蘀，落也。"然則落葉謂之蘀。此云"蘀，槁"者，謂枯槁乃落，故箋云"槁，謂木葉"，是也。

◇◇木葉雖槁，待風吹而後落，故以喻人臣待君倡而後和也。

<一章-3>叔兮伯兮，倡（chàng）予和（hè）女。

【毛序】叔、伯言群臣長幼也。君倡臣和也。

【鄭箋】叔伯，群臣相謂也（與毛不同）。群臣無其君而行，自以强弱相服。女倡矣，我則將和之。言此者，刺其自專也。叔伯，兄弟之稱（與毛不同）。

【樂道主人】倡，《說文》樂（yuè）也，《集韵》音唱，倡和也。其，指權臣。自專，謂禮樂征伐自大夫出。

【孔疏】傳"叔伯"至"臣和"。

◇◇《士冠禮》爲冠者作字云"伯某甫仲叔季，唯其所當"，則叔伯是長幼之异字，故云“叔伯，群臣相謂也”。謂總呼群臣爲叔伯也。

◇◇言君倡臣和，解經“倡予和汝”，言倡者當是我君，和者當是汝臣。

【孔疏】箋“叔伯”至“之稱”。

◇◇箋以叔伯長幼之稱，予汝相對之語，故以爲“叔伯，群臣相謂也”。

◇◇桓二年《左傳》稱“宋督有無君之心”，言有君不以爲君，雖有若無。忽之諸臣亦然，故云“無其君而行，自以强弱相服”，故弱者謂强者，汝倡矣，我則和之，刺其專恣而不和君也。

◇◇箋又自明己意，以叔伯，兄弟相謂之稱，則知此經爲群臣相謂之辭，**故易傳也**。

【孔疏-章旨】“蘀兮”至“和女”。

○毛以爲，落葉謂之蘀。①詩人謂此蘀兮蘀兮，汝雖將墜於地，必待風其吹女，然後乃落，以興謂此臣兮臣兮，汝雖職當行政，必待君言倡發，然後乃和。汝鄭之諸臣，何故不待君倡而後和？

②又以君意責群臣，汝等叔兮伯兮，群臣長幼之等，倡者當是我君，和者當是汝臣，汝何不待我君倡而和乎？

○鄭下二句與毛异，具在箋。

<二章-1>**蘀兮蘀兮，風其漂女。**

【毛傳】漂，猶吹也。

【程析】漂，飄。

<二章-3>**叔兮伯兮，倡予要**（yāo）**女。**

【毛傳】要，成也。

【樂道主人】要，原意爲“邀”，此轉意爲和成，成就。

《蘀兮》二章，章四句。

狡　童 【鄭風十二】

彼狡童兮，不與我言兮。維子之故，使我不能餐兮！
彼狡童兮，不與我食兮。維子之故，使我不能息兮！
《狡童》二章，章四句。

【毛序】《狡童》，刺忽也。不能與賢人圖事，權臣擅命也。

【鄭箋】權臣擅命，祭（zhài）仲專也。

【樂道主人】擅，專也。

【孔疏】“《狡童》二章，章四句”。箋“權臣”至“仲專”。

◇◇權者，稱也，所以銓量輕重。大臣專國之政，輕重由之，是之謂權臣也。擅命，謂專擅國之教命，有所號令，自以己意行之，不復諮白於君。

◇◇鄭忽之臣有如此者，唯祭仲耳。桓十一年《左傳》稱“祭仲爲公娶鄧曼，生昭公。故祭仲立之”。是忽之前立，祭仲專政也。

◇其年，宋人誘祭仲而執之，使立突。祭仲逐忽立突，又專突之政，

◇故十五年傳稱“祭仲專，鄭伯（突）患之，使其婿雍糾殺之。祭仲殺雍糾，厲公奔蔡”。祭仲又迎昭公而復立。是忽之復立，祭仲又專。

◇此當是忽復立時事也。

<一章-1>**彼狡童兮，不與我言兮。**

【毛傳】昭公有壯狡之志。

【鄭箋】不與我言者，賢者欲與忽圖國之政事，而忽不能受之，故云然。

【樂道主人】《鄭風・山有扶蘇》鄭箋：狡童，言有貌而無實。

【孔疏】傳“昭公”至“之志”。◇◇解呼昭公爲狡童之意。以昭公雖則年長，而有幼壯狡好作童子之時之志，故謂之狡童。襄三十一年《左傳》稱“魯昭公年十九矣，猶有童心”，亦此類也。

<一章-3>**維子之故，使我不能餐兮！**

【毛傳】憂懼不遑餐也。

【樂道主人】孔疏：遑，暇也。

【孔疏-章旨】“彼狡”至“餐兮”。賢人欲與忽圖事，而忽不能受。忽雖年長而有壯狡之志，童心未改，故謂之爲狡童。

①言彼狡好之幼童兮，不與我賢人言説國事兮。

②維子昭公不與我言之，故至令權臣擅命，國將危亡，使我憂之，不能餐食兮。憂懼不暇餐，言己憂之甚也。

<二章-1>**彼狡童兮，不與我食兮。**

【毛傳】不與賢人共食禄。

<二章-3>**維子之故，使我不能息兮！**

【毛傳】憂不能息也。

《狡童》二章，章四句。

褰 裳 【鄭風十三】

子惠思我，褰（qiān）裳（cháng）涉溱。子不我思，豈無他人？狂童之狂也且（jū）！

子惠思我，褰裳涉洧（wěi）。子不我思，豈無他士？狂童之狂也且！

《褰裳》二章，章五句。

【毛序】《褰裳》，思見（xiàn）正也。狂童恣行，國人思大國之正己也。

【鄭箋】狂童恣行，謂突與忽爭國，更出更入，而無大國正之。

【孔疏】"《褰裳》"至"正己"。

◇◇作《褰（qiān）裳》詩者，言思見正也。所以思見正者，見者，自彼加己之辭。以國內有狂悖幼童之人，恣極惡行，身是庶子（指突），而與正適爭國，禍亂不已，無可奈何。是故鄭國之人思得大國之正己，欲大國以兵征鄭，正其爭者之是非，欲令**去**突而**定**忽也。

◇經二章皆上四句思大國正己，下句言狂童恣行。

◇◇序以由狂童恣行，故思大國正己。經先述思大國之言，乃陳所思之意，故復言狂童之狂，所以經、序倒也。

【孔疏】箋"狂童"至"正之"。

◇◇忽是莊公世子，於禮宜立，非詩人所當疾，故知狂童恣行謂突也。

◇◇忽以桓十一年繼世而立。其年九月，經書"突歸於鄭。鄭忽出奔衛"。是突入而忽出也。桓十五年經書"鄭伯突出奔蔡。鄭世子忽復思於鄭"。是忽入而突出也，故云"與忽更出更入"。

◇◇於時諸侯信其爭競，而無大國之正者，故思之也。此箋言更出更入而無大國正之，則是忽複立之時，思大國也。

◇忽之復立，突已出奔，仍思大國正己者，突以桓十五年奔蔡，其年九月，鄭伯突入於櫟（lì）。櫟是鄭之大都，突入據之，與忽爭國。忽以微弱，不能誅逐去突，諸侯又無助忽者，故國人思大國之正己也。

<一章-1>子惠思我，褰（qiān）裳（cháng）涉溱。

【毛傳】惠，愛也。溱，水名也。

【鄭箋】子者，斥大國之正卿，子若愛而思我，我國有突篡國之事，而可征而正之，我則揭衣渡溱水往告難也。

【程析】褰，提起。攐（qiān）的假借字。

【樂道主人】溱水小，洧水大，溱入洧也。

【孔疏】傳"惠愛"至"水名"。◇◇"惠，愛"，《釋詁》文。溱、洧，鄭國之水，自鄭而適他國，當涉之也。

【孔疏】箋"子者"至"告難"。

◇◇序言思大國之正己，則意欲告者，將告大國之正卿，謂卿之長者，執一國之政，出師征伐，事必由之，故知"子者，斥大國之正卿"也。

◇◇《宛丘》云"子之湯兮"，《山有樞》云"子有衣裳"，子皆斥君，何知此子不斥大國之君者？鄰國之君，爵位尊重，鄭人所告，不宜徑告於君。國之政教，正卿所主，且云"子惠思我"，平等相告之辭，故知子者必是大國正卿。

◇又下云"子不我思，豈無他人"，則他人與此子者，正可有親疏之异，而尊卑同也。謂他國者，爲人爲士，非斥國君，則知"子者"亦非國君矣。他人他士，是他國之卿，明知子者，亦大國之卿也。

◇若然，《論語》及《左傳》説陳恒弑其君，孔子告於哀公，請討之。公曰："告夫三子。"孔子曰："以吾從大夫之後，不敢不告。""公曰：告夫三子"，彼述孔子之意，以爲君使之告臣，非禮也。此所以不告其君而告臣者，彼孔子是國内之人，勸君行義，不可則止。哀公不能自專其事，反令孔子告臣，故孔子以爲不可。

◇此則鄭國之人欲告他國，不敢徑告其君，故當告其大臣，使之致達於君，與彼不同。

◇◇溱、洧大水，未必褰裳可渡，示以告難之疾意耳。

<一章-3>子不我思，豈無他人？

【鄭箋】言他人者，先鄉（向）齊、晉、宋、衛，後之荊楚。

【樂道主人】鄉，同"向"。

【孔疏】箋“言他”至“荆楚”。

◇◇言子不我思，乃告他人，是先告近鄰，後告遠國。齊、晋、宋是諸夏大國，與鄭境接連，楚則遠在荆州，是南夷大國，故箋舉以爲言，見子與他人之异有。其實大國非獨齊、晋，他人非獨荆楚也。定本云“先向齊、晋、宋、衛，後之荆楚也”，義亦通。

◇◇若然，案《春秋》突以桓十五年入于鄭之櫟邑，其年冬，經書“公會宋公、衛侯、陳侯於袲（chǐ），伐鄭”，十六年四月，公會宋公、衛侯、陳侯、蔡侯伐鄭。《左傳》稱謀納厲公也，則是其諸侯皆助突矣。而云告齊、晋、宋、衛者，此述鄭人告難之意耳，非言諸侯皆助忽，故言“子不我思，豈無他人”。

◇◇是爲諸國不思正己，故有遠告他人之志。若當時大國皆不助突，自然征而正之，鄭人無所可思。由宋、衛、蔡、魯助突爲篡，故思大國正己耳。

<一章-5>**狂童之狂也且**（jū）！

【毛傳】狂行童昏所化也。

【鄭箋】狂童之人，日爲狂行，故使我言此也。

【程析】也且，語氣詞。

【孔疏】傳“狂行童昏所化”。

◇◇此狂童，斥突也。狂童，謂狂頑之童稚。

◇◇言突以狂行童昏，其所風化於人，人又從之，徒衆漸多，所以益爲狂行，作亂不已，故鄭人思欲告急也。

◇◇狂行，謂篡其國，是疏狂之行。童昏，謂年在幼童，昏闇無知。鄭突時年實長，以其志似童幼，故以童名之。

【孔疏-章旨】“子惠”至“也且”。鄭人以突篡國，無若之何，思得大國正之，乃設言以語大國正卿曰：

①子大國之卿，若愛而思我，知我國有突篡國之事，有心欲征而正之，我則褰衣裳涉溱水往告難於子矣。

②若子大國之卿，不於我鄭國有所思念，我豈無他國疏遠之人可告之乎？

③又言所以告急之意。我國有狂悖幼童之人，日日益爲此狂行也。是爲狂不止，故所思大國正之。

<二章-1>**子惠思我，褰裳涉洧（wěi）。**

【毛傳】洧，水名也。

<二章-3>**子不我思，豈無他士？狂童之狂也且！**

【毛傳】士，事也。

【鄭箋】他士，猶他人也。大國之卿，當天子之上士。

【孔疏】箋“他士”至“上士”。

◇◇傳言“士，事也”，以其堪任於事，謂之爲士，故箋之云“他士，猶他人”，正謂遠國之卿也。所以謂爲士者，大國之卿，當天子之上士，故呼卿爲士也。

◇◇《春官·典命》云：“王之三公八命，其卿六命，其大夫四命。”以大夫既四命，則上士當三命也，故注云：“王之上士三命，中士再命，下士一命。”又云：“公之孤四命，其卿三命。侯伯之卿亦如之。”是大國之卿亦三命，當天子之上士也。

◇◇《曲禮》曰：“列國之大夫入天子之國曰某士。”襄二十六年《左傳》曰：“晋韓宣子聘于周，王使請事。對曰：‘晋士起將歸時事於宰旅。’”是由命與王之士同，故稱士也。

《褰裳》二章，章五句。

丰 【鄭風十四】

子之丰兮，俟（sì）我乎巷兮，悔予不送兮！

子之昌兮，俟我乎堂兮，悔予不將兮！

衣（yì）錦褧（jiǒng）衣（yī），裳（cháng）錦褧裳。叔兮伯兮，駕予與行（háng）。

裳錦褧裳，衣錦褧衣。兮叔伯兮，駕予與歸。

《丰》四章，二章章三句，二章章四句。

【毛序】《丰》，刺亂也。婚姻之道缺，陽倡而陰不和，男行而女不隨。

【鄭箋】婚姻之道，謂嫁取之禮。

【樂道主人】此篇難點：鄭意詩的主人公是女方的父母，而非被迎之女子本人。由於女子不願隨迎親之男方出嫁而辭婚，女子之父母聽從。而後女子所嫁非其人，故女子之父母後悔矣。孔意與鄭不同，指女子自身。

【孔疏】“《丰》四章，二章章三句，二章章四句”至“不隨”。

◇◇陽倡陰和，男行女隨，一事耳。以夫婦之道，是陰陽之義，故相配言之。

◇◇經陳女悔之辭。上二章悔已前不送男，下二章欲其更來迎己，皆是男行女不隨之事也。

【孔疏】箋“婚姻”至“之禮”。

◇◇男以昏時迎女，女因男而來。嫁，謂女適夫家。娶，謂男往娶女。論其男女之身，謂之嫁娶；指其好合之際，謂之婚姻。嫁娶婚姻，其事是一，故云“婚姻之道，謂嫁娶之禮”也。

◇◇若指男女之身，則男以昏時取婦，婦因男而來。婚姻之名，本生於此。

◇若以婦黨婿黨相對爲稱，則《釋親》所云“婿之父爲姻，婦之父爲婚。婦之党爲婚兄弟，婿之党爲姻兄弟”，是婦黨稱婚，婿黨稱姻也。對文則有异，散則可以通。

◇《我行其野》箋云："新特，謂外婚。"謂婦爲婚也。隱元年《左傳》説葬之月數云："士逾月，外姻至。"非獨謂婿家也。

<一章-1>子之丰兮，俟（sì）我乎巷兮，

【毛傳】丰，豐滿也。巷，門外也。

【鄭箋】子，謂親迎者。我，我將嫁者。有親迎我者，面貌丰丰然豐滿，善人也，出門而待我於巷中。

【樂道主人】我，鄭指女方之父母，孔與鄭不同，孔指女子自身。

【孔疏】傳"丰豐"至"門外"。

◇◇丰者，面色丰然，故爲豐滿也。

◇◇《叔于田》傳云："巷，裏塗。"此言門外者，以迎婦自門而出，故繫門言之，其實巷是門外之道，與裏塗一也。

<一章-3>悔予不送兮！

【毛傳】時有違而不至者。

【鄭箋】悔乎我不送是子而去也。時不送，則爲异人之色，後不得耦而思之。

【程析】送，把女兒交給來迎親的女婿同往夫家。

【樂道主人】予，鄭指女方之父母，孔與鄭不同，孔指女子自身。异人之色，指有屬他男之意，而非來迎之男。

【孔疏-章旨】"子之"至"送兮"。鄭國衰亂，婚姻禮廢。有男親迎而女不從，後乃追悔。此陳其辭也。

①言往日有男子之顔色丰然豐滿，是善人兮，來迎我出門，而待我於巷中兮。

②予當時别爲他人，不肯共去，今日悔恨我本不送是子兮。所爲留者，亦不得爲耦，由此故悔也。

<二章-1>子之昌兮，俟我乎堂兮，

【毛傳】昌，盛壯貌。

【鄭箋】"堂"當爲"棖（chéng）"（與毛不同）。棖，門梱（kǔn）上本近邊者。

【樂道主人】棖，門兩旁長木。闑（niè），門中央所竪短木。門梱，門限。

【孔疏】傳“昌，盛壯貌”。

◇◇此傳不解堂之義。王肅云：“升於堂以俟。”孫毓云：“禮，門側之堂謂之塾。謂出俟於塾前。詩人此句故言堂耳。毛無易字之理，必知其不與鄭同。”

◇◇案此篇所陳庶人之事，人君之禮尊，故於門設塾，庶人不必有塾，不得待之於門堂也。《著》云“俟我於堂”，文與《著》“庭”爲類，是待之堂室，反閫之堂也。

◇◇《士昏禮》“主人揖賓，入於廟。主人升堂西面，賓升堂北面，奠雁，再拜稽首，降，出。婦從，降自西階”。是則士禮受女於廟堂。庶人雖無廟，亦當受女於寢堂，故以王爲毛説。

【孔疏】箋“堂當”至“邊者”。

◇◇箋以《著》篇言“堂”文在《著》“庭”之下，可得爲廟之堂。此篇上言於巷，此言於堂，巷之與堂，相去懸遠，非爲文次，故轉堂爲棖。

◇◇棖是門梱上竪木，近門之兩邊者也。《釋宫》云：“柣（zhì，門檻）謂之閾（yù，門檻）。棖謂之楔（xiē）。”孫炎曰：“柣，門限也。”李巡曰：“棖，謂梱上兩傍木。”

◇◇上言待於門外，此言待之於門，事之次，故易爲棖也。

<二章-3>**悔予不將兮！**

【毛傳】將，行也。

【鄭箋】將亦送也。（與毛不同）

【孔疏-章旨】“子之”至“將兮”。

○毛以爲，①女悔前事，言有男子之容貌昌然盛壯兮，來就迎我，待我於堂上兮，

②我别爲他人，不肯共去，今日悔我本不共是子行去兮？

○鄭以堂爲棖，將爲送爲异，餘同。

<三章-1>**衣（yì）錦褧（jiǒng）衣（yī），裳（cháng）錦褧裳。**

【毛傳】衣錦、褧裳，嫁者之服。

【鄭箋】褧（jiǒng），襌（dān）也，蓋以襌縠（hú）爲之中衣。裳用錦，而上加襌縠焉，爲其文之大著也。庶人之妻嫁服也。士妻紂（zī）衣纁（xūn）袡（rén）。

【樂道主人】《衛風·碩人》程析：褧，枲（xǐ，大麻的雄株，只開花，不結果實）麻一類的纖維織成紗，製成單層罩衫，稱爲褧衣。女子出嫁時穿，用以蔽塵土。襌，單衣。縠，有皺紋的紗。紂，《玉篇》同緇。帛黑色。纁，淺紅色。袡，衣邊。大著，指襌縠上的華紋顯著。

【孔疏】傳“衣錦”至“之服”。

◇◇知者，以此詩是婦人追悔，原得從男，陳行嫁之事，云已有此服，故知是嫁者之服也。

◇◇而人之服不殊裳，而經衣裳异文者，以其衣裳别名，詩須韵句，故别言之耳。其實婦人之服，衣裳連，俱用錦，皆有褧。下章倒其文，故傳衣錦褧裳互言之。

【孔疏】箋“褧襌”至“纁袡”。

◇◇《玉藻》云：“襌爲絅。”絅與褧音義同。是褧爲襌，衣裳所用，《書傳》無文。而婦人之服尚輕細，且欲露錦文，必不用厚繒矣，故云“蓋以襌縠爲之”。襌衣在外，而錦衣在中，故言“中衣”。

◇◇裳用錦，而上加襌縠焉。《中庸》引此詩，乃云“爲其文之大著也”，故箋依用之。傳直言嫁者之服，故又申之云，“庶人之妻嫁服”，若士妻，則“紂衣纁袡。”

◇《士昏禮》云：“女次紂衣纁袡，立於房中南面。”注云：“次，首飾也。紂衣、絲衣。女從者畢袗（zhěn，《説文注》：襌衣也）玄，則此亦玄矣。袡亦緣也。袡之言任也。以纁緣其衣，象陰氣上任也。凡婦人之服不常施袡之衣盛，昏禮爲此服耳。”是士妻嫁時服紂衣纁袡也。

<三章-3>**叔兮伯兮，駕予與行（háng）。**

【毛傳】叔伯，迎己者。

【鄭箋】言此者，以前之悔。今則叔也伯也，來迎己者，從之，志又易也。

【程析】駕，駕著迎親的車子來。行，指出嫁。

【孔疏】傳“叔伯，迎己者”。

◇◇欲其駕車而來，故斥迎己者也。迎己者一人而已，叔伯并言之者，此作者設爲女悔之辭，非知此女之夫實字叔伯，託而言之耳。

◇◇箋言“志又易”者，以不得配耦，志又變易於前，故叔伯來則從之也。

【孔疏-章旨】“衣錦”至“與行”。此女失其配耦，悔前不行，自説衣服之備，望夫更來迎己。

①言己衣則用錦爲之，其上復有禪衣矣。裳亦用錦爲之，其上復有禪裳矣。

②言己衣裳備足，可以行嫁，乃呼彼迎者之字云：叔兮伯兮，若復駕車而來，我則與之行矣。悔前不送，故來則從之。

<四章-1>**裳錦褧裳，衣錦褧衣。兮叔伯兮，駕予與歸。**

《丰》四章，二章章三句，二章章四句。

東門之墠 【鄭風十五】

東門之墠（shàn），茹藘（lǘ）在阪（bǎn）。其室（shì）則邇，其人甚遠。

東門之栗，有踐家室。豈不爾，子不我即（jí）。

《東門之墠》二章，章四句。

【毛序】《東門之墠》，刺亂也。男女有不待禮而相奔者也。

【樂道主人】毛鄭大不同。毛以爲經爲陳古，以刺今；鄭以爲經即爲今。

【孔疏】“《東門之墠》”至“奔者也”。◇◇經二章皆女奔男之事也。上篇（《鄭風・丰》）以禮親迎，女尚違而不至，此復得有不待禮而相奔者，私自奸通，則越禮相就；志留他色，則依禮不行，二者俱是淫風，故各自爲刺也。

<一章-1>東門之墠（shàn），茹藘（lǘ）在阪（bǎn）。

【毛傳】東門，城東門也。墠，除地町町者。茹藘，茅（xù）蒐（sōu）也。男女之際，近則如東門之墠，遠而難則茹藘在阪。

【鄭箋】城東門之外有墠，墠邊有阪（與毛不同），茅蒐生焉。茅蒐之爲難淺矣，易越而出。此女欲奔男之辭（與毛不同）。

【程析】墠，亦作“壇”，平坦的廣場。

【樂道主人】墠，古代祭祀或會盟用的場地；經過除草、整治的郊外的土地。茹藘，茅蒐，一名茜，可以染絳（jiàng）。町（tǐng）町，形容地的平坦。

“男女之際，近而易則如東門之壇，遠而難則如茹藘在阪”也。

【孔疏】傳“東門”至“在阪”。

◇◇“出其東門，有女如雲”，是國門之外見女也。“東門之池，可以漚麻”，是國門之外有池也。則知諸言東門，皆爲城門，故云“東門，城東門也”。

◇◇襄二十八年《左傳》云："子産相鄭伯以如楚。舍不爲壇。外僕言曰：'昔先大夫相先君適四國，未嘗不爲壇。今子草舍，無乃不可乎？'"上言"舍不爲壇"，下言"今子草舍"，明知壇者除地去草矣，故云"墠，除地町町者"也。

◇遍檢諸本，字皆作"壇"，《左傳》亦作"壇"。其《禮記》《尚書》言壇、墠者，皆封土者謂之壇，除地者謂之墠。壇、墠字异，而作此"壇"字，讀音曰墠，蓋古字得通用也。今定本作"墠"。

◇◇"茹藘，茅蒐"，《釋草》文。李巡曰："茅蒐，一名茜，可以染絳。"陸機《疏》云："一名地血，齊人謂之茜，徐州人謂之牛蔓。"然則今之蒨草是也。

◇◇男女之際者，謂婚姻之禮，是男女交際之事。《禮記·大傳》云"异姓主名治際會"，亦謂婚禮交際之會也。

◇◇以壇阪者各自爲喻，壇是平地，又除治，阪是高阜，又草生焉，人欲踐之，則有難易，以喻婚姻之道，有禮、無禮之難易，故云"男女之際，近而易則如東門之壇，遠而難則如茹藘在阪"也。

◇阪云遠而難，則壇當云近而易，不言"而易"，可知而省文也，壇阪可以喻難耳。無遠近之象而云近遠者，以壇系東門言之，則在東門外，阪不言所在，則遠於東門矣。且下句言"則邇""甚遠"，故傳顧下經，以遠近解之。

◇下傳云："得禮則近，不得禮則遠"，還與此傳文相成爲始終之説。

【孔疏】箋"城東"至"之辭"。

◇◇箋以下章"栗"與"有踐家室"連文，以此章"壇"與"茹藘在阪"連文，則是同在一處，不宜分之爲二，**故易傳**以爲壇邊有阪，栗在室内，得作一興，共爲女辭。

◇◇阪是難登之物，茅蒐延蔓之草，生於阪上，行者之所以小難，但爲難淺矣，易越而出，以自喻己家禁難亦淺矣，易以奔男。是女欲奔男，令迎己之辭也。

◇若然，阪有茹藘，可爲小難，壇乃除地，非爲阻難，而亦言之者，物以高下相形，欲見阪之難登，故先言壇之易踐，以形見阪爲難耳，不取易爲義也。

<一章-3>**其室則邇，其人甚遠。**

【毛傳】邇，近也。得禮則近，不得禮則遠。

【鄭箋】（與毛不同）其室則近，謂所欲奔男之家。望其來迎己而不來，則爲遠。

【孔疏】傳“邇近”至“則遠”。◇◇“邇，近”，《釋詁》文。室與人相對，則室謂宅，人居室内，而云室近人遠。此刺女不待禮，故知以禮爲遠近。

【孔疏-章旨】“東門”至“甚遠”。

○毛以爲，①東門之墠，除地町町，其踐履則易。茹藘在阪，則爲礙阻，其登陟則難。言人之行者，踐東門之墠則易，登茹藘在阪則難越，以興爲婚姻者，得禮則易，不得禮則難。婚姻之際，非禮不可。若得禮，其室則近，人得相從易，可爲婚姻。

②若不得禮，則室雖相近，其人甚遠，不可爲婚矣。是男女之交，不可無禮。

◇◇今鄭國之女，有不待禮而奔男者，故舉之以刺當時之淫亂也。

○鄭以爲，女欲奔男之辭。

①東門之外有墠，墠之邊有阪，茹藘之草生於阪上。女言東門之外有墠，茹藘在於阪上，其爲禁難淺矣，言其易越而出，興己是未嫁之女，父兄之禁難亦淺矣，言其易可以奔男。止，自男不來迎己耳。

②又言己所欲奔之男，其室去此則近，爲不來迎己，雖近難見，其人甚遠，不可得從也。欲使此男迎己，己則從之，是不待禮而相奔，故刺之。

<二章-1>**東門之栗，有踐家室。**

【毛傳】栗，行（háng）上栗也。踐，淺也。

【鄭箋】（與毛不同）栗而在淺家室之内，言易竊取。栗，人所啗（dàn）食而甘耆（shì），故女以自喻也。

【樂道主人】啗，啖。耆，嗜。

【孔疏】傳“栗行”至“踐淺”。

◇◇傳以栗在東門之外，不處園圃之間，則是表道樹也。故云“栗，行上栗”。行謂道也。襄九年《左傳》云：“趙武、魏絳斬行栗。”杜預云：“行栗，表道樹。”

◇◇“踐，淺”，《釋言》文。此經、傳無明解，準上章亦宜以難易爲喻，故同上爲説也。

<二章-3>豈不爾思，子不我即（jí）。

【毛傳】即，就也。

【鄭箋】（與毛不同）我豈不思望女（rǔ）乎，女不就迎我而俱去耳。

【孔疏-章旨】“東門”至“我即”。

○毛以爲，①東門之外，有栗樹生於路上，無人守護，其欲取之則爲易。

②有物在淺室家之内，雖在淺室，有主守之，其欲取之則難。以興爲婚者得禮則易，不得禮則難。

◇◇婚姻之際，不可無禮，故貞女謂男子云：我豈不於汝思爲室家乎，但子不以禮就我，我無由從子。貞女之行，非禮不動。今鄭國之女，何以不待禮而奔乎？故刺之。

○鄭以爲，女乎男迎己之辭。

①言東門之外栗樹，有淺陋家室之内生之。栗在淺家，易可竊取，喻己在父母之家，亦易竊取，正以栗爲興者。栗有美味，人所啗食而甘之，言己有美色，亦男所親愛而悦之，故女以自喻。

②女又謂男曰：我豈可不於汝思望之乎？誠思汝矣。但子不於我來就迎之，故我無由得往耳。

◇◇女當待禮從男，今欲男就迎即去，故刺之。

《東門之墠》二章，章四句。

風　雨 【鄭風十六】

風雨淒淒，雞鳴喈（jiē）喈。既見君子，云胡不夷？
風雨瀟瀟，雞鳴膠（jiāo）膠。既見君子，云胡不瘳（chōu）？
風雨如晦，雞鳴不已。既見君子，云胡不喜？
《風雨》三章，章四句。

【毛序】《風雨》，思君子也。亂世則思君子，不改其度焉。

<一章-1>**風雨淒淒，雞鳴喈（jiē）喈。**

【毛傳】興也。風且雨，淒淒然，雞猶守時而鳴，喈喈然。

【鄭箋】興者，喻君子雖居亂世，不變改其節度。

【孔疏】傳“風且”至“喈喈然”。

◇◇《四月》云“秋日淒淒”，寒涼之意，言雨氣寒也。二章“瀟瀟”，謂雨下急疾瀟瀟然，與淒淒意异，故下傳云：“瀟瀟，暴疾。”

◇◇喈喈、膠膠則俱是鳴辭，故云“猶喈喈也”。

<一章-3>**既見君子，云胡不夷？**

【毛傳】胡，何。夷，説（yuè）也。

【鄭箋】思而見之，云何而心不説？

【程析】夷，平。

【孔疏】傳“胡，何。夷，説”。◇◇胡之爲何，《書傳》通訓。“夷，悦”，《釋言》文。定本無“胡何”二字。

【孔疏-章旨】“風雨”至“不夷”。

①言風雨且雨，寒涼淒淒然。雞以守時而鳴，音聲喈喈然。此雞雖逢風雨，不變其鳴，喻君子雖居亂世，不改其節。

②今日時世無復有此人。若既得見此不改其度之君子，云何而得不悦？言其必大悦也。

<二章-1>**風雨瀟瀟，雞鳴膠（jiāo）膠。**

【毛傳】瀟瀟，暴疾也。膠膠，猶喈喈也。

<二章-3>既見君子，云胡不瘳（chōu）？

【毛傳】瘳，愈也。

【程析】瘳，病癒。

<三章-1>風雨如晦，雞鳴不已。

【毛傳】晦，昏也。

【鄭箋】已，止也。雞不爲如晦而止不鳴。

【程析】晦，《説文》：月盡也。

<三章-3>既見君子，云胡不喜？

《風雨》三章，章四句。

子衿【鄭風十七】

青青子衿（jīn），悠悠我心。縱我不往，子寧（nìng）不嗣音？

青青子佩，悠悠我思。縱我不往，子寧不來？

挑（tāo）兮達（tà）兮，在城闕兮。一日不見，如三月兮！

《子衿》三章，章四句。

【毛序】《子衿》，刺學校廢也。亂世則學校不修焉。

【鄭箋】鄭國謂學爲校，言可以校正道藝。

【孔疏】“《子衿》”至“不修焉”。

◇◇鄭國衰亂，不修學校，學者分散，或去或留，故陳其留者恨責去者之辭，以刺學校之廢也。經三章，皆陳留者責去者之辭也。

◇◇定本云“刺學廢也”，無“校”字。

【孔疏】箋“鄭國”至“道藝”。

◇◇襄三十一年《左傳》云：“鄭人游於鄉校。”然明謂子産毁鄉校，是鄭國謂學爲校，校是學之别名，故序連言之。又稱其名校之意，言於其中可以校正道藝，故曰校也。此序非鄭人言之，箋見《左傳》有鄭人稱校之言，故引以爲證耳，非謂鄭國獨稱校也。

◇◇《漢書》公孫弘奏云：“三代之道，鄉里有教，夏曰校，殷曰庠（xiáng），周曰序。”是古亦名學爲校也。禮：“人君立大學小學。”言學校廢者，謂鄭國之人廢於學問耳，非謂廢毁學宫也。

<一章-1>青青子衿（jīn），悠悠我心。

【毛傳】青衿，青領也，學子之所服。

【鄭箋】學子而俱在學校之中，己留彼去，故隨而思之耳。《禮》：“父母在，衣純以青。”

【陸釋】青，學子以青爲衣領緣衿也，或作菁。

【孔疏】傳“青衿，青領”。

◇◇《釋器》云：“衣皆謂之襟。”李巡曰：“衣皆，衣領之襟。”孫炎曰：“襟，交領也。”衿與襟音義同。衿是領之别名，故雲“青衿，青領也”。◇◇衿、領一物。色雖一青，而重言青青者，古人之復言也。下言“青青子佩”，正謂青組綬（shòu）耳。《都人士》“狐裘黄黄”，謂裘色黄耳，非有二事而重文也。

◇◇箋云“父母在，衣純以青”，是由所思之人父母在，故言青衿。若無父母，則素衿。《深衣》云：“具父母衣純以青，孤子衣純以素。”是無父母者用素。

<一章-3>**縱我不往，子寧（nìng）不嗣音？**

【毛傳】嗣，習也。古者教以詩樂，誦之歌之，弦之舞之。

【鄭箋】嗣，續也（與毛不同）。女（rǔ）曾不傳聲問我，以恩責其忘己。

【詩三家】嗣，《韓詩》作“詒”。詒，寄也，曾不寄問也（送、問之意）。子，謂學子。

【程析】悠悠，憂思不斷貌。寧，難道。

【孔疏】傳“嗣習”至“舞之”。

◇◇所以責其不習者，古者教學子以詩樂，誦之謂背文闇（àn，暗）誦之，歌之謂引聲長咏之，弦之謂以琴瑟播之，舞之謂以手足舞之。學樂學詩，皆是音聲之事，故責其不來習音。

◇◇《王制》云：“樂正崇四術，立四教。春秋教以禮樂，冬夏教以詩書。”《文王世子》云：“春誦夏弦，太師詔（zhào）之。”注云：“誦，謂歌樂也。弦，謂以絲播詩。”是學詩學樂，皆弦誦歌舞之。

【孔疏】箋“嗣續”至“忘己”。◇◇箋以下章云“子寧不來”，責其不來見己，不言來者有所學。則此云“不嗣音”，不宜爲習樂，**故易傳**言留者責去者，子曾不傳續音聲存問我，以恩責其忘己。言與彼有恩，故責其斷絶。

【孔疏-章旨】“青青”至“嗣音”。

○毛以爲，鄭國學校不修，學人散去，其留者思之言：

①青青之色者，是彼學子之衣衿也。此青衿之子，弃學而去，悠悠乎我心思而不見，又從而責之。

②縱使我不往彼見子，子寧得不來學習音樂乎？責其廢業去學也。

○鄭唯下句爲异。言汝何曾不嗣續音聲，傳問於我。責其遺忘己也。

<二章-1>**青青子佩，悠悠我思。**

【毛傳】佩，佩玉也。士佩瓀（ruǎn）珉（mín）而青組綬。

【樂道主人】瓀，似玉的美石。珉，石之美者。

◇◇《禮記・玉藻》：

◇天子佩白玉而玄組綬，

◇公侯佩山玄玉而朱組綬，

◇大夫佩水蒼玉而純（《説文》：絲也）組綬，

◇世子佩瑜（《説文》：瑾瑜，美玉也。徐曰：瑜亦玉之光采也。）玉而綦（qí，孔疏引鄭康成云：青黑曰綦。）組綬，

◇士佩瓀玟（mín，《正韵》：彌鄰切。珉與珉同。瓀玟，石次玉）而緼（wēn）組綬。

【孔疏】傳"佩，佩玉"至"組綬"。

◇◇《玉藻》云："古之君子必佩玉，君子於玉比德焉。"故知子佩爲佩玉也。禮不佩青玉，而云"青青子佩"者，青玉以組綬帶之。士佩瓀珉而青組綬，故云青青謂組綬也。案《玉藻》"士佩瓀珉而緼組綬"，此云青組綬者，蓋毛讀《禮記》作青字，其本與鄭异也。

◇◇學子非士，而傳以士言之，以學子得依士禮故也。

<二章-3>**縱我不往，子寧不來？**

【毛傳】不來者，言不一來也。

【孔疏】傳"不來者，言不一來"。◇◇準上傳，則毛意以爲責其不一來習業。鄭雖無箋，當謂不來見己耳。

<三章-1>**挑（tāo）兮達（tà）兮，在城闕兮。**

【毛傳】挑達，往來相見貌。乘城而見闕。

【鄭箋】國亂，人廢學業，但好登高見於城闕，以候望爲樂。

【詩三家】闕，古諸侯之城三面皆重，設城臺，惟南方之城無臺，其城缺然，故謂之"闕"。

【孔疏】傳"挑達"至"見闕"。

◇◇城闕雖非居止之處，明其乍往乍來，故知挑達爲往來貌。

◇◇《釋宫》云："觀謂之闕。"孫炎曰：宫門雙闕，舊章懸焉，使

民觀之，因謂之觀。如《爾雅》之文，則闕是人君宮門，非城之所有，且宮門觀闕不宜乘之候望。此言在城闕兮，謂城之上別有高闕，非宮闕也。

◇◇乘城見於闕者，乘猶登也，故箋申之，登高見於城闕，以候望爲樂。

<三章-3>**一日不見，如三月兮！**

【毛傳】言禮樂不可一日而廢。

【鄭箋】君子之學，以文會友，以友輔仁。獨學而無友，則孤陋而寡聞，故思之甚。（與毛不同）

【樂道主人】鄭更强調共學的作用。

【孔疏】箋“君子”至“之甚”。◇◇“君子以文會友，以友輔仁”，《論語》文。“獨學而無友，則孤陋而寡聞”，《學記》文。由其須友以如此，故思之甚。

【孔疏-章旨】“挑兮”至“月兮”。

○毛以爲，學人廢業，候望爲樂，故留者責之云：

①汝何故弃學而去？挑兮達兮，乍往乍來，在於城之闕兮。禮樂之道，不學則廢。

②一日不見此禮樂，則如三月不見兮，何爲廢學而游觀？

○鄭以下二句爲异。言一日不與汝相見，如三月不見兮。言己思之甚也。

《子衿》三章，章四句。

揚之水 【鄭風十八】

揚之水，不流束楚。終鮮兄弟，維予與女（rǔ）。無信人之言，人實迋（kuāng）女。

揚之水，不流束薪。終鮮兄弟，維予二人。無信人之言，人實不信。

《揚之水》二章，章六句。

【毛序】《揚之水》，閔無臣也。君子閔忽之無忠臣良士，終以死亡，而作是詩也。

【孔疏】“《揚之水》”至“是詩”。

◇◇經二章，皆閔忽無臣之辭。忠臣、良士，一也。言其事君則爲忠臣，指其德行則爲良士，所從言之异耳。

◇◇“終以死亡”，謂忽爲其臣高渠彌所弑也。作詩之時，忽實未死，序以由無忠臣，意以此死，故閔之。《有女同車》序云：“卒以無大國之助，至於見逐。”意亦與此同。

<一章-1>**揚之水，不流束楚。**

【毛序】揚，激揚也。激揚之水，可謂不能流漂束楚乎？

【鄭箋】激揚之水，喻忽政教亂促（與毛不同）。不流束楚，言其政不行於臣下（與毛不同）。

【樂道主人】毛意水爲忠臣良士，束楚爲逆亂之臣；鄭意水爲昭公忽之政教，束楚爲大臣（包括忠惡）。《王風·揚之水》毛傳：楚，木也。程析：楚，荆條。

【孔疏】箋“激揚”至“臣下”。

◇◇箋言激揚之水，是水之迅；疾言不流束楚，實不能流，故以喻忽政教亂促，不行臣下。由政令不行於臣下，故無忠臣良士與之同心，與下勢相連接，同爲閔無臣之事。

◇◇毛興雖不明，以《王》及《唐·揚之水》皆興，故爲此解。

<一章-3>**終鮮兄弟，維予與女（rǔ）。**

【鄭箋】鮮，寡也。忽兄弟争國，親戚相疑，後竟寡於兄弟之恩，獨我與女有耳。作此詩者，同姓臣也。

【樂道主人】女，指忽。

<一章-5>**無信人之言，人實迋（kuāng）女。**

【毛序】迋，誑（kuáng）也。

【樂道主人】【孔疏】汝無信他人之言。

【孔疏-章旨】"揚之水"至"迋女"。

○毛以爲，①激揚之水，可謂不能流漂一束之楚乎？言能流漂之，以興忠臣良士，豈不能誅除逆亂之臣乎？言能誅除之。

②今忽既不能誅除逆亂，又復兄弟争國，親戚相疑，終竟寡於兄弟之恩，唯我與汝二人而已。

③忽既無賢臣，多被欺誑，故又誡之，汝無信他人之言。被他人之言，實欺誑於汝。臣皆誑之，將至亡滅，故閔之。

○鄭唯上二句别，義具箋。

<二章-1>**揚之水，不流束薪。終鮮兄弟，維予二人。**

【毛傳】二人同心也。

【鄭箋】二人者，我身與女忽。

<二章-5>**無信人之言，人實不信。**

《揚之水》二章，章六句。

出其東門 【鄭風十九】

出其東門，有女如雲。雖則如雲，匪我思存。縞（gǎo）衣綦（qí）巾，聊（liáo）樂（lè）我員（yún）。

出其闉（yīn）闍（dū），有女如荼（tú）。雖則如荼，匪我思且（cú）。縞衣茹藘（lú），聊可與娛（yú）。

《出其東門》二章，章六句。

【毛序】《出其東門》，閔亂也。公子五争，兵革不息，男女相弃，民人思保其室家焉。

【鄭箋】“公子五争”者，謂突再也，忽、子亹（wěi）、子儀各一也。

【樂道主人】傳、箋大不同。傳作者爲旁觀者，箋作者爲親歷者，即男女相弃之男，情感更進一層，箋意爲長。

【孔疏】“《出其東門》”至“室家焉”。

◇◇作《出其東門》詩者，閔亂也。以忽立之後，公子五度争國，兵革不得休息，下民窮困，男女相弃，民人迫於兵革，室家相離，思得保其室家也。

◇◇兵謂弓矢干戈之屬。革謂甲冑之屬，以皮革爲之。

◇◇保者，安守之義。男以女爲室，女以男爲家，若散則通。民人分散乖離，故思得保有室家，正謂保有其妻，以妻爲室家。經二章皆陳男思保妻之辭，是思保室家也。

◇◇其公子五争，兵革不息，叙其相弃之由，於經無所當也。俗本云“五公子争”，誤也。

【孔疏】箋“公子”至“各一”。

◇◇桓十一年《左傳》云：“祭仲爲公娶鄧曼，生昭公，故祭仲立之。宋雍氏女於鄭莊公，生厲公。故宋人誘祭仲而執之，曰：‘不立突，將死。’祭仲與宋人盟，以厲公歸而立之。秋，九月，昭公奔衛。己亥，厲公立。”是一争也。

◇◇十五年傳曰："祭仲專，鄭伯患之，使其婿雍糾殺之。雍姬知之，以告祭仲。祭仲殺雍糾。厲公出奔蔡。六月，乙亥，鄭世子忽復歸於鄭。"是二争也。

◇◇十七年傳曰："初，鄭伯將以高渠彌爲卿，昭公惡之，固諫，不聽。昭公立，懼其殺己也，弒昭公而立公子亹。"是三争也。

◇◇十八年傳曰："齊侯師於首止，子亹會之，高渠彌相。七月，齊人殺子亹，而轘（huán）高渠彌。祭仲逆鄭子于陳而立之。"服虔云："鄭子，昭公弟子儀也。"是四争也。

◇◇莊十四年傳曰："鄭厲公自櫟（lì）侵鄭，及大陵，獲傅瑕。傅瑕曰：'苟舍我，吾請納君。'與之盟而舍之。六月，傅瑕殺鄭子而納厲公。"是五争也。

◇◇忽亦再爲鄭君，前以太子嗣立，不爲争篡，故唯數後爲五争也。

<一章-1>**出其東門，有女如雲。**

【毛傳】如雲，衆多也。

【鄭箋】有女，謂諸見弃者也。如雲者，如雲從風東西南北，心無有定（與毛不同）。

<一章-3>**雖則如雲，匪我思存。**

【毛傳】思不存乎相救急。

【鄭箋】匪，非也。此如雲者，皆非我思所存也（與毛不同）。

【程析】存，在。

【孔疏】傳"思不存乎相救急"。◇◇言其見弃既多，困急者衆，非己一人所以救恤，故其思不得存乎相救急。

<一章-5>**縞**（gǎo）**衣綦**（qí）**巾，聊**（liáo）**樂**（lè）**我員**（yún）**。**

【毛傳】縞衣，白色，男服也。綦巾，蒼艾色，女服也。願室家得相樂也。

【鄭箋】縞（gǎo）衣綦（qí）巾，己所爲作者之妻服也（與毛不同），時亦弃之，迫兵革之難，不能相畜。心不忍絶，故言且留樂我員。此思保其室家。窮困不得有其妻，而以衣巾言之，恩不忍斥之。綦，綦文也。（與毛不同）

【程析】綦，草緑色。巾，佩巾，亦稱大巾，似今之圍裙。縞衣綦巾，是當時婦女比較儉樸的服飾。聊，姑且。員，友，親愛。

【樂道主人】綦文，指衣服上的文彩之色。

【孔疏】傳“縞衣”至“相樂”。

◇◇《廣雅》云：“縞，細繒也。”《戰國策》云：“强弩之餘，不能穿魯縞）。”然則縞是薄繒，不染，故色白也。

◇◇《顧命》云：“四人綦弁。”注云：“青黑曰綦。”《説文》云：“綦，蒼艾色也。”然則綦者，青色之小別。《顧命》爲弁，色故以爲青黑。此爲衣巾，故爲蒼艾色。蒼即青也。艾謂青而微白，爲艾草之色也。

◇◇知縞衣男服、綦巾女服者，以作者既言非我思存，故原其自相配合，故知一衣一巾，有男有女，先男後女，文之次也。傳以“聊”爲“願”，故云“願室家得相樂”。室家即縞衣綦巾之男女也。

【孔疏】箋“縞衣”至“綦文”。

◇◇箋以序稱民人思保其室家，言夫思保妻也。經稱“有女如雲”，是男言有女也。經、序皆據男爲文，則縞衣綦巾是男之所言，不得分爲男女二服。

◇衣巾既共爲女服，則此章所言，皆是夫自言妻，非他人言之，故首尾皆易傳。則詩人爲詩，雖舉一國之事，但其辭有爲而發，故言縞衣綦巾所爲作者之妻服也。

◇◇己謂詩人自己，既相弃，又願且留，是心不忍絶也。

◇◇訓“聊”爲“且”，故言且留可以樂我云也。箋亦以綦爲青色，但綦是文章之色，非染繒之色，故云“綦，綦文”，謂巾上爲此蒼文，非全用蒼色爲巾也。

【孔疏-章旨】“出其”至“我員”。

○毛以爲，鄭國民人不能保其室家，男女相弃，故詩人閔之。①言我出其鄭城東門之外，有女被弃者衆多如雲。然女既被弃，莫不困苦。

②詩人閔之，無可奈何，言雖則衆多如雲，非我思慮所能存救。

③以其衆多，不可救拯，唯願使昔日夫妻更自相得，故言彼服縞衣之男子，服綦巾之女人，是舊時夫妻，原其還自配合，則可以樂我心云耳。詩人閔其相弃，故願其相得則樂。

◇◇云、員古今字，助句辭也。

○鄭以爲，國人迫於兵革，男女相弃，心不忍絶，眷戀不已。詩人述其意而陳其辭也。

①言鄭國之人，有弃其妻者，自言出其東門之外，見有女被弃者，如雲之從風，東西無定。此女被弃，心亦無定如雲。

②然此女雖則如雲，非我思慮之所存在，以其非己之妻，故心不存焉。

③彼被弃衆女之中，有著縞素之衣、綦色之巾者，是我之妻，今亦絶去，且得少時留住，則以喜樂我云。民人思保室家，情又若此。迫於兵革，不能相畜，故所以閔之。

<二章-1>**出其闉（yīn）闍（dū），有女如荼（tú）。**

【毛傳】闉，曲城也。闍，城臺也。荼，英荼（tú）也。言皆喪服也。

【鄭箋】闍讀當如“彼都人士”之“都”，謂國外曲城之中市里也（與毛不同）。荼，茅秀，物之輕者，飛行無常（與毛不同）。

【程析】荼，白茅花。闉（yīn），甕城（古代城門外層的曲城）的門。

【孔疏】傳“闉曲”至“喪服”。

◇◇上言“出其東門”，此文亦言“出其闉闍”，字皆從門，則知亦是人所從出之處。《釋宫》云：“闍謂之臺。”是闍爲台也。出謂出城，則闍是城上之臺，謂當門臺也。

◇闍既是城之門臺，則知闉是門外之城，即今之門外曲城是也，故云“闉，曲城”，“闍，城臺”。《説文》云：闉闍，城曲重門。謂闉爲曲城。

◇◇《釋草》有“荼，苦菜”，又有“荼，委葉”。《邶風》“誰謂荼苦”，即苦菜也。《周頌》“以薅（hāo，拔出）荼蓼（liǎo，植物）”，即委菜也。鄭於《地官·掌荼》注及《既夕》注與此箋皆云“荼，茅秀”，然則此言“如荼”，乃是茅草秀出之穗，非彼二種荼草也。

◇言“荼，英荼”者，《六月》云：“白旆英英”，是白貌。茅之秀者，其穗色白，言女皆喪服，色如荼然。《吴語》説“吴王夫差於黄池之會，陳兵以脅晋，萬人爲方陳，皆白常、白旗、素甲、白羽之矰，望之如荼”。韋昭云：“荼，茅秀。”亦以白色爲如荼，與此傳意同。

◇◇女見弃，所以喪服者，王肅云：“見弃，又遭兵革之禍，故皆喪服也。”

【孔疏】箋“闍讀”至“無常”。

◇◇以《爾雅》謂臺爲闍，不在城門之上。此言“出其”，不得爲出臺之中，故轉爲“彼都人士”之“都”。都者，人所聚會之處，故知謂國外曲城之中市里也。

◇◇以詩説女服，言綦巾茹藘，則非盡喪服，不得爲“其色如荼”，故易傳以荼飛行無常，與上章相類爲義也。

<二章-3>**雖則如荼，匪我思且**（cú）。

【鄭箋】“匪我思且”，猶“非我思存”也。

【程析】且，徂，存也。

<二章-5>**縞衣茹藘**（lú），**聊可與娱**（yú）。

【毛傳】茹藘，茅蒐（sōu）之染女服也。娱，樂也。

【鄭箋】茅蒐，染巾也。“聊可與娱”，且可留與我爲樂。心欲留之言也。

【程析】茹藘，茜草，此用它代指佩巾。聊，姑且。

【樂道主人】茅，白茅。蒐，茜草。

【孔疏-章旨】“出其”至“與娱”。

○毛以爲，①詩人言我出其鄭國曲城門臺之外，見有女被弃者衆多，皆著喪服，色白如荼。

②然雖則衆多如荼，非我思所存救，以其衆多，不可救恤，惟原昔日夫妻更自相得。

③彼服縞衣之男子，服茹藘之女人，是其舊夫妻也，願其還得配合，可令相與娱樂。閔其相弃，故願其相樂。

○鄭以爲，①國人有弃其妻者，自言出其曲城都邑市里之外，見有女被弃者如荼，飛揚無所常定。此女被弃，心亦無定如荼。

②然此女雖則如荼，非是我之所思。以非己妻，故不思之。

③其中有著縞素之衣、茹藘染巾者，是我之妻，今亦絶去，且得少時留住，可與之娱樂也。情深如此，而不能相畜，故閔之。

《出其東門》二章，章六句。

野有蔓草 【鄭風二十】

野有蔓草，零露漙（tuán）兮。有美一人，清揚婉兮。邂（xiè）逅（huò）相遇，適我願兮。

野有蔓草，零露瀼（ráng）瀼。有美一人，婉如清揚。邂逅相遇，與子偕臧（zāng）。

《野有蔓草》二章，章六句。

【毛序】《野有蔓草》，思遇時也。君之澤不下流，民窮於兵革，男女失時，思不期而會焉。

【鄭箋】“不期而會”，謂不相與期而自俱會。

【孔疏】“《野有蔓草》”至“而會焉”。

◇◇作《野有蔓草》詩者，言思得逢遇男女合會之時，由君之恩德潤澤不流及於下，又征伐不休，國內之民皆窮困於兵革之事，男女失其時節，不得早相配耦，思得不與期約而相會遇焉。是下民窮困之至，故述其事以刺時也。

◇◇“男女失時”，謂失年盛之時，非謂婚之時月也。

◇◇毛以爲，君之潤澤不下流，二章首二句是也。“思不期而會”，下四句是也。

◇◇鄭以經皆是思不期而會之辭，言君之潤澤不流下，叙男女失時之意，於經無所當也。

<一章-1>野有蔓草，零露漙（tuán）兮。

【毛傳】興也。野，四中之外。蔓，延也。漙，漙然盛多也。

【鄭箋】零，落也。蔓草而有露，謂仲春之時，草始生，霜爲露也。《周禮》：“仲春之月，令會男女之無夫家者。”（與毛不同）。

【程析】漙，露多貌。

【樂道主人】野，《魯頌·駉》毛傳：邑外曰郊，郊外曰野，野外曰林，林外曰坰（jiōng）。

【孔疏】傳“野四”至“盛多”。

◇◇《釋地》云：“郊外謂之牧，牧外謂之野。”是野在四郊之外。此唯解文，不言興意。

◇◇王肅云：“草之所以能延蔓，被盛露也。民之所以能蕃息，蒙君澤也。”

【孔疏】箋“零落”至“夫家”。

◇◇靈作零字，故爲落也。

◇◇仲春、仲秋俱是晝夜等温涼中。九月霜始降，仲秋仍有露，則知正月猶有霜，二月始有露，故云蔓草生而有露，謂仲春時也。所引《周禮·地官·媒氏》有其事，取其意，不全取文，與彼小异。

◇◇鄭以仲春爲媒月，故引以證此爲記時。言民思此時而會者，爲此時是婚月故也。

<一章-3>**有美一人，清揚婉兮。邂（xiè）逅（huò）相遇，適我願兮。**

【毛傳】清揚，眉目之間婉然美也。邂逅，不期而會，適其時願。

【詩三家】婉，《説文》順也。眉目之間位置天然，視之但覺其婉順清明也。

【程析】婉，嫵媚貌。

【孔疏-章旨】“野有”至“願兮”。

○毛以爲，①郊外野中有蔓延之草，草之所以能延蔓者，由天有隕落之露，溥溥然露潤之兮，以興民所以得蕃（fán，《説文》：草茂也。）息者，由君有恩澤之化養育之兮。

②今君之恩澤不流於下，男女失時，不得婚娶，故於時之民，乃思得有美好之一人，其清揚眉目之間婉然而美兮，不設期約，邂逅得與相遇，適我心之所願兮。

◇◇由不得早婚，故思相逢遇。是君政使然，故陳以刺君。

○鄭以蔓草零露記時爲异，餘同。

<二章-1>**野有蔓草，零露瀼（ráng）瀼。有美一人，婉如清揚。邂逅相遇，與子偕臧（zāng）。**

【毛傳】瀼瀼，盛貌。臧，善也。

【程析】瀼瀼，露濃貌。如，與“而”同。婉如即婉而。

《野有蔓草》二章，章六句。

溱　洧 【鄭風二十一】

溱（zhēn）與洧（wěi），方渙渙兮。士與女，方秉（bǐng）蕑（jiān）兮。女曰觀乎，士曰，既且（cú）。且（qiě）往觀乎！洧之外，洵（xún）訏（xū）且樂。維士與女，伊其相謔（xuè），贈之以勺藥。

溱與洧，瀏（liú）其清矣。士與女，殷其盈矣。女曰觀乎，士曰：既且。且（qiě）往觀乎！洧之外，洵訏且樂。維士與女，伊其將謔，贈之以勺藥。

《溱洧》二章，章十二句。

【毛序】《溱洧》，刺亂也。兵革不息，男女相弃，淫風大行，莫之能救焉。

【鄭箋】救，猶止也。亂者，士與女合會溱、洧之上

<一章-1>**溱（zhēn）與洧（wěi），方渙渙兮。**

【毛傳】溱、洧，鄭兩水名。渙渙，春水盛也。

【鄭箋】仲春之時，冰以釋，水則渙渙然。

<一章-3>**士與女，方秉（bǐng）蕑（jiān）兮。**

【毛傳】蕑，蘭也。

【鄭箋】男女相弃，各無匹偶，感春氣并出，託采芬香之草，而爲淫泆之行。

【程析】秉，持，拿着。蕑，亦名蘭，但不是今天所稱的蘭花，是一種著名的香草，古人用來或沐浴，或澤頭，或佩身，以拂除不祥。

【樂道主人】託，托。

【孔疏】傳“蕑，蘭”。

◇◇陸機《疏》云：“蕑即蘭，香草也。《春秋》傳曰‘刈蘭而卒’，《楚辭》云‘紉秋蘭’，孔子曰‘蘭當爲王者香草’，皆是也。

◇◇其莖葉似藥草澤蘭，廣而長節，節中赤，高四五尺。漢諸池苑及

許昌宫中皆種之。可著粉中，藏衣著書中，辟（pì）白魚（謂蕳草之功效可與白魚相比美。白魚，俗稱大白魚，除味道鮮美外，還有較高的藥用價值。”

<一章-5>**女曰觀乎，士曰既且（cú）。**

【鄭箋】“女曰觀乎”，欲與士觀於寬閒之處，既，已也。士曰已觀矣，未從之也。

【程析】且，徂的借字，往，去。

<一章-7>**且（qiě）往觀乎！洧之外，洵（xún）訏（xū）且樂。”**

【毛傳】訏，大也。

【鄭箋】洵，信也。女情急，故勸男使往觀於洧之外，言其土地信寬大又樂也。於是男則往也。

【程析】且，姑且。

【孔疏】傳“訏，大”。◇◇《釋詁》文。

【孔疏】箋“洵信”至“則往”。

◇◇“洵，信”，《釋詁》文。

◇◇以“士曰既且”，是男答女也。“且往觀乎”，與上“女曰觀乎”文勢相副，故以女勸男辭。言其寬且樂，於是男則往也。下句是男往之事。

<一章-10>**維士與女，伊其相謔（xuè），贈之以勺藥。**

【毛傳】芍藥，香草。

【鄭箋】伊，因也。士與女往觀，因相與戲謔，行夫婦之事。其别，則送女，以結恩情也。

【程析】芍藥，又名辛夷。這是指的是草芍藥，不是花如牡丹的木芍藥，又名江離，古時候情人“將離”時互贈此草，寄放即將離别的情懷。又古勺與約同音，芍藥是雙聲詞，情人借此表愛和結良約的意思。

【孔疏】傳“芍藥，香草”。◇◇陸機《疏》云：“今藥草芍藥無香氣，非是也。未審今何草。”

【孔疏】箋“伊，因”。◇◇因觀寬閒，遂爲戲謔，故以伊爲因也。

【孔疏-章旨】“溱與洧”至“芍藥”。鄭國淫風大行，述其爲淫之事。言溱水與洧水，春冰既泮，方欲涣涣然流盛兮。

②於此之時，有士與女方適野田，執芳香之蘭草兮。既感春氣，託采

香草，期於田野，共爲淫泆。

◇◇士既與女相見，女謂士曰："觀於寬閒之處乎？"意原與男俱行。士曰："已觀矣。"止其欲觀之事，未從女言。

④女情急，又勸男云："且復更往觀乎？我聞洧水之外，信寬大而且樂，可相與觀之。"士於是從之。

⑤維士與女，因即其相與戲謔，行夫婦之事。及其别也，士愛此女，贈送之以芍藥之草，結其恩情，以爲信約。

◇◇男女當以禮相配，今淫泆如是，故陳之以刺亂。

<二章-1>**溱與洧，瀏（liú）其清矣。**

【毛傳】瀏，深貌。

<二章-3>**士與女，殷其盈矣。**

【毛傳】殷，衆也。

【程析】殷，《説文》：作樂之盛。後引申爲衆。殷其，即殷殷。

<二章-5>**女曰觀乎，士曰既且。且（qiě）往觀乎！洧之外，洵訏且樂。維士與女，伊其將謔，贈之以勺藥。**

【鄭箋】將，大也。

《溱洧》二章，章十二句。

鄭國二十一篇，五十三章，二百八十三句。

雞　鳴 【齊風一】

雞既鳴矣，朝（cháo）既盈矣。匪雞則鳴，蒼蠅之聲。

東方明矣，朝既昌矣。匪東方則明，月出之光。

蟲飛薨（hōng）薨，甘與子同夢。會且歸矣，無庶予子憎（zēng）。

《雞鳴》三章，章四句。

【毛序】《雞鳴》，思賢妃也。哀公荒淫怠慢，故陳賢妃貞女夙夜警戒相成之道焉。

【孔疏】“《雞鳴》”至“道焉”。

◇◇作《雞鳴》詩者，思賢妃也。所以思之者，以哀公荒淫女色，怠慢朝政。此由内無賢妃以相警戒故也。君子見其如此，故作此詩，陳古之賢妃貞女，夙夜警戒於去，以相成益之道焉。

◇◇二章章，首上二句陳夫婦可起之禮，下二句述諸侯夫人之言，卒章皆陳夫人之辭。以哀公荒淫，無夫人興戒，君子使不留色怠慢，故陳人君早朝，戒君子使不惰於政事，皆是與夫相警相成之事也。

◇云荒淫者，謂廢其政事，淫於女色，由淫而荒，故言荒淫也。

◇賢妃即貞女也，論其配夫則爲賢妃，指其行事則爲貞女，所從言之异耳。

◇相成者，以夫妻爲耦，義在交益，妻能成夫，則妻亦成矣，故以相成言之。

◇◇《車舝》思得賢女，乃思得其人以配王。此思賢妃，直思其相成之道，不言思得其人，作者之意异也。

<一章-1>雞既鳴矣，朝（cháo）既盈矣。

【毛傳】雞鳴而夫人作，朝盈而君作。

【鄭箋】雞鳴朝盈，夫人也，君也，可以起之常禮。

【程析】盈，滿，指上朝的人都到齊了。

【孔疏】傳“雞鳴”至“君作”。

◇◇解夫人言此二句之意，以雞鳴而夫人可起，朝盈而君可起。二者是夫人與君可以起之常禮，故言之以戒君也。

◇◇若然，雞鳴而夫人已起，於朝盈之時，夫人不在君所，而得言朝盈以戒君者，以雞鳴之後未幾而朝盈，朝盈與雞鳴時節相將，以雞既鳴，知朝將盈，故夫人於雞鳴之時并云朝盈耳，非是知朝盈之後，復來告君也。

◇◇朝盈，謂群臣辨色（辨天色）始入，滿於朝上。

<一章-3>**匪雞則鳴，蒼蠅之聲。**

【毛傳】蒼蠅之聲，有似遠雞之鳴。

【鄭箋】夫人以蠅聲爲雞鳴，則起早於常禮，敬也。

【孔疏】箋“夫人”至“禮敬”。

◇◇常禮以雞實鳴而起，今夫人之在君所，心常驚懼，恒恐傷晚，故以蠅聲爲雞鳴，則起早於常禮，是夫人之敬也。

◇◇《書傳》説夫人御於君所之禮云：“太師奏雞鳴於階下，夫人鳴玉佩於房中，告去。”則雞鳴以告，當待太師告之。然此夫人自聽雞鳴者，彼言告御之正法，有司當以時告君，此説夫人相警戒，不必待告方起，故自聽之也。

◇◇上句雞鳴、朝盈并言之，此經不重述朝盈者，欲見夫人之敬，止須述謬聽雞鳴耳，不須重述朝盈也。何則？夫人以雞鳴而知朝盈，朝盈非謬聽，不假言之。

【孔疏-章旨】“《雞鳴》，思賢妃也”至“蒼蠅之聲”。以哀公荒淫怠慢，無賢妃之助，故陳賢妃貞女警戒其夫之辭。

①言古之夫人與君寢宿，至於將旦之時，乃言曰：“雞既爲鳴聲矣，朝上既以盈滿矣。”言雞鳴，道己可起之節，言朝盈，道君可起之節。己以雞鳴而起，欲令君以朝盈而起也。

②作者又言：夫人言雞既鳴矣之時，非是雞實則鳴，乃是蒼蠅之聲耳。夫人以蠅聲爲雞鳴，聞其聲而即起，是早於常禮，恭敬過度。

◇◇而哀公好色淹（yān）留，夫人不戒令起，故刺之。

<二章-1>**東方明矣，朝**（cháo）**既昌矣。**

【毛傳】東方明，則夫人纚（lí）笄而朝，朝已昌盛，則君聽朝。

【鄭箋】東方明，朝既昌，亦夫人也，君也，可以朝之常禮。君日出而視朝。

【樂道主人】纚，古代束髮的布帛。

【孔疏】傳“東方”至“聽朝”。

◇◇此經二句，亦陳夫人之辭。東方明，故夫人朝君。朝既昌，君可聽朝。上章夫人因已以雞鳴而起，即言朝盈以戒君。此夫人因起以東方明時朝君，即言朝既昌以戒君，故亦并言此二句也。

◇◇《士昏禮》注：“纚，縚（tāo，《廣韵》：藏也，寬也，劒衣也）發。纚廣充幅（一尺二），長六尺。笄，今時簪。”傳言夫人纚笄而朝，首服纚笄以朝君。

◇案《禮·特牲饋食》及《士昏禮》皆云“纚笄綃（xiāo，生絲）衣”，注云：“綃，綺屬。”此衣染之以黑，其繒本名曰綃，則首服纚笄，必以綃衣配之。此以纚笄朝君，則當身服綃衣也。

◇《天官·内司服》鄭注差次服之所用，鞠衣，黄桑之所服；展衣，以禮見王及賓客之服；褖衣，御於王之服。又《追師》：“掌王后之首服，爲副編次。”注云：“副，所以覆首，服之以從王祭祀。編，編列髮爲之，服之以告桑。次，次第髮長短爲之，服之以見王。王后之燕居，亦纚笄褒（yì）而已。凡諸侯夫人於其國，衣服與王后。”

◇同如鄭此，言則夫人以禮見君，當服展衣，御於君，當復褖衣，皆首服次，燕居乃服纚笄耳。此傳言纚笄而朝者，展衣以見君，褖衣以御君。鄭以《周禮》六服差次所用，爲此説耳，非有經典明文。

◇《列女傳》：“魯師氏之母齊姜戒其女云：‘平旦纚笄而朝，則有君臣之嚴。’”莊二十四年《公羊傳》何休注，其言與《列女傳》亦同。然則古之《書傳》，有言夫人纚笄而朝君者，毛當有所依據而言，未必與鄭同也。

◇或以爲夫人纚笄而朝，謂聽治内政。案《列女傳》稱“纚笄而朝，則有君臣之嚴”，謂朝於夫，非自聽朝也。

◇此傳亦云“纚笄而朝”，文與彼同，安得聽内政乎？宫内之政，蓋應寡耳。君於外政，尚日出而朝，夫人何當先君之朝而聽内政？且東方始明，君時初起，衆妾皆當朝君，夫人有何可治？而以東方既明便即聽之？傳又言“朝已昌盛，則君聽朝”。於君言“聽朝”，夫人言“而朝”，足知纚笄而朝君矣。

◇◇上章言“朝既盈矣”，謂朝已有人，君可以起。此言“朝既昌矣”，謂盛於盈時，群臣畢集，故君可以聽朝。朝昌，謂日出時也，故箋云“君日出而視朝”，《玉藻》文。

<二章-3>**匪東方則明，月出之光。**

【毛傳】見月出之光，以爲東方明。

【鄭箋】夫人以月光爲東方明，則朝亦敬也。

【孔疏-章旨】“東方”至“之光”。上言夫人早起，此又言其早朝。

①夫人言：東方既已明矣，朝上既已盛矣。言東方已明，道己可朝之節。言朝既昌矣，道君可朝之節。己以東方明而朝，欲令君以朝昌盛而朝也。

②作者又言：夫人言東方明矣之時，非是東方則實已明，乃是月出之光耳。

◇◇夫人以月出之光爲東方明，見其明而即朝，是早於常禮，恭敬過度。今哀公怠慢晚朝，而夫人不戒，故刺之。

<三章-1>**蟲飛薨**（hōng）**薨，甘與子同夢。**

【毛傳】古之夫人配其君子，亦不忘其敬。

【鄭箋】蟲飛薨薨，東方且明之時，我猶樂與子卧而同夢，言親愛之無已。

【程析】薨薨，蟲子群飛聲。

【孔疏】傳“古之”至“其敬”。

◇◇以恭敬之事施於疏遠，其於至親可以無敬。夫人樂與同夢，相親之甚，猶尚早起早朝，雖親不敢忘敬，故云“古之夫人配其君子，情雖至親，亦不忘敬”。

◇◇刺今夫人得與君子相配，則忘敬晚興也。以親而猶敬，故言亦，亦疏遠也。

【孔疏】箋“蟲飛”至“無已”。◇◇《大戴禮》“羽蟲三百六十，鳳凰爲之長”，則鳥亦稱蟲。此蟲飛薨薨，未必唯小蟲也。以將曉而飛，是東方且欲明之時，即上雞鳴時也。

<三章-3>**會且歸矣，無庶予子憎**（zēng）**。**

【毛傳】會，會於朝也。卿大夫朝會於君朝聽政，夕歸治其家事。無

庶予子憎，無見惡於夫人。

【鄭箋】庶，衆也。蟲飛薨薨，所以當起者，卿大夫朝者且罷歸故也。無使衆臣以我故憎惡於子，戒之也。

【程析】予，同“與”，給。子，君。歸，指散朝歸去。

【孔疏】傳“會會”至“夫人”。

◇◇言會言歸，則是會於朝，歸於家，故知謂卿大夫於朝旦之時會於君朝聽政，於夕晚之時歸治其家事。成十二年《左傳》曰：“世之治也，百官承事朝而不夕。”是於夕而不治公事，故歸治其家事也。

◇◇云“無見惡於夫人”，夫人謂卿大夫。卿大夫欲早罷歸，不得早罷，則憎惡君，是見惡於卿大夫也。

【孔疏-章旨】“蟲飛”至“子憎”。上言欲君早起，此又述其欲早起之意。

①夫人告君云：東方欲明，蟲飛薨薨之時，我甘樂與君卧而同夢。

②心非原欲早起也，所以必欲令君早起朝者，以卿大夫會聚我君之朝，且欲得早罷歸矣。無使衆臣以我之故，於子之身加憎惡也。子謂君也。君若與我同卧，不早聽朝，則事不速訖，罷朝必晚，衆臣憎君，是由我故，故欲令君早起，無使見惡於夫人。刺今不能然。

◇◇今定本作“與子憎”，據鄭云“我”，我是予之訓，則作“與”者非也。

《雞鳴》三章，章四句。

還 【齊風二】

子之還（xuán）兮，遭我乎猺（náo）之間（jiān）兮。並驅從（zòng）兩肩兮，揖（yī）我謂我儇（xuān）兮。

子之茂兮，遭我乎猺之道兮。并驅從兩牡兮，揖我謂我好兮。

子之昌兮，遭我乎猺之陽兮。并驅從兩狼兮，揖我謂我臧（zāng）兮。

《還》三章，章四句。

【毛序】《還》，刺荒也。哀公好田獵，從（zòng）禽獸而無厭。國人化之，遂成風俗，習於田獵謂之賢，閑於馳逐謂之好焉。

【鄭箋】荒，謂政事廢亂。

【樂道主人】此篇與上篇爲齊風首兩篇，爲齊國定調矣：荒淫，尚武。《毛詩序》是以一國之事，系一人之本。從，同“縱”。

【孔疏】“《還》”至“好焉”。

◇◇作《還》詩者，刺荒也。所以刺之者，以哀公好田獵，從逐禽獸而無厭。是在上既好，下亦化之，遂成其國之風俗。其有慣習於田獵之事者，則謂之爲賢；閑於馳逐之事者，則謂之爲好。

◇君上以善田獵爲賢、好，則下民皆慕之，政事荒廢，化之使然，故作此詩以刺之。

◇◇經三章，皆士大夫相答之辭，是遂成風俗，謂之賢、好之事。

<一章-1>子之還（xuán）兮，遭我乎猺（náo）之間（jiān）兮。

【毛傳】還，便捷之貌。猺，山名。

【鄭箋】子也、我也，皆士大夫也，俱出田獵而相遭也。

【詩三家】還，韓詩作嫙，嫙爲嫙（xuán）的借用，美好貌。

【程析】乎，於，在。

【孔疏】傳“還便”至“山名”。

◇◇此“還”與下茂、好、昌盛皆是相譽之辭，以其善於田獵，故知還是輕便捷速之貌也。

◇◇獵之所在，非山則澤，下言“之陽”，此言“之閒”，則是山之南山則，故知“峱，山名”。

【孔疏】箋“子也”至“相遭”。◇◇以報答相譽，則尊卑平等，非國君也。然馳車逐獸，又非庶人，故知子也、我也，皆士大夫出田相遭也。

<一章-3>**並驅從（zòng）兩肩兮，揖（yī）我謂我儇（xuān）兮。**

【毛傳】從，逐也。獸三歲曰肩。儇，利也。

【鄭箋】並，併也。子也，我也，並驅而逐禽獸。子則揖耦我，謂我儇（xuān），譽之也。譽之者，以報前言還也。

【詩三家】揖我者，敬而譽之也。

【樂道主人】《説文》：手着胸曰揖。

【程析】儇，好貌。此訓爲輕利，訓練。

【孔疏】傳“從逐”至“儇利”。

◇◇《大司馬》云：“大獸公之，小禽私之。”《七月》云：“言私其豵（zōng），獻豜於公。”則肩是大獸，故言“三歲曰肩”。

◇◇儇利，言其便利馳逐。

【孔疏-章旨】“子之”至“儇兮”。國人以君好田獵，相化成俗。士大夫在田相逢，歸説其事。此陳其辭也。

①我本在田，語子曰：子之便捷還然兮。當爾之時，遭值我於峱山之閒兮，

②於是子即與我並行驅馬逐兩肩獸兮，子又揖耦我，謂我甚儇利兮。

◇◇聚説田事，以爲戲樂，而荒廢政事，故刺之。

<二章-1>**子之茂兮，遭我乎峱之道兮。**

【毛傳】茂，美也。

<二章-3>**並驅從兩牡兮，揖我謂我好兮。**

【鄭箋】譽之言好者，以報前言茂也。

【程析】牡，雄獸。

<三章-1>子之昌兮，遭我乎猺之陽兮。

【毛傳】昌，盛也。

【鄭箋】昌，佼好貌。

【程析】陽，山南爲陽。

<三章-3>並驅從兩狼兮，揖我謂我臧（zāng）兮。

【毛傳】狼，獸名。臧，善也。

【孔疏】傳"狼，獸名。臧，善"。

◇◇《釋獸》云："狼：牡獾，牝（pìn）狼。其子獥（jiào）。絶有力，迅。"舍人曰："狼，牡名獾（huān），牝名狼，其子名獥（jiǎo）。絶有力者名迅。"孫炎曰："迅，疾也。"

◇陸機《疏》云：其鳴能小能大，善爲小兒啼聲以誘人。去數十步，其猛捷者，雖善用兵者不能免也。其膏可煎和，其皮可爲裘，故《禮記》"狼臅（chù，胸腔裏的脂肪）膏"，又曰"君之右虎裘，厥左狼裘"，是也。

◇◇"臧，善"，《釋詁》文。

《還》三章，章四句。

著 【齊風三】

俟我於著（zhù）乎而（ér），充耳以素乎而，尚之以瓊華（huá/huā）乎而。

俟我於庭乎而，充耳以青乎而，尚之以瓊瑩乎而。

俟我於堂乎而，充耳以黄乎而，尚之以瓊英乎而。

《著》三章，章三句。

【毛序】《著》，刺時也。時不親迎也。

【鄭箋】時不親迎，故陳親迎之禮以刺之。

【樂道主人】毛與鄭有不同：毛以爲三章分寫三類人：士、大夫、國君，鄭以爲只是人臣一類人矣。章每三句，毛以爲説兩物，充耳與身服佩玉，鄭以爲只是充耳一物。瓊瑩之瑩究竟是石，還是玉色，有争議。鄭爲石色，較優。

【孔疏】“《著》”至“親迎”。

◇◇作《著》詩者，刺時也。所以刺之者，以時不親迎，故陳親迎之禮以刺之也。

◇◇毛以爲，首章言士親迎，二章言卿大夫親迎，卒章言人君親迎，俱是受女於堂，出而至庭、至著，各舉其一，以相互見。

◇◇鄭以爲，三章共述人臣親迎之禮，雖所據有异，俱是陳親迎之禮，以刺今之不親迎也。

<一章-1>**俟我於著（zhù）乎而（ér），充耳以素乎而，**

【毛傳】俟，待也。門屏之閒（jiān）曰著。素，象瑱。

【鄭箋】我，嫁者自謂也。待我於著，謂從君子而出至於著，君子揖（yī）之時也，我視君子則以素爲充耳（與毛不同）。謂所以懸瑱者，或名爲紞（dǎn），織之，人君五色，臣則三色而已。此言素者，目所先見而云。

【程析】著，大門和屏風之間的地方。充耳，古代男子的一種冠飾。

從冠兩旁垂下，懸在耳旁。將充耳繫在冠上的雜色絲綫稱“紞”，絲綫垂到耳旁打成一個結像綿球稱“纊（kuàng）”，纊下垂着玉叫瑱。

【樂道主人】素，原指一种白色織物，後泛指白色。毛以素爲象牙，鄭以素爲紞（dǎn）。

【孔疏】傳“俟待”至“象瑱”。

◇◇“俟，待”，《釋詁》文。

◇◇《釋宫》云：“門屏之閒謂之寧。”李巡曰：“門屏之閒，謂正門内兩塾閒名宁。”孫炎曰：“門内屏外，人君視朝所宁立處也。”著與宁音義同。

◇◇《楚語》稱白子張驟諫靈王，王病之，曰：“子復語，不穀雖不能用，吾置之於耳。”對曰：“賴君之用也，故言。不然，巴浦之犀犛（máo）兕象，其可盡乎，其又以繩爲瑱？”韋昭云：“瑱所以塞耳，言四獸之牙角可以爲瑱。”是象可以爲瑱。

◇此言充耳，以素可以充耳，而色素者唯象骨耳，故知素是象瑱。毛以此章陳士，蓋士以象爲瑱也。

【孔疏】箋“我嫁”至“而云”。

◇◇此説親迎之事，而言待我，則是夫之待妻，故知我是嫁者自謂也。

◇◇《士昏禮》：婿親迎至於女嫁，主人揖入，賓執雁從。至於廟門，揖入。三揖，至於階。三讓，主人升西面，賓升北面，奠雁，再拜稽首，降出。婦從降自西階，主人不降送。是受女於堂，導之以出，故此婦從君子而出至著，君子揖之。

◇◇下箋亦云“揖我於庭”。不言揖我於堂者，《昏禮》“女立于房中南面，婿於堂上待之，拜受，即降禮於堂上”，無揖，故不言之。《昏禮》止言“以從”，不言在庭著揖之。箋知揖之者，言待我，明其住待之也。

◇◇下《昏禮》“婦至夫家，主人揖婦以入，及寢門，揖入”。至夫家引入之時，每門而揖，明女家引出之時，亦每而揖，故知至著，君子揖之之時也。

◇◇我視君子則以素爲充耳，所謂懸瑱，言懸瑱之繩用素，非爲瑱耳。桓二年《左傳》云“衡、紞、紘（hóng，古代帽子（冠冕）上的繫帶）、綖（yán，古代覆蓋在帽子上的一種裝飾物）”，是懸瑱之繩，故云“或名爲紞”。

◇◇《魯語》敬姜云：“王后親織玄紞。”織綫爲之，即今之絛（tāo，用絲綫編織成的帶子）繩，必用雜采綫爲之，故言“織之，人君五色，臣則三色”。直言人君與臣，不辨尊卑之异，蓋天子諸侯皆五色，卿大夫士皆三色，其色無文，正以人君位尊，備物當具五色，臣則下之，宜降以兩。且此詩刺不親迎，宜陳人臣親迎之事。經有素青黄三色，故爲臣則三色。

◇◇又解三色而獨言素者，以其素色分明，目所先見，故先言之。婿受女於堂，從堂而後至庭、至著，目所先見，當在堂見素。而以素配著爲章者，取其韵故耳。或庭先見青，堂先見黄，以爲章次。

◇◇王肅云：“王后織玄紞。天子之玄紞，一玄而已，何云具五色乎？”王基理之云：“紞，今之絛，豈有一色之絛？色不雜，不成爲絛。王后織玄紞者，舉夫色尊者言之耳。”義或當然。

<一章-3>尚之以瓊華（huá/huā）乎而。

【毛傳】瓊華（huá），美石，士之服也。

【鄭箋】尚猶飾也。飾之以瓊華（huā）者，謂懸紞之末，所謂瑱也（與毛不同）。人君以玉爲之。瓊華，石色似瓊也。

【程析】瓊，原意赤玉，後指玉的顔色。華（huá），光華。

【孔疏】傳“瓊華”至“之服”。

◇◇瓊是玉之美名，華謂色有光華。此石似瓊玉之色，故云美石。士之服者，蓋謂衣服之飾，謂爲佩也。《玉藻》云：“士佩瑀瑉玉。”此云石者，以石色似玉，故禮通貴賤皆以玉言之。毛以士賤，直言美石，故下章乃言似玉。

◇◇王肅云：“以美石飾象瑱。”案瑱之所用，其物小耳，不應以石飾象。其爲一物，王氏之説未必得傳旨也。瓊華、瓊瑩、瓊英，其文相類。

◇◇傳以此章爲士服，二章爲卿大夫之服，卒章爲人君之服者，以序言“時不親迎”，則於貴賤皆不親迎。此宜歷陳尊卑不親迎之事，故以每章爲一人耳。非以瓊華、瓊瑩、瓊英之文，而知其异人也。但陳尊卑不親迎之事，以大夫居位尊於士，其石當美於士服，故言似玉耳。其實三者皆美石也。

【孔疏】箋“尚猶”至“似瓊也”。

◇◇尚謂尊尚此物所爲飾也。上言“充耳以素”，謂紞用素也。此言飾之瓊華，是就紞而加飾，故言“謂紞之末，所謂瑱也”。《君子偕老》説夫人之服，而云“玉之瑱兮”，故知人君以玉爲瑱。君乃用玉，臣則不可，而瓊是玉名，嫌臣亦用玉，故辨之云：“瓊華，美石，色似瓊者也。”非用瓊爲瑱也。

◇◇箋既言人君以玉，即云“瓊華，美石”，二章箋云石色似瓊、似瑩，皆以爲似，則鄭意三章同説人臣親迎，非人君也。上箋唯言臣則三色，不辨臣之尊卑，蓋三章總言卿大夫士也。以其言於著、於庭、於堂，正是待有先後，不宜分爲异人，故爲總述人臣親迎之法。

◇◇孫毓云：案禮之名充耳，是塞耳，即所謂瑱懸當耳，故謂之塞耳。懸之者，别謂之紞，不得謂之充耳，猶瑱不得名之爲紞也。故曰玉之瑱兮。夫設纓以爲冠，不得謂冠是纓之飾。結組以懸佩，不可謂佩所以飾組。今獨以瑱爲紞之飾，謬於名而失於實，非作者之意。以毛、王爲長。斯不然矣。

◇◇言充耳者，固當謂瑱爲充耳，非謂紞也。但經言充耳以素，素絲懸之，非即以素爲充耳也。既言充耳以素，未言充耳之體，又言飾之以瓊華，正謂以瓊華作充耳。人臣服之以爲飾，非言以瓊華飾紞，何當引冠纓、組佩以爲難乎？經言飾之，必有所飾。若雲不得以瓊華飾紞，則瓊華又何所飾哉！

◇◇即如王肅之言，以美石飾象瑱，象骨賤於美石，謂之飾象，何也？下傳以青爲青玉，黄爲黄玉，又當以石飾玉乎？以經之文勢，既言“充耳以素”，即云飾之以瓊華，明以瓊華爲充耳，懸之以素絲，**故易傳**以素絲爲紞，瓊華爲瑱也。

【孔疏-章旨】“俟我”至“乎而”。

○毛以爲，士親迎，夫既受婦於堂，導之而出。妻見其夫衣冠之飾。此陳其辭也。妻言：

①君子待我於門内之著乎而，

②我見君子塞耳之瑱以素象爲之乎而。

③又見其身之所佩，飾之以瓊華之石乎而。言士親迎，妻見其服飾。

今不親迎，故舉以刺之也。

○鄭以爲，總言人臣親迎，其妻見其冠飾。

①君子待我於著之時，

②我見君子充耳以素絲爲之，

③其末飾之以瓊華之石。言用素絲爲紞，以懸瓊華之石爲瑱也。

<二章-1>**俟我於庭乎而，充耳以青乎而，**

【毛傳】青，青玉。

【鄭箋】待我於庭，謂揖我於庭時。青，紞之青（與毛不同）。

【孔疏】傳“青，青玉”。

◇◇傳意充耳以青，謂以青玉爲瑱，故云青謂青玉。此章說卿大夫之事，下章說人君之事。

◇◇《考工記·玉人》云：“天子用全。”則公侯以下皆玉石雜，言青玉、黄玉亦謂玉石雜也。

<二章-3>**尚之以瓊瑩乎而。**

【毛傳】瓊瑩，石似玉，卿大夫之服也。

【鄭箋】石色似瓊、似瑩也（與毛不同）。

【程析】瑩，晶瑩。

<三章-1>**俟我於堂乎而，充耳以黄乎而，**

【毛傳】黄，黄玉。

【鄭箋】黄，紞之黄（與毛不同）。

<三章-3>**尚之以瓊英乎而。**

【毛傳】瓊英，美石似玉者，人君之服也。

【鄭箋】瓊英猶瓊華也。

【孔疏】箋“瓊英猶瓊華”。

◇◇《釋草》云：“木謂之華，草謂之榮，榮而不實者謂之英。”然則英是華之別名，故言“瓊英猶瓊華”。二章瓊、瑩，俱玉石名也，故雲“似瓊、似瑩”。英、華是玉光色，故不言似英、似華耳。

◇◇今定本云“瓊英猶瓊華瓊瑩”，兼言瓊瑩者，蓋衍字也。

《著》三章，章三句。

東方之日 【齊風四】

東方之日兮，彼姝（shū）者子，在我室兮。在我室兮，履我即（jí）兮。

東方之月兮，彼姝（shū）者子，在我闥（tà）兮。在我闥兮，履我發（fā）兮。

《東方之日》二章，章五句。

【毛序】《東方之日》，刺衰也。君臣失道，男女淫奔，不能以禮化也。

【樂道主人】毛與鄭有不同，毛以古刺今，鄭爲直刺今。

【孔疏】“《東方之日》”至“禮化”。

◇◇作《東方之日》詩者，刺衰也。哀公君臣失道，至使男女淫奔，謂男女不待以禮配合，君臣皆失其道，不能以禮化之，是其時政之衰，故刺之也。

◇◇毛以爲，陳君臣盛明，化民以禮之事，以刺當時之衰。鄭則指陳當時君臣不能化民以禮。雖屬意异，皆以章首一句“東方之日”爲君失道，“東方之月”爲臣失道；下四句爲男女淫奔，不能以禮化之之事。

<一章-1>東方之日兮，彼姝（shū）者子，在我室兮。

【毛傳】興也。日出東方，人君明盛，無不照察也。姝者，初昏之貌。

【鄭箋】言東方之日者，訴之乎耳。有姝姝美好之子，來在我室，欲與我爲室家，我無如之何也（與毛不同）。日在東方，其明未融。興者，喻君不明（與毛不同）。

【樂道主人】子，毛指女子，鄭指男子。姝，鄭意此處形容男子，作者爲女子。昏，同“婚”。

【孔疏】傳“日出”至“之貌”。

◇◇日出東方，漸以明盛，照臨下土，故以喻人君明盛，無不照察。謂明照下民，察理其事，使之不敢淫奔。

◇◇彼姝姝者女，言其就女親迎之事，故以姝爲初婚之貌，與箋云美好亦同。

◇◇王肅云："言人君之明盛，刺今之昏闇。"

【孔疏】箋"東方"至"不明"。

◇◇箋以序言"君臣失道"，不言陳善刺惡，則是當時實事也，不宜爲明盛之君，故易傳以東方之日者比君於日，以情訴之也。日之明盛，在於正南。又解不以南方之日爲興者，以日在東方，其明未融，故舉東方之日，以喻君之不明也。

◇◇昭五年《左傳》云："日上其中，明而未融，其當旦乎。"服虔云："融，高也。"案《既醉》"昭明有融"，傳云："融，長也。"謂日高其光照長遠。日之旦明未高，故以喻君不明也。

◇◇若然，男女淫奔，男倡女和，何以得有拒男之女而訴於君者？詩人假言女之拒男，以見男之强暴，明其無所告訴，終亦共爲非禮。以此見國人之淫奔耳，未必有女終能守禮訴男者也。

<一章-4>**在我室兮，履我即（jí）兮。**

【毛傳】履，禮也。

【鄭箋】即，就也。在我室者，以禮來，我則就之，與之去也。言今者之子，不以禮來也。

【孔疏】傳"履，禮"。◇◇《釋言》文。上喻人君明盛，此必不與鄭同。王肅云："言古婚姻之正禮，刺今之淫奔。"

【孔疏-章旨】"東方"至"即兮"。

○毛以爲，①東方之日兮，猶言明盛之君兮。日出東方，無不鑒照，喻君德明盛，無不察理。此明德之君，能以禮化民，民皆依禮嫁娶。

②故其時之女言，彼姝然美好之子，來在我之室兮。此子在我室兮，由其以禮而來，故我往就之兮。

◇◇言古人君之明盛，刺今之昏闇。言婚姻之正禮，以刺今之淫奔也。

○鄭以爲，當時男女淫奔，假爲女拒男之辭，以刺時之衰亂。

①有女以男逼己，乃訴之言：東方之日兮，以喻告不明之君兮，由君不明，致此强暴。今有彼姝然美好之子，來在我之室兮，欲與我爲室家，我無奈之何。

②又言己不從之意，此子在我室兮，若以禮而來，我則欲就之兮。今

不以禮來，故不得從之。

◇◇不能以禮化民，至使男淫女訴，故刺之。

<二章-1>**東方之月兮，彼姝（shū）者子，在我闥（tà）兮。**

【毛傳】月盛於東方。君明於上，若日也。臣察於下，若月也。闥，門内也。

【鄭箋】月以興臣，月在東方，亦言不明。

【程析】闥，本意小門。

【孔疏】傳"月盛"至"門内"。

◇◇以序言"君臣失道"，則君臣并責，故知以月盛於東方喻臣明察也。

◇◇云"闥，門内"者，以上章"在我室兮"謂來入其家，又闥（tà）字從門，故知門内也。

<二章-3>**在我闥兮，履我發（fā）兮。**

【毛傳】發，行也。

【鄭箋】以禮來，則我行而與之去。

【孔疏】傳"發，行"。◇◇以行必發足而去，故以發爲行也。

《東方之日》二章，章五句。

東方未明 【齊風五】

東方未明，顛倒（dào）衣裳（cháng）。顛之倒之，自公召（zhào）之。

東方未晞（xī），顛倒裳衣。倒之顛之，自公令之。

折柳樊（fán）圃（pǔ），狂夫瞿（jù）瞿。不能辰夜，不夙（sù）則莫（mù）。

《東方未明》三章，章四句。

【毛序】《東方未明》，刺無節也。朝廷興居無節，號令不時，挈（qiè）壺氏不能掌其職焉。

【鄭箋】號令，猶召（zhào）呼也。挈壺氏，掌漏刻者。

【孔疏】“《東方未明》”至“職焉”。

◇◇作《東方未明》詩者，刺無節也。所以刺之者，哀公之時，朝廷起居，或早或晚，而無常節度，號令召呼不以其時。

◇◇人君置挈壺氏之官，使主掌漏刻，以昏明告君。今朝廷無節，由挈壺氏不能掌其職事焉，故刺君之無節，且言置挈壺氏之官不得其人也。

◇◇朝廷是君臣之總辭，此則非斥言其君也。興，起也。居，安坐也。言君之坐起無時節也。由起居無節，故號令不時，即經上二章是也。挈壺氏不能掌其職，卒章是也。

【孔疏】箋“號令”至“刻者”。

◇◇以經言“自公召之”，故雲“號令猶召呼也”。

◇◇挈壺氏於天子爲司馬之屬，其官，士也，故《夏官》序云：“挈壺氏下士六人。”注云：“挈讀如挈發之挈。

◇壺，盛水器也。世主挈壺水以爲漏。”然則挈壺者，懸系之名，刻謂置箭壺内，刻以爲節而浮之水上，令水漏而刻下，以記晝夜昏明之度數也。以序言“不能掌其職焉”，故舉其所掌之事也。

<一章-1>**東方未明，顛倒（dào）衣裳（cháng）。**

【毛傳】上曰衣，下曰裳。

【鄭箋】挈壺氏失漏刻之節，東方未明而以爲明，故群臣促遽顛倒衣裳。群臣之朝，別色始入。

【樂道主人】遽（jù），急促。別者，《康熙字典》：辨也，別色，色物可辨也，指天色由黑變白，即天亮。

【孔疏】傳“上曰衣，下曰裳”。

◇◇此其相對定稱，散則通名曰衣。《曲禮》曰：“兩手摳衣，去齊尺。”注云：“齊謂裳下緝也。”是裳亦稱衣也。

◇◇傳言此，解其顛倒之意，以裳爲衣。今上者在下，是爲顛倒也。

【孔疏】箋“挈壺”至“始入”。

◇◇解時實未明，而顛倒衣裳之意。以挈壺氏失漏刻之節，每於東方未明而爲已明，告君使之早起。群臣當以失晚，復恐後期，故於東方未明之時，急促惶遽，不暇整理衣服，故顛倒著衣裳而朝君。

◇◇此則失於侵早，故言朝之正法，群臣別色始入。東方未明，未當起也。別色始入，《玉藻》文。

<一章-3>**顛之倒之，自公召（zhào）之。**

【鄭箋】自，從也。群臣顛倒衣裳，而朝人又從君所來而召之，漏刻失節，君又早興。

【樂道主人】朝人，非爲挈壺氏，其他人也。後句明確地點了挈壺氏失漏刻之節的另外一個原因：君興無節時，此方爲群臣顛倒衣裳，顛倒政事，朝事由此荒廢的真正原因。

【孔疏】箋“群臣”至“早興”。

◇◇群臣顛倒衣裳，方欲朝君，人又從君所來而召之，是君已先起矣，故言君又早興。臣起已太早，君興又早於臣也。

【孔疏-章旨】“東方”至“召之”。

①言朝廷起居無節度，於東方未明之時，群臣皆顛倒衣裳而著之。

②方始倒之顛之，著衣未往，已有使者從君而來召之。

◇◇起之早晚，禮有常法，而今漏刻失節，促遽若此，故刺之。

<二章-1>**東方未晞，顛倒裳衣。**

【毛傳】晞，明之始升。

【程析】晞，昕之假借字。

【孔疏】傳“晞，明之始升”。

◇◇晞是日之光氣。《湛露》云：“匪陽不晞。”謂見日之光而物乾，故以晞爲乾。《蒹葭》云：“白露未晞。”言露在朝旦，未見日氣，故亦爲乾義。

◇◇此言東方未明，無取於乾，故言明之始升，謂將旦之時，日之光氣始升，與上未明爲一事也。

<二章-3>**倒之顛之，自公令之。**

【毛傳】令，告也。

<三章-1>**折柳樊**（fán）**圃**（pǔ）**，狂夫瞿**（jù）**瞿。**

【毛傳】柳，桑脆之木。樊，藩也。圃，菜園也。折柳以爲藩園，無益於禁矣。瞿瞿，無守之貌。古者，有挈壺氏以水火分日夜，以告時於朝。

【鄭箋】柳木之不可以爲藩，猶是狂夫不任挈壺氏之事。

【孔疏】傳“柳桑”至“於朝”。

◇◇言柳桑脆之木者，欲取無益於禁，故以桑脆解之。

◇◇“樊，藩也”，《釋言》文。孫炎曰：“樊，圃之藩也。”郭璞曰：“謂藩籬也。”種菜之地謂之圃，其外藩籬謂之園，故云：“圃，菜園也”。太宰九職，“二曰園圃，毓草木”，注云：“樹果蓏（luǒ）曰圃，園其藩也。”是圃内可以種菜，又可以樹果蓏，其外列藩籬以爲樊。

◇◇柳是桑脆之物，以手折而爲藩，無益於禁，以喻狂夫不任挈壺之職也。

◇◇《蟋蟀》云：“良士瞿瞿。”瞿爲良士貌，故傳云：“瞿瞿然顧禮義。”此言“狂夫瞿瞿”，謂狂愚之夫，故言“瞿瞿，無守之貌”，爲精神不立，志無所守，故不任居官也。

◇序云“挈壺氏不能掌其職”，則狂夫爲挈壺氏矣，故又解其瞿瞿之意。古者有挈壺氏以水火分日夜，謂以水爲漏，夜則以火照之，冬則冰凍不下，又當置火於傍，故用水用火。準晝夜共爲百刻，分其數以爲日夜，以告時節於朝，職掌如此。而今此狂夫瞿瞿然志無所守，分日夜則參差不齊，告時節則早晚失度，故責之也。

◇◇《挈壺氏職》曰：“凡喪，懸壺以代哭，皆以水火守之，分以日夜。及冬，則以火爨（cuàn）鼎水而沸之，而沃之。”注云：“代，更也。禮未大斂代哭。以水守壺者，爲沃漏也。以火守壺者，夜則視刻數也。分以日夜者，异晝夜漏也。漏刻之箭，晝夜共百刻，冬夏之間則有長短焉。太史立成法，有四十八箭。”是其分日夜之事。

◇◇言冬夏之閒有長短者，案《乾象曆》及諸曆法與今大史所候皆云：

◇冬至則晝四十五，夜五十五。

◇夏至則晝六十五，夜三十五。

◇春、秋分則晝五十五半，夜四十四半。

◇從春分至於夏至，晝漸長增九刻半；從夏至至於秋分，所減亦如之。

◇從秋分至於冬至，晝漸短減十刻半；從冬至至於春分，所加亦如之。

◇又於每氣之間加減刻數，有多有少。

◇◇其事在於曆術以其算數有多有少，不可通而爲率，故太史之官立爲法，定作四十八箭，以一年有二十四氣，每一氣之閒又分爲二，通率七日强半而易一箭，故周年而用箭四十八也。

◇◇曆言晝夜者，以昏明爲限。

◇馬融、王肅注《尚書》，以爲日永則晝漏六十刻，夜漏四十刻。日短則晝漏四十刻，夜漏六十刻。日中、宵中則晝夜各五十刻者，以《尚書》有日出日入之語，遂以日見爲限。

◇《尚書緯》謂刻爲商。鄭作《士昏禮目録》云：“日入三商爲昏。”舉全數以言耳。

◇其實日見之前，日入之後，距昏明各有二刻半，減晝五刻以裨夜，故於曆法皆多校五刻也。

◇鄭於《堯典》注云：“日中、宵中者，日見之漏與不見者齊也。日永者，日見之漏五十五刻，日不見之漏四十五刻。”

◇又與馬、王不同者，鄭言日中、宵中者，其漏齊則可矣。其言日永、日短之數，則與曆甚錯。馬融言晝漏六十，夜漏四十，減晝以裨夜矣。鄭意謂其未減，又減晝五刻以增之，是鄭之妄説耳。漏刻之數，見在史官，古今曆者，莫不符合。鄭君獨有此异，不可强爲之辭。

◇◇案挈壺之職唯言分以日夜，不言告時於朝。《春官·雞人》云：“凡國事爲期，則告之時。”注云：“象鷄知時。”然則告時於朝，乃是鷄人。此言挈壺告時者，以序云“興居無節，挈壺氏不能掌其職”，明是挈壺告之失時，故令朝廷無節也。

◇蓋天子備官，挈壺掌漏，雞人告時，諸侯兼官，不立鷄人，故挈壺告也。《庭燎》箋云："王有雞人之官。"是鄭意以爲，唯王者有鷄人，諸侯則無也。

<三章-3>**不能辰夜，不夙（sù）則莫（mù）。**

【毛傳】辰，時。夙，早。莫，晚也。

【鄭箋】此言不任其事者，恒失節數也。

【樂道主人】不夙則莫，孔疏：不太早則太晚，常失其宜。

【孔疏】傳"辰，時。夙，早。莫，晚"。

◇◇《釋訓》云："不辰，不時也。"是辰爲時也。

◇◇"夙，早"，《釋注》文。暮與早對，故爲晚。

【孔疏-章旨】"折柳"至"則莫"。

①此言折柳木以爲藩菜果之圃，則柳木桑脆，無益於圃之禁，以喻用狂夫以爲挈壺之官，則狂夫瞿瞿然不任於官之職。

②由不任其事，恒失節度，不能時節此夜之漏刻，不太早則太晚，常失其宜，故令起居無節。

◇◇以君任非其人，故刺之。

《東方未明》三章，章四句。

南　山 【齊風六】

南山崔（cuī）崔，雄狐綏（suí）綏。魯道有蕩，齊子由歸。既曰歸止，曷又懷止？

葛（gé）屨（jù）五兩，冠緌（ruí）雙止。魯道有蕩，齊子庸止。既曰庸止，曷又從止？

蓺（yì）麻如之何？衡從（zòng）其畝。取妻如之何？必告父母。既曰告止，曷又鞠止？

析薪如之何？匪斧不克。取妻如之何？匪媒不得。既曰得止，曷又極止？

《南山》四章，章六句。

【毛序】《南山》，刺襄公也。鳥獸之行，淫乎其妹，大夫遇是惡，作詩而去之。

【鄭箋】襄公之妹，魯桓公夫人文姜也。襄公素與淫通。及嫁，（魯桓）公謫（zhé）之。公與夫人如齊，夫人愬之襄公。襄公使公子彭生乘公而搤（yì）殺之。夫人久留於齊。（魯）莊公即位後乃來，猶復會齊侯于禚（zhuó），于祝丘，又如齊師。齊大夫見襄公行惡如是，作詩以刺之。又非魯桓公不能禁制夫人而去之。

【樂道主人】謫，《康熙字典》：譴責也。搤（yì），《説文》云："搤，捉也。"

【孔疏】"《南山》"至"去之"。

◇◇作《南山》詩者，刺襄公也。以襄公爲鳥獸之行。鳥獸淫不避親，襄公行如之，乃淫於己之親妹，人行之惡，莫甚於此。齊國大夫逢遇君有如是之惡，故作詩以刺君。其人耻事無道之主，既作此詩，遂弃而去之。

◇◇此妹既嫁於魯桓公，猶尚淫之。亦猶魯桓不禁，使之至齊，故作者既刺襄公，又非魯桓。

◇◇經上二章刺襄公淫乎其妹，下二章責魯桓縱恣文姜。序以主刺襄公，故不言魯桓。大夫遇是惡，作詩而去之，言作詩之意，以見君惡之甚，於經無所當也。

【孔疏】箋"襄公"至"去之"。

◇◇以《弊笱》《猗嗟》之序，知襄公所淫之妹，文姜是也。桓十八年《左傳》云："公與夫人姜氏如齊。齊侯通焉。公謫之。以告。夏四月丙子，享公。使公子彭生乘公，公薨於車。"

◇◇莊元年《公羊傳》云："夫人譖（zèn）公於齊侯。公曰：'同非吾子，齊侯之子也。'齊侯怒。與之飲酒。於其出焉，使公子彭生送之，於其乘焉，拉幹（gàn）而殺之。"是公謫文姜，彭生搚殺公之事也。

◇◇《春秋經》桓三年"秋，公子翬如齊逆女。九月，夫人姜氏至自齊"，是文姜以桓三年歸魯也。

◇◇《左傳》於桓十八年"如齊"之下始云"齊侯通焉"。箋知素與淫通者，以奸淫之事生於聚居，不宜既嫁始然，故知未嫁之前，素與淫通也。

◇且桓六年九月經書"丁卯，子同生"，即莊公也。《猗嗟序》稱"人以莊公爲齊侯之子"，《公羊傳》稱桓公云"同非吾子"，明非如齊之後始與齊侯通也。但《左傳》爲"公謫"張本，故於"如齊"之下始言"齊侯通"耳。

◇◇《公羊》"拉幹而殺之"，《史記》稱"使公子彭生抱魯桓公上車，摺（zhé）其脅，公死於車"，摺與拉音義同。彼皆言拉殺，此言搚殺者，《說文》云："搚，捉也。"何休云："幹脅拉折聲。"正謂手捉其脅而折，拉然爲聲，此指言殺狀，故言搚也。

◇◇夫人以桓十八年與公如齊，經書"公之喪至自齊"，傳不言文薑來歸。莊元年傳云："不書即位，文姜出故也。"莊公即位之時，猶在齊未來，故言"夫人久留於齊，莊公即位後乃來"也。其來年月，三傳無文。

◇莊元年經書"三月，夫人遜于齊"，《公羊傳》云："夫人固在齊矣。其言遜（《正韵》：順也，謙恭也）何？念母也。正月以存君，念母以首事。"

◇何休及賈逵、服虔皆以爲，桓公之薨，至是年三月期而小祥，公憂思少殺，念及於母，以其罪重，不可以反之，故書“遜于齊”耳。其實先在於齊，本未歸也。

◇◇至二年，“夫人會齊侯於禚（zhuó）”，是從魯往之，則於會之前已反魯矣。

◇服虔云蓋魯桓公之喪從齊來，以文姜爲二年始來。

◇杜預以莊元年歲首即位之時，文姜來，公以母出之故，不忍即位。文姜於時感公意而來。既至，爲魯人所尤，故三月又遜於齊。謂文薑來而復去，非先在齊。

◇二者説雖不同，皆是莊公即位之後乃來也。杜預創爲其説，前儒盡不然也。

◇鄭於《喪服小記》之注引《公羊》正月存親之事，則亦同於賈、服，至二年乃歸也。

◇◇《春秋》經“莊二年，夫人姜氏會齊侯於禚。四年，夫人姜氏享齊侯於祝丘。五年，夫人姜氏如齊師。”是夫人復會齊侯、如齊師也。以言齊侯淫於其妹，終説其淫之事。

◇若然，按經“莊七年春，夫人姜氏會齊侯於防。冬，夫人姜氏會齊侯於穀”，亦是淫事。此不言者，略舉其先三會，以包其後二會也。

◇以《左傳》於“會禚”之下“書奸也”，於會防之下言“齊志也”，杜預以爲，意出於夫人則云“書奸”，意出於齊侯則云“齊志”。傳舉二端，其餘皆從之，則“祝丘”與“如齊師”，奸由從夫人；“防”“穀”，奸發於齊侯。鄭意或亦當然。

◇◇今此箋又以經有非魯桓之事，而序不言之，據夫人發文，故申其意，言大夫見襄公行惡如是，作詩以刺之；又非魯桓公不能禁制文云。言詩經有此二意也。而云“去之”者，疊序“去之”文，謂弃齊而去。

<一章-1>**南山崔（cuī）崔，雄狐綏（suí）綏。**

【毛傳】興也。南山，齊南山也。崔崔，高大也。國君尊嚴，如南山崔崔然。雄狐相隨，綏綏然無别，失陰陽之匹。

【鄭箋】雄狐行求匹耦於南山之上，形貌綏綏然。興者，喻襄公居人君之尊，而爲淫泆之行，其威儀可耻惡如狐（與毛不同）。

【程析】南山，亦名牛山。雄狐，古人以雄狐爲淫獸。綏綏，追逐匹配貌，是一種往復徘徊的樣子。

【孔疏】傳"南山"至"之匹"。

◇◇詩人自歌土風，山川不出其境，故云"南山，齊南山"。舉南山形貌高大崔崔然，故知喻國君之位尊嚴，言其高大如南山也。

◇◇綏綏是匹行之貌，今言雄狐相隨綏綏然，明是二雄狐相匹，故雲雄狐綏綏然，是二狐俱雄，無有別异，失陰陽之匹，以喻兄與妹淫，亦失陰陽之匹也。今定本云"失陰陽之正"，義亦通也。檢此傳文，無狐在山上之意，則各自爲喻，异於鄭也。

◇對文則飛曰雌雄，走曰牝牡。散則可以相通。《牧誓》曰"牝鷄之晨"，飛得稱牝，明走得稱雄。僖十五年《左傳》稱"秦伯伐晋，筮之遇蠱，其繇曰：'獲其雄狐。'"亦謂牡爲雄，與此同也。

【孔疏】箋"雄狐"至"如狐"。

◇◇箋以南山、雄狐文勢相連，則是狐在山上，不宜别以爲喻。

◇◇又狐必雄雌相從，無二雄相隨之理，故以爲狐求匹耦於南山之上，喻襄公淫泆於人君之位，其可耻惡如狐貌。以狐比之，《有狐》之傳以"綏綏，匹行之貌"，則此言綏綏亦匹行之貌。

◇言求匹耦者，正謂無雌相隨，是求匹耦也。在高顯之處，使人見之，是謂可惡也。

<一章-3>**魯道有蕩，齊子由歸。**

【毛傳】蕩，平易也。齊子，文姜也。

【鄭箋】婦人謂嫁曰歸。言文姜既以禮從此道嫁于魯侯也。

【孔疏】傳"蕩平"至"文姜"。

◇◇以其説道路之貌，故以蕩爲平易，言地平而易，無險難也。文姜，齊女，故謂之齊子。

◇◇傳於詩"由"多訓爲"用"，此當言用此道以歸魯也。

<一章-5>**既曰歸止，曷又懷止？**

【毛傳】懷，思也。

【鄭箋】懷，來也（與毛不同）。言文姜既曰嫁于魯侯矣，何復來爲乎？非其來也。

【程析】止，語尾詞。

【孔疏】傳"懷，思"。◇◇《釋詁》文。王肅云："文姜既嫁於魯，適人矣，何爲復思與之會而淫乎？"

【孔疏】箋“懷來”至“其來”。◇◇“懷，來”，《釋言》文。以歸止謂文姜歸，則懷止亦謂文姜懷，不宜謂襄公思，**故易傳**以爲非責文姜之來也。

【孔疏-章旨】“南出”至“懷止”。

○毛以爲，南山、雄狐，各自爲喻。

①言南山高大崔崔然，以喻國君之位尊高如山也。雄狐相隨綏綏然，雄當配雌，理亦當然也。今二雄無别，失陰陽之匹，以喻夫當配妻。今襄公兄與妹淫，亦失陰陽之匹。以襄公居尊位而失匹配，故舉淫事以責之。

②言魯之道路有蕩然平易，齊侯之子女文姜用此道而歸嫁於魯。

③既曰歸於魯止，自有夫矣，襄公何爲復思之止？而與之會，爲此淫乎？

○鄭以爲，①狐在山上爲喻，言南山高大崔崔然，有雄狐在此山上，以求配耦，形貌綏綏然，其狀可耻惡也。喻説在箋。既言公淫可惡，又責文姜會公。

②言魯之道路有蕩然而平易，齊子文姜從此道而歸於魯。

③既曰歸於魯止，當專意事夫，何爲又復來止？責文姜之來會襄公也。

<二章-1>**葛**（gé）**屨**（jù）**五兩，冠緌**（ruí）**雙止。**

【毛傳】葛屨，服之賤者。冠緌，服之尊者。

【鄭箋】葛屨五兩，喻文姜與侄娣及傅姆同處。冠緌，喻襄公也。五人奇，而襄公往，從而雙之。冠屨不宜同處，猶襄公、文姜不宜爲夫婦之道。

【程析】葛屨，麻布鞋。冠緌，兩條帽帶下垂胸前部分，是古代貴族的服飾。兩，雙。

【孔疏】傳“葛屨”至“尊者”。

◇◇賤宜對貴，尊當對卑。在身之服，上尊下卑。

◇◇葛屨服之於足，葛又物之賤者，故以賤言之；冠緌服之於首，是服之最尊，所用之物貴，故以尊言之，亦令其貴賤尊卑互相見也。

【孔疏】箋“葛屨”至“之道”。

◇◇屨必兩隻相配，故以一兩爲一物。緌必屬之於冠，故冠緌其爲一同。葛屨言五，冠緌言雙，由是五爲奇，故欲雙之使耦也。奇，大數矣，獨舉五而言，明五必有象，故以喻文姜與侄娣傅姆五人俱是婦人，不宜以襄公往雙之。云其數奇，以經有“五兩”，故以五人解之。

◇◇莊十九年《公羊傳》曰："諸侯一娶九女，二國往媵之，皆有侄娣從。侄者何？兄之子。娣者何？女弟也。"是諸侯夫人有侄有娣也。

◇◇襄三十年《公羊傳》曰："宋灾，伯姬存焉。有司請出。伯姬曰：'吾聞之，婦人夜出，不見傅姆不下堂。'傅至，姆未至，逮火而死。"是諸侯夫人有傅、姆也。《士昏禮》云："姆在其右。"注云："姆，婦人年五十無子，出而不復嫁，能以婦道教人者，若今時乳母矣。"士妻之姆如此，則諸侯夫人其姆亦當然也。

◇◇《内則》云："女子十年不出，傅姆教之，執麻枲，治絲繭。"則傅是姆類，亦當以婦人老者爲之矣。何休云："選老大夫爲傅，大夫妻爲姆。"以男子爲傅，《書傳》未有云焉。且大夫之妻當自處家，無由從女而嫁，使夫人動輒待之，何休之言，非禮意也。

◇◇冠屨貴賤，不宜同處，由襄公與文姜，兄之與妹，不宜爲夫婦之道。又襄公止復文姜耳，傳不言淫其侄娣，又傅、姆老人，非襄公儔（chóu）類，而云襄公雙之者，正以侄、娣、傅、姆與文姜同是婦人，聚居一處，襄公乃以男子廁入其中，不宜與妹相耦。

◇作者指言其不宜雙文姜耳，非謂襄公於五人皆淫之。

<二章-3>**魯道有蕩，齊子庸止。既曰庸止，曷又從止？**

【毛傳】庸，用也。

【鄭箋】此言文姜既用此道嫁於魯侯，襄公何復送而從之，爲淫泆之行？

【樂道主人】從，鄭以此襄公從文薑。

【孔疏】箋"此言"至"之行"。

◇◇上言曷又懷止，箋謂責文姜之來。此言曷又從止，以爲責襄公從之者，以"懷止"與"歸止"文連，歸是文姜歸魯，故知懷是文姜來齊。

◇◇此與"庸止"文連，庸是用道而往，則從是逐後從之，故知責襄公從之。言以意從送，與之爲淫耳，非謂從之至魯也。

【孔疏-章旨】"葛屨"至"從止"。

①屨以兩隻爲具，五爲數之奇。言葛屨服之賤，雖有五兩，其數雖奇，以寇緌往配而雙止，則非其宜，以喻文姜是襄公之妹，雖與侄娣傅姆有五人矣，其數雖奇，以襄公往配而雙之，亦非其宜。襄公，兄也；文姜，妹也，兄妹相配，是非其宜。既云不宜相配，又責非理爲淫。

②魯之道路有蕩然平易，齊子文姜用此道以歸魯止，

③既曰用此道以歸魯止，彼自有夫，襄公何爲復從雙止？責其復從文姜爲淫泆之行。

<三章-1>**蓺（yì）麻如之何？衡從（zòng）其畝。**

【毛傳】蓺，樹也。衡獵之，從獵之，種之然後得麻。

【鄭箋】樹麻者必先耕治其田，然後樹之，以言人君取妻必先議於父母。

【陸釋】《韓詩》云："東西耕曰横。"從，《韓詩》作"由"，云："南北耕曰由。"

【孔疏】傳"蓺樹"至"得麻"。

◇◇此云"蓺麻"，后稷《生民》云"蓺之荏菽"，《大司徒》云"教稼穡樹蓺"，則樹蓺皆種之别名，故云蓺猶樹也。

◇◇在田逐禽謂之獵，則獵是行步踐履之名。

◇◇衡，古横字也。衡獵之，縱獵之，謂既耕而東西踐躡（niè）概摩之也。古者推耒耜而耕，不宜縱横耕田，且《書傳》未有謂耕爲獵者，故知是摩獵之也。

◇◇今定本云南"重之然後得麻"，義雖得通，不如爲"種"字也。

<三章-3>**取妻如之何？必告父母。**

【毛傳】必告父母廟。

【鄭箋】取妻之禮，議於生者，卜於死者，此之謂告。○取，七喻反，注下皆同。

【孔疏】箋"取妻"至"謂告"。

◇◇傳以經云"必告父母"，嫌其唯告生者，故云"必告父母之廟"。箋又嫌其唯告於廟，故云"議於生者，卜於死者"，以足之。

◇◇婚有納吉之禮，卜而得吉，使告女家，是娶妻必卜之。《士冠禮》云"筮於廟門"，明蔔亦在廟也。《曲禮》云"男女非有行媒，不相知名"，故齊戒以告鬼神。

◇◇昭元年《左傳》説楚公子圍將娶妻於鄭，其辭云："圍布幾筵，告於莊、恭之廟而來。"是娶妻自有告廟之法。

◇◇而箋必以爲卜者，以納吉爲六禮之一，故舉卜言之。案《婚禮》受納采之禮云："主人筵於户西。"注云："主人，女父也。筵，爲神布

席也。將以先祖之遺體許人，故受其禮於廟也。”其後諸禮皆轉以相似，則禮法皆告廟矣。

◇◇女家尚每事告廟，則夫家將行六禮，皆告於廟，非徒一卜而已。明以卜爲大事，故特言之。

<三章-5>**既曰告止，曷又鞠止?**

【毛傳】鞠，窮也。

【鄭箋】鞠，盈也（與毛不同）。魯侯女既告父母而取，何復盈從令至於齊乎？非魯桓。

【孔疏】傳“鞠，窮”。《釋言》文。傳意當謂魯桓縱恣文姜，使窮極邪意也。

【孔疏】箋“鞠盈”至“魯桓”。《釋詁》文。箋以此責魯桓之辭，不宜唯言文姜之窮極邪意，**故易傳**以爲盈，責魯桓之盈縱文姜，不禁制之。

【孔疏-章旨】“蓺麻”至“鞠止”。

○毛以爲，①種麻之法如之何乎？必横縱獵其田畝，種之然後得麻，

②以興娶妻之法如之何乎？必告廟，啓其父母，娶之然後得妻。

③魯桓既曰告廟而娶得之止，宜以婦道禁之，何爲又使窮極邪意而至齊乎？止責魯桓不禁制文姜。

○鄭唯以“鞠”爲“盈”爲异，餘同。

<四章-1>**析薪如之何？匪斧不克。**

【毛傳】克，能也。

【鄭箋】此言析薪必待斧乃能也。

【程析】析，破木。析薪，劈材。

<四章-3>**取妻如之何？匪媒不得。既曰得止，曷又極止?**

【毛傳】極，至也。

【鄭箋】此言取妻必待媒乃得也。女既以媒得之矣，何不禁制，而恣極其邪意，令至齊乎？又非魯桓。

【樂道主人】前四句與《豳風·伐柯》同。

【孔疏】傳“極，至”。《釋詁》文。箋言“恣極邪意，令至齊”者，中説極爲至之義，恣解義之言，非經中極也。

【孔疏-章旨】“析薪”至“極止”。

①言析薪之法如之何乎？非用斧不能斫之，

②以興娶妻之法如之何乎？非使媒不能得之。

③魯桓公既曰使媒得之止，宜以婦道禁之，何爲窮極邪意而至齊止？又責魯桓公不禁制文姜也。

《南山》四章，章六句。

甫　田 【齊風七】

無田（diàn）甫（fǔ）田（tián），維莠（yǒu）驕驕。無思遠人，勞心忉（dāo）忉。

無田甫田，維莠桀（jié）桀。無思遠人，勞心怛（dá）怛。

婉兮孌（luán）兮，總角丱（guàn）兮。未幾見兮，突而弁（biàn）兮。

《甫田》三章，章四句。

【毛序】《甫田》，大夫刺襄公也。無禮義而求大功，不修德而求諸侯，志大心勞，所以求者非其道也。

【孔疏】“《甫田》”至“其道”。

◇◇《甫田》詩者，齊之大夫所作以刺襄公也。所以刺之者，以襄公身無禮義，而求己有大功，不能自修其德，而求諸侯從己。

◇有義而後功立，惟德可以來人。今襄公無禮義、無德，諸侯必不從之。其志望大，徒使心勞，而公之所求者非其道也。大夫以公求非其道，故作詩以刺之。

◇求大功與求諸侯，一也，若諸侯從之，則大功克立，所從言之异耳。求大功者，欲求爲霸主也。

◇◇天子衰，諸侯興，故曰霸。《中候》“霸免”，注云：“霸，猶把也，把天子之事。”于時王室微弱，諸侯無主，齊是大國，故欲求之。

◇鄭以《國語》云“齊莊、僖於是乎小伯”，韋昭曰：“小伯主諸侯盟會。襄即莊孫、僖子，以父祖已作盟會之長，可以爲霸業之基。又自以國大民衆，負恃强力，故欲求爲霸也。至其弟桓公，即求而得之。”是齊國可以爲霸，但襄公無德而不可求耳。

◇◇上二章刺其求大功，卒章刺其不能修德，皆言其所求非道之事。“勞心忉忉”，是志大心勞。

<一章-1>**無田（diàn）甫（fǔ）田（tián），維莠（yǒu）驕驕。**

【毛傳】興也。甫（fǔ），大也。大田過度，而無人功，終不能獲。

【鄭箋】興者，喻人君欲立功致治，必勤身修德，積小以成高大

【孔疏】田（diàn），佃（diàn），耕種田地。

【程析】（田，畋，耕種。）無田，不要耕種。甫，《説文》：男子之美稱。段玉裁注：以男子始冠之稱也，引申爲大。維，發語詞，其。莠，害苗的野草，今稱狗尾草。驕驕，喬的假借字，高、揚。

【孔疏】傳“甫田”至“能獲”。

◇◇“甫，大”，《釋詁》文。言“無田甫田”，猶《多方》云“宅爾宅田”。爾田，今人謂佃（耕種田地），食古之遺語也。禁人言“無田甫田”，猶下句云“無思遠人”。無田與無思相對爲喻。

◇◇《周禮》授民田，“上地家百畝，中地家二百畝，下地家三百畝”。謂其人力堪治，故禮以此爲度。過度，謂過此數而廣治田也。

<一章-3>**無思遠人，勞心忉（dāo）忉。**

【毛傳】忉忉，憂勞也。

【鄭箋】言無德而求諸侯，徒勞其心忉忉耳。

【孔疏】傳“忉忉，憂勞”。◇◇《釋訓》云：“忉忉，憂也。”以言勞心，故云“憂勞也。

【孔疏】“無田”至“忉忉”。上田謂墾耕，下田謂土地。以襄公所求非道，故設辭以戒之。

①言人治田，無得田此大田，若大田過度，力不充給，田必蕪（wú，草長得多而亂）穢，維有莠草驕驕然。

②以喻公無霸德，思念遠人，若思彼遠人，德不致物，人必不至，維勞其心忉忉然。

◇◇言人之欲種田求穀，必准功治田，穀乃可獲，喻人君欲立功致治，必勤身修德，功乃可立。無德而求諸侯，徒勞其心也。責襄公之妄求諸侯也。

<二章-1>**無田（diàn）甫田（tián），維莠（yǒu）桀（jié）桀。**

【毛傳】桀桀，猶驕驕也。

【程析】桀，揭的假借，高舉。

<二章-3>無思遠人，勞心怛（dá）怛。

【毛傳】怛怛，猶忉忉也。

【程析】怛，憂傷痛心貌。《説文》：憯也。憯也，痛也。

<三章-1>婉兮孌（luán）兮，總角丱（guàn）兮。未幾見兮，突而弁（biàn）兮。

【毛傳】婉、孌，少好貌。總角，聚兩髦（máo）也。丱，幼稚也。弁，冠也。

【鄭箋】人君内善其身，外修其德，居無幾何，可以立功，猶是婉孌之童子，少自修飾，丱然而稚，見之無幾何，突耳加冠爲成人也。

【程析】丱，形容總角的形狀。

【孔疏】傳“婉孌”至“弁冠”。

◇◇《候人》傳曰：“婉，少貌。孌，好貌。”此并訓之，故言少好貌。

◇◇《内則》云：“男女未冠笄者，總角，衿纓。”冠所以覆髮，未冠則總角，故知“總角，聚兩髦”，言總聚其髦以爲兩角也。“丱兮”與“總角”共文，故爲幼稚。

◇◇《周禮》掌冠冕者，其職謂之弁師，則弁者冠之大號，故爲弁冠也。《士冠禮》及《冠義》記士之冠云：“始加緇布冠，次加皮弁，次加爵弁。三加而後字之，成人之道也。”然則士有三加冠。此言“突若弁兮”，指言童子成人加冠而已，不主斥其一冠也。

◇◇若猶耳也，故箋言“突耳加冠爲成人”。《猗嗟》“頎若”，言若者，皆然耳之義，古人語之异耳。定本云“突而弁兮”，不作“若”字。

【孔疏-章旨】“婉兮”至“弁兮”。

①言有童子婉然而少，孌然而好兮，總聚其髮，以爲兩角丱然兮，幼稚如此。

②與别，未經幾時而更見之，突然已加冠弁爲成人兮。

◇◇言童子少自修飾，未幾時而即得成人，以喻人君能善身修德，未幾時而可以立功。今君不修其德，欲求有功，故刺之。

《甫田》三章，章四句。

盧令 【齊風八】

盧（lú）令（líng）令，其人美且仁。

盧重（chóng）環，其人美且鬈（quán）。

盧重鋂（méi），其人美且偲（cāi）。

《盧令》三章，章二句。

【毛序】《盧令》，刺荒也。襄公好田獵畢弋（yì）而不修民事，百姓苦之，故陳古以風焉。

【鄭箋】畢，噣（zhuō）也。弋（yì），繳射也。

【樂道主人】繳射，中國古代的一種狩獵方式。繳爲絲繩，矰（zēng）爲箭矢，用繫着絲繩的箭去射獲獵物的狩獵方式稱繳射。

【孔疏】“《盧令》”至“風焉”。

◇◇作《盧令》詩者，刺荒也。所以刺之者，以襄公性好田獵，用畢以掩兔，用弋以射雁。好此游田逐禽，而不修治民之事，國内百姓皆患苦之，故作是詩，陳古者田獵之事，以風刺襄公焉。

◇◇經三章，皆言有德之君，順時田獵，與百姓共樂之事。

【孔疏】箋“畢，噣。弋，繳射”。

◇◇《釋天》云：“噣噣謂之畢。”李巡曰：“噣，陰氣獨起，陽氣必止，故曰畢。畢，止也。”孫炎曰：“掩兔之畢，或謂之噣，因名星云。”郭璞曰：“掩兔之畢，或呼爲噣，因星形以名之。”

◇《月令》注云：“網小而柄長謂之畢。”然則此器形似畢星，孫謂以網名畢，郭謂以畢名網。郭説是也。

◇◇出繩系矢而射鳥，謂之繳射也。

<一章-1>盧（lú）令（líng）令，其人美且仁。

【毛傳】盧，田犬。令令，纓環聲。言人君能有美德，盡其仁愛，百姓欣而奉之，愛而樂之。順時游田，與百姓共其樂，同其獲，故百姓聞而説（yuè）之，其樂令令然。

【程析】盧，黑色的犬。

【孔疏】傳“盧田”至“令令然”。

◇◇犬有田犬、守犬。《戰國策》云：“韓國盧，天下之駿犬也。東郭逡，海内之狡兔。韓盧逐東郭，繞山三，越岡五，兔極於前，犬疲於後，俱爲田父之所獲。”是盧爲田犬也。

◇◇此言“鈴鈴”，下言“環”“鋂”，鈴鈴即是環、鋂聲之狀。環在犬之頷下，如人之冠纓然，故云“纓環聲”也。

◇◇言人君有美德，以下言百姓所以悦君之意。

◇孟子謂梁惠王曰：“今王田獵於此，百姓聞王車馬之音，見羽旄之美，舉疾首蹙頞（è，《玉篇》：鼻莖也）而相告曰：‘吾王好田獵，夫何使我至於此極也？父子不相見，兄弟妻子離散。’此無他，不與民同樂也。今王田獵於此，百姓聞王車馬之音，見羽旄之美，舉忻忻然有喜色而相告曰：‘吾王庶幾無疾病與，何能田獵也？’此無他，與民同樂也。”則百姓悦之也。

◇◇今定本云“喻人君能有美德”，“喻”字誤也。

【孔疏-章旨】“盧令”至“且仁”。言古者有德之君，順時田獵，與百姓共樂同獲，百姓聞而悦之。

①言吾君之盧犬，其環鈴鈴然爲聲。

②又美其君，言吾君其爲人也，美好且有仁恩。

◇◇言古者賢君田獵，百姓愛之，刺今君田獵，則百姓苦之。

<二章-1>**盧重**（chóng）**環，**

【毛傳】重環，子母環也。

<二章-2>**其人美且鬈**（quán）**。**

【毛傳】鬈，好貌。

【鄭箋】鬈讀當爲權（與毛不同）。權，勇壯也。

【孔疏】箋“鬈讀”至“勇壯”。

◇◇箋以諸言且者，皆辭兼二事，若鬈是好貌，則與美是一也。“且仁”“且偲（cāi）”，既美而復有仁才，則“且鬈”不得爲好貌，**故易之**。《巧言》云：“無拳無勇。”其文相連，是鬈爲勇壯也。

◇◇以君能盡其仁愛，與百姓同樂，故美其“且仁”。以君身有勇壯，能捕取猛獸，故美其“且鬈”。以君善於射御，多有才能，故美其

“且偲”。皆是獵時之事，故歷言之。《大叔于田敘》云：“叔多才而好勇”，亦謂獵時有才勇也。

<三章-1>**盧重鋂**（méi），

【毛傳】鋂，一環貫二也。

【孔疏】傳“鋂，一環貫二”。

◇◇上言重環，謂“環相重”，故知謂“子母環”，謂大環貫一小環也。

◇◇“重鋂”與“重環”別，則與子母之環文當异，故知“一環貫二”，謂一大環貫二小環也。《説文》亦云：“鋂，環也，一環貫二。”

<三章-2>**其人美且偲**（cāi）。

【毛傳】偲，才也。

【鄭箋】才，多才也。

【樂道主人】孔疏：以君善於射御，多有才能，故美其“且偲”。

《盧令》三章，章二句。

敝　笱　【齊風九】

敝笱（guǒ）在梁，其魚魴（fáng）鰥（guān）。齊子歸止，其從如雲。

敝笱在梁，其魚魴鱮（xù）。齊子歸止，其從如雨。

敝笱在梁，其魚唯唯。齊子歸止，其從如水。

《敝笱》三章，章四句。

【毛序】《敝笱》，刺文姜也。齊人惡魯桓公微弱，不能防閑文姜，使至淫亂，爲二國患焉。

【孔疏】“《敝笱》”至“患焉”。

◇◇作《敝笱》詩者，刺文姜也。所以刺之者，文姜是魯桓夫人，齊人惡魯桓公爲夫微弱，不能防閑文姜，使至於齊，與兄淫亂，爲二國之患焉，故刺之也。文姜淫亂，由魯桓微弱使然。經三章，皆是惡魯桓以刺文姜之辭。

◇◇《夏官·虎賁氏》云：“舍則守王閑。”注云：“舍，王出所止宿處也。閑，梐（bì）枑（hù）（古代官署攔住行人的東西，用木條交叉製成）也。”

◇《天官·掌舍》“掌王之會同之舍，設梐枑再重”，杜子春云：“梐枑謂行馬。（鄭）玄謂行馬再重者，以周衛有外内列。周衛，防守之物，名之曰閑。”則閑亦防禁之名，故此及《猗嗟》之序皆防閑并言之也。

◇◇齊則襄公通妹，魯則夫人外淫。桓公見殺於齊，襄公惡名不滅，是爲二國患也。文姜既嫁於魯，齊人不當刺之，由其兄與妹淫，齊人惡君而復惡文姜，亦所以刺君，故編之爲襄公詩也。

<一章-1>敝笱（guǒ）在梁，其魚魴（fáng）鰥（guān）。

【毛傳】興也。鰥，大魚。

【鄭箋】鰥，魚子也（與毛不同）。魴也，鰥也，魚之易制者，然而敝敗之笱不能制。興者，喻魯桓微弱，不能防閑文姜，終其初時之婉順。

【程析】笱，竹制的捕魚籠。梁，魚梁。魴，鯿魚。鰥，草魚。

【孔疏】傳“鰥（guān），大魚”。

◇◇《孔叢子》云：“衛人釣於河，得鰥魚焉，其大盈車，子思問曰：‘如何得之？’對曰：‘吾下釣垂一魴之餌，鰥過而不視。又以豚之半，鰥則吞矣。’子思嘆曰：‘魚貪餌以死，士貪禄以亡。’”是鰥爲大魚也。

◇◇傳以鰥爲大魚，則以大爲喻。王肅言：“魯桓之不能制文姜，若弊笱之不能制大魚也。”

【孔疏】箋“鰥魚”至“婉順”。

◇◇“鰥，魚子”，《釋魚》文。李巡曰：“凡魚之子總名鯤也。鯤、鰥字异，蓋古字通用。或鄭本作‘鯤’也。《魯語》云：‘宣公夏濫於泗淵，里革斷其罟而弃之，曰：魚禁鯤鮞，鳥翼鷇卵，蕃庶物也。’”是亦以鯤爲魚之也。

◇◇毛以鯤爲大魚，鄭以鯤爲魚子而與魴相配，則魴之爲魚，中魚也，故可以爲大亦可以爲小。

◇陸機《疏》云：“魴，今伊、洛、濟、潁魴魚也，廣而薄，肥恬而少力，細鱗，魚之美者。遼東梁水魴特肥而厚，尤美於中國魴，故其鄉語曰‘居就糧梁水魴’是也。”

◇◇箋以一鰥若大魚，則强笱亦不能制，不當以弊敗爲喻。且魴、鯤非極大之魚，與鰥不類，故**易傳**以爲小魚易制，喻文姜易制，但魯桓微弱，不能防閑文姜，使終其初時之婉順。

◇◇文姜素與兄淫，而云“初時婉順”者，在齊雖則先淫，至魯必將改矣，但知桓公微弱，后復更爲淫耳。

<一章-3>**齊子歸止，其從如雲。**

【毛傳】如雲，言盛也。

【鄭箋】其從，侄娣之屬。言文姜初嫁于魯桓之時，其從者之心意如雲然（與毛不同）。雲之行，順風耳。後知魯桓微弱，文姜遂淫恣，從者亦隨之爲惡。

【樂道主人】歸，出嫁。

【孔疏】傳"如雲，言盛"。

◇◇傳以如雲言盛，謂其從者多，强盛而難制。

◇◇孫毓云："齊爲大國，初嫁寵妹，庶姜庶士盛如雲雨，故妹來自由，桓公不能禁制。"言從者之盛，傳意當然。文姜歸魯之日，襄公未爲君，言寵妹則非也。

【孔疏】箋"其從"至"爲惡"。

◇◇侄娣之外，更當有侍御賤妾，故云"其從，侄娣之屬"。

◇◇箋以作詩者主刺文薑之惡，而言其從如雲，明以文姜惡甚，疾其敗損族類，**故易**傳以爲從者亦隨文姜爲惡。

【孔疏-章旨】"敝笱"至"如雲"。

○毛以爲，①笱者捕魚之器。弊敗之笱在於魚梁，其魚乃是魴鰥之大魚，非弊敗之笱所能制，以喻微弱之君爲其夫婿，其妻乃是强盛之齊女，非微弱之夫所能制，刺魯桓之微弱，不能制文姜也。

②又言文姜難制之意。齊子文姜初歸於魯國止，其從者庶姜庶士，其數衆多如雲然，以此强盛，故魯桓不能禁也。

○鄭以爲，①弊敗之笱在於魚梁，其魚乃是魴鰥之小魚。魴鰥自是魚之易制者，但笱以弊敗，不能制，以喻文姜是婦人之易制者，但由魯桓以微弱不能制。由其不制文姜，故令從者亦惡。

②齊子文姜初歸於魯國止，其從者之心如雲然。雲行順風東西，從者隨嫡善惡，由文姜淫泆，故從者亦淫。

<二章-1>**敝笱在梁，其魚魴鱮**（xù）。

【毛傳】魴鱮，大魚。

【鄭箋】鱮，似魴而弱鱗。

【程析】鱮，鰱魚。

【孔疏】箋"鱮，似魴而弱鱗"。

◇◇陸機《疏》云："鱮似魴，厚而頭大，魚之不美者，故里語曰'網魚得鱮，不如啗（dàn）茹'。其頭尤大而肥者，徐州人謂之鰱，或謂之鱅。幽州人謂之鴞鶹，或謂之胡鱅。"

<二章-3>**齊子歸止，其從如雨。**

【毛傳】如雨，言多也。

【鄭箋】如雨，言（與毛不同），天下之則下，天不下則止，以言侄娣之善惡，亦文姜所使止。

【樂道主人】無常，無常道，即無正道。

【孔疏】箋“如雨”至“使止”。◇◇侄娣之善惡，亦文姜所使，今定本云“所使止”，於義是也。

<三章-1>**敝笱在梁，其魚唯唯。**

【毛傳】唯唯，出入不制。

【鄭箋】唯唯，行相隨順之貌（與毛不同）。

【孔疏】傳“唯唯，出入不制”。

◇◇上二章言魚名，此章言魚貌，令其上下相充也。唯唯，正是魚行相隨之貌耳。傳以弊笱不能制大魚，故云出入不制。

◇◇箋以爲小魚，故行相隨順之貌。各從其義，故爲辭异耳。其於唯唯，義亦同也。

<三章-3>**齊子歸止，其從如水。**

【毛傳】水，喻衆也。

【鄭箋】水之性可停可行（與毛不同），亦言侄娣之善惡在文姜也。

《敝笱》三章，章四句。

載　驅【齊風十】

載（zài）驅薄（bó）薄，簟（diàn）茀（fú）朱鞹（kuò）。魯道有蕩，齊子發夕。

四驪（lí）濟（jǐ）濟，垂轡（pèi）瀰（mǐ）瀰。魯道有蕩，齊子豈（kǎi）弟（tì）。

汶（wèn）水湯（shāng）湯，行人彭（bāng）彭。魯道有蕩，齊子翱翔。

汶水滔滔，行人儦（biāo）儦。魯道有蕩，齊子遊敖。

《載驅》四章，章四句。

【毛序】《載驅》，齊人刺襄公也。無禮義故，盛其車服，疾驅於通道大都，與文姜淫播其惡於萬民焉。

【鄭箋】故，猶端也。

【樂道主人】端，頭緒，可解釋爲“樣子”。

【孔疏】“《載驅》”至“民焉”。

◇◇《載驅》詩者，齊人所作以刺襄公也。刺之者，襄公身無禮義之故，乃盛飾其所乘之車與所衣之服，疾行驅馳於通達之道，廣大之都，與其妹文姜淫通，播揚其惡於萬民焉，使萬民盡知情，無慚耻，故刺之也。

◇◇國人刺君，乃是常事，諸序未有舉國之名言其民刺君。此獨云“齊人刺襄公”者，以文姜魯之夫人，襄公往入魯境，以其齊、魯交錯，須言齊以辨嫌。

◇◇無禮義，盛其車服者，首章次句與次章上二句是也。

◇◇疾驅，首章上句是也。於通道大都，下二章上二句是也。經因駈（qū）車而言車飾，故先言載驅。序以美其車服然後驅之，且欲見其驅車所往之處，故令疾驅與通道大都爲句而後言之。

◇經有車馬之飾而已，無盛服之事。既美其車，明亦美其服，故協句言之。

◇◇四章下二句皆言文姜來會齊侯，是與文姜淫之事，大都通道人皆見之，是播其惡於萬民也。

【孔疏】箋“故猶端”。

◇◇諸言“故”者，多是因上文以生下事。此“故”乃與上爲句，非生下之辭，是以箋特釋之。

◇◇“無禮義故”，猶言無禮義端，端謂頭緒也。《論語》“叩其兩端”，謂動發本末兩頭也。《摽有梅》箋云“女年二十而無嫁端”，爲無嫁之頭緒。此亦謂無禮義之頭緒也，故盛服而與妹淫通也。

【樂道主人】幾層意思，層層遞進：無禮→盛車、美服，無耻→大都通道，不避人民。

<一章-1>**載**（zài）**驅薄薄，簟**（diàn）**茀**（fú）**朱鞹**（kuò）。

【毛傳】薄薄，疾驅聲也。簟，方文席也。車之蔽曰茀。諸侯之路車，有朱革之質而羽飾。

【鄭箋】此車襄公乃乘焉，而來與文姜會。

【孔疏】傳“薄薄”至“羽飾”。

◇◇薄薄，車聲狀。序言疾馳，故云疾驅。馳與驅音義同，皆謂馳馬疾行也。

◇◇《斯干》説鋪席燕樂之事云：“下莞（guān，《説文》：草也，可爲席）上簟。”簟字從竹，用竹爲席，其文必方，故云方文席也。

◇◇車之蔽曰茀，謂車之後户也。

◇◇《説文》云：“鞹，革也。”獸皮治去毛曰革，“鞹是革之别名。此説齊君之車，而云朱鞹，故云諸侯之路車有朱革之質而羽飾。謂以皮革爲本質，其上又以翟羽爲之飾也。

◇◇《釋器》云：“輿革，前謂之鞎，後謂之茀。”李巡曰：“輿革前，謂輿前以革爲車飾曰鞎。茀，車後户名也。”郭璞曰：“鞎，以韋靶車軾也。茀，以韋靶後户也。”又云：“竹前謂之禦，後謂之蔽。”

◇李巡曰：“竹前，謂編竹當車前以擁蔽，名之曰禦。禦，止也。”孫炎曰：“禦，以簟爲車飾也。”郭璞曰：“蔽，以簟衣後户也。”如《爾雅》之文，車前後之飾，皆有革有簟，故此説車飾云“簟茀朱鞹”也。

◇彼文革飾後户謂之茀，竹飾後户謂之蔽，則茀、蔽异矣。此言車之蔽曰茀，茀、蔽爲一者，彼因革與竹别而异其文耳，其實革竹同飾後户，俱爲車之蔽塞，故此傳茀、蔽通言之。

◇◇《春官》巾車掌王后之車輅，有重翟、厭翟。《碩人》說衛侯夫人云“翟茀以朝”。是婦人之車有翟羽飾矣。經、傳不言諸侯路車有翟飾者，今傳言羽飾，必當有所案據，不知出何書也。

表 15　車視的質地

位置	名	質地	名	質地
車前	鞎	革	䉛	竹
車後	茀		蔽	

<一章-3>**魯道有蕩，齊子發夕。**

【毛傳】發夕，自夕發至旦。

【鄭箋】襄公既無禮義，乃疾驅其乘車以入魯竟。魯之道路平易，文姜發夕由之往會焉，曾無慚恥之色。

【程析】齊子，指文姜。

【樂道主人】前兩句指襄公從齊而魯，後兩句指文姜從魯來會。

【孔疏】傳“發夕”至“至旦”。

◇◇此言發夕，謂夕時發行，故爲發夕至旦。《小宛》云“明發不寐”，謂此至明之開發，未嘗寢寐，故爲發夕至明。所以立文不同，皆爲夕發至旦。

【孔疏】箋“襄公”至“之色”。

◇◇知入魯境者，以下言“汶（wèn）水湯湯”，則會在汶側。齊在魯北，水北曰陽。僖元年《左傳》稱公賜季友汶陽之田，當齊襄公之時，汶水之北尚是魯地，故知襄公乘車入魯境也。

◇◇於“魯道”之下，即言“發夕”，是則夜行在道，言其疾趨齊侯之意，故言文姜發夕而往會焉。

◇◇兄則盛飾而往，妹則疾行會之，是其無慚恥之色。

【孔疏-章旨】“載驅”至“發夕”。

①言襄公將與妹淫，則驅馳其馬，使之疾行，其車之聲薄薄然，用方文竹簟以爲車蔽，又有朱色之革爲車之飾。

②公乘此車馬往就文姜，魯之道路有蕩然平易，齊子文姜乃由此道發夕至旦來與公會。

◇◇公與妹淫，曾無愧色，故刺之。

<二章-1>**四驪（lí）濟（jǐ）濟，垂轡（pèi）濔（mǐ）濔。**

【毛傳】四驪，言物色盛也。濟濟，美貌。垂轡，轡之垂者。濔濔（mǐ），衆也。

【鄭箋】此又刺襄公乘是四驪而來，徒爲淫亂之行。

【樂道主人】驪，鐵黑色。這裏指四匹黑色的馬。濟濟，整齊貌。

【程析】濔濔，柔軟貌。

【孔疏】傳“四驪，言物色盛也”。◇◇《夏官·校人》云：“凡軍事，物馬而頒（《廣韵》：布也，賜也）之。”注云：“物馬齊其力。”言四言驪，道其物色俱盛也。

<二章-3>**魯道有蕩，齊子豈（kǎi）弟（tì）**。

【毛傳】言文姜於是樂易。

【鄭箋】此豈弟猶言發夕也（與毛不同）。豈讀當爲闓（kǎi）。弟，《古文尚書》以弟爲圛（yǔ）。圛，明也。

【孔疏】箋“此豈”至“明也”。

◇◇箋以爲，齊子愷悌，文在魯道之下，則愷悌爲在道之事。若是其心樂易，非獨在道爲然。且上云“發夕”，此當爲發夕之類，故云“此愷悌猶發夕”，言與其餘愷悌不同也。愷悌之義，與發夕不類，故讀愷爲闓易，稱闓物成務。《説文》云：“闓，開也。”

◇◇《古文尚書》即今鄭注《尚書》是也，無以悌爲圛之字。唯《洪範》稽疑論蔔兆有“五曰圛”，注云：“圛者，色澤光明。”蓋古文作“悌”，今文作“圛”。賈逵以今文校之，定以爲“圛”，故鄭依賈氏所奏，從定爲“圛”，於古文則爲“悌”，故云“《古文尚書》以悌爲圛。

◇◇圛，明也”。上言發夕，謂初夜即行。此言闓明，謂侵明而行，與上古文相通也。《釋言》云：“愷悌，發也。”舍人、李巡、孫炎、郭璞皆云“闓，明。發，行”。郭璞又引此詩云“齊子愷悌”，是闓亦爲行之義也。

◇◇今定本云：“此愷悌，發也，猶言發夕。”又云：“悌，《古文尚書》以爲圛。”更無悌字，義并得通。

【孔疏-章旨】“四驪”至“豈弟”。

○毛以爲，①襄公將與妹淫，乘其一駟之馬，皆是鐵驪之色，其馬濟濟然而美，又四馬垂其六轡瀰瀰然而衆。爲此盛飾，往就文姜。

②魯之道路有蕩然平易，齊子文姜於是樂易然來與兄會，曾無慚色，故刺之。

○鄭唯愷悌爲异。言文姜開明而往會之。餘同。

<三章-1>**汶（wèn）水湯（shāng）湯，行人彭（bāng）彭。**

【毛傳】湯湯，大貌。彭彭，多貌。

【鄭箋】汶水之上蓋有都焉，襄公與文姜時所會。

【程析】汶水，經流齊、魯二國，即今之汶河。

【孔疏】箋"汶水"至"所會"。

◇◇序言"疾驅於通道大都"，"行人彭彭"，是爲通道；"汶水湯湯"，傍有大都，可知。若其不然，不應輒言汶水，故云"汶水之上蓋有都焉，襄公與文姜時所會處也。"

◇◇此襄公入於魯境，往會文姜，若是魯桓尚存，不應公然如此。此篇所陳，蓋是莊公時事，亦不知大都爲何邑，故箋不言之。

<三章-3>**魯道有蕩，齊子翱翔。**

【毛傳】翱翔，猶彷徉（yáng）也。

【程析】翱翔，游逛。

<四章-1>**汶水滔滔，行人儦（biāo）儦。魯道有蕩，齊子遊敖。**

【毛傳】滔滔，流貌。儦儦，衆貌。

《載驅》四章，章四句。

猗嗟【齊風十一】

猗（yī）嗟（jiē）昌兮，頎而長兮。抑若揚兮，美目揚兮。巧趨蹌（qiāng）兮，射則臧（zāng）兮。

猗嗟名兮，美目清兮，儀既成兮。終日射侯，不出正兮。展我甥（shēng）兮。

猗嗟孌（luán）兮，清揚婉兮。舞則選（xuàn）兮，射則貫兮。四矢反兮，以禦亂兮！

《猗嗟》三章，章六句。

【毛序】《猗嗟》，刺魯莊公也。齊人傷魯莊公有威儀技藝，然而不能以禮防閑其母，失子之道，人以爲齊侯之子焉。

【欒道主人】與《敝笱》异曲同工：《敝笱》刺父，此刺子。

【孔疏】“《猗嗟》”至“子焉”。

◇◇見其母與齊淫，謂爲齊侯種胤（yìn，《廣韵》：繼也，嗣也），是其可耻之甚，故齊人作此詩以刺之也。禮，婦人夫死從子，子當防母奸淫。莊公不能防禁，是失爲人子之道。經言猗嗟，是嘆傷之言也。

◇◇言其形貌之長，面目之美，善於趨步，是有威儀也。言其善舞善射，是有技藝也。言“展我甥兮”，拒時人以爲齊侯之子也。以其齊人所作，故繫之於齊。襄公淫之，故爲襄公之詩也。

<一章-1>猗（yī）嗟（jiē）昌兮，頎而長兮。

【毛傳】猗嗟，嘆辭。昌，盛也。頎，長貌。

【鄭箋】昌，佼好貌。

【孔疏】傳“猗嗟”至“長貌”。

◇◇猗是心内不平，嗟是口之喑啞，皆傷嘆之聲，故爲嘆辭。

◇◇若，猶然也。此言頎若長兮，《史記·孔子世家》稱孔子説文王之狀云：“黯然而黑，頎然而長。”是之爲長貌也。今定本云“頎而長兮”，“而”與“若”義并通也。

【孔疏】箋“昌，佼好貌”。◇◇傳昌爲盛，不言爲其貌，故申足之云：“佼好貌。”

<一章-3>**抑若揚兮，**

【毛傳】抑，美色。揚，廣揚。

【程析】抑，同“懿”。揚，同“陽”，自眉頭到至額角，通指額頭。

【孔疏】傳“抑，美色。揚，廣揚”。◇◇揚是顙（sǎng，額頭）之别名，抑爲揚之貌，故知抑爲美色。顙貴闊，故言“揚，廣揚”。

<一章-4>**美目揚兮。**

【毛傳】好目揚眉。

【孔疏】傳“好目揚眉”。◇◇“美目揚兮”，目揚俱美，傳欲辨揚是眉，故省其文言“好目揚眉”。既言目揚皆好，又傳解揚爲眉，蓋以眉毛揚起，故名眉爲揚。

<一章-5>**巧趨蹌**（qiāng）**兮，射則臧**（zāng）**兮。**

【毛傳】蹌，巧趨貌。

【鄭箋】臧，善也。

【樂道主人】巧，《説文》：技也。《廣韵》：能也，善也。

【孔疏】傳“蹌，巧趨貌”。

◇◇《曲禮》云“士蹌蹌”，今與趍連文，故知“蹌，巧趨貌”。

◇◇《曲禮》注又云：“行而張足曰趨。”趨，今之捷步，則“趨，疾行也”。禮有徐趨、疾趨，爲之有巧有拙，故美其“巧趨蹌兮”。

【孔疏-章旨】“猗嗟”至“臧兮”。齊人傷魯莊公。

①猗嗟此莊公之貌甚昌盛兮，其形狀頎然而長好兮。

②抑然而美者其額上揚廣兮，

③又有美目揚眉兮。

④巧爲趨步，其舉動蹌然兮，射則大善兮。

◇◇威儀技藝，其美如此，而不能防閑其母，使之淫亂，是其可嗟傷也。

<二章-1>**猗嗟名兮，美目清兮，**

【毛傳】目上爲名。目下爲清。

【程析】名，“明”的假借。

【孔疏】傳“目上”至“爲清”。

◇◇《釋訓》云：“猗嗟名兮，目上爲名。”孫炎云：“目上平博。”郭璞曰：“眉眼之閒。”《爾雅》既釋如此，清又與目共文，名既目上，則清爲目下。

<二章-3>**儀既成兮。終日射侯，不出正兮。展我甥（shēng）兮。**

【毛傳】二尺曰正。外孫曰甥。

【鄭箋】成猶備也。正，所以射於侯中者，天子五正，諸侯三正，大夫二正，士一正。外皆居其侯中參分之一焉。展，誠也。姊妹之子曰甥。容貌技藝如此，誠我齊之甥。言誠者，拒時人言齊侯之子。

【程析】儀，射議，射手在射箭之前先表演射的各種姿態。侯，箭靶。

【孔疏】傳“二尺”至“曰甥”。

◇◇正者，侯中所射之處。經典雖多言正鵠，其正之廣狹則無文。

◇◇鄭於《周禮》考之，以爲大射則張皮侯而設鵠，賓射則張布侯而畫正。

◇正大如鵠，三分侯廣而正居一焉。

◇侯身長一丈八尺者，正方六尺。

◇侯身一丈四尺者，正方四尺六寸大半寸。

◇侯身一丈者，正方三尺三寸少半寸。

◇正以彩畫爲之。其外之廣雖則不同，其内皆方二尺。

◇◇毛於正鵠之事，唯此言“二尺曰正”耳。既無明説可以同之鄭焉。鄭言正之内方二尺者，亦更無明文，蓋應顧此傳耳。

◇◇姊妹之子名之曰甥。傳言“外孫曰甥”者，王肅云：“據外祖以言也。”謂不指襄公之身，總據齊國爲信。外孫得稱甥者，案《左傳》云：“以肥之得備彌甥。”

◇孫毓云：“姊妹之子曰甥。謂吾舅者，吾謂之甥。此《爾雅》之明義，未學者之所及，豈毛公之博物，王氏之通識，而當亂於此哉！抑者以襄公雖舅，而鳥獸其行，犯親亂類，使時人皆以爲齊侯之子，故絶其相名之倫，更本於外祖以言也。”凡异族之親皆稱甥。然此是毛傳之言，不應代詩人爲絶其相名之倫。孫毓之言非也。

【孔疏】箋“正所”至“之子”。

◇◇《夏官·射人》“以射法治射義。

◇王以六耦射三侯，樂以《騶虞》，九節五正。

◇諸侯以四耦射二侯，樂以《貍首》，七節三正。

◇孤卿大夫以三耦射一侯，樂以《采蘋》，五節二正。

◇士以三耦射犴（hān，駝鹿）侯，樂以《采蘩》，五節二正”。

◇是天子以下所射之正數也。彼文大夫士同射二正。今定本云“大夫二正，士一正”，誤耳。

◇◇“外皆居其侯中三分之一”者，其外畔準侯廣狹，各居其侯三分之一，其内皆方二尺，故彼注云九節、七節、五節者，奏樂以爲射節之差。

◇三侯者，五正三正二正之侯也。

◇二侯者，三正二正之侯也。

◇一侯者，二正而已。

◇◇畫五正之侯者，中朱、次白、次蒼、次黄，玄居外。

◇三正者，損玄、黄。

◇二正者，去白、蒼，而畫以朱、緑，其外之廣皆居侯中三分之一。

◇◇鄭言中二尺，是中央之采方二尺以外，準其采之多少，正之廣狹，均布之以至於外畔也。

◇◇言居侯三分之一，侯之廣狹則有三等不同。

◇五正之侯則方一丈八尺，

◇三正之侯方一丈四尺，

◇二正之侯則方一丈。

◇知者，以大射之鵠，賓射之正，雖其侯正、鵠不同，侯道遠近一也。

◇◇《儀禮》大射禮者，諸侯射禮。經曰：“司馬命量人量侯道，以貍步，大侯九十，糝七十，犴五十。”

【樂道主人】糝，《周禮·天官》疏：糝侯者，糝雜也。《説文》：古文糂作糝，以米和羹也。一曰粒也。

◇◇《鄉射記》記射之侯云：“侯道五十弓。”則《大射》所云九十、七十、五十皆謂弓也。

◇◇諸侯大射三侯之道，既有九十、七十、五十，則王射亦張三侯，其道之數亦當然，故《射人》注云：“量侯道者，以弓爲度。九節者，九十弓。七節者，七十弓。五節者，五十弓。弓之下制長六尺。”是侯道遠近有三等不同也。

◇◇《鄉射記》又云："弓二寸以爲侯中。"侯中謂侯身也。鄉射之侯既弓取二寸，則餘侯亦當然。

◇◇《天官·司裘》注説大射之侯，引《鄉射記》曰："弓二寸以爲侯中。"則九十弓者，侯中廣丈八尺；七十弓者，侯中廣丈四尺；五十弓者，侯中廣一丈。大射既然，則賓射亦爾。

◇◇《考工記》云："梓人爲侯，廣與崇方，三分其廣，而鵠居一焉。"《司裘》掌大射之禮云："設其鵠。"

◇◇《射人》治賓射之儀則云："五正、三正、二正。"有正者無鵠，有鵠者無正，則正與鵠大小同矣。故《射人》注云："鵠乃用皮，其大如正。"

◇◇鵠居侯中三分之一，則知正亦在侯三分之一，各準其侯之廣狹而畫之耳。謂之正者，《射人》注云："正之言正也。射者内志正則能中。"《大射》注云："正者，正也。亦鳥名。齊、魯之間名題肩爲正。正鳥之捷黠者，射之難中，以中爲俊，故射取名焉。"

◇◇大射射鵠，賓射射正，此言"不出正兮"，據賓射爲文也。

◇◇"展，誠"，《釋詁》文。

◇◇"姊妹之子爲甥"，《釋親》文。上説容貌技藝，下言"展我甥兮"，縱令無技藝，亦是其甥，但作者既美其身業技藝，又言實是其甥，傷不防閑其母，而令人以爲齊侯之子，故言誠我齊之外甥。爲齊之甥信不虚矣。◇◇而雲誠實是者，拒時人言是齊侯之子耳。

【孔疏-章旨】"猗嗟"至"甥兮"。齊人傷魯莊公。

①猗嗟此莊公目上之名甚平博兮，又有美目及目下之清亦美兮，

②（又有）威儀容貌既備足兮，又善於爲射，終日射侯，其矢不出正之内兮，此又誠是我齊之外甥兮。

◇◇威儀技藝如此，又實是齊之外甥，不能使母不淫，令人以爲齊侯之子，是其可嗟傷也。

<三章-1>**猗嗟孌（luán）兮，**

【毛傳】孌，壯好貌。

<三章-2>**清揚婉兮。**

【毛傳】婉，好眉目也。

【孔疏】揚，蓋以眉毛揚起，故名眉爲揚。

<三章-3>**舞則選（xuàn）兮，射則貫兮。**

【毛傳】選，齊。貫，中也。

【鄭箋】選者，謂於倫等最上（與毛不同）。貫，習也（與毛不同）。

【孔疏】傳“選，齊。貫，中”。

◇◇傳選之爲齊，其訓未聞，當謂其善舞齊於樂節也。

◇◇貫謂穿侯，故爲中也。

【孔疏】箋“選者”至“貫習”。

◇◇箋以美其善舞，當謂舞能勝人，故**易傳**以爲倫等之中上選也。

◇◇“貫，習”，《釋詁》文。

<三章-5>**四矢反兮，以禦亂兮。**

【毛傳】四矢，乘矢。

【鄭箋】反，復也。禮射三而止。每射四矢，皆得其故處，此之謂復射。必四矢者，象其能禦四方之亂也。

【孔疏】傳“四矢，乘矢”。◇◇乘車必駕四馬，因即謂四馬爲乘（shèng）。《大射》《鄉射》皆以四矢爲乘矢，故傳依用之。

【孔疏】箋“禮射”至“之亂”。

◇◇大射皆三番，射訖，止而不復射，是“禮射三而止”也。必三而止者，案《儀禮·大射》初使三耦射之而未釋獲，射訖，取矢以複。君與卿大夫等射，釋獲，飲不中者。訖，君與卿大夫等又射，取中於樂節。注云：“君子之於事也，始取苟能中，課有功，終用成法，教化之漸也。”

◇◇然則初射惟三耦，其後兩番君始與卿大夫等射。此言“禮射三而止”，通三耦等爲言。射法三而止，而云“終日射侯”者，美其久射而常中，非禮射終一日也。

◇◇每射四矢，皆復故處，言常中正鵠也。又解射禮必用四矢者，“象其能禦四方之亂”，故詩人以莊公四矢皆中，即云“以禦亂兮”，美莊公善射，言其堪禦亂也。

◇◇《内則》云：“男子生，以桑弧蓬矢六，射天地四方。”注云：“天地四方，男子所有事。”彼於初生之時，以上下四方男子皆當有事，故用六矢以示意。射禮則象能禦亂，上下無亂，不復須象之故也。

【孔疏-章旨】“猗嗟”至“亂兮”。

○毛以爲，①齊人傷魯莊，公猗嗟此莊公容貌孌然而好兮，

②其清揚眉目之閒婉然而美兮，

③其舞則齊於樂節兮，其射則中於正鵠兮。

④非徒能中而已，每番重射四矢，皆反復其故處兮。善射如此，足以捍禦四方之亂兮。威儀技藝如此，而不能防閑其母，故刺之。

○鄭唯“舞則選兮”二句爲异。言舞則倫等之中上選兮，其射即貫習爲之兮。餘同。

《猗嗟》三章，章六句。

齊國十一篇，二十四章，百四十三句。

葛屨 【魏風一】

糾（jiū）糾葛（gé）屨（jù），可以履霜。摻（xiān）摻女手，可以縫裳（cháng）。要（yāo）之襋（jí）之，好（hǎo）人服之。

好人提（shí）提，宛然左辟（bì），佩其象揥（tì）。維是褊（biǎn）心，是以爲刺。

《葛屨》二章，一章六句，一章五句。

【毛序】《葛屨》，刺褊（biǎn）也。魏地陿（xiá）隘，其民機巧趨利，其君儉嗇褊急，而無德以將之。

【鄭箋】險嗇而無德，是其所以見侵削。

【樂道主人】褊，《說文》：衣小也。又狹也。陿，狹。

【孔疏】“《葛屨》”至“將之”。

◇◇作《葛屨》詩者，刺褊也。所以刺之者，魏之土地既以狹隘，故其民機心巧僞以趨於利，其君又儉嗇且福急，而無德教以將撫之，令魏俗彌趨於利，故刺之也。

◇◇言魏地狹隘者，若地廣民稀，則情不趨利；地狹民稠，耕稼無所，衣食不給，機巧易生。人君不知其非，反覆儉嗇褊急，德教不加於民，所以日見侵削，故舉其民俗君情以刺之。

◇◇機巧趨利，首章上四句是也。儉嗇，言愛物；褊急，言性躁，二者大同，故直云刺褊，卒章下二句是也。上章下二句，下章上三句，皆申說未三月之婦不可縫裳，亦是趨利之事也。

【孔疏】箋“儉嗇”至“侵削”。◇◇以下《園有桃》及《陟岵》序皆云“國小而迫，日以侵削”，故箋采下章而言其刺之意。

<一章-1>糾（jiū）糾葛（gé）屨（jù），可以履霜。

【毛傳】糾糾，猶繚繚（liáo）也。夏葛屨，冬皮屨。葛屨非所以履霜。

【鄭箋】葛屨賤，皮屨貴，魏俗至冬猶謂葛屨可以屨霜，利其賤也。

【程析】糾糾，糾纏交錯貌。

【孔疏】傳“糾糾”至“屨霜”。

◇◇糾糾爲葛屨之狀，當爲稀疏之貌，故云猶繚（liáo）繚也。

◇◇《士冠禮》云：“屨，夏用葛，冬皮屨可也。”《士喪禮》云：“夏葛屨，冬白屨。”注云：“冬皮屨，變言白者，明夏時用葛亦白也。”是衣服之宜，當夏葛屨，冬皮屨也。《月令》“季秋霜始降”，則屨霜自秋始。

◇言冬者，以屨霜爲寒，而言冬爲寒甚，故傳據《儀禮》而舉冬以言之也。◇凡屨，冬皮夏葛，則無用絲之時。而《少儀》云“國家靡幣，君子不履絲屨”者，謂皮屨以絲爲飾也。《天官・屨人》説屨舄（xì）之飾有絇（qú，《康熙字典》：絇之言拘也。以爲行戒，狀如刀衣，鼻在屨頭）、繶（yì，用絲綫編織成的帶子）、純，是屨用絲爲飾。

◇夏日之有葛屨，猶絺綌所以當暑，特爲便於時耳，非行禮之服。若行禮之服，雖夏猶當用皮。鄭於《周禮》注及《志》言“朝祭屨舄，各從其裳之色”，明其不用葛也。

<一章-3>**摻（xiān）摻女手，可以縫裳（cháng）。**

【毛傳】摻摻（xiān），猶纖纖也。婦人三月廟見（xiàn），然後執婦功。

【鄭箋】言女手者，未三月未成爲婦。裳，男子之下服，賤，又未可使縫。魏俗使未三月婦縫裳者，利其事也。

【樂道主人】言女子嫁到夫家不滿三月，不應使之縫裳。可見周時對女子的尊重。

【孔疏】傳“摻摻”至“婦功”。

◇◇摻摻爲女手之狀，則爲纖細之貌，故云“猶纖纖”。《説文》云：“纖，好手。”《古詩》云“纖纖出素手”，是也。下云“宛然左辟”，是已入夫家。既入夫家，仍云“女手”，明是未成婦也。

◇◇《曾子問》云：“三月而廟見，稱來婦。”又云：“女未廟見而死，歸葬於女氏之黨，示未成婦也。”則知既廟見者爲成婦矣。既成爲婦，則當家士盡爲。此譏使之縫裳，明是未可縫裳，故云“三月廟見，然後執婦功”。

◇◇三月廟見，謂無舅姑者。婦入三月，乃見於舅姑之廟。若有舅姑，則《士婚禮》所云“質明，贊見婦於舅姑”，不待三月也。

雖於昏之明旦即見舅姑也，亦三月乃助祭行，故《易・歸妹》注及鄭《箴膏肓》皆引《士昏禮》云：“婦入三月，而後祭行。”然則雖見舅姑，猶未祭行，亦未成婦也。

◇◇成婦雖待三月，其婚則當夕成矣。《士昏禮》云：“其夕，衽席於奧，良席在東，皆有枕，北趾。主人人，親脱婦纓，燭出。”注云：“婚禮畢，將卧息。”又《駮异義》云：“昏禮之暮，枕席相連。”是其當夕成昏也。

【孔疏】箋“言女”至“其事”。◇◇以婦人之服不殊裳，故知所言裳者，指男子之下服也。《曲禮》曰：“諸母不漱裳。”唯舉裳不漱，則衣可漱。明裳爲賤。

<一章-5>**要（yāo）之襋之，好（hǎo）人服之。**

【毛傳】要，褸（biǎo）也。襋，領也。好人，好女手之人。

【鄭箋】服，整也。褸也領也在上，好人尚可使整治之。謂屬著之

【程析】要，同褸，繫衣的帶子。古人在衣襟上綴短帶以繫衣，相當於現在的紐扣的功能。襋，衣領。兩個字在這裏作動詞用。

【樂道主人】褸，袖子的前端，或衣服上的緄邊。

【孔疏】傳“要褸”至“之人”。

◇◇《士喪禮》云：“襚（suì）者，左執領，右執要。”又曰：“襚者，以褶必有裳，執衣如初。”注云：“帛爲褶（zhě），無絮。雖復與禪（dān）同，有裳乃成稱。”然則襚服有衣有裳，而左右執之，則左執衣領，右執裳要。

◇◇此要謂裳，要字宜從衣，故云“要，褸也”。要是裳褸，則襋爲衣領。《説文》亦云：“襋，衣領也。”二者於衣於裳各在其上，且又功少，故好人可使整治屬著之。

◇◇上云“女手”，此云“好人”，云“好人，女手之人”。今定本云“好人，好女手之人”者，義亦通。

【孔疏-章旨】“糾糾”至“服之”。

①魏俗趨利，言糾糾然夏日所服之葛屨，魏俗利其賤，至冬日猶謂之可以屨寒霜；

②摻摻然未成婦之女手，魏俗利其士，新來嫁猶謂之可以縫衣裳。又深譏魏俗，言襋之也，領之也，在上之衣尊，好人可使整治之。

◇◇裳乃服之褻者，亦使女手縫之，是其趨利之甚。

<二章-1>**好人提（shí）提，宛然左辟（bì），佩其象揥（tì）。**

【毛傳】提提，安諦（dì）也。宛，辟（bì）貌。婦至門，夫揖而入，不敢當尊，宛然而左辟。象揥，所以爲飾。

【鄭箋】婦新至，慎於威儀。如是使之，非禮。

【程析】辟，同"避"。左辟，向左閃開。象揥，象牙簪子。

【樂道主人】諦，《説文》：審也。

【孔疏】傳"提提"至"爲飾"。

◇◇《釋訓》云："提提，安也。"孫炎曰："提提，行步之安也。"言安諦，謂行步安舒而審諦也。

◇◇《士昏禮》云："婦至，主人揖婦以入。及寢門，揖入。"是婦至門，夫揖而入也。此好人不敢當夫之尊，故宛然而左還辟之。不敢當主，故就客位。

<二章-4>**維是褊（biǎn）心，是以爲刺。**

【鄭箋】魏俗所以然者，是君心褊急無德教使之耳，我是以刺之。

【孔疏】箋"魏俗"至"刺之"。

◇◇如此箋，則魏俗之趨利由君也。序云"魏地狹隘，其民機巧趨利"，則似魏俗先然與？此反者，魏俗趨利，實由地狹使然。人君當知其不可，而以政反之。

◇◇今君乃儉嗇且褊急，而無德教，至使民俗益復趨利，故刺之。

【孔疏-章旨】"好人"至"爲刺"。

①言好人初至，容貌安詳，審諦提提然。至門之時，其夫揖之，不敢當夫之揖，宛然而左辟之，又佩其象骨之揥以爲飾。敬慎威儀如是，何故使之縫裳？

②魏俗所以然者，維是魏君褊心無德教使然，我是以爲此刺也。

《葛屨》二章，一章六句，一章五句。

汾沮洳 【魏風二】

彼汾（fén）沮（jù）洳（rù），言采其莫（mù）。彼其（jì）之子，美無度。美無度，殊異乎公路。

彼汾一方，言采其桑。彼其之子，美如英。美如英，殊異乎公行（háng）。

彼汾一曲，言采其藚（xù）。彼其之子，美如玉。美如玉，殊異乎公族。

《汾沮洳》三章，章六句。

【毛序】《汾沮洳》，刺儉也。其君儉以能勤，刺不得禮也。

【樂道主人】偶爾采菜，以爲楷模；每天采菜，荒於爲政。

【孔疏】“《汾沮洳》”至“得禮”。◇◇作《汾沮洳》詩者，刺儉也。其君好儉而能勤，躬自采菜，刺其不得禮也。

<一章-1>**彼汾（fén）沮（jù）洳（rù），言采其莫（mù）。**

【毛傳】汾，水也。沮洳，其漸洳者。莫，菜也。

【鄭箋】言，我也。於彼汾水漸洳之中，我采其莫以爲菜，是儉以能勤。

【詩三家】沮洳，汾水旁低濕地也。

【程析】汾，水名，在今山西中部。

【樂道主人】洳，《康熙字典》：漸濕也。

【孔疏】傳“汾水”至“莫菜”。

◇◇汾是水名。沮洳，潤澤之處，故爲漸洳。

◇◇“莫，菜”者，陸機《疏》云：“莫，莖大如箸（zhù，筷子），赤節，節一葉，似柳，葉厚而長，有毛刺。今人繅（sāo）以取繭緒。其味酢（zuò）而滑，始生可以爲羹，又可生食。五方通謂之酸迷，冀州人謂之乾絳，河、汾之間謂之莫。”

◇案王肅、孫毓皆以爲大夫采菜。

◇◇其《集注序》云：“君子儉以能勤。”案今定本及諸本序直云“其君”，義亦得通。

<一章-3>**彼其（jì）之子，美無度。**

【鄭箋】之子，是子也。是子之德，美無有度，言不可尺寸。

【孔疏】箋“之子”至“尺寸”。◇◇“之子，是子”，《釋訓》文。《宛丘》云：“遊蕩無度。”《賓之初筵》云：“飲酒無度。”皆謂無節度也。此不得爲美無節度，故爲無復度限，言不可以尺寸量也。

<一章-5>**美無度，殊異乎公路。**

【毛傳】路，車也。

【鄭箋】是子之德，美信無度矣。雖然，其采莫之事，則非公路之禮也。公路，主君之秏（máo）車，庶子爲之，晋趙盾爲秏車之族是也。

【樂道主人】秏車，古代君主的兵車，上面多插有杆頭用犛牛尾作裝飾的旗子。《晋書·輿服志》：“玉、金、象、革、木等路，是爲五路。

【孔疏】箋“是子”至“是也”。

◇◇公路與公行一也。以其主君路車謂之公路，主兵車之行列者則謂之公行，正是一官也。宣二年《左傳》云：“晋成公立，乃宦卿之適，以爲公族。又宦其餘子，亦爲餘子，其庶子爲公行。趙盾請以括（趙括）爲公族，公許之。冬，趙盾爲秏車之族。”是其事也。

◇趙盾自以爲庶子，讓公族而爲公行，言爲秏車之族，明公行掌秏車。服虔云：“秏車，戎車之倅（cuì，副的）。”杜預云“公行之官”，是也。

◇◇其公族則適子爲之，掌君宗族。成十八年《左傳》曰：“晋荀會、欒黶（yǎn，黑色的痣）、韓無忌爲公族大夫，使訓卿之子弟恭儉孝悌。”是公族主君之同姓，故下箋云“公族，主君同姓昭穆”，是也。

◇◇傳有公族、餘子、公行，此有公路、公行、公族，知公路非餘子者，餘子自掌餘子之政，不掌公車，不得謂之公路，明公路即公行，變文以韵句耳。此公族、公行，諸侯之官，故魏、晋有之。

◇◇天子則巾車掌王之五路，車僕掌戎車之倅。《周禮》六官，皆無公族、公行之官，是天子諸侯異禮也。

【孔疏-章旨】“彼汾”至“公路”。

①由魏君儉以能勤，於彼汾水漸洳之中，我魏君親往采其莫以爲菜，

是儉而能勤也。彼其采莫之子，能勤儉如是，

②其美信無限度矣，非尺寸可量也。

③美雖無度，其采莫之士殊異於公路，賤官尚不爲之，君何故親采莫乎？刺其不得禮也。

<二章-1>**彼汾一方，言采其桑。**

【鄭箋】採桑，親蠶事也。

<二章-3>**彼其之子，美如英。美如英，殊異乎公行。**

【毛傳】萬人爲英。公行，從公之行也。

【鄭箋】從公之行者，主君兵車之行列。

【孔疏】傳“萬人爲英”。◇◇《禮運》注云：“英，俊選之尤者。”則英是賢才絶異之稱。此傳及《尹文子》皆“萬人爲英”。《大戴禮·辨名記》云：“千人爲英。”異人之説殊也。

<三章-1>**彼汾一曲，言采其藚**（xù）**。**

【毛傳】藚，水舄（xì）也。

【程析】曲，水流彎曲處。藚，藥名，又名澤蕮，可入藥，亦可作菜。

【孔疏】傳“藚，水舄”。◇◇《釋草》云：“藚，牛唇。”李巡曰：“别二名。”郭璞引《毛詩傳》曰：“水舄也。如續斷寸寸有節，拔之可復。”陸機《疏》云：“今澤蕮也。其葉如車前草大，其味亦相似，徐州廣陵人食之。”

<三章-3>**彼其之子，美如玉。美如玉，殊異乎公族。**

【毛傳】公族，公屬。

【鄭箋】“公族，主君同姓昭穆也。”

《汾沮洳》三章，章六句。

園有桃 【魏風三】

園有桃，其實之殽（yáo）。心之憂矣，我歌且謠。不我知者，謂我士也驕。彼人是哉，子曰何其（jī）！心之憂矣，其誰知之？其誰知之，蓋（hé）亦勿思！

園有棘（jí），其實之食。心之憂矣，聊（liáo）以行（xíng）國。不我知者，謂我士也罔極。彼人是哉，子曰何其！心之憂矣，其誰知之？其誰知之，蓋亦勿思！

【毛序】《園有桃》，刺時也。大夫憂其君國小而迫，而儉以嗇，不能用其民，而無德教，日以侵削，故作是詩也。

【孔疏】"《園有桃》"至"是詩"。◇◇儉嗇不用其民，章首二句是也。大夫憂之，下十句是也。由無德教，數被攻伐，故連言國小而迫，日以侵削，於經無所當也。

<一章-1>園有桃，其實之殽（yáo）。

【毛傳】興也。園有桃，其實之食。國有民，得其力。

【鄭箋】魏君薄公税，省國用，不取於民，食園桃而已（與毛不同）。不施德教民，無以戰，其侵削之由，由是也。

【程析】實，桃實，桃子。殽，燒好的菜，此處用作動詞。

【孔疏】箋"魏君"至"由是"。

◇◇魏君薄於公税，乃是人君美事，而刺之者，公家税民有常，不得過度，故《孟子》曰："欲輕之於堯、舜，大貉（háo）小貉；欲重之於堯、舜，大桀小桀。"十一而税，下富上尊，是税三不得薄也。《鄭志》答張逸亦云："税法有常，不得薄。"今魏君不取於民，唯食園桃而已，非徒薄於一，故刺之。

◇《中庸》云："時使薄斂。"《左傳》稱晋悼公薄賦斂，所以復霸，皆薄爲美。以當時莫不厚税，故美其薄賦斂耳。魯哀公曰："二，吾猶不足。"是當時皆重斂也。

◇◇**易傳者**以云其實之殽，明食桃爲殽，即是儉嗇之事。

<一章-3>**心之憂矣，我歌且謡。**

【毛傳】曲合樂曰歌，徒歌曰謡。

【鄭箋】我心憂君之行如此，故歌謡以寫（xiè）我憂矣。

【孔疏】傳“曲合”至“曰謡”。

◇◇《釋樂》云：“徒歌謂之謡。”孫炎曰：“聲消摇也。”此文歌謡相對，謡既徒歌，則歌不徒矣，故云“曲合樂曰歌”。樂即琴瑟。《行葦》傳曰：“歌者，合於琴瑟也。”

◇◇歌謡對文如此。散則歌爲總名。《論語》云“子與人歌”，《檀弓》稱“孔子歌曰：‘泰山其頽乎’”之類，未必合樂也。

<一章-5>**不我知者，謂我士也驕。**

【鄭箋】士，事也。不知我所爲歌謡之意者，反謂我於君事驕逸故。

<一章-7>**彼人是哉，子曰何其（jī）！**

【毛傳】夫人謂我欲何爲乎？

【鄭箋】彼人，謂君也（與毛不同）。曰，於也。不知我所爲憂者，既非責我，又曰：君儉而嗇，所行是其道哉。子於此憂之，何乎？

【程析】是，正確。其，語助詞。

【樂道主人】彼人，毛以爲非君，而爲他人。子，指作者。

【孔疏】傳“夫人謂我欲何爲乎”。

◇◇夫人即經之彼人也。今定本云“彼人”，不云“夫人”，義亦通也。“何爲”即經之“何其”也。彼人謂我何爲者，言彼不知我者之人，謂我歌謡無所爲也。

◇◇箋以上已云“不知我者”，此無爲更斥彼人，故以爲彼人斥君也。“曰，於”，《釋詁》文。

<一章-9>**心之憂矣，其誰知之？**

【鄭箋】如是則衆臣無知我憂所爲也。

<一章-11>**其誰知之，蓋（hé）亦勿思！**

【鄭箋】無知我憂所爲者，則宜無復思念之以自止也。衆不信我，或時謂我謗君，使我得罪也。

【孔疏-章旨】“園有”至“勿思”。

○毛以爲，①②園有桃，得其實爲之殽，以興國有民，得其力爲君

用。今魏君不用民力，又不施德教，使國日以侵削，故大夫憂之，

③④言己心之憂矣，我遂歌而且謡，以寫中心之憂。

⑤⑥不知我者，見我無故歌謡，謂我於君事也驕逸然，

⑦⑧故彼人又言云："君之行是哉！子之歌謡，欲何其爲乎？"彼人既不知我而責我矣，

⑨⑩而我心之憂矣，其誰能知之？

⑪既無知我者，或謗我使我得罪，其有誰能知之？

⑫我蓋欲亦自止，勿複思念之。彼人正謂不知我者。曰、其并爲辭。

○鄭以爲，園有桃，魏君取其實爲之殽。不興爲异。又以彼人爲君，曰爲於言不知我者，謂我於君事驕逸。又言彼君之行儉而嗇，是其道哉！子於此憂之何？餘同。

<二章-1>**園有棘，其實之食。**

【毛傳】棘，棗也。

【程析】棘，酸棗樹。

<二章-3>**心之憂矣，聊（liáo）以行（xíng）國。**

【鄭箋】聊，且，略之辭也。聊出行於國中，觀民事以寫憂。

【樂道主人】寫，瀉也。

<二章-5>**不我知者，謂我士也罔極。**

【毛傳】極，中也。

【鄭箋】見我聊出行於國中，謂我於君事無中正。

【程析】罔極，無常。

<二章-7>**彼人是哉，子曰何其！心之憂矣，其誰知之？其誰知之，蓋亦勿思！**

《園有桃》二章，章十二句。

陟 岵 【魏風五】

陟彼岵（hù）兮，瞻望父兮。父曰嗟（jiē）予子，行（xíng）役夙夜無已。上慎旃（zhān）哉，猶來無止。

陟彼屺（qǐ）兮，瞻望母兮。母曰嗟予季，行役夙夜無寐。上慎旃哉，猶來無弃。

陟彼岡（gāng）兮，瞻望兄兮。兄曰嗟予弟，行役夙夜必偕（xié）。上慎旃哉，猶來無死。

《陟岵》三章，章六句。

【毛序】《陟岵》，孝子行役，思念父母也。國迫而數侵削，役乎大國，父母兄弟離散，而作是詩也。

【鄭箋】役乎大國者，爲大國所徵發。

【孔疏】“《陟岵》”至“是詩”。

◇◇首章望父，二章望母，卒章望兄。叙言其思念之由，經陳思念之事。經無弟，而序言之者，經以父母與兄，己所尊敬，故思其戒。其實弟亦離散，故序言之以協句。

◇◇今定本云“國迫而數侵削”，義亦通也。

【孔疏】箋云“役乎”至“徵發”。◇◇箋以文承數見侵削，嫌爲從役以拒大國，故辨之云“爲大國所徵發”也。知者，以言“役乎大國”，則爲大國所役，猶《司寇》云“役諸司空”，則爲司空所役，明是大國徵發之。

<一章-1>陟彼岵（hù）兮，瞻望父兮。

【毛傳】山無草木曰岵。

【鄭箋】孝子行役，思其父之戒，乃登彼岵山，以遥瞻望其父所在之處。

【程析】陟，登上。

【樂道主人】瞻，《康熙字典》：仰視曰瞻。

【孔疏】傳“山無草木曰岵”。◇◇《釋山》云：“多草木岵，無草木屺。”傳言“無草木曰岵”，下云“有草木曰屺”，與《爾雅》正反，當是轉寫誤也。定本亦然。

<一章-3>**父曰嗟（jiē）予子，行（xíng）役夙夜無已。**

【鄭箋】予，我。夙，早。夜，莫也。無已，無解倦。

<一章-3>**上慎旃（zhān）哉，猶來無止。**

【毛傳】旃，之。猶，可也。父尚義。

【鄭箋】上者，謂在軍事作部列時。

【程析】上，同“尚”。旃，之，指兒子自己，保重自己。

【樂道主人】孔疏：若至旃軍中，在部列之上，當慎之哉，可來乃來，無止軍事而來。

【孔疏】傳“旃之”至“尚義”。

◇◇此旃與《采苓》“舍旃”，旃皆爲足句，故訓爲“之”。

◇◇“猶，可”，《釋言》文。父尚義者，解孝子所以稱父戒己之意，由父之於子尚義，故戒之。二章傳曰“母尚恩”，卒章傳曰“兄尚親”，皆於章末言之，俱明見戒之意，以其恩義親故也。

◇◇文十八年《左傳》曰：“舜舉八元，使布五教於四方，父義母慈兄友弟恭子孝。”恩即慈也，親則友也。

【孔疏】箋“上者”至“列時”。

◇◇上言行役，是在道之辭也。此變言上，又云可來乃來（能回來，才能回來），明在軍上爲部分行列時也。

◇◇《曲禮》曰：“左右有局，各司其局。”注云：“局，部分也。”謂軍中各有所部爲行列之分，與此一也。

【孔疏-章旨】“陟彼”至“無止”。孝子在役之時，以親戚離散而思念之。

①言己登彼岵山之上兮，瞻望我父所在之處兮。

②我本欲行之時，而父教戒我曰：“嗟汝我子也，汝從軍行役在道之時，當早起夜寐，無得已止。”

③又言：“若至軍中，在部列之上，當慎之哉，可來乃來，無止軍事而來。若止軍事，當有刑誅。”故深戒之。

<二章-1>陟彼屺（qǐ）兮，瞻望母兮。

【毛傳】山有草木曰屺。

【鄭箋】此又思母之戒，而登屺山而望之也。

<二章-3>母曰嗟予季，行役夙夜無寐。

【毛傳】季，少子也。無寐，無耆（shì）寐也。

【樂道主人】耆，《康熙字典》《集韵》嗜亦作耆。

<二章-5>上慎旃哉，猶來無弃。

【鄭箋】母，尚恩也。

【程析】陳奂：言之不弃母也。

<三章-1>陟彼岡（gāng）兮，瞻望兄兮。兄曰嗟予弟，行役夙夜必偕。

【毛傳】偕，俱也。

<三章-5>上慎旃哉，猶來無死。

【毛傳】兄尚親也。

【樂道主人】言兄要與弟同生，同死也。

《陟岵》三章，章六句。

十畝之間 【魏風五】

十畝（mǔ）之間（jiān）兮，桑者閑閑兮，行（xíng）與子還（xuán）兮！

十畝之外兮，桑者泄（yì）泄兮，行與子逝兮！

《十畝之間》二章，章三句。

【毛序】《十畝之間》，刺時也。言其國削小，民無所居焉。

【孔疏】“《十畝之間》”至“居焉”。◇◇經二章，皆言十畝一夫之分，不能百畝，是爲削小。無所居，謂土田狹隘，不足耕墾以居生，非謂無居宅也。

<一章-1>十畝（mǔ）之間（jiān）兮，桑者閑閑兮，

【毛傳】閑閑然，男女無別，往來之貌。

【鄭箋】古者一夫百畝，今十畝之間，往來者閑閑然，削小之甚。

【孔疏】傳“閑閑”至“之貌”。

◇◇此言“之間”，則一家之人共采桑於其間，地狹隘無所相避，故言男女無别。閑閑然，爲往來之貌。此章既言“之間”，故下章言“之外”。

◇◇地傍徑路，行非一家，故言泄泄爲多人之貌。

【孔疏】箋“古者”至“之甚”。

◇◇《王制》云“制農田百畝”，《地官·遂人》云“夫一廛田百畝”，《司馬法》曰“畝百爲夫”，是一夫百畝也。此言其正法耳。《周禮》：“上地，家百畝；中地，家二百畝，下地，家三百畝。”又云遂上地“有莱五十畝”，其廢易相通，皆二百畝也。

◇◇《孟子》曰“五畝之宅，樹之以桑”，則野田不樹桑。《漢書·食貨志》云：“田中不得有樹，用妨五穀。”此十畝之中言有桑者，《孟子》及《漢志》言其大法耳。民之所便，雖田亦樹桑，故上云“彼汾一方，言采其桑”（《魏风·汾沮洳》）。

◇◇古者侵其地而虜其民，此得地狹民稠者，以民有畏寇而內入，故地狹也。一夫百畝，今此十畝，相率十倍，魏雖削小，未必即然，舉十畝以喻其狹隘耳。

<一章-3>**行（xíng）與子還（xuán）兮！**

【毛傳】或行來者，或來還者。

【程析】還，同“旋”，《康熙字典》：歸也。

【孔疏】傳“或行來者，或來還者”。◇◇云“還兮”，相呼而共歸。下雲“逝兮”，相呼而共往。傳探下章之意，故云“或行來者，或來還者”。見往來相須，故總解之。

【孔疏-章旨】“十畝”至“還兮”

①魏地狹隘，一夫不能百畝，今才在十畝之間，采桑者閑閑然，或男或女，共在其間，往來無别也。

②又叙其往者之辭，乃相謂曰：行與子俱回還兮。雖則异家，得往來俱行，是其削小之甚也。

<二章-1>**十畝之外兮，桑者泄（yì）泄兮，**

【毛傳】泄泄，多人之貌。

<二章-3>**行與子逝兮！**

【鄭箋】逝，逮（dài）也。

【程析】逝，往。

【樂道主人】逮，《説文》：及也。

《十畝之間》二章，章三句。

伐檀 【魏風六】

坎坎伐檀兮，寘（zhì）之河之干（gān）兮，河水清且漣猗（yī）。不稼不穡，胡取禾三百廛（chán）兮？不狩不獵，胡瞻爾庭有縣（xuán）貆（huán）兮？彼君子兮，不素餐兮！

坎坎伐輻兮，寘之河之側兮，河水清且直猗。不稼不穡，胡取禾三百億兮？不狩不獵，胡瞻爾庭有縣特兮？彼君子兮，不素食兮！

坎坎伐輪兮，寘之河之漘（chún）兮，河水清且淪（lún）猗。不稼不穡，胡取禾三百囷（qūn）兮？不狩不獵，胡瞻爾庭有縣鶉（chún）兮？彼君子兮，不素飧（sūn）兮！

《伐檀》三章，章九句。

【毛序】《伐檀》，刺貪也。在位貪鄙，無功而受祿，君子不得進仕爾。

【樂道主人】在位，指在位之大臣。

【孔疏】“《伐檀》”至“仕爾”。

◇◇在位貪鄙者，經三章皆次四句是也。君子不得進仕者，首章三句是也。經、序倒者，序見由在位貪鄙，令君子不得仕，如其次以述之；經先言君子不仕，乃責在位之貪鄙，故章卒二句皆言君子不素飧，以責小人之貪，是終始相結也。

◇◇此言在位，則刺臣。明是君貪而臣效之，雖責臣，亦所以刺君也。

<一章-1>坎坎伐檀兮，寘（zhì）之河之干（gān）兮，河水清且漣猗（yī）。

【毛傳】坎坎，伐檀聲。寘，置也。干，厓也。風行水成文曰漣。伐檀以俟世用，若俟河水清且漣。

【鄭箋】是謂君子之人不得進仕也。

【程析】干，河岸。

【孔疏】傳“坎坎”至“且漣”。

◇◇以下云漘（chún）、側，則是厓畔之處，故云“干，厓也”。《易·漸卦》“鴻漸于干”，注云：“干謂大水之傍，故停水處。”與此同也。

◇風行吹水而成文章者曰漣。此云“漣猗”，下云“直猗”“淪猗”。漣、直、淪論水波之异，猗皆辭也。

◇《釋水》云：“河水清且瀾猗。大波爲瀾。小波爲淪。直波爲徑。”李巡云：“分别水大小曲直之名。”郭璞曰：“瀾言涣瀾也。淪言藴淪也。徑言徑侹也。”漣、瀾雖异而義同。

◇此詩漣、淪舉波名直，波不言徑而言直者，取韵故也。下二章言“伐輻”“伐輪”，則此伐檀爲車之輪、輻，非待河水之清方始用之。而經於“河干”之下即言“河水清”，故解其意。

◇◇此人不得進仕，伐檀隱居，以待可仕之世，若待河水清且漣猗然也。河水性濁，清則難待，猶似闇主常多，明君稀出。既云置檀河厓，因即以河爲喻。

◇襄八年《左傳》云：“俟河之清，人壽幾何？”《易緯》云：“王者太平嘉瑞之將出，則河水先清。”是河水稀清，故以喻明君稀出也。

<一章-4>**不稼不穡，胡取禾三百廛**（chán）**兮？不狩不獵，胡瞻爾庭有縣**（xuán）**貆**（huán）**兮？**

【毛傳】種之曰稼。斂之曰穡。一夫之居曰廛。貆，獸名。

【鄭箋】是謂在位貪鄙，無功而受禄也。冬獵曰狩。宵田曰獵。胡，何也。貉子曰貆。

【程析】庭，院子。貆，幼小的貉。哺乳動物，毛棕灰色，栖息在山林中，是一種重要的毛皮獸。通稱貉子。

【孔疏】傳“種之”至“獸名”。

◇◇以稼穡相對，皆先稼後穡，故知種之曰稼，斂之曰穡。若散則相通。《大田》云“曾孫之稼”，非唯種之也。《湯誓》曰“舍我穡事”，非唯斂之也。

◇◇一夫之居曰廛，謂一夫之田百畝也。《地官·遂人》云：“夫一廛，田百畝。”司農云：“廛，居也。”揚子云“有田一廛”，謂百畝之居，與此傳同也。

◇《地官・載師》云："市廛之征。"鄭司農云："廛，市中空地，未有肆；城中空地，未有宅者也。"玄謂："廛者，若今云邑、居、里矣。廛，民居之區域也。里，居也。"以廛、里任國中。

◇而《遂人》授民田，"夫一廛，田百畝"，是廛不謂民之邑居在都城者與？則鄭謂廛爲民之邑居，不爲一夫之田者，以廛者民居之名。夫田與居宅同名爲廛，但《周禮》言"夫一廛"，復言"田百畝"，百畝既是夫田，故以廛爲居宅，即《孟子》云"五畝之宅"是也。以《載師》連市言之，故準《遂人》以廛爲邑居。

◇此言"胡取禾三百廛"，取禾宜於田中，故從傳"一夫之居"，不易之。《釋獸》云："貈子，貆。"郭璞曰"其雌者名。乃刀反。今江東通呼貉爲狹貈。"

【孔疏】箋"是謂"至"曰貆"。

◇◇《釋天》云："冬獵爲狩，宵田爲獠。"李巡曰："冬圍守而取禽。"故郭璞曰："獠（liáo），猶燎（liáo）也，今之夜獵載爐照者也。江東亦呼獵爲獠。"《管子》曰："獠獵畢弋。"是獠爲獵之別名。

◇◇經云"不狩不獵"，則狩與獵別，故以獵爲宵田。此對文耳。散即獵通於晝夜，狩兼於四時，若《周禮》云"大田獵"，《王制》云"佐車止則百姓田獵"，不必皆宵田也。

◇◇《中候》云"秦伯出狩"，《駟驖》云"從公於狩"，未必皆冬獵也。《釋天》又云："火田爲狩。"孫炎曰："放火燒草，守其下風。"是狩非獨冬獵之名也。

<一章-8>**彼君子兮，不素餐兮！**

【毛傳】素，空也。

【鄭箋】彼君子者，斥伐檀之人，仕有功乃肯受祿。

【孔疏-章旨】"坎坎"至"餐兮"。

①言君子之人不得進仕，坎坎然身自斬伐檀木，置之於河之厓，欲以爲輪輻之用。此伐檀之人既不見用，必待明君乃仕，若待河水澄清，且有波漣猗然也。

②君子不進，由在位貪鄙，故責在位之人云：汝不親稼種，不親斂穡，何爲取禾三百夫之田穀兮？不自冬狩，不自夜獵，何爲視汝之庭則有所懸者是貆獸兮？汝何爲無功而妄受此也？

③彼伐檀之君子，終不肯而空餐兮，汝何爲無功而受禄，使賢者不進也？

<二章-1>**坎坎伐輻兮，寘之河之側兮，河水清且直猗。**

【毛傳】輻，檀輻也。側猶厓也。直，直波也。

【程析】輻，車輪中湊集於中心轂（gǔ）上的直木條。

【樂道主人】【孔疏】河水清且瀾猗。大波爲瀾。小波爲淪。直波爲徑。”漣、瀾雖异而義同。

<二章-4>**不稼不穡，胡取禾三百億兮？不狩不獵，胡瞻爾庭有縣特兮？**

【毛傳】萬萬曰億。獸三歲曰特。

【鄭箋】十萬曰億。三百億，禾秉之數。

【程析】特，指大的野獸。

【樂道主人】《召南·騶虞》《大司馬職》注云：“一歲爲豵（zōng），二歲爲豝（bā），三歲爲特，四歲爲肩，五歲爲慎。”

【孔疏】傳“萬萬”至“曰特”。

◇◇萬萬曰億，今數然也。傳以時事言之，故今《九章算術》皆以萬萬爲億。

◇◇獸三歲曰特，毛氏當有所據，不知出何書。

【孔疏】箋“十萬”至“之數”。

◇◇箋以《詩》《書》古人之言，故合古數言之。知古億十萬者，以田方百里，於今數爲九百萬畝，而《王制》云“方百里，爲田九十億畝”，是億爲十萬也，故彼注云：“億，今十萬。”是以今曉古也。《楚語》云：“百姓千品萬官億丑。”皆以數相十，是億十萬也。

◇詩内諸言億者，毛、鄭各從其家，故《楚茨》箋、傳與此同。

◇◇三百億與三百廛、三百囷相類。若爲釜斛之數，則大多不類，故爲禾秉之數。秉，把也，謂刈禾之把數。《聘禮》注云“秉謂刈禾盈把”，是也。

<二章-8>**彼君子兮，不素食兮！**

<三章-1>**坎坎伐輪兮，寘之河之漘（chún）兮，河水清且淪（lún）猗。**

【毛傳】檀可以爲輪。漘，厓也。小風水成文轉如輪也。

<三章-4>**不稼不穡，胡取禾三百囷（qūn）兮？不狩不獵，胡瞻爾庭有縣（xuán）鶉（chún）兮？**

【毛傳】圓者爲囷。鶉，鳥也。

【孔疏】傳“圓者爲囷。鶉，鳥”。

◇◇《月令》“修囷倉”，方者爲倉，故圓者爲囷。《考工記·匠人》注云“囷，圓倉”，是也。

◇◇《釋鳥》云：“鷯，鶉。其雄鶛（jiè），牝（pìn）庳（bì）。”李巡曰：“別雄雌异方之言。鶉一名鷯（liáo）。”郭璞曰：“鶉，鵪（ān）之屬也。”

<三章-8>**彼君子兮，不素飧（sūn）兮！**

【毛傳】熟食曰飧。

【鄭箋】飧讀如魚飧之飧（與毛不同）。

【孔疏】傳“熟食曰飧”。

◇◇傳意以飧爲飧饔（yōng）之飧，客始至之大禮，其食熟致之，故云“熟食曰飧”。

◇◇《秋官·掌客》云：“公飧五牢，侯伯飧四牢，子男飧三牢，卿飧二牢，大夫飧一牢，士飧少牢。”注云“公侯伯子男飧皆飪一牢”，則卿大夫亦有飪，故曰爲熟食也。

【樂道主人】五牢，即五太牢。牛、羊、豕各五頭。周代賓禮中有牢禮。按照賓客的等級而陳獻牢物。牢，《説文》閑養牛馬圈也。

【孔疏】箋“飧讀如魚飧之飧”。

◇◇宣六年《公羊傳》曰：“晋靈公使勇士將殺趙盾，入其門則無人焉，上其堂則無人焉，俯而窺之，方食魚飧。”是其事也。鄭以爲魚飧之飧，則非傳所云熟食也。《説文》云：“飧，水澆飯也。從夕、食。”言人旦則食飯，飯不可停，故夕則食飧，是飧爲飯之别名。

◇◇**易傳者**，《鄭志》答張逸云：“禮，飧饔（yōng，熟食）大多非可素，不得與‘不素餐’相配，**故易之也**。”

《伐檀》三章，章九句。

碩　鼠 【魏風七】

碩鼠碩鼠，無食我黍。三歲貫女（rǔ），莫我肯顧。逝將去女，適彼樂土。樂土樂土，爰（yuán）得我所！

碩鼠碩鼠，無食我麥。三歲貫女，莫我肯德。逝將去女，適彼樂國。樂國樂國，爰得我直！

碩鼠碩鼠，無食我苗。三歲貫女，莫我肯勞。逝將去女，適彼樂郊。樂郊樂郊，誰之永號（háo）！

《碩鼠》三章，章八句。

【毛序】《碩鼠》，刺重斂也。國人刺其君重斂，蠶食於民，不修其政，貪而畏人，若大鼠也。

【孔疏】“《碩鼠》”至“大鼠”。

◇◇蠶食者，蠶之食桑，漸漸以食，使桑盡也。猶君重斂，漸漸以税，使民困也。

◇◇言貪而畏人，若大鼠然，解本以碩鼠爲喻之意，取其貪且畏人，故序因倒述其事。

◇◇經三章，皆上二句言重斂，次二句言不修其政。由君重斂，不修其政，故下四句言將弃君而去也。

<一章-1>**碩鼠碩鼠，無食我黍。三歲貫女（rǔ），莫我肯顧。**

【毛傳】貫，事也。

【鄭箋】碩，大也。大鼠大鼠者，斥其君也。女無復食我黍，疾其税斂之多也。我事女三歲矣，曾無教令恩德來眷顧我，又疾其不修政也。古者三年大比，民或於是徙。

【孔疏】傳“貫，事”。◇◇《釋詁》文。

【孔疏】箋“碩大”至“是徙”。

◇◇“碩，大”，《釋詁》文。

◇◇《釋獸》於鼠屬有鼫鼠，孫炎曰：“五技鼠。”郭璞曰：“大鼠，頭似兔，尾有毛青黃色，好在田中食粟豆，關西呼鼩（音瞿）鼠。”舍人、樊光同引此詩，以碩鼠爲彼五技之鼠也。

◇許慎云：“碩鼠五技，能飛不能上屋，能游不能渡谷，能緣不能窮木，能走不能先人，能穴不能覆身，此之謂五技。”

◇陸機《疏》云：“今河東有大鼠，能人立，交前兩脚於頸上跳舞，善鳴，食人禾苗。人逐則走入樹空中。亦有五技，或謂之雀鼠，其形大，故序云‘大鼠也’。魏國，今河北縣是也。言其方物，宜謂此鼠非鼫鼠也。”

◇按此經作“碩鼠”，訓之爲大，不作“鼫鼠”之字，其義或如陸言也。序云“貪而畏人，若大鼠然”，故知大鼠爲斥君，亦是興喻之義也。箋又以此民居魏，蓋應久矣。

◇◇正言“三歲貫汝”者，以古者三歲大比，民或於是遷徙，故以三歲言之。《地官·小司徒》及《鄉大夫職》皆云三年則大比。言比者，謂大校（jiào），比其民之數而定其版籍，明於此時民或得徙。

◇《地官·比長職》曰：“徙於國中及郊，則從而授之。”注云：徙謂不便其居也。或國中之民出徙郊，或郊民入徙國中，皆從而付所處之吏。是大比之際，民得徙矣。

<一章-5>**逝將去女，適彼樂土。**

【鄭箋】逝，往也。往矣將去女，與之訣别之辭。樂土，有德之國。

<一章-7>**樂土樂土，爰**（yuán）**得我所！**

【鄭箋】爰，曰也。

【樂道主人】所，所處。

【孔疏-章旨】“碩鼠”至“得我所”。◇◇國人疾其君重斂畏人，比之碩鼠。

①言碩鼠碩鼠，無食我黍，猶言國君國君，無重斂我財。君非直重斂於我，又不修其政。我三歲以來事汝矣，曾無於我之處肯以教令恩德眷顧我也。

②君既如是，與之訣别，言往矣將去汝之彼樂土有德之國。

③我所以之彼樂土者，以此樂土，若往則曰得我所宜故也。言往將去汝者，謂我往之他國，將去汝國也。

<二章-1>**碩鼠碩鼠，無食我麥。三歲貫女，莫我肯德。**

【鄭箋】不肯施德於我。

<二章-5>**逝將去女，適彼樂國。樂國樂國，爰得我直！**

【毛傳】直，得其直道。

【鄭箋】直猶正也。

<三章-1>**碩鼠碩鼠，無食我苗。**

【毛傳】苗，嘉穀也。

【孔疏】傳"苗，嘉穀"。◇◇黍麥指穀實言之，是鼠之所食。苗之莖葉，以非鼠能食之，故云"嘉穀"，謂穀實也。穀生於苗，故言苗以韵句。

<三章-3>**三歲貫女，莫我肯勞。**

【鄭箋】不肯勞來我。

<三章-5>**逝將去女，適彼樂郊。**

【鄭箋】郭外曰郊。

<三章-7>**樂郊樂郊，誰之永號（háo）！**

【毛傳】號，呼也。

【鄭箋】之，往也。永，歌也。樂郊之地，誰獨當往而歌號者。言皆喜説（yuè）無憂苦。

【孔疏】"誰之永號"。◇◇言彼有德之樂郊，誰往而獨長歌號呼？言往釋皆歌號，喜樂得所，故我欲往也。

【孔疏】箋"之，往。永，歌"。

◇◇"之，往"，《釋詁》文。

◇◇永是長之訓也，以永號共文，傳云"號，呼"，是歌之呼，《樂記》及《關雎》皆云"永歌之"，《舜典》云"聲依永"，故以永爲歌，歌必長言必故也。

《碩鼠》三章，章八句。

魏國七篇，十八章，百二十八句。

蟋蟀【唐風一】

蟋蟀在堂，歲聿（yù）其莫（mù）。今我不樂，日月其除（zhù）。無已大（tài）康，職思其居。好樂無荒，良士瞿瞿（jù）。

蟋蟀在堂，歲聿其逝。今我不樂，日月其邁。無已大康，職思其外。好樂無荒，良士蹶（guì）蹶。

蟋蟀在堂，役車其休。今我不樂，日月其慆（tāo）。無已大康，職思其憂。好樂無荒，良士休休。

《蟋蟀》三章，章八句。

【毛序】《蟋蟀》，刺晋僖公也。儉不中禮，故作是詩以閔之，欲其及時以禮自虞樂也。此晋也，而謂之唐，本其風俗，憂深思遠，儉而用禮，乃有堯之遺風焉。

【鄭箋】憂深思遠，謂宛其死矣，百歲之後之類也。

【樂道主人】需理清幾個問題方知爲何“刺”：①什麽季節，②爲何要樂，③爲何不能過樂，④怎樣才能不過樂。第一章理順，其他兩章通矣。

【孔疏】“《蟋蟀》”至“風焉”。

◇◇作《蟋蟀》詩者，刺晋僖公也。由僖公太儉逼下，不中禮度，故作是《蟋蟀》之詩以閔（mǐn）傷之，欲其及歲暮閒暇之時，以禮自娱樂也。

◇◇以其太儉，故欲其自樂。樂失於盈，又恐過禮，欲令節之以禮，故云以禮自娱樂也。欲其及時者，三章上四句是也。以禮自娱樂者，下四句是也。既序一篇之義，又序名晋爲唐之意。

◇◇此實晋也，而謂之唐者，太師察其詩之音旨，本其國之風俗，見其所憂之事，深所思之，事遠儉約而能用禮，有唐堯之遺風，故名之曰“唐”也。故季札見歌《唐》曰：“思深哉，其有陶唐氏之遺風乎！不然，何其憂之遠也？”是憂思深遠之事，情見於詩，詩爲樂章，樂音之中有堯之風俗也。

【樂道主人】札，古代寫字用的小而薄的木片。

【孔疏】箋“憂深”至“之類”。

◇◇此二文計及死後之事，是其憂念深，思慮遠也。

◇◇言“之類”者，憂深思遠之事，非獨在此二文，以其二事顯見，故引當之耳。其實諸篇皆有深遠之志。《羔裘》箋云：“民之厚如此，亦唐之遺風。”亦以其事顯見，故言之耳。

<一章-1>**蟋蟀在堂，歲聿（yù）其莫（mù）。今我不樂，日月其除（zhù）。**

【毛傳】蟋蟀，蛩（qióng）也。（夏曆）九月在堂。聿，遂（suì），除，去也。

【鄭箋】我，我僖公也。蛩在堂，歲時之候，是時農功畢，君可以自樂矣。今不自樂，日月且過去，不復暇爲之。謂十二月（夏曆），當覆命農計耦耕事。

【程析】蟋蟀本在野外，但隨着寒暑變化經常移動，所以古人將它當作候蟲。周代建子，以農（夏）曆十月爲歲暮，十一月爲次年正月，在堂指的是農（夏）曆九月。除，《説文》段注：殿陛謂之除，因之凡去舊更新之意皆曰除，取拾級更易之義也。聿，就。

【樂道主人】一陰一陽，一動一静，有張有弛，忙而有閑，中庸也。

表 16　三代之三正

时代	戊	亥	子	丑	寅	卯	歲首
夏	九月	十月	十一月	十二月	一月	二月	建寅
商	十月	十一月	十二月	一月	二月	三月	建丑
周	十一月	十二月	一月	二月	三月	四月	建子

【孔疏】傳“蟋蟀”至“除去”。

◇◇“蟋蟀，蛩”，《釋蟲》文。李巡曰：“蛩，一名蟋蟀。蟋蟀，蜻蛚也。”郭璞曰：“今趨織也。”

◇陸機《疏》云：“蟋蟀似蝗而小，正黑有光澤如漆，有角翅。一名蛩，一名蜻蛚，楚人謂之王孫，幽州人謂之趨織，里語曰‘趨織鳴，嬾婦驚’，是也。”

◇◇《七月》之篇説蟋蟀之事云：“九月在户。”傳云：“九月在堂。”堂者，室之基也，户内户外總名爲堂。《禮運》曰：“醴（lǐ）醆（zhǎn）在户，粢（zī）醍（tí）在堂。”對文言之，則堂與户别。散則近户之地亦名堂也。故禮言升堂者，皆謂從階至户也。

◇◇此言在堂，謂在室户之外，與户相近，是九月可知。時當九月，則歲未爲暮，而言“歲聿其暮”者，言其過此月後，則歲遂將暮耳。謂十月以後爲歲暮也，此月未爲暮也。

◇《采薇》云：“曰歸曰歸，歲亦暮止”其下章云：“曰歸曰歸，歲亦陽止”十月爲陽，明“暮止”亦十月也。《小明》云：“歲聿云暮，采蕭穫菽”采穫是九月之事也，云歲聿，云暮，其意與此同也。歲實未暮而云聿暮，故知聿爲遂。

◇◇遂者，從始鄉（向）末之言也。除者，弃去之名，故爲去也。

【孔疏】箋“我我”至“耕事”。

◇◇勸君使之自樂，故知“我，我僖公也”。

◇◇《七月》箋云：“言此者，著將寒有漸。”《蟋蟀》記將寒之候，此言歲時之候者，《七月》下文論備寒之事，故爲寒來之候。此云歲聿其暮，故云歲時之候。

◇◇《月令》季冬云：“告民出五穀，命農計耦耕，修耒耜，具田器。”注云：“大寒氣過，農事將起。”是十二月以後，不暇複爲樂也。

◇◇禮，國君無故不徹懸。必須農功之隙乃作樂者，埸功未畢，勸課農桑，雖不徹鍾鼓，有時擊奏，未得大設燕飲，適意娱樂也。《七月》云：“九月肅霜，十月滌埸，朋酒斯饗。”言豳君閑於政事，乃饗群臣。是十月爲自樂之時也。

<一章-5>**無已大（tài）康，職思其居。**

【毛傳】已，甚。康，樂。職，主也。

【鄭箋】君雖當自樂，亦無甚大（tài）樂，欲其用禮爲節也，又當主思於所居之事，謂國中政令（與毛不同）。

【樂道主人】禮樂有當，中庸之道也。毛以爲三章“思”皆在禮樂之内，毛講不要越禮樂之外事，樂不能思過而於淫；而鄭則以爲要思，且“思”思禮、思政也。

【孔疏】傳“已，甚。康，樂。職，主”。

◇◇已訓止也。物甚則止，故已爲甚也。“康，樂”，“職，主”，皆《釋詁》文。

◇◇傳不解“其居”之義。二章“其外”，傳以外爲禮樂之外，則其居謂以禮樂自居，則“職思其外”謂常思禮樂，無使越於禮樂之外也。“職思其憂”，傳曰“憂，可憂”，謂逾越禮樂，至於荒淫，則可憂也。故王肅云：“其居，主思以禮樂自居也。其外，言思無越於禮樂也。其憂，言荒則憂也。”

【孔疏】箋“君雖”至“政令”。

◇◇以序言“欲其以禮自娛樂”，故知欲其用禮爲節也。《樂記》曰：“禮主其減，樂主其盈。禮減而進，以進爲文。樂盈而反，以反爲文。”注云：“禮主其減，人所倦。樂主其盈，人所歡。進謂自勉强，反謂自抑止。”是禮須勤力行之，惟恐倦怠。樂者令人歡樂，惟恐奢放。詩人既勸自樂，又恐過度，故戒之使用禮也。

◇◇箋以上句言“無已大康”，已是禮樂自居，復云“職思其居”，不宜更處禮樂。居謂居處也。二章言外，謂居處之外，則其居謂所居之處，故**易傳**以爲主思所居之事，謂國中政令也。

◇其居既是國中，則知其外謂國外至四境也。四境之外，則有鄰國，故其憂爲鄰國侵伐之憂。詩人戒君所思，思其自近及遠，故從内而外也。

<一章-7>**好樂無荒，良士瞿瞿（jù）。**

【毛傳】荒，大也。瞿瞿然，顧禮義也。

【鄭箋】荒，廢亂也（與毛不同）。良，善也。君之好樂，不當至於廢亂政事，當如善士瞿瞿然顧禮義也。

【孔疏】傳“荒大”至“禮義”。

◇◇荒爲廣遠之言，故爲大也。

◇◇《釋訓》云：“瞿瞿、休休，儉也。”李巡曰：“皆良士顧禮節之儉也。”此傳云“顧禮義”，下傳云“休休，樂道之心”，皆謂治身儉約，故能樂道顧禮也。

【孔疏】箋“荒廢”至“禮義”。

◇◇《宛丘》序云：“淫荒昏亂。”《還》及《盧令》序云：“刺荒也。”荒者，皆謂廢亂政事，故**易傳**以荒爲廢亂也。

◇◇“良，善”，《釋詁》文。

【孔疏-章旨】“蟋蟀”至“瞿瞿”。

○毛以爲，僖公儉不中禮，詩人戒之，欲令及時自樂。

①言九月之時，蟋蟀之蟲在於室堂之上矣。是歲晚之候，歲遂其將欲

晚矣。此時農功已畢，人君可以自樂。今我君僖公不於此時自樂，日月其將過去，農事又起，不得閒暇。而爲之君，何不及時自樂乎？

②既勸君自樂，又恐其過禮。君今雖當自樂，又須用禮爲節。君若自樂，無甚太樂，當主思其所居之事，當以禮樂自居，無得忽忘之也。

③又戒僖公，君若好樂，無得太好之，當如善士瞿瞿然顧於禮義，勿使逾越於禮也。

○鄭唯“其居”謂“國中政令”，“荒”謂“廢亂政事”爲异，餘同。

<二章-1>**蟋蟀在堂，歲聿其逝。今我不樂，日月其邁。**

【毛傳】邁，行也。

【程析】逝，流逝。

<二章-5>**無已大康，職思其外。**

【毛傳】外，禮樂之外。

【鄭箋】外，謂國外至四境（與毛不同）。

<二章-7>**好樂無荒，良士蹶**（guì）**蹶。**

【毛傳】蹶蹶，動而敏於事。

【孔疏】傳“蹶蹶”至“於事”。◇◇《釋詁》云：“蹶，動也。”《釋訓》云：“蹶蹶，敏也。”

<三章-1>**蟋蟀在堂，役車其休。今我不樂，日月其慆**（tāo）。

【毛傳】慆，過也。

【鄭箋】庶人乘役車。役車休，農功畢，無事也。

【程析】慆，滔的假借字。《説文》：水漫漫大貌。

【樂道主人】役車，服役之農車。

【孔疏】箋“庶人”至“無事”。

◇◇“庶人乘役車”，《春官·巾車》文也。彼注云：“役車方箱，可載任器以供役。”然則收納禾稼亦用此車，故役車休息，是農功畢，無事也。

◇◇《酒誥》云：“肇牽車牛，遠服賈用，孝養厥父母。”則庶人之車，冬月亦行。而云“休”者，據其農功既終，載運事畢，故言休耳，不言冬月不行也。

<三章-5>**無已大康，職思其憂。好樂無荒，良士休休。**

【毛傳】憂，可憂也。休休，樂道之心。

【鄭箋】憂者，謂鄰國侵伐之憂（與毛不同）。

【樂道主人】康，《爾雅·釋詁》：安也。樂也。

【詩三家】休休，不失和，亦即寬裕意。

《蟋蟀》三章，章八句。

山有樞 【唐風二】

山有樞（ōu），隰（xí）有榆。子有衣裳（cháng），弗曳（yè）弗婁（lǘ）。子有車馬，弗馳弗驅。宛其死矣，他人是愉（yú/tōu）。

山有栲（kǎo），隰有杻（niǔ）。子有廷内，弗洒（sǎ）弗埽。子有鍾鼓，弗鼓弗考。宛其死矣，他人是保。

山有漆，隰有栗。子有酒食，何不日鼓瑟？且以喜樂，且以永日。宛其死矣，他人入室。

《山有樞》三章，章八句。

【毛序】《山有樞》，刺晉昭公也。不能修道以正其國，有財不能用，有鍾鼓不能以自樂，有朝廷不能洒埽，政荒民散，將以危亡。四鄰謀取其國家而不知，國人作詩以刺之也。

【孔疏】“《山有樞》”至“刺之”。

◇◇有財不能用者，三章章首二句是也。此二句總言昭公不能用財耳。其經之所陳，言昭公有衣裳、車馬、鍾鼓、酒食不用之，是分別説其不能用財之事也。

◇◇有鍾鼓不能以自樂者，二章云“子有鍾鼓，弗擊弗考”是也。

◇◇有朝廷不能灑掃者，二章云“子有廷内，弗洒弗埽”是也。

◇◇經先言廷内，序先言鍾鼓者，廷内，人君治政之處，其事大。鍾鼓者，娛樂己身，其事小。經責昭公先重後輕，故先言廷内。序既言有財不能用，鍾鼓亦貨財之事，故因即先言之。

◇衣裳、車馬亦是有財，序獨言鍾鼓者，據娛樂之大者言之也。經先言衣裳，後車馬者，衣裳附於身，車馬則差遠，故先言衣裳也。

◇◇四鄰謀取其國家者，三章下二句是也。四鄰，即桓叔謀伐晉是也，故下篇刺昭公，皆言沃所并。沃雖一國，即四鄰之一，故以四鄰言之。

<一章-1>山有樞（ōu），隰（xí）有榆。

【毛傳】興也。樞，荎也。國君有財貨而不能用，如山隰不能自用其財。

【孔疏】傳"樞，荎"。◇◇《釋木》文。郭璞曰："今之刺榆也。"

【樂道主人】荎，刺榆，一種小枝有堅硬枝刺的落葉小喬木。又，"五味子"，一種落葉藤本植物，果實入藥。

<一章-3>子有衣裳，弗曳（yè）弗婁（lú）。子有車馬，弗馳弗驅。

【毛傳】婁，亦曳也。

【程析】曳，拖。婁、曳都是穿衣的動作，這是泛指穿衣。馳，走馬即讓馬跑快。驅，策馬即用鞭子趕馬。

【孔疏】傳"婁，亦曳"。◇◇曳者，衣裳在身，行必曳。婁與曳連，則同爲一事。走馬謂之馳。策馬謂之驅。驅馳俱是乘車之事，則婁曳俱是著衣之事，故云"婁，亦曳也"。

<一章-7>宛其死矣，他人是愉（yú/tōu）。

【毛傳】宛，死貌。愉，樂也。

【鄭箋】愉讀曰偷（與毛不同）。偷，取也。

【程析】宛，菀的假借字，枯萎。

【孔疏】箋"愉讀"至"偷取"。◇◇以下云"是保"，謂得而居之。"入室"，謂居而有之。**故易傳**以愉爲偷，言偷盜取之。

【孔疏】"山有"至"是愉"。◇◇毛以愉爲樂。鄭以愉爲取，言他人將取之。餘同。

<二章-1>山有栲（kǎo），隰有杻（niǔ）。

【毛傳】栲，山樗（chūn）。杻，檍（yì）也。

【程析】栲，落葉小喬木，今名臭椿。杻，高大喬木，木材可做弓弩幹。

【孔疏】傳"栲，山樗。杻，檍"。

◇◇舍人曰："栲名山樗。杻名檍。"郭璞曰："栲似樗，色小而白，生山中，因名云。亦類漆樹，俗語曰：'櫄樗栲漆，相似如一。"陸機《疏》云：山樗與下田樗略無异，葉似差狹耳。吴人以其葉爲茗，方俗無名。此爲栲者，似誤也。

◇今所云爲栲者，葉如櫟木，皮厚數寸，可爲車輻，或謂之栲櫟。許慎正以栲讀爲糗。今人言栲，失其聲耳。

◇◇杻，檍也，葉似杏而尖，白色，皮正赤，爲木多曲少直，枝葉茂好。二月中，葉疏，華如練而細，蕊正白，蓋樹。今官園種之，正名曰萬歲。既取名於億萬，其葉又好，故種之共汲山下人，或謂之牛筋，或謂之檍。材可爲弓弩幹也。

<二章-3>**子有廷内，弗洒（sǎ）弗埽。子有鍾鼓，弗鼓弗考。**

【毛傳】洒，灑也。考，擊也。

【孔疏】傳"洒，灑。考，擊"。

◇◇洒謂以水濕地而埽之，故轉爲灑。灑是散水之名也。

◇◇今定本云"弗鼓弗考"，注云："考，擊也"，無亦字，義并通也。

<二章-5>**宛其死矣，他人是保。**

【毛傳】保，安也。

【鄭箋】保，居也（與毛不同）。

【孔疏】傳"保，安"。箋"保，居"。

◇◇二者皆《爾雅》無文，傳、箋各以義言之。

◇◇上云"他人是愉"，謂得已樂以爲樂。此云"他人是保"，謂得己之安以爲安。故傳訓保爲安也。

◇◇箋以下云"他人入室"，則是居而有之，**故易傳**以保爲居。（"是保"謂得而居之）

<三章-1>**山有漆，隰有栗。子有酒食，何不日鼓瑟？**

【毛傳】君子無故琴瑟不離於側。

【程析】漆，漆樹。

【孔疏】傳"君子"至"於側"。

◇◇《曲禮下》云："君無故玉不去身，大夫無故不徹懸，士無故不徹琴瑟。"注云："憂樂不相干也，故謂灾患喪病。"彼量其所有，節級立文。

◇◇此言君子，總謂大夫士以上也。以經云"日鼓瑟"，則是日日用之，故言"不離於其側"。定本云"君子琴瑟不離於側"，少"無故"二字，恐非也。

<三章-5>**且以喜樂，且以永日。**

【毛傳】永，引也。

【程析】且，姑且。以，用。永，長，延長。

<三章-7>**宛其死矣，他人入室。**

【孔疏】“子有”至“永日”。責昭公，

②言子既有酒食矣，何不日日鼓瑟有飲食之，

③且得以喜樂已身，且可以永長。此日何故弗爲乎？言永日者，人而無事，則長日難度。若飲食作樂，則忘憂愁，可以永長此日。《白駒》云“以永今朝”，意亦與此同也。

《山有樞》三章，章八句。

揚之水　【唐風三】

揚之水，白石鑿（záo）鑿。素衣朱襮（bó），從子于沃。既見君子，云何不樂。

揚之水，白石皓皓。素衣朱繡（xiù），從子于鵠（hú）。既見君子，云何其憂。

揚之水，白石粼（lín）粼。我聞有命，不敢以告人。

《揚之水》三章，二章章六句，一章四句。

【毛序】《揚之水》，刺晋昭公也。昭公分國以封沃，沃盛彊，昭公微弱，國人將叛而歸沃焉。

【鄭箋】封沃者，封叔父桓叔于沃也。沃，曲沃，晋之邑也。

【孔疏】“《揚之水》”至“沃焉”。

◇◇作《揚之水》詩者，刺晋昭公也。

◇◇昭公分其國地以封沃國，謂封叔父桓叔於曲沃之邑也。桓叔有德，沃是大都，沃國日以盛强。昭公國既削小，身又無德，其國日以微弱，故晋國之人皆將叛而歸於沃國焉。昭公分國封沃，已爲不可，國人將叛，又不能撫之也，故刺之。

◇◇此刺昭公，經皆陳桓叔之德者，由昭公無德而微弱，桓叔有德有盛彊，國人叛從桓叔，昭公之國危矣。而昭公不知，故陳桓叔有德，民樂從之，所以刺昭公也。

【孔疏】箋“封沃”至“之邑”。

◇◇封沃者，使專有之，别爲沃國，不復屬晋，故云以封沃也。

◇◇桓二年《左傳》云：“初，晋穆侯之夫人姜氏以條之役生太子，命之曰仇。其弟以千畝之戰生，命曰成師。師服曰：‘异哉，君之名子也！嘉耦曰妃，怨耦曰仇。古之命也。今君命太子曰仇，弟曰成師，始兆亂矣。兄其替乎！’

◇惠之二十四年，晋始亂，故封桓叔於曲沃。師服曰：‘吾聞國家之立也，本大而末小，是以能固。故天子建國，諸侯立家。今晋，甸侯也；而建國，本既弱矣，其能久乎？’惠之三十年，晋潘父弑昭侯而納桓叔，不克。”是封桓叔於沃之事也。

◇◇此邑本名曲沃，序單言沃，則既封之後謂之沃國，故云“沃，曲沃也”。《地理志》云：“河東聞喜縣，故曲沃也。武帝元鼎六年行過更名。”應劭曰：“武帝於此聞南越破，改曰聞喜。”

<一章-1>**揚之水，白石鑿（záo）鑿。**

【毛傳】興也。鑿鑿然，鮮明貌。

【鄭箋】激揚之水，激流湍疾，洗去垢濁，使白石鑿鑿然。興者，喻桓叔盛强，除民所惡，民得以有禮義也。

<一章-3>**素衣朱襮（bó），從子于沃。**

【毛傳】襮，領也。諸侯繡黼（fǔ）丹朱中衣。沃，曲沃也。

【鄭箋】繡當爲“綃（xiāo）”，綃黼丹朱中衣，中衣以綃黼爲領，丹朱爲純也。國人欲進此服，去從桓叔。

【程析】襮，紅邊的衣領。

【樂道主人】黼，古代禮服上綉的半黑半白的花紋。子，指桓叔。

【孔疏】傳“襮領”至“曲沃”。

◇◇《釋器》云：“黼領謂之襮襮。”孫炎曰：“繡刺黼文以褗（yǎn，衣領）領。”是襮爲領也。《郊特牲》云：“繡黼丹朱中衣，大夫之僭禮也。”大夫服之則爲僭，知諸侯當服之也。

◇◇中衣者，朝服、祭服之裏衣也。其制如深衣，故《禮記·深衣目録》云：“深衣連衣裳而純之以采者，有表則謂之中衣。大夫以上，祭服中衣用素，詩云‘素衣朱襮’，《玉藻》云：‘以帛裏布，非禮也。’士祭以朝服，中衣以布，明矣。”是言中衣之制與深衣同也。其异者，中衣之袖小長耳。《玉藻》云：“中衣繼揜尺。”注云：“中衣繼袂（mèi）揜（yǎn，掩）一尺，深衣緣而已。”是中衣之袖長也。

◇◇言大夫祭服中衣用素者，謂自祭耳。其助祭則士服爵弁之服，以絲爲衣。則士以上，助祭之服中衣，皆用素也。少牢饋食之禮，是大夫自祭家廟，其服用朝服。朝服以布爲之，則中衣亦用布矣。而《深衣目録》云“大夫祭服，中衣用素”者，謂大國之孤也。

◇《雜記》云：“大夫冕而祭於公，弁而祭於已。”注云：“弁而祭於己，唯孤耳。弁謂爵弁。”爵弁是絲衣，明中衣亦用素。用素則同，不必以繡黼爲領。繡黼唯諸侯乃得服之耳。晋封桓叔於沃，别爲諸侯之國，故晋人欲以諸侯之服往從之。

◇◇桓叔雖受封於晋，正是晋自封之，非天子之命。天子不賜以爵，晋是諸侯，不得以爵賜諸侯。桓叔、莊伯皆以字配謚，蓋雖君其國，未有爵命。《左傳》每云曲沃伯，或可自稱伯也。傳不注序，故於此解沃爲曲沃也。

【孔疏】箋“綉當”至“桓叔”。

◇◇傳之所言《郊特牲》文，彼注云“繡黼丹朱，以爲中衣領緣也。綉讀爲綃。綃，繒名”。引《詩》云：“素衣朱綃。”彼注此箋皆破繡爲綃者，以其黼之與繡共作中衣之領。

◇◇案《考工記》云：“白與黑謂之黼，五色備謂之繡。”若五色聚居，則白黑共爲繡文，不得别爲黼稱。繡黼不得同處，明知非繡字也，故破繡爲綃。

◇綃是繒名。《士昏禮》注引《詩》云“素衣朱綃”，《魯詩》以綃爲綺屬，然則◇◇綃是繒（zēng，絲之總名）綺别名。

◇◇於此綃上刺爲黼文，故謂之綃黼也。綃上刺黼以爲衣領，然後名之爲襮，故《爾雅》黼領謂之襮。襮爲領之别名也。

◇◇案此下章作“素衣朱繡”，而《郊特牲》及《士昏禮》二注引《詩》皆作“素衣朱綃”者，箋破此傳繡當爲綃，下章綉字亦破爲綃。箋不言者，從此而略之耳。此已破爲綃，《禮記》注從破引之，猶《月令》云“鮮羔開冰”，注云“鮮當爲獻”，《七月》引之，徑作“獻羔開冰”，與此同也。此則鄭之説耳。案下章傳曰“繡，黼也”，則是以繡爲義，未必如鄭爲綃也。

◇◇如傳意，繡得爲黼者，繢（huì）是畫，綉是刺之，雖五色備具乃成爲繡，初刺一色即是作繡之法，故繡爲刺名。傳言“繡，黼”者，謂於繒之上綉刺以爲黼，非訓繡爲黼也。孫炎注《爾雅》云：“繡刺黼文以褗領。”是取毛“繡，黼”爲義，其意不與箋同。不破繡字，義亦通也。

◇◇箋以“素衣朱襮（bó）”之下即云“從子于沃”，故言“晋國之人，欲進此服，去從桓叔”，言民愛之，欲以衣往耳。國君之衣，非民爲之也。

<一章-5>**既見君子，云何不樂。**

【鄭箋】君子謂桓叔。

【孔疏-章旨】“揚之水”至“不樂”。

①言激揚之水，波流湍疾，行於石上，洗去石之垢穢，使白石鑿鑿然而鮮明，以興桓叔之德，政教寬明，行於民上，除去民之疾惡，使沃國之民皆得有禮義也。

②桓叔既有善政，其國日以盛强，晋國之民皆欲叛而從之。以素爲衣，丹朱爲緣，綃黼爲領，此諸侯之中衣也。國人欲得造制此素衣朱襮之服，進之以從子桓叔于沃國也。

③國人惟欲歸於沃，惟恐不見桓叔，皆云我既得見此君子桓叔，則云何乎而得不樂。言其實樂也。桓叔之得民心如是，民將叛而從之，而昭公不知，故刺之。

<二章-1>**揚之水，白石皓皓。**

【毛傳】皓皓，潔白也。

<二章-3>**素衣朱繡**（xiù）**，從子于鵠**（hú）**。**

【毛傳】綉，黼也。鵠，曲沃邑也。

【孔疏】傳“鵠，曲沃邑”。◇◇晋封桓叔於曲沃，非獨一邑而已。其都在曲沃，其傍更有邑，故云“鵠，曲沃邑也”。

<二章-5>**既見君子，云何其憂。**

【毛傳】言，無憂也。

<三章-1>**揚之水，白石粼**（lín）**粼。**

【毛傳】粼粼，清澈也。

<三章-3>**我聞有命，不敢以告人。**

【毛傳】聞曲沃有善政命，不敢以告人。

【鄭箋】不敢以告人而去者，畏昭公謂已動民心。

【程析】方潤玉“聞其事已成，將有成命也”。

【樂道主人】畏昭公謂已動民心，言到曲沃昭公之大臣雖見桓叔善政，回去不敢告訴昭公實情，怕昭公責其動摇民心也。可見昭公不納忠言，無德矣。

《揚之水》三章，二章章六句，一章四句。

椒聊 【唐風四】

椒（jiāo）聊（liáo）之實，蕃（fán）衍（yǎn）盈升。彼其之子，碩大無朋。椒聊且（jū）！遠條（tiáo）且！

椒聊之實，蕃衍盈匊。彼其之子，碩大且篤。椒聊且！遠條且！

《椒聊》二章，章六句。

【毛序】《椒聊》，刺晋昭公也。君子見沃之盛彊，能修其政，知其蕃衍盛大，子孫將有晋國焉。

【樂道主人】唐風毛鄭解唐風幾篇詩皆刺昭公而贊桓叔，稱其德美廣博，其意深矣。天命無常，顧有德者也。可參照《衛風·淇奥》美衛武公，《論語》以管仲爲仁之評價。以此而推廣，田取代姜氏爲國，亦是以德、以民爲本，可取也。其不同之處，唯田氏非姜氏之姓，故正史以田氏爲簒也。

【孔疏】“《椒聊》”至“國焉”。

◇◇作《椒聊》詩者，刺晋昭公也。君子之人，見沃國之盛疆，桓叔能脩其政教，知其後世稍復蕃衍盛大，子孫將并有晋國焉。昭公不知，故刺之。

◇◇此序序其見刺之由，經二章，皆陳桓叔有美德，子孫蕃衍之事。

<一章-1>**椒（jiāo）聊（liáo）之實，蕃（fán）衍（yǎn）盈升。**

【毛傳】興也。椒聊，椒也。

【鄭箋】椒之性芬香而少實，今一捄（jiù）之實，蕃衍滿升，非其常也。興者，喻桓叔晋君之支别耳，今其子孫衆多，將日以盛也。

【程析】椒，花椒。聊，草木結成的一串串果實。蕃衍，蔓延。

【樂道主人】衍，《小爾雅》：澤之廣者謂之衍。又美也。捄，《康熙字典》：角貌。

【孔疏】傳"椒聊，椒"。

◇◇《釋木》云："檓（huǐ），大椒。"郭璞曰："今椒樹叢生，實大者名爲檓。"

◇陸機《疏》曰：椒聊，聊，語助也。椒樹似茱（zū）萸（yú），有針刺，葉堅而滑澤，蜀人作茶，吴人作茗，皆合煮其葉以爲香。今成皋諸山間有椒，謂之竹葉椒，其樹亦如蜀椒，少毒熱，不中合藥也，可著飲食中。又用烝鷄、豚，最佳香。東海諸島亦有椒樹，枝葉皆相似，子長而不圓，甚香，其味似橘皮。島上獐、鹿食此椒葉，其肉自然作椒橘香。

【樂道主人】茱萸，植物名。香氣辛烈，可入藥。古俗舊曆九月九日重陽節，佩茱萸能祛邪辟惡。

【孔疏】箋"椒之性"至"以盛"。

◇◇言性芬香，喻美德，故下句椒之氣日益長遠，喻桓叔德彌廣博，是取香氣爲喻也。

◇◇言一捄之實者，捄謂椒之房，裹實者也。《釋木》云："椒、樧，醜菉。"李巡曰："樧（shā），茱萸也。椒、茱萸皆有房，故曰捄。捄，實也。"郭璞曰："菉（jiù）萸子聚生成房。"是椒裹名爲捄也。

◇蕃衍滿升謂一捄之實者，若論一樹則不啻一升，才據一實又不足滿升，且詩取蕃多爲喻，不言一實之大，故知謂一捄之實也。◇驗今椒實，一裹之内唯有一實。時有二實者，少耳。今言一捄滿升，假多爲喻，非實事也。

◇王肅云：種一實，蕃衍滿一升。若種一實，則成一樹，非徒一升而已。不得以種一實爲喻也。

<一章-3>**彼其之子，碩大無朋。**

【毛傳】朋，比也。

【鄭箋】之子，是子也。謂桓叔也。碩，謂壯貌，佼好也。大謂德美廣博也。無朋，平均，不朋黨。

【孔疏】傳"朋，比"。◇◇朋，黨也。比謂阿比，朋亦之義，故以朋爲比也。

【孔疏】箋"之子"至"朋黨"。

◇◇以"碩"下有"大"，不宜複訓爲大，故以碩爲壯佼貌。大謂大德。

◇◇無朋者，無朋比之行，故知謂"平均，無其朋黨"也。

◇◇孫毓云："桓叔阻邑不臣，以孽傾宗，與潘父比，至殺昭公而求入焉，能均平而不朋黨乎？"斯不然矣，此言桓叔能修國政，撫民平均，望桓叔之美，刺昭公之惡耳，不得以傾宗阻邑爲桓叔罪也。即如毓言，桓叔罪多矣，詩人何得稱其碩大且篤，能修其政乎？自桓叔别封於沃，自是鄰國相陵，安得責其不臣。

<一章-5>**椒聊且（jū）！遠條（tiáo）且！**

【毛傳】條，長也。

【鄭箋】椒之氣日益遠長，似桓叔之德彌廣博。

【孔疏】傳"條，長"。◇◇《尚書》稱"厥木惟條"，謂木枝長，故以條爲長也。

【樂道主人】毛傳：言聲之遠聞也。

【孔疏-章旨】"椒聊"至"條且"。

①椒之性芬香而少實，今椒聊一捄之實，乃蕃衍滿於一升甚多，非其常，以興桓叔，晋君之支别，今子孫衆多，亦非其常也。

②桓叔子孫既多，又有美德，彼己是子謂桓叔，其人形貌盛壯，得美廣大，無朋黨阿比之惡行也。

③椒之香氣日益長遠，以興桓叔之德彌益廣博，桓叔子孫既多，德益廣博，必將并有晋國，而昭公不知，故刺之。

◇◇聊、且，皆助語也。

<二章-1>**椒聊之實，蕃衍盈匊。**

【毛傳】兩手曰匊。

【程析】匊，掬，兩手全捧。

<二章-3>**彼其之子，碩大且篤。**

【毛傳】篤，厚也。

<二章-5>**椒聊且！遠條且！**

【毛傳】言聲之遠聞也。

《椒聊》二章，章六句。

綢　繆 【唐風五】

綢（chóu）繆（móu）束薪，三星在天。今夕何夕，見此良人。子兮子兮，如此良人何？

綢繆束芻（chú），三星在隅（yú）。今夕何夕，見此邂（xiè）逅（hòu）。子兮子兮，如此邂逅何？

綢繆束楚，三星在户。今夕何夕，見此粲（càn）者。子兮子兮，如此粲者何？

《綢繆》三章，章六句。

【毛序】《綢繆》，刺晋亂也。國亂則婚姻不得其時焉。

【鄭箋】不得其時，謂不及仲春之月。

【樂道主人】毛與鄭皆曰“刺時”，但在何時爲正婚之時有大不同，詩中主訴者是何人也不同，毛謂男方，經謂以古正刺今不正；而鄭謂賢人，經皆直刺今之不正也。清楚古人的時令與正婚的禮時方可各順通此詩。

【孔疏】“《綢繆》”至“時焉”。

◇◇毛以爲，不得初冬、冬末、開春之時，故陳婚姻之正時以刺之。

◇◇鄭以爲，不得仲春之正時，四月五月乃成婚，故直舉失時之事以刺之。

◇◇毛以爲，婚之月自季秋盡於孟春，皆可以成婚。三十之男，二十之女，乃得以仲春行嫁。自是以外，餘月皆不得爲婚也。今此晋國之亂，婚姻失於正時。

◇三章皆舉婚姻正時以刺之。三星者，參也。

◇首章言在天，謂始見東方，十月之時，故王肅述毛云：“三星在天，謂十月也。”在天既據十月。

◇二章“在隅”，謂在東南隅，又在十月之後也，謂十一月、十二月也。

◇卒章“在户”，言參星正中直户，謂正月中也。故《月令》孟春之月，“昏參中”，是參星直户，在正月中也。

◇此三章者，皆婚姻之正時。晋國婚姻失此三者之時，故三章各舉一時以刺之。

◇◇毛以季秋之月，亦是爲婚之時。今此篇不陳季秋之月者，以不得其時，謂失於過晚。作者據其失晚，追陳正時，故近舉十月已來，不復遠言季秋也。

◇◇鄭以爲，婚姻之禮，必在仲春，過涉後月，則爲不可。今晋國之亂，婚姻皆後於仲春之月，賢者見其失時，指天候以責娶者。三星者，心也，一名火星。凡嫁娶者，以二月之昏，火星未見之時爲之。

◇首章言“在天”，謂昏而火星始見東方，三月之末，四月之中也。

◇二章言“在隅”，又晚於“在天”，謂四月之末，五月之中也。

◇卒章言“在户”，又晚於“在隅”，謂五月之末，六月之中。故《月令》季夏之月，“昏火中”，是六月之中，心星直户也。

◇此三者皆晚矣，失仲春之月。三章歷言其失，以刺之。

【樂道主人】三星，鄭認爲即是心星。心之三星，星有大小，大者爲天王，小者爲子屬，則大者尊，小者卑，大者象夫父，小者象子婦。

表 17　三星之別

經	方位	日期		章節
		毛傳	鄭箋	
		三星即參星	三星爲心星，即火星	
在天	東	十月	三月之末，四月之中	一章
在隅	東南	十一月、十二月	四月之末，五月之中	二章
在户	南	第二年正月	五月之末，六月之中	三章
		正時	非正時	

<一章-1>**綢（chóu）繆（móu）束薪，三星在天。**

【毛傳】興也。綢繆，猶纏綿也。三星，參也。在天，謂始見東方也。男女待禮而成，若薪芻（chú）待人事而後束也。三星在天，可以嫁娶矣。

【鄭箋】（與毛不同）三星，謂心星也。心（星）有尊卑，夫婦父子之象，又爲二月之合宿，故嫁娶者以爲候焉。昏而火星不見，嫁娶之時也。今我束薪於野，乃見其在天，則三月之末，四月之中，見於東方矣，故云“不得其時”。

【程析】在天，指星星出現的黄昏。

【樂道主人】其，指心星，即火星。

【孔疏】傳“綢繆”至“嫁娶矣”。

◇◇以綢繆自束薪之狀，故云猶纏綿也。參有三星，故言“三星，參也”。《漢書·天文志》云“參，白虎宿三星”，是也。二章“在隅”，卒章“在户”，是從始見爲説，逆而推之，故知在天謂始見東方也。

◇◇詩言婚姻之事，先舉束薪之狀，故知以人事喻待禮也。毛以秋冬爲婚時，故云“三星在天，可以嫁娶”。王肅云：“謂十月也。”

【孔疏】箋“三星”至“其時”。

◇◇《孝經·援神契》云：“心，三星中獨明。”是心亦三星也。《天文志》云：“心爲明堂也。大星天王，前後星子屬。”然則心之三星，星有大小，大者爲天王，小者爲子屬，則大者尊，小者卑，大者象夫父，小者象子婦，故云“心有尊卑，夫婦父子之象也。”

◇二月日體在戌，而斗柄建卯，初昏之時，心星在於卯上。二月之昏，合於本位，故稱合宿。心星又是二月之合宿，故嫁娶者以爲候焉。謂候其將出之時，行此嫁娶之禮也。

◇昏而火星不見，嫁娶之時，謂仲春之月，嫁娶之正時也。

◇◇箋以下經四句是賢者責人之辭，故知綢繆束薪爲賢者自束其薪，不爲興也。今我束薪於野，乃見其在天。謂負薪至家之時，見在天，未必束薪之時已在天也。因以束薪而歸，故言之也。

◇◇昭十七年《左傳》曰：“火出於夏爲三月，於商爲四月，於周爲五月。”《小星》箋云：“心在東方，三月時。”則心星始見在三月矣。

◇此箋云“三月之末，四月之中”者，正以三月至於六月，則有四（個）月。此詩唯有三章，而卒章言“在户”，謂正中直户，必是六月昏也。逆而差之，則二章當五月，首章當四月。

◇四月火見已久，不得謂之始見。以詩人始作，總舉天象，不必章舉一月。鄭差次之，使四（個）月共當三章，故每章之箋皆舉兩月也。

◇成婚之時，當以火星未見，今已見在天，是不得其時也。凡取星辰爲候，多取昏旦中爲義。此獨取心星未出爲候者，以火者天之大辰星，有夫婦之象，此星若見，則爲失時，故取將見爲候。

◇◇《夏官·司爟》云："季春出火，民咸從之。季秋納火，民亦如之。"鄭司農云："三月昏時，心星見於辰上，使民出火。九月黄昏，心星伏於戌上，使民納火。"

又哀十二年《左傳》云："火伏而後蟄者畢。"此取將見爲候，彼取已伏爲候，其意同也。

◇◇此篇三章，與《摽有梅》三章箋據時節，其理大同。

◇彼文王之化，有故不以仲春者，至夏尚使行嫁，所以蕃育人民，故歌而美之此則晋國之亂，不能及時，至使晚於常月，故陳而刺之。**本意不同，美刺有异也。**

<一章-3>**今夕何夕，見此良人。**

【毛傳】良人，美室也。

【鄭箋】今夕何夕者，言此夕何月之夕乎，而女（rǔ）以見良人。言非其時。（與毛不同）

【孔疏】傳"良人，美室"。

◇◇《小戎》云："厭厭良人。"妻謂夫爲良人。知此美室者，以下云"見此粲者"，粲是三女，故知良人爲美室。良訓爲善，故稱美也。

◇◇傳以"三星在天"，爲昏之正時，則此二句，是國人不得及時，思咏善時得見良人之辭也。王肅云："婚姻不得其時，故思咏嫁娶之夕，而欲見此美室也。"

【孔疏】箋"今夕"至"其時"。

◇◇箋以仲春爲婚月，"三星在天"，後於仲春，故以此二句爲責娶者之辭也。

◇《説苑》稱鄂君與越人同舟，越人擁楫而歌曰："今夕何夕兮，得與搴（qiān）舟水流。今日何日兮，得與王子同舟。"如彼歌意，則嘉美此夕。與箋意异者，彼意或出於此，但引詩斷章，不必如本也。

<一章-5>**子兮子兮，如此良人何？**

【毛傳】子兮者，嗟（jiē）兹也。

【鄭箋】（與毛不同）子兮子兮者，斥取者，子取後陰陽交會之月，當如此良人何。

【孔疏】傳"子兮者，嗟兹也"。

◇◇傳意以上句爲思咏嫁娶之夕，欲得見良人，則此句嗟嘆己身不得見良人也。

◇◇子兮子兮，自嗟嘆也。兹，此也。嗟嘆此身不得見良人，言已無奈此良人何。

【孔疏】箋“子兮”至“人何”。

◇◇箋以此句亦是責娶者之辭，故云“子兮子兮”爲斥娶者，以其良人爲妻，當以良時迎之。今子之娶，後於陰陽交會之月，則損良人之善，故云“當如此良人何”，責其損良人也。

【孔疏-章旨】“綢繆”至“良人”。

○毛以爲，①綢繆猶纏綿，束薪之貌。言薪在田野之中，必纏綿束之，乃得成爲家用，以興女在父母之家，必以禮娶之，乃得成爲室家。薪芻待人事而束，猶室家待禮而成也。室家既須以禮，當及善時爲婚。三星在天，始見東方，於禮可以婚矣。以時晋國大亂，婚姻失時，故無妻之男，思咏嫁娶之夕，而欲見此美室。

②言今此三星在天之夕，是何月之夕，而得見此良人。美其時之善，思得其時也。思而不得，乃自諮嗟，

③言子兮子兮，當如此良人何！如何，猶奈何。言三星在天之月，不得見此良人，當奈之何乎！言不可奈何矣。

○鄭以爲，嫁娶者當用仲春之月，心星未見之時。今晋國大亂，婚姻皆不得其月，賢者見而責之。賢者言，

①已纏綿束薪於野，及夜而歸，見三星見於東方，已在天矣。至家而見初爲婚者，因責之云：

②今夕是何月之夕，而汝見此良人！言晚矣，失其時，不可以爲婚也。

③子兮子兮，汝當如此良人何！言娶者後陰陽交會之月，失婚姻爲禮之時，是損良人之善，當如之何乎！言其損良人，不可奈何也。

◇◇由晋國之亂，今失正時，故舉其事而刺之。

<二章-1>**綢繆束芻（chú），三星在隅（yú）。**

【毛傳】隅（yú），東南隅也。

【鄭箋】（與毛不同）心星在隅，謂四月之末，五月之中。

【程析】隅（yú），天空的東南方。芻，《説文》：刈草也。

<二章-3>**今夕何夕，見此邂（xiè）逅（hòu）。**

【毛傳】邂逅，解（xiè）説（悦）之貌。

【程析】邂逅，本意是會合。

<二章-5>**子兮子兮，如此邂逅何？**

<三章-1>**綢繆束楚，三星在户。**

【毛傳】參星，正月中直户也。

【鄭箋】心星在户，謂之五月之末，六月之中。

【程析】楚，荆條。户，房門。

<三章-3>**今夕何夕，見此粲**（càn）**者。**

【毛傳】三女爲粲。大夫一妻二妾。

【程析】粲，美人。

【孔疏】傳“三女”至“二妾”。

◇◇《周語》云：“密康公游於涇，有三女奔之。其母曰：‘必致之王。女三爲粲，粲，美物也。汝則小丑，何以堪之？’”然粲者，衆女之美稱也。

◇◇《曲禮下》云：“大夫不名侄娣。”大夫有妻有妾，有一妻二妾也。此刺婚姻失時，當是民之婚姻，而以大夫之法爲辭者，此時貴者亦婚姻失時，故王肅云：“言在位者亦不能及禮也。”

<三章-5>**子兮子兮，如此粲者何？**

《綢繆》三章，章六句。

杕杜 【唐風六】

有杕（dì）之杜，其葉湑（xǔ）湑。獨行（xíng）踽（jǔ）踽，豈無他人？不如我同父。嗟行（háng）之人，胡不比焉？人無兄弟，胡不佽（cì）焉？

有杕之杜，其葉菁（jīng）菁。獨行睘（qióng）睘，豈無他人？不如我同姓。嗟行之人，胡不比焉？人無兄弟，胡不佽焉？

《杕杜》二章，章九句。

【毛序】《杕杜》，刺時也。君不能親其宗族，骨肉離散，獨居而無兄弟，將爲沃所并爾。

【孔疏】“《杕杜》二章，章九句”至“并爾”。

◇◇不親宗族者，章首二句是也。獨居而無兄弟者，次三句是也。四句戒异姓之人，令輔君爲治，亦是不親宗族之言，故序略之。

<一章-1>有杕（dì）之杜，其葉湑（xǔ）湑。

【毛傳】興也。杕，特貌。杜，赤棠也。湑湑，枝葉不相比也。

【程析】這兩句是反興。杕，孤生獨特貌。杜，甘棠，又名杜梨、棠梨。

【孔疏】傳“杕特”至“相比”。

◇◇《釋木》云：“杜，赤棠。白者棠。”樊光云：“赤者爲杜，白者爲棠。”陸機《疏》云：“赤棠與白棠同耳。但子有赤白美惡。子白色爲白棠，甘棠也，少酢滑美。赤棠子澀而酢無味。俗語云‘澀如杜’，是也。赤棠木理韌，亦可以作弓幹是也。”

◇◇《裳裳者華》亦云“其葉湑兮”，則湑湑與菁菁皆茂盛之貌。傳於此云“湑湑，枝葉不相比”，下章言“菁菁，葉盛”，互相明耳。言葉雖茂盛，而枝條稀疏，以喻宗族雖强，不相親昵也。

◇箋以此刺不親宗族，不宜以盛爲喻，故下章易傳以菁菁爲稀少之貌，此章直取不相比次爲喻，不取葉盛爲喻。

◇菁菁實是茂盛，而得爲稀少貌者，以葉密則同爲一色，由稀少故見其枝。以《菁菁者莪》菁菁爲莪之茂貌，則知鄭意亦以菁菁、湑湑爲茂貌，但不取葉爲興耳。

<一章-3>獨行踽（jǔ）踽，豈無他人？不如我同父。

【毛傳】踽踽，無所親也。

【鄭箋】他人，謂异姓也。言昭公遠其宗族，獨行於國中踽踽然。此豈無异姓之臣乎？顧恩不如同姓親親也。

【程析】踽踽，孤獨貌。

【詩集傳】同父，兄弟也。

<一章-6>嗟行（háng）之人，胡不比焉？

【鄭箋】君所與行之人，謂异姓卿大夫也。比，輔也。此人女（rǔ）何不輔君爲政令？

【程析】行，道路。比，本意爲親密。

【孔疏】箋"君所"至"政令"。

◇◇言嗟行之人，是嗟嘆此所行之人也。君既疏其宗族，宗族不與君行，故知所與行之人謂异姓卿大夫也。

◇◇"比，輔"，《釋詁》文。彼輔作"俌"，亦是輔之義也。

<一章-8>人無兄弟，胡不佽（cì）焉？

【毛傳】佽，助也。

【鄭箋】异姓卿大夫，女（rǔ）見君無兄弟之親親者，何不相推佽而助之？

【孔疏】傳"佽，助"。◇◇佽，古"次"字。欲使相推以次第助之耳，非訓佽爲助也。

【孔疏-章旨】"有杕"至"佽焉"。

①言有杕然特生之杜，其葉湑湑然而盛，但柯條稀疏，不相比次。以興晋君疏其宗族，不與相親，猶似杜之枝葉不相比次然也。君既不與兄弟相親，至使骨肉離散。

②君乃獨行於國内，踽踽然無所親暱者也。豈無他人异姓之臣乎？顧其恩親不如我同父之人耳。

③君既不親同姓之人，與之爲治，則异姓之臣又不肯盡忠輔君，將爲沃國所并，故又戒之云：嗟乎！汝君所與共行之人，謂异姓卿大夫之等，

汝何不輔君爲政令焉？

④又謂异姓之臣，汝既見人無兄弟之親，何不推佽而助之焉？同姓之臣既已見疏，不得輔君，猶冀他人輔之，得使不滅，故戒异姓之人使助君也。

<二章-1>**有杕（dì）之杜，其葉菁（jīng）菁。**

【毛傳】菁菁，葉盛也。

【鄭箋】菁菁，希少之貌。

<二章-3>**獨行睘（qióng）睘，豈無他人？不如我同姓。**

【毛傳】睘睘，無所依也。同姓，同祖也。

【孔疏】傳"睘睘"至"同祖"。

◇◇睘睘、踽踽皆與獨行共文，故知是無所依、無所親昵之貌。上言親，此言依，義亦同，變其文耳。以上云同父，故知同姓爲同祖也。

<二章-6>**嗟行之人，胡不比焉？人無兄弟，胡不佽焉？**

《杕杜》二章，章九句。

羔裘 【唐風七】

羔裘（qiú）豹袪（qū），自我人居居。豈無他人，維子之故！

羔裘豹褎（xiù），自我人究究。豈無他人，維子之好（hǎo）！

《羔裘》二章，章四句。

【毛序】《羔裘》，刺時也。晋人刺其在位不恤其民也。

【鄭箋】恤，憂也。

【孔疏】“《羔裘》”至“其民”。

◇◇刺其在位不恤其民者，謂刺朝廷卿大夫也。以在位之臣，輔君爲政，當助君憂民，而懷惡於民，不憂其民，不與相親比，故刺之。經二章，皆刺在位懷惡，不恤下民之辭。

◇◇俗本“或其”下有“君”，衍字。定本無“君”字，是也。

<一章-1>**羔裘（qiú）豹袪（qū），自我人居居。**

【毛序】袪，袂（mèi）也。本末不同，在位與民异心自用也。居居，懷惡不相親比之貌。

【鄭箋】羔裘豹袪，在位卿大夫之服也。其役使我之民人，其意居居然有悖惡之心，不恤我之困苦。

【程析】自，用是，由是。居居，態度傲慢。

【樂道主人】毛以“羔裘豹袪”爲興。

【孔疏】“袪袪”至“之貌”

◇◇《玉藻》説深衣之制云：“袂可以回肘。”注云：“二尺二寸之節。”又曰：“袂尺二寸。”注云：“袂口也。”然則袂與袪别。

◇此以袪、袂爲一者，袂是袖之大名，袪是袖頭之小稱，其通皆爲袂。以深衣云袂之長短，反屈之及肘，是通袪皆爲袂，故以爲“袪，袂也”。

◇◇以裘身爲本，裘袂爲末，其皮既异，是本末不同，喻在位與民异心也。直以裘之本末喻在位與民耳，不以在位與民爲本末也。此解直云

"袪，袂"，定本云"袪，袂末"，與禮合。

◇◇《釋詁》云："由，用也。自，由也。"輾轉相訓，是自爲用也。

◇◇《釋訓》云："居居、究究，惡也。"李巡曰："居居，不狎（xiá）習之惡。"孫炎曰："究究，窮極人之惡。"此言懷惡而不與民相親，是不狎習也。用民力而不憂其困，是窮極人也。

【孔疏】箋"羔裘"至"困苦"。

◇◇《鄭風·羔裘》言古之君子以風其朝焉，經稱"羔裘豹飾，孔武有力"，是知在位之臣服此豹袖之羔裘也。傳亦解興喻之義，箋又解所以用裘興意，以在位身服此裘，故取其裘爲興。

◇◇《召南·羔裘》亦以大夫身服此羔裘，即言其人有羔羊之德，與此同也。有悖惡之色，不恤我之困苦，申明傳懷惡不比之意。

<一章-3>**豈無他人，維子之故！**

【鄭箋】此民，卿大夫采邑之民也，故云豈無他人可歸往者乎？我不去者，乃念子故舊之人。

【孔疏】箋"此民"至"之人"。

◇◇箋以民與大夫尊卑縣隔，不應得有故亂舊恩好，而此云維子之好，故解之是此卿大夫采邑之民。以卿大夫世食采邑，在位者幼少未仕之時，與此民相親相愛，故稱好也。

◇◇作詩者雖是采邑之民，所恨乃是一國之事。何則？采邑之民與故舊尚不存恤，其餘非其故舊，不恤明矣。

◇◇序云"在位不恤其民"，謂在位之臣莫不儘然，非獨食采邑之主偏苦其邑。豈無他人可歸往者，指謂他國可往，非欲去此采邑，適彼采邑也，故王肅云："我豈無他國可歸乎？維念子與我有故舊也。"與鄭同。

【孔疏-章旨】"羔裘"至"之故"。

①在位之臣服羔裘豹袪，晋人因其服，舉以爲喻，言以羔皮爲裘，豹皮爲袪，裘袪异皮，本末不同，以興民欲在上憂己，在上疾惡其民，是上下之意亦不同也。在位之心既與民异，其用使我之衆人居居然有悖惡之色。不與我民相親，不憂我之困苦也。

②卿大夫於民如此，民見君子無憂民，今欲去之，言我豈無他人賢者可歸往之乎？維子之故舊恩好不忍去耳。

◇◇作者是卿大夫采邑之民，故言己與在位故舊恩好。

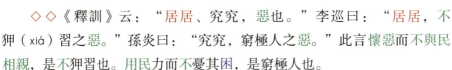

<二章-1>**羔裘豹褎（xiù），自我人究究。**

【毛傳】褎，猶袪也。究究，猶居居也。

【程析】褎，袖口。究究，心懷惡意不可接近的樣子。

<二章-3>**豈無他人，維子之好（hǎo）！**

【鄭箋】我不去而歸往他人者，乃念子而愛好之也。民之厚如此，亦唐之遺風。

【孔疏】箋“我不”至“遺風”。

◇◇《北風》刺虐，則云“攜手同行”；《碩鼠》刺貪，則云“適彼樂國”，皆欲奮飛而去，無顧戀之心。

◇◇此則念其恩好，不忍歸他人之國，其情篤厚如此，亦是唐之遺風。言猶有帝堯遺化，故風俗淳也。

《羔裘》二章，章四句。

鴇羽 【唐風八】

肅肅鴇（bǎo）羽，集于苞栩（xǔ）。王事靡盬（gǔ），不能蓺（yì）稷（jì）黍（shǔ），父母何怙（hù）？悠悠蒼天，曷（hé）其有所？

肅肅鴇翼，集于苞棘。王事靡盬，不能蓺稷黍，父母何食？悠悠蒼天，曷其有極？

肅肅鴇行（háng），集于苞桑。王事靡盬，不能蓺稻粱，父母何嘗？悠悠蒼天，曷其有常？

《鴇羽》三章，章七句。

【毛序】《鴇羽》，刺時也。昭公之後，大亂五世，君子下從征役，不得養其父母，而作是詩也。

【鄭箋】大亂五世者，昭公、孝侯、鄂侯、哀侯、小子侯。

【孔疏】“《鴇羽》”至“是詩”。

◇◇言下從征役者，君子之人當居平安之處，不有征役之勞。今乃退與無知之人共從征役，故言下也。定本作“下從征役”。

◇◇經三章，皆上二句言君子從征役之苦，下五句恨不得供養父母之辭。

【孔疏】箋“大亂”至“子侯”。

◇◇案《左傳》

①桓二年稱“魯惠公三十年，晋潘父弑昭侯而納桓叔，不克。晋人立孝侯。

②惠之四十五年，曲沃莊伯伐翼，弑孝侯。翼人立其弟鄂侯。”

③隱五年傳稱“曲沃莊伯伐翼，翼（鄂）侯奔隨。秋，王命虢公伐曲沃，而立哀侯於翼”。隱六年傳稱“翼人逆晋侯於隨，納諸鄂，晋人謂之鄂侯”。桓二年傳“鄂侯生哀侯。哀侯侵陘庭之田。陘庭南鄙啓曲沃伐翼”。

④桓三年，“曲沃武公伐翼，逐翼（哀）侯於汾隰，夜獲之”.

⑤桓七年傳“冬，曲沃伯誘晋小子侯殺之”。“八年春，滅翼”。是大亂五世之事。案，桓八年傳云：“冬，王命虢仲立晋哀侯之弟緡（mín）于晋。”則小子侯之後，復有緡爲晋君。

◇◇此大亂五世，不數緡者，以此言昭公之後，則是昭公之詩，自昭公數之，至小子而滿五，故數不及緡也。

◇◇此言大亂五世，則亂後始作，但亂從昭起，追刺昭公，故爲昭公詩也。

<一章-1>**肅肅鴇（bǎo）羽，集于苞栩（xǔ）。**

【毛傳】興也。肅肅，鴇羽聲也。集，止。苞，稹。栩，杼（zhù）也。鴇之性不樹止。

【鄭箋】興者，喻君子當居安平之處，今下從征役，其爲危苦，如鴇之樹止然。稹者，根相迫迮（zé）梱致也。

【程析】鴇，野雁。比一般的雁稍大，脚上無後趾，所以不能穩定地栖息在樹上，多栖于平原或湖泊邊。栩，櫟樹。

【樂道主人】杼，今之落葉喬木。迮，《康熙字典》：排迮，迫蹙也。

【孔疏】傳“肅肅”至“樹止”。

◇◇“苞，稹”，《釋言》文。孫炎曰：“物叢生曰苞，齊人名曰稹。”郭璞曰：“今人呼物叢緻者爲稹。”箋云：稹者，根相迫迮梱緻貌，亦謂叢生也。

◇◇“栩，杼”，《釋木》文。郭璞曰：“柞樹也。”陸機《疏》云：“今柞櫟也，徐州人謂櫟爲杼，或謂之爲栩。其子爲皂，或言皂斗，其殼爲斗，可以染。皂，今京洛及河内多言杼斗。謂櫟爲杼，五方通語也。”

◇◇鴇鳥連蹄，性不樹止，樹止則爲苦，故以喻君子從征役爲危苦也。

<一章-3>**王事靡盬（gǔ），不能蓺（yì）稷（jì）黍（shǔ），父母何怙（hù）？**

【毛傳】盬，不攻緻也。怙，恃也。

【程析】盬，止息。

【鄭箋】蓺，樹也。我迫王事，無不攻致，故盡力焉。既則罷倦，不能播種五穀，今我父母將何怙乎？

【樂道主人】緻，致，集中。恃，《説文》：賴也。從心寺聲。《廣韻》：依也。

【孔疏】傳“鹽不”至“怙恃”。

◇◇鹽與蠱（gǔ）字异義同。昭元年《左傳》云：“於文皿蟲爲蠱。穀之飛亦爲蠱。”杜預云：“皿器受蟲害者爲蠱，穀久積則變爲飛蟲，名曰蠱。”然則蟲害器、敗穀者皆謂之蠱，是鹽爲不攻牢不堅緻之意也。

◇此云“鹽，不攻緻”，《四牡》傳云“鹽，不堅固”，其義同也。定本“緻”皆作“致”。

◇◇《蓼莪》云“無父何怙，無母何恃”，怙、恃義同。言父母當何恃食，故下言“何食”“何嘗”，與此相接成也。

【孔疏】箋“蓺樹”至“怙乎”。

◇◇何知不爲身在役所，不得營農，而云王事盡力，雖歸既則罷倦不能播種者，以經不云“不得”，而云“不能”，明是筋力疲極，雖歸而不能也。

<一章-6>**悠悠蒼天，曷（hé）其有所？**

【鄭箋】曷，何也。何時我得其所哉？

【詩三家】《廣雅》：所，止也。

【孔疏-章旨】“肅肅”至“有所”。

◇◇言肅肅之爲聲者，是鴇鳥之羽飛而集於苞栩之上，以興君子之人，乃下從於征役之事。然鴇之性不樹止，今乃集於苞栩之上，極爲危苦，喻君子之人當居平安之處，今乃下從征役，亦甚爲危苦。

◇◇君子之人既從王事，此王家之事無不攻緻，故盡力爲之。既則罷倦，雖得還家，不復能種蓺黍稷。既無黍稷，我之父母當爲何所依怙乎！

◇◇乃告於天云：悠悠乎遠者蒼蒼之上天，何時乎使我得其所，免此征役，復平常人乎！人窮則反本，困則告天。此時征役未止，故訴天告怨也。

<二章-1>**肅肅鴇翼，集于苞棘。王事靡鹽，不能蓺黍稷，父母何食？悠悠蒼天，曷其有極？**

【鄭箋】極，已也。

【程析】棘，酸棗樹。極，盡頭。

<三章-1>**肅肅鴇行，集于苞桑。**

【毛傳】行，翮（hé）也。

【樂道主人】翮，《康熙字典》：羽本謂之翮。鳥羽根也。

【詩三家】馬瑞辰：鴇行（háng），猶雁行也。

【孔疏】傳"行，翮（hé）也"。◇◇以上言羽翼，明行亦羽翼，以鳥翮（hé）之毛有行列，故稱行也。

<三章-3>**王事靡盬，不能蓺稻粱，父母何嘗？悠悠蒼天！曷其有常？**

【詩集傳】粱，粟類也。嘗，食也。常，復其常也。

《鴇羽》三章，章七句。

無　衣 【唐風九】

豈曰無衣七兮？不如子之衣，安且吉兮！
豈曰無衣六兮？不如子之衣，安且燠（yù）兮！

《無衣》二章，章三句。

【毛序】《無衣》，美晋武公也。武公始并晋國，其大夫爲之請命乎天子之使，而作是詩也。

【鄭箋】天子之使，是時使來者。

【孔疏】"《無衣》"至"是詩"。

◇◇作《無衣》詩者，美晋武公也。所以美之者，晋昭公封叔父成師於曲沃，號爲桓叔。桓叔生莊伯，莊伯生武公，繼世爲曲沃之君，常與晋之正適戰争不息。及今武公，始滅晋而有之。其大夫爲之請王賜命於天子之使，而作是《無衣》之詩以美之。

◇◇其大夫者，武公之下大夫也。曲沃之大夫美其能并晋國，故爲之請命。經二章，皆請命之辭。

【孔疏】箋"天子"至"來者"。

◇◇不言請命於天子，而云請命於天子之使，故云是時使來。使以他事適晋，大夫就使求之，欲得此使告王，令王賜以命服也。

◇◇案《左傳》桓八年，王使立緡（mǐn）於晋。至莊十六年，乃云"王使虢公命曲沃伯爲晋侯"，不言滅晋之事。

◇◇《晋世家》云："哀侯二年，曲沃莊伯卒。晋侯緡立。二十八年，曲沃武公伐晋侯緡，滅之，盡以其寶器賂周僖王。僖王命曲沃武公爲晋君，列爲諸侯，於是盡并晋地而有之。曲沃武公已即位三十七年矣。"

◇◇計緡以桓八年立，至莊十六年乃得二十八年。然則虢公命晋侯之年始并晋也。虢公未命晋之前，有使適晋，晋大夫就之請命。其使名號，《書傳》無文也。

◇或以爲使即虢公，當來賜命之時，大夫就之請命。斯不然矣。傳稱王使虢公命曲沃伯爲晉侯，則虢公適晉之時，賫（jī，把東西送給人）命服來賜，大夫不假請之，豈虢奉使適晉，藏其命服，待請而與之哉！若虢公於賜命之前，别來適晉，則非所知耳。若當時以命賜之，即命晉之時，不須請也，故箋直言“使來，不知何使”。

<一章-1>**豈曰無衣七兮？**

【毛傳】侯伯之禮七命，冕服七章。

【鄭箋】我豈無是七章之衣乎？晉舊有之，非新命之服。

【孔疏】傳“侯伯”至“七章”。

◇◇此解指言七兮之意。晉唐叔之封爵稱侯，侯伯之禮，冕服七章，故請七章之衣。

◇《春官·典命》云：“侯伯七命。其國家、宫室、車旗、衣服、禮儀皆以七爲節。”《秋官·大行人》云：“諸侯之禮，執信圭七寸，冕服七章。”是七命七章之衣。

◇案《春官·巾車》云：“金路，鈎，樊纓九就，建大旂，以賓，同姓以封。”注云：“同姓以封，謂王子母弟率以功德出封，雖爲侯伯，其衣服猶如上公，若魯、衛之屬。”然則唐叔是王之母弟，車服猶如上公。

◇◇上公之服九章，此大夫不請九章之服，而請七章者，王子母弟車服得如上公，無正文，正以周之建國，唯二王之後稱公，其餘雖大，皆侯伯也。彼云“同姓以封”，必是封爲侯伯。

◇侯伯以七爲節，而金路樊纓九就，則知王子母弟初出封者，車服猶如上公，故得以九爲節。如上公者，唯王子母弟一身，若唐叔耳。其後世子孫，自依爵命之數，故請七章之衣也。

<一章-2>**不如子之衣，安且吉兮！**

【毛傳】諸侯不命於天子則不成爲君。

【鄭箋】武公初并晉國，心未自安，故以得命服爲安。

【程析】吉，美稱。

【樂道主人】子，指天子至晉之使者。

【孔疏】傳“諸侯”至“爲君”。

◇◇此解得衣乃安之意。諸侯者，天子之所建，不受命於天子則不成爲君，故不得衣則不安也。必請衣者，文元年，天王使毛伯來錫公命，《公羊傳》曰：“錫者何？賜也。命者何？加我服也。”是王命諸侯，必皆以衣賜之，故請衣也。

◇◇案《大宗伯》云："王命諸侯則儐（bīn）。"莊元年《穀梁傳》云："禮有受命，無來錫命。錫命，非正也。"然則諸侯當往就天子受命，此在國請之者，天子賜諸侯之命，其禮亡。

◇◇案春秋之世，魯文公、成公、晋惠公、齊靈公皆是天子遣使賜命，《左傳》不譏之。則王賜諸侯之命，有召而賜之者，有遣使賜之者。《穀梁》之言，非禮意也。此武公以孽奪宗，故心不自安，得命乃安也。及《世家》稱武公厚賂周僖王，僖王乃賜之命，是於法武公不當賜之。

◇◇美之者，其臣之意美之耳。

【孔疏-章旨】"豈曰"至"吉兮"。◇◇此皆請命之辭。晋大夫美武公能并晋國，而未得命服，故爲之請於天子之使曰：

①我晋國之中，豈曰無此衣之七章兮？晋舊有之矣！

②但不如天子之衣。我若得之，則心安而且又吉兮！天子命諸侯，必賜之以服，故請其衣。就天子之使，請天子之衣，故云子之衣也。

◇◇諸侯不命於天子，則不成爲國君。武公并晋，心不自安，故得王命服則安且吉兮。

<二章-1>**豈曰無衣六兮？**

【毛傳】天子之卿六命，車旗、衣服以六爲節。

【鄭箋】變七言六者，謙也。不敢必當侯伯，得受六命之服，列於天子之卿，猶愈乎不。

【樂道主人】猶愈乎不，比没有强。此言晋武公謙詞，表示有卿大夫之位就可以了，不必非候爵不可。

【孔疏】傳"天"至"爲節"。

◇◇《典命》云："王之三公八命，其卿六命。其國家、宫室、車旗、衣服、禮儀亦如之。"云車旗者，蓋謂卿從車六乘，旌旗六旒（liú，旗子上面的飄帶）。

衣服者，指謂冠弁也，飾則六玉，冠則六辟積。

◇◇《夏官·射人》云："三公執璧，與子男同也。"則其服亦毳（cuì，鳥獸的細毛）冕矣。三公既毳冕，則孤卿服絺（chī，細葛布）冕，大夫服玄冕，則《司服》注云："絺冕衣一章，裳二章。玄冕衣無文，裳刺黻（fú，古代禮服上綉的半青半黑的花紋）而已。"絺冕之服止有三章，而此云六爲節，不得爲卿六章之衣，故毛、鄭并不云章。

◇或者《司服》之注自説天子之服，隆殺之差，其臣自當依命數也。

【孔疏】箋“變七”至“愈乎不”。

◇◇傳正解六兮爲天子之卿服，不解晋人請六章之服意，故箋申之。今晋實侯爵之國，非天子之卿，所以請六章衣者，謙不敢必當侯伯之禮，故求得受六命之服，次列於天子之卿，猶愈乎不。愈猶勝也，言已若得六章之衣，猶勝不也。

◇◇上箋解七章之衣，言晋舊有之。此不言晋舊有之者，晋國舊無此衣，不得言舊有也。

◇◇燮（xiè，諧和）父事康王，文侯輔平王，有爲天子卿者，但侯伯入爲卿士，依其本國之命，不服六章之衣，子男入爲大夫得服毳冕，故知入仕王朝者，各依本國之命。

◇◇實無六章之衣，而云“豈曰無衣六”者，從上章之文，飾辭以請命耳，非實有也。

<二章-2>**不如子之衣，安且燠（yù）兮！**

【毛傳】燠，暖也。

《無衣》二章，章三句。

有杕之杜 【唐風十】

有杕（dì）之杜，生于道左。彼君子兮，噬（shì）肯適（shì）我？中心好（hào）之，曷（hé）飲食（sì）之？

有杕之杜，生于道周。彼君子兮，噬肯來遊？中心好之，曷飲食之？

《有杕之杜》二章，章六句。

【毛序】《有杕之杜》，刺晋武也。武公寡特，兼其宗族，而不求賢以自輔焉。

【孔疏】“《有杕之杜》”至“輔焉”。

◇◇言寡特者，言武公專任己身，不與賢人圖事，孤寡特立也。兼其宗族者，昭侯以下爲君於晋國者，是武公之宗族，武公兼有之也。武公初兼宗國，宜須求賢，而不求賢者，故刺之。

◇◇經二章，皆責君不求賢人之事也。

<一章-1>**有杕（dì）之杜，生于道左。**

【毛傳】興也。道左之陽，人所宜休息也。

【鄭箋】道左，道東也。日之熱恒在日中之後，道東之杜，人所宜休息也。今人不休息者，以其特生，陰寡也。興者，喻武公初兼其宗族，不求賢者與之在位，君子不歸，似乎特生之杜然。

【程析】道左，古人以道左爲東。

【樂道主人】《唐風·杕杜》，杕，孤生獨特貌。杜，甘棠。特，單一。杕杜，此處指武公。

【孔疏】箋“道左”至“杜然”。

◇◇《王制》云：道路，男子由右，婦人由左。言左右，據南鄉（向）西鄉（向）爲正。在陰爲右，在陽爲左，故傳言道左之陽。

◇◇箋以爲，道東也，物積而後始極，既極而後方衰。從旦積暖，故日中之後乃極熱。從昏積凉，故半夜之後始極寒。計一歲之日，分乃爲陰陽，當以仲冬極寒，仲夏極暑，而六月始大暑，季冬乃大寒，亦此意。

<一章-3>**彼君子兮，噬（shì）肯適（shì）我？**

【毛傳】噬，逮也。

【鄭箋】肯，可。適，之也。彼君子之人，至於此國，皆可求之我君所。君子之人，義之與比。其不來者，君不求之。

【程析】噬，“逝”的假借字。

【樂道主人】我，指詩的作者，武公之大臣賢者。

【孔疏】傳“噬，逮”。◇◇逮又別訓爲至，故箋云“君子之人，至於此國”，訓此逮爲至也。

【鄭箋】箋“肯，可。適，之”。◇◇“肯，可”，《釋言》文。《釋詁》云：“之、適，往也”，故適得爲之。

<一章-5>**中心好（hào）之，曷（hé）飲食（sì）之？**

【鄭箋】曷，何也。言中心誠好之，何但飲食之，當盡禮極歡以待之。

【孔疏-章旨】“有杕”至“食之”。

言有杕然特生之杜，生於道路之左，人所宜休息。今日所以人不休息者，由其孤特獨生，陰凉寡薄故也。以興武公一國之君，人所宜往仕。今日所以人不往仕者，由其孤特，爲君不求賢者故也。

因教武公求賢之法：彼君子之人兮，但能來逮於我國者，皆可使之適我君之所，何則？君子之人，義之與比，故求則得之。今不求者，由君之不求之耳。君欲求之，當如之何？

君當中心誠實好之，何但飲食而已，當盡禮極歡以待之，則賢者自至矣。

<二章-1>**有杕之杜，生于道周。**

【毛傳】周，曲也。

【孔疏】傳“周，曲”。◇◇言道周繞之，故爲曲也。

<二章-3>**彼君子兮，噬肯來遊？**

【毛傳】遊，觀也。

<二章-5>**中心好之，曷飲食之？**

《有杕之杜》二章，章六句。

葛　生 【唐風十一】

葛（gé）生蒙楚，蘞（liǎn）蔓于野。予美亡（wáng）此，誰與獨處！

葛生蒙棘，蘞蔓于域。予美亡此，誰與獨息！

角枕粲（càn）兮，錦衾（qīn）爛兮。予美亡此，誰與獨旦！

夏之日，冬之夜。百歲之後，歸于其居！

冬之夜，夏之日，百歲之後，歸于其室！

《葛生》五章，章四句

【毛序】《葛生》，刺晋獻公也。好攻戰，則國人多喪（sàng）矣。

【鄭箋】喪，弃亡也。夫從征役弃亡不反，則其妻居家而怨思。

【程析】全詩悱惻傷痛的情調，感人至深。前三章抒寫良人已逝、形單影隻的悲哀，一唱三嘆，無法排解。後二章忽然寫到願意死後共歸一處。生前已茫然，相見在黄泉，這是詩人思念到極點的感情的延伸，也是悲痛到極點的心理的變態。此詩可爲悼亡之祖，思痛之濫觴。

【樂道主人】毛可能認爲詩中女子認爲其丈夫已死，鄭明確認爲未死，似以鄭之生死未卜更爲長。

【孔疏】“《葛生》”至“喪矣”。

◇◇數攻他國，數與敵戰，其國人或死行陳，或見囚虜，是以國人多喪，其妻獨處於室，故陳妻怨之辭以刺君也。經五章，皆妻怨之辭。

◇◇獻公以莊十八年立，僖九年卒。案《左傳》：

①莊二十八年傳稱“晋伐驪戎，驪戎男女以驪姬”。

②閔元年傳曰：“晋侯作二軍，以滅耿、滅霍、滅魏。”

③二年傳云：“晋侯使太子申生伐東山皋落氏。”

④僖二年，“晋師滅下陽”。

⑤五年傳曰：“八月，晋侯圍上陽。冬，滅虢。又執虞公。”

⑥八年傳稱“晋里克敗狄於采桑”。

◇見於傳者已如此，是其好攻戰也。

<一章-1>**葛（gé）生蒙楚，蘞（liǎn）蔓于野。**

【毛傳】興也。葛生延而蒙楚，蘞生蔓於野，喻婦人外成於他家。

【程析】葛，葛藤。蒙，覆蓋。楚，荊樹。蘞，草名。與葛藤一樣，同是蔓生植物，必須攀附在其他樹上才能生存。

【瑞辰通釋】葛、蘞延於松柏，則得其揚，猶婦人隨夫榮貴。今詩言蒙楚、蔓野、蔓域，蓋以喻婦人失所，隨夫卑賤，至於予美亡此，由求貧賤相依而不可得也。

【孔疏】傳"葛生"至"他家"。

◇◇此二者皆是蔓草，發此蒙彼，故以喻婦人外成他家也。

◇◇陸機《疏》云：蘞似栝樓，葉盛而細，其子正黑如燕薁，不可食也。幽州人謂之烏服。其莖葉煮以哺牛，除熱。

<一章-3>**予美亡（wáng）此，誰與獨處！**

【鄭箋】予，我。亡，無也。言我所美之人無於此，謂其君子也。吾誰與居乎？獨處家耳。從軍未還，未知死生，其今無於此。

【程析】予美，我的夫君。

【孔疏-章旨】"葛生"至"獨處"。◇◇此二句互文而同興，葛言生則蘞亦生，蘞言蔓則葛亦蔓，葛言蒙則蘞亦蒙，蘞言于野則葛亦當言於野。

①言葛生於此，延蔓而蒙於楚木；蘞亦生於此，延蔓而蒙於野中，以興婦人生於父母，當外成於夫家。既外成於夫家，則當與夫偕老。

②今我所美之人，身無於此，我誰與居乎？獨處家耳。

◇◇由獻公好戰，令其夫亡，故婦人怨之也。

<二章-1>**葛生蒙棘，蘞蔓于域。予美亡此，誰與獨息！**

【毛傳】域，塋（yǐng）域也。息，止也。

【樂道主人】棘，酸棗樹。

【程析】塋，同"塋"，《説文》墓地也。

<三章-1>**角枕粲（càn）兮，錦衾（qīn）爛兮。**

【毛傳】齊（zāi）則角枕錦衾。《禮》："夫不在，斂枕篋（qiè）衾席，韣（dú）而藏之。"

【鄭箋】夫雖不在，不失其祭也。攝主，主婦猶自齊而行事。

【程析】角枕，獸骨做裝飾的枕頭。粲，鮮麗華美貌。錦衾，錦製的被子，同角枕一樣，都是喪具（與毛不同）。

【樂道主人】斂，《説文》：收也。韣，《玉篇》：弓衣也。

【孔疏】傳“齊則”至“藏之”。

◇◇傳以婦人怨夫不在，而言角枕錦衾，則是夫之衾枕也。夫之衾枕，非妻得服用，且若得服用，則終常見之，又不得見其衾枕，始恨獨旦。

◇◇知此衾枕是有故乃設，非常服也。家人之大事，不過祭祀，故知衾枕，齊乃用之，故云“齊則角枕錦衾”。夫在之時，用此以齊，今夫既不在，妻將攝祭。其身既齊，因出夫之齊服，故睹之而思夫也。

◇◇傳又自明己意，以禮，“夫不在，斂枕篋衾席，韣而藏之”，此無故不出夫衾枕，明是齊時所用，是以齊則出角枕錦衾也。《内則》云：“夫不在，斂枕篋簟席，韣而藏之。”此傳引彼，變簟爲衾，順經“衾”文。

【孔疏】箋“夫雖”至“行事”。

◇◇《祭統》云：“夫祭也者，必夫婦親之。”是祭祀之禮，必夫妻共奉其事。箋嫌夫不在，則妻不祭，故辨之云：夫雖不在，其祭也使人攝代爲主。雖他人代夫爲主，主婦猶自齊而行事。

◇◇是故因己之齊，出夫之衾枕，非用夫衾枕以自齊也，故王肅云“見夫齊物，感以增思”，是也。

<三章-3>**予美亡此，誰與獨旦！**

【鄭箋】旦，明也。我君子無於此，吾誰與齊乎？獨自潔明。

【孔疏-章旨】“角枕”至“獨旦”。婦人夫既不在，獨齊而行祭。當齊之時，出夫之衾枕，睹物思夫，

①言此角枕粲然而鮮明兮，錦衾爛然而色美兮，雖有枕衾，無人服用，

②故怨言我所美之人，身無於此，當與誰齊乎？獨自取潔明耳。

<四章-1>**夏之日，冬之夜。百歲之後，歸于其居！**

【毛傳】言長也。

【鄭箋】思者於晝夜之長時尤甚，故極之以盡情。居，墳墓也。言此者婦人專一，義之至，情之盡。

<五章-1>冬之夜，夏之日，百歲之後，歸于其室！

【毛傳】室猶居也。

【鄭箋】室猶塚壙。

《葛生》五章，章四句。

采　苓　【唐風十二】

采苓（líng）采苓，首陽之巔。人之爲言，苟亦無信。舍旃（zhān）舍旃，苟亦無然。人之爲言，胡得焉！

采苦采苦，首陽之下。人之爲言，苟亦無與。舍旃舍旃，苟亦無然。人之爲言，胡得焉！

采葑（fēng）采葑，首陽之東。人之爲言，苟亦無從。舍旃舍旃，苟亦無然。人之爲言，胡得焉！

《采苓》三章，章八句。

【毛序】《采苓》，刺晋獻公也。獻公好聽讒焉。

【孔疏】"《采苓》"至"讒焉"。◇◇以獻公好聽用讒之言，或見貶退賢者，或進用惡人，故刺之。經三章，皆上二句刺君用讒，下六句教君止讒，皆是好聽讒之事。

<一章-1>采苓（líng）采苓，首陽之巔。

【毛傳】興也。苓，大苦也。首陽，山名也。采苓，細事也。首陽，幽辟也。細事，喻小行也。幽辟，喻無徵也。

【鄭箋】采苓采苓者，言采苓之人衆多非一也，皆云采此苓於首陽山之上，首陽山之上信有苓矣。然而今之采者未必於此山，然而人必信之。興者，喻事有似而非（與毛不同）。

【程析】苓，乾草。首陽，在今山西省永濟縣内。與伯夷、叔齊餓死於洛陽東北的首陽山同名。

【樂道主人】巔，《説文》：頂也。《玉篇》：山頂曰顛。

【孔疏】傳"苓大"至"無徵"。

◇◇"苓，大苦"，《釋草》文。首陽之山，在河東蒲阪縣南。采苓者取草而已，故爲細事。首陽在河曲之内，故爲幽辟。

◇細事，喻小行，謂小小之事。

◇幽辟，喻無徵，謂言無徵驗。

◇幽隱辟側，非顯見之處，故以喻小人言無徵驗也。

◇讒言之起，由君昵近小人，故責君數問小事於小人，所以致讒言也。

◇◇箋**易之者**，鄭答張逸云："篇義云好聽讒，當似是而非者，故易之。"

<一章-3>**人之爲言，苟亦無信。舍旃（zhān）舍旃，苟亦無然。**

【毛傳】苟，誠也。

【鄭箋】苟，且也（與毛不同）。爲言，謂爲（僞）人爲善言以稱薦之，欲使見進用也。旃之言焉也。舍之焉，舍之焉，謂謗訕（shàn）人，欲使見貶退也。此二者且無信，受之且無答然。

【程析】爲，僞。爲言，即讒言。無然，不正確。

<一章-7>**人之爲言，胡得焉！**

【鄭箋】人以此言來，不信，受之不答。然之，從後察之。或時見罪，何所得。

【樂道主人】程析：爲，僞。爲言，即讒言。

【孔疏-章旨】"采苓"至"得焉"。

○毛以爲，◇◇言人采苓采苓，於何處采之？於首陽之巔采之。以興獻公問細小之行，於何處求之？於小人之身求之。采苓者，細小之事，以喻君求細小之行也。首陽者，幽辟之山，喻小人是無徵驗之人也。言獻公多問小行於小人言語無徵之人，故所以讒言興也。

◇◇因教君止讒之法：人之詐僞之言，有妄相稱薦，欲令君進用之者，君誠亦勿得信之。若有言人罪過，令君舍之舍之者，誠亦無得答然。

◇◇君但能如此，不受僞言，則人之僞言者，復何所得焉。既無所得，自然讒止也。人之僞言與舍旃舍旃文互相見，上云人之僞言，則舍旃舍旃者，亦是人之僞言也。舍旃者，謂謗訕人欲使見貶退，則人之僞言，謂稱薦人欲使見進用，是互相明。王肅諸本皆作"爲言"，定本作"僞言"。

○鄭以◇◇采苓采苓者，皆言我采此苓於首陽之巔，然首陽之巔信有苓矣。然而今人采之者未必於首陽，而人必信之，以其事有似也。事雖似而實非，以興天下之事亦有似之而實非者，君何得聞人之讒而輒信之乎？

◇◇下六句唯以"苟"爲"且"，餘同。

<二章-1>**采苦采苦，首陽之下。**

【毛傳】苦，苦菜也。

【程析】苦，亦名“荼”。

【孔疏】傳“苦，苦菜”。◇◇此荼也。陸機云：“苦菜生山田及澤中，得霜恬脆而美，所謂堇荼如飴。《内則》云‘濡豚包苦’，用苦菜是也。”

<二章-3>人之爲言，苟亦無與。舍旃舍旃，苟亦無然。

【毛傳】無與，勿用也。

<二章-7>人之爲言，胡得焉！

<三章-1>采葑（fēng）采葑，首陽之東。

【毛傳】葑，菜名也。

【樂道主人】《邶風·谷風》程析：葑，又名蔓菁，今名大頭菜。

<三章-3>人之爲言，苟亦無從。舍旃舍旃，苟亦無然。人之爲言，胡得焉！

《采苓》三章，章八句。

唐國十二篇，三十三章，二百三句。

車鄰【秦風一】

有車鄰鄰，有馬白顛（diān）。未見君子，寺（shì）人之令（lǐng）。

阪（bǎn）有漆（qī），隰（xí）有栗。既見君子，並坐鼓瑟。今者不樂，逝者其耋（dié）！

阪有桑，隰有楊。既見君子，並坐鼓簧。今者不樂，逝者其亡！

《車鄰》三章，一章四句，二章章六句。

【毛序】《車鄰》，美秦仲也。秦仲始大，有車馬禮樂侍御之好焉。

【樂道主人】秦人君臣可同樂、同欲矣。

【孔疏】“《車鄰》”至“好焉”。

◇◇作《車鄰》詩者，美秦仲也。秦仲之國始大，又有車馬禮樂侍御之好焉，故美之也。

◇言秦仲始大者，秦自非子以來，世爲附庸，其國仍小。至今秦仲而國土大矣。由國始大，而得有此車馬禮樂，故言“始大”以冠之。有車馬者，首章上二句是也。侍御者，下二句是也。二章、卒章言鼓瑟、鼓簧，并論樂事，用樂必有禮，是禮樂也。

◇◇經先寺人，後鼓瑟，序先禮樂，後侍御者，經以車馬行於道路，國人最先見之，故先言車馬。欲見秦仲，先令寺人，故次言寺人。既見秦仲，始見其禮樂，故後言鼓瑟。

◇二章傳曰“又見其禮樂”，是從外而入，以次見之。序以車馬附於身，經又在先，故先陳之，禮樂又重於侍御，故先禮樂而後侍御。此三者皆是君之容好，故云“之好焉”。

◇◇必知斷“始大”爲句者，以《駟驖序》云“始命，謂始命爲諸侯也”，即知此“始大”謂國土始大也。若連下爲文，即車馬、禮樂多少有度，不得言大有也。王肅云：“秦爲附庸，世處西戎。秦仲修德，爲宣王大夫，遂誅西戎，是以始大。”《鄭語》云：“秦仲、齊侯，姜、嬴之雋，且大，其將興乎？”韋昭注引《詩序》曰：“秦仲始大。”是先儒斷“始大”爲句。

<一章-1>**有車鄰鄰，有馬白顛（diān）。**

【毛傳】鄰鄰，衆車聲也。白顛，的顙（sǎng）也。

【程析】白顛，馬額正中有塊白毛。

【孔疏】傳“鄰鄰”至“的顙”。

◇◇車有副貳，明非一車，故以鄰鄰爲衆車之聲。

◇◇車既衆多，則馬亦多矣，故於馬見其毛色而已，不復言衆多也。《釋畜》云：“馬的顙，白顛。”舍人曰：“的，白也。顙，額也。額有白毛，今之戴星馬也。”

<一章-3>**未見君子，寺（shì）人之令（líng）。**

【毛傳】寺人，内小臣也。

【鄭箋】欲見國君者，必先令寺人使傳告之。時秦仲又始有此臣。

【陸釋】寺如字，又音侍，本亦作“侍”字。寺人，奄人。

【樂道主人】令，同“伶”，使。

【孔疏】傳“寺人，内小臣”。

◇◇《天官·序官》云：“内小臣，奄（yǎn）上士四人。寺人，王之正内五人。”則天子之官，内小臣與寺人别官也。燕禮，諸侯之禮也。經云：“獻左右正與内小臣。”是諸侯之官有内小臣也。《左傳》齊有寺人貂，晋有寺人披，是諸侯之官有寺人也。

◇◇然則寺人與内小臣别官矣。此云“寺人，内小臣”者，解寺人官之尊卑，及所掌之意，言寺人是在内細小之臣，非謂寺人即是内小臣之官也。内小臣之官與寺人之官猶自别矣。

◇◇若然，《巷伯》箋云：“巷伯，内小臣奄官上士四人，與寺人之官相近。”彼言“巷伯，内小臣”，巷伯即是内小臣之官。此傳言“寺人，内小臣”，而知寺人非内小臣之官者，毛、鄭异人，言非一概，正以天子諸侯之官，内小臣與寺人皆别，明傳意不以寺人爲内小臣之官也。

◇◇巷伯所以知即是内小臣者，以寺人作詩，而篇名《巷伯》，明巷伯非寺人。序言巷伯奄官，則巷伯與寺人之官同掌内事，相近明矣。巷者，宫中道名也。伯者，長也。主宫巷之官，最長者唯有内小臣耳，故知巷伯即是内小臣之官也。

【孔疏】箋“欲見”至“此臣”。

◇◇附庸雖未爵命，自君其國，猶若諸侯，故言欲見國君，使寺人傳告之。舉寺人以美秦仲者，明仲又始有此臣也。

◇◇案《夏官》小臣掌王之命，《天官》寺人掌王之内人及女宫之戒令，然則天子之官，自有小臣主王命。寺人主内令，不主王命矣。《燕禮》云：“小臣戒與者。”則諸侯之官有小臣，亦應小臣傳君命。此説國君之禮，使寺人傳命者，天子備官，故外内異職。諸侯兼官，外内共掌之也。

◇◇僖五年《左傳》説晋獻公使寺人披伐公子重耳於蒲；昭十年傳説宋平公之喪，使寺人柳熾炭於位。則諸侯寺人傳達君命，是禮之常也。

【孔疏-章旨】“有車”至“之令”。此美秦初有車馬、侍御之好。

①言秦仲有車衆多，其聲鄰鄰然。有馬衆多，其中有白顛之馬。

②車馬既多，又有侍御之臣，未見君子秦仲之時，若欲見之，必先有寺人之官令請之，使寺人傳告秦仲，然後人得見之。

<二章-1>**阪（bǎn）有漆（qī），隰（xí）有栗。**

【毛傳】興也。陂者曰阪。下濕曰隰。

【鄭箋】興者，喻秦仲之君臣所有各得其宜。

【程析】陂，山坡。漆，漆樹。

【孔疏】傳“陂者”至“曰隰”。

◇◇《釋地》云：“下濕曰隰。”李巡曰：“下濕，謂土地窊（wā，窪）下，常沮（jù）洳（rù），名爲隰也。”

◇◇又云：“陂者曰阪。下者曰隰。”李巡曰：“阪（bǎn）者，謂高峰山陂。下者，謂下濕之地。隰，濕也。”

<二章-3>**既見君子，並坐鼓瑟。**

【毛傳】又見其禮樂焉。

【鄭箋】既見，既見秦仲也。並坐鼓瑟，君臣以閒暇燕飲相安樂也。

【程析】鼓，彈奏。

【孔疏】箋“既見”至“安樂”。

◇◇由其君明臣賢，政清事簡，故皆並坐而觀鼓瑟。作樂必飲酒，故云“燕飲相安樂”。《檀弓》稱工尹商陽止其御曰：“朝不坐，燕不與。”注云：“朝燕於寢，大夫坐於上，士立於下。”彼言正法耳。

◇◇秦仲君臣安樂，或士亦與焉，故作者羨之而願仕也。

<二章-5>**今者不樂，逝者其耋**（dié）**！**

【毛傳】耋，老也。八十曰耋。

【鄭箋】今者不於此君之朝自樂，謂仕焉。而去仕他國，其徒自使老，言將後寵禄也。

【孔疏】傳"耋，老也。八十曰耋"。

◇◇"耋，老"，《釋言》文。孫炎曰："耋者，色如生鐵。"《易·離卦》云："大耋之嗟。"注云："年逾七十。"僖九年《左傳》曰："伯舅耋老。"服虔云："七十曰耋。"

◇◇此言"八十曰耋"者，耋有七十、八十，無正文也。以仕者七十致事，仕者慮己之耋，欲得早致事，故以爲八十也。

【孔疏】箋"今者"至"寵禄"。

◇◇作者羨其閒暇，欲得自樂，故知樂者謂仕焉。

◇◇逝訓爲往，故知逝者謂去仕他國。今得明君之朝，不仕而去，是徒自使老。言將後寵禄，謂年歲晚莫，不堪仕進，在寵禄之後也。

【孔疏-章旨】"阪有"至"其耋"。

①言阪上有漆木，隰中有栗木，各得其宜，以興秦仲之朝，上有賢君，下有賢臣，上下各得其宜。

②既見此君子秦仲，其君臣閒暇無爲，燕飲相樂，并坐而鼓瑟也。既見其善政，則願仕焉。

③我今者不於此君之朝仕而自樂，若更之他國者，其徒自使老。言將後於寵禄，無有得樂之時。美秦仲之賢，故人皆欲願仕也。

<三章-1>**阪有桑，隰有楊。既見君子，并坐鼓簧。**

【毛傳】簧，笙也。

<三章-5>**今者不樂，逝者其亡！**

【毛傳】亡，喪弃也。

《車鄰》三章，一章四句，二章章六句。

駟驖 【秦風二】

駟（sì）驖（tiě）孔阜（fù），六轡（pèi）在手。公之媚子，從公于狩（shuò）。

奉時辰牡，辰牡孔碩。公曰左之，舍拔則獲。

遊于北園，四馬既閑。輶（yóu）車鸞（luán）鑣（biāo），載（zài）獫（xiǎn）歇驕（xiāo）。

《駟驖》三章，章四句。

【毛序】《駟驖》，美襄公也。始命，有田狩之事，園囿（yòu）之樂焉。

【鄭箋】始命，命爲諸侯也。秦始附庸也。

【樂道主人】箋“始命”“之“始”爲開始，“秦始附庸也”之“始”爲原始，原來之意。

【樂道主人】上篇講同樂，本篇講尚武，這是秦人之兩大特點。

【孔疏】“《駟驖》”至“樂焉”。

◇◇作《駟驖》詩者，美襄公也。秦自非子以來，世爲附庸，未得王命。今襄公始受王命爲諸侯，有游田狩獵之事，園囿之樂焉，故美之也。

◇諸侯之君，乃得順時游田，治兵習武，取禽祭廟。附庸未成諸侯，其禮則闕。故今襄公始命爲諸侯，乃得有此田狩之事，故云“始命”也。

◇◇田狩之事，三章皆是也。言園囿之樂者，還是田狩之事，於園於囿皆有此樂，故云園囿之樂焉。獵則就於囿中，上二章囿中事也。調習則在園中，下章園有蕃曰園，有牆曰囿。園囿大同，蕃牆异耳。

◇囿者，域養禽獸之處。其制諸侯四十里，處在於郊。《靈台》云：“王在靈囿。”鄭《駁异義》引之云“三靈辟雍在郊”，明矣。孟子對齊宣王云“臣聞郊關之内有囿焉，方四十里”，是在郊也。

◇園者，種菜殖果之處，因在其内調習車馬，言遊於北園，蓋近在國北。《地官・載師》云“以場圃任園地”，明其去國近也。

【孔疏】箋“始命”至“附庸”。

◇◇《本紀》云“平王封襄公爲諸侯，賜之岐西之地”，然則始命之爲諸侯，謂平王之世。

◇◇又解言“始命”之意，秦始爲附庸，謂非子，至於襄公、莊公，常爲附庸。今始得命，故言始也。本或“秦”下有“仲”，衍字。定本直云“秦始附庸也”。

<一章-1>**駟驖孔阜，六轡在手。**

【毛傳】驖，驪。阜，大也。

【鄭箋】四馬六轡。六轡在手，言馬之良也。

【孔疏】傳“驖，驪。阜，大”。

◇◇《檀弓》云“夏后氏黑，戎事乘驪”，則驪，黑色。驖者，言其色黑如驖，故爲驪也。

◇◇説馬之壯大，而云“孔阜”，故知阜爲大也。

【鄭箋】箋“四馬”至“之良”。

◇◇每馬有二轡，四馬當八轡矣。諸文皆言六轡者，以驂（cān）馬内轡納之於觖（jué，程析：艢，有舌的環），故在手者唯六轡耳。《聘禮》云：“賓覿（dí，相見），總乘馬。”注云“總八轡牽之贊者”。謂步牽馬，故八轡皆在手也。

◇◇《大叔于田》言“六轡如手”，謂馬之進退如御者之手，故爲御之良。此言“六轡在手”，謂在手而已，不假控制，故爲馬之良也。

【樂道主人】驂馬，《説文》：駕三馬也。又車中兩馬曰服，兩馬驂其外小退曰驂。

<一章-3>**公之媚子，從公于狩**（shuò）。

【毛傳】能以道媚於上下者。冬獵曰狩。

【鄭箋】媚於上下，謂使君臣和合也。此人從公往狩，言襄公親賢也。

【程析】媚子，所寵愛的人。

【孔疏】傳“能以”至“曰狩”。

◇◇媚訓愛也。能使君愛臣，令上媚下，又使臣愛君，令下媚上，能以己道愛於上下，故箋申之云：“謂使君臣上下和合。”言此一人之身，能使他人上下和合也。

◇◇《卷阿》云“媚于天子”，“媚于庶人”，謂起士之身媚上媚下，知此亦不是己身能上媚下媚者，以其特言“公之媚子，從公于狩”，明是大賢之人能和合他人，使之相愛，非徒己身能愛人而已。文王四友，“予曰有疏附”，能使疏者親附，是其和合他人，則其爲賢也。謂之媚子者，王肅云：“卿大夫稱子。”

◇◇“冬獵曰狩”，《釋言》文。

【孔疏-章旨】“駟驖”至“于狩”。

①言襄公乘一乘駟驖色之馬，甚肥大也。馬既肥大，而又良善，御人執其六轡在手而已，不須控制之也。公乘此良馬，與賢人共獵。

②公之臣有能媚於上下之子，從公而往田狩。公又能親賢如是，故國人美之。

<二章-1>**奉時辰牡，辰牡孔碩。**

【毛傳】時，是。辰，時也。冬獻狼，夏獻麋（mí），春秋獻鹿豕（shǐ）群獸。

【鄭箋】奉是時牡者，謂虞人也。時牡甚肥大，言禽獸得其所。

【程析】奉，供給。奉時辰牡，獸官驅出應時的動物以供秦君打獵。

【樂道主人】辰，時，應時也。

【孔疏】傳“時是”至“群獸”。

◇◇“時，是”，《釋詁》文。《釋訓》云：“不辰，不時也。”是辰爲時也。

◇◇“冬獻狼”以下，皆《天官·獸人》文。所异者，彼言獸物，此言群獸耳。彼注云：“狼膏聚，麋膏散。聚則温，散則凉，以救時之苦也。獸物，凡獸皆可，獻及狐狸也。”然則獸之供食，各有時節，故謂之時牡。

【孔疏】箋“奉是”至“其所”。

◇◇《地官·山虞》云：“若大田獵，則萊山田之野，及弊田，植虞旗於中，以致禽。”然則田獵是虞人所掌，必是虞人驅禽，故知奉是時牡，謂虞人也。

◇◇案獸人所獻之獸以供膳，傳引獸人所獻，以證虞人奉之者，以下句言“舍拔則獲”，此是獵時之事，故知是虞人奉之也。獸人獻時節之獸以供膳，故虞人亦驅時節之獸以待射。虞人無奉獸之文，故引《獸人》之文以解時牡耳。

<二章-3>**公曰左之，舍拔則獲。**

【毛傳】拔，矢末也。

【鄭箋】左之者，從禽之左射之也。拔，括也。舍拔則獲，言公善射。

【孔疏】傳“拔，矢末”。◇◇言“舍拔則獲”，是放矢得獸，故以拔爲矢末，以鏃（zú）爲首，故拔爲末。

【孔疏】“左之”至“善射”

◇◇《王制》云：“佐車止則百姓田獵。”注云：“佐車，驅逆之車。”得不以從左驅禽，謂之佐車者，彼驅逆之車，依《周禮·田僕》所設，非君所乘。

◇此“公曰左之”，是公命御者從禽之左逐之，欲從禽之左而射之也。此是君所乘田車，非彼驅逆之車也。逐禽由左，禮之常法，必言“公曰左之”者，公見獸乃命逐之，故言“公曰”。

◇◇傳以拔爲矢末，不辯爲拔之處，故申之云“拔，括也”。《家語》孔子與子路論矢之事云：“括而羽之，鏃而礪之，其入之不益深乎？”是謂矢末爲括也。

◇◇既言“公曰”，則是公自舍之，故云“公善射”也。

【孔疏-章旨】“奉時”至“則獲”。

①言襄公田獵之時，虞人奉是時節之牡獸，謂驅以待公射之。此時節之牡獸甚肥大矣，

②公戒御者曰：從左而逐之。公乃親自射之，舍放矢括則獲得其獸，言公之善射。

<三章-1>**遊于北園，四馬既閑。**

【毛傳】閑，習也。

【鄭箋】公所以田則克獲者，乃遊于北園之時，時則已習其四種之馬。

【孔疏】箋“公所”至“之馬”。

◇◇《夏官·校人》“辨六馬之屬：種馬、戎馬、齊馬、道馬、田馬、駑馬。天子馬六種，諸侯四種”。鄭以隆殺（shà，《韵會》：降也，減削也）差之，諸侯之馬無種、戎也。

◇◇此說獵事，止應調習田馬而已，而云四種之馬皆調之者，以其田獵所以教戰，諸馬皆須調習，故作者因田馬調和，廣言四種皆習也。

表 18　天子六馬（據《魯頌・駉》）

馬名	乘路	作用	特點	天子	諸侯
種馬	玉路	宗廟齊毫，尚純也		有	無
戎馬	戎路	戎事齊力尚强也		有	無
齊馬	金路	朝祀所乘	有力有容	有	良馬
道馬	象路	齊力尚强	有力	有	戎馬
田馬	田路	田獵齊足尚疾	善走	有	有
駑馬	宮中之役	主給雜使	貴其肥壯	有	有

<三章-3>輶（yóu）車鸞（luán）鑣（biāo），載（zài）獫（xiǎn）歇驕（xiāo）。

【毛傳】輶，輕也。獫歇驕，田犬也。長喙曰獫，短喙曰歇驕。

【鄭箋】輕車，驅逆之車也。置鸞於鑣，异於乘（shèng）車也。載，始也。始田犬者，謂達其搏噬，始成之也。此皆游於北園時所爲也。

【程析】鸞，同“鑾”，車鈴。鑣，馬口銜的勒具，如今之馬嚼。《説文》：人君乘車四馬，鑣八鑾，鈴象鸞鳥聲，和則敬也。

【孔疏】傳“輶輕”至“歇驕”。◇◇“輶，輕”，《釋言》文。此説獵事，故知獫與歇驕皆田犬，非守犬也，故辨之。“長喙獫，短喙歇驕”，《釋畜》文。李巡曰：“分别犬喙長短之名。”

【孔疏】箋“輕車”至“所爲”。

◇◇《夏官・田僕》：“掌設驅逆之車。”注云：“驅，驅禽使前趍獲。逆，御還之，使不出圍。”然則田僕掌田，而設驅逆之車，故知輕車即驅逆之車也。

◇若君所乘者，則謂之田車，不宜以輶輕爲名。且下句説犬，明是車驅之，而犬獲之，故知是驅逆之車，非君車也。

◇◇《冬官・考工記》云：“乘車之輪崇六尺有六寸。”注云：“乘車，玉路、金路、象路也。”言置鸞於鑣，异於乘車，謂异於彼玉、金、象也。《夏官・大馭》及《玉藻》《經解》之注皆云“鸞在衡，和在軾”，謂乘車之鸞也。此云“鸞鑣”，則鸞在於鑣，故异於乘車也。

◇鸞和所在，經無正文，《經解》注引《韓詩内傳》曰：“鸞在衡，和在軾。”又《大戴禮・保傅篇》文與《韓詩》説同，故鄭依用之。

◇《蓼蕭》傳曰：“在軾曰和，在鑣曰鸞。”箋不易之。《异義》載《禮》戴、毛氏二説。謹案：云經無明文，且殷、周或异，故鄭亦不駁。

◇《商頌·烈祖》箋云："鸞在鑣。"以無明文，且殷、周或异，故鄭爲兩解。

◇◇《釋詁》云："載，始也。"哉、載義同，故亦爲始。《釋訓》云：

◇◇"暴虎，徒搏也。"則搏者殺獸之名。哀十二年《左傳》曰："國狗之瘈（niè），無不噬也。"則噬謂瘈也。此小犬初成，始解搏噬，故云"始成之也"。章首云"遊于北園"，知此遊北園時習也。

【孔疏-章旨】"游於"至"歇驕"。

此則倒本未獵之前調習車馬之事。

①言公游於北園之時，四種之馬既已閑習之矣。

②於是之時，調試輕車，置鸞於鑣以試之。既調和矣，又始試習獫與歇驕之犬，皆曉達搏噬之事。

◇◇遊於北園，已試調習，故今狩於囿中，多所獲得也。

《駟驖》三章，章四句。

小　戎 【秦風三】

小戎俴（jiàn）收，五楘（mù）梁輈（zhōu）。游環脅（xié）驅，陰靷（yǐn）鋈（wù）續。文茵暢轂（gǔ），駕我騏（qí）馵（zhù）。言念君子，温其如玉。在其板屋，亂我心曲。

四牡孔阜（fù），六轡（pèi）在手。騏（qí）駵（liú）是中，騧（guā）驪（lí）是驂（cān）。龍盾之合，鋈（wù）以觼（jué）軜（nà）。言念君子，温其在邑。方何爲期，胡然我念之。

俴駟（sì）孔群，厹（qiú）矛鋈（wò）錞（dùn）。蒙伐有苑（yuàn），虎韔（chàng）鏤（lòu）膺（yīng）。交韔（chàng）二弓，竹閉緄（gǔn）滕（téng）。言念君子，載寢載興。厭厭良人，秩秩德音。

《小戎》三章，章十句。

【毛序】《小戎》，美襄公也。備其兵甲，以討西戎。西戎方彊，而征伐不休，國人則矜其車甲，婦人能閔其君子焉。

【鄭箋】矜，誇大也。國人誇大其車甲之盛，有樂之意也。婦人閔其君子恩義之至也。作者叙外内之志，所以美君政教之功。

【樂道主人】秦人好武樂鬥之風，此篇可窺見一斑。

【孔疏】“《小戎》”至“君子”。

◇◇作《小戎》詩者，美襄公也。襄公能備具其兵甲，以征討西方之戎。

◇◇於是之時，西戎方漸彊盛，而襄公征伐不休，國人應苦其勞，婦人應多怨曠。襄公能說以使之，國人忘其軍旅之苦，則矜誇其車甲之盛，婦人無怨曠之志，則能閔念其君子，皆襄公使之得所，故序外内之情以美之。

◇◇三章皆上六句是矜其車甲，下四句是閔其君子。

【孔疏】箋“矜，誇大”。◇◇僖九年《公羊傳》曰：“葵丘之會，桓公震而矜之，叛者九國。矜者何？猶曰莫若我也。”班固云：“矜誇官室。”是矜爲誇大之義也。

<一章-1>**小戎俴收，五楘（mù）梁輈（zhōu）。**

【毛傳】小戎，兵車也。俴，淺。收，軫（zhěn）也。五，五束也。梁輈，輈上句（拘）衡也。一輈五束，束有歷録。

【鄭箋】此群臣之兵車，故曰小戎。

【程析】戎，兵車。小戎，小兵車。楘，有花纹的皮條，今叫箍。梁輈，車轅，其形狀略帶彎曲，象房屋上的棟梁，又象船。由於太長，容易折斷，所以五睡覺用有花紋的皮條箍緊。

【名物新證】小車，指馬車；大車，指牛車，有來載重。因牛車之輿是個縱長的車箱，大於駟馬車之故，故稱爲大車。

【孔疏】傳“小戎”至“歷録”。

◇◇兵車，兵戎之車，小大應同，而謂之小戎者，《六月》云：“元戎十乘，以先啓行。”元，大也。先啓行之車謂之大戎，從後行者謂之小戎，故箋申之云：“此群臣之兵車，故曰小戎。”言群臣在元戎之後故也。

◇◇“俴，淺”，《釋言》文。

◇◇“收，軫”者，相傳爲然，無正訓也。軫者，上之前後兩端之横木也，蓋以爲此軫者所以收斂所載，故名收焉。

◇◇輈者，轅也。言“五楘梁輈”，五楘是轅上之飾，故以五爲五束，言以皮革五處束之。楘，歷録者，謂所束之處，因以爲文章歷録然。歷録，蓋文章之貌也。

◇梁輈，輈上曲句衡。衡者，軛（è，牛馬拉東西時架在脖子上的曲木）也。轅軛從軫以前，稍曲而上至衡，則居衡之上而鄉下句之，衡則横居輈下，如屋之梁然，故謂之梁輈也。

◇《考工記》云：“國馬之輈，梁深四尺有七寸。”注云馬高八尺，兵東、乘車軹（zhǐ，古代指車轂外端的小孔）崇三尺有三寸，加軫與轐（bú，車伏兔，即墊在車箱和車軸之間的木塊）七寸，又并此輈深衡高八尺七寸也。除馬之高，則餘七寸，爲衡頸之間也。是輈在衡上，故頸間七寸也。

◇又解五是五道束之楘，則歷録之稱而謂之五楘者，以一輈之上有五束，每束皆有文章歷録，故謂之五楘也。

◇◇此言“俴收”，下言“暢轂”，皆謂兵車也。兵車言淺軫長轂者，對大車、平地載任之車爲淺爲長也。

◇《考工記》云：“兵車之輪，崇六尺有六寸，椁（《釋名》：廓也）其漆内而中詘之，以爲之轂長。”注云：“六尺六寸之輪，漆内六尺四寸，是爲轂長三尺二寸。鄭司農云：‘椁者，度兩漆之内相距之尺寸。’”是兵車之轂長三尺三寸也。

◇《考工記》又説“車人爲車，柯長三尺，轂長半柯”，是大車之轂長尺半也。兵車之轂比之爲長，故謂之長轂。

◇◇《考工記》又云：“輿人爲車，輪崇，車廣，衡長，參如一。參分車廣，去一以爲隧。”注云：“兵車之隧四尺四寸。鄭司農云：‘隧謂車輿深也。’”則兵車當輿之内，從前軫至後軫，唯深四尺四寸也。

◇《車人》云：“大車牝服二柯，有參分柯之二。”注云：“大車，平地載任之車，牝服長八尺，謂較也。”則大車之用内前軫至後軫其深八尺，兵車之軫比之爲淺，故謂之淺軫也。

◇人之升車也，自後登之，入於車内，故以深淺言之，名之曰隧。隧者深也。鄭司農雲“隧謂車輿深”，玄謂“讀如邃宇之邃”，是軫有深淺之義，故此言淺軫也。

<一章-3>**游環脅（xié）驅，陰靷（yǐn）鋈（wù）續。**

【毛傳】游環，靷環也。游在背上，所以禁出也。脅驅，慎駕具所以止入也。陰，揜（yǎn）軌也。靷，所以引也。鋈，白金也。續，續靷也。

【鄭箋】游環在背上，無常處，貫驂之外轡，以禁其出。脅驅者，著服馬之外脅，以止驂之人。揜軌在軾前垂輈上。鋈續，白金飾續靷之環。

【程析】游環，活動的皮環。驂馬的套繩稱爲靳（jìn），靳繩在驂馬背部拉出一短帶，帶端繫環，即游環。脅驅，裝在服馬脅下的環帶上，是一種對外各兩驂方向探出的棒狀銅突棱物，其作用是防止驂馬過分向裏靠。陰，車軾前的横板。靷，引車前進的皮帶，前端套在車衡上，向後經過車下，繫在車軸上，引車前進。

【樂道主人】陰，揜，掩。

【孔疏】傳“游環”至“續靷”。

◇◇游環者，以環貫靷，游在背上，故謂之靷環也。貫兩驂馬之外轡，引轡爲環所束驂馬，欲出此環牽之，故所以御出也。定本作“靷環靷環”。◇◇“脅驅”者，以一條皮上繫於衡，後繫於軫，當服馬之脅，愛慎乘駕之具也。驂馬欲入，則此皮約之，所以止入也。

◇◇“陰，揜軌”者，謂輿下三面材，以板木横側車前，所以陰映此軌，故云揜軌也。

◇◇靷者，以皮爲之，系於陰板之上，今驂馬引之。何則？此車衡之長唯六尺六寸，止容二服而已，驂馬頸不當衡，别爲二靷以引車，故云“所以引也”。

◇《大叔于田》云：“兩服齊首，兩驂雁行。”明驂馬之首不與服馬齊也。

◇襄十四年《左傳》稱庾公差追衛獻公，“射兩軥（qú）而還”。服虔雲：“軥，車軛也。兩軛叉馬頸者。”是一衡之下，唯有服馬二頸也。

◇哀二年《左傳》稱“郵無恤説已之御云：‘兩靷將絶，吾能止之。’駕而乘材，兩靷皆絶”，是横軌之前别有驂馬二靷也。

◇◇《釋器》云：“白金，謂之銀，其美者謂之鐐。”然則白金不名鋈，言“鋈，白金”者，鋈非白金之名，謂銷北白金以沃灌靷環，非訓鋈爲白金也。金銀銅鐵總名爲金，此説兵車之飾，或是白銅、白鐵，未必皆白銀也。

◇劉熙《釋名》云：“游環在服馬背上，驂馬之外轡貫之，游移前却無定處也。”脅驅，當（於）服馬脅也。陰，蔭也，横側車前，所以蔭荃也。靷，所以引車也。鋈，沃（《説文》：溉灌也。《説文注》：自上澆下曰沃）也，冶白金以沃灌靷環也。續，續靷，端也。

【孔疏】箋“游環”至“之環”。

◇◇此經所陳，皆爲驂馬設之，故箋申明毛禁出止入之意，言所以禁止驂馬也。

◇◇㚔（zhù）在軌前，横木映軌，故知垂輈上謂陰板垂輈上也。

◇◇靷言鋈續，則是作環相接，故云“白金飾續靷之環”。

<一章-5>**文茵暢轂（gǔ），駕我騏（qí）㚔（zhù）。**

【毛傳】文茵，虎皮也。暢轂，長轂也。騏，騏文也。左足白曰㚔。

【鄭箋】此上六句者，國人所矜。

【程析】暢，長。轂，車輪中心的圓木，周圍與車輻的一端相連，中有圓孔，用以插軸。長轂的作用是延長輪對軸的支撑面，行車時可更加穩定而避免傾覆。騏，青黑色花紋相間文如博棋的馬。

【孔疏】傳“文茵”至“曰馵”。

◇◇茵者，車上之褥，用皮爲之。言文茵，則皮有文采，故知虎皮也。劉熙《釋名》云：“文茵，車中所坐也，用虎皮，有文采是也。”

◇◇暢訓爲長，故爲長，言長於大車之轂也。

◇◇色之青黑者名爲綦（qí），馬名爲騏，知其色作綦文。《釋畜》云：“馬後右足白，驤。左白，馵。”樊光云：“後右足白曰驤，左足白曰馵。”然則左足白者，謂後左足也。

◇◇《釋畜》又云：“膝上皆白惟馵。”郭璞曰：“馬膝上皆白爲惟馵，後左脚白者直名馵。”意亦同也。

<一章-7>**言念君子，温其如玉。**

【鄭箋】言，我也。念居子之性，温然如玉。玉有五德。

【孔疏】箋“言我”至“五德”。

◇◇“言，我”，《釋詁》文。《聘義》云：君子比德於玉焉：温潤而澤，仁也；縝密以栗，知也；廉而不劌，義也；垂之如墜；禮也；孚尹旁達，信也。即引《詩》云：“言念君子，温其如玉。”有五德也。

◇◇沈文又云：“叩之其聲清越以長，其終詘然，樂也。瑕不揜瑜，瑜不揜瑕，忠也。氣如白虹，天也。精神見於山川，地也。圭璋特達，德也。”凡十德，唯言五德者，以仁義禮智信五者人之常，故舉五常之德言之耳。

<一章-9>**在其板屋，亂我心曲。**

【毛傳】西戎板屋。

【鄭箋】心曲，心之委曲也。憂則心亂也。此上四句者，婦人所用閔其君子。

【孔疏】傳“西戎板屋”。

◇◇《地理志》云：“天水隴西山多林木，民以板爲屋，故《秦詩》云‘在其板屋’。”然則秦之西垂，民亦板屋。

◇◇言西戎板屋者，此言亂我心曲，則是君子伐戎，其妻在家思之，故知板屋謂西戎板屋。念想君子，伐得而居之也。

【孔疏-章旨】“小戎”至“心曲”。

◇◇國人誇兵車之善云：

①我襄公群臣卑小之戎車既淺短其軫矣，又五節束縛歷録此梁輈使有文章矣。

②貫驂馬之外轡，則有游環，以止驂馬之外出，自衡至軫，當服馬之外脅，則有脅驅，以止驂馬之内入。陰板之前，又有皮靷，以白金飾其相續之處。

③車上又有虎皮文章之茵蓐，其車又是長轂之戎車，又駕我之騏馬與馵馬。

◇車馬備具如是，以此伐戎，何有不克者乎？

◇◇又言婦人閔其君子云：

④我念君子之德行，其心性温然其如玉，無有瑕惡之處也。

⑤今乃遠在其西戎板屋之中，終我思而不得見之，亂我心中委曲之事也。

<二章-1>**四牡孔阜（fù），六轡（pèi）在手。騏（qí）駵（liú）是中，騧（guā）驪（lí）是驂（cān）。**

【毛傳】黄馬黑喙（huì）曰騧（guā）。

【鄭箋】赤身黑鬣（lèi）曰駵。中，中服（馬）也。驂，兩騑（fēi）也。

【程析】騧，黑嘴的黄馬。

【樂道主人】兩騑（fēi），駕在車轅兩旁的馬，即兩驂馬。

【孔疏】傳“黄馬黑喙曰騧”。◇◇《釋畜》云：“馬黑喙，騧。”不言身黄。傳以爲黄馬者，蓋相傳爲然，故郭璞云：“今之淺黄色者爲騧馬。”

【孔疏】箋“赤身”至“兩騑”。

◇◇《爾雅》有“駵（liú）白，駮”；“駵馬白腹，騵（yuán，赤毛白腹的馬）”，則綏是色名。説者皆以駵爲赤色，若身鬣（lèi）俱赤，則爲騂（xīn）馬，故爲赤身黑鬣，今人猶謂此爲駵馬也。

◇◇車駕四馬，在内兩馬謂之服，在外兩馬謂之騑（fēi），故云“中，中服（馬）也。驂，兩騑也”。春秋時，鄭有公子騑，字子駟，是有騑乃成駟也。

<二章-5>**龍盾之合，鋈（wù）以觼（jué）軜（nà）。**

【毛傳】龍盾，畫龍其盾也。合，合而載之。軜，驂内轡也。

【鄭箋】鋈以觼軜，軜之觼以白金爲飾也。軜繫於軾前。

【程析】䚟，有舌的環。軜，驂馬靠裏邊的轡。

【樂道主人】毛傳：鋈，白金也。

【孔疏】傳“龍盾”至“内轡”。

◇◇盾以木爲之，而謂之龍盾，明是畫龍於盾也。此説車馬之事，盾則載於車上，故云合而載之。王肅云：“合而載之，以爲車蔽也。”

◇◇言鋈以䚟軜，謂白金飾皮爲䚟以納物也。

◇四馬八轡，而經、傳皆言六轡，明有二轡當系之馬之有轡者，所以制馬之左右，令之隨逐人意。驂馬欲入則逼於脅驅，内轡不須牽挽，故知納者，納驂内轡，繫於軾前。其繫之處，以白金爲䚟也。

<二章-7>**言念君子，温其在邑。**

【毛傳】在敵邑也。

<二章-9>**方何爲期，胡然我念之。**

【鄭箋】方今以何時爲還期乎？何以然了不來言望之也？

【程析】胡然，爲什麽。

【孔疏-章旨】“四牡”至“念之”。

◇◇此國人誇馬之善云：

①我君之兵車所駕四牡之馬甚肥大也，馬既肥大而又良善，御人執其六轡在手而已，不假控制之也。此四牡之馬何等毛色：騏馬、駵馬是其中，謂爲中服也。騧馬、驪馬是其驂，謂爲外驂也。

②其車上所載攻戰之具，則有龍盾之合，畫龍於盾合，而載之以蔽車也。其驂馬内轡之末，鋈金以爲䚟，軜之於軾前。

◇車馬備具如是，以此伐戎，豈有不克者乎？

◇◇又云婦人閔其君子云：

③我念君子，其體性温然，其在敵人之邑，

④方欲以何時爲還期乎？何爲了然不來而使我念之也。

<三章-1>**俴駟（sì）孔群，厹（qiú）矛鋈（wò）錞（dùn）。蒙伐有苑（yuàn）。**

【毛傳】俴駟，四介馬也。孔，甚也。厹，三隅矛也。錞，鐏（zūn）也。蒙，討羽也。伐，中干也。苑，文貌。

【鄭箋】俴，淺也，謂以薄金爲介之札。介，甲也。甚群者，言和調也。蒙，厖（máng）也。討，雜也。畫雜羽之文於伐，故曰厖伐。

【程析】厹，有三棱鋒刃、長一丈八尺的矛。伐，中等大小的盾。

【樂道主人】毛傳：鋈，白金（銅）也。

【樂道主人】鐏，戈柄下端的圓錐形金屬套。

【孔疏】傳“俴駟”至“文貌”。

◇◇俴訓爲淺。駟是四馬。是用淺薄之金，以爲駟馬之甲，故知“俴駟，四介馬也”。成二年《左傳》説齊侯與晋戰云：“不介馬而馳之。”是戰馬皆披甲也。“孔，甚”，《釋言》文。

◇◇“厹，三隅矛”，矛刃有三角，蓋相傳爲然也。

◇◇《曲禮》曰：“進戈者前其鐏，後其刃。進矛戟者前其鐓（dū，《康熙字典》：鐓，爲矛戟柄尾，平底如鐓，柄下也）。”是矛之下端當有鐓也。彼注云：“鋭底曰鐏（zūn），取其鐏地。平底曰鐓，取其鐓地。”則鐓、鐏异物。

言“錞，鐏”者，取類相明，非訓爲鐏也。

◇◇上言龍盾，是畫龍於盾，則知蒙伐是畫物於伐，故以蒙爲討羽，謂畫雜鳥之羽以爲盾飾也。

◇《夏官》“司兵掌五盾，各辨其等，以待軍事”，注云：“五盾，干櫓之屬，其名未盡聞也。”言辨其等，則盾有大小。襄十年《左傳》説“狄虒彌建大車之輪，而蒙之以甲，以爲櫓。”櫓是大盾，故以伐爲中干，干伐皆盾之别名也。

◇蒙爲雜色，知苑是文貌。

【孔疏】箋“俴淺”至“厖伐”。

◇◇箋申明俴駟爲四介馬之意，以馬無深淺之量，而謂之俴駟，謂以薄金爲介之札，金厚則重，知其薄也。

◇◇金甲堅剛，則苦其不和，故美其能甚群，言和調也。物不和則不得群聚，故以和爲群也。

◇◇《左傳》及《旄丘》言狐裘蒙茸，皆厖、蒙同音。《周禮》用牲、用玉言厖者，皆謂雜色。故轉蒙爲厖，明厖是雜羽。畫雜羽之文於伐，故曰厖伐。傳以蒙爲討，箋轉討爲厖，皆以義言之，無正訓也。

<三章-4>**虎韔（chàng）鏤（lòu）膺（yīng）。交韔（chàng）二弓，竹閉緄（gǔn）縢（téng）。**

【毛傳】虎，虎皮也。韔，弓室也。膺，馬帶也。交韔，交二弓於韔

中也。閉，紲。緄，繩。縢，約也。

【鄭箋】鏤（lòu）膺，有刻金飾也。

【程析】膺，弓袋的正面。交韔二弓，把兩把弓順倒交叉地旅途在弓袋裏。閉，柲（bì）也，一種校正弓弩的工作，以竹製成，故稱竹閉。緄縢，用繩子捆扎在需要校正的弓上。

【孔疏】傳“虎虎”至“縢約”。

◇◇下句云“交韔二弓”，則虎韔是盛弓之物，故知虎是虎皮，韔爲弓室也。

◇◇《弟子職》曰“執箕膺揭”，則膺是胸也。鏤膺，謂膺上有鏤，明是以金飾帶，故知膺是馬帶，若今之鏤胸也。

◇《春官・巾車》説五路之飾皆有樊纓。注云：“樊讀如鞶帶之鞶，謂今馬大帶也。”彼謂在腹之帶，與膺异也。

◇◇交二弓於韔中，謂顛倒安置之。《既夕記》説明器之弓云：“有柲。”注云：“柲，弓檠（qíng，正弓弩的器具）也。弛則縛之於弓裏，備損傷也。以竹爲之。”引《詩》云：“竹閉緄縢。”然則竹閉一名柲也。

◇◇言“閉，紲”者，《説文》云：“紲，繫也。”謂置弓柲裏，以繩紲之，因名柲爲紲。《考工記・弓人》注云：“紲，弓柲也。角長則送矢不疾，若見紲於柲矣。”是紲爲系名也，所紲之事則緄縢是也。故云“緄，繩。縢，約也”。謂以繩約弓，然後内之韔中也。

【孔疏】箋“鏤膺，有刻金飾”。

◇◇《釋器》説治器之名云“金謂之鏤”，故知“鏤膺，有刻金之飾”。

◇◇《巾車》云：“金路，樊纓九就，同姓以封。”則其車尊矣。此謂兵車之飾得有金飾膺者，《周禮》玉路、金路者，以金玉飾車，故以金玉爲名，不由膺以金玉飾也，故彼注云：“玉路、金路、象路，其樊及纓皆以五采罽（jì，用毛做成的氈子一類的東西）飾之。革路，樊纓以條絲飾之。”不言馬帶用金玉象爲飾也。此兵車馬帶用力尤多，故用金爲膺飾，取其堅牢。

◇金者，銅鐵皆是，不必要黃金也。且《詩》言金路，皆云鉤膺，不作鏤（lòu）膺，知此鏤膺非金路也。

<三章-7>**言念君子，載寢載興。厭厭良人，秩秩德音。**

【毛傳】厭厭，安静也。秩秩，有知（zhì）也。

【鄭箋】此既閔其君子寢起之勞，又思其性與德。

【程析】秩秩，本意是有秩序的樣子，引申爲上的有節度。

【孔疏】傳"厭厭"至"有知"。◇◇《釋訓》云："厭厭，安也"，秩秩，知也。

【孔疏-章旨】"俴駟"至"德音"。

◇◇此國人誇兵甲之善。

①言我有淺薄金甲以被四馬，甚調和矣。三隅之厹矛以白金爲其鐓矣。繪畫雜羽所飾之盾，其文章有苑然而美矣。

②其弓則有虎皮之韔，其馬則有金鏤之膺。其未用之時，備其折壞，交韔二引於韔之中，以竹爲閉，置於弓隈（wēi），然後以繩約之。

◇然則兵甲矛盾備具如是，以此伐戎，豈有不克者乎？

◇◇又言婦人閔其君子云：③我念我之君子，則有寢則有興之勞。我此君子，體性厭厭然安静之善人，秩秩然有哲知，其德音遠聞。如此善人，今乃又供軍役，故閔念之。

《小戎》三章，章十句。

蒹葭【秦風四】

蒹（jiān）葭（jiā）蒼蒼，白露爲霜。所謂伊人，在水一方。溯洄（huí）從之，道阻且長。溯游從之，宛在水中央。

蒹葭萋萋，白露未晞（xī）。所謂伊人，在水之湄（méi）。溯洄從之，道阻且躋（jī）。溯游從之，宛在水中坻（chí）。

蒹葭采采，白露未已。所謂伊人，在水之涘（sì）。溯洄從之，道阻且右。溯游從之，宛在水中沚（zhǐ）。

《蒹葭》三章，章八句。

【毛序】《蒹葭》，刺襄公也。未能用周禮，將無以固其國焉。

【鄭箋】秦處周之舊土，其人被周之德教日久矣。今襄公新爲諸侯，未習周之禮法，故國人未服焉。

【孔疏】“《蒹葭》”至“國焉”。◇◇作《蒹葭》詩者，刺襄公也。襄公新得周地，其民被周之德教日久，今襄公未能用周禮以教之。禮者爲國之本，未能用周禮，將無以固其國焉，故刺之也。

◇◇經三章，皆言治國須禮之事。

<一章-1>蒹（jiān）葭（jiā）蒼蒼，白露爲霜。

【毛傳】興也。蒹，薕。葭，蘆也。蒼蒼，盛也。白露凝戾爲霜，然後歲事成；國家待禮，然後興。

【鄭箋】蒹葭在衆草之中蒼蒼然彊盛，白露凝戾爲霜則成而黄。興者，喻衆民之不從襄公政令者，得周禮以教之則服（與毛不同）。

【程析】蒼蒼，淡青色。

【樂道主人】毛以蒹葭喻國家，鄭以蒹葭喻國民。戾，《說文》：至也。

【孔疏】傳“蒹葭”至“後興”。

◇◇“蒹，薕。葭，蘆也”，“葭，蘆也”，《釋草》文。郭璞曰：“蒹似萑（huán）而細，高數尺。蘆，葦也。”陸機《疏》云：“薕，水草也。堅實，牛食之令牛肥强，青、徐州人謂之薕，兖州、遼東通語也。”

◇◇《祭義》説養蠶之法云："風戾以食之。"注云："使露氣燥乃食蠶。"然則戾爲燥之義。下章"未晞"，謂露未乾爲霜，然則露凝爲霜，亦如乾燥然，故云"凝戾爲霜"。探下章之意以爲説也。

◇◇八月白露節，秋分八月中；九月寒露節，霜降九月中。白霜凝戾爲霜，然後歲事成，謂八月、九月葭成葦，可以爲曲簿充歲事也。《七月》云："八月萑葦。"則八月葦已成。此雲白露爲霜，然後歲事成者，以其霜降草乃成，舉霜爲言耳。其實白露初降，已任用矣。

◇◇此以霜降物成，喻得禮則國興。下章"未晞""未已"，言其未爲霜則物不成，喻未得禮則國不興。此詩主刺未能用周禮，故先言得禮則興，後言無禮不興，所以倒也。

【孔疏】箋"蒹葭"至"則服"。◇◇箋以序云"未能用周禮，將無以固其國"，當謂民未服從，國未能固，故**易傳**用周禮教民則服。

<一章-3>**所謂伊人，在水一方。**

【毛傳】伊，維也。一方，難至矣。

【鄭箋】伊當作緊（yì）（與毛不同），緊猶是也，所謂是知周禮之賢人，乃在大水之一邊。假喻以言遠（與毛不同）。

【樂道主人】毛以"伊人"爲得民心、治國興邦，"水"爲治國之道，爲禮樂；鄭以"伊人"爲賢人，"水"求人之道。

【孔疏】傳"伊維"至"難至"。

◇◇"伊，維"，《釋詁》文。傳以詩刺未能用周禮，則未得人心，則所謂維是得人之道也。下傳以溯洄喻逆禮，溯游喻順禮，言水内有得人之道，在大水一方，喻其遠而難至。

◇◇言得人之道，在禮樂之傍，須用禮樂以求之，故下句言從水内以求所求之物，喻用禮以求得人之道。故王肅云："維得人之道，乃在水之一方。"一方，難至矣，水以喻禮樂，能用禮則至於道也。

【孔疏】"伊當"至"言遠"。

◇◇箋以上句言用周禮教民則民服，此經當是勸君求賢人使之用禮，故**易傳**以"所謂伊人"，"所謂是知周禮之賢人，在大水一邊，假喻以言遠"，故下句逆流、順流喻敬順，皆述求賢之事。

◇◇一邊，水傍。下云在湄、在涘，是其居水傍也。

<一章-5>**溯洄從之，道阻且長。**

【毛傳】逆流而上曰溯洄。逆禮則莫能以至也。

【鄭箋】此言不以敬順往求之，則不能得見（與毛不同）。

【程析】溯洄，逆著河流向上游走。

【孔疏】傳“逆流”至“以至”。

◇◇《釋水》云：“逆流而上曰溯洄，順流而下曰溯游。”孫炎曰：“逆渡者，逆流也。順渡者，順流也。”然則逆、順流皆謂渡水有逆順，故下傳曰：“順流而涉，見其是人渡水也。”

◇◇此謂得人之道，在於水邊。逆流則道阻且長，言其不可得至，故喻**逆禮**則莫能以至。言不得人之道，不可至。

◇◇上言得人之道，在水一方，下句言水中央，則是行未渡水，禮自來水内，故言順禮未濟，道來迎之。未濟，謂未渡水也。以其用水爲喻，故以未濟言之。

◇◇箋以伊人爲知禮之人，故**易傳**以爲求賢之事。

<一章-7>**溯游從之，宛在水中央。**

【毛傳】而涉曰溯游。順禮求濟，道來迎之。

【鄭箋】（與毛不同）宛，坐見貌。以敬順求之則近耳，易得見也。

【程析】溯游，順著河流向下游走。

【樂道主人】溯游順流，賢人自來。孔疏：上言得人之道，在水一方，下（此）句言水中央，則是行未渡水，禮自來水内，故言順禮未濟，道來迎之。未濟，謂未渡水也。以其用水爲喻，故以未濟言之。

【孔疏】傳“順禮未濟，道來迎之”。定本“未濟”作“求濟”，義亦通也。

【孔疏-章旨】“蒹葭”至“中央”。

○毛以爲，①蒹葭之草蒼蒼然雖盛，未堪家用，必待白露凝戾爲霜，然後堅實中用，歲事得成，以興秦國之民雖衆，而未順德教，必待周禮以教之，然後服從上命，國乃得興。今襄公未能用周禮，其國未得興也。由未能用周禮，故未得人服也。

②所謂維是得人之道，乃遠在大水一邊，大水喻禮樂，言得人之道乃在禮樂之一邊。既以水喻禮樂，禮樂之傍有得人之道，因從水内求之。

③若逆流溯洄而往從之，則道險阻且長遠，不可得至。言逆禮以治國，則無得人道，終不可至。

④若順流泝游而往從之，則宛然在於水之中央。言順禮治國，則得人之道，自來迎已，正近在禮樂之内。然則非禮必不得人，得人必能固國，君何以不求用周禮乎！

○鄭以爲，①蒹葭在衆草之中，蒼蒼然彊盛，雖似不可雕傷，至白露凝戾爲霜，則成而爲黄矣。以興衆民之强者，不從襄公教令，雖似不可屈服，若得周禮以教，則衆民自然服矣。欲求周禮，當得知周禮之人。

②所謂是知周禮之人在於何處？在大水之一邊，假喻以言遠。既言此人在水一邊，因以水行爲喻。

③若泝洄逆流而從之，則道阻且長，終不可見。言不以敬順往求之，則此人不可得之。

④若泝游順流而從之，則此人宛然在水中央，易得見。言以敬順求之，則此人易得。何則？賢者難進而易退，故不以敬順求之，則不可得。欲令襄公敬順求知禮之賢人，以教其國也。

<二章-1>**蒹葭萋萋，白露未晞**（xī）。

【毛傳】萋萋，猶蒼蒼也。晞，乾也。

【鄭箋】未晞，未爲霜。

【程析】萋萋，濕潤貌。

【孔疏】傳“晞，乾”。

◇◇《湛露》云“匪陽不晞”，言見日則乾，故知晞（xī）爲乾也。彼言露晞，謂露盡乾。

◇◇此篇上章言白露爲霜，則此言未晞謂未乾爲霜，與彼异，故箋云“未晞，未爲霜也。”

<二章-3>**所謂伊人，在水之湄**（méi）。

【毛傳】湄，水隒（yǎn）也。

【孔疏】傳“湄，水隒”。

◇◇《釋水》云：“水草交爲湄。”謂水草交際之處，水之岸也。

◇◇《釋山》云：“重甗（yǎn），隒。”隒是山岸，湄是水岸，故云“水隒”。

<二章-3>**泝洄從之，道阻且躋**（jī）。**泝游從之，宛在水中坻**（chí）。

【毛傳】躋，升也。坻，小渚（zhǔ）也。

【鄭箋】升者，言其難至，如升阪。

【孔疏】傳“坻，小渚”。◇◇《釋水》云：“小洲曰渚。小渚曰沚。小沚曰坻。”然則坻是小沚，言小渚者，渚、沚皆水中之地，小大异也。以渚易知，故繫渚言之。

<三章-1>**蒹葭采采，白露未已。所謂伊人，在水之涘（sì）。**

【毛傳】采采，猶萋萋也。未已，猶未止也。涘，厓也。

【程析】采采，衆多貌。涘，水邊。

<三章-5>**溯洄從之，道阻且右。**

【毛傳】右，出其右也。

【鄭箋】右者，言其迂回也。

【詩三家】馬瑞辰：周人尚左，故以右爲迂回。

【孔疏】傳“右，出其右”。◇◇此説道路艱難，而雲“且右”，故知右謂出其右也。若正與相當，行則易到，今乃出其右厢，是難至也。

【樂道主人】孔疏箋云：右，言其迂回。出其左亦迂回。言右，取其與涘、沚爲韵。

<三章-7>**溯游從之，宛在水中沚（zhǐ）。**

【毛傳】小渚曰沚。

《蒹葭》三章，章八句。

終　南【秦風五】

終南何有，有條有梅。君子至止，錦衣狐裘。顏如渥（wò）丹，其君也哉？

終南何有，有紀（jǐ/qǐ）有堂。君子至止，黻（fú）衣繡（xiù）裳（cháng）。佩玉將（qiāng）將，壽考不亡！

《終南》二章，章六句。

【毛序】《終南》，戒襄公也。能取周地，始爲諸侯，受顯服，大夫美之，故作是詩以戒勸之。

【孔疏】“《終南》”至“勸之”。

◇◇美之者，美以功德，受顯服。戒勸之者，戒令修德無倦，勸其務立功業也。既見受得顯服，恐其惰於爲政，故戒之而美之。戒勸之者，章首二句是也。美之者，下四句是也。

◇◇《常武》美宣王有常德，因以爲戒。彼先美後戒，此先戒後美者，《常武》美宣王，因以爲戒，此主戒襄公，因戒言其美。主意不同，故序异也。

<一章-1>終南何有，有條有梅。

【毛傳】興也。終南，周之名山中南也。條，槄（tāo）。梅，枏（nán）也。宜以戒不宜也。

【鄭箋】問何有者，意以爲名山高大，宜有茂木也。興者，喻人君有盛德，乃宜有顯服，猶山之木有大小也，此之謂戒勸。

【程析】終南，亦名南山。主峰在陝西西安城南。梅，舊注爲楠木。

【樂道主人】槄，古書上説的類似楸（qiū）的一種樹。楸樹；落葉喬木，幹高葉大，花粉紅色。木材質地緻密，耐温，可供造船或做家具，葉及樹皮可以做藥材。枏，楠。

【孔疏】“終南”至“不宜也”。

◇◇《地理志》稱：“扶風武功縣東有大壹山，古文以爲終南。”其山高大，是爲周地之名山也。昭四年《左傳》曰："荆山、中南，九州之險。"是此一名中南也。

◇◇《釋木》云："榣榣，山櫃（jiǎ，楸樹的别稱）。"李巡曰："山櫃（jiǎ）一名榣也。"孫炎曰："《詩》云'有條有梅'，條，榣也。"郭璞曰："今之山楸也。"

◇◇"梅，枏"，《釋木》文。孫炎曰："荆州曰梅，楊州曰枏。"郭璞曰："似杏實酢。"

◇◇陸機《疏》云："榣，今山楸也，亦如下田楸耳，皮葉白，色亦白，材理好。宜爲車板，能濕。又可爲棺木，宜陽。共北山多有之。梅樹皮葉似豫樟，豫樟葉大如牛耳，一頭尖，赤心，華赤黄，子青，不可食。枏葉大，可三四葉一叢。木理細緻於豫樟，子赤者材堅，子白者材脆。江南及新城、上庸、蜀皆多樟枏，終南山與上庸、新城通，故亦有枏也。"

<一章-3>**君子至止，錦衣狐裘。**

【毛傳】錦衣，采色也。狐裘，朝廷之服。

【鄭箋】至止者，受命服於天子而來也。諸侯狐裘，錦衣以裼之。

【樂道主人】君子，指襄公。裼（xī），中衣。

【孔疏】傳"錦衣"至"之服"。

◇◇錦者，雜采爲文，故云采衣也。

◇◇狐裘，朝廷之服，謂狐白裘也。白狐皮爲裘，其上加錦衣以爲裼，其上又加皮弁服也。

◇◇《玉藻》云："君衣狐白裘，錦衣以裼之。"注云："君衣狐白毛之裘，則以素錦爲衣覆之，使可裼也。袒而有衣曰裼。必覆之者，裘，褻也。《詩》云'衣錦褧（jiǒng）衣，裳錦褧裳'，然則錦衣復有上衣明矣。天子狐白之上衣皮弁服，與凡裼衣象裘色也。"是鄭以錦衣之上有皮弁服也。

◇◇正以錦文大著上有衣，衣象裘，裘是狐白，則上服亦白皮弁服，以白布爲之衣，衣之白者，唯皮弁服耳，故言"天子狐白之上衣皮弁服與"，明諸侯狐白亦皮弁服，以無正文，故言"與"爲疑之辭也。《玉藻》又云："錦衣狐裘，諸侯之服也。"

◇◇此箋云"諸侯狐裘，錦衣以裼之"，引《玉藻》爲説，以明爲裘之裼衣，非裼上之正服也。若然，鄭於《坊記》注云："在朝君臣同服。”《士冠禮》注云：“諸侯與其臣，皮弁以視朔，朝服以日視朝。”《論語》云：“素衣麑裘。”云素衣，諸侯視朔之服。

◇◇《聘禮》云：“公側授宰玉，裼降立。”注引《論語》曰：“‘素衣麑裘’，皮弁時或素衣，其裘同，可知也。”然則諸侯在國視朔，及受鄰國之聘，其皮弁服皆服麑裘，不服狐白。此言狐裘爲朝廷之服者，謂諸侯在天子之朝廷服此服耳，其歸在國則不服之。

◇◇《曾子問》云：“孔子曰：‘天子賜諸侯冕弁服於太廟。歸設奠，服賜服。’”然則諸侯受天子之賜，歸則服之以告廟而已，於後不復服之。知視朔、受聘服麑裘。此美其受賜而歸，故言“錦衣狐裘”耳。

<一章-5>**顏如渥（wò）丹，其君也哉？**

【鄭箋】渥，厚漬（zì）也。顏色如厚漬之丹，言赤而澤也。其君也哉，儀貌尊嚴也。

【程析】渥，塗。丹，赤石製的紅色顏料，今名朱砂。

【樂道主人】漬，泡浸。

【孔疏-章旨】“終南”至“也哉”。

①彼終南大山之上何所有乎？乃有條有梅之木，以興彼盛德人君之身何所有乎？乃宜有榮顯之服。然山以高大之故宜有茂木，人君以盛德之故有顯服。若無盛德，則不宜矣。君當務崇明德，無使不宜。言其宜以戒其不宜也。既戒令修德，又陳其美之勸誘之。

②君子襄公自王朝至止之時，何所得乎？受得錦衣狐裘而來。

③既受得顯服，德亦稱之，其顏色容貌赫然如厚漬之丹，其儀貌尊嚴如是，其得人君之度也哉

<二章-1>**終南何有，有紀（jǐ/qǐ）有堂。**

【毛傳】紀，基也。堂，畢道平如堂也。

【鄭箋】畢也堂也，亦高大之山所宜有也。畢，終南山之道名，邊如堂之牆然。

【詩三家】紀（qǐ），同杞。

【孔疏】傳“紀基”至“如堂”。

◇◇案《集注》本作“屺”，定本作“紀”，以下文有堂，故以爲基，謂山基也。

◇◇《釋丘》云：“畢，堂牆。”李巡曰：“堂牆名崖，似堂牆，曰

畢。”郭璞曰：“今終南山道名畢，其邊若堂之牆。”以終南之山見有此堂，知是畢道之側，其崖如堂也。

◇◇定本又云“畢道平如堂”，據經文有基有堂，便是二物。今箋唯云“畢也堂也”，止釋經之有堂一事者，以基亦是堂，因解傳“畢道如堂”，遂不復云基。

<二章-3>**君子至止，黻（fú）衣繡（xiù）裳（cháng）。**

【毛傳】黑與青謂之黻。五色備謂之繡。

【孔疏】傳“黑與”至“之繡”。

◇◇《考工記·繢人》文也。鄭於《周禮》之注差次章色，黻皆在裳。言黻衣者，衣大名，與繡裳异其文耳。

<二章-3>**佩玉將（qiāng）將，壽考不亡！**

【程析】將將，佩玉相擊的聲音。考，老。亡，同“忘”。壽考不亡，到死了也不能忘記。

《終南》二章，章六句。

黄　鳥　【秦風六】

交交黄鳥，止于棘。誰從穆公，子車奄息。維此奄息，百夫之特。臨其穴，惴（zhuì）惴其慄（lì）。彼蒼者天，殲我良人！如可贖（shú）兮，人百其身！

交交黄鳥，止于桑。誰從穆公，子車仲（zhòng）行（háng）。維此仲行，百夫之防。臨其穴，惴惴其慄。彼蒼者天，殲我良人！如可贖兮，人百其身！

交交黄鳥，止于楚。誰從穆公，子車鍼虎。維此鍼（qián）虎，百夫之禦。臨其穴，惴惴其慄。彼蒼者天，殲我良人！如可贖（shú）兮，人百其身！

《黄鳥》三章，章十二句。

【毛序】《黄鳥》，哀三良也。國人刺穆公以人從死，而作是詩也。

【鄭箋】三良，三善臣也，謂奄息、仲行、鍼（qián）虎也。從死，自殺以從死。

【孔疏】序“《黄鳥》”。箋“三良”至“從死”。

◇◇文六年《左傳》云：“秦伯任好卒，以子車氏之三子奄息、仲行、鍼虎爲殉，皆秦之良也。國人哀之，爲之賦《黄鳥》。”服虔云：“子車，秦大夫氏也。殺人以葬，璿（xuán，美玉）環其左右曰殉。”

◇又《秦本紀》云：“穆公卒，葬於雍，從死者百七十人。”然則死者多矣。主傷善人，故言“哀三良也”。

◇◇殺人以殉葬，當是後有爲之，此不刺康公，而刺穆公者，是穆公命從己死，此臣自殺從之，非後主之過，故箋辯之云：“從死，自殺以從死。”

<一章-1>交交黄鳥，止于棘。

【毛傳】興也。交交，小貌。黄鳥以時往來得其所，人以壽命終亦得其所。

【鄭箋】黄鳥止于棘，以求安己也。此棘若不安則移，興者，喻臣之事君亦然。今穆公使臣從死，刺其不得黄鳥止于棘之本意。（與毛不同）

【程析】黄鳥，黄雀。棘，酸棗樹。

【孔疏】傳“交交”至“其所”。

◇◇黄鳥，小鳥也，故以交交爲小貌。《桑扈》箋云：“交交猶佼佼，飛而往來貌。”則此亦當然，故云“往來得其所”，是交交爲往來狀也。

◇◇以此哀三良不得其所，故以鳥止得所，喻人命終得所。

【孔疏】箋“黄鳥”至“本意”。◇◇箋以鳥之集木，似臣之仕君，故易傳也。以鳥止木，喻臣仕君，故言“不得黄鳥止于棘之本意”，正謂不得臣仕於君之本意也。言其若得鳥止之意，知有去留之道，則不當使之從死。

<一章-3>**誰從穆公，子車奄息。**

【毛傳】子車，氏。奄息，名。

【鄭箋】言誰從穆公者，傷之。

【程析】從，從死，殉葬。

【孔疏】傳“子車，氏。奄息，名”。

◇◇《左傳》作“子輿”，輿、車字异義同。

◇◇傳以奄息爲名，仲行亦爲名箋以仲行爲字者，以伯仲叔季爲字之常，故知仲行是字也。然則針虎亦名矣。或名或字，取其韵耳。

<一章-5>**維此奄息，百夫之特。**

【毛傳】乃特百夫之德。

【鄭箋】百夫之中最雄俊也。

【程析】特，匹敵。

【孔疏】傳“乃特百夫之德”。◇◇言百夫之德，莫及此人。此人在百夫之中，乃孤特秀立，故箋申之云：“百夫之中最雄俊也。”

<一章-7>**臨其穴，惴（zhuì）惴其慄（lì）。**

【毛傳】惴惴，懼也。

【鄭箋】穴，謂冢壙（kuàng）中也。秦人哀傷此奄息之死，臨視其壙，皆爲之悼慄。

【程析】惴惴，恐懼貌。慄，戰慄，發抖。

【樂道主人】壙，墓穴。

【孔疏】傳“惴惴，懼”。《釋訓》文。

<一章-9>**彼蒼者天，殲我良人！**

【毛傳】殲盡良善也。

【鄭箋】言彼蒼者天，愬之。

【程析】良人，善人，好人。殲，殺盡。

<一章-11>**如可贖（shú）兮，人百其身！**

【鄭箋】如此奄息之死，可以他人贖之者，人皆百其身。謂一身百死猶爲之，惜善人之甚。

【孔疏-章旨】“交交”至“其身”。

○毛以爲，①交交然而小者，是黄鳥也。黄鳥飛而往來，止於棘木之上，得其所，以興人以壽命終亦得其所。今穆公使良臣從死，是不得其所也。

②有誰從穆公死乎？有子車氏名奄息者從穆公死也。

③此奄息何等人哉？乃是百夫之中特立雄俊者也。

④今從穆公而死，秦人悉哀傷之，臨其壙穴之上，皆惴惴然恐懼而其心悼栗。

⑤乃愬之於天，彼蒼蒼者是在上之天，今穆公盡殺我善人也，

⑥如使此人可以他人贖代之兮，我國人皆百死其身以贖之。愛惜良臣，寧一人百死代之。

○鄭以爲，①交交然之黄鳥，止於棘木以求安。棘若不安則移去。以興臣仕於君，以求行道，道若不行則移去。言臣有去留之道，不得生死從君。今穆公以臣從死，失仕於君之本意。餘同。

<二章-1>**交交黄鳥，止于桑。誰從穆公，子車仲（zhòng）行（háng）。**

【鄭箋】仲行，字也。

<二章-5>**維此仲行，百夫之防。**

【毛傳】防，比也。

【鄭箋】防猶當也。言此一人當百夫。

<二章-7>臨其穴，惴惴其慄。彼蒼者天，殲我良人！如可贖兮，人百其身！

<三章-1>交交黄鳥，止于楚。誰從穆公，子車鍼（qián）虎。維此鍼虎，百夫之禦。

【毛傳】禦，當也。

<三章-7>臨其穴，惴惴其慄。彼蒼者天，殲我良人！如可贖兮，人百其身！

《黄鳥》三章，章十二句。

晨 風 【秦風七】

鴥（yù）彼晨風，鬱彼北林。未見君子，憂心欽（qīn）欽。如何如何，忘我實多！

山有苞櫟（lì），隰（xí）有六駮（bó）。未見君子，憂心靡（mí）樂。如何如何，忘我實多！

山有苞棣（dì），隰有樹檖（suì）。未見君子，憂心如醉。如何如何，忘我實多！

《晨風》三章，章六句。

【毛序】《晨風》，刺康公也。忘穆公之業，始弃其賢臣焉。

【樂道主人】詩中三章皆前四句以第三者角度講，後兩句換以穆公角度。

<一章-1>**鴥（yù）彼晨風，鬱彼北林。**

【毛傳】興也。鴥，疾飛貌。晨風，鸇（zhān）也。鬱，積也。北林，林名也。先君招賢人，賢人往之，駛疾如晨風之飛入北林。

【鄭箋】先君謂穆公。

【程析】鬱，茂密貌。

【孔疏】傳“鴥疾”至“北林”。

◇◇鴥者，鳥飛之狀，故爲疾貌。

◇◇“晨風，鸇”，《釋鳥》文。舍人曰：“晨風一名鸇。鸇，摯鳥也。”郭璞曰：“鷂（yào）屬。”陸機《疏》云：“鸇似鷂，青黄色，燕頷勾喙，向風摇翅，乃因風飛，急疾擊鳩鴿燕雀食之。”

◇◇鬱者，林木積聚之貌，故云：“鬱，積也。”北林者，據作者所見有此林也。

◇◇以下句説思賢之狀，故此喻賢人從穆公也。

<一章-3>**未見君子，憂心欽（qīn）欽。**

【毛傳】思望之，心中欽欽然。

【鄭箋】言穆公始未見賢者之時，思望而憂之。

【樂道主人】君子，指賢者。

【程析】欽欽，憂而不忘之貌。

<一章-5>**如何如何，忘我實多！**

【毛傳】今則忘之矣。

【鄭箋】此以穆公之意責康公。如何如何乎？（汝）忘我之事實多。

【樂道主人】我，指穆公。此句以穆公之口氣。

【孔疏-章旨】“鴥疾”至“實多”。

①鴥然而疾飛者，彼晨風之鳥也。鬱積而茂盛者，彼北林之木也。北林由鬱茂之故，故晨風飛疾而入之。以興疾歸於秦朝者，是彼賢人；能招者，是彼穆公。穆公由能招賢之故，故賢者疾往而歸之。

②太穆公招賢人之時，如何乎穆公未見君子之時，思望之，其憂在心，欽欽然唯恐不見，故賢者樂往。

③今康公乃弃其賢臣，故以穆公之意責之云：汝康公如何乎？忘我之功業實大多也。

<二章-1>**山有苞（bāo）櫟（lì），隰有六駮（bó）。**

【毛傳】櫟，木也。駮如馬，倨牙，食虎豹。

【鄭箋】山之櫟，隰之駮，皆其所宜有也。以言賢者亦國家所宜有之。

【程析】苞，草木叢生。

【孔疏】傳“櫟木”至“虎豹”。

◇◇《釋木》云：“櫟，其實梂。”孫炎曰：“櫟實，橡也，有梂彙自裹也。”陸機《疏》云：“秦人謂柞櫟爲櫟，河内人謂木蓼爲櫟，椒檄之屬也。其子房生爲梂。木蓼子亦房生，故説者或曰柞櫟，或曰木蓼。機以爲此秦詩也，宜從其方土之言柞櫟是也。”

◇◇《釋畜》云：“駮如馬，倨牙，食虎豹。”郭璞引《山海經》云：“有獸名駮，如白馬黑尾，倨牙，音如鼓，食虎豹。”然則此獸名而已。言六駮者，王肅云：“言六，據所見而言也。”倨牙者，蓋謂其牙倨曲也。

◇◇言山有木，隰有獸，喻國君宜有賢也。

◇◇陸機《疏》云：“駮馬，梓榆也。其樹皮青白駮犖，遥視似駮馬，故謂之駮馬（與毛不同）。下章云‘山有苞棣，隰有樹檖’，皆山、隰之木相配，不宜云獸。”此言非無理也，但箋、傳不然。

　　<二章-3>未見君子，憂心靡樂。如何如何，忘我實多！

　　<三章-1>山有苞棣（dì），隰有樹檖（suì）。

　　【毛傳】棣，唐棣也。檖，赤羅也。

　　【程析】苞，樹木叢生貌。棣，又名郁季，結果紅色如季。樹，直立貌。檖，甘梨。

　　【孔疏】傳“棣唐”至“赤羅”。

　　◇◇《釋木》有唐棣、常棣，傳必以爲唐棣，未詳聞也。

　　◇◇《釋木》云：“檖，赤羅。”郭璞云：“今揚檖云也，實似梨而小，酢（zuò）可食。”陸機《疏》云：“檖一名赤羅，一名山梨，今人謂之楊檖，實如梨但小耳。一名鹿梨，一名鼠梨。今人亦種之，極有脆美者，亦如梨之美者。”

　　<三章-3>未見君子，憂心如醉。如何如何，忘我實多！

　　《晨風》三章，章六句。

無　衣 【秦風八】

豈曰無衣？與子同袍。王于興師，修我戈矛。與子同仇！

豈曰無衣？與子同澤。王于興師，修我矛戟（jǐ）。與子偕（xié）作！

豈曰無衣？與子同裳（cháng）。王于興師，修我甲兵。與子偕行（xíng）！

《無衣》三章，章五句。

【毛序】《無衣》，刺用兵也。秦人刺其君好攻戰，亟用兵，而不與民同欲焉。

【樂道主人】毛以經陳古君與民同欲之事，以古刺今；鄭以爲經即明陳今民不與百姓同欲，故直刺康公。

【孔疏】"《無衣》"至"欲焉"。

◇◇康公以文（魯）七年立，十八年卒。案《春秋》文七年（魯），晋人、秦人戰於令狐。十年（魯），秦伯伐晋。十二年（魯），晋人、秦人戰于河曲。十六年（魯），楚人、秦人滅庸。見於經、傳者已如是，是其好攻戰也。

◇◇《葛生》刺好攻戰，序云"刺獻公"，此亦刺好攻戰，不云刺康公，而云"刺用兵"者，《葛生》以君好戰，故"國人多喪"，指刺獻公，然後追本其事。此指刺用兵，序順經意，故云刺用兵也。

◇◇不與民同欲，章首二句是也。好攻戰者，下三句是也。經、序倒者，經刺君不與民同欲，與民同怨，故先言不同欲，而後言好攻戰。序本其怨之所由，由好攻戰而不與民同欲，故民怨。各自爲次，所以倒也。

<一章-1>豈曰無衣？與子同袍。

【毛傳】興也。袍，襺（jiǎn）也。上與百姓同欲，則百姓樂致其死。

【鄭箋】此責康公之言也。君豈嘗曰：女（rǔ）無衣，我與女共袍乎？言不與民同欲（與毛不同）。

【程析】袍，形如斗篷，行軍時白天當衣穿，夜裏當被蓋。

【樂道主人】子，（毛意似指國君，但非康公也。）鄭意指秦民。

【孔疏】傳“袍襺”至“其死”。

◇◇“袍，襺”，《釋言》文。《玉藻》云：“纊（kuàng）爲襺。緼（wēn）爲袍。”注云：“衣有著之异名也。緼謂今纊及舊絮也。”然則純著新綿名爲襺（jiǎn），雜用舊絮名爲袍。雖著有异名，其制度是一，故云“袍，襺也”。

◇◇傳既以此爲興，又言“上與百姓同欲，則百姓樂致其死”，則此經所言朋友相與同袍，以興上與百姓同欲，故王肅云：“豈謂子無衣乎？樂有是袍，與子爲朋友，同共弊之。以興上與百姓同欲，則百姓樂致其死，如朋友樂同衣袍也。”

【孔疏】箋“此責”至“同欲”。

◇◇**易傳者**，以此刺康公不與民同欲。而經言子、我，是述康公之意，謂民自稱爲我。

◇◇然則士卒衆矣，人君不可皆與同衣。而責君不與己共袍者，以仁者在上，恤民飢寒，知其有無，救其困乏，故假同袍以爲辭耳，非百姓皆欲望君與之共袍也。

<一章-3>**王于興師，修我戈矛。與子同仇！**

【毛傳】戈長六尺六寸，矛長二丈。天下有道，則禮樂征伐自天子出。仇，匹也。

【鄭箋】于，於也。怨耦曰仇（與毛不同）。君不與我同欲，而於王興師，則云：修我戈矛，與子同仇，往伐之。刺其好攻戰。

【程析】于，語助詞。

【孔疏】傳“戈長”至“仇匹”。

◇◇“戈長六尺六寸”，《考工記·廬人》文也。《記》又云：“酋矛常有四尺。”注云：“八尺曰尋。倍尋曰常。常有四尺。”是矛長二丈，矛長二丈謂酋矛也。夷矛則三尋，長二丈四尺矣。

◇《記》又云：“攻國之兵用短，守國之兵用長。”此言興師以伐人國，知用二丈之矛，非夷矛也。

◇◇又解稱王于興師之意。天下有道，禮樂征伐自天子出，諸侯不得專輒用兵。疾君不由王命，自好攻戰，故言王也。王肅云：“疾其好攻戰，不由王命，故思王興師是也。”“仇，匹”，《釋詁》文。

【孔疏】箋“于於”至“攻戰”。

◇◇“于，於”，《釋詁》文。“怨耦曰仇”，桓二年《左傳》文。

◇◇**易傳者**，以上二句假爲康公之言，則此亦康公之言，陳其號令之辭。刺其好攻戰也。

◇◇案此時當周頃王、匡王，天子之命不行於諸侯。檢《左傳》，於時天子未嘗出師，又不見康公從王征伐。且從王出征，乃是爲臣之義，而刺其好攻戰者。

◇箋言“王于興師”，謂於王法興師，今是康公自興之，王不興師也。以出師征伐是王者之法，故以王爲言耳。猶《北門》言“王事敦我”，《鴇羽》云“王事靡鹽”，皆非天子之事，亦稱王事。

【孔疏-章旨】“豈曰”至“同仇”。

○毛以爲，①古之朋友相謂云：我豈曰子無衣乎？我冀欲與子同袍。朋友同欲如是，故朋友成其恩好，以興明君能與百姓同欲，故百姓樂致其死。

②至於王家於是興師之時，百姓皆自相謂：修我戈矛，與子同爲仇匹，而往征之。由上與百姓同欲，故百姓樂從征伐。

◇◇今康公不與百姓同欲，非王興師，而自好攻戰故，百姓怨也。

○鄭以爲，①康公平常之時，豈肯言曰：汝百姓無衣乎？吾與子同袍。終不肯言此也。

②及於王法於是興師之時，則曰：修治我之戈矛，與子百姓同往伐此怨耦之仇敵。不與百姓同欲，而唯同怨，故刺之。

<二章-1>**豈曰無衣？與子同澤。**

【毛傳】澤，潤澤也。

【鄭箋】澤，褻衣，近污垢（與毛不同）。

【樂道主人】澤，同“襗（zé）”，貼身的衣服。

【孔疏】傳“澤，潤澤”。

◇◇衣服之暖於身，猶甘雨之潤於物，故言與子同澤，正謂同袍、裳是共潤澤也。

◇◇箋以上袍下裳，則此亦衣名，故**易傳**爲“襗”。《説文》云：“襗，袴也。”是其褻衣近汙垢也。襗是袍類，故《論語》注云：“褻衣，袍襗也。”

<二章-3>王于興師，修我矛戟（jǐ）。與子偕（xié）作！

【毛傳】作，起也。

【鄭箋】戟，車戟常也。

【程析】作，行動起來。

【孔疏】箋“戟，車戟常”。◇◇“車戟常”，《考工記·廬人》文。常長丈六。

<三章-1>豈曰無衣？與子同裳（cháng）。王于興師，修我甲兵。與子偕行（xíng）！

【毛傳】行，往也。

【程析】兵，總指武器。

《無衣》三章，章五句。

渭　陽　【秦風九】

我送舅氏，曰至渭陽。何以贈之，路車乘（shèng）黃。

我送舅氏，悠悠我思。何以贈之，瓊（qióng）瑰（guī）玉佩。

《渭陽》二章，章四句。

【毛序】《渭陽》，康公念母也。康公之母，晋獻公之女。（晋）文公遭麗姬之難，未反，而秦姬卒。穆公納文公，康公時爲大子，贈送文公於渭之陽，念母之不見也。我見舅氏，如母存焉。及其即位，思而作是詩也。

【樂道主人】晋文公卒於公元前628年，晋襄公姬驩繼位，時秦穆公尚在。秦穆公於公元前621年卒，時晋襄公同年卒。秦康公於公元前620年即位，時晋襄公之子晋靈公夷皋同年即位。

【孔疏】"《渭陽》"至"是詩"。

◇◇作《渭陽》詩者，言康公念母也。康公思其母，自作此詩。秦康公之母，是晋獻公之女。（晋）文公者，（晋）獻公之子，康公之舅。（晋）獻公嬖麗姬，譖（晋）文公，（晋）獻公欲殺之。（晋）文公遭此麗姬之難，奔，未得反國，而康公母秦姬已卒。

◇及穆公納（晋）文公爲晋君，於是康公爲太子，贈送文公至於渭水之陽，思念母之不見，舅歸也，康公見其舅氏，如似母之存焉，於是之時，思慕深極。及其即位爲君，思本送舅時事，而作是《渭陽》之詩，述己送舅念母之事也。

◇◇案《左傳》莊二十八年傳"晋獻公烝於齊姜，生秦穆夫人及太子申生。又娶二女於戎，大戎狐姬生重耳，小戎子生夷吾"。是康公之母爲（晋）文公异母姊也。

◇◇僖四年傳稱麗姬譖申生，申生自殺。又"譖二公子曰：'皆知之。'重耳奔蒲，夷吾奔屈"。僖五年傳稱"晋侯使寺人披伐蒲。重耳奔翟”。是文公遭麗姬之難也。

◇◇僖十五年秦穆公獲晋侯以歸。尚有夫人爲之請。至二十四年穆公納文公。然則秦姬之卒，在僖十五年之後，二十四年以前，未知何年卒也。以秦國夫人而其姓爲姬，故謂之秦姬。

◇◇案齊姜麗姬皆以姓繫所生之國，此秦姬以姓繫於所嫁之國者，婦人不以名行，以姓爲字，故或繫於父，或繫於夫，事得兩施也。

◇◇秦姬生存之時，欲使文公反國。康公見舅得反，憶母宿心，故念母之不見，見舅如母存也。謂舅爲氏者，以舅之與甥，氏姓必异，故《書傳》通謂爲舅氏。

◇◇秦康公以文（魯）七年即位，文公時亦卒矣。追念送時之事，作此詩耳。

◇◇經二章皆陳贈送舅氏之事。“悠悠我思”，念母也。因送舅氏而念母，爲念母而作詩，故《序》主言“念母也”。

<一章-1>**我送舅氏，曰至渭陽。**

【毛傳】母之昆弟曰舅。

【鄭箋】渭，水名也。秦是時都雝，至渭陽者，蓋東行送舅氏於咸陽之地。

【孔疏】傳“母之昆弟曰舅”。◇◇孫炎曰：“舅之言舊，尊長之稱。”

【孔疏】箋“渭水”至“之地”。◇◇雍在渭南，水北曰陽，晋在秦東，行必渡渭。今言至於渭陽，故云“蓋東行送舅氏於咸陽之地”。《地理志》云：“右扶風渭城縣，故咸陽也。”其地在渭水之北。

<一章-3>**何以贈之，路車乘**（shèng）**黄。**

【毛傳】贈，送也。乘黄，四馬也。

【程析】路車，古代諸侯所乘車。乘黄，四匹黄馬。

<二章-1>**我送舅氏，悠悠我思。何以贈之，瓊**（qióng）**瑰**（guī）**玉佩。**

【毛傳】瓊瑰，石而次玉。

【樂道主人】“悠悠我思”，念母也。因送舅氏而念母，爲念母而作詩。

【程析】瓊（原義爲紅玉），形容玉的美。

【孔疏】傳“瓊瑰”至“次玉”。

◇◇瓊者，玉之美名，非玉名也。瑰是美石之名也。

◇◇以佩玉之制，唯天子用純，諸侯以下則玉石雜用。此贈晋侯，故知瓊瑰是美石，次玉。

◇◇成十七年《左傳》稱“聲伯夢涉洹（huán），或與己瓊瑰食之，泣而爲瓊瑰盈其懷，懼不敢占”。後三年而言，“言之，至莫而卒”。服虔云：“聲伯惡瓊瑰贈死之物，故畏而不言。”然則瓊瑰是贈死之玉，康公以贈舅者，玉之所用，無生死之异。喪禮飯含用玉，聲伯夢見食之，故惡之耳。

《渭陽》二章，章四句。

權　輿　【秦風十】

於（wū）我乎！夏屋渠（qú）渠，今也每食（sì）無餘。于（xū）嗟（jiē）乎！不承權輿！

於我乎！每食四簋（guǐ），今也每食不飽。于嗟乎！不承權輿！

《權輿》二章，章五句。

【毛序】《權輿》，刺康公也。忘先君之舊臣，與賢者有始而無終也。

【孔疏】"《權輿》"至"無終"。

◇◇作《權輿》詩者，刺康公也。康公遺忘其先君穆公之舊臣，不加禮餼（xì），與賢者交接，有始而無終，初時殷勤，後則疏薄，故刺之。

◇◇經二章，皆言禮待賢者有始無終之事。

<一章-1>**於（wū）我乎！夏屋渠（qú）渠，**

【毛序】夏，大也。

【鄭箋】屋，具也。渠渠，猶勤勤也。言君始於我，厚設禮食大具以食（sì）我，其意勤勤然。

【程析】於，同嗚。

【孔疏】箋"屋具"至"勤勤然"。

◇◇"屋，具"，《釋言》文。

◇◇渠渠猶勤勤。言設食既具，意又勤勤也。案崔駰《七依》説宫室之美云："夏屋渠渠。"王肅云："屋則立之於先君，食則受之於今君，故居大屋而食無餘。"義似可通。

◇◇鄭不然者，詩刺有始無終。上言"於我乎"，謂始時也。下言"今也"，謂其終時也。始則大具，今終則無餘，猶下章始則四簋，今則不飽，皆説飲食之事，不得言屋宅也。

◇若先君爲立大屋，今君每食無餘，則康公本自無始，何責其無終也？且《爾雅》"屋，具"正訓，以此故知謂禮物大具。

<一章-3>今也每食（sì）無餘。

【鄭箋】此言君今遇我薄，其食我纔足耳。

【樂道主人】纔，剛剛。

<一章-4>于（xū）嗟（jiē）乎！不承權輿！

【毛序】承，繼也。權輿，始也。

【程析】權輿，草萌芽時狀態。

【孔疏】傳"承，繼也。權輿，始"。◇◇承其後是繼嗣，故以承爲繼。"權輿，始"，《釋詁》文。

【孔疏-章旨】"於我"至"權輿"。此述賢人之意，責康公之辭。

①言康公始者于我賢人乎！重設饌食禮物大具，其意勤勤然，於我甚厚也。

②至於今日也，禮意疏薄，設饌校少，使我每食才足，無復盈餘也。

③于嗟乎！此君之行，不能承繼其始。以其行無終始，故於嗟嘆之。

<二章-1>於（wū）我乎！每食四簋（guǐ），

【毛傳】四簋，黍稷稻粱。

【陸釋】簋，内方外圓曰簋，以盛黍稷。外方内圓曰簠（hú），用貯稻粱。皆容一斗二升。

【孔疏】傳"四簋"至"稻粱"。

◇◇《考工記》云："瓬（fǎng，古代製作瓦器的工人）人爲簋，其實一觳（hú）。豆實三而成觳。"昭三年《左傳》云："四升爲豆。"然則簋是瓦器，容斗二升也。《易·損卦》："二簋可用享。"注云："離爲日，日體圓。巽爲木，木器圓，簋象。"則簋亦以木爲之也。

◇◇《地官·舍人》注云："方曰簠。圓曰簋。"則簠、簋之制，其形异也。案《公食大夫禮》云："宰夫設黍稷六簋。"又云："宰夫授公粱，公設之。宰夫膳稻於粱西。"注云："膳猶進也。進稻粱者以簠。"《秋官·掌客》注云："簠，稻粱器也。簋，黍稷器也。"

◇◇然則稻粱當在簠，而云"四簋，黍稷稻粱"者，以詩言"每食四簋"，稱君禮物大具，則宜每器一物，不應以黍稷二物分爲四簋。以公食大夫禮有稻有粱，知此四簋之内兼有稻粱。

◇◇公食大夫之禮，是主國之君與聘客禮食，備設器物，故稻粱在簠。此言每食，則是平常燕食，器物不具，故稻粱在簋。公食大夫，黍稷六簋，猶有稻粱。此唯四簋者，亦燕食差於禮食也。

<二章-3>**今也每食不飽。于嗟乎！不承權輿！**

《權輿》二章，章五句。

秦國十篇，二十七章，百八十句。

宛丘 【陳風一】

子之湯（dàng）兮，宛丘之上兮。洵（xún）有情兮，而無望兮。
坎其擊鼓，宛丘之下。無冬無夏，值其鷺（lù）羽。
坎其擊缶，宛丘之道。無冬無夏，值其鷺翿（dào）。

《宛丘》三章，章四句。

【毛序】《宛丘》，刺幽公也。淫荒昏亂，游蕩無度焉。

【樂道主人】毛與鄭所刺之方式有不同：毛序講刺陳幽公，經主要刺大夫，鄭講經直刺陳幽公。

【孔疏】“《宛丘》”至“無度焉”。

◇◇淫荒，謂耽於女色。昏亂，謂廢其政事。游蕩無度，謂出入不時，聲樂不倦，游戲放蕩，無複節度也。游蕩，自是翺翔戲樂，非獨淫於婦人，但好聲好色俱是荒廢，故以淫荒總之。

◇◇毛以此序所言是幽公之惡，經之所陳是大夫之事，由君身爲此惡，化之使然，故舉大夫之惡以刺君。

◇鄭以經之所陳，即是幽公之惡，經、序相符也。

◇◇首章言其信有淫情，威儀無法，是淫荒也。下二章言其擊鼓持羽，冬夏不息，是無度。無度者，謂無復時節度量。《賓之初筵序》云“飲酒無度”，與此同。

<一章-1>**子之湯（dàng）兮，宛丘之上兮。**

【毛傳】子，大夫也。湯，蕩也。四方高，中央下，曰宛丘。

【鄭箋】子者，斥幽公也（與毛不同），游蕩無所不爲。

【程析】宛丘，陳國丘名，在陳國都城（今河南淮陽）東南。

【樂道主人】宛，《説文》：屈草自覆也。又宛然猶，依然。

【孔疏】傳“子大”至“宛丘”。

◇◇傳以下篇（《東門之枌》）説大夫淫亂，此與相類，則亦是大夫。但大夫稱子，是其常稱，故以子爲大夫。

◇◇序云“游蕩”，經言“湯兮”，故知湯爲蕩也。

◇◇《釋丘》云：“宛中，宛丘。”言其中央宛宛然，是爲四方高，中央下也。郭璞曰：“宛丘，謂中央隆峻，狀如負一丘矣。”爲丘之宛中，中央高峻，與此傳正反。

◇案《爾雅》上文備説丘形有左高、右高、前高、後高，若此宛丘中央隆峻，言中央高矣，何以變言宛中？明毛傳是也，故李巡、孫炎皆云“中央下”，取此傳爲説。

【孔疏】箋“子者”至“不爲”。

◇◇箋以下篇（《東門之枌》）刺大夫淫荒，序云“疾亂”，此序主刺幽公，則經之所陳，皆幽公之事，不宜以爲大夫。

◇◇隱四年《公羊傳》公子翬（huī）謂隱公曰“百姓安子，諸侯説子”，則諸侯之臣亦呼君曰子。《山有樞》云“子有衣裳”“子有車馬”，子者斥昭公，明此子止斥幽公，**故易傳也**。

◇◇云“無所不爲”，言其戲樂之事，幽公事事皆爲也。

<一章-3>**洵（xún）有情兮，而無望兮。**

【毛傳】洵，信也。

【鄭箋】此君信有淫荒之情，其威儀無可觀望而則效。

【孔疏-章旨】“子之”至“望兮”。

○毛以爲，①子大夫之游蕩兮，在於彼宛丘之上兮。

②此人信有淫荒之情兮，其威儀無可觀望兮。

◇◇大夫當朝夕恪勤助君治國，而游蕩高丘，荒廢政事，此由幽公化之使然，故舉之以刺幽公也。

○鄭以爲“子者斥幽公”爲异，其義則同。

<二章-1>**坎（kǎn）其擊鼓，宛丘之下。**

【毛傳】坎坎，擊鼓聲。

<二章-3>**無冬無夏，值其鷺（lù）羽。**

【毛傳】值，持也。鷺鳥之羽，可以爲翳（yì）。

【鄭箋】翳，舞者所持以指麾。

【樂道主人】翳，《説文》：華蓋也。《廣韵》：隱也，蔽也。《急就篇注》：翳謂凡鳥羽之可隱翳者也。舞者所持羽翿，以自隱翳，因名爲翳。一曰華蓋，今之雉尾扇，是其遺象。

【孔疏】傳“值持”至“爲翳”。

◇◇鷺羽，執持之物，故以值爲持。鷺鳥之羽，可以爲舞者之翳，故持之也。

◇◇《釋鳥》云：“鷺，舂鉏。”郭璞曰：“白鷺也。頭翅背上皆有長翰毛，今江東人取以爲睫攡，名之曰白鷺縗。”陸機云：“鷺，水鳥也，好而潔白，故謂之白鳥。齊、魯之間謂之舂鉏（chú），遼東樂浪吴楊人皆謂之白鷺。青脚，高尺七八寸，尾如鷹尾，喙長三寸，頭上有毛十數枚，長尺餘，毵（sān）毵然與衆毛异好，欲取魚時則弭之。今吴人亦養焉。

◇楚威王時，有朱鷺合遝飛翔而來舞。則複有赤者，舊鼓吹朱鷺曲是也。然則鳥名白鷺，赤者少耳。”此舞所持，持其白羽也。

【孔疏-章旨】“坎其”至“鷺羽”。

○毛以爲，①坎坎然爲聲者，其是**大夫**擊鼓之聲，在於宛丘之下，

②無問冬，無問夏，常持其鷺鳥羽翳身而舞也。

◇◇鼓舞戲樂，當有時節，今幽公化之，大夫游蕩，無復節度，故舉以刺公也。

○鄭以“刺幽公”爲异，其文義同。

<三章-1>**坎其擊缶，宛丘之道。**

【毛傳】盎（áng）謂之缶。

【孔疏】傳“盎謂之缶”。◇◇《釋器》文。

◇◇孫炎曰：“缶，瓦器。”郭璞曰：“盎，盆也。”

◇◇此云“擊缶”，則缶是樂器。《易·離卦·九三》：“不鼓缶而歌，則大耋（dié）之嗟。”注云：“艮爻也，位近丑，丑上值弁星，弁星似缶。《詩》云‘坎其擊缶’。”則樂器亦有缶。又《史記》藺相如使秦王鼓缶。是樂器爲缶也。

◇◇案《坎卦·六四》：“樽酒簋貳，用缶。”注云：“爻辰在丑，丑上值斗，可以斟之象。斗上有建星，建星之形似簋。貳，副也。建星上有弁星，弁星之形又如缶。天子大臣以王命出會諸侯，主國尊於簋，副設玄酒以缶。”則缶又是酒器也。

◇◇《比卦》初六爻“有孚盈缶”，注云：“爻辰在未，上值東井，井之水人所汲，用缶。缶汲器。”襄九年宋災，《左傳》曰：“具綆缶，

備水器。”則缶是汲水之器。

◇◇然則缶是瓦器，可以節樂，若今擊甌。又可以盛水、盛酒，即今之瓦盆也。

<三章-3>**無冬無夏，值其鷺翿**（dào）。

【毛傳】翿，翳（yì）也。

【程析】翿，指鷺羽。

【樂道主人】《王風·君子陽陽》，程析：翿，用五彩野鷄羽毛做的扇形舞具。

【孔疏】傳“翿，翳”。◇◇郭璞曰：“舞者所以自蔽翳。”彼翿作“纛”，音義同。

《宛丘》三章，章四句。

東門之枌　【陳風二】

東門之枌（fén），宛丘之栩（xǔ）。子仲之子，婆娑其下。

穀（gǔ）旦于差（chāi），南方之原。不績其麻，市也婆娑。

穀旦于逝，越以鬷（zōng）邁。視爾如荍（qiáo），貽（yí）我握椒。

《東門之枌》三章，章四句。

【毛序】《東門之枌》，疾亂也。幽公淫荒，風化之所行，男女弃其舊業，亟會於道路，歌舞於市井爾。

【孔疏】“《東門之枌》”至“井爾”。

◇◇男弃其業，子仲之子是也。女弃其業，不績其麻是也。會於道路者，首章上二句是也。歌舞於市井者，婆娑是也。經先言歌舞之處，然後責其弃業。序以弃業而後敖游，故先言弃業，所以經、序倒也。

◇◇此實歌舞於市，而謂之市井者，《白虎通》云：“因井爲市，故曰市井。”應劭《風俗通》云：“市，恃也。養贍老少，恃以不匱也。俗説市井，謂至市者當於井上洗濯其物香潔，及自嚴飾，乃到市也。謹案：古者二十畝爲一井，因爲市交易，故稱市井。”然則由本井田之中交易爲市，故國都之市亦因名市井。

◇◇案禮制九夫爲井，應劭二十畝爲井者，劭（shào）依《漢書·食貨志》一井八家，家有私田百畝，公田十畝，餘二十畝以爲井灶廬舍。據其交易之處在廬舍，故言二十畝耳。因井爲市，或如劭言。

◇◇三章皆述淫亂之事。首章獨言男婆娑於枌栩之下。下二章上二句言女子候善明之日，從男子於會處，下二句陳男女相説之辭。明歌舞之處，皆男女相從，故男女互見之。

<一章-1>東門之枌（fén），宛丘之栩（xǔ）。

【毛傳】枌，白榆也。栩，杼（zhù）也。國之交會，男女之所聚。

【程析】栩，柞（zòu）樹。此兩名敘東門、宛丘一帶樹木繁茂，宜於游人休息、聚會。

【孔疏】傳“枌白”至“所聚”。

◇◇《釋木》云：“楡白，枌。”孫炎曰：“楡白者，名枌。”郭璞曰：“枌，楡，先生葉却著莢，皮色白。”是枌爲白楡也。“栩，杼”，《釋木》文。

◇◇序云：“亟會於道路。”知此二木是國之道路交會，男女所聚之處也。

<一章-3>**子仲之子，婆娑其下。**

【毛傳】子仲，陳大夫氏。婆娑，舞也。

【鄭箋】之子，男子也。

【程析】婆娑，跳舞盤旋搖擺的樣子。

【孔疏】傳“子仲”至“舞也”。

◇◇知子仲是陳大夫氏者，以其風俗之敗，自上行之。今此所刺，宜刺在位之人，若是庶人，不足顯其名氏。此云“子仲之子”，猶云“彼留之子”。舉氏姓言之，明子仲是大夫之氏姓也。

◇《公羊傳》：“孫以王父字爲氏。”此人上祖必有字子仲者，故氏子仲也。

◇◇云“婆娑，舞也”《釋訓》文。李巡曰：“婆娑，盤辟舞也。”孫炎曰：“舞者之容婆娑然。”

【孔疏】箋“之子，男子”。◇◇序云男女弃業，則經之所陳，有男有女。下云績麻，是女，知此之子是男子也。定本云“之子，是子也”。

<二章-1>**穀（gǔ）旦于差（chāi），南方之原。**

【毛傳】穀，善也。原，大夫氏。

【鄭箋】旦，明。于，曰。差，擇也。朝（zhāo）日善明曰相擇矣，以可以爲上處。

【孔疏】傳“穀，善也。原，大夫氏”。◇◇“穀，善”，《釋詁》文也。《春秋》莊二十七年，“季友如陳，葬原仲”。是陳有大夫姓原氏也。

【孔疏】箋“旦明”至“上處”。

◇◇旦謂早朝，故爲明也。《釋詁》云：“于、曰，於也。”故于得爲曰。“差，擇”，《釋詁》文。

◇◇佚游戲樂不宜風、昏，故見朝日善明乃云相擇，刺其以美景廢業，故舉之也。發意相擇，則是男子擇女，故知南方原氏之女可以爲上處。上處者，言是一國最上之處也。

<二章-3>**不績其麻，市也婆娑。**

【鄭箋】績麻者，婦人之事也，疾其今不爲。

【程析】績，紡。

【孔疏-章旨】“穀旦”至“婆娑”。◇◇言陳國男女弃其事業，候良辰美景而歌舞淫泆。

①見朝日善明，無陰雲風雨，則曰可以相擇而行樂矣。彼南方之原氏有美女，國中之最上處可以從之也。

②男既如是，彼原氏之女即不復績麻於市也，與男子聚會，婆娑而舞，是其可疾之甚。

<三章-1>**穀旦于逝，越以鬷（zōng）邁。**

【毛傳】逝，往。鬷，數。邁，行也。

【鄭箋】越，於。鬷，總也（與毛不同）。朝旦善明曰往矣，謂之所會處也，于是以總行，欲男女合行。

【孔疏】傳“逝往”至“邁行”。

◇◇“逝，往”，《釋詁》文。“邁，行”，《釋言》文。

◇◇鬷謂麻縷，每數一升而用繩紀之，故鬷爲數。王肅云：“鬷數，績麻之縷也。”

【孔疏】箋“越於”至“合行”。

◇◇“越，於”，《釋詁》文。

◇◇《商頌》稱“鬷假無言”，爲總集之意，則此亦當然，故以鬷爲總，謂男女總集而合行也。

◇◇上章“于差”，謂男言擇女；此言“于逝”，謂女往從男，故云曰往矣，謂之所會之處，謂女適與男期會之處也。

<三章-3>**視爾如荍（qiáo），貽（yí）我握椒。**

【毛傳】荍，芘（péi）芣（fǒu）也。椒，芬香也。

【鄭箋】男女交會而相説（yuè），曰我視女（rǔ）之顔色美如芘芣之華然，女乃遺我一握之椒，交情好也。此本淫亂之所由。

【程析】荍，亦名錦葵。椒，花椒。

【孔疏】傳“荍，芘芣。椒，芬香”。

◇◇“荍，芘芣”，《釋草》文。舍人曰：“荍，一名蚍（pí）衃（pēi）。”郭璞曰：“今荆葵也，似葵，紫色。”謝氏云：“小草，多華少葉，葉又翹起。”陸機《疏》云：“芘芣，一名荆葵，似蕪菁，華紫，緑色可食，微苦。”是也。

◇◇椒之實芬香，故以相遺也。定本云“椒，芳物”。

【孔疏】箋“男女”至“所由”。

◇◇言相説者，男説女而言其色美，女説男而遺之以椒，交相説愛，故言相也。知此二句皆是男辭者，言我視爾顔色之美，如芘芣之華。若是女辭，不得言男子色美如華也。

◇◇思其往日相愛，今復會爲淫亂，詩人言此者，本其淫亂，化之所由耳。

【孔疏-章旨】“穀旦”至“握椒”。

○毛以爲，①陳之女人見美景而説曰：朝日善明，曰可以往之所會之處矣。女人即弃其事業，假有績者，於是以麻緫而行，至於會所，要見男子。

②男子乃陳往日相好之事，語女人云：我往者語汝云，我視汝顔色之美如荍之華然。見我説汝，則遺我以一握之椒。弃其事業，作如此淫荒，故疾之也。

○鄭唯以鬷爲緫，言於是男女緫集合行，爲此淫亂。餘同。

《東門之枌》三章，章四句。

衡門 【陳風三】

衡門之下，可以棲（qī）遲（chí）。泌（bì）之洋洋，可以樂（lè/liáo）飢。

豈其食魚，必河之魴（fáng）？豈其取妻，必齊之姜？

豈其食魚，必河之鯉？豈其取妻，必宋之子？

《衡門》三章，章四句。

【毛序】《衡門》，誘僖公也。愿而無立志，故作是詩以誘掖（yè）其君也。

【鄭箋】誘，進也。掖，扶持也。

【孔疏】“《衡門》”至“其君”。◇◇作《衡門》詩者，誘僖公也。以僖公懿愿而無自立之志，故國人作是《衡門》之詩以誘導扶持其君，誘使自强行道，令興國致理也。經三章，皆誘之辭。

【孔疏】箋“誘，進也。掖，扶持”。

◇◇“誘，進”，《釋詁》文。《説文》云：“掖，持臂也。”僖二十五年《左傳》云：“二禮從國子巡城，掖以赴外，殺之。”謂持其臂而投之城外也。此言“誘掖”者，誘謂在前導之，掖謂在傍扶之，故以掖爲扶持也。定本作“扶持”。

<一章-1>衡門之下，可以棲（qī）遲（chí）。

【毛傳】衡門，横木爲門，言淺陋也。棲遲，遊息也。

【鄭箋】賢者不以衡門之淺陋則不遊息於其下，以喻人君不可以國小則不興治致政化。

【孔疏】傳“衡門”至“遊息”。

◇◇《考工記·玉人》注云：“衡，古文横，假借字也。”然則衡、横義同，故知“衡門，横木爲門”。門之深者，有阿塾堂宇，此唯横木爲之，言其淺也。

◇◇《釋詁》云：“棲遲，息也。”舍人曰：“棲遲，行步之息也。”

<一章-3>**泌（bì）之洋洋，可以樂（lè/liáo）飢。**

【毛傳】泌，泉水也。洋洋，廣大也。樂（lè）飢，可以樂道忘飢。

【鄭箋】飢者，不足於食也。泌水之流洋洋然，飢者見之，可飲以療飢。以喻人君慤（què）願，任用賢臣則政教成，亦猶是也（與毛不同）。

【程析】泌，本義是泉水疾流之貌，後來作爲陳國泌邱地方的泉水名。樂（liáo），同療（與鄭同）。

【樂道主人】鄭以水喻賢人。慤（què），《廣韵》：善也，願也，誠也。

【孔疏】傳“泌泉”至“忘飢”。

◇◇《邶國》有“毖彼泉水”，知泌爲泉水。王肅云：“洋洋泌水，可以樂道忘饑。巍巍南面，可以樂治忘亂。”

◇◇孫毓難肅云：“既巍巍矣，又安得亂？此言臨水嘆逝，可以樂道忘飢，是感激立志，慷慨之喻，猶孔子曰：‘發憤忘食，不知老之將至云爾’。”案此傳云“泌者，泉水”，又云“洋洋，廣大”，則不可以逝川喻年老，故今爲别解。

◇◇案今定本作“樂飢”，觀此傳亦作“樂”，則毛讀與鄭异。

【孔疏】箋“饑者”至“猶是”。

◇◇箋以經言“泌之洋洋，可以樂（liáo）飢”，則是以水治飢，不宜視水爲義。且下章勸君用賢，**故易傳**以爲喻“任用賢臣則政教成”也。

◇◇飲水可以療渴耳，而云療飢者，飢久則爲渴，得水則亦小療，故言飢以爲韵。

【孔疏-章旨】“衡門”至“樂飢”。

○毛以爲，①雖淺陋衡門之下，猶可以棲遲游息，以興雖地狹小國之中，猶可以興治致政。然賢者不以衡門之淺陋則不遊息於其下，以喻人君不可以國小則不興治致政，君何以不興治致政乎？

②觀泌水之流，洋洋廣大，君可以樂道忘飢。何則？泌者泉水，涓流不已，乃至廣大，况人君寧不進德？積小成大，樂道忘飢乎？此是誘掖之辭。

○鄭以下二句言泌水之流廣大洋洋然，飢者可飲之以療飢，以興有大德賢者，人君可任之，以成德教。誘君以任賢臣。餘同。

<二章-1>**豈其食魚，必河之魴（fáng）？豈其取妻，必齊之姜？**

【鄭箋】此言何必河之魴然後可食，取其口美而已。何必大國之女然後可妻，亦取貞順而已。以喻君任臣何必聖人，亦取忠孝而已。齊，姜姓。

【程析】魴，鯿魚。取，同娶。

<三章-1>**豈其食魚，必河之鯉？豈其取妻，必宋之子？**

【鄭箋】宋，子姓。

【孔疏】箋"齊，姜姓。宋，子姓"。

◇◇齊者，伯夷之後，伯夷主四岳之職，《周語》"祚四岳，賜姓曰姜"。

◇◇宋者，殷之苗裔，契之後也。《殷本紀》云："舜封契於商，賜姓曰子。"是"齊，姜姓。宋，子姓也"。

《衡門》三章，章四句。

東門之池 【陳風四】

東門之池，可以漚（òu）麻。彼美淑姬，可與晤（wù）歌。
東門之池，可以漚紵（zhù）。彼美淑姬，可與晤語。
東門之池，可以漚菅（jiān）。彼美淑姬，可與晤言。
《東門之池》三章，章四句。

【毛序】《東門之池》，刺時也。疾其君之淫昏，而思賢女以配君子也。

【孔疏】“《東門之池》”至“君子”。

◇◇此實刺君，而云刺時者，由君所化，使時世皆淫，故言刺時以廣之。欲以配君，而謂之君子者，妻謂夫爲君子，上下通稱，據賢女爲文，故稱“以配君子”。

◇◇經三章，皆思得賢女之事。疾其君之淫昏，序其思賢女之意耳，於經無所當也。

<一章-1>**東門之池，可以漚（òu）麻。**

【毛傳】興也。池，城池也。漚，柔也。

【鄭箋】於池中柔麻，使可緝績作衣服。興者，喻賢女能柔順君子，成其德教。

【程析】漚，浸泡。

【樂道主人】績，漬。

【孔疏】傳“池，城池。漚，柔”。

◇◇以池繫門言之，則此池近在門外。諸詩言東門皆是城門，故以池爲城池。

◇◇《考工記·㡃氏》“以涚（shuì，温水）水漚其絲”，注云：“漚，漸也。楚人曰漚，齊人曰涹（wō）。”烏禾反。然則漚是漸漬之名，此云“漚，柔”者，謂漸漬（zì）使之柔韌也。

<一章-3>**彼美淑姬，可與晤（wù）歌。**

【毛傳】晤，遇也。

【鄭箋】晤，猶對也（與毛不同），言淑姬賢女，君子宜與對歌相切化也。

【程析】淑，叔也，排行第三。

【孔疏】傳“晤，遇”。◇◇《釋言》云：“晤，遇也。”然則傳以晤爲遇，亦爲對偶之義，故王肅云：“可以與相遇歌，樂室家之事。”意亦與鄭同。

【孔疏】箋“晤猶”至“切化”。

◇◇所以欲使對歌者，以歌詩陳善惡之事，以感戒人君。君子得此賢女，宜與之對歌，相感切，相風化，以爲善，故思之。

◇◇美女而謂之姬者，以黄帝姓姬，炎帝姓姜，二姓之後，子孫昌盛，其家之女，美者尤多，遂以姬、姜爲婦人之美稱。成九年《左傳》引逸詩云：“雖有姬姜，無弃憔悴。”是以姬、姜爲婦人美稱也。

【孔疏-章旨】“東門”至“晤歌”。

①東門之外有池水，此水可以漚柔麻草，使可緝績以作衣服，以興貞賢之善女，此女可以柔順君子，使可脩政以成德教。

②既已思得賢女，又述彼之賢女。言彼美善之賢姬，實可與君對偶而歌也。以君淫昏，故思得賢女配之，與之對偶而歌，冀其切化，使君爲善。

<二章>**東門之池，可以漚紵（zhù）。彼美淑姬，可與晤語。**

【樂道主人】語，對話，討論。

【程析】紵，又名紵麻，其纖維可製爲麻，精者可以織爲夏布，在我國種植廣。

【孔疏】“漚紵”。◇◇陸機《疏》云：“紵亦麻也，科生，數十莖，宿根在地中，至春自生，不歲種也。荆、揚之間，一歲三收。今官園種之，歲再刈（yì，割），刈便生。剥之以鐵若竹，挾之表，厚皮自脱，但得其裏韌如筋者，謂之徽紵。今南越紵布皆用此麻。

<三章>**東門之池，可以漚菅（jiān）。彼美淑姬，可與晤言。**

【毛傳】言，道也。

【程析】菅，蘆荻一類的草。其莖浸漬剥取後可以用搓繩，用來編草鞋。

《東門之池》三章，章四句。

東門之楊 【陳風五】

東門之楊，其葉牂（zāng）牂。昏以爲期，明星煌煌。
東門之楊，其葉肺（pèi）肺。昏以爲期，明星晢（zhé）晢。
《東門之楊》二章，章四句。

【毛序】《東門之楊》，刺時也。昏姻失時，男女多違。親迎，女猶有不至者也。

【樂道主人】此篇爲陳僖公詩。

【孔疏】"《東門之楊》"至"至者"。

◇◇毛以昏姻失時者，失秋冬之時。鄭以爲失仲春之時。言"親迎，女猶不至"，明不親迎者相違衆矣，故舉不至者，以刺當時之淫亂也。言相違者，正謂女違男，使昏姻之禮不成。是男女之意相違耳，非謂男亦違女也。

◇◇經二章，皆上二句言昏姻失時，下二句言親迎而女不至也。

<一章-1>**東門之楊，其葉牂（zāng）牂。**

【毛傳】興也。牂牂然，盛貌。言男女失時，不逮秋冬。

【鄭箋】楊葉牂牂，三月中也。興者，喻時晚也，失仲春之月（與毛不同）。

【樂道主人】逮，《説文》：及也。

【孔疏】傳"牂牂"至"秋冬"。

◇◇此刺昏姻失時，而舉楊葉爲喻，則是以楊葉初生喻正時，楊葉已盛喻過時。毛以秋冬爲昏之正時，故云男女失時，不逮秋冬也。秋冬爲昏，無正文也。《邶風》云"士如歸妻，迨（dài）冰未泮（pàn，散也）"，知迎妻之禮，當在冰泮之前。荀卿書云："霜降逆女，冰泮殺止。"霜降，九月也。冰泮，二月也。然則荀卿之意，自九月至於正月，於禮皆可爲昏。荀在焚書之前，必當有所憑據。**毛公親事荀卿**，故亦以爲秋冬。

◇◇《家語》云："群生閉藏爲陰，而爲化育之始，故聖人以合男女，窮天數也。霜降而婦功成，嫁娶者行焉。冰泮而農業起，昏禮殺於此。"又云："冬合男女，春頒爵位。"《家語》出自孔家，毛氏或見其事，故依用焉。

◇◇《地官·媒氏》云："仲春之月，令會男女。於是時也，奔者不禁。"唯謂三十之男，二十之女，所以蕃育人民，特令以仲春會耳。其男未三十，女未二十者，皆用秋冬，不得用仲春也。

【孔疏】箋"楊葉"至"之月"。

◇◇箋亦以楊葉之盛，興晚失正時也。鄭言"楊葉牂牂，三月中"者，自言葉盛之月，不以楊葉爲記時也。

◇◇董仲舒曰："聖人以男女陰陽，其道同類，觀天道向秋冬而陰氣來，向春夏而陰氣去，故古人霜降始逆女（迎娶女子，或迎接女兒歸寧。），冰泮而殺止，與陰俱近而陽遠也。"

◇◇鄭以昏姻之月唯在仲春，故以喻晚失仲春之月。鄭不見《家語》，不信荀卿，以《周禮》指言"仲春之月，令會男女"，故以仲春爲昏月。其《邶風》所云，自謂及冰泮行請期禮耳，非以冰之未泮已親迎也。

◇◇毛、鄭别自憑據，以爲定解，詩内諸言昏月，皆各從其家。

<一章-3>**昏以爲期，明星煌煌。**

【毛傳】期而不至也。

【鄭箋】親迎之禮以昏時，女留他色，不肯時行，乃至大星煌煌然。

【程析】明星，指啓明星。天快亮時出現於東方天空。

【樂道主人】期，約定。男子待女而不至，可參考《鄭風·丰》。

【孔疏】傳"期而不至"。

◇◇序言"親迎，而女猶有不至"者，則是終竟不至，非夜深乃至也。

◇◇言"明星煌煌"者，男子待女至此時不至，然後始罷，故作者舉其待女不得之時，非謂此時至也。傳嫌此時女至，故辨之云"期而不至"，言期以昏時至，此時猶不至也。

【孔疏】箋"親迎"至"煌煌然"

◇◇《士昏禮》"執燭前馬"，是親迎之禮以昏也。

◇◇用昏者，取陽往陰來之義。女不從夫，必爲异人之色，故云"女留他色，不肯時行，乃至大星煌煌然”。亦言至此時不至。

【孔疏-章旨】“東門”至“煌煌”。

○毛以爲，作者以楊葉初生，興昏之正時。①楊葉長大，興晚於正時。故言東門之楊，其葉已牂牂然而大矣。楊葉已大，不復見其初生之時，以興歲之時月已至於春夏矣。時節已晚，不復及其秋冬之時。又復淫風大行，女留他色，不從男子。

②親迎者用昏時以爲期，今女不肯時行，至於明星煌煌然，而夜已極深，而竟不至。禮當及時配合，女當隨夫而行，至使昏姻失時，男女相違如是，故舉以刺時也。

○鄭以失時謂在仲春之後爲异，其義則同。

<二章-1>**東門之楊，其葉肺（pèi）肺。**

【毛傳】肺肺，猶牂牂也。

【程析】肺，巿的假借。

<二章-3>**昏以爲期，明星晢（zhé）晢。**

【毛傳】晢晢，猶煌煌也。

【程析】晢，《説文》：昭晢，明也。

《東門之楊》二章，章四句。

墓門 【陳風六】

墓門有棘，斧以斯之。夫也不良，國人知之。知而不已，誰昔然矣。

墓門有梅，有鴞（xiāo）萃（cuì）止。夫也不良，歌以訊（xìn）之。訊予不顧，顛倒思予。

《墓門》二章，章六句。

【毛序】《墓門》，刺陳佗也。陳佗無良師傅，以至於不義，惡加於萬民焉。

【鄭箋】不義者，謂弑君而自立。

【孔疏】“《墓門》”至“民焉”。

◇◇陳佗身行不義，惡加萬民，定本直云“民”，無“萬”字。由其師傅不良，故至於此。既立爲君，此師傅猶在，陳佗乃用其言，必將至誅絶。故作此詩以刺佗，欲其去惡傅，而就良師也。

◇◇經二章，皆是戒佗，令去其惡師之辭。

【孔疏】箋“不義”至“自立”。

◇◇不義之大，莫大弑君也。《春秋》桓五年正月，“甲戌，己醜，陳侯鮑卒”。《左傳》云：“再赴也。於是陳亂，文公子佗殺太子免而代之。公疾病而亂作，國人分散，故再赴。”是陳佗弑君自立之事也。

◇如傳文，則陳佗所殺太子免。而謂之弑君者，以免爲太子，其父卒，免當代父爲君。陳佗殺之而取國，故以弑君言之。

◇◇序言“無良師傅，以至於不義”，則佗於弑君之前，先有此惡師也。經云“夫也不良，國人知之。知而不已，誰昔然矣”，欲令佗誅退惡師。則弑君之後，惡師仍在。何則？詩者，民之歌咏，必惡加於民，民始怨刺。陳佗未立爲君，則身爲公子，爵止大夫，雖則惡師，非民所恨。今作詩刺之，明是自立之後也。戒之令去惡師，明是惡師未去也。

<一章-1>**墓門有棘，斧以斯之。**

【毛傳】興也。墓門，墓道之門。斯，析也。幽間希行，用生此棘薪，維斧可以開析之。

【鄭箋】興者，喻陳佗由不睹賢師良傅之訓道，至陷於誅絶之罪。

【樂道主人】析，《説文》：破木也。幽間希行，謂罕有善教。棘薪，興弑君之罪。

【孔疏】傳“墓門”至“析之”。

◇◇《春官·墓大夫職》注云：“墓，冢塋（yíng）之地，孝子所思慕之處。”然則塋域謂之墓。墓入有門，故云墓門，墓道之門。

◇◇《釋言》云：“斯，離也。”孫炎曰：“斯，析之離。”是斯爲析義也。

【孔疏】箋“興者”至“之罪”。

◇◇箋以傳釋經文，不解興意，故述興意以申傳也。

◇◇弑君之賊，於法當誅其身，絶其祀，故云“陷於誅絶之罪”。

<一章-3>**夫也不良，國人知之。**

【毛傳】夫，傅相也。

【鄭箋】良，善也。陳佗之師傅不善，群臣皆知之。言其罪惡著也。○相，息亮反。

【孔疏】傳“夫，傅相”。

◇◇序云“無良師傅”，故知“夫也不良”，正謂師傅不良也。

◇◇《郊特牲》云：“夫也者，以知帥人者也。”注云：“夫之言丈夫也。夫或爲傅。”言“或爲傅”者，正謂此訓夫爲傅也。師傅當以輔相人君，故云“傅相”。

<一章-5>**知而不已，誰昔然矣。**

【毛傳】昔，久也。

【鄭箋】已猶去也。誰昔，昔也。國人皆知其有罪惡，而不誅退，終致禍難，自古昔之時常然。

【孔疏】傳“昔，久”。◇◇傳稱古曰在昔，昔是久遠之事，故爲久也。

【孔疏】箋“已猶”至“常然”。◇◇“誰昔，昔也”，《釋訓》文。郭璞曰：“誰，發語辭。與傳‘昔，久’同也。”今定本爲“誰昔，昔也”，合《爾雅》。俗爲“誰，疑辭也”。

【孔疏-章旨】“墓門”至“然矣”。

①言墓道之門，幽閒由希睹人行之迹，故有此棘。此棘既生，必得斧乃可以開析而去之。以興陳佗之身不明，由希睹良師之教，故有此惡。此惡既成，必得明師乃可以訓道而善之。

②非得明師，惡終不改，必至誅絶，故又戒之云：汝之師傅不善，國内之人皆知之矣。

③何以不退去之乎？欲其退惡傅，就良師也。

<二章-1>**墓門有梅，有鴞（xiāo）萃（cuì）止。**

【毛傳】梅，枏也。鴞，惡聲之鳥也。萃，集也。

【鄭箋】梅之樹善惡自爾，徒以鴞集其上而鳴，人則惡之，樹因（被人）惡矣。以喻陳佗之性本未必惡，師傅惡，而陳佗從之而惡。

【程析】鴞，亦作梟（xiāo），貓頭鷹（與孔不同）。

【樂道主人】《秦風·終南》程析：梅，舊注爲楠木。

【孔疏】傳“梅枏”至“萃集”。

◇◇鴞，惡聲之鳥，一名鵩（fú），與梟（xiāo）异。梟一名鴟（chī）。《瞻卬》云“爲梟爲鴟”，是也。俗説以爲鴞即上梟，非也。

◇陸機《疏》云：“鴞大如班鳩，绿色，惡聲之鳥也。入人家，凶。賈誼所賦鵩鳥是也。其肉甚美，可爲羹臛，又可爲炙。漢供御物，各隨其時，唯鴞冬夏尚施之，以其美故也。

【樂道主人】鴟，古書上指鷂鷹，一種猛禽，像鷹而較小，背灰褐色，腹白色帶赤。捕食小鳥、小鷄。

<二章-3>**夫也不良，歌以訊（xìn）之。**

【毛傳】訊（xìn），告也。

【鄭箋】歌，謂作此詩也。既作，又使工歌之，是謂之告。

【孔疏】傳“訊，告也”。《釋詁》文。◇◇箋以歌告之，有口告之嫌，故辨之云：“歌，謂作此詩也。既作，又使工歌之，是謂之告。”

【程析】訊，“誶”，告戒，警戒。

<二章-5>**訊予不顧，顛倒思予。**

【鄭箋】予，我也。歌以告之，汝不顧念我言，至於破滅。顛倒之急，乃思我之言。言其晚也。

【孔疏-章旨】“墓門”至“思予”。

①言墓道之門有此梅樹，此梅善惡自耳，本未必惡，徒有鴞鳥來集於其上而鳴，此鴞聲惡，梅亦從而惡矣。以興陳佗之身有此體性，此性善惡自然，本未必惡，正由有惡師來教之，此師既惡，陳佗亦從而惡也。

②佗師既惡，而不能退去，故又戒之：汝之師傅也不善，故我歌是詩以告之。

③我既告汝，汝得我言而不顧念之。至於顛倒之急，然後則乃思我之言耳。至急乃思，則無及於事。今何以不用我言乎？”

《墓門》二章，章六句。

防有鵲巢 【陳風七】

防有鵲巢，邛（qióng）有旨苕（tiáo）。誰侜（zhōu）予美，心焉忉（dāo）忉。

中唐有甓（pì），邛有旨鷊（yì）。誰侜予美，心焉惕（tì）惕。

《防有鵲巢》二章，章四句。

【毛序】《防有鵲巢》，憂讒賊也。宣公多信讒，君子憂懼焉。

【孔疏】“《防有鵲巢》”至“懼焉”。◇◇憂讒賊者，謂作者憂讒人，謂爲讒以賊害於人也。經二章，皆上二句言宣公致讒之由，下二句言己憂讒之事。

<一章-1>防有鵲巢，邛（qióng）有旨苕（tiáo）。

【毛傳】興也。防，邑也。邛，丘也。苕，草也。

【鄭箋】防之有鵲巢，邛之有美苕，處勢自然。興者，喻宣公信多言之人，故致此讒人。

【程析】防，堤壩。

【孔疏】傳“防，邑。邛，丘。苕，草”。

◇◇以鵲之爲鳥，畏人而近人，非邑有樹木，則鵲不應巢焉，故知防是邑也。

◇◇土之高處，草生尤美，故邛爲丘。《邶風》稱“旄丘有葛”，《鄘風》稱“阿丘有虻”，是美草多生於高丘也。

◇◇《苕之華》傳云：“苕，陵苕。”此直云“苕，草”。彼陵苕之草好生下濕，此則生於高丘，與彼异也。陸機《疏》云：“苕，苕饒也。幽州人謂之翹饒。蔓生，莖如勞豆而細，葉似蒺藜（lí）而青，其莖葉緑色，可生食，如小豆藿也。”

<一章-3>誰侜（zhōu）予美，心焉忉（dāo）忉！

【毛傳】侜，張誑也。

【鄭箋】誰，誰讒人也。女（rǔ）衆讒人，誰侜張誑，欺我所美之人乎？使我心忉忉然。所美謂宣公也。

【陸釋】侜，《説文》云："有雍蔽也。"

【程析】忉忉，憂愁貌。

【孔疏】傳"侜，張誑"。◇◇郭璞曰："幻惑欺誑人者。"

【孔疏】箋"誰讒"至"宣公"。

◇◇言誰侜予美者，是就衆讒人之内，告問是誰爲之，故云"誰，誰讒人也"。

◇◇臣之事君，欲君美好，不欲使讒人誑之，故謂君爲所美之人。

【孔疏-章旨】"防有"至"忉忉"。

①言防邑之中有鵲鳥之巢，邛丘之上有美苕之草，處勢自然。以興宣公之朝有讒言之人，亦處勢自然。何則？防多樹木，故鵲鳥往巢焉。邛丘地美，故旨苕生焉。以言宣公信讒，故讒人集焉。

②公既信此讒言，君子懼己得罪，告語衆讒人輩，汝等是誰誑欺我所美之人宣公乎？而使我心忉忉然而憂之。

<二章-1>**中唐有甓（pì），邛有旨鷊（yì）。**

【毛傳】中，中庭也。唐，堂塗也。甓（pì），令適也。鷊，綬（shòu）草也。

【程析】中唐，即唐中。古時朝堂前或宗廟前的甬道。甓，磚瓦。鷊，雜色小草，美如錦授故又名綬草。兩句意爲：平坦的道路不應有磚瓦，土丘不宜生鋪地錦。

【樂道主人】塗，同"途"。

【孔疏】傳"中中"至"綬草"。

◇◇以唐是門内之路，故知中是中庭。《釋宫》云："廟中路謂之唐。堂途謂之陳。"李巡曰："唐，廟中路名。"孫炎引詩云："中唐有甓。堂途，堂下至門之徑也。"然則唐之與陳，廟庭之异名耳，其實一也，故雲"唐，堂塗也"。

◇◇《釋宫》又云："瓴（líng，盛水的瓶子）鷊謂之甓。"李巡曰："瓴鷊一名甓。"郭璞曰："甋磚也。今江東呼爲瓴甓。"

◇◇"鷊，綬"，《釋草》文。郭璞曰："小草有雜色，似綬也。"陸機《疏》云："鷊（yì）五色作綬文，故曰綬草。"

<二章-3>**誰侜予美，心焉惕惕。**

【毛傳】惕惕猶忉忉也。

《防有鵲巢》二章，章四句。

月　出 【陳風八】

月出皎（jiǎo）兮，佼（jiǎo）人僚（liǎo）兮。舒窈（yǎo）糾（jiǎo）兮，勞心悄（qiǎo）兮。

月出皓兮，佼人懰（liú）兮。舒懮受兮，勞心慅（cǎo）兮。

月出照兮，佼人燎（liáo）兮。舒夭紹兮，勞心慘兮。

《月出》三章，章四句。

【毛序】《月出》，刺好色也。在位不好德，而説（悦）美色焉。

【孔疏】“《月出》”至“色焉”。◇◇人於德、色，不得并時好之。心既好色則不復好德，故經之所陳，唯言好色而已。序言不好德者，以見作詩之意耳，於經無所當也。

◇◇經三章，皆言在位好色之事。

<一章-1>月出皎（jiǎo）兮，

【毛傳】興也。皎，月光也。

【鄭箋】興者，喻婦人有美色之白皙（與毛不同）。

【孔疏】傳“皎，月光”。◇◇《大車》云“有如皦日”，則皦亦日光。言月光者，皦是日光之名耳，以其與月出共文，故爲月光。

<一章-2>佼（jiǎo）人僚（liǎo）兮。舒窈（yǎo）糾（jiǎo）兮，

【毛傳】僚，好貌。舒，遲也。窈糾，舒之姿也。

【程析】佼，又作姣。舒，形容女子舉止嫻雅婀娜。窈糾，形容女子體態的苗條。

【樂道主人】此三句就像一個由近及遠的鏡頭，三句分别從三個方面講美女的美：面色，形貌，行態。

【孔疏】傳“僚好”至“之姿”。

◇◇皎兮喻面色皎然，謂其形貌。

◇◇僚爲好貌，謂其形貌好，言色美身復美也。

◇◇舒者，遲緩之言，婦人行步，貴在舒緩。言舒時窈糾兮，故知窈

糾是舒遲之姿容。

<一章-4>**勞心悄（qiǎo）兮。**

【毛傳】悄，憂也。

【鄭箋】思而不見則憂。

【程析】勞心，憂心。悄，深憂貌。

【樂道主人】在位之人思美人而不見。

【孔疏】傳“悄，憂”。◇◇《釋訓》云“悄悄，愠也”，故爲憂。

【孔疏-章旨】“月出”至“悄兮”。

①言月之初出，其光皎然而白兮，以興婦人白皙，其色亦皎然而白兮。

②非徒面色白皙，又是佼好之人，其形貌僚然而好兮，行止舒遲，姿容又窈糾然而美兮。

③思之既甚，而不能見之，勤勞我心，悄然而憂悶兮。

◇◇在位如是，故陳其事以刺之。

<二章-1>**月出皓兮，佼人懰（liú）兮。舒懮受兮，勞心慅（cǎo）兮。**

【詩三家】皓，日出貌。懰，好貌。懮受，舒遲之貌。

【程析】懰，妖媚。懮受，形容女子步行舒徐婀娜（之貌）。慅（cǎo），憂愁不安貌。

<三章-1>**月出照兮，佼人燎（liáo）兮。舒夭紹兮，勞心慘（cǎn）兮！**

【詩三家】夭紹，謂嬋娟作姿容也。

【程析】照，用作形容詞，月明貌。燎，漂亮貌。夭紹，也是形容女子體態輕盈。慘，懆也，憂愁而煩躁不安貌。

《月出》三章，章四句。

株 林 【陳風九】

胡爲乎株（zhū）林，從夏南？匪適株林，從夏南！

駕我乘（shèng）馬，説（shuì）于株野。乘（chéng）我乘（shèng）駒，朝食于株。

《株林》二章，章四句。

【毛序】《株林》，刺靈公也。淫乎夏姬，驅馳而往，朝夕不休息焉。

【鄭箋】夏姬，陳大夫（御叔）妻，夏徵（zhǐ）舒之母，鄭女也。徵舒字子南，（夏姬）夫字御叔。

【樂道主人】陳宣公，名杵臼，陳國第十六位國君，公元前692年至公元前648年在位，共計四十五年。見相關世譜圖。

【樂道主人】劉向《列女傳》："夏姬好美，滅國破陳，走二大夫，殺子之身，殆誤楚莊，敗亂巫臣，子反悔懼，申公族分。"

【孔疏】"《株林》"至"息焉"。

◇◇作《株林》詩者，刺靈公也。以靈公淫於夏氏之母，姬姓之女，疾驅其車馬，馳走而往，或早朝而至，或向夕而至，不見其休息之時，故刺之也。

◇◇經二章，皆言靈公往淫夏姬朝夕不息之事。"説（shuì）于株野"，是夕至也。"朝食于株"，是朝至也。

【孔疏】箋"夏姬"至"御叔"。

◇◇宣九年《左傳》稱"陳靈公與孔寧、儀行父通於夏姬"。

◇十年經云："陳夏徵舒弑其君平國。"傳曰："陳靈公與孔寧、儀行父飲酒於夏氏。公謂行父曰：'徵舒似汝。'對曰：'亦似君。'徵舒病之。公出，自其廄射而殺之。"

◇◇昭二十八年《左傳》叔向之母論夏姬云："是鄭穆公少妃姚子之子，子貉（mò）之妹也。子貉早死，而天鍾美於是。"《楚語》云："昔陳父子夏爲御叔娶於鄭穆公女，生子南，子南之母亂陳而亡之。"是言夏姬所出及夫、子名字。

<一章-1>**胡爲乎株（zhū）林，從夏南？**

【毛傳】株林，夏氏邑也。夏南，夏徵舒也。

【鄭箋】陳人責靈公，君何爲之株林，從夏氏子南之母，爲淫泆之行？

【程析】株，陳國邑名，在今河南省西華縣本南。林，郊外。《説文》：邑外謂之郊，郊外謂之野，野外謂之林。

【孔疏】傳“株林”至“徵舒”。

◇◇靈公適彼株林，從夏南，故知株林是夏氏之邑。邑在國外，夏姬在邑，故適邑而從夏姬也。

◇◇徵舒祖字子夏，故爲夏氏。徵舒字子南，以氏配字，謂之夏南。楚殺徵舒，《左傳》謂之“戮夏南”，是知夏南即徵舒也。

◇◇實從夏南之母，言從夏南者，婦人夫死從子，夏南爲其家主，故以夏南言之。

<一章-3>**匪適株林，從夏南！**

【鄭箋】匪，非也。言我非之株林，從夏氏子南之母，爲淫泆之行，自之他（地）耳。秪（dī）拒之辭。

【樂道主人】秪，抵。

【孔疏】箋“匪非”至“之辭”。◇◇以文辭反覆，若似對答，前人故假爲秪拒之辭。非是面争。王肅云：“言非欲適株林從夏南之母，反覆言之，疾之也。”孫毓以王爲長。

【孔疏-章旨】“胡爲”至“夏南”。

①株林者，夏氏之邑。靈公數往彼邑，淫於夏姬，國人責之云：君何爲於彼株林之邑，從夏氏子南之母爲淫泆兮？

②靈公爲人所責，秪拒之云：我非是適彼株林之邑，從夏氏子南之母兮，我别自適之他處耳。

◇◇一國之君，如此淫泆，故刺之。

<二章>**駕我乘（shèng）馬，説（shuì）于株野。乘（chéng）我乘（shèng）駒，朝食于株。**

【毛傳】大夫乘駒。

【鄭箋】我，國人。我，君也。（此處似落一字，應爲：我，國人謂我君也）。君親乘君乘馬，乘君乘駒，變易車乘，以至株林。或説舍焉，或朝食焉，又責之也。馬六尺以下曰駒。

【詩三家】《公羊隱元年傳注》：天子馬曰龍，高七尺上；諸侯曰馬，高六尺上；大夫曰駒，高五尺上。

◇◇靈公乘君乘馬到株林後，換乘大夫乘駒，微服入夏邑也。（與毛不同）

【程析】説，停息。乘，一車四馬爲一乘。

【孔疏】傳“大夫乘駒”。

◇◇《皇皇者華》説大夫出使，經云“我馬維駒”，是大夫之制，禮當乘駒也。此傳質略。

◇◇王肅云：“陳大夫孔寧、儀行父與君淫於夏氏。”然則王意以爲乘我駒者，謂孔儀從君適株，故作者并舉以惡君也。傳意或當然。

【孔疏-章旨】“駕我”至“于株”。此又責君數往株邑。

①言君何爲駕我君之一乘之馬，向夕而説舍於株林之野，

②何故得乘我君之一乘之駒，早朝而食於株林之邑乎？

◇◇公朝夕往來，淫泆不息，可惡之甚，故刺之也。

澤陂 【陳風十】

彼澤之陂（bēi），有蒲（pú）與荷。有美一人，傷如之何。寤寐無爲，涕泗（sì）滂（pāng）沱。

彼澤之陂，有蒲與蕳（jiān）。有美一人，碩大且卷（quán）。寤寐無爲，中心悁（yuān）悁。

彼澤之陂，有蒲菡萏（dàn）。有美一人，碩大且儼（yǎn）。寤寐無爲，輾轉伏枕。

《澤陂》三章，章六句。

【毛序】《澤陂》，刺時也。言靈公君臣淫於其國，男女相説（yuè），憂思感傷焉。

【鄭箋】君臣淫於國，謂與孔寧、儀行父也。感傷，謂涕泗滂沱。

【樂道主人】陳風以刺淫開始，以刺淫結束。

【孔疏】“《澤陂》”至“傷焉”。

◇◇作《澤陂》詩者，刺時也。由靈公與孔寧、儀行父等君臣并淫於其國之内，共通夏姬，國人效之，男女遞相悦愛，爲此淫泆。

◇◇毛以爲，男女相悦，爲此無禮，故君子惡之，憂思感傷焉。憂思時世之淫亂，感傷女人之無禮也。

◇男女相悦者，章首上二句是也。感傷者，次二句是也。憂思者，下二句是也。言靈公君臣淫於其國者，本其男女相悦之由，由化效君上，故言之耳，於經無所當也。

◇經先感傷，序先憂思者，經以章首二句既言男女之美好，因傷女而爲惡行，傷而不已，故至於憂思，事之次也。序以感傷憂思，爲事既同，取其語便，故先言憂思也。

◇◇鄭以爲，由靈公君臣淫於其國，故國人淫泆，男女相悦。聚會則共相悦愛，别離則憂思感傷，言其相思之極也。男女相悦者，章首上二句是也憂思者，次二句是也。感傷者，下二句是也。

◇◇毛於“傷如之何”下傳曰“傷無禮”，則是君子傷此“有美一人”之無禮也，“傷如之何”。既傷“有美一人”之無禮，“寤寐無爲”二句又在其下，是爲憂思感傷時世之淫亂也。

◇此君子所傷，傷此“有美一人”，而“有美一人”又承蒲、荷之下，則蒲、荷二物共喻一女。上二句皆是男悦女之辭也。經文止舉其男悦女，明女亦悦男，不然則不得共爲淫矣。故序言“男女相悦”以明之。

◇三章大意皆同。首章言荷，指芙蕖之莖。卒章言菡萏，指芙蕖之華。二者皆取華之美以喻女色，但變文以取韵耳。二章言蘭者，蘭是芬香之草，喻女有善聞。此淫泆之女，必無善聲聞，但悦者之意言其善耳。

◇◇鄭以爲，首章上二句，同姓之中有男悦女、女悦男，是其男女相悦也。次二句言離别之後，不能相見，念之而爲憂思也。既憂不能相見，故下二句感傷而泪下。首章言荷，喻女之容體。二章言蓮，喻女之言信。卒章言菡萏，以喻女之色美。

<一章-1>**彼澤之陂**（bēi）**，有蒲**（pú）**與荷。**

【毛傳】興也。陂，澤障也。荷，芙蕖（qú）也。

【鄭箋】蒲，柔滑之物。芙蕖之莖曰荷，生而佼大。興者，蒲以喻所説（悦）男之性，荷以喻所説女之容體也。正以陂（bēi）中二物興者，喻淫風由同姓生（與毛不同）。

【程析】澤，池塘。陂，池塘邊的堤岸。蒲，蒲草。

【樂道主人】同姓，指陳性，夏姬嫁於陳姓，歸夫宗。

【孔疏】傳“陂，澤障。荷，芙蕖”。

◇◇澤障，謂澤畔障水之岸。以陂内有此二物，故舉陂畔言之，二物非生於陂上也。

◇◇《釋草》云：“荷，芙蕖。其莖茄，其葉蕸（xiá），其本蔤（mì），其華菡萏，其實蓮，其根藕，其中的，的中薏（yì）。”

◇李巡曰：“皆分别蓮莖葉華實之名。**菡萏**，蓮華也。**的**，蓮實也。**薏**，中心也。”

◇郭璞曰：“**蔤**，莖下白蒻（ròu）在泥中者。今江東人呼荷華爲**芙蓉**，北方人便以**藕**爲荷，亦以**蓮**爲荷。蜀人以**藕**爲**茄**。或用其母爲華名，或用根子爲母葉號。此皆名相錯，習俗傳誤，失其正體者也。”

◇陸機《疏》云：“蓮青皮裹白子爲**的**，的中有青爲**薏**，味甚苦。故里語云‘苦如蕒’是也。”

◇◇傳正解荷爲芙蕖，不言興意。以下傳云“傷無禮”者，傷“有美一人”，則此“有蒲與荷”，共喻美人之貌。蒲草柔滑，荷有紅華，喻必以象，當以蒲喻女之容體，以華喻女之顔色。當如下章言菡萏，而此云荷者，以荷是此草大名，故取荷爲韵。

【樂道主人】蒻，蓮莖入泥的白色部分（俗稱“藕鞭”）。

【孔疏】箋“蒲柔”至“姓生”。

◇◇如《爾雅》，則芙蕖之莖曰茄。此言荷者，意欲取莖爲喻，亦以荷爲大名，故言荷耳。樊光注《爾雅》，引《詩》“有蒲與茄”，然則《詩》本有作“茄”字者也。

◇◇箋以序云“男女相悦”，則經中當有相悦之言，以蒲喻所悦男之性。女悦男，言男之心性和柔似蒲也。荷以喻所悦女之容體。男悦女，言女形體佼大如荷也。正以陂中二物興者，淫風由同姓生，二物共在一陂，猶男女同在一姓。（與毛不同）

<一章-3>**有美一人，傷如之何。**

【毛傳】傷無禮也。

【鄭箋】傷，思也。我思此美人，當如之何而得見之。（與毛不同）

【孔疏】箋“傷思”至“見之”。◇◇“傷，思”，《釋言》文。以《溱洧》《桑中》亦刺淫泆，舉其事而惡自見，其文皆無哀傷之言，此何獨傷其無禮，至於涕泗滂沱，輾轉伏枕也？故**易傳**以爲思美人不得見之而憂傷也。孫毓以箋義爲長。

<一章-5>**寤寐無爲，涕泗**（sì）**滂**（pāng）**沱。**

【毛傳】自目曰涕，自鼻曰泗。

【鄭箋】寤，覺也。

【程析】滂沱，原意爲多雨貌，此引申爲泪涕俱下貌。

【樂道主人】滂，《説文》：沛也。沱，《説文》：江别流也。

【孔疏】傳“自目”至“曰泗”。◇◇經、傳言隕涕出涕，皆謂泪出於目。泗既非涕，亦涕之類，明其泗出於鼻也。

【孔疏-章旨】“彼澤”至“滂沱”。

○毛以爲，①彼澤之陂障之中，有蒲與荷之二草。蒲之爲草甚柔弱，荷之爲葉極美好。以興陳國之中，有男悦女云：汝體之柔弱如蒲然，顔色之美如荷然。男女淫泆，相悦如此。

②君子見其淫亂，乃感傷之。彼男所悦者，有美好之一人，美好如是，不能自防以禮。不以禮，可傷乎，知可如之何。

③既不可奈何，乃憂思時世之淫亂，寤寐之中更無所爲，念此風俗傷敗，目涕鼻泗一時俱下，滂沱然也。

○鄭以爲，①彼澤之陂障之中，有蒲與荷之二草，以喻同姓之中，有男與女之二人。蒲之草甚柔滑，荷之莖極佼好。女悦男云：汝之體性滑利如蒲然。男悦女云：汝之形容佼大如荷然。聚會之時，相悦如是。

②及其分離，則憂思相憶。男憶女云：有美好之一人，我思之而不能見，當如之何乎？

③既不能見，益復感傷，覺寢之中，更無所爲，念此美女涕泗滂沱然。

◇◇淫風如此，故舉以刺時也。

<二章-1>**彼澤之陂，有蒲與蕑**（jiān）。

【毛傳】蕑，蘭也。

【鄭箋】蕑當作"蓮"。蓮，芙蕖實也。蓮以喻女之言信。（與毛不同）

【孔疏】傳"蕑，蘭"。◇◇以《溱洧》"秉蕑"爲執蘭，則知此蕑亦爲蘭也。蘭是芬香之草，蓋喻女有聲聞。

【孔疏】箋"蕑當"至"言信"。◇◇以上下皆言蒲、荷，則此章亦當爲蘭當作"蓮"，蓮是荷實，故喻女言信實。荷，不宜别據他草。且蘭是陸草，非澤中之物，故知。

<二章-3>**有美一人，碩大且卷**（quán）。

【毛傳】卷，好貌。

【程析】卷，漂亮，美好。

【詩集傳】卷，鬢髮之美也。

<二章-5>**寤寐無爲，中心悁**（yuān）**悁**。

【毛傳】悁悁，猶悒（yì）悒也。

【詩三家】悁悁，蓋悲哀不舒之意。

【程析】悁悁，憂鬱貌。

【孔疏】傳"悁悁，猶悒悒"。俗本多無之。

<三章-1>**彼澤之陂，有蒲菡萏**（dàn）。

【毛傳】菡萏（dàn），荷華也。

【鄭箋】華以喻女之顏色。

<三章-3>**有美一人，碩大且儼**（yǎn）。

【毛傳】儼，矜莊貌。

【程析】儼，雙下巴。

<三章-5>**寤寐無爲，輾轉伏枕。**

【程析】輾轉，翻來覆去。

【詩集傳】輾轉伏枕，卧而不寐，思之深且久也。

《澤陂》三章，章六句。

陳國十篇，二十六章，百二十四句。

羔 裘 【檜風一】

羔裘逍遥，狐裘以朝（cháo）。豈不爾思，勞心忉（dāo）忉。
羔裘翱翔，狐裘在堂。豈不爾思，我心憂傷。
羔裘如膏，日出有曜（yào）。豈不爾思，中心是悼（dào）。
《羔裘》三章，章四句。

【毛序】《羔裘》，大夫以道去其君也。國小而迫，君不用道，好絜其衣服，逍遥遊燕，而不能自强於政治，故作是詩也。

【鄭箋】以道去其君者，三諫不從，待放於郊，得玦（jué）乃去。

【孔疏】“《羔裘》”至“是詩”。

◇◇作《羔裘》詩者，言大夫以道去其君也。謂檜之大夫，見君有不可之行，乃盡忠以諫。諫而不從，即待放於郊，得玦乃去。此是以道理去君也。

◇◇由檜既小，而迫於大國，君不能用人君之道，以理其國家，而徒好脩絜其衣服，逍遥遊戲而燕樂，而不能用心自强於政治之事。大夫見其如是，故諫之，而不從，故去之。

◇臣之將去，待放於郊。當待放之時，思君之惡而作是《羔裘》之詩，言己去君之意也。序言“以道去其君”，既已舍君而去，經云“豈不汝思”，其意猶尚思君，明己弃君而去，待放未絶之時，作此詩也。

◇◇大夫去君，必是諫而不從。詩之所陳，即諫君之意。

◇◇首章、二章上二句，言君變易衣服，以翱翔逍遥。卒章上二句，言其裘色之美。是其好絜遊宴，不强政治也。三章下二句，皆言思君失道，爲之憂悼，是以道去君之事也。以詩爲去君而作，故序先言以道去君也。

【孔疏】箋“以道”至“乃去”。

◇◇言以道去君，則大夫正法，有去君之道。

◇《春秋》莊二十四年，“戎侵曹，曹羈（jī）出奔陳”。《公羊傳》

曰："曹無大夫，何以書？賢也。何賢乎曹羈？戎將侵曹，曹羈諫曰：'戎衆而無義，請君勿自敵也。'曹伯曰：'不可。'三諫不從，遂去之，故君子以爲得君臣之義也。"

◇《曲禮下》云："爲人臣之禮不顯諫。三諫不聽則去之。"是三諫不聽，於禮得去也。《喪服》齊衰三月章曰："爲舊君。"傳曰："大夫以道去君，而猶未絶。"

◇◇《春秋》宣元年，"晋放其大夫胥（xū）甲父（fǔ）於衛"，《公羊傳》曰："近正也。其爲近正，奈何？古者大夫已去，三年待放。君放之，非也。大夫待放，正也。"是三諫不從，有待放之禮。

◇宣二年《穀梁傳》稱"趙盾諫靈公，公不聽。出亡，至於郊"。趙盾諫之，出至郊而舍，明大夫待放在於郊也。

◇得玦乃去者，謂君與之決别，任其去，然後去也。荀卿書云："聘士以圭，複士以璧，召人以瑗（yuán），絶人以玦，反絶以環。"范寧《穀梁》注"君賜之環則還，賜之玦則往"，用荀卿之言以爲説。則君與之決别之時，或當賜之以玦也。

◇《曲禮》云："大夫去國，逾境，爲壇位，鄉國而哭，三月而複服。"此箋云"待放於郊"，《禮記》言"逾境"，《公羊傳》言"待放三年"，《禮記》言"三月"者，《禮記》所言，謂既得玦之後，行此禮而後去，非待放時也。

◇◇首章言"狐裘以朝"，謂視路門外之朝也。

◇二章云"狐裘在堂"，謂在路寢之堂也。視朝之服即服之於路寢，不更易服。《玉藻》云："君朝服以日視朝於内朝，退適路寢聽政。"聽政服視朝之服，是在朝、在堂同服羔裘。今檜君變易衣服，用狐裘在朝，因用狐裘在堂，故首章言在朝，二章言在堂。

◇上二章唯言變易常禮，未言好絜之事，故卒章言羔裘之美，如脂膏之色。羔裘既美，則狐裘亦美可知，故不復説狐裘之美。

<一章-1>**羔裘逍遥，狐裘以朝（cháo）。**

【毛傳】羔裘以游燕，狐裘以適朝。

【鄭箋】諸侯之朝服，緇衣羔裘。大蜡（zhà）而息民，則有黄衣狐裘。今以朝服燕，祭服朝，是其好絜衣服也。先言燕，後言朝，見君之志不能自强於政治。

【孔疏】箋“諸侯”至“政治”。

◇◇《玉藻》云：“諸侯朝服以日視朝於内朝。”是諸侯視朝之服名曰朝服也。

◇《士冠禮》云：“主人玄冠朝服，緇帶素韠（bì，古代朝服的蔽膝。蔽膝：古代一種遮蔽在身前的皮制服飾）。”注云：“玄冠，委貌。朝服者，十五升布衣而素裳。不言色者，衣與冠同色。”是朝服衣色玄，玄即緇色之小別。

◇《論語》説孔子之服云：“緇衣羔裘。”《玉藻》亦云：“羔裘緇衣以裼之。”是羔裘裼用緇衣，明其上正服亦緇色也。《論語》又曰：“羔裘玄冠不以吊。”是羔裘所用配玄冠，羔裘之上必用緇布衣爲裼，裼衣之上正服亦是緇色，又與玄冠相配，明是朝服可知，故云“諸侯之朝服，緇衣羔裘”也。

◇◇人君以歲事成孰，搜索群神而報祭之，謂之大蜡。又臘祭先祖五祀，因令民得大飲。農事休息，謂之息民。

◇於大蜡之後，作息民之祭，其時則有黄衣狐裘也。大蜡之祭與息民异也，息民用黄衣狐裘，大蜡則皮弁素服，二者不同矣。以其大蜡之後，始作息民之祭，息民、大蜡同月，其事相次，故連言之耳。

◇知者，《郊特牲》云：“蜡也者，索也。歲十二月，合聚萬物而索饗（xiǎng）之也。皮弁素服而祭。素服，以送終也。葛帶榛杖，喪殺也。”是大蜡之祭用素服也。

◇《郊特牲》既説蜡祭，其下又云：“黄衣黄冠而祭，息田夫也。”注云：“祭，謂既蜡，臘先祖五祀也，於是勞農以休息之。”是息民之祭用黄衣也。《論語》説孔子之服云：“黄衣狐裘。”《玉藻》云：“狐裘黄衣以裼之。”以此知大蜡息民則有黄衣狐裘也。

◇案《玉藻》云：“君衣狐白裘，錦衣以裼之。”又曰：“錦衣狐裘，諸侯之服。”然則諸侯有狐白裘矣。又曰“君子狐青裘，豹褎（yiù，袖子），玄綃（xiāo，生絲）衣以裼之”，則禮又有狐青裘矣。

◇此經直云“狐裘”，何知非狐白、狐青，而必知是黄衣狐裘者，以諸侯之服狐白裘，唯在天子之朝耳。在國視朝之服，則素衣麑（ní）裘，無狐白裘矣。若檜君用狐白以朝，則違禮僭上，非徒好絜而已。序不應直云“好絜”，以此知非狐白也。

◇《玉藻》言君子狐青裘者，注云："君子，大夫、士也。"《天官·司裘》云："季秋，獻功裘，以待頒賜。"注云："功裘，人功微粗，謂狐青麑裘之屬。"然則狐青乃是人功粗惡之裘，檜君好絜，必不服之矣。

◇孔子仕魯朝，《論語》説孔子之服"緇衣羔裘"與"黄衣狐裘"，其文相對，明此羔裘、狐裘亦是緇衣、黄衣之裘，故知羔裘是視朝之服，狐裘是息民祭服也。

◇檜君志在游燕，祭服尊於朝服，既用祭服以朝，又用朝服以燕，是其好絜衣服也。

◇◇逍遥翱翔，是游戲燕樂，故言燕耳，非謂行燕禮與群臣燕也。《禮記》云："燕，朝服於寢。"若依法設燕，則服羔裘可矣。今用以游燕，故大夫刺之。游燕之服，於禮無文，不過用玄端深衣而已，必不得用朝服，故刺其服羔裘也。

◇◇事有大小，今朝事重，燕事輕，作者先言燕，後言朝，見君之志不能自强於政治故也。

<一章-3>**豈不爾思，勞心忉（dāo）忉。**

【毛傳】國無政令，使我心勞。

【鄭箋】爾，女（rǔ）也。三諫不從，待放而去。思君如是，心忉忉然。

【孔疏】箋"爾女"至"忉忉然"。序云"以道去其君"，則此臣已弃君去。若其已得玦之後，則於君臣義絶，不應復思，故知此是三諫不從，待放而去之時，思君而心勞也。

【孔疏-章旨】"羔裘"至"忉忉"。

◇◇言檜君好絜衣服，不修政事。

①羔裘是適朝之常服，今服之以逍遥。狐裘是息民之祭服，今服之以在朝。言其志好鮮絜，變易常服也。

②好絜如是，大夫諫而不聽，**待放於郊，**思君之惡。言我豈不於爾思乎？我誠思之。君之惡如是，使我心忉忉然而憂也。

◇◇逍遥遊燕之事輕，視朝聽政之事重，今先言燕，後言朝者，見君不能自强於政治，唯好逍遥，忽於聽政，故後言朝也。

<二章-1>**羔裘翱翔，狐裘在堂。**

【毛傳】堂，公堂也。

【鄭箋】翱翔，猶逍遥也。

<二章-3>**豈不爾思，我心憂傷。**

【孔疏】傳“堂，公堂”。

◇◇《七月》云“躋（jī，登上）彼公堂”，謂飲酒於學，故傳以公堂爲學校。此云公堂，與彼异也。何則？此刺不能自强於政治，則在朝、在堂皆是政治之事。

◇◇上言“以朝”，謂日出視朝，此云“在堂”，謂正寢之堂。人君日出視朝，乃退適路寢，以聽大夫所治之政，二者於禮同服羔裘。今檜君皆用狐裘，故二章各舉其一。

<三章-1>**羔裘如膏，日出有曜**（yào）**。**

【毛傳】日出照曜，然後見其如膏。

【程析】膏，油脂。有曜，即曜曜，形容日光。

<三章-3>**豈不爾思，中心是悼**（dào）**。**

【毛傳】悼，動也。

【鄭箋】悼，猶哀傷也。

【樂道主人】爾，君也，君之惡也。

【孔疏】傳“悼，動”。◇◇哀悼者，心神震動，故爲動也。與箋“哀傷”同。

【孔疏-章旨】“羔裘”至“是悼”。

◇◇上言變易衣裘，此言裘色鮮美。

①檜君所服羔裘，衣色潤澤如脂膏然。日出有光照曜之時，觀其裘色如脂膏也。君既好絜如是，大夫諫而不用，將欲去之，

②乃言豈不於爾思乎？我誠思之。思君之惡如是，中心於是悼傷之。

《羔裘》三章，章四句。

素冠【檜風二】

庶見素冠兮，棘（jí）人欒（luán）欒兮，勞心慱（tuán）慱兮。

庶見素衣兮，我心傷悲兮，聊（liáo）與子同歸兮。

庶見素韠（bì）兮，我心藴結兮，聊與子如一兮。

《素冠》三章，章三句。

【毛序】《素冠》，刺不能三年也。

【鄭箋】喪禮：子爲父，父卒爲母，皆三年。時人恩薄禮廢，不能行也。

【孔疏】箋“喪禮”至“能行”。

◇◇《喪服》：子爲父斬衰三年。父卒，爲母齊（zī）衰三年。此言不能三年，不言齊斬之异，故兩舉以充之。喪禮：諸侯爲天子，父爲長子，妻爲夫，妾爲君，皆三年。

◇此箋獨言父母者，以詩人所責，當責其尊親至極而不能從禮耳，故知主爲父母。父母尚不能三年，其餘亦不能三年可知矣。

◇◇首章傳曰“素冠，練冠”，禮三年之喪，十三月而練（liǎn），則此練冠是十三月而練服也。二章傳曰“素冠，故素衣”，則素衣與冠同時，亦既練之衣。是上二章同思既練之人。卒章“庶見素韠（bì）”，案喪服斬衰，有衰裳絰帶而已，不言其韠。

◇◇《檀弓》説既練之服云“練衣黄裏，縓緣，要（yāo）絰（dié，古代喪服，用麻布製成，披在胸前），繩屨（jú），角瑱（tiàn），鹿裘”，亦不言有韠，則喪服始終皆無韠矣。禮，大祥祭服，朝服縞冠。朝服之制，緇衣素裳。禮，韠從裳色。素韠，是大祥祭服之韠。

◇◇然則毛意亦以卒章思大祥之人也。作者以時人皆不能行三年之喪，故從初鄉末而思之，有不到大祥者。故上二章思既練之人皆不能三年，故卒章思祥祭之人，事之次也。

◇◇鄭以首章思見既祥之後素縞之冠，下二章思見祥祭之服素裳與韠，以時人不能行三年之喪，先思長遠之服，故先思祥後，却思祥時也。

<一章-1>**庶見素冠兮，棘（jí）人欒（luán）欒兮，**

【毛傳】庶，幸也。素冠，練冠也。棘，急也。欒欒，瘠貌。

【鄭箋】喪禮既祥祭而縞冠素紕（pī）（與毛不同），時人皆解（xiè）緩，無三年之恩於其父母，而廢其喪禮，故覬幸一見素冠急於哀慼之人，形貌欒欒然膄（shòu）瘠也（與毛不同）。

【樂道主人】紕，《正韵》缘也。練，小祥而著練冠練中衣，故曰練也。練衣者，以練爲中衣。《急就篇注》：練者，煮縑而熟之也。練，用經過煮練加工的布所製之衣。古禮，親喪小祥可著練布衣冠。毛以爲所見作者守喪者爲守喪在一年至三年之中，鄭以爲是剛剛三年守喪之後。

【孔疏】傳"庶幸"至"瘠貌"。

◇◇"庶，幸"，《釋言》文。

◇◇傳以刺不行喪禮而思見素冠，則素冠是喪服之冠也。若練前已無此冠，則是本不爲服，不得云不能三年。若在大祥之後，則三年已終，於禮自除，非所當刺。今作者思見素冠，則知此素冠者，是既練之後、大祥之前冠也（十三月到二十五月之間）。

◇◇素，白也。此冠練在使熟，其色益白，是以謂之素焉。實是祥前之冠，而謂之練冠者，以喪禮至期（jī）而練，至祥乃除，練後常服此冠，故爲練冠也。

◇◇"棘，急也"，《釋言》文。彼棘作"悈"，音義同。

◇◇身服喪服，情急哀慼者，其人必膄（shòu，瘦），故以欒欒爲膄瘠之貌。定本毛無"膄"字。

【孔疏】箋"喪禮"至"膄瘠"。

◇◇鄭以練冠者，練布爲之，而經、傳之言素者，皆謂白絹，未有以布爲素者，則知素冠非練也。且時人不行三年之喪，當先思長遠之服，何得先思其近，乃思其遠？又不能三年者，當謂三年將終少月日耳。

◇若全不見練冠，便是期即釋服，三年之喪才行其半，違禮甚矣，何止刺於不能行三年也？故易傳以素冠爲既祥之冠。

◇◇《玉藻》曰："縞冠素紕，既祥之冠也。"注云："紕，緣邊也，既祥祭而服之也。"是喪禮既祥而縞冠素紕也。《閒傳》注云："黑經白緯曰縞。"其冠用縞，以素爲紕，故謂之素冠也。時人皆解惰舒緩，廢於喪禮，故作者覬幸見此素冠哀慼之人形貌臞瘠。

◇王肅亦以素冠爲大祥之冠。孫毓以箋説爲長。

<一章-3>**勞心慱（tuán）慱兮。**

【毛傳】慱慱，憂勞也。

【鄭箋】勞心者，憂不得見。

【孔疏】傳"慱慱，憂勞"。《釋訓》文。

【孔疏-章旨】"庶見"至"慱慱兮"。

○毛以爲，時人不能行三年之喪，亦有練後即除服者。

①故君子言已幸望得見服既練之素冠兮，用情急於哀慼之人，其形貌欒欒然臞瘠者兮。

②今無此人可見，使我勤勞其心，慱慱然而憂之兮。

○鄭以素冠爲既祥素紕之冠，思見既祥之人，其文義則同。

<二章-1>**庶見素衣兮，**

【毛傳】素冠，故素衣也。

【鄭箋】"除成喪者，其祭也朝服縞冠。"朝服緇衣素裳。然則此言素衣者，謂素裳也（與毛不同）。

【孔疏】傳"素冠，故素衣"。◇◇以冠衣當上下相稱，冠既練則衣亦練，故云"素冠，故素衣也"，謂既練之後，服此白布喪服。

【孔疏】箋"除成"至"素裳"。

◇◇箋亦以素非布，**故以易傳**也。

◇◇"除成喪者，其祭也朝服縞冠"，《喪服小記》文。彼注云：成，成人也。縞冠未純吉，是祥祭當服朝服。《士冠禮》云："主人玄冠朝服，緇帶素韠。"韠從裳色，故大祥之祭，其服以素爲裳。此言素衣者，謂素裳也。裳而言衣，衣是大名。《曲禮》云"兩手摳衣"，謂摳裳緝也。是裳得稱衣，故取衣爲韵。

◇◇《喪服小記》唯據諸侯，若天子除喪則無文，亦當服皮弁服。

<二章-2>**我心傷悲兮，聊（liáo）與子同歸兮**。

【毛傳】願見有禮之人，與之同歸。

【鄭箋】聊猶且也（與毛不同）。且與子同歸，欲之其家，觀其居處（與毛不同）。

【孔疏】傳"願見"至"同歸"。◇◇傳訓聊爲願，同歸謂同歸己家，然則下章言“與子如一”，欲與之爲行如一，亦與鄭异。

【孔疏】箋“聊猶”至“居處”。◇◇箋以庶見其人，則是欲觀彼行，不宜共歸己家，**故易傳**以爲同歸**彼人**之家，觀其居處。

【孔疏-章旨】“庶見”至“歸兮”。

○毛以爲，①作者言己幸得見既練之素衣兮，今無可見，使我心傷悲兮。

②若得見之，願與子同歸於家兮。言欲與共歸己家。

○鄭以爲，①幸得見祥祭之素衣兮，今無可見，使我心傷悲兮。

②若得見之，且欲與子同歸於子之家兮，以其身既能得禮，則居處亦應有法，故欲與歸彼家，而觀其居處。

<三章-1>**庶見素韠（bì）兮，**

【鄭箋】祥祭朝服素韠者，韠從裳色。

【程析】韠，亦名韍或蔽膝，用皮製成，長方形，上上下下窄下寬，似今之圍裙。

<三章-2>**我心蘊結兮，聊與子如一兮。**

【毛傳】子夏三年之喪畢，見於夫子，援琴而弦，衎（kàn）衎而樂，作而曰：“先王制禮，不敢不及。”夫子曰：“君子也。”閔子騫三年之喪畢，見於夫子，援琴而弦，切切而哀，作而曰：“先王制禮，不敢過也。”夫子曰：“君子也。”子路曰：“敢問何謂也？”夫子曰：“子夏哀已盡，能引而致之於禮，故曰君子也。閔子騫哀未盡，能自割以禮，故曰君子也。”夫三年之喪，賢者之所輕，不肖者之所勉。

【鄭箋】“聊與子如一”，且欲與之居處，觀其行也。

【樂道主人】衎衎，和適自得的樣子。

【孔疏】傳“子夏”至“所勉”。

◇◇傳以此篇既終，總三章之義，舉此二人之行者，言三年之喪，是聖人中制，使賢與不肖共爲此行。時不能三年，故刺之。肖，似也。不有所似，謂愚人也。

◇◇《檀弓》云：“子夏既除喪而見夫子。予之琴，和之而不和，彈之而不成聲，作而曰：‘哀未忘也。先王制禮而弗敢過。’”

◇彼説子夏之行，與此正反。一人不得并爲此行，二者必有一誤。或當父母异時。鄭以毛公當有所憑據，故不正其是非。

【孔疏】箋“聊與”至“其行”。◇◇箋以作詩之人莫非賢者，不須羨彼有禮，願與如一，故以爲且欲與之居處如一，觀其行也。

【孔疏-章旨】“庶見”至“一兮”。

○毛以爲，①作者言己幸望見祥祭之素韠兮，今無可見，使我心憂愁如蘊結兮。②若有此人，我則原與子行如一兮。愛其人，欲同其行也。

○鄭唯下一句言且與子共處如一兮，欲與之聚居而觀其所行。餘同。

《素冠》三章，章三句。

隰有萇楚 【檜風三】

隰有萇（cháng）楚，猗（ē）儺（nóu）其枝。夭（ǎo）之沃沃，樂子之無知！

隰有萇楚，猗儺其華（huā）。夭之沃沃，樂子之無家！

隰有萇楚，猗儺其實。夭之沃沃，樂子之無室！

《隰有萇楚》三章，章四句。

【毛序】《隰有萇楚》，疾恣（zì）也。國人疾其君之淫恣，而思無情欲者也。

【鄭箋】恣，謂狡狨淫戲不以禮也。

【樂道主人】無情欲者，情欲無過者也。

【樂道主人】《毛詩大序》："亡國之音哀以思，其民困。"

【孔疏】"《隰有萇楚》"至"欲者"。

◇◇作《隰有萇楚》詩者，主疾恣也。檜國之人，疾其君之淫邪，恣極其情意，而不爲君人之度，故思樂見無情欲者。定本直云"疾其君之恣"，無"淫"字。

◇◇經三章，皆是思其無情欲之事。

<一章-1>隰有萇（cháng）楚，猗（ē）儺（nóu）其枝。

【毛傳】興也。萇楚，銚（yáo）弋（yì）也。猗儺，柔順也。

【鄭箋】銚弋之性，始生正直，及其長大，則其枝猗儺而柔順，不妄尋蔓草木。興者，喻人少而端慤（què），則長大無情欲。

【程析】萇楚，即羊桃，獼猴桃。猗儺，柔美貌。

【樂道主人】慤，《説文》：謹也。《廣韵》：善也，願也，誠也。

【孔疏】傳"萇楚，銚弋"。

◇◇《釋草》文。舍人曰："萇楚，一名銚弋。《本草》云：'銚弋名羊桃。'"郭璞曰："今羊桃也。或曰鬼桃。葉似桃，華白，子如小麥，亦似桃。"

◇◇陸機《疏》云："今羊桃是也。葉長而狹，華紫赤色。其枝莖弱，過一尺引蔓於草上。今人以爲汲灌，重而善没，不如楊柳也。近下根刀切其皮，著熱灰中脱之，可韜筆管。"

【孔疏】箋"銚弋"至"情欲"。

◇◇妄者，謂非理相加。蔓在傍之草木，是爲妄也。不妄者，謂不尋蔓之也。言銚弋從小至長，不妄尋蔓草木。

◇◇少而端慤，則長大無情欲者，此謂十五六之時也，已有所知，性頗可識。無情欲者，則猶端正謹慤，則雖至長大，亦無情欲（若少小無配匹之意，則長大不恣其情欲）。

◇知此少而端慤，非初生時者，幼小之時，則凡人皆無情欲。《論語》云："人之生也直。"注云："始生之性皆正直。"謂初生幼小之時，悉皆正直，人性皆同，無可羡樂。以此故知年少者，謂十五六時也。

<一章-3>**夭（ǎo）之沃沃，樂子之無知！**

【毛傳】夭，少也。沃沃，壯佼也。

【鄭箋】知，匹也。疾君之恣，故於人年少沃沃之時，樂其無妃匹之意。

【程析】之，指萇楚。樂，喜歡。

【孔疏】傳"夭，少。沃沃，壯佼"。◇◇"桃之夭夭"，謂桃之少，則知此夭謂人之少，故云"夭，少也"。言其少壯而佼好也。

【孔疏】箋"知匹"至"之意"。◇◇"知，匹也"，《釋詁》文。下云"無家""無室"，故知此宜爲匹也。

【孔疏-章旨】"隰有"至"無知"。

◇◇此國人疾君淫恣情欲，思得無情欲之人。

①言隰中有萇楚之草，始生正直，及其長大，其猗儺然枝條柔弱，不妄尋蔓草木，以興人於少小之時能正直端慤，雖長大亦不妄淫恣情欲。

②故我今日於人夭夭然少、沃沃然壯佼之時，樂得今是子之無配匹之意。若少小無配匹之意，則長大不恣其情欲。疾君淫恣，故思此人。

<二章-1>**隰有萇楚，猗儺其華（huā）。夭之沃沃，樂子之無家！**

【鄭箋】無家，謂無夫婦室家之道。

【孔疏】箋"無家"至"之道"。◇◇桓十八年《左傳》曰"男有室，女有家"，謂男處妻之室，女安夫之家，夫婦二人共爲家室，故謂夫婦家室之道爲室家也。

<三章-1>**隰有萇楚，猗儺其實。夭之沃沃，樂子之無室！**

【程析】實，果實。

《隰有萇楚》三章，章四句。

匪風 【檜風四】

匪風發（bō）兮，匪車偈（jié）兮。顧瞻周道，中心怛（dá）兮。

匪風飄兮，匪車嘌（piào）兮。顧瞻周道，中心弔（diào）兮。

誰能亨魚，溉（gài）之釜鬵（xín/qín）。誰將西歸，懷之好音。

《匪風》三章，章四句。

【毛序】《匪風》，思周道也。國小政亂，憂及禍難，而思周道焉。

【樂道主人】思周道，思王道也，非限於周之道也。

【孔疏】"《匪風》"至"道焉"。

◇◇作《匪風》詩者，言思周道也。以其檜國既小，政教又亂，君子之人憂其將及禍難，而思周道焉。若使周道明盛，必無喪亡之憂，故思之。

◇◇上二章言周道之滅，念之而怛（dá）傷。下章思得賢人，輔周興道。皆是思周道之事。

<一章-1>匪風發（bō）兮，匪車偈（jié）兮。

【毛傳】發發飄風，非有道之風。偈偈，疾驅，非有道之車。

【程析】匪，彼，那個。本意是一種竹制的盛器。發發，風聲。

【樂道主人】風，代表天意也。車，代表人事也。

【孔疏】傳"發發"至"之車"。

◇◇《蓼莪》云"飄風發發"，下云"匪風飄兮"，知發發爲飄風。偈偈，輕舉之貌，故爲疾驅。

◇傷周道之滅，而云"匪車""匪風"，故知非有道之風，非有道之車。車者，人所乘駕也。時世無道，人無節度，可得隨時改易。風乃天地之氣，亦爲無道變者。《尚書·洪範》"咎徵"，言政教之失，能感動上天。

◇◇《十月之交》稱"曄曄震電"爲不善之征，是世無道則風雷變易。

<一章-3>**顧瞻周道，中心怛（dá）兮！**

【毛傳】怛，傷也。下國之亂，周道滅也。

【鄭箋】周道，周之政令也。回首曰顧。

【孔疏】傳“怛傷”至“道滅”。

◇◇怛者，驚痛之言，故爲傷也。

◇◇言顧瞻周道，則周道已過，回首顧之，故知於時下國之亂而周道滅。下國謂諸侯，對天子爲下國。周道，周之政令。弃而不行，是廢滅也。

◇◇定本無“怛，傷”之訓。

【孔疏-章旨】“匪風”至“怛兮”。◇◇此詩周道既滅，風爲之變，俗爲之改。

①言今日之風，非有道之風，發發兮大暴疾。今日之車，非有道之車，偈偈兮大輕嘌。由周道廢滅，故風、車失常。

②此周道在於前世，既已往過，今回顧視此周道，見其廢滅，使我心中怛然而傷之兮。此風、車失常，非獨檜國，但檜人傷之而作此詩耳。

<二章-1>**匪風飄兮，匪車嘌（piào）兮。**

【毛傳】迴風爲飄。嘌嘌，無節度也。

【孔疏】傳“迴風”至“節度”。

◇◇“迴風爲飄”，《釋天》文。李巡曰：“迴風，旋風也，一曰飄風，别二名。”此章言風名，上章言發發，謂飄風行疾，是一風也。

◇◇上章言疾車，此言無節度，車之遲速，當有鸞和之節，由疾，故無節，亦與上同。

<二章-3>**顧瞻周道，中心弔（diào）兮！**

【毛傳】弔，傷也

【程析】弔，悲傷。程度比怛深重。

<三章-1>**誰能亨魚，溉（gài）之釜鬵（xín/qín）。**

【毛傳】溉（gài），滌（dí）也。鬵，釜屬。亨魚煩則碎，治民煩則散，知亨魚則知治民矣。

【鄭箋】誰能者，言人偶能割亨者。

【陸釋】鬵，《説文》云：大釜也，一曰鼎。大上小下，若甑（zèng），曰鬵。

【樂道主人】人偶，英雄、聖賢。

【孔疏】傳“溉滌（dí）”至“治民”。

◇◇《大宗伯》云：“祀大神，則視滌濯。”《少牢禮》：“祭之日，雍人（鄭玄注：“雍人，掌割亨之事者。”）溉鼎，廩（lǐn）人溉甑。”是溉、滌皆洗器之名，故云“溉，滌也”。

◇◇《釋器》云：“鬵謂之鬵。鬵，鉹也。”孫炎曰：“關東謂甑爲鬵，凉州謂甑爲鉹（chǐ）。”郭璞引詩云：“溉之釜鬵。”然則鬵是甑，非釜類。亨魚用釜不用甑，雙舉者，以其俱是食器，故連言耳。

◇◇亨魚治民，俱不欲煩，知亨魚之道，則知治民之道，言治民貴安静。

【孔疏】箋“誰能”至“亨者”。◇◇人偶者，謂以人思尊偶之也。《論語》注“人偶，同位人偶之辭”，《禮》注云“人偶相與爲禮儀”，皆同也。亨魚小伎，誰或不能？而云誰能者，人偶此能割亨者尊貴之，若言人皆不能，故云誰能也。

<三章-3>**誰將西歸，懷之好音。**

【毛傳】周道在乎西。懷，歸也。

【鄭箋】誰將者，亦言人偶能輔周道治民者也。檜在周之東，故言西歸。有能西仕於周者，我則懷之以好音，謂周之舊政令。

【程析】懷，遺，送。

【孔疏】傳“周道”至“懷歸”。

◇◇此詩謂思周道，欲得有人西歸，則是將歸於周，解其言西之意。於時檜在滎陽，周都豐、鎬，周在於西，故言西也。

◇◇《釋言》云：“懷，來也。”來亦歸之義，故得爲歸也。

【孔疏】箋“誰將”至“政令”。◇◇上以亨魚爲喻，故知西歸者，欲令人之輔周治民也。若能仕周，則當自知政令。詩人欲歸之以好音者，愛其人，欲贈之耳，非謂彼不知也。

【孔疏-章旨】“誰能”至“好音”。

◇◇此見周道既滅，思得有人輔之。

①言誰能亨魚者乎？有能亨魚者，我則溉滌而與之釜鬵。

②以興誰能西歸輔周治民者乎？有能輔周治民者，我則歸之以周舊政

令之好音。恨當時之人無輔周者。

◇◇亨魚煩則碎，治民煩則散，亨魚類於治民，故以亨魚爲喻。溉者，滌器之名。溉之釜鬵，欲歸與亨者之意。歸之好音，欲備具好音之意。釜鬵言溉，亦歸與之而。好音言歸，亦備具之而。互相曉。

《匪風》三章，章四句。

檜國四篇，十二章，四十五句。

蜉蝣【曹風一】

蜉蝣（yóu）之羽，衣裳（cháng）楚楚。心之憂矣，於我歸處（chǔ）。

蜉蝣之翼，采采衣服。心之憂矣，於我歸息。

蜉蝣掘（jué）閱（yuè/què），麻衣如雪。心之憂矣，於我歸説（shuì）。

【毛序】《蜉蝣》，刺奢也。昭公國小而迫，無法以自守，好奢而任小人，將無所依焉。

【樂道主人】此詩主刺曹召公。

【孔疏】"《蜉蝣》"至"依焉"。

◇◇作《蜉蝣》詩者，刺奢也。昭公之國既小，而迫脅於大國之間，又無治國之法以自保守，好爲奢侈而任用小人，國家危亡無日，君將無所依焉，故君子憂而刺之也。

◇◇好奢而任小人者，三章上二句是也。將無所依，下二句是也。三章皆刺好奢，又互相見。

◇首章言"衣裳楚楚"，見其鮮明。二章言"采采"，見其衆多。卒章言"麻衣"，見其衣體。卒章"麻衣"，是諸侯夕時所服，則首章是朝時所服及其餘衣服也。二章言衆多，見其上下之服皆衆多也。首章言"蜉蝣之羽"，二章言"之翼"，言有羽翼而已，不言其美。卒章乃言其色美，亦互以爲興也。

<一章-1>蜉蝣（yóu）之羽，衣裳（cháng）楚楚。

【毛傳】興也。蜉蝣，渠略也，朝生夕死，猶有羽翼以自修飾。楚楚，鮮明貌。

【鄭箋】興者，喻昭公之朝，其群臣皆小人也。徒整飾其衣裳，不知國之將迫脅，君臣死亡無日，如渠略然。

【程析】楚楚，這裏是形容蜉蝣的羽翼。

【詩三家】《淮南·說林篇》："浮游不飲不食，三日而終。"又《詮言篇》曰"浮游不過三日。"則朝生夕死，甚言之耳。

【孔疏】傳"蜉蝣"至"明貌"。

◇◇《釋蟲》云："蜉蝣，渠略。"

◇舍人曰："蜉蝣，一名渠略，南陽以東曰蜉蝣，梁、宋之間曰渠略。"

◇孫炎曰："《夏小正》云：'蜉蝣，渠略也，朝生而暮死。'"

◇郭璞曰："似蛣（jié）蜣（qiāng），身狹而長，有角，黄黑色。叢生糞土中，朝生暮死。豬好啖之。"

◇陸機《疏》云："蜉蝣，方土語也，通謂之渠略，似甲蟲，有角，大如指，長三四寸，甲下有翅，能飛。夏月陰雨時，地中出。今人燒炙啖之，美如蟬也。

◇"光謂之糞中蝎蟲，隨陰雨時爲之，朝生而夕死。

◇◇定本亦云"渠略"，俗本作"渠螻"者，誤也。

【孔疏】箋"興者"至"渠略"。

◇◇以序云"任小人"，故云其群臣皆小人耳。

◇◇其實此言衣裳楚楚，亦刺昭公之身，非獨刺小人也。何則？卒章"麻衣"謂諸侯之身夕服深衣，則知此章衣裳亦有君之衣裳。

◇◇以蜉蝣朝生夕死，故知喻國將迫脅，死亡無日。

<一章-3>**心之憂矣，於我歸處**（chǔ）。

【鄭箋】歸，依歸。君當於何依歸乎？言有危亡之難，將無所就往。

【樂道主人】我，我君。不解爲作者自身，外其身而憂君先。

【孔疏-章旨】"蜉蝣"至"歸處"。

◇◇言蜉蝣之蟲，有此羽翼，以興昭公君臣有此衣裳楚楚也。

①蜉蝣之小蟲，朝生夕死，不知己之性命死亡在近，有此羽翼以自修飾，以興昭公之朝廷皆小人，不知國將迫脅，死亡無日，猶整飾此衣裳以自修絜。君任小人，又奢如是，故將滅亡。

②詩人之言，我心緒爲之憂矣。此國若亡，於我君之身當何所歸處乎？

<二章-1>**蜉蝣之翼，采采衣服**。

【毛傳】采采，衆多也。

【程析】采采，華麗貌。

【孔疏】傳“采采，衆多”。

◇◇以《卷耳》《芣苢》言“采采”者，衆多非一之辭，知此“采采”亦爲衆多。

◇◇“楚楚”於“衣裳”之下，是爲衣裳之貌。今“采采”在“衣服”之上，故知言多有衣服，非衣裳之貌也。

<二章-3>**心之憂矣，於我歸息。**

【毛傳】息，止也。

<三章-1>**蜉蝣掘**（jué）**閱**（yuè/què）**，麻衣如雪。**

【毛傳】掘閱（yuè），容閱也。如雪，言鮮絜。

【鄭箋】掘閱（què），掘地解，謂其始生時也。以解閱喻君臣朝夕變易衣服也。麻衣，深衣。諸侯之朝朝服，朝夕則深衣也

【詩三家】陳奐云：“凡皆連下裳言，朝服無裳而有素韠（bì，古代朝服的蔽膝。蔽膝，古代一種遮蔽在身前的皮制服飾），素韠白韋（wéi，皮革）爲之，故以雪比白。”

【樂道主人】毛解“閱”爲“悦懌”，則讀爲yuè，鄭與詩三家解“閱”爲“穴”，則讀爲xué。此兩句講出生時是一樣，其後生成羽异又一樣，以興召公君臣衣著早晚勤换也。周人衣主要以麻製成，故麻多則密則白。

【孔疏】傳“掘閱”至“鮮絜”。

◇◇此蟲土裹化生。閱者，悦懌之意。掘閱者，言其掘地而出，形容解閱也。

◇◇麻衣者，白布衣。如雪，言甚鮮絜也。

【孔疏】箋“掘地”至“深衣”。

◇◇定本云“掘地解閱，謂開解而容閱”，義亦通也。上言羽翼，謂其成蟲之後。此掘閱，舉其始生之時。

◇◇蟲以朝夕容貌不同，故知喻君臣朝夕變易衣服也。言麻衣，則此衣純用布也。衣裳即布，而色白如雪者，謂深衣爲然，故知麻衣是深衣也。

◇◇鄭又自明己意，所以知麻是布深衣者，以諸侯之朝夕則深衣故也。

◇《玉藻》説諸侯之禮云：“夕深衣，祭牢肉。”是諸侯之服夕深衣

也。深衣，布衣，升數無文也。《雜記》云："朝服十五升。"然則深衣之布亦十五升矣，故《間傳》云"大祥素縞麻衣"，注云："麻衣，十五升，布深衣也。純用布，無采飾。"是鄭以深衣之布爲十五升也。彼是大祥之服，故雲"無采飾"耳。而《禮記·深衣》之篇說深衣之制云："孤子衣純以素。非孤子者，皆不用素純。"

◇此諸侯夕服當用十五升布深衣，而純以采也。以其衣用布，故稱麻耳。

◇◇案《喪服記》："公子爲其母麻衣，縓緣。"注云："麻衣者，小功布深衣。"引《詩》云："麻衣如雪。"若深衣用十五升布爲，而彼注以麻衣爲小功布者，以大功章云："公之庶昆弟爲其母。"言公之昆弟，則父卒矣。

◇父卒爲母大功，父在之時，雖不在五服之例，其縷粗細宜降大功一等，用小功布深衣。引此者，證麻衣是布深衣耳，不謂此言麻衣，其縷亦如小功布也。

<三章-3>**心之憂矣，於我歸說**（shuì）。

【鄭箋】說猶舍息也。

【孔疏-章旨】"蜉蝣"至"歸說"。

◇◇蜉蝣之蟲，初掘地而出，皆解閲，以興昭公群臣皆麻衣鮮絜如雪也。

①蜉蝣之蟲，朝生夕死，掘地而出，甚解閲，後又生其羽翼，爲此修飾，以興昭公君臣不知死亡無日，亦朝夕變易衣服而爲修飾也。君既任小人，又好奢如是，故君子憂之。

②言我心爲之憂矣。此國若亡，於我君之身當何所歸依而說舍乎？言小人不足依恃也。

《蜉蝣》三章，章四句。

候　人 【曹風二】

彼候（hòu）人兮，何（hè）戈（gē）與祋（duì）。彼其（jī）之子，三百赤芾（fèi）。

維鵜（tí）在梁，不濡（rú）其翼。彼其之子，不稱（chèng）其服。

維鵜在梁，不濡其咮（zhòu）。彼其之子，不遂（suì）其媾（gòu）。

薈（huì）兮蔚（wèi）兮，南山朝（zhāo）隮（jī）。婉兮孌（luán）兮，季女斯飢。

《候人》四章，章四句。

【毛序】《候人》，刺近小人也。共公遠君子而好近小人焉。

【孔疏】“《候人》四章，章四句”至“人焉”。◇◇首章上二句言其遠君子，以下皆近小人也。此詩主刺君近小人。以君子宜用而被遠，小人應疏而却近，故經先言遠君子也。

<一章-1>彼候（hòu）人兮，何（hè）戈（gē）與祋（duì）。

【毛傳】候人，道路送賓客者。何，揭。祋，殳（shū）也。言賢者之官，不過候人。

【鄭箋】是謂遠君子也。

【程析】何，荷，舉起。戈，長六尺六寸。祋，長八尺四寸，竹製的杖器，上端裝有八棱的觚，用以擊人。

【孔疏】傳“候人”至“候人”。

◇◇《夏官》序云：“候人，上士六人，下士十有二人，史六人，徒百有二十人。”注云：“候人，迎賓客之來者。”彼天子之官，候人是上士、下士，則諸侯之候人亦應是士。

◇◇此説賢者爲候人，乃身荷戈祋，謂作候人之徒屬，非候人之官長也。天子候人之徒百二十人，諸侯候人之徒數必少於天子。賢者之身，充此徒中之一員耳。

◇其職云："候人各掌其方之道治，與其禁令，以設候人。"注云："禁令，備奸寇也。以設候人者，選士卒以爲之。"引此詩云："彼候人兮，何戈與祋。"言以設候人，是其徒亦名爲候人也。鄭言選士卒爲之，即引此詩，明知此詩所陳，是彼候人之士卒者。若居候人之職，則是官爲上士，不宜身荷戈祋，不得刺遠君子。以此知賢者所爲，非候人之官長也。

◇其職又云："若有方治，則帥而致於朝。及歸，送之於境。"注云："方治，其方來治國事者也。《春秋傳》曰'晋欒盈過周，王使候人出諸轘轅。'是其送之也。"官以候迎爲名，有四方來者則致之於朝，歸則送之於境，以是知候人是道路送迎賓客者。

◇案《秋官・環人》："掌送迎邦國之賓客，以路節達諸四方。"又《掌訝》："掌待賓客。有賓客至，逆於境爲前驅而入。及歸，送亦如之。"若候人主送迎賓客，而環人、掌訝又掌送迎賓客者，環人掌執節導引，使門關無禁；掌訝以禮送迎，詔贊進止；候人則荷戈兵防衛奸寇，雖復同是送迎，而職掌不同，故异官也。

◇◇戈祋須人擔揭，故以荷爲揭也。《考工記・廬人》云："戈柲六尺有六寸，殳長尋有四尺。"戈、殳俱是短兵，相類故也。且祋字從殳，故知祋爲殳也。《説文》云："祋，殳也。"

◇◇本刺遠君子，而舉候人，是作者之意言賢者之官不過候人也。賢者所作候人，乃是候人之士卒，言官者，以賢人宜爲大官。今在官任使，唯爲候人，故以官言之。

<一章-3>**彼其（jì）之子，三百赤芾（fèi）。**

【毛傳】彼，彼曹朝也。芾，韠（bì）也。一命緼芾黝珩（héng），再命赤芾黝（yǒu）珩，三命赤芾葱珩。大夫以上赤芾乘軒。

【鄭箋】之子，是子也。佩赤芾者三百人。

【程析】赤芾，紅皮製的蔽膝。

【孔疏】傳"彼彼"至"乘軒"。

◇◇桓二年《左傳》云"衮、冕、黻（fú）、珽（tǐng，玉笏；古代帝王手中所拿的玉製長板）"，則芾是配冕之服。《易・困卦・九五》"困於赤芾"，知用享祀則芾服，祭祀所用也。《士冠禮》"陳服皮弁、素韠、玄端、爵韠”，則韠之所用，不施於祭服矣。

◇◇《玉藻》説韠之制云：“下廣二尺，上廣一尺，長三尺，其頸五寸，肩革帶博二寸。”《書傳》更不見芾之别制，明芾之形制亦同於韠，但尊祭服，异其名耳。言“芾，韠”者，以其形制大同，故舉類以曉人。其禮别言之，則祭服謂之芾，他服謂之韠，二者不同也。

◇◇一命緼芾黝珩，再命赤芾黝珩，三命赤芾蔥珩，皆《玉藻》文。彼注云：“玄冕爵弁服之韠，尊祭服，异其名耳。韍之言蔽也。緼，赤黄之間色，所謂韍也。珩，珮玉之珩也。◇黑謂之黝，青謂之蔥。

◇◇《周禮》公侯伯之卿三命，下大夫再命，上士一命。”然則曹爲伯爵大夫再命，是大夫以上皆服赤芾，於法又得乘軒，故連言之。

◇定十三年《左傳》云：“齊侯斂諸大夫之軒。”哀十五年傳稱衛太子謂渾良夫曰：“苟使我入國，服冕乘軒。”是大夫乘軒也。閔二年傳稱齊桓公遺衛夫人以魚軒。以夫人乘軒，則諸侯亦乘軒，故云“大夫以上”也。

◇傳因赤芾，遂言乘軒者，僖十八年《左傳》稱“晋文公入曹，數之以其不用僖負羈，而乘軒者三百人也，且曰獻狀”。杜預云：“軒，大夫之車也。言其無德而居位者，多故責其功狀。”

◇◇彼正當共公之時，與此三百文同，故傳因言乘軒，以爲共公近小人之狀。

【孔疏-章旨】“彼候”至“赤芾”。言共公疏遠君子。

①曹之君子正爲彼候迎賓客之人兮，荷揭戈與祋在於道路之上。言賢者之官，不過候人，是遠君子也。

②又親近小人，彼曹朝上之子三百人皆服赤芾，是其近小人也。諸侯之制，大夫五人。今有三百赤芾，愛小人過度也。

<二章-1>**維鵜（tí）在梁，不濡（rú）其翼。**

【毛傳】鵜，洿（wū）澤鳥也。梁，水中之梁。鵜在梁，可謂不濡其翼乎？

【鄭箋】鵜在梁，當濡其翼，而不濡者，非其常也。以喻小人在朝亦非其常。（與毛不同）

【程析】濡，沾濕。

【樂道主人】洿，不流動的濁水。

【樂道主人】鄭與毛不同處：毛僅講小人在朝會亂政，而鄭認爲小人本不應在朝，而今在朝是由於共公的原因，主刺共公也。

【孔疏】傳“鵜洿”至“翼乎”。

◇◇“鵜，洿澤”，《釋鳥》文。舍人曰：“鵜，一名洿澤。”郭樸曰：“今之鵜鶘（hú）也。好群飛，入水食魚，故名洿澤，俗呼之爲淘河。”

◇陸機《疏》云：“鵜，水鳥，形如鶚而極大，喙（huì）長尺餘，直而廣，口中正赤，頷下胡大如數升囊。若小澤中有魚，便群共杼水滿其胡而弃之，令水竭盡，魚陸地，乃共食之，故曰淘河。”

◇◇以鵜是食魚之鳥，故知梁是水中之梁，謂魚梁也。

【孔疏】箋“鵜在”至“其常”。◇◇箋以經言“不濡其翼”，是怪其不濡，故知言非其常，以喻小人在朝亦非其常。

<二章-3>**彼其之子，不稱（chèng）其服。**

【鄭箋】不稱者，言德薄而服尊。○稱，尺證反，注同。

【程析】稱，稱也。

【孔疏-章旨】“維鵜”至“其服”。

○毛以爲，①維鵜鳥在梁，可謂不濡其翼乎？言必濡其翼。以興小人之在朝，可謂不亂其政乎？言必亂其政。

②彼其曹朝之子，謂卿大夫等，其人無德，不能稱其尊服，言其終必亂國也。

○鄭上二句別義，具箋。

<三章-1>**維鵜在梁，不濡其咮（zhòu）。**

【毛傳】咮，喙也。

【程析】咮。鳥嘴。

<三章-3>**彼其之子，不遂（suì）其媾（gòu）。**

【毛傳】媾，厚也。

【鄭箋】遂猶久也。不久其厚，言終將薄於君也。

【樂道主人】鄭上章主刺君，此章主刺臣。

【孔疏】傳“媾，厚”。◇◇重昏媾者，以情必深厚，故媾爲厚也。

<四章-1>**薈（huì）兮蔚（wèi）兮，南山朝（zhāo）隮（jī）。**

【毛傳】薈、蔚，雲興貌。南山，曹南山也。隮，升雲也。

【鄭箋】薈蔚之小雲，朝升於南山，不能爲大雨，以喻小人雖見任於君，終不能成其德教。

【程析】薈、蔚，本義是草木茂盛貌，這裏用來形容虹升騰的景色。

【孔疏】傳“薈蔚”至“升雲”。

◇◇言南山朝隮，則有物從山上升也，必是雲矣，故知“薈兮蔚兮”皆是雲興之貌。詩人之作，自歌土風，故云“南山，曹南山也”。

◇◇“隮，升”，《釋詁》文。定本及《集注》皆云“隮，升雲也”。

【孔疏】箋“薈蔚”至“德教”。◇◇以經唯言雲興，不言雨降，故知薈蔚雲興者，是小雲之興也。

<四章-3>**婉兮孌（luán）兮，季女斯飢。**

【毛傳】婉，少貌。孌，好貌。季，人之少子也。女，民之弱者。

【鄭箋】天無大雨，則歲不熟，而幼弱者飢，猶國之無政令，則下民困病。

【孔疏】傳“婉少”至“弱者”。

◇◇以季女謂少女、幼子，故以婉爲少貌，孌爲好貌。《齊·甫田》亦云“婉兮孌兮”，而下句云“總角丱（guàn）兮”，丱是幼稚，故傳以婉孌并爲少好貌。《野有蔓草》云“清揚婉兮”，思以爲妻，則非復幼稚，故以婉爲美貌。

◇◇《采蘋》云“有齊季女”，謂大夫之妻，《車舝》云“思孌季女逝兮”，欲取以配王，皆不得有男在其間，故以季女爲少女。

◇◇此言斯飢，當謂幼者并飢，非獨少女而已，故以季女爲人之少子、女子。皆觀經爲訓，故不同也。伯仲叔季，則季處其少。女比於男，則男强女弱，不堪久飢，故詩言少女耳。

◇◇定本云“季，人之少子。女，民之弱者”。

【孔疏】箋“天無”至“困病”。

◇◇箋以此經輒言“斯飢”，文無致飢之狀，而上句取不雨爲喻，是因不雨爲興，故知此言歲穀不熟，則幼弱者飢，國無政令，則民困病。

◇◇今定本直云“歲不熟”，無“穀”字。

【孔疏-章旨】“薈兮”至“斯飢”。

①薈兮蔚兮之小雲，在南山而朝升，不能興爲大雨，以興小人在上位而見任，不能成其德教。此接勢爲喻，天若無大雨，則歲穀不熟。

②婉兮而少，孌兮而好，季子少女幼弱者，斯必飢矣。以喻德教不成，國無政令，則其民將困病矣。

◇◇刺君近小人而病下民也。

《候人》四章，章四句。

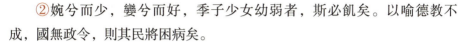

鳲鳩【曹風三】

鳲（shī）鳩（jiū）在桑，其子七兮。淑人君子，其儀一兮。其儀一兮，心如結兮。

鳲鳩在桑，其子在梅。淑人君子，其帶伊絲。其帶伊絲，其弁（biàn）伊騏（qí）。

鳲鳩在桑，其子在棘（jí）。淑人君子，其儀不忒（tè）。其儀不忒，正是四國。

鳲鳩在桑，其子在榛。淑人君子，正是國人。正是國人，胡不萬年。

《鳲鳩》四章，章六句。

【毛序】《鳲鳩》，刺不壹也。在位無君子，用心之不壹也。

【樂道主人】以篇以古刺今。不壹，不同，不公平。

【孔疏】“《鳲鳩》”至“不壹”。

◇◇經云“正是四國”“正是國人”，皆謂諸侯之身，能爲人長，則知此云“在位無君子”者，正謂在人君之位無君子之人也。

◇◇在位之人既用心不壹，故經四章皆美用心均壹之人，舉善以駁時惡。首章“其子七兮”，言生子之數。下章云“在梅”“在棘”，言其所在之樹。鳲鳩均壹養之，得長大而處他木也。

◇◇鳲鳩常言“在桑”，其子每章异木，言子自飛去，母常不移也。

<一章-1>**鳲鳩在桑，其子七兮。**

【毛傳】興也。鳲鳩，秸（jiē）鞠也。鳲鳩之養其子，朝從上下，莫（mù）從下上，平均如一。

【鄭箋】興者，喻人君之德，當均一於下也。以刺今在位之人不如鳲鳩。

【程析】鳲鳩，布穀鳥。

【孔疏】傳“鳲鳩”至“如一”。

◇◇“鳲鳩，秸鞠”，《釋鳥》文。

◇◇鳲鳩之養七子也，旦從上而下，莫從下而上，其於子也平均如壹。蓋相傳爲然，無正文。

<一章-3>**淑人君子，其儀一兮。**

【鄭箋】淑，善。儀，義也。善人君子，其執義當如一也。

【孔疏】箋“淑，善”至“如一”。◇◇“淑，善”，《釋詁》文。此美其用心均壹。均壹在心，不在威儀。以儀、義理通，故轉儀爲義。言善人君子，執公義之心，均平如壹。

<一章-5>**其儀一兮，心如結兮。**

【毛傳】言執義一則用心固。

【程析】結，固結。

【孔疏】傳“言執義一則用心固”。◇◇如結者，謂如不以散，如物之裹結，故言執義壹則用心固也。《素冠》云“我心蘊結”，又爲憂愁不散如裹結，與此同。

【孔疏-章旨】“鳲鳩”至“結兮”。

①言有鳲鳩之鳥，在於桑木之上爲巢，而其子有七兮。鳲鳩養之，能平均用心如壹。以興人君之德，養其國人，亦當平均如壹。

②彼善人君子在民上，其執義均平，用心如壹。

③既如壹兮，其心堅固不變，如裹結之兮。言善人君子能如此均壹，刺曹君用心不均也。

<二章-1>**鳲鳩在桑，其子在梅。**

【毛傳】飛在梅也。

【樂道主人】孔疏：其子每章异木，言子自飛去，母常不移也。

<二章-3>**淑人君子，其帶伊絲。其帶伊絲，其弁**（biàn）**伊騏**（qí）**。**

【毛傳】騏，騏文也。弁，皮弁也。

【鄭箋】“其帶伊絲”，謂大帶也。大帶用素絲，有雜色飾焉。騏當作“璂”，以玉爲之（與毛不同），言此帶弁者，刺不稱（chèng）其服。

【程析】伊，是。

【孔疏】傳“騏，綦文。弁，皮弁”。

◇◇馬之青黑色者謂之騏。此字從馬，則謂弁色如騏馬之文也。

◇◇《春官·司服》：“凡兵事韋弁服，視朝皮弁服。凡田冠弁服，凡吊事弁絰（dié，古代喪服上的麻帶子）服。”則弁類多矣。

◇知此是皮弁者，以其韋弁以即戎，冠弁以從禽，弁絰（dié）又是吊凶之事，非諸侯常服也，且不得與絲帶相配，唯皮弁是諸侯視朝之常服。又朝天子亦服之。作者美其德能養民，舉其常服，知是皮弁。

【孔疏】箋“其帶”至“其服”。

◇◇《玉藻》説大帶之制云：“天子素帶朱裏終辟（《康熙字典》：辟，緣也。終，竟也。天子熟絹爲帶，用朱於裏，終此帶盡緣之也）。諸侯素帶終辟。大夫素帶辟垂。士練帶率下辟。”是大夫以上，大帶用素，故知“其帶伊絲”，謂大帶用素絲，故言絲也。

◇◇《玉藻》又云：“雜帶，君朱緑，大夫玄華，士緇辟。”是其有雜色飾焉。《夏官・弁師》云：“王之皮弁皮弁，會五采玉璂。”注云：“會，逢中也。璂，結也。皮弁之逢中，每貫結五采玉以爲飾，謂之綦。”引此詩云：“其弁伊綦。”

◇又云：“諸侯及孤卿大夫之皮弁，各以其等爲之。”注云：“皮弁，侯伯綦飾七，子男綦飾五，玉用三采。”如彼《周禮》之文，諸侯皮弁有綦玉之飾。此云“其弁伊騏”，知騏當作“璂”，以玉爲之。**以此故易傳也。**

◇◇孫毓云：“皮弁之飾，有玉璂而無綦文。綦文非所以飾弁。箋義爲長。”若然，《顧命》云：“四人騏弁執戈。”注云：“青黑曰騏。”不破騏字爲玉綦者，以《顧命》之文，於“四人騏弁”之下，每云“一人冕”，身服冕則是大夫也。於“四人騏弁”之上，云“二人爵弁執惠”，身服爵弁，則是士也。於“爵弁”之下，次云“騏弁”，明亦是士。

◇◇《弁師》之文，上云“孤卿大夫之皮弁，各以其等爲之”，不言士之皮弁，則◇◇士之皮弁無璂飾矣，故《弁師》注云：“士之皮弁之會無結飾。”以士之皮弁無玉綦飾，故知《顧命》士之騏弁，正是弁作青黑色，非綦玉之皮弁矣。禮無騏色之弁，而《顧命》有之者，以新王即位，特設此服，使士服此騏弁，執兵衛王。

◇◇玉綦，常服也。此言諸侯常服，故知騏當作璂，説善人君子而言此帶弁者，以善人能稱其服，刺今不稱其服也。

【孔疏-章旨】“鳲鳩”至“伊騏”。

○毛以爲，①言鳲鳩之鳥在桑，其子飛去在梅，以其平均養之，故得長大而飛去。以興人君之德，亦能均壹養民，養民得成就而安樂。

②彼善人君子，執義如壹者，其帶維是絲爲之，其弁維作騏之文也。舉其帶、弁，言德稱其服，故民愛之。刺曹君不稱其服，使民惡之。

○鄭唯“其弁伊騏”，言皮弁之璂，以玉爲之。餘同。

<三章-1>**鳲鳩在桑，其子在棘（jí）。淑人君子，其儀（yí）不忒（tè）。**

【毛傳】忒，疑也。

【樂道主人】棘，酸棗樹。

【孔疏】傳“忒，疑”。◇◇執義如一，無疑貳之心。

【程析】忒，偏差。《説文》：更也。

<三章-5>**其儀不忒，正是四國。**

【毛傳】正，是也。

【鄭箋】執義不疑，則可爲四國之長。言任爲侯伯。

【程析】正，領導。四國，各國。

【孔疏】箋“執義”至“侯伯”。

◇◇傳言“正，長”，《釋訓》文。非爲州牧，不得爲四國之長，故任爲侯伯也。

◇◇僖元年《左傳》曰：“凡侯伯，救患、分灾、討罪，禮也。”是諸侯之長，侯伯也。

<四章-1>**鳲鳩在桑，其子在榛。淑人君子，正是國人。正是國人，胡不萬年。**

【鄭箋】正，長（cháng）也。能長人，則人欲其壽考。

《鳲鳩》四章，章六句。

下泉 【曹風四】

洌（lèi）彼下泉，浸彼苞稂（liáng）。愾（kài）我寤嘆，念彼周京。

洌彼下泉，浸彼苞蕭。愾我寤嘆，念彼京周。

洌彼下泉，浸彼苞蓍（shī）。愾我寤嘆，念彼京師。

芃（péng）芃黍苗，陰雨膏（gào）之。四國有王，郇（xún）伯勞之。

【毛序】《下泉》，思治也。曹人疾共公侵刻下民，不得其所，憂而思明王賢伯也。

【孔疏】“《下泉》”至“賢伯”。

◇◇此謂思上世明王賢伯治平之時，若有明王賢伯，則能督察諸侯，共公不敢暴虐，故思之也。

◇◇上三章皆上二句疾共公侵刻下民，下二句言思古明王。卒章思古賢伯。上三章説共公侵刻，而思古明王能紀理諸侯，使之不得侵刻。卒章言賢伯勞來諸侯，則明王亦能勞來諸侯，互相見。

<一章-1>洌（lèi）彼下泉，浸彼苞稂（liáng）。

【毛傳】興也。洌，寒也。下泉，泉下流也。苞，本也。稂，童粱。非溉（gài）草，得水而病也。

【鄭箋】興者，喻共公之施政教，徒困病其民。稂當作“涼”，涼草，蕭蓍（shī）之屬（與毛不同）。

【程析】苞，叢生。稂，生而不結實的粱、莠一類的草（同毛）。

【孔疏】傳“洌寒”至“而病”。

◇◇《七月》云“二之日栗洌（lèi）”，字從冰，是遇寒之意，故爲寒也。

◇◇《釋水》云：“沃泉縣出。縣出，下出也。”李巡曰：“水泉從上溜下出。”此言“下泉”謂“泉下流”，是《爾雅》之沃泉也。

◇◇《易》稱“繫于苞桑”，謂桑本也。泉之所浸，必浸其根本，故以苞爲本。

◇◇“稂，童粱”，《釋草》文。舍人曰：“稂，一名童粱。”郭樸曰：“莠類也。”陸機《疏》云：“禾秀爲穗而不成，崱嶷（yí，《康熙字典》：嶷，識也，其貌嶷嶷然，有所識别也）然，謂之童粱。今人謂之宿田翁，或謂宿田也。《大田》云‘不稂（liáng）不莠（yǒu）’，《外傳》曰‘馬不過稂莠’，皆是也。”

◇此稂是禾之秀而不實者，故非灌溉之草，得水而病。

【孔疏】箋“興者”至“之屬”。

◇◇以序云“侵刻下民”，故喻困病下民也。箋以苞稂則是童粱，爲禾中别物，作者當言浸禾，不應獨舉浸稂，且下章蕭、蓍皆是野草，此不宜獨爲禾中之草，故易傳以爲“稂當作‘凉’，凉草，蕭蓍之屬”。

◇◇《釋草》不見草名凉者，未知鄭何所據。

<一章-3>**愾（kài）我寤嘆，念彼周京。**

【鄭箋】愾，嘆息之意。寤，覺也。念周京者，思其先王之明者。

【程析】寤，醒著。

【孔疏】箋“愾嘆”至“明者”。

◇◇《祭義》説祭之事云：“周旋出户，愾然而聞乎嘆息之聲。”是愾爲嘆息之意也。

◇◇序云“思明王”，故知念周京是思先王之明者。周京與京師，一也，因异章而變文耳。周京者，周室所居之京師也。京周者，京師所治之周室也。

◇桓九年《公羊傳》云：“京師者何？天子之居也。京者何？大也。師者何？衆也。天子之居，必以‘大’‘衆’言之。”是説天子之都名爲京師也。

【孔疏-章旨】“洌彼”至“周京”。

①洌然而寒者，彼下流之泉，浸彼苞稂之草。稂非灌溉之草，得水則病，以喻共公之政教甚酷虐於民，下民不堪侵刻，遭之亦困病。

②民既困病，思古明王，愾然我寢寐之中，覺而嘆息，念彼周室京師之明王。言時有明王，則無此困病也。

○鄭唯稂草有异，其文義則同。

<二章-1>**洌彼下泉，浸彼苞蕭。**

【毛傳】蕭，蒿也。

【程析】蕭，荻蒿也，或云牛尾草。

<二章-3>**愾我寤嘆，念彼京周。**

【樂道主人】【孔疏】京周者，京師所治之周室也。

<三章-1>**洌彼下泉，浸彼苞蓍**（shī）**。**

【毛傳】蓍，草也。

【程析】蓍，蒿一類的草。

<三章-3>**愾我寤嘆，念彼京師。**

【樂道主人】【孔疏】桓九年《公羊傳》云："京師者何？天子之居也。京者何？大也。師者何？衆也。天子之居，必以'大''衆'言之。"是説天子之都名爲京師也。

<四章-1>**芃**（péng）**芃黍苗，陰雨膏**（gào）**之。**

【毛傳】芃芃，美貌。

【程析】芃芃，茂盛貌。膏，滋潤。

<四章-3>**四國有王，郇**（xún）**伯勞之。**

【毛傳】郇伯，郇侯也。諸侯有事，二伯述職。

【鄭箋】有王，謂朝聘於天子也。郇侯，文王之子，爲州伯，有治諸侯之功（與毛不同）。

【樂道主人】勞，勞來。此指天子、州伯勞來諸侯，考核諸侯。之，指諸侯。

【孔疏】傳"郇伯"至"述職"。

◇◇以經言郇伯，嫌是伯爵，故言"郇伯，郇侯也"。知郇爲侯爵者，定四年《左傳》祝鮀説文王之子，唯言曹爲伯，明自曹以外，其爵皆尊於伯，故知爵爲侯也。

◇◇諸侯有事，二伯述職，謂東西大伯，分主一方，各自述省其所職之諸侯者，昭五年《左傳》云："小有述職，大有巡功。"服虔云："諸侯適天子曰述職。"謂六年一會王官之伯，命事考績述職之事也。

【孔疏】箋"有王"至"之功"。

◇◇莊二十三年《左傳》曰："諸侯有王，王有巡守。"巡守是天子巡省諸侯，則知有王是諸侯朝聘天子。思古明王賢伯也，言諸侯朝聘天子者，若上有明王，下有賢伯，則諸侯以時朝聘，善惡則有黜陟之義。《大司馬》“掌九伐之法，正邦國。賊賢害民則伐之。”爾時諸侯必不敢暴虐。

◇今由無明王賢伯，不復朝聘。共公侵刻下民，無所畏憚，故思治世有朝聘之時也。

◇◇僖二十四年《左傳》説富辰稱‘畢、原、酆、郇，文之昭也”，知郇伯是文王之子也。時爲州伯，有治諸侯之功，謂爲牧下二伯，治其當州諸侯也。

◇**易傳者**，以經、傳考之，武王、成王之時，東西大伯唯有周公、召公、大公、畢公爲之，無郇侯者，知爲牧下二伯也。

【孔疏-章旨】“芃芃”至“勞之”。

①言芃芃然盛者，黍之苗也。此苗所以得盛者，由上天以陰雨膏澤之故也。

②以興四方之國，有從王之事，所以得治者，由有郇國之侯爲伯，以恩德勞來之故也。今無賢伯，致曹國之不治，故思之。

○鄭唯説伯有异，其文義則同。

《下泉》四章，章四句。

曹國四篇，十五章，六十八句。

七 月 【豳風一】

七月流火，九月授衣。一之日觱（bì）發（bō），二之日栗烈。無衣無褐（hè），何以卒歲？三之日于耜（sì），四之日舉趾。同我婦子，饁（yè）彼南畝。田畯至喜（chì）。

七月流火，九月授衣。春日載陽，有鳴倉庚。女執懿（yì）筐，遵彼微行，爰求柔桑。春日遲遲，采蘩（fán）祁（qí）祁。女心傷悲，殆及公子同歸。

七月流火，八月萑（huán）葦（wěi）。蠶月條桑，取彼斧斨（qiāng），以伐遠揚，猗（yǐ）彼女（nǔ）桑。七月鳴鵙（jú），八月載績。載玄載黄，我朱孔陽，爲公子裳（cháng）。

四月秀葽（yāo），五月鳴蜩（tiáo）。八月其穫，十月隕蘀（tuò）。一之日于貉（hé），取彼狐貍，爲公子裘。二之日其同，載纘（zuǎn）武功。言私其豵（zōng），獻豣（jiāng）于公。

五月斯螽（zhōng）動股，六月莎（suō）雞振羽。七月在野，八月在宇，九月在户，十月蟋蟀入我床下。穹窒（zhì）熏鼠，塞向墐（jǐn）户。嗟（jiē）我婦子，曰爲改歲，入此室處。

六月食鬱及薁（yù），七月亨葵及菽。八月剥（pū）棗，十月獲稻。爲此春酒，以介眉壽。七月食瓜，八月斷壺，九月叔苴（jū）。采荼（tú）薪樗（chū），食（sì）我農夫。

九月築場（cháng）圃（pǔ），十月納禾稼。黍稷重（tóng）穋（lù），禾麻菽麥。嗟（jiē）我農夫！我稼既同，上入執宫功。晝爾于茅，宵爾索綯（táo），亟其乘（chéng）屋，其始播百穀。

二之日鑿（záo）冰沖沖，三之日納于凌陰。四之日其蚤（zǎo），獻羔祭韭。九月肅霜，十月滌場（cháng）。朋酒斯饗（xiǎng），曰殺羔羊。躋（jī）彼公堂，稱彼兕（sì）觥（gōng），萬壽無疆！

《七月》八章，章十一句。

【毛序】《七月》，陳王業也。周公遭變故，陳后稷先公風化之所由，致王業之艱難也。

【鄭箋】周公遭變者，管、蔡流言，辟（bì）居東都。

【樂道主人】辟，避也。

【孔疏】序“《七月》”至“艱難”。

◇◇作《七月》詩者，陳先公之風化，是王家之基業也。

◇◇毛以爲，周公遭管、蔡流言之變，舉兵而東伐之。憂此王業之將壞，故陳后稷及居豳地之先公，其風化之所由，緣致此王業之艱難之事。先公遭難，乃能勤行風化，己今遭難，亦欲勤修德教，所以陳此先公之事，將以比序己志。經八章，皆陳先公風化之事。

◇此詩主意於豳之事，則所陳者，處豳地之先公公劉、大王之等耳，不陳后稷之教。今輒言後稷者，以先公修行后稷之教，故以后稷冠之。

◇艱亦難也，但古人之語字重耳。《無逸》亦云“不知稼穡之艱難”，與此同也。

◇◇鄭以爲，周公遭流言之變，避居東都，非征伐耳。其文義則同。

【孔疏】箋“周公”至“東都”。

◇◇變者，改常之名。周公欲攝，管、蔡毀之，是於攝事變改也。

◇◇《金縢》云：“管叔及其群弟流言于國曰：‘公將不利於孺子。’周公乃告二公曰：‘我之不辟，我無以告我先王。’”即雲“居東二年”。是其避流言居東都也。流，謂水流，造作虛語，使人傳之如水之流然，故謂之流言。

◇彼注云：“管，國名。叔，字。封于管。群弟，蔡叔、霍叔。武王崩，周公免喪服，意欲攝政。小人不知天命而非之，故流‘公將不利於孺子’之言于京師。孺子，成王也。我今不避孺子而去，我先王以謙謙爲德，我反有欲位之謗，無以告我先王。言愧無辭也。居東者，出處東國待罪，以須君之察己。”是說避居之意也。

◇◇周公避居東都，史傳更無其事。古者避、辟扶亦反，譬、僻皆同作辟字，而借聲爲義。鄭讀辟爲避，故爲此說。案《鴟鴞》之傳言“寧亡二子”，則毛無避居之義，故毛讀辟爲辟。

【孔疏】此八章皆是周公陳先公在豳教民，周備使衣食充足，寒暑及時，民奉上教，知其早晚，各自勸勉，以勤事業，故“同我婦子，饁彼南畝”，及“嗟我婦子，曰爲改歲”。此述民人之志，非序先公號令之辭。

①首章陳人以衣食爲急，余章廣而成之。計民之所用，食急於衣，宜先陳耕田之事。但耕種收斂，終年始畢，每事及時，然後能獲，則禦一年之飢，非時日之用。衣則不然，唯是寒月所須，又當及時營作，故“蠶月條桑”，“八月載績”。若此月不作，則寒時無衣，事之濟否，在此一月。偏急於衣，故首章上六句先陳人以衣褐爲急。“三之日”以下五句，陳人以穀食爲急，故陳人耕饁之事。

②人之爲衣，絲帛爲先，故二章言女功之始，養蠶之事。一章之中，而再言“春日”者，此章先言執筐養蠶，因論女心傷悲感物，但傷悲在蠶生之初，陳之于求桑之下，顛倒不順，故更本春日采蘩，記傷悲之節，所以再言春日也。

③衣之所用，非絲即麻。春既養蠶，秋當緝績絲帛，染爲玄黄，乃堪衣用，故三章又陳女功自始至成也。三章既言絲麻衣服，女功之正，

④故四章陳女功助，取皮爲裘，以助布帛。

⑤冬月衣裳雖具，又當入室避寒，故五章言將寒有漸，閉寒宫室。女功衣服之事既終矣，乃説男女飲食之事。

⑥黍稷麻麥，男功之正，故六章先陳男功之助，

⑦七章言男功之正。首章已言耕田之事，故此章唯説收斂之事，所以成首章也。⑧衣食已具，卒章乃言備暑藏冰，飲酒相樂，皆是先公憂民之風教。

◇◇周公陳之，以比序己志，言己之憂民憂國，心亦然也。民之大命，在温與飽，八章所陳，皆論衣服飲食。

◇首章爲其總要，余章廣而成之。首章上六句言寒當須衣，故二章、三章説養蠶緝績衣服之事以充之。首章下五句言耕稼飲食之始，故七章説治場納穀稼穡終事以充之。論衣則舉須衣之時，論食不言須食之時者，衣必寒時所須，故可舉寒爲戒；食則無一日而不須，不可言須食之時。諸言衣裳避寒之事，則引物記候；言飲食耕田之事，則不記時候，皆此意也。

◇卒章説饗飲之禮，獨言“九月肅霜”者，饗飲之禮，必農隙乃爲，故言“肅霜”“滌場”，以見農功之畢。若其餘飲食，則不得記時，故六章、七章無記時之事。絲麻布帛，衣服之常，故蠶績爲女功之正，皮裘則其助。

◇四章箋云“時寒宜助女功”，言取皮爲裘，助女絲麻之功也。黍稷菽麥，飲食之常，故禾稼爲男功之正。

◇菜果則其助，六章箋以鬱薁及葵棗助男功，又云“瓜瓠之畜”，“助養農夫”，言取瓜瓠葵棗助男稼穡之功也。女功之助在四章，男功之助在六章者，

◇二章、三章是女功之正，故四章爲婦功之助；

◇七章是男功之正，故六章爲男功之助，欲令男女之功，正、助各自相近者也。

◇女功之正，及秋而止，其助在伐一冬之月，事在正後，故在正後也。

◇男功之正，冬初乃止，男功之助，在於夏秋，事在正前，故在正前也。

◇又養蠶時節易過，恐失其時，殷勤言之，故二章、三章皆言養蠶之事。

◇耕稼者，一年之事，非時月之功，民必趨時，不假深戒，首章已言其始，七章略言其終，不復説其芟耨芸耕之事，故男功之正少，女功之正多也。絲麻之外，唯有皮裘，可衣者少；黍稷以外，果瓜之屬，可食者多，故男功之助多，女功之助少也。

◇女功助在正後，故五章女功助下言女功畢。男功正在助後，故七章男功正下言男功畢。男功正後，猶有茅索之事；女功正後，不言有事。《孟子》稱冬至之後，女子相從夜績，則冬亦有績麻，但言不備耳。

◇先公之教，急於衣食，四章之末，説田獵習戎，卒章之初，説藏冰禦暑，非衣食之事而言之者，廣述先公禮教具備也。閑於政事，然後饗燕，卒章説飲酒之事，得其次也。**毛、鄭注雖小有异文，意則同。**

<一章-1>**七月流火，九月授衣。**

【毛傳】火，大火也。流，下也。九月霜始降，婦功成，可以授冬衣矣。

【鄭箋】大火者，寒暑之候也。火星中而寒暑退，故將言寒，先著火所在。

【程析】火，星名，即心宿二，亦稱大火。每年夏曆五月的黄昏，此星出現在天空南方，方向最正，位置最高。六月以後，就偏西向下行了。

【樂道主人】詩中月份皆爲夏曆，日子皆爲周曆。要明確夏曆與周曆的不同。

【孔疏】傳“火，大火”至“冬衣矣”。

◇◇《春秋》昭十七年，“有星孛（bèi）於大辰”，《公羊傳》曰：“大辰者何？大火也。”哀十一年《左傳》曰：“火伏而後蟄者畢，今火猶西流，司歷過也。”謂火下爲流，故云流下。言六月昏見而中，則流下也。

◇◇可以授冬衣者，謂衣成而授之。

【孔疏】箋“大火”至“所在”。

◇◇昭三年《左傳》張趯曰：“火星中而寒暑退。”服虔云：“火，大火心也。季冬十二月平旦正中在南方，大寒退，季夏六月黄昏火星中，大暑退。”是火爲寒暑之候事也。知此兩月昏、旦火星中者，《月令》季夏昏火星中。六月既昏中，以沖反之，故十二月旦而中也。若然，六月之昏，火星始中。

◇◇《堯典》云：“日永星火，以正仲夏。”注云：“司馬之職，治南岳之事，得則夏氣和。夏至之氣，昏火星中。”所以五月得火星中者，《鄭志》孫皓問：“《月令》季夏火星中，前受東方之禮，盡以爲火星季夏中心也，不知夏至中星名。”答曰：“日永星火，此謂大火也。大火次名東方之次，有壽星、大火、析木。三者，大火爲中，故《尚書》云，舉中以言焉。又每三十度有奇，非特一宿者也。季夏中火，猶謂指心火也。如此言中，則日永星火謂大火之次，**非心星也**。

◇◇《堯典》四時言中星者，春夏交舉其次，言‘星鳥’‘星火’，秋冬舉其宿，言‘星虚’‘星昴’，故注云：‘星鳥，鶉火之方。星火，大火之屬。虚，玄武中虚宿也。昴，白虎中宿也。’其東方、南方皆三次，鶉火、大火居其中。西方、北方俱七宿，虚星、昴星居其中。每時總舉一方，故指中宿與次而互言之耳。

◇◇其實仲夏之月，大火之次亦未中也。”是鄭以日永星火大火之次與此火之心星别。

<一章-3>**一之日觱（bì）發（bō），二之日栗烈。無衣無褐（hè），何以卒歲？**

【毛傳】一之日，十之餘也。一之日，周正月也。觱發，風寒也。二之日，殷正月也。栗烈，寒氣也。

【鄭箋】褐，毛布也。卒，終也。此二正之月，人之貴者無衣，賤者無褐，將何以終歲乎？是故八月則當績也。

【程析】觱發，寒風觸物的聲音。栗烈，凓冽，寒氣刺骨貌。褐，本意是麻編織的襪子，這裏泛指粗布衣服。

【樂道主人】績，把麻纖維捻開接續起來搓成綫。

表 19　三正表

时代	子	丑	寅	卯	亥	歲首
夏	十一月	十二月	一月	二月	十月	建寅
商	十二月	一月	二月	三月	九月	建丑
周	一月	二月	三月	四月	十二月	建子
公曆（大約）	11—12 月	1—2 月	2—3 月	3—4 月	9—10 月	—

【孔疏】傳"一之"至"寒氣"。

◇◇"一之日""二之日"，猶言一月之日、二月之日，故傳辨之言：一之日者，乃是十分之餘，謂數從一起而終於十，更有餘月，還以一二紀之也（即十月之外尚有十一、十二月，故以一紀十一月，二紀十二月）。

◇◇既解一二之意，又復指斥其"一之日者，周之正月"，謂建子之月也；"二之日"者，殷之正月，謂建丑之月也；下傳曰"三之日，夏之正月"，謂建寅之月也。正朔三而改之。既言三正事終，更復從周爲説，故言四之日，周之四月，即是夏之二月，建卯之月也。

◇◇此篇設文，自立一體。①從夏之十一月，至夏之二月，皆以數配日而言之。②從夏之四月，至於十月，皆以數配月而稱之。③**唯夏之三月，特异常例**。下云"春日遲遲""蠶月條桑"，皆是**建辰之月**。而或日或月，不以數配，參差不同者，蓋以日月相對，日陽月陰，陽則生物，陰則成物。

◇①**建子之月**（夏之十一月），純陰已過，陽氣初動，物以牙蘖將生，故以日稱之。**建巳之月**（夏之四月），純陽用事，陰氣已萌，物有秀實成者，故以月稱之。②**夏之三月**，當陰陽之中，處生成之際，物生已極，不可以同前，不得言五之日。物既未成，不可以類後，不得稱三月，故日月并言，而不以數配，見其异於上下。③四章箋云"物成自秀葽始"，明以物成，故稱月也。稱月者，由其物成，知稱日由其物生也。若然，一之日、二之日言十之餘則可矣，而三之日、四之日者，乃是正月、二月，十數之初始，不以爲一二，而謂之三四者，作者理有不通，辭無所寄。若云一月、二月則群生物未成，更言一之、二之則與前無別，以其俱是陽月，物皆未成，故因乘上數，謂之三、四，明其氣相類也。

◇《春秋元命苞》曰："周人以十一月爲正，殷人以十二月爲正，夏人以十三月爲正。"建寅之月，乃是十月之初，亦乘上以爲十三，與此同也。

◇◇《四月》云"冬日烈烈，飄風發發"，以發是風，故知烈是氣，故以觱發爲寒風，栗烈爲寒氣。仲冬之月，待風乃寒；季冬之月，無風亦寒，故异其文。

【孔疏】箋"褐毛"至"當績"。

◇◇毛布用毛爲布，今夷狄作褐，皆織毛爲之，賤者所服。"卒，終"，《釋詁》文。言此二正之月，大寒之時，無衣無褐，不可終歲，是故八月則當績衣，絲蠶爲重。

◇◇箋不云蠶月（夏三月）則當蠶，而言八月則當績者，以此章先言流火，則是已見火流，於時蠶事已過，唯績可以當之。且下章蠶事，別言流火，故不以蠶事屬此。

<一章-7>**三之日于耜（sì），四之日舉趾。同我婦子，饁（yè）彼南畝。田畯至喜（xǐ/chì）。**

【毛傳】三之日，夏正月也。豳土晚寒，于耜，始脩耒（lěi）耜也。四之日，周四月也，民無不舉足而耕矣。饁，饋也。田畯，田大夫也。

【鄭箋】同，猶俱也。喜讀爲饎（chì）。饎，酒食也（與毛不同）。耕者之婦子，俱以餉（xiǎng）來至於南畝之中，其見田大夫，又爲設酒食焉，言勸其事，又愛其吏也。此章陳人以衣食爲急，餘章廣而成之。

【程析】我，農夫自稱。耜，金屬的犁頭。南畝，胡承珙《毛詩後箋》：古之治田者，大抵因地勢而爲之，其在南者，謂之南畝。這裏泛指田地。

【樂道主人】耜，古代的一種農具，形狀像現在的鍬。耒，古代一種農具，形狀像木叉。

【孔疏】傳"三之日"至"大夫"。

◇◇于訓於，三之日於是始脩耒耜。《月令》季冬，命農計耦耕事，修耒耜，具田器。孟春，天子躬耕帝籍。然則修治耒耜，當季冬之月，舉足而耕，當以孟春之月。今言豳人以正月修耒耜，二月始耕，故云“豳土晚寒”。《鄭志》答張逸云：“晚温亦晚寒。”是寒晚温亦晚，故修耒耜始耕，皆校中國一月也。

◇◇《易·鼎卦》注云：“無事曰趾，陳設曰足。”對文則爲小异，散則趾足通名。訓趾爲足，耕以足推，故云無不舉足而耕。無不者，言其人人皆然也。

◇◇“饁，饋”，《釋詁》文。孫炎曰：“饁野之餉。”《釋言》云：“畯，農夫也。”孫炎曰：“農夫，田官也。”郭璞曰：“今之嗇夫是也。”然則此官選俊人主田，謂之田畯。典農之大夫謂之農夫。以王者尤重農事，知其爵爲大夫也。案鄭注《周禮·載師》云：“六遂餘地，自三百以外，天子使大夫治之。”或於田農之時，特命之主其田農之事。

◇◇以《周禮》無田畯正職，故直云“田畯，田大夫”。《春官·籥章》“掌擊土鼓，以樂田畯”。鄭司農云：“田畯，古之先教田之官者。”但彼説祈年之祭，知其祭先教者。

◇◇傳不解“至喜”之義，但毛無破字之理，不得以爲酒食，當謂田畯來至，見勤勞，故喜樂耳。

【孔疏】箋“喜讀”至“成之”。

◇◇箋以“田畯至喜”文承“饁彼”之下，若是喜樂其事，便是喜其餉食，非複悦其勤勞，何當於饁彼之下而説田畯喜乎？饁既是食，明喜亦是食，故知喜讀爲“饎”。“饎，酒食”，《釋訓》文。李巡曰：“得酒食則喜歡也。”

◇◇孫毓云：“小民耕農，妻子相饁，雖有冀缺，如賓之敬。大夫儼然銜命巡司，何爲辱身就耕民公嫗壟畝草間共飲食乎？鄙亦甚矣。而改易經字，殆非作者之本旨。”斯不然矣。飲食之事，禮之所重，大夫之勸迎周公，籩豆有踐，鄭人之愛國君，欲授之以飧（sūn），何獨田畯之尊，不可爲之設食也？説其爲設酒食，言民愛其吏耳，何必大夫皆仰田間食乎！

【孔疏-章旨】“七月”至“至喜”。

○毛以爲，周公云：先公教民周備，民奉上命。

①於七月之中，有西流者，是火之星也，知是將寒之漸。至九月之中，云可以相授以冬衣矣。

②九月之中，若不授冬衣，則一之日有觱發之寒風，二之日有栗烈之

寒氣。此二日者，大寒之時，人之貴者無衣，賤者無褐，何以終其歲乎？故至八月則當績也。又豳人從君之教，

③三之日於是始脩耒耜，四之日悉皆舉足而耕。俱時我耕者之婦子，奉饋食餉彼南畝之中耕作者。田畯來至，見其勤農事則歡喜也。豳公憂念民事，教之若此。周公言己憂民亦與之同，故陳之也。

○鄭唯“田畯至喜”，言“田畯來至，農夫爲設酒食”爲异。餘同。

<二章-1>**七月流火，九月授衣。**

【鄭箋】將言女功之始，故又本作此。

<二章-3>**春日載陽，有鳴倉庚。女執懿筐，遵彼微行，爰求柔桑。**

【毛傳】倉庚，離黄也。懿筐，深筐也。微行，牆下徑也。“五畝之宅，樹之以桑”。

【鄭箋】載之言則也。陽，温也。温而倉庚又鳴，可蠶之候也。柔桑，穉（zhì）桑也。蠶始生，宜穉桑。

【程析】遵，沿着。爰，於是。

【孔疏】傳“倉庚”至“以桑”。

◇◇倉庚一名離黄，即《葛覃》黄鳥是也。懿者，深邃之言，故知“懿筐，深筐”。行訓爲道也。步道謂之徑。微行爲牆下徑。

◇◇“五畝之宅，樹之以桑”，《孟子》文，引之者，自明牆下之意。

<二章-8>**春日遲遲，采蘩（fán）祁（qí）祁。女心傷悲，殆及公子同歸。**

【毛傳】遲遲，舒緩也。蘩，白蒿也，所以生蠶。祁祁，衆多也。傷悲，感事苦也。春女悲，秋士悲，感其物化也。殆，始。及，與也。豳公子躬率其民，同時出，同時歸也。

【鄭箋】春女感陽氣而思男，秋士感陰氣而思女，是其物化，所以悲也。悲則始有與公子同歸之志，欲嫁焉（與毛不同）。女感事苦而生此志，是謂《豳風》。

【孔疏】傳“遲遲”至“時歸”。

◇◇遲遲者，日長而暄之意，故爲舒緩。計春秋漏刻多少正等，而秋言凄凄，春言遲遲者，陰陽之氣感人不同。張衡《西京賦》云：“中在陽則舒，在陰則慘。”然則人遇春暄，則四體舒泰，春覺晝景之稍長，謂日

行遲緩，故以鶬鶊言之。及遇秋景，四體褊躁，不見日行急促，唯覺寒氣襲人，故以凄凄言之。凄凄是凉，遲遲非暄，二者觀文似同，本意實异也。

◇◇《釋草》云："蘩，皤蒿。"孫炎曰："白蒿也。"傳於《采蘩》云"皤蒿也"，此云"白蒿"，變文以曉人也。今定本云"皤蒿也"。白蒿所以生蠶，今人猶用之。

◇◇"傷悲，感事苦"，感養蠶之事苦。既感事苦，又感陽氣，故傳明其二感之意，春則女悲，秋則士悲，感其萬物之化，故所以悲也。因有女悲，遂解男悲，言男女之志同，而傷悲之節异也。

◇◇《釋詁》云："胎，始也。"説者皆以爲生始。然則胎、殆義同，故爲始也。"及，與"，《釋詁》文。

◇◇諸侯之子稱公子。言與公子同歸，則公子時亦適野，故豳公之子，身率其民也。王肅云："豳君既修其政，又親使公子躬率其，同時歸也。"

【孔疏】箋"春女"至"豳風"。

◇◇箋又申傳傷悲之意。女是陰也，男是陽也。秋冬爲陰。春物得陽而生，女則有陰而無陽，春女感陽氣而思男。春夏爲陽。秋物得陰而成，男則有陽而無陰，故秋士感陰氣而思女。是由其萬物變化，故所以思見之而悲也。

◇◇婦人謂嫁爲歸。經於"傷悲"之下，即言與公子同歸，是説女之思嫁，不得爲公子率民，**故易傳以言，"則始有與公子同歸之志，欲得嫁焉"**。雖貴賤有异，感氣則同，故與公子同有歸嫁之意。雖感陽氣使然，亦是感蠶事之苦而生此志。申傳感二事之意也。

◇◇莊元年《公羊傳》説築玉姬之館云："於群公子之舍則以卑矣。"是諸侯之女稱公子也。

◇◇此章所言，是謂豳國之風詩也。此言"是'豳風'"，六章云"是謂'豳雅'"，卒章云："是謂'豳頌'"者，《春官·籥（yuè）章》云："仲春，晝擊土鼓，吹'豳詩'，以迎暑。仲秋，夜迎寒氣亦如之。凡國祈年於田祖，吹'豳雅'，擊土鼓，以樂田畯。國祭蜡，則吹'豳頌'，以息老物。"以《周禮》用爲樂章，詩中必有其事。此詩題曰《豳風》，**明此篇之中，當具有風、雅、頌也**。别言豳雅、豳頌，則'豳詩’者是《豳風》可知。

◇故《籥章》注云：“此風也，而言詩，詩，總名也。”是有《豳風》也。且《七月》爲國風之詩，自然豳詩是風矣。既知此篇兼有雅、頌，則當以類辨之。①風者，諸侯之政教，凡繫水土之風氣，故謂之風。此章女心傷悲，乃是民之風俗，故知是謂豳風也。

②雅者，正也，王者設教以正民，作酒養老，是人君之美政，故知獲稻爲酒，是豳雅也。

③頌者，美盛德之形，容成功之事，男女之功俱畢，無復飢寒之憂，置酒稱慶，是功成之事，故知“朋酒斯饗，萬壽無疆”，是謂豳頌也。

◇《籥章》之注，與此小殊。彼注云：

①“豳詩，謂《七月》也。《七月》言寒暑之事，迎氣歌之，歌其類。”言寒暑之事，則**首章**流火、觱發之類是也。

②又云：“豳雅者，亦《七月》也。《七月》又有於耜、舉趾、饁彼南畝之事，是亦歌其類也。”則亦以**首章爲豳雅**也。

③又云：“豳頌者，亦《七月》也。《七月》又有獲稻、釀酒、躋彼公堂、稱彼兕觥、萬壽無疆之事，是亦歌其類也。”兼以獲稻、釀酒，亦爲豳頌。

◇皆與此异者，彼又觀《籥章》之文而爲説也。①以其歌豳詩以迎寒迎暑，故取寒暑之事以當之。②吹豳雅以樂田畯，故取耕田之事以當之。③吹豳頌以息老物，故取養老之事以當之。就彼爲説，故作兩解也。

◇諸詩未有一篇之内備有風、雅、頌，而此篇獨有三體者，《周》《召》陳王化之基，未有雅、頌成功，故爲風也。《鹿鳴》陳燕勞伐事之事，《文王》陳祖考天命之美，雖是天子之政，未得功成道洽，故爲雅。天下太平，成功告神，然後謂之爲頌。然則始爲風，中爲雅，成爲頌，言其自始至成，别故爲三體。

◇周公陳豳公之教，亦自始至成。述其**政教之始則爲豳風**，述其**政教之中則爲豳雅**，述其**政教之成則爲豳頌**，**故今一篇之内備有風、雅、頌也**。言此豳公之教，能使王業成功故也。

【孔疏-章旨】“七月”至“同歸”。

○毛以爲，①七月之中，有流下者，火星也。民知將寒之候，九月之中則可以授冬衣矣。

②又本其趍時養蠶，春日則以温矣。又有鳴者，是倉庚之鳥也。於此之時，女人執持深筐，循彼微細之徑道，於是求柔穉之桑，以養新生之蠶。

③因言養蠶之時，女有傷悲之志，更本之言春日遲遲。然而舒緩采蘩以生蠶者，祁祁然而衆多。於是之時，女子之心感蠶事之勞苦，又感時物之變化，皆傷悲思男，有欲嫁之志。時豳公之子，躬率其民，共適田野，此女人等，始與此公子同時而來歸於家。

○鄭唯下句异，言始與豳公之子同有歸嫁之志。餘同。

<三章-1>**七月流火，八月萑（huán）葦（wěi）。**

【毛傳】亂（wàn）爲萑。葭爲葦。豫畜萑葦，可以爲曲也。

【鄭箋】將言女功自始至成，故亦又本於此。

【程析】萑葦，荻草和蘆草，可以製蠶箔。

【樂道主人】蠶箔，亦作“蠶薄”。一種以竹篾（mèi）或葦子等編成的養蠶器具。

表 20　萑苇之名

今名	初生	長大	長成
獲草	菼	亂	萑
蘆葦	葭	蘆	葦

【孔疏】傳“亂爲”至“爲曲”。

◇◇《釋草》云：“菼（tǎn），亂。”樊光云：“菼，初生葸（xī），息理反，騂（xīn）色，海濱曰亂。”郭璞曰：“似葦而小。”又云：“葭華。”舍人曰：“葭，一名葦。”樊光引《詩》云：“彼茁者葭。”郭璞曰：“即今蘆也。”又云：“葭，蘆。”

◇◇郭璞曰：“葦也。”然則此二草初生者爲菼，長大爲亂（wàn），成則名爲萑。初生爲葭，長大爲蘆，成則名爲葦。小大之异名，故云“亂爲萑，葭爲葦”。此對文耳，散則通矣。《蒹葭》云“白露爲霜”之時猶名葭。《行葦》云“敦彼行葦”，夏時已名葦也。

◇◇《月令》季春説養蠶之事云：“具曲植筐筥。”注云：“曲，薄也。植，槌也。”薄用萑葦爲之。下句言蠶事，則萑葦爲蠶之用，故云“豫畜萑葦，可以爲曲也”。

【孔疏】箋“將言”至“於此”。◇◇養蠶，女功之始；衣服，女功之成。上章止言蠶生之事，故箋云“女功之始”。此章并説爲裳，故云“自始至成”也。

<三章-3>**蠶月條桑，取彼斧斨（qiāng），以伐遠揚，猗（yǐ）彼女（nǚ）桑。**

【毛傳】斨，方銎（qióng）也。遠，枝遠也。揚，條揚也。角（jué）而束之曰猗。女桑，荑桑也。

【鄭箋】條桑，枝落采其葉也。女桑，少枝，長條不枝落者，束而采之。

【程析】蠶月，養蠶的月份，夏曆三月。條，修剪。

【樂道主人】斧斨，唯銎孔异耳，斧孔圓，斨孔方。角（jué），《正韵》：絀其後曰掎，絓其前曰角。

【孔疏】傳“斨方”至“柔桑”。

◇◇《破斧》傳云：“隋銎曰斧。方銎曰斨。”然則斨即斧也，唯銎孔异耳。故云“斨，方銎也”。此蓋相傳爲然，無正文也。劉熙《釋名》曰：“斨，戕也，所伐皆戕毁也。”

◇◇言“遠，枝遠”者，謂長枝去人遠也。“揚，條揚者也”，謂長條揚起者，皆手所不及，故枝落之而採取其葉。

◇◇襄十四年《左傳》云：“譬如捕鹿，晋人角之，諸戎掎（jī）之。”然掎、角皆遮截束縛之名也，故云“角而束之曰掎（應爲猗”。

◇◇女是人之弱者，故知“女桑，荑桑”，言柔弱之桑，其條雖長，不假枝落，故束縛而采也。《集注》及定本皆云“女桑，荑桑”，取《周易》“枯楊生荑”之義，荑是葉之新生者。

<三章-7>**七月鳴鵙，八月載績。載玄載黄，我朱孔陽，爲公子裳（cháng）。**

【毛傳】鵙，伯勞也。載績，絲事畢而麻事起矣。玄，黑而有赤也。朱，深纁（xūn）也。陽，明也。祭服玄衣纁裳。

【鄭箋】伯勞鳴，將寒之候也，五月則鳴。豳地晚寒，鳥物之候從其氣焉。凡染者，春暴練，夏纁玄，秋染夏。爲公子裳，厚於其所貴者説（yuè）也。

【程析】載，語氣詞。陽，鮮明也。纁，淺紅色。《説文》：淺絳也。

【樂道主人】績，把麻纖維捻開接續起來搓成綫編織。説（yuè），悦。

【孔疏】傳“鵙伯”至“纁裳”。

◇◇“鵙，伯勞”，《釋鳥》文。李巡曰：“伯勞，一名鵙。”樊光曰：“《春秋》云少皞氏以鳥名官，伯趙氏，司至。伯趙，鵙也，以夏至來，冬至去。”郭璞曰：“似鶷鶡而大。”

◇陳思王《惡鳥論》云：‘伯勞以五月鳴，應陰氣之動。陽氣爲仁養，陰爲殺殘，賊伯勞蓋賊害之鳥也。其聲鵙鵙，故以其音名云。’”

◇◇《陳風》云“不績其麻”，績，緝麻之名。八月絲事畢而麻事起，故始績也。

◇◇玄，黑而有赤，謂色有赤黑雜者。《考工記·鍾氏》説染法云：“三入爲纁，五入爲緅（zōu，黑中帶紅色。《説文·新附字》：帛青赤色也。），七入爲緇。”注云：“染纁者三入而成，又再染以黑則爲緅。緅，今《禮記》作爵，言如爵弁色也。又復再染以黑，乃成緇矣。凡玄色者，在緅、緇之間。其六入者與？”染法互入數，禮無明文，故鄭約之以爲六入，謂三入赤，三入黑，是黑而有赤也。

◇《士冠禮》云：“爵弁服纁裳。”注云：“凡染絳，一入謂之縓（quán，淺紅色。《説文》：帛赤黄色），再入謂之赬（chēng，淺紅色。），三入謂之纁，朱則四入矣。”以上染朱人數，《書傳》無文，故約之以爲四入也。三則爲纁，四入乃成朱色，深於纁，故云“朱，深纁也。”陰陽相對，則陰闇而陽明矣。朱色無陰陽之義，故以陽爲明，謂朱爲光明也。

◇《易·下繫》云：“黄帝、堯、舜垂衣裳，蓋取諸乾坤。”注云：“乾爲天，坤爲地，天色玄，地色黄，故玄以爲衣，黄以爲裳，象天在上，地在下。土記位於南方，南方故云用纁。”是祭服用玄衣纁裳之義。染色多矣，而特舉玄黄，**故傳解其意，由祭服尊故也**。

【孔疏】箋“伯勞”至“者説”。

◇◇五月陰氣動而伯勞鳴，是將寒之候也。《月令》仲夏鵙始鳴，是中國正氣，五月則鳴。今豳地晚寒，鳥初鳴之候，從其鄉土之氣焉，故至七月鵙始鳴也。此篇箋、傳三云晚寒，上言於耜、舉趾，下云載纘、武功，唯校中國一月，此獨校兩月者，豳處西北，遠於諸華，寒氣之來，大率晚耳，未必皆與中國常校一月。何則？“蠶月條桑，八月其獲，七月食瓜，八月剥棗，九月肅霜，十月滌場”，如此之類，皆與中國同也。既云同於中國，不得齊校一月，自然有大晚者得校兩月也。

◇王肅云：“蟬及鵙皆以五月始鳴，今云七月，共義不通也。古五字如七。”肅之此説，理亦可通，但不知經文實誤不耳。

◇**豳地大率晚寒，箋、傳略舉三事**，又以《月令》校之，豳地之寒晚於中國者，非徒此三事而已。

◇《月令》仲春之月倉庚鳴，此云蠶月始鳴；

◇《月令》季秋草木黄落，此云十月隕蘀；

◇《月令》季秋令民云寒氣總至，其皆入室，此云“曰爲改歲，人此室處”；

◇《月令》季秋天子嘗稻，此云“十月獲稻”；

◇《月令》仲秋云天子嘗麻，此云“九月叔苴”；

◇《月令》季冬命取冰，此云“三之日納于凌陰”。

皆是晚寒所致。箋、傳不説者，已舉三事，其餘後可知也。

◇上云“三之日於耜”，言晚寒者，猶寒氣晚至，故耕田晚也。

◇“七月鳴鵙”，言晚寒者，謂温氣晚則鵙鳴晚也。

◇上傳言晚寒，則此箋當言晚温，而亦言晚寒者，鄭答張逸云：“晚寒亦晚温，其意言寒來既晚，故順上傳舉晚寒以明晚温耳。”孫毓以爲，寒鄉率早寒，北方是也。熱鄉乃晚寒，南方是也。毛傳言晚寒者，豳土寒多，雖晚猶寒，非謂寒來晚也。毓之此言，似欲有理，但案經上下言“九月肅霜”，與中國氣同，獲稻乃晚於中國，非是寒來早也，明是寒來晚，故温亦晚也。

◇◇“凡染，春暴練，夏纁玄，秋染夏”，《天官・染人》文。彼注云：“暴練，練其素而暴之。

◇纁玄者，可以染此色。玄纁者，天地之色，以爲祭服。石染當及盛暑熟潤，浸湛研之，三月而後可用。《考工記》鍾氏則染纁術也，染玄則史傳闕矣。

◇染夏者，染五色，謂之夏者，其色以夏翟爲飾，夏翟毛羽五色皆備成章，染者擬以爲深淺之度，是以放而取名。”

◇引此者證經“載玄載黄”，謂以夏日染之，非八月染也。實在夏而文承八月之下者，以養蠶績麻，是造衣之始，故先言之。染色作裳，是爲衣之終，故後言之。

◇◇言蠶績所得，民亦自衣，而特言“公子裳”，厚重於其貴者，故特説之。以下“於貉”不言爲民之裘，而狐狸云“爲公子裘”，亦是厚於貴者，與此同。

【孔疏-章旨】“七月”至“子裳”。

①言七月流下者，火星也，民知將寒之候。八月萑葦既成，豫畜之以擬蠶用。

②於養蠶之月，條其桑而采之，謂斬條於地，就地采之也。猗束（chì）彼女桑而采之，謂柔稚之桑不枝落者，以繩猗束而采之也。言民受先公之教，能勤蠶事也。蠶事既畢，又須績麻。

③七月中有鳴者，是鵙之鳥也。是將寒之候。八月之中，民始績麻，民又染繒（zèng），則染爲玄，則染爲黄，云我朱之色甚明好矣，以此朱爲公子之裳也。績麻爲布，民自衣之。玄黄之色，施於祭服。朱則爲公子裳。皆是衣服之事，雜互言之也。

<四章-1>**四月秀葽（yāo），五月鳴蜩（tiáo）。八月其獲，十月隕蘀（tuò）。**

【毛傳】不榮而實曰秀葽。葽，草也。蜩，螗（táng）也。獲，禾可獲也。隕，墜。蘀，落也。

【鄭箋】《夏小正》“四月，王萯（fù）秀。”葽其是乎？秀葽也，鳴蜩也，獲禾也，隕蘀也，四者皆物成而將寒之候，物成自秀葽始。

【程析】蜩，蟬。蘀，落葉。

【孔疏】傳“不榮”至“蘀落”。

◇◇《釋草》云：“華，榮也。木謂之華，草謂之榮。不榮而實者謂之秀。榮而不實者謂之英。”李巡曰：“分别异名以曉人。”則彼以英、秀對文，故以英爲不實，秀爲不榮。《出車》云“黍稷方華”，《生民》説黍稷云“實發實秀”，是黍稷有華亦稱秀也。言其秀實，知葽是草也。

◇◇《釋蟲》云：“蜩，螂蜩，螗蜩。”舍人云：“皆蟬。《方言》曰：‘楚謂蟬爲蜩，宋、衛謂之螗蜩，陳、鄭謂之螂蜩，秦、晋謂之蟬。’”是蜩、蟬一物，方俗异名耳。

◇《釋蟲》又云：“蜺，寒蜩。”郭璞曰：“寒螿也，似蟬而小，青赤。”引《月令》云：“寒蟬鳴。”與此鳴蜩不同者，《夏小正》云：

"五月蜩蜩鳴，七月寒蟬鳴。"是其异也。

◇◇八月其穫者，唯有禾耳，故知其穫謂禾可穫也。"蘀，落"，《釋詁》文。

【孔疏】箋"小正"至"葽始"。

◇◇《夏小正》者，《大戴禮》之篇名也。葽之爲草，《書傳》無文。四月已秀，物之鮮矣，故疑王萯正與葽爲一，言"其是乎"？爲疑之辭也。《月令》孟夏"王瓜生"，注云："今曰王萯生。《夏小正》云'王萯秀'，未聞孰是。"鄭以四月生者，自是王瓜。今《月令》與《夏小正》皆作"王萯"，而生、秀字异，必有誤者，故云"未知孰是"。

◇◇《本草》云："萯生田中，葉青，刺人，有實，七月采陰乾。"云七月采之，又非四月已秀，是葽以否，未能審之。物之成熟，莫先葽草，故云"物成自秀葽始"。微見言月之意，由有物成故也。

<四章-5>**一之日于貉（hé），取彼狐貍，爲公子裘。**

【毛傳】于貉，謂取狐貍皮也。狐貉之厚以居，孟冬天子始裘。

【鄭箋】于貉，往搏貉以自爲裘也（與毛有不同）。狐貍以共尊者。言此者，時寒宜助女功。

【程析】于，往。

【孔疏】傳"于貉"至"始裘"。

◇◇于謂往也。于貉言往不言取，狐貍言取不言往，皆是往捕之而取其皮，故傳言于貉謂取狐貍皮，并明取之意也。

◇◇"狐貉之厚以居"，《論語》文，言其毛厚，服之居於家也。"孟冬天子始裘"，《月令》文，言自此之後，臣民亦服裘也。引二文者，證取皮爲裘之義。

◇◇孟冬已裘，而仲冬始捕獸者，爲來年用之。《天官·掌皮》："秋斂皮，冬斂革，春獻之。"注云："皮革逾歲乾，久乃可用，獻之以入司裘。"是其事也。孟冬始裘，而《司裘》"仲秋獻良裘，季秋獻功裘"者，豫獻之，以待王時服用、頒賜故也。

【孔疏】箋"于貉"至"女功"。

◇◇以經狐貍以下爲公子裘耳，明于貉是民自用爲裘也。◇◇禮無貉裘之文，唯孔子服狐貉裘以居，明貉裘賤故也。定九年《左傳》稱齊大夫東郭書衣貍製，服虔云："貍製，貍裘也。"禮言狐裘多矣，知狐貍以供尊者。言此時寒，宜助女功。◇◇以布帛爲正女功，皮裘爲助女功，非謂男助女也。

<四章-8>**二之日其同，載纘（zuǎn）武功。言私其豵（zōng），獻豜（jiāng）于公。**

【毛傳】纘，繼。功，事也。豕一歲曰豵，三歲曰豜。大獸公之，小獸私之。

【鄭箋】其同者，君臣及民因習兵俱出田也。不用仲冬，亦豳地晚寒也。豕生三曰豵（與毛不同）。

【孔疏】傳“纘繼”至“私之”。

◇◇“纘，繼”，“功，事”，皆《釋詁》文。

◇◇豵入私，豜入公，則豜大豵小。言其一歲、三歲，蓋相傳爲然，無正文也。“大獸公之，小獸私之”，《大司馬職》文。彼云：“小禽私之。”禽獸得通，因經言獸，故言獸也。

【孔疏】箋“其同”至“曰豵”。

◇◇《大司馬》云：“仲春教振旅，遂以蒐田。仲夏教茇（bá）舍，遂以苗田。仲秋教治兵，遂以獮（xiǎn）田。仲冬教大閱，遂以狩田。”是皆因習兵而田獵也。

◇◇禮云“仲冬”，此言“二之日”，即是季冬也。不用仲冬者，豳地晚寒，故習兵晚也。四時皆習兵，而獨説冬獵者，以取皮在冬，且大閱禮備故也。

◇◇“豕生三曰豵”，《釋獸》文。**箋既易傳**，不以豵爲一歲之名，則豜亦非三歲之稱。《釋獸》釋鹿與麕皆云‘絶有力，豣”，箋意蓋以豣爲鹿、麕有力者也。

【孔疏-章旨】“四月”至“于公”。

①四月秀者，葽之草也。五月鳴者，蜩之蟲也。八月其禾可獲刈也。十月木葉皆隕落也。此四物漸而成終，落則將寒之候。時既漸寒，至大寒之月，當取皮爲裘，以助女功。

②一之日往捕貉取皮，庶人自以爲裘。又取狐與貍之皮，爲公子之裘。絲麻不足以禦寒，故爲皮裘以助之。

③既言捕貉取狐，因説田獵之事。至二之日之時，君臣及其民俱出田獵，則繼續武事，年常習之，使不忘戰也。我在軍之士，私取小豵，獻大

豜於公。戰鬥不可以不習，四時而習之。兵事不可以空設，田獵蒐狩以閑之。故因習兵而俱出田獵也，美先公禮教備矣。

<五章-1>**五月斯螽（zhōng）動股，六月莎（suō）雞振羽。七月在野，八月在宇，九月在户，十月蟋蟀入我床下。**

【毛傳】斯螽，蚣蝑（xū）也。莎雞羽成而振訊之。

【鄭箋】自七月在野，至十月入我床下，皆謂蟋蟀也。言此三物之如此，著將寒有漸，非卒來也。

【程析】斯螽，今名蚱蜢。動股，斯螽以翅摩擦發聲，古人誤以爲以腿摩擦。莎雞，蟲名，即紡織娘。

【樂道主人】宇，房檐。

【孔疏】傳“斯螽”至“訊之”。

◇◇“斯螽，蚣蝑”，《釋蟲》文。

◇◇又云：“螒（hàn），天雞。”樊光曰：“謂小蟲黑身赤頭，一名莎雞。”李巡曰：“一名酸雞。”郭璞曰：“一名莎雞，又曰樗（chū）雞。”陸機《疏》曰：“莎雞如蝗而班色，毛翅數重，其翅正赤，或謂之天雞。六月中飛而振羽，索索作聲，幽州人謂之蒲錯，是也。”

【孔疏】箋“七月”至“卒來”。

◇◇以入我床下，是自外而入。在野、在宇、在户，從遠而至於近，故知皆謂蟋蟀也。退蟋蟀之文在十月之下者，以人之床下，非蟲所當入，故以蟲名附十月之下，所以婉其文也。户、宇言在，床下言入者，以床在其上，故變稱入也。

◇◇《月令》季夏云“蟋蟀居壁”，是從壁内出在野。

<五章-7>**穹窒（zhì）熏鼠，塞向墐（jǐn）户。**

【毛傳】穹，窮。窒，塞也。向，北出牖也。墐，塗也。庶人蓽（bì）户。

【鄭箋】爲此四者以備寒。

【程析】穹，打掃。

【孔疏】傳“穹窮”至“蓽户”。

◇◇“窒，塞”，《釋言》文。以窒是塞，故穹爲窮，言窮盡塞其窟穴也。《士虞禮》云：“祝啓牖向。”注云：“向、牖一名也。”《明堂位》注云：“向，牖屬。”此爲寒之備，不塞南窗，故云“北出牖也”。

◇◇備寒而云墐户，明是用泥塗之，故以墐爲塗也。所以須塗者，庶人蓽户，《儒行》注云：“蓽户，以荆竹織門。”以其荆竹通風，故泥之也。

<五章-9>**嗟（jiē）我婦子，曰爲改歲，入此室處。**

【鄭箋】“曰爲改歲”者，歲終，而“一之日觱發，二之日栗烈”，當避寒氣，而入所穹室墐户之室而居之。至此而女功止。

【孔疏】箋曰“曰爲”至“功止”。

◇◇《月令》云：“孟冬，命有司，閉塞而成冬。”此經穹室墐户，文在十月之下，亦當以十月塞塗之矣。

◇◇云“曰爲改歲”者，以仲冬陽氣始萌，可以爲年之始，故改正朔者以建子爲正，歲亦莫。止謂十月爲莫，是過十月則改歲，乃大寒，故言改歲之後，方始入室。若總言一歲之事，則寒暑一周乃爲終歲，寒氣未過，是爲未終，故上言無衣無褐，不得終歲，謂度寒、至春二者，意小异也。

◇◇言入室者，夏秋以來，亦在此室，欲言避寒之意，故云入此室耳，非是别有室也。從養蠶而至此時，一歲之女功止，故告婦子令之入室避寒也。

【孔疏-章旨】“五月”至“室處”。

①言五月之時，斯螽之蟲摇動其股。六月之中，莎鷄之蟲振訊其羽。蟋蟀之蟲，六月居壁中，至七月則在野田之中，八月在堂宇之下，九月則在室户之内，至於十月，則蟋蟀之蟲入於我之床下。此皆將寒漸，故三蟲應節而變。

②蟲既近人，大寒將至，故穹塞其室之孔穴，熏鼠令出其窟，塞北出之向，墐塗荆竹所織之户，使令室無隙孔，寒氣不入。

③豳人又告妻子，言已穹室墐户之意。嗟乎！我之婦與子，我所以爲此者，曰爲改歲之後，觱發、栗烈大寒之時，當入此室而居處，以避寒，故爲此也。

<六章-1>**六月食鬱及薁（yù），七月亨葵及菽。八月剥（pū）棗，十月獲稻。爲此春酒，以介眉壽。**

【毛傳】鬱，棣屬。薁，蘡（yīng）薁也。剥，擊也。春酒，凍醪（láo）也。眉壽，豪眉也。

【鄭箋】介，助也。既以鬱下及棗助男功，又獲稻而釀酒以助其養老之具，是謂豳雅。

【程析】鬱，即唐棣。又名郁李，小枝纖細的小灌木。果實酸甜可食。薁，野葡萄。葵，疏菜名，今之莧（xiàn）菜。菽，大豆。棗、稻，都是釀酒的原料。

【孔疏】傳“鬱棣”至“豪眉”。

◇◇“鬱，棣屬”者，是唐棣之類屬也。劉稹《毛詩義問》云：“其樹高五六尺，其實大如李，正赤，食之甜。”《本草》云：“鬱一名雀李，一名車下李，一名棣。生高山川谷或平田中，五月時實。”言一名棣，則與棣相類，故云棣屬。

◇◇薁蘡者，亦是鬱類而小别耳。《晋宮閣銘》云：“華林園中有車下李三百一十四株，薁李一株。”車下李即鬱，薁李即薁，二者相類而同時熟，故言鬱、薁也。

◇◇棗須樹擊之，所以剥爲擊也。

◇◇“春酒，凍醪”者，醪是酒之别名，此酒凍時釀之，故稱凍醪。《天官·酒正》辨三酒之物云：“一曰事酒，二曰昔酒，三曰清酒。”注云：“事酒，今之醳酒也。昔酒，今之酋久白酒，所謂舊醳（yì）者也。清酒，今之中山冬釀，接夏而成者。”然則春酒即彼三酒之中清酒也。

◇◇人年老者，必有豪毛秀出者，故知眉謂豪眉也。

【孔疏】箋“介助”至“豳雅”。

◇◇《釋詁》云：“介，右也。右，助也。”輾轉相訓，是介爲助也。

◇◇鬱下及棗，總助男功，獲稻爲酒，唯助養老，故辨之。以黍、稷、菽、麥爲正男功，果實菜茹爲助男功，非是女助男也。

<六章-7>**七月食瓜，八月斷壺，九月叔苴（jū）。采荼（tú）薪樗（chū），食（sì）我農夫。**

【毛傳】壺，瓠（hù）也。叔，拾也。苴，麻子（仔）也。樗，惡木也。

【鄭箋】瓜瓠之畜，麻實之糁（sǎn），乾荼之菜，惡木之薪，亦所以助男養農夫之具。

【樂道主人】瓠，一年生草本植物，爬蔓，夏開白花，果實長圓形，嫩時可吃。糁，粒。麻子，麻之子，麻仔也。

【孔疏】箋“壺瓠”至“惡木”。

◇◇以壺與食瓜連文，則是可食之物，故知壺爲瓠，謂甘瓠，可食，就蔓斷取而食之。

◇◇《説文》云：“叔，拾也。”亦爲叔伯之字。《喪服》注云：苴，麻之有實者。然則叔苴謂拾取麻實以供食也。

◇◇樗唯堪爲薪，故云惡木。此經食瓜則斷瓠，拾麻亦食之也，荼以爲菜，樗以爲薪，各從所宜而立文耳。

◇◇下章納穀有麻，在男功之正。此説男功之助，言叔苴者，以麻九月初熟，拾取以供羹菜。其在田收穫者，猶納倉以供常食也。

【孔疏-章旨】“六月”至“農夫”。

①此鬱、薁言食，則葵、菽及棗皆食之也。但鬱、薁生可食，故以食言之。葵、菽當亨煮乃食。棗當剥擊取之。各從所宜而言之，其實皆是食也。

②獲稻作酒，云以介眉壽，主爲助養老人，則農夫不得飲之。其鬱、薁、葵、棗、瓜、瓠，農夫老人皆得食之。其荼、樗云“食我農夫”，則老人不食之矣。

<七章-1>**九月築場（cháng）圃（pǔ），**

【毛傳】春夏爲圃，秋冬爲場。

【鄭箋】場圃（pǔ）同地耳，物生之時，耕治之以種菜茹，至物盡成熟，築堅以爲場。

【孔疏】傳“春夏”至“爲場”。

◇◇《地官·載師》云：“場圃在園地。”注云：圃樹果蓏（luǒ）之屬，季秋於中爲場，樊圃謂之園。然則園者，外畔藩籬之名，其内之地種樹菜果則謂之圃（，蹂踐禾稼則謂之場，故春夏爲圃，秋冬爲場。《東山》云：“町（dīng）畽（tǔn）鹿場。”是謂蹂踐之名。

【樂道主人】孔疏箋云：種菜茹者，《烝民》云“柔亦不茹”，茹者咀嚼之名，以爲菜之別稱，故《書傳》謂菜爲茹。

<七章-2>**十月納禾稼。黍稷重（tóng）穋（lù），禾麻菽麥。**

【毛傳】後熟曰重，先熟曰穋。

【鄭箋】納，内也。治於場而内之囷倉也。

【孔疏】傳“後熟”至“曰穋”。◇◇後熟者先種之，先熟者後種之，故《天官·内宰》鄭司農云：“先種後熟謂之重，後種先熟謂之穋。”相傳爲然，無正文也。

【孔疏】箋“納内”至“囷倉”。

◇◇宅在都，田在野。上言場，此言納，故知納是治於場而内於倉也。

◇◇苗生既秀謂之禾，種殖諸穀名爲稼。禾稼者，苗幹之名。此言納禾稼，謂納於場。但既言治於場，遂内於倉，下句唯言既同，不見納倉之事，故箋連言之耳。

◇◇禾稼、禾麻，再言禾者，以禾是大名也，徒黍、稷、重、穋四種而已，其餘稻、秫（shú）、菰（gū）、粱之輩皆名爲禾。麻與菽、麥則無禾稱，故於麻、麥之上更言禾字，以總諸禾也。此文所不見者，明其皆納之也。

<七章-5>**嗟（jiē）我農夫！我稼既同，上入執宫功。**

【毛傳】入爲上，出爲下。

【鄭箋】既同，言已聚也，可以上入都邑之宅，治宫中之事矣。於是時，男之野功畢。

【程析】執，服役。

【孔疏】箋“既同”至“功畢”。◇◇既納囷倉，已是聚矣。言治宫中之事，則是訓功爲事，經當云“執於宫公”。本或“公”在“宫”上，誤耳。今定本云“執宫功”，不爲“公”字。於是男之野功畢，宫内之事則未畢，故入之執於宫功。

<七章-8>**晝爾于茅，宵爾索綯（táo），**

【毛傳】宵，夜。綯，絞也。

【鄭箋】爾，女（汝）也。女（汝）當晝日往取茅歸，夜作絞索，以待時用。

【程析】索，這裏作動詞“搓”用。綯，繩。

【孔疏】傳“綯，絞”。◇◇李巡曰：“綯，繩之絞也。”

<七章-8>**亟其乘（chéng）屋，其始播百穀。**

【毛傳】乘，升也。

【鄭箋】亟，急。乘，治也（與毛不同）。十月定星將中，急當治野廬之屋。其始播百穀，謂祈來年百穀於公社。

【孔疏】傳“乘，升”。◇◇乘車是升其上，其乘屋亦升其上，故爲升也。

【孔疏】箋"亟急"至"公社"。

◇◇以民治屋，不應直言升上而已，故易傳以乘爲治。下句言其始播百穀，則乘屋亦爲田事。且上云"塞向墐户"，是都邑之屋，故知此所治屋者，民治野廬之屋也。

◇◇播揰百穀，乃是明年之事，今於十月之中，則是預有所營。與播種者爲始，與穀爲始，不過祈祭社稷，故知其始播百穀，祈來年百穀於公社。

◇◇治屋者，民自治之。祭社者，則公爲之，非民祭也。所以二句得相成者，以民所以治屋者，見公家祭社爲祈來年播種百穀，故民亦治屋爲來年鋤耘而止舍。

◇◇《月令》"孟冬，天子乃祈來年於天宗，大割牲，祀於公社及門閭（lú，里巷的門，古代二十五家爲一閭），臘（古代舊曆十二月合祭衆神叫作臘，因此舊曆十二月叫臘月。）先祖五祀。"注云："此《周禮》所謂蜡也。

◇天宗，謂日月星辰。

◇大割，大殺群牲割之。

◇臘，謂以田獵所得禽，

◇祭五祀：門、户、中霤（liú）、竈、行。或言祈年，或言大割牲，或言臘，互文。"

◇是十月之時，爲民祈來年百穀也。《月令》天子之事，故云祈於天宗。

◇◇此陳豳公之政，指言公社，以諸侯之事不得祭天故也。

【孔疏-章旨】"九月"至"百穀"。

○毛以爲，此章説農夫作事之終，

①故言九月之時，築場於圃之中以治穀也。

②十月之中，納禾稼之所收穫者，黍稷重穋、禾麻菽麥之等，納之於囷倉之中。粟既納倉，則農事畢了，民嗟乎我農夫之等，我之稼穡既已積聚矣，野中無事，

③可以上入都邑之宅，執治於宮中之事。宮中所治，當是何事，即相謂云：

④晝日爾當往取茅草，夜中爾當作索綯，以待明年𬗋用也。◇汝又當

急其升上野廬之屋而修治之，以待耘耔之時所以止息。◇豳公又其始爲民播種百穀之故，而祈祭社稷。田事不久，故豫修廬舍，美農人趍時也。

○鄭唯以乘爲治，謂“急治野屋”爲异。餘同。

<八章-1>**二之日鑿（záo）冰沖沖，三之日納于凌陰。四之日其蚤（zǎo），獻羔祭韭。**

【毛傳】冰盛水腹，則命取冰於山林。沖沖，鑿冰之意。凌陰，冰室也。

【鄭箋】“古者，日在北陸而藏冰，西陸朝覿（dí）而出之。◇祭司寒而藏之，獻羔而啓之。◇其出之也，朝之禄位，賓、食、喪、祭，於是乎用之。”《月令》“仲春，天子乃獻羔開冰，先薦寢廟。”《周禮》凌人之職，“夏，頒冰堂事。秋，刷”。◇上章備寒，故此章備暑。后稷先公禮教備也。

【程析】蚤，早朝，古祭禮儀式。獻羔祭韭，獻上羔羊與韭菜以祭祖，即古代開窖取冰前的儀式。

【樂道主人】覿，《説文》：見也。

【孔疏】傳“冰盛”至“冰室”。

◇◇《月令》“季冬，冰方盛，水澤腹堅，命取而藏之”。注云：“腹堅，厚也。此月日在北陸，冰堅厚之時。”昭四年《左傳》説藏冰之事云：“深山窮穀，於是乎取之。”是於冰厚之時命取冰也。《左傳》言取冰於山耳，此兼言林者，以山木曰林，故連言之。

◇◇沖沖，非貌非聲，故云“鑿冰之意”。納於凌陰，是藏冰之處，故知爲冰室也。案《天官·凌人》云：“正歲十有二月，令斬冰，三其凌。”注云：“凌，冰室也。三之者，爲消釋度也。杜子春云：‘三其凌者，三倍其冰。’”此言凌陰，始得爲凌室。彼直言凌，而亦得爲凌室者，凌冰一物，既云斬冰，而又云三其凌，則是斬冰三倍，多於凌室之所容，故知三其凌者謂凌室。不然，單言凌者，止得爲冰體，不得爲冰室也。

◇◇《凌人》十二月斬冰，即以其月納之。此言三之日納于凌陰，四之日即出之，藏之既晚，出之又早者，鄭答孫皓云：“豳土晚寒，故可夏正月納冰。夏二月仲春，大蔟用事，陽氣出，始温，故禮應開冰，先薦寢廟。”言由寒晚，得晚納冰。依禮，須早開故也。

◇◇《月令》“孟春，律中大蔟（律名）。二月，律中夾鍾。”言二月大蔟用事者，以大蔟爲律，夾鍾爲吕。吕者助律宣氣，律統其功，故雖至二月，猶云大蔟用事。

【孔疏】箋“古者”至“教備”。

◇◇自“於是乎用之”以上，皆昭四年《左傳》文。彼説藏冰之事，其末云：“《七月》之卒章，藏冰之道。”與此同，故具引之。《釋天》云：“北陸，虚也。西陸，昴也。”孫炎曰：“陸，中也。北方之宿，虚爲中也。西方之宿，昴爲中。”然則日在北陸，謂日體在北方之中宿，是建丑之月，夏之十二月也。

◇◇劉歆《三統曆術》“十二月小寒節，日在女八度；大寒中，日在危一度”，是大寒前一日，日猶在虚，於此之時，可藏冰也。西陸朝覿而出之，謂日行已過於昴，星在日之後早朝出現也。《三統術》“四月立夏節，日在畢十二度，星去日半次然後見”。是立夏之日，日去昴星之界已十二度，昴星得朝見也。於此之時，可出冰也。

◇◇祭司寒而藏之，還謂建丑之月，祭主寒之神而藏此冰也。

◇◇獻羔而啓之，謂建卯之月，獻羔以祭主寒之神，開此冰也。二月開冰，公始用之，未賜臣也。至於夏初，其出之也，朝之禄位，賓、食、喪、祭於是乎普用之，乃是頒賜臣下也。

◇服虔云：“禄位，謂大夫以上。賓客、食享、喪浴、祭祀，是其普用之事也。”服虔以西陸朝覿而出之，謂二月日在婁四度，春分之中，奎始晨見東方，蟄蟲出矣，故以是時出之，給賓、食、喪、祭之用。服説如此。

◇知鄭不與同者，以鄭答孫皓云：“西陸朝覿，謂四月立夏之時，《周禮》曰‘夏班冰’是也。”是鄭以西陸朝覿謂四月，與服异也。鄭意所以然者，以西陸爲昴，《爾雅》正文。西陸朝覿，當爲昴星朝見，不得爲奎星見也，故知出之爲四月賜，非二月初開也。

◇傳下句别言祭司寒而藏之，獻羔而啓之，乃謂十二月始藏之，二月初開之耳。傳言祭寒而藏之，不言司寒。箋引彼文加司字者，彼文上句云“以享司寒”，下句重述其事，略其司字。箋以經有藏冰、獻羔二事，故略引下句以當之，不引上句，故取上句之意，加司字以足之。服虔云：“司寒，司陰之神玄冥也。將藏冰，致寒氣，故祀其神。”鄭意或亦然也。

◇箋又引其“出之”以下者，解此藏冰之意，言爲此頒冰，故藏之也。傳文“其出之也”在司寒之上，此引之到者，以其不證經文，故退令在下。《月令》“仲春，天子乃獻羔開冰，先薦寢廟”，《月令》文也。彼作“鮮羔”，注云：“鮮當爲獻。”此已破引之證。經獻羔之事在二月也。

◇祭韭者，蓋以時韭新出，故用之。《王制》云：“庶人春薦韭。”亦以新物，故薦之也。

◇《周禮》凌人之職，“夏，班冰掌事。秋，刷”，《天官・凌人》文。彼注云：“暑氣盛，王以冰頒賜，則主爲之刷清也。秋凉，冰不用，可以清除其室也。”案，傳以啓之下云“火出而畢賦”，又云“火出於夏爲三月”，則是三月頒冰。《周禮》言“夏頒冰”者，凡言時事，總舉天象，不可必以其月也。以三月火始見，四月則立夏，時相接連，冰以暑乃賜之，故當在於四月，是火出之後，故傳以火出言之。

◇◇上章蠶績裳裘，是備寒之事，故此章又説藏冰，是備暑之事，言后稷先公禮教備也。以序言后稷，故兼言也。

<八章-5>**九月肅霜，十月滌場。朋酒斯饗（xiǎng），曰殺羔羊。**

【毛傳】肅，縮也。霜降而收縮萬物。滌場功畢入也。兩樽曰朋。饗者，鄉人飲酒也。鄉人以狗，大夫加以羔羊。

【鄭箋】十月，民事男女俱畢，無飢寒之憂，國君閒於政事而饗群臣（與毛不同）。

【孔疏】傳“肅縮”至“羔羊”。

◇◇肅音近縮，故肅爲縮也。霜降收縮萬物，言物乾而縮聚也。《月令》“季春行冬令則草木皆肅”，注云：“肅謂枝葉縮栗。”亦謂縮聚乾燥之意也。

◇◇洗器謂之滌，則是净義，故爲埽也。在場之功畢，已入倉，故滌埽其場。

◇◇朋者，輩類之言。此言朋酒，則酒有兩樽，故言兩樽曰朋。掃場是農人之事，則斯饗是民自飲酒，故言饗禮者，鄉人飲酒，以狗爲牲。大夫與焉，則加以羔羊。言“曰殺羔羊”，是鄉人見大夫而始發此言，故稱“曰”也。

◇鄉人飲酒而謂之饗者，鄉飲酒禮尊事重，故以饗言之。《譜》説用樂之事云：“饗賓或上取。”《鄉飲酒》注云：“鄉飲酒升歌小雅，禮盛者進取。”是鄉飲酒之禮得稱饗也。此鄉人用狗殺羊，謂黨正飲酒。

◇◇《地官·黨正職》曰國索鬼神而祭祀，以禮屬民，而飲酒於序，以正齒位。一命，齒於鄉里。再命，齒於父族。三命不齒。注云：“正齒位者，爲民三時務農，將闕於禮，至此農隙而教之尊長養老，見孝悌之道也。鄉人雖爲，卿大夫必來觀禮。”是鄉人飲酒，有大夫與之也。

◇◇鄉飲酒禮，自是三年賓賢能之禮，而黨正飲酒之禮亦與之同。《鄉飲酒》經云：“尊兩壺於房户之間，有玄酒。”是用兩樽也。《記》云：“其牲狗。”注云：“狗取擇人。”是鄉人以狗也。

◇◇《王制》云：“大夫無故不殺羊。”是行禮飲酒有故，得用羊，故雲大夫加以羔羊也。此實黨正飲酒，正有一黨之人，傳言鄉人者，以黨正飲酒亦名鄉飲酒故也。《鄉飲酒義》注云：“黨正飲酒而謂之鄉者，州、黨，鄉之屬，或則鄉之所居州、党，鄉大夫親爲主人。”是解黨正飲酒得稱鄉人之意也。

【孔疏】箋“十月”至“群臣”。

◇◇箋以下云“躋彼公堂”是升君之堂，“萬壽無疆”是慶君之辭，又鄉飲酒之禮用狗不用羊，**故易傳以爲**，斯饗謂國君閒於政事而饗群臣也。

◇◇《月令》孟冬云：“是月也，太飲烝。”注云：“十月農功畢，天子諸侯與群臣飲酒於大學，以正齒位，謂之大飲，別之於燕。其禮亡。烝謂折牲體，升謂爲俎。”引此詩“十月滌場”以下云：“是豳頌大飲之詩。”是鄭以天子諸侯自有大饗群臣之禮，故不爲鄉飲酒也。

◇◇言別於燕禮，燕禮小於大飲。燕禮上設六樽，此言朋酒者，設尊之法，每兩尊并設，故云朋耳，非謂國君大飲唯兩尊也。《燕禮》云：“司宫尊於東楹之西，兩方壺。公尊瓦大。夫尊兩圓壺。”是尊皆兩兩對設之也。案《燕禮記》云：“其牲狗。”此大飲大於燕禮，故用羊也。

<八章-6>**躋（jī）彼公堂，稱彼兕（sì）觥（gōng），萬壽無疆！**

【毛傳】公堂，學校也。觥，所以誓衆也。疆，竟也。

【鄭箋】於饗而正齒位，故因時而誓焉。飲酒既樂，欲大壽無竟，是謂豳頌。

【孔疏】傳“公堂”至“疆竟”。

◇◇傳以“朋酒斯饗”爲黨正飲酒之禮，案黨正屬民，而飲酒於序，則公堂學校謂黨之序學也。謂之公堂者，以公法爲學，故稱公耳。《天官·酒正》云“凡爲公酒者”，注云：“謂鄉射飲酒，以公事作酒者。”是鄉人之事得稱公也。

◇◇兕觥者，罰爵。此無過可罰，而云“稱彼”，故知舉之以誓戒衆人，使之不違禮。

◇◇疆是境之别名，言年壽長遠無疆畔也。定本竟作“境”。

【孔疏】箋“於饗”至“豳頌”。

◇◇箋以“斯饗”爲國君大飲之禮，以正齒位，故因是時而誓焉，使群臣知長幼之序，令之不犯禮也。

◇◇《月令》注云：“天子諸侯與群臣飲酒於大學，以正齒位，謂之大飲。”則此公堂謂之大學也。知在大學亦正齒位者，以國君大飲與黨正飲酒皆農隙而爲，俱教孝悌之道。黨之於序學，知國君於大學。黨正飲酒爲正齒位，知國君飲酒亦正齒位也。

【孔疏-章旨】“二之日”至“無疆”。

○毛以爲，豳公教民，①二之日之時，使人鑿冰沖沖然，三之日之時，納于凌陰之中，四之日，其早朝獻黑羔於神，祭用韭菜而開之，所以禦暑。言先公之教，寒暑有備也。

②又九月之時，收縮萬物者，是露爲霜也。十月之中，掃其場上粟麥盡皆畢矣，於是設兩樽之朋酒，斯爲飲酒之饗禮，其牲用犬。若有大夫來至，則相命曰當殺羔羊，尊大夫，故特爲殺羊。

③乃升彼公堂序學之上，舉彼兕觥之爵，以誓告衆人，使無違於禮。於是民慶豳公，使得萬年之壽，無有疆境之時。美先公禮教周備，爲民所慶賀也。

鄭以爲，②朋酒斯饗，民事畢，國君閒暇，設朋輩之尊酒，斯饗勞群臣，作大飲之禮，曰殺羔羊，以爲殽羞。

③群臣皆升彼公堂之上，有司乃舉彼兕觥，以誓群臣，使無犯禮者。群臣於是慶君，使君萬壽無疆。餘同。

《七月》八章，章十一句。

鴟　鴞 【豳風二】

鴟（chī）鴞（xiāo）鴟鴞，既取我子，無毀我室。恩斯勤斯，鬻（yù）子之閔斯！

迨（dài）天之未陰雨，徹彼桑土（dù），綢繆（móu）牖（yǒu）户。今女（rǔ）下民，或敢侮予！

予手拮据（jū），予所捋（luō）荼（tú），予所蓄租，予口卒瘏（tú），曰予未有室家！

予羽譙（qiáo）譙，予尾翛（xiāo）翛，予室翹（qiáo）翹。風雨所漂摇，予維音嘵（xiāo）嘵！

《鴟鴞》四章，章五句。

【毛序】《鴟鴞》，周公救亂也。成王未知周公之志，公乃爲詩以遺王，名之曰《鴟鴞》焉。

【鄭箋】未知周公之志者，未知其欲攝政之意（與毛不同）。

【樂道主人】鄭與毛同爲周公遺王之事，但詩旨大不同。一要明確鴟鴞是受害者，二要清楚鴟鴞興什麽人，才能明白毛鄭的不同：毛指周公，鄭指周公之屬之先輩。鄭以此篇講臣道也。

【孔疏】序“《鴟鴞》”至“鴟鴞焉”。

◇◇此《鴟鴞》詩者，周公所以救亂也。毛以爲，武王既崩，周公攝政，管、蔡流言，以毁周公，又導武庚與淮夷叛而作亂，將危周室。

◇周公東征而滅之，以救周室之亂也。

◇於是之時，成王仍惑管、蔡之言，未知周公之志，疑其將篡，心益不悦，故公乃作詩，言不得不誅管、蔡之意，以貽遺成王，名之曰《鴟鴞》焉。經四章，皆言不得不誅管、蔡之意。

◇◇鄭以爲，武王崩後三年，周公將欲攝政，管、蔡流言，周公乃避之，出居於東都。周公之屬黨與知將攝政者，見公之出，亦皆奔亡。

◇至明年，乃爲成王所得。此臣無罪，而成王罪之，罰殺無辜，是爲國之亂政，故周公作詩救止成王之亂。於時成王未知周公有攝政成周道之志，多罪其屬黨，故公乃爲詩，言諸臣先祖有功，不宜誅絶之意，以怡悦王心，名之曰《鴟鴞》焉。四章皆言不宜誅殺屬臣之意。

◇◇定本“貽”作“遺”字，則不得爲怡悦也。

【孔疏】箋“未知”至“之意”。

◇◇《金縢》云：“武王既喪，管叔及其群弟乃流言於國，曰：‘公將不利於孺子。’周公乃告二公曰：‘我之弗辟，無以告我先王。’周公居東二年，罪人斯得。於後公乃爲詩以貽王，名之曰《鴟鴞》。”

◇注云：“罪人，周公之屬党與知居攝者。周公出，皆奔。今二年，蓋爲成王所得。怡，悦也。周公傷其屬黨無罪將死，恐其刑濫，又破其家，而不取正言，故作《鴟》之詩以貽王。今《豳風·鴟鴞》也。”

◇◇鄭讀辟爲避，以居東爲避居。於時周公未攝，故以未知周公之志者，謂未知其欲攝政之意。訓怡爲悦，言周公作此詩，欲以救諸臣、悦王意也。毛雖不注此序，不解《尚書》，而首章傳云“寧亡二子，不可毁我周室”，則此詩爲誅管、蔡而作之。

◇◇（毛）此詩爲誅管、蔡，則罪人斯得，謂得管、蔡也。（毛）周公居東爲出征，我之不辟，欲以法誅管、蔡。既誅管、蔡，然後作詩，不得復名爲貽悦王心，（毛）當訓貽爲遺，謂作此詩遺成王也。

◇◇《公劉序》云“而獻是詩”，此云遺者，獻者，臣奉於尊之辭；遺者，流傳致達之稱。彼召公作詩，奉以戒成王；此周公自述己意，欲使遺傳至王，非奉獻之，故與彼异也。

<一章-1>**鴟（chī）鴞（xiāo）鴟鴞，既取我子，無毁我室（shì）。**

【毛傳】興也。鴟鴞，也。無能毁我室者，攻堅之故也。寧亡二子，不可以毁我周室。

【鄭箋】重言者，將述其意之所欲言，丁寧之也。室猶巢也。鴟鴞言：已取我子者，幸無毁我巢。我巢積日累功，作之甚苦，故愛惜之也。

◇時周公竟武王之喪，欲攝政成周道，致大平之功。管叔、蔡叔等流言云：“公將不利於孺子。”成王不知其意，而多罪其屬黨。

◇興者，喻此諸臣乃世臣之子孫，其父祖以勤勞有此官位土地，今若誅殺之，無絶其位，奪其土地。王意欲誚（qiào，責備）公，此之由然。（與毛不同）

【程析】鴟鴞，猫頭鷹。

【樂道主人】鴟鴞，毛意指周公，鄭意指諸臣之父輩。

【孔疏】傳“鴟鴞”至“周室”。

◇◇“鴟鴞，鸋（níng）鴂（guī）”，《釋鳥》文。舍人曰：“鴟鴞，一名鸋鴂也。《方言》云：‘自關而東謂桑飛曰鸋鴂。’”

◇陸機《疏》云：“鴟鴞似黄雀而小，其喙（huì）尖如錐，取茅莠爲窠，以麻紩（zhì，縫，補）之，如刺襪然。縣著樹枝，或一房，或二房。幽州人謂之鸋鴂，或曰巧婦，或曰女匠。關東謂之工雀，或謂之過羸。關西謂之桑飛，或謂之襪（wà）雀，或曰巧女。”

◇◇無能毁我室者，謂鴟鴞之意，唯能亡此子，無能留此子以毁我室。此鴟鴞非不愛子，正謂重其巢室也。

◇傳以此詩爲管、蔡而作，故云寧亡二子，不可以毁我周室。於時殺管叔而放蔡叔，故言寧亡二子。

【孔疏】箋“重言”至“由然”。

◇◇人居謂之室，鳥居謂之巢，故云室猶巢也。

◇◇周公竟武王之喪，謂崩後三年除喪服也。成王不知其意，多罪其屬黨，即《金縢》云“罪人斯得”是也。此實無罪，謂之罪人者，《金縢》注云：“謂之罪人，史書成王意也。”罪其屬黨，言將罪之。箋又言“若誅殺之”，明時實未加罪也。

◇◇以興爲取象鴟鴞之子，宜喻屬臣之身，故以室喻官位土地也。《金縢》於“名之曰《鴟鴞》”之下云：“王亦未敢誚公。”是有之意，但未敢言耳，故云“王意欲誚公，此之由然”，其言由此詩也。

◇◇《金縢》注云：“成王非周公意未解，今又爲罪人言，欲讓之。推其恩親，故未敢。”欲誚公之意作此詩，欲以怡悦王心，致使王意欲誚公，乃是更益王忿，而言以怡王者，成王謂公將篡，故罪其屬臣。公若實有篡心，不敢爲臣諮請。今作詩與王，言其屬臣無罪，則知公不爲害，事亦可明。

◇◇未悟，故欲誚公。既悟，自當喜悦。冀王之悟，故作此詩，是公意欲以怡悦王也。

◇◇王肅云：“案經、傳内外，周公之黨具存，成王無所誅殺。横造此言，其非一也。設有所誅，不救其無罪之死，而請其官位土地，緩其大而急其細，其非二也。設已有誅，不得云無罪，其非三也。”馬昭云：“公黨已誅，請之無及，故但言請子孫土地。”

◇斯不然矣。案鄭注《金縢》云：“傷於屬臣無罪將死。”箋云：“若誅殺之。”則鄭意以屬臣雖爲王得，實猶未加刑，馬昭之言，非鄭旨也。公以王怒猶盛，未敢正言，假以官位土地爲辭，實欲冀存其人，非是緩大急細，弃人求土。鄭之此意，亦何過也？

<一章-3>**恩斯勤斯，鬻（yù）子之閔斯！**

【毛傳】恩，愛。鬻，稚。閔，病也。稚子，成王也。

【鄭箋】鴟鴞之意，殷勤於此，稚子當哀閔之。此取鴟鴞子者，指稚子也（與毛不同）。以喻諸臣之先臣，亦殷勤於此，成王亦宜哀閔之（與毛不同）。

【樂道主人】稚子，毛鄭實喻成王。【孔疏】（鄭）稚子謂巢下之民，即成王。

【孔疏】傳“恩愛”至“成王”。

◇◇有恩必相愛，故以恩爲愛。《釋言》云：“鞠，稚也。”郭璞曰：“鞠一作毓。”是鬻爲稚也。“閔，病”，《釋詁》文。

◇◇言鬻子之病，則謂管、蔡作亂，病此鬻子，故知“鬻子，成王也”。

◇◇王肅云：“勤，惜也。周公非不愛惜此二子，以其病此成王。”則傳意亦當以勤爲惜。

【孔疏】箋“鴟鴞”至“閔之”。

◇◇箋亦以此經爲興。恩之言殷也，以鴟鴞之意殷勤於稚子，喻諸臣之先臣亦殷勤於成王。假言鴟鴞之意，愛惜巢室，亦假言諸臣之先臣愛惜土地。皆假爲之辭，非實有言也。

◇◇箋云“言鴟鴞子者，指稚子也”，則稚子謂巢下之民。《金縢》注云：“鬻子斥成王。”斥者，經解喻尊，猶言昊天斥王也。

【孔疏-章旨】“鴟鴞”至“閔斯”。

○毛以爲，周公既誅管、蔡，王意不悦，故作詩以遺王。

①假言人取鴟鴞子者，言鴟鴞鴟鴞，其意如何乎？其言人已取我子，我意寧亡此子，無能留此子以毁我巢室，以其巢室積日累功作之，攻堅故也。以興周公之意如何乎？其意言：寧亡管、蔡，無能留管、蔡以毁我周

室，以其周室自后稷以來，世修德教，有此王基，篤厚堅固故也。

②又言管、蔡罪重，不得不誅之意。周公言已甚愛此，甚惜此二子，但爲我稚子成王之病，以此之故，不得不誅之也。

鄭以爲，成王將誅周公之屬臣，周公爲之詩，①言鴟鴞之意如何乎？言人既取我子，幸無毀我室。以其積日累功，作之甚苦，故愛惜之，不欲見其毀損。以喻成王若誅此諸臣，幸無絕其官位，奪其土地，以其父祖勤勞乃得有此，故愛惜之，不欲見其絕奪。

②又言當此幼稚之子來取我子之時，其鴟鴞之意殷勤於此稚子。稚子當哀閔之，不欲毀其巢。以喻言屬臣之先臣亦殷勤於此成王，成王亦宜哀閔之，不欲絕其官位土地。此周公之意，實請屬臣之身，但不敢正言其事，故以官位土地爲辭耳。"閔"下"斯"字，箋、傳皆爲辭耳。

<二章-1>**迨（dài）天之未陰雨，徹彼桑土（dù），綢繆（móu）牖（yǒu）户。**

【毛傳】迨，及。徹，剥也。桑土，桑根也。

【鄭箋】綢繆猶纏綿也。此鴟鴞自說作巢至苦如是，以喻諸臣之先臣，亦及文、武未定天下，積日累功，以固定此官位與土地。（與毛不同）

【程析】土，杜也。綢繆，纏縛。

【孔疏】傳"迨及"至"桑根"。

◇◇"迨，及"，《釋言》文。徹即剥脱之義，故爲剥也。取彼桑土，用爲鳥巢，明是桑根在土，剥取其皮，故知桑土即桑根也。王肅云："鴟鴞及天之未陰雨，剥取彼桑根，以纏綿其户牖，以興周室積累之艱苦也。"

◇◇下經無傳，但毛以此詩爲管、蔡而作，**必不得同鄭爲興**。王肅下經注云："今者，今周公時。言先王致此大功至艱難，而其下民敢侵侮我周道，謂管、蔡之屬不可不遏絕，以全周室。"傳意或然。

<二章-3>**今女（nǔ）下民，或敢侮予！**

【鄭箋】我至苦矣，今女我巢下之民，寧有敢侮慢欲毀之者乎？意欲恚（huì）怒之，以喻諸臣之先臣固定此官位土地，亦不欲見其絕奪。

【樂道主人】毛以爲，以周公之口氣，女（汝）下民，指管、蔡之屬。予，指周道。

【樂道主人】鄭以爲，以先臣之口氣，女（汝）下民，指成王。予，我巢室，指我（先臣之）官位、土地，實指其子。

【孔疏】箋“我至”至“絶奪”。◇◇箋以此爲諸臣設請，故亦爲興。巢下之民將毁其室，意欲恚怒之。此是臣請於君，而欲恚怒者，鴟鴞之恚怒，喻先臣之怨恨耳，非恚怒王也。

【孔疏-章旨】“迨天”至“侮予”。

○毛以爲，自説作巢至苦，①言己及天之未陰雨之時，剥彼桑根，以纏綿其牖户，乃得成此室巢，以喻先公先王亦世修其德，積其勤勞，乃得成其王業。

②致此王功甚難若是，今汝下民管、蔡之屬，何由或敢侮慢我周室而作亂乎？故不得不誅之。

○鄭以爲，①鴟鴞及天之未陰雨之時，剥彼桑根，以纏綿其牖户，乃得有此室巢，以喻諸臣之先臣及文、武未定天下之時，亦積日累功，乃得定此官位土地。

②鴟鴞以勤勞之故，惜此室巢，今巢下之民，寧或敢侮慢我，欲毁我巢室乎？

◇◇不欲見其毁損，意欲恚怒之，以喻諸臣之先臣甚惜此官位土地，汝成王竟何得絶我官位，奪我土地乎？不欲見其絶奪，意欲怨恨之。言鴟鴞之惜室巢，猶先臣之惜官位土地，鴟鴞欲恚怒巢下之人，喻先臣亦有恨於成王，王勿得誅絶之也。

<三章-1>**予手拮据（jū），予所捋（luō）荼（tú），予所蓄租，予口卒瘏（tú），**

【毛傳】拮据，撠（jǐ）挶（jū）也。荼，萑（huán）苕（tiáo）也。租，爲。瘏，病也。手病口病，故能免乎大鳥之難。

【鄭箋】此言作之至苦，故能攻堅，人不得取其子。

【程析】拮据，過度疲勞而手指僵硬。捋，用手勒取。荼，蘆、茅的穗。蓄，聚積。卒，通“悴”，與瘏皆爲口病，與拮据相對成文。

【樂道主人】卒，盡，全。撠，抓住。

【樂道主人】【孔疏】（此四句爲）鴟鴞言已作巢之苦。

【孔疏】傳“拮据”至“之難”。

◇◇《説文》云：“撠，持撠。挶，謂以手爪挶持草也。”《七月》

傳云：“藡爲萑（huán）。”此爲萑苕，謂藡之秀穗也。

◇◇《出其東門》箋云：“荼，茅秀。”然則茅藡之秀，其物相類，故皆名荼也。

◇◇租訓始也，物之初始，必有爲之，故云“租，爲也”。

◇◇“瘏，病”，《釋詁》文。經言“予口卒瘏”，直是口病而已，而傳兼言手病者，以經“予手拮据”言手，“予所捋荼”不言手，則是用口也。

◇◇“予所蓄租”，文承二者之下，則手口并兼之。上既言手，而口文未見，故又言“予口”。言口病，明手亦病也。且“卒瘏”謂盡病，若唯口病，不得言盡，故知手口俱病。

◇◇鴟鴞小鳥，爲巢以自防，故知求免大鳥之難也。

<三章-5>**曰予未有室家！**

【毛傳】謂我未有室家。

【鄭箋】我作之至苦如是者，曰我未有室家之故。

【樂道主人】予，毛指稚子成王，鄭指先臣。

【孔疏】傳“謂我未有室家”。

◇◇傳以“曰”者稱它人。言“曰”，則此句說彼作亂之意。“曰予未有室家”，管、蔡意謂我稚子未有室家之道，故輕侮之。上章疾其輕侮，故此章言其輕侮之意也。“曰”者，陳其管、蔡之言。“予”者，還周公自我也。

◇◇王肅云：“我爲室家之道至勤苦，而無道之人弱我稚子，易我王室，謂我未有室家之道。”

【孔疏-章旨】“予手”至“室家”。

○毛以爲，①鴟鴞言已作巢之苦，予手擑捐其草，予所捋者是荼之草也。其室巢所用者，皆是予之所蓄爲。予手口盡病，乃得成此室巢，用免大鳥之難。喻周之先王亦勤勞經營，乃得成此王業，用免侵毀之患。我先王爲此室家，勤苦若是，管、蔡之輩，無道之人，輕侮稚子，弱寡王室，

②乃爲言曰，我此稚子，未有室家，欲侵毀之，故不可不誅殺也。

○鄭以爲，①鴟鴞手口盡病，以勤勞之故，攻堅之故，人不得取其子。假有取其子，仍不得毀其室巢。以喻諸臣之先臣，以勤勞之故，經營之故，王不得殺其子孫。假使殺其子孫，仍不得奪其官位土地。

②鴟鴞又言：己所以勤勞爲此室巢者，“曰予未有室家”，故勞力爲此，是以今甚惜之。

◇◇喻屬臣之先臣，所以勤勞爲此功業者，亦由未有官位土地，故勤力得此，是以今甚惜之。王若殺此諸臣，不得奪其官位土地也。

<四章-1>**予羽譙（qiáo）譙，予尾翛（xiāo）翛，**

【毛傳】譙譙，殺也。翛翛，敝也。

【鄭箋】手口既病，羽尾又殺敝，言己勞苦甚（與毛不同）。

【程析】譙譙，羽毛枯焦貌。翛翛，脩（xiāo）脩字之僞。鳥羽幹縮貌。

【樂道主人】予，指鴟鴞，毛鄭如前各有不同。

【孔疏】傳“譙譙，殺。消消，敝”。◇◇此無正文也。以此言鳥之羽尾疲勞之狀，故知爲殺敝也。定本“消消”作“翛翛也”

<四章-3>**予室翹（qiáo）翹。風雨所漂摇，予維音嘵（xiāo）嘵！**

【毛傳】翹翹，危也。嘵嘵，懼也。

【鄭箋】巢之翹翹而危，以其所託枝條弱也。以喻今我子孫不肖，故使我家道危也。風雨喻成王也。音嘵嘵然恐懼，告愬之意。（與毛不同）

【樂道主人】風雨，毛以爲管、蔡。

【孔疏】傳“翹翹，危。嘵嘵，懼”。◇◇王肅云：“言盡力勞病，以成攻堅之巢，而爲風雨所漂摇，則鳴音嘵嘵然而懼。以言我周累世積德，以成篤固之國，而爲凶人所振盪，則己亦嘵嘵而懼。”

【孔疏-章旨】“予羽”至“嘵嘵”。

○毛以爲，①鴟鴞言作巢之苦，予羽譙譙然而殺，予尾消消而敝，手口既病，羽尾殺敝，乃有此室巢。以喻先王勤修德業，勞神竭力，得成此王業。

②鴟鴞又言，室巢雖成，以所託枝條弱，故予室今翹翹然而危，又爲風雨之所漂摇，此巢將毀，予是以維音之嘵嘵然而恐懼。以喻王業雖成，今成王幼弱，而爲凶人所振盪，周室將毀，故周公言已亦嘵嘵然而危懼。由管、蔡作亂使憂懼若此，故不得不誅之意也。

○鄭殺弊盡同，但所喻者别。①喻屬臣勤勞，有此官位土地，今子孫不肖，使我家道危也，

②又爲成王所漂摇，將誅絶之，我先臣是以恐懼而告急也。予維音嘵嘵，嘵嘵喻告訴之意也。

《鴟鴞》四章，章五句。

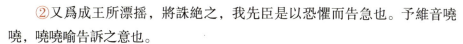

東山【豳風三】

我徂（cú）東山，慆慆不歸。我來自東，零雨其濛。我東曰歸，我心西悲。制彼裳衣，勿士行（háng）枚。蜎（yuān）蜎者蠋（zhú），烝在桑野。敦（duī）彼獨宿（sù），亦在車（jū）下。

我徂東山，慆慆不歸。我來自東，零雨其濛。果臝（lǒu）之實，亦施（yì）于宇。伊威在室，蠨（xiāo）蛸（shāo）在户。町（tǐng）畽（tuǎn）鹿場（cháng），熠（yì）燿宵行（háng）。不可畏也，伊可懷也。

我徂東山，慆慆不歸。我來自東，零雨其濛。鸛（guàn）鳴于垤（dié），婦歎于室。洒埽穹窒（zhì），我征聿（yù）至。有敦（tuán）瓜苦，烝在栗薪。自我不見，于今三年。

我徂東山，慆慆不歸。我來自東，零雨其濛。倉庚于飛，熠燿其羽。之子于歸，皇駁其馬。親結其縭（lí），九十其儀。其新孔嘉，其舊如之何？

《東山》四章，章十二句。

【毛序】《東山》，周公東征也。周公東征，三年而歸，勞歸士，大夫美之，故作是詩也。一章言其完也，二章言其思也，三章言其室家之望女也，四章樂男女之得及時也。君子之於人，序其情而閔其勞，所以説（yuè）也。"説以使民，民忘其死"，其唯《東山》乎？

【鄭箋】成王既得《金縢》之書，親迎周公。周公歸，攝政。三監及淮夷叛，周公乃東伐之，三年而後歸耳。分别章意者，周公於是志伸，美而詳之。

【樂道主人】《尚書·周書·蔡仲之命》：惟周公位冢宰，正百工，群叔流言。乃致辟管叔于商；囚蔡叔于郭鄰，以車七乘；降霍叔于庶人，三年不齒。

【樂道主人】太姒與周文王生有十子，依次是長子伯邑考、次子周武王姬發、三子管叔鮮、四子周公旦、五子蔡叔度、六子曹叔振鐸、七子郕叔武、八子霍叔處、九子康叔封、十子冉季載。

【孔疏】序"《東山》"至"東山乎"。

◇◇作《東山》詩者，言周公東征也。周公攝政元年，東征三監淮夷之等，於三年而歸，勞此征歸之士，莫不喜悦，大夫美之，而作是《東山》之詩。

◇◇經四章，雖皆是勞辭，而每章分别意异，又歷序之。

①一章言其完也，謂歸士不與敵戰，身體完全。經云"勿士行枚"，言無戰陳之事，是其完也。

②二章言其思也，謂歸士在外，妻思之也。經説"果蠃"等，乃令人憂思，是其思也。

③三章言其室家之望汝也，謂歸士未反，室家思望。經説"洒埽穹窒"，以待征人，是室家之望也。

④四章樂男女得以及時也，謂歸士將行，新合昏禮。經言"倉庚于飛"，説其成婦之事，是得其及時也。

◇◇周公之勞歸士，所以殷勤如此者，君子之於人，謂役使人民，序其民之情意，而閔其勞苦之役，所以喜悦此民也。民有勞苦，唯恐民上不知。今序其情，閔其勤勞，則民皆喜悦，忘其勞苦，古人所謂"悦以使民，民忘其死"者，其唯此《東山》之詩乎？言唯此《東山》之詩，可以當忘其死之言也。

◇◇"三年而歸"，雖出於經，此三年之文而總序四章，非獨序彼一句也。序所歷言，不序章首，四句皆同，不得於一章説之。序其情而閔其勞，其意足以兼之矣。歸士者，從軍士卒。周公親征，與將率同苦，以士卒微賤，勞意尤深，故意主美勞歸士，不言勞將率也。

◇◇"悦以使民，民忘其死"，是《周易·兑卦》彖辭文，古之舊語，此《東山》堪當之，故云"其唯《東山》乎"。

【鄭箋】箋"成王"至"詳之"。

◇◇《金縢》云："天大雷電以風，王與大夫盡弁，以啓金縢之書。王執書以泣曰：'今天動威，以彰周公之德。惟朕小子，其新逆。'"注云："新逆，改先時之心，更自新以迎周公於東，與之歸，尊任之。"言自新而迎，明是成王親迎之。

◇◇《書序》云："武王崩，三監及淮夷叛，周公相成王，將黜殷命，作《大誥》。"注云："三監，管叔、蔡叔、霍叔三人，爲武夷監於殷國者也。前流言於國，公將不利於成王。周公還攝政，懼誅，因遂其惡，開道淮夷，與之俱叛。此以居攝二年之時，繫之武王崩者，其惡之初，自崩始也。"是三監淮夷叛，周公東伐之事也。

◇◇攝政元年即東征，至三年而歸耳。《書序》注云："其攝二年時者，謂叛時在二年，非三年始東征也。"

◇◇時實周公獨行，言相成王者，彼注云："誅之者，周公意也。而言相成王者，自迎周公而來，蔽已解矣。"意以成王蔽解，故言相成王耳，非與成王俱來也。

◇◇《破斧》云："周公東征，四國是皇。"傳曰："四國，管、蔡、商、奄也。"此無商、奄者，據《書序》之成文耳。

◇◇此序獨分別章意者，周公於是志意伸，本勞歸士之情，丁寧委曲，子夏美之而詳其事，故分別章意而序之也。

<一章-1>**我徂（cú）東山，慆（tāo）慆不歸。我來自東，零雨其濛。**

【毛傳】慆慆，言久也。濛，雨貌。

【鄭箋】此四句者，序歸士之情也。我往之東山既久勞矣，歸又道遇雨濛濛然，是尤苦也。

【程析】徂，往。東山，亦名蒙山，在今山東省曲阜縣。殷商時在奄國境内，是詩人遠征之地。

【詩三家】《詩·江漢》箋：順流而下謂之慆慆，水流不返，以喻人之出不歸。零，雨落也。

【樂道主人】我來自東，我從東山回家途中。

【孔疏】箋"此四"至"尤苦"。◇◇此篇皆言序歸士之情，而獨云此四句者，以此四句意皆同，故特言之。卒章之箋又云"凡先著此四句，皆爲序歸士之情"者，以序分別章意，嫌此四句意不同，故言"凡先著此四句"，明四章意皆同也。

<一章-5>**我東曰歸，我心西悲。**

【毛傳】公族有辟（pì），公親素服，不舉樂，爲之變，如其倫之喪。

【鄭箋】我在東山，常曰歸也。我心則念西而悲（與毛不同）。

【孔疏】傳“公族”至“之喪”。

◇◇辟，法也，謂以法得死罪。

◇◇《文王世子》云：“公族有死罪，則磬於甸人（鄭玄注：“甸人，掌郊野之官）。公素服，不舉樂，爲之變，如其倫之喪，無服，親哭之。”注云：“不於市朝者，隱之也。甸人掌田野之官。縣（懸）而縊殺之曰磬。素服，於凶事爲吉，於吉事爲凶，非喪服也。倫謂親疏之比也。不往吊，爲位哭之而已。”是其事也。

◇◇傳言此者，解周公西悲之意。以公族雖有死罪，猶是骨肉之親，非徒己心自悲，先神亦將悲之。是將欲言歸，則念西而悲也。

【孔疏】箋“我在”至“而悲”。

◇◇箋以此爲勞歸士之辭，不宜言己意，**故易傳以爲，**此二句亦序歸士之情。我軍士在東山常曰歸，言三年之内常思歸也。

◇◇軍士家室在西，故知念西而悲。孫毓云：“殺管叔在二年。臨刑之時，素服不舉。至於歸時，逾年已久，無緣西行而後始悲。箋説爲長。”

<一章-7>**制彼裳（cháng）衣，勿士行（háng）枚。**

【毛傳】士，事。枚，微也。

【鄭箋】勿猶無也。女制彼裳衣而來，謂兵服也。亦初無行陳銜枚之事，言前定也。《春秋》傳曰：“善用兵者不陳。”

【程析】制，縫製。行，行陣。枚，一根像筷子一樣的短棍。行軍人和馬都把它銜在口中，以免説話或嘶鳴而暴露行蹤。

【樂道主人】雖然穿着家人制的軍服，却没有戰鬥。喻戰事已結束。

【孔疏】傳“枚，微”。◇◇“枚，微”者，其物微細也。《大司馬》陳大閱之禮，教戰法云：“遂鼓銜枚而進。”注云：“枚如箸，銜之，有繣（huà）結項中。軍法止語，爲相疑惑。”是枚爲細物也。

【孔疏】箋“勿猶”至“不陳”。

◇◇此言東征之事，故知制彼裳衣謂兵服也。初無猶本無，言雖是征伐，本行陳銜枚之事。言豫前自定，不假（用）戰鬥而服之也。若前敵自定，當應速耳。

◇◇而三年始歸者，以其叛國既多，須圍守以服之，故引《春秋傳》者，莊八年《穀梁傳》曰：“善爲國者不師，善師者不陳，善陳者不戰，善戰者不死。”此箋言“善用兵者不陳”，《常武》箋云“善戰音不陳”，皆與彼异，蓋鄭以義言之。

<一章-9>蜎（yuān）蜎者蠋（zhú），烝在桑野。

【毛傳】蜎蜎，蠋貌。蠋，桑蟲也。烝，窴（tián）也。

【鄭箋】蠋蜎蜎然特行久處桑野，有似勞苦者。古者聲窴、填、塵同也。

【程析】蠋，青色的蟲子，大青蟲。烝，久。

【樂道主人】窴，置放。

【孔疏】傳“蜎蜎”至“烝窴”。

◇◇《釋蟲》云：“蚅蛾蝶類的幼蟲，似蠶，大如指），烏蠋。”樊光引此詩，郭璞曰：“大蟲如指似蠶。”《韓子》云“蠶似蠋”。言在桑野，知是桑蟲。

◇◇“烝，窴”，《釋言》文。彼作“塵”。

【孔疏】箋“蠋”至“塵同”。

◇◇蠋在桑野，是其常處，實非勞苦，故雲似有勞苦軍士獨宿車下，則實有勞苦，故下箋云“誠有勞苦”。以不實喻實者，取其在桑野、在車下，其事相類故也。

◇◇傳訓“烝，窴也”，**故轉窴爲久**。而《釋詁》云：“塵，久也。”乃作塵字。故箋辨之，古者窴、填、塵三字音同，可假借而用之故也。

<一章-11>敦（duī）彼獨宿（sù），亦在車（jū）下。

【鄭箋】敦敦然獨宿於車下，此誠有勞苦之心。

【樂道主人】敦，孤獨貌。讀音不同，則訓意不同。

【程析】在車下，指睡在車下。敦，身體蜷縮成團狀。

【孔疏-章旨】“我徂”至“車下”。

○毛以爲，①周公言我往之東山征伐四國，慆慆然久不得歸。既得歸矣，我來自東方之時，道上乃遇零落之雨，其濛濛然。汝在軍之士，久不得歸，歸又遇雨落，勞苦之甚。周公既序歸士之情，又復自言己意。

②我在東方言曰歸之時，我心則念西而悲。何則？管、蔡有罪，不得不誅。誅殺兄弟，慚見父母之廟，故心念西而益悲傷。

③又言歸士久勞在外，幸得完全。汝雖制彼兵服裳衣而來，得無事而歸。久勞在軍，無事於行陳銜枚，言敵皆前定，未嘗銜枚與戰也。

④又言雖無戰陳，實甚勞苦。蜎蜎然者，桑中之蠋蟲，常久在桑野之中，似有勞苦，以興敦敦然彼獨宿之軍士，亦常在車下而宿，甚爲勞苦。述其勤勞，閔念之。定本云“勿士行枚”，無“銜”字。箋云“初無行陳銜枚之事”。定本是也。

○鄭唯**“我東曰歸”二句言我軍士在東，久不得歸。**②常言曰歸，而不得歸，我心則念西而悲。言歸士思家而悲。餘同。

<二章-1>**我徂東山，慆慆不歸。我來自東，零雨其濛。果臝**（luǒ）**之實，亦施**（yì）**于宇。伊威在室，蠨**（xiāo）**蛸**（shāo）**在户。町**（tǐng）**畽**（tuǎn）**鹿場**（cháng）**，熠**（yì）**燿宵行**（háng）**。**

【毛傳】果臝，栝（guā）樓也。伊威，委黍也。蠨蛸，長踦（yǐ）也。町畽，鹿迹也。熠燿，燐也。燐，螢火也。

【鄭箋】此五物者，家無人則然，令人感思。

【程析】施，蔓延。宇，屋檐。伊威，地龍蟲。蠨蛸，喜蜘蛛。宵行，螢火蟲。

【樂道主人】場，平坦的空地。栝樓，多年草本植物，爬蔓，開白花，果實卵圓形，六月華，七月實。塊根和果實可入藥。

【孔疏】傳“果臝”至“螢火”。

◇◇《釋草》云：“果臝之實栝樓。”李巡曰：“栝樓子名也。”孫炎曰：“齊人謂之天瓜。《本草》云‘栝樓，葉如瓜葉，形兩兩拒值，蔓延，青黑色，六月華，七月實，如瓜瓣’，是也。”

◇◇“伊威，委黍”，“蠨蛸，長踦”，《釋蟲》文。舍人曰：“伊威名委黍。蠨蛸名長踦。”郭璞曰：“舊説伊威，鼠婦之别名。長踦，小蜘蛛長脚者，俗呼爲喜子。”《説文》雲：“委黍，鼠婦也。”陸機《疏》云“伊威，一名委黍，一名鼠婦，在壁根下甕底土中生，似白魚者”，是也。

◇◇蠨蛸，長踦，一名長脚。荆州河内人謂之喜母。此蟲來著人衣，當有親客至，有喜也，幽州人謂之親客，亦如蜘蛛爲羅網居之，是也。

◇◇鹿場者，場是踐地之處，故知町畽是鹿之迹也。

◇◇熠燿者，螢火之蟲飛而有光之貌，故云“熠燿，燐也”。又解燐體云：“燐，螢火也。”《釋蟲》云：“螢火，即炤。”舍人云：“螢火，即夜飛有火蟲也。《本草》‘螢火，一名夜光，一名熠燿’。”案諸文皆不言螢火爲燐，《淮南子》云：“久血爲燐。”許慎云：“謂兵死之血爲鬼火。”然則燐者，鬼火之名，非螢火也。陳思王《螢火論》曰：“《詩》云：‘熠燿宵行。’《章句》以爲鬼火，或謂之燐，未爲得也。

◇◇天陰沉數雨，在於秋日，螢火夜飛之時也，故云宵行。然腐草木得濕而光，亦有明驗。衆説并爲螢火，近得實矣。然則毛以螢火爲燐，非也。”

<二章-11>**不可畏也，伊可懷也。**

【鄭箋】“伊”當作“緊”。緊猶是也。懷，思也。室中久無人，故有此五物，是不足可畏，乃可爲憂思。

<三章-1>**我徂東山，慆慆不歸。我來自東，零雨其濛。鸛（guàn）鳴于垤（dié），婦歎于室。洒埽穹窒（zhì），我征聿（yù）至。**

【毛序】垤，螘（yǐ）塚也。將陰雨，則穴處先知之矣。鸛好水，長鳴而喜也。

【鄭箋】鸛，水鳥也，將陰雨則鳴。行者於陰雨尤苦，婦念之則嘆於室也。穹，窮。窒，塞。灑，灑。埽，拚也。穹窒，鼠穴也。而我君子行役，述其日月，今且至矣。言婦望也

【程析】穹，打掃。聿，語助詞。

【樂道主人】螘，蟻。《康熙字典》，拚是除穢，埽是滌蕩。

【孔疏】傳“垤螘”至“而喜”。

◇◇《釋蟲》云：“蚍蜉，大螘。小者螘。”舍人曰：“蚍蜉即大螘也。小者即名螘也。”然則螘是小蚍蜉也。此蟲穴處，輦（《廣韵》：人步輓車也）土爲塚，以避濕。

◇◇鸛鳥鳴於其上，故知垤是螘塚也。將欲陰雨，水泉上潤，故穴處者先知之。是螘避濕而上塚。鸛是好水之鳥，知天將雨，故長鳴而喜也。

◇陸機《疏》云：“鸛，鸛雀也。似鴻而大，長頸，赤喙，白身，黑尾翅。樹上作巢，大如車輪。卵如三升杯。望見人，按其子令伏，徑舍去。一名負釜，一名黑尻，一名背灶，一名皂裙。又泥其巢一傍爲池，含水滿之，取魚置池中，稍稍以食其雛。若殺其子，則一村致旱灾。”

<三章-9>**有敦（tuán）瓜苦，烝在栗薪。**

【毛序】敦猶專專也。烝，衆也。言我心苦，事又苦也。

【鄭箋】此又言婦人思其君子之居處。專專如瓜之系綴焉。瓜之瓣有苦者，以喻其心苦也。烝，塵（與毛不同）。栗，析也。言君子又久見使

析薪，於事尤苦也。古者聲栗、裂同也。

【程析】敦，團團。

【孔疏】傳“敦猶”至“又苦”。

◇◇敦是瓜之繫蔓之貌，故轉爲專，言瓜繫於蔓專專然也。

◇◇“烝，衆”，《釋詁》文。

◇◇以瓜之苦，喻君子心内苦；繫於蔓又似苦，以喻君子繫於軍，是事苦，故言心苦、事又苦，即析薪是也。

【孔疏】○箋“此又”至“裂同”。

◇◇此申傳心苦，事又苦之意也。

◇◇以軍之苦，在久不在衆，**故易傳**以烝爲塵，訓之爲**久**。

◇◇析薪是分裂之義，不應作栗，故辨之云“古者聲栗、裂同”，故得借栗爲裂。不是字誤，故不云誤也。

<三章-11>**自我不見，于今三年。**

【樂道主人】鄭箋：我，我君子。

【孔疏-章旨】“鸛鳴”至“三年”。

○毛以爲，上四句説歸士之情，次四句説其妻思望之也。思而不至，閔其勞苦。②言有專專然繫綴於蔓者，瓜也，而其辨甚苦。既繫苦於蔓，似如勞苦，而其辨又苦，以喻君子繫屬於軍，是事苦也，又憂軍事，是心又苦也。其苦如何？衆軍士皆在析薪之役，是其苦也。君子既有此苦，已久不得見之。

③自我不見君子以來，於今三年矣，所以思之甚也。

○鄭以烝爲久，言君子久在析薪之役。餘同。

<四章-1>**我徂東山，慆慆不歸。我來自東，零雨其濛。**

【鄭箋】凡先四句者，皆爲序歸士之情。

<四章-5>**倉庚于飛，熠燿其羽。**

【鄭箋】倉庚仲春而鳴，嫁取之候也。熠燿其羽，羽鮮明也。歸士始行之時，新合昏禮，今還，故極序其情以樂之。

【程析】倉庚，黃鶯。

【孔疏】箋“倉庚”至“樂之”。

◇◇鄭以仲春爲昏月。《月令》“仲春，倉庚鳴。”以序云“樂男女得以及時”，故知作者以“倉庚鳴”爲嫁娶之候。歸士始行之時，以仲春新合昏禮也。

◇◇毛以秋冬爲昏，此義必异於鄭，宜以倉庚爲興。王肅云："倉庚羽翼鮮明，以喻嫁者之盛飾是也。然則不言及時者，舉其嫁之得禮，明亦及時可知也。"

<四章-7>**之子于歸，皇駁其馬。**

【毛傳】黄白曰皇。騮（liú）白曰駁。

【鄭箋】之子於歸，謂始嫁時也。皇駁其馬，車服盛也。

【孔疏】傳"黄白"至"曰駁"。

◇◇《釋畜》文。舍人曰："騮，赤色名白駁也，黄白色名曰皇也。"孫炎引此詩，餘皆不解。

◇騮白之義，案黄白曰皇，謂馬色有黄處，有白處，則"白曰駁"，謂馬色有騮處，有白處。舍人言騮馬名白馬，非也。

◇◇孫炎曰："騮，赤色也。"

<四章-9>**親結其縭（lí），九十其儀。**

【毛傳】縭，婦人之褘（huī）也。母戒女施衿結帨（shuì），九十其儀，言多儀也。

【鄭箋】女嫁，父母既戒之，庶母又申之。九十其儀，喻丁寧之多。

【程析】親，指妻子的母親。縭，女子的佩巾。古代風俗，母親要親自給出嫁的女兒結縭。

【孔疏】傳"縭婦"至"多儀"。

◇◇《釋器》云："婦人之褘謂之縭。縭，緌（ruí）也。"孫炎曰："褘，帨巾也。"郭璞曰："即今之香纓也。褘邪交絡帶繫於體，因名爲褘。緌，繫也。

◇◇此女子既嫁之所著，示系屬於人。義見《禮記》。《詩》云'親結其縭'，謂母送女，重結其所繫著以申解之。說者以褘爲帨（shuì）巾，失之也。"

◇"母戒女禮，施衿結帨"，《士昏禮》文。彼注云："帨，佩巾也。"不解衿之形象。《内則》云："婦事舅姑，衿纓綦屨。"注云："衿猶結也。婦人有衿纓，示有繫屬也。"

◇然則衿謂纓也。衿先不在身，故言施。帨則先以佩訖，故結之而已。傳引結帨證此結縭，則如孫炎之說，亦以縭爲帨巾，其意异於郭也。

《内則》云："男女未冠笄者，總角衿纓皆佩容臭。"郭以縭爲香纓，云"義見《禮記》"，謂此也。

◇案《昏禮》言結帨，此言結縭，則縭當是帨，非香纓也。且未冠笄者佩容臭，又不是示繫屬也，郭言非矣。

◇◇數從一而至於十，則數之小成，舉九與十，言其多威儀也。

【孔疏】箋"女嫁"至"之多"。

◇◇《士昏禮》云："父送女，命之曰：'戒之敬之，夙夜無違命。'母施衿結帨，曰：'勉之敬之，夙夜無違宫事。'庶母及門内申之以父母之命，命之曰：'敬恭聽宗爾父母之言，夙夜無愆。'"是戒之申之之事也。引此者，解母必親結之意。言九又言十者，喻其威儀丁寧之多也。

◇◇《斯干》傳曰："婦人質，無威儀。"此言多威儀者，婦人無男子之禮，揖讓周旋之儀耳，其舉動威儀則多也。

<四章-9>**其新孔嘉，其舊如之何？**

【毛傳】言久長之道也。

【鄭箋】嘉，善也。其新來時甚善，至今則久矣（與毛不同），不知其如何也。又極序其情樂而戲之。

【孔疏】傳"言久長之道"。◇◇舊訓爲久也。言久長之道理，未知善惡，所以戲之。

【孔疏】箋"嘉善"至"戲之"。◇◇箋以此序歸士之情，當樂以當時之事，不宜言久長之道，**故易傳**，以爲新來時甚善，至今則久矣，不知其如何，以戲樂此歸士也。

【孔疏-章旨】"倉庚"至"之何"。

○毛以爲，①歸士始行之時，新合昏禮，序其男女及時，以戲樂之。

②言倉庚之鳥往飛之時，熠燿其羽，甚鮮明也。以興歸士之妻，初昏之時，其衣服甚鮮明也。

③是子往歸嫁之時，所乘者，皇其馬，駁其馬，言其車服盛也。

④其母親自結其衣之縭，九種十種，其威儀多也。言其嫁既及時，而又威儀具足。⑤本其新來時則甚善矣，但不知其久時復如之何。言本時甚好，不知在後當然以否，所以戲樂歸士之情也。

○鄭以倉庚爲記時，②言歸士之妻，於倉庚於飛熠燿其羽之時，而是子往歸嫁。

⑤其新孔嘉，謂本初日其新來之時則甚善。不見已三年，今其久矣，不知今日如之何。序其自東來歸，未到家之時，言以戲樂之。餘同。

《東山》四章，章十二句。

破斧【豳風四】

既破我斧，又缺我斨（qiāng）。周公東征，四國是皇（kuāng）。哀我人斯，亦孔之將（jiāng）！

既破我斧，又缺我錡（qí）。周公東征，四國是吪（é）。哀我人斯，亦孔之嘉！

既破我斧，又缺我銶（qiú）。周公東征，四國是遒（qiú）。哀我人斯，亦孔之休！

《破斧》三章，章六句。

【毛序】《破斧》，美周公也。周大夫以惡焉。

【鄭箋】惡四國者，惡其流言毁周公也。

【孔疏】“《破斧》”至“國焉”。

◇◇三章上二句惡四國，下四句美周公。

◇◇經、序倒者，經以由四國之惡，而周公征之，故先言四國之惡，後言周公之德。序以此詩之作，主美周公，故先言美周公也。

【孔疏】箋“惡四”至“周公”。

◇◇案《金縢》，流言者，管叔及其群弟耳。今并言惡四國流言毁周公者，《書傳》曰：“武王殺紂。繼公子禄父（fǔ）及管、蔡流言，奄君薄姑謂禄父曰：‘武王已死，成王幼，周公見疑矣。此百世之時也，請舉事。’然後禄父及三監叛。”管、蔡流言，商、奄即叛，是同毁周公，故并言之。

◇◇《地理志》云：“成王時，薄姑氏與四國作亂。”則薄姑非奄君之名，而云“奄君薄姑”者，彼注云：“玄疑薄姑齊地名，非奄君名。”是鄭不從也。

<一章-1>既破我斧，又缺我斨（qiāng）。

【毛傳】隋銎（qióng）曰斧。斧斨，民之用也。禮義，國家之用也。

【鄭箋】四國流言，既破毁我周公，又損傷我成王，以此二者爲大罪（與毛不同）。

【陸釋】隋，孔形狹而長也。

【程析】缺，打缺了口。斨，柄孔方形的斧。

【樂道主人】銎，斧子上安柄的孔。斧斨，唯銎孔异耳，斧孔圓，斨孔方。

【孔疏】傳“隋銎”至“之用”。

◇◇如傳此言，則以破缺斧斨喻四國破毀禮義，故王肅云：“今四國乃盡破其用。”故孫毓云：“猶《甘誓》説言毀壞其三正耳。”

◇◇然則經言我斧、我斨，乃是家之斧斨，爲他所破。此四國自破禮義，與他破斧斨，不類。而云我者，此禮義天子所制，此四國破天子禮義，故云我。孫毓云：“王者立制，其諸侯受制於天子，故言我。”傳意或然也。

【孔疏】箋“四國”至“大罪”。

◇◇箋以此詩美周公，惡四國，則是惡毀周公耳，不宜遠言其人破毀禮義，**故易傳**以爲破毀周公，損傷成王。

◇◇孫毓云：“周公不失其聖，成王本爲賢君，四國叛逆，安能破周公、損成王乎？”斯不然矣。當管、蔡流言之後，商、奄叛逆之初，王與周公莫之相信。於時周室迫近危亡，其爲毀損，莫此之大，何謂不能毀損？若不能毀損，自可不須征之，誅此四國，複何爲也？且詩人疾其噁心，故言缺破，豈待殺害王身，然後爲損傷也？

<一章-3>**周公東征，四國是皇**（kuāng）。

【毛傳】四國，管、蔡、商、奄也。皇，匡也。

【鄭箋】周公既反（返），攝政，東伐此四國，誅其君罪，正其民人而已。

【孔疏】傳“四國”至“皇匡”。

◇◇《書序》云：“成王既黜殷命，成王既伐淮夷，遂踐奄。”皆東征時事，故四國是管、蔡、商、奄。

◇◇知不數淮夷者，以淮夷是淮水之上，東方之夷耳。此言四國，謂諸夏之國，故知不數之也。

◇◇《書序》皆云成王伐之，此言周公東征者，鄭以《書序》注凡此伐諸叛國，皆周公謀之，成王臨事乃往，事畢則歸，後至時復行。然鄭意以爲，伐時成王在焉，故稱成王。鄭以爲，周公避居東都，成王迎而反之，攝政，然後東征。於時成王已信周公，故可每事一往。

◇◇**毛無避居之義**，則東征之時，成王猶有疑心，不親詣周公，而《書序》言成王者，以周公攝政耳，成王則爲主，君統臣功，故言成王。此則專美周公，據論實事，故言周公東征也。

◇◇《釋言》云："皇、匡，正也。"傳以皇爲匡，箋又轉爲正。

【孔疏】箋"周公"至"而已"。

◇◇此四國之君，據《書傳》，祿父、管叔皆見殺。蔡叔以車七乘，徒七十人，止言徒之多少，不知放之何處。

◇《書序》云："成王既踐（jiǎn）奄，將遷其君於薄姑。"注云："踐讀曰翦。翦，滅也。"奄既滅矣，其君佞人，不可復，故欲徙之於齊地，使服於大國。是奄君遷於齊也。

◇◇《書傳》云："遂踐奄。踐之者，籍之也。籍之，謂殺其身，執其家，瀦其宮（與注不同）。"如此，則言奄君見殺，與序不同。《書傳》非也。

<一章-5>**哀我人斯，亦孔之將**（jiāng）！

【毛傳】將，大也。

【鄭箋】此言周公之哀我民人，其德亦甚大也。

【樂道主人】我人，指四國之民人。

【孔疏-章旨】"既破"至"之將"。

○毛以爲，斧斨者，生民之所用，以喻禮義者，亦國家之所用。

①有人既破我家之斧，又缺我家之斨。損其斧斨，是廢其家用，其人是爲大罪。

②以喻四國之君，廢其禮義，壞其國用，其君是爲大罪，不得不誅，故周公於是東征之。

③周公所以東征者，是止誅其四國之君，正是四國之民。主爲四國之民被誘作亂，周公不以爲罪而正之。此周公哀矜於我之民人，其德亦甚大，故美之。

○鄭以爲，①有人既破我之斧，又缺我之斨，此二者是爲大罪。

②以興四國流言，既破毀我周公之道，又損傷我成王，此二者亦是爲大罪，故周公東征之。餘同。

<二章-1>**既破我斧，又缺我錡**（qí）。

【毛傳】鑿屬曰錡。

【孔疏】傳“鑿屬曰錡”。◇◇此與下傳云“木屬曰銶”，皆未見其文，亦不審其狀也。

【程析】錡，有三齒的鋤。

<二章-3>**周公東征，四國是吪**（é）。

【毛傳】吪，化也。

【孔疏】傳“吪，化”。《釋言》文。

<二章-5>**哀我人斯，亦孔之嘉！**

【鄭箋】“嘉，善也。”

<三章-1>**既破我斧，又缺我銶**（qiú）。

【毛傳】木屬曰銶。

【程析】銶，木柄的鍬。

<三章-3>**周公東征，四國是遒**（qiú）。

【毛傳】遒，固也。

【鄭箋】遒，斂也（與毛不同）。

【孔疏】傳“遒，固”。◇◇遒訓爲聚，亦堅固之義，故爲固也。言使四國之民心堅固也。箋以爲之不安，**故易之**。《釋詁》云：“遒、斂，聚也。”彼遒作“揫”音義同，是遒得爲斂。言四國之民於是斂聚不流散也。

<三章-5>**哀我人斯，亦孔之休！**

【毛傳】休，美也。

《破斧》三章，章六句。

伐　柯 【豳風五】

伐柯如何，匪斧不克。取妻如何，匪媒不得。

伐柯伐柯，其則不遠。我覯之子，有踐籩豆。

《伐柯》二章，章四句。

【毛序】《伐柯》，美周公也。周大夫刺朝廷之不知也。

【鄭箋】成王既得雷雨大風之變，欲迎周公，而朝廷群臣猶惑於管、蔡之言，不知周公之聖德，疑於王迎之禮，是以刺之（與毛不同）。

【樂道主人】毛刺成王，鄭刺大臣。

【孔疏】“《伐柯》”至“不知”。

◇◇毛以爲，周公攝政，東征四國。既定，仍在東土。已作《鴟鴞》之後，未得雷風之前，群臣皆知周公有成就周道之志，而成王猶未知之，故周大夫作詩美周公，以刺朝廷之不知。即經二章皆刺成王不知周公之辭。

◇◇鄭以爲，周公避居東都，三年之秋，得雷風之後，啓金縢之前，王意稍悟，欲迎周公，而朝廷大夫猶有不知周公之志，故周大夫作此詩以美周公，刺彼朝廷大夫之不知也。經二章皆言王當以禮迎周公，刺彼群臣不知之也。

【孔疏】箋“成王”至“刺之”。

◇◇箋知此篇之作，在得雷風之後者，若在雷風之前，則王亦未悟，若有所刺，當刺於王，何以獨刺朝廷？若啓金縢之後，則群臣盡悟，無所可刺。故知是既得雷雨大風之變，欲迎周公，而朝廷猶有疑志，所以刺之也。

◇故知刺朝廷群臣之中有不知周公之聖者也。

◇◇毛氏雖不注序，推《鴟鴞》之傳必無避居之事。周公初即攝政，群臣無有不知，必不得同鄭刺群臣也。群臣皆信周公，唯有成王疑耳。

◇刺成王當在《雅》，此詩主美周公，故在《豳風》，是以略言刺朝廷。

◇傳意或然。

<一章-1>**伐柯如何，匪斧不克。**

【毛傳】柯，斧柄也。禮義者，亦治國之柄。

【鄭箋】克，能也。伐柯之道，唯斧乃能之。此以類求其類也。以喻成王欲迎周公，當使賢者先往（與毛不同）。

【樂道主人】鄭以伐柯喻迎還周公之事，以斧喻成王派迎還周公先往者。

【孔疏】傳“柯斧”至“之柄”。

◇◇斧喻周公，柄喻禮義。斧能伐得柯，喻周公能得禮。

◇◇柯所以供家用，猶禮可以供國用，故云禮義者，治國之柄。是以柯喻禮，則知斧喻周公。雖以斧喻周公，斧不能自伐得柯，必人執之，是人與斧共喻周公也。

◇◇人執斧能伐柯，既伐得柯，人又執柯以營家用，喻周公能得禮，既能得禮，周公又能執禮以治國，以此美周公也。喻周公能執禮也。

【孔疏】箋“克能”至“先往”。◇◇箋以下云“我覯之子”，謂得見周公，則二章皆勸迎周公之事，故**易傳**言以類求其類，喻使賢者先往也。

<一章-3>**取妻如何，匪媒不得。**

【毛傳】媒，所以用禮也。治國不能用禮則不安。

【鄭箋】媒者，能通二姓之言，定人室家之道（與毛不同）。以喻王欲迎周公，當先使曉王與周公之意者又先往（與毛不同）。

【孔疏】傳“媒所”至“不安”。

◇◇傳以上經與此皆喻禮也。正以媒爲興者，媒所以用禮，喻周公能用禮。

◇◇取妻不以媒則不能得妻，喻治國不用禮則不能安國，言周公能用禮以安，而王不知，故刺之。

【孔疏】箋“媒者”至“先往”。

◇◇箋以媒者通傳二姓之言，勸迎周公而以媒爲喻，**故易傳**言當使曉王與周公之意者先往。

◇◇以爲此詩之作，在雷風之後，王實未迎周公，致使朝臣尚惑，假言迎意，刺彼未知。言王以周公之聖，欲其速反（返），尚使賢者先行，令人傳通。

◇◇其意説周公宜還，見疑者可刺耳，非謂周公有疑，須相曉喻也。

【孔疏-章旨】“伐柯”至“不得”。

○毛以爲，①柯者爲家之器用，禮者治國之所用。言欲伐柯以爲家用，當如何乎？非斧則不能。以興欲取禮以治國者，當如之何乎？非周公則不能。言斧能伐柯，得柯以爲家用，喻周公能行禮，得禮以治國，能執治國之禮者，唯周公耳。

②又言取妻如之何？非媒則不得。以興治國如之何？非禮則不安。以媒氏能用禮，故使媒則得妻，以喻周公能用禮，故任周公則國治，刺王不知周公而不任之也。○鄭以爲，①伐柯之道非斧則不能，唯斧乃能之。言以類求其類，喻王欲迎周公，非賢不可往。當使賢者先往，亦以類求其類類

②取妻如之何？非媒不得。以媒能通二姓之言，定人室家之道，故使媒則得之。以喻王欲迎周公，當使曉王與周公之意者先往，以其能通二人之意，故宜先使之。言王當迎周公，以刺朝廷之不知也。

<二章-1>**伐柯伐柯，其則不遠。**

【毛傳】以其所願乎上交乎下，以其所願乎下事乎上，不遠求也。

【鄭箋】則，法也。伐柯者必用柯，其大小長短近取法於柯，所謂不遠求也。王欲迎周公使還，其道亦不遠，人心足以知之（與毛不同）。

【孔疏】傳“以其”至“遠求”。

◇◇此伐柯之不遠求，還近取法於柯，以喻交人之道不遠求，還近取法於己。

◇故解不遠求之義，以其所原於上接已，則以所原之事交於在已下者；以其所原於下之事已，則以所原之事事於己之上者，此皆近取諸己，所謂不遠求。

◇◇有禮君子能以身恕物，言周公能爲此也。

【孔疏】箋“伐柯”至“知之”。

◇◇箋以爲勸迎周公之辭，**故易傳言**“不遠者，人心足以知之”。

◇◇《中庸》引此二句，乃云：“執柯以伐柯，睨（nì）而視之，猶以爲遠。”詩言“其則不遠”，彼言“猶以爲遠”者，以作者言其不遠，明有嫌遠之意，故言猶以爲遠。

<二章-3>**我覯之子，有踐籩豆。**

【毛傳】踐，行（háng）列貌。

【鄭箋】覯，見也。之子，是子也，斥周公也（與毛不同）。王欲迎周公，當以饗燕之饌行至，則歡樂以說之。

【程析】籩，竹製的獨足碗，古人用來盛果品。豆，木製的獨足碗，上有蓋，古人用來盛肉類。兩者都是古人宴會和祭祀用的器皿。

【樂道主人】我，成王也。鄭以爲是使者見周公之言。

【孔疏】傳"踐，行列貌"。◇◇陳設籩豆是行禮之器，言籩豆有踐謂見其行禮也，故王肅云："我所見之子能以禮治國。踐，行列之貌。籩豆，行禮之物也。"傳意或然。

【孔疏】箋"覯見"至"說之"。◇◇今勸迎周公，而言陳列籩豆，是令王以此籩豆與周公饗燕。

【孔疏-章旨】"伐柯"至"有踐"。

○毛以爲，①伐柯之法，其則不遠，喻治國之法，其道亦不遠。何者？執柯以伐柯，比而視之，舊柯短則如其短，舊柯長則如其長，其法不在遠也。以喻交接之法，願於上交於下，願於下事於上，其道亦不遠也。言有禮君子，恕以治國，近取諸己，不須遠求。能如是者，唯周公耳。

②我若得見是子周公，觀其以禮治國，則籩豆禮器有踐然行列而次序矣。禮事弘多，不可遍舉，言其籩豆有列，見禮法大行也。

○鄭以爲，①伐柯伐柯者，其法則不遠，舊柯足以法之。以喻王欲迎周公使還，其道亦不遠，人心足以知之。

②言衆人之心皆知公須還也，我王欲見是子周公，當以饗燕之饌，籩豆有踐然行列以待之。言王宜厚待周公，刺彼不知者也。

《伐柯》二章，章四句。

九　罭　【豳風六】

九罭（yù）之魚，鱒魴（fáng）。我覯之子，衮衣繡裳。
鴻飛遵渚（zhǔ），公歸無所，於女（rǔ）信處。
鴻飛遵陸，公歸不復，於女信宿。
是以有衮衣兮，無以我公歸兮，無使我心悲兮！

《九罭》四章，一章四句，三章章三句。

【毛序】《九罭》，美周公也。周大夫刺朝廷之不知也。

【樂道主人】此篇與《伐柯》詩旨相同，毛爲刺成王，鄭以爲僅首章刺大臣也，其後三章無刺，而頌周公之德也。詩當作在歸攝政之後。

【孔疏】“《九罭》”至“不知”。

○毛以爲，此序與《伐柯》盡同，則毛亦以爲刺成王也。

◇◇周公既攝政而東征，至三年，罪人盡得。但成王惑於流言，不悦周公所爲。

◇◇周公且止東方，以待成王之召。成王未悟，不欲迎之，故周大夫作此詩以刺王。

◇◇經四章，皆言周公不宜在東，是刺王之事。

○鄭以爲，周公避居東都三年，成王既得雷雨大風之變，欲迎周公，而朝廷群臣猶有惑於管、蔡之言，不知周公之志者。

◇及啓金縢之書，成王親迎，周公反而居攝，周大夫乃作此詩美周公，追刺往前朝廷群臣之不知也。

◇◇首章言周公不宜居東，王當以衮衣禮迎之。所陳是未迎時事也。

◇二章、三章陳往迎周公之時，告曉東人之辭。

◇卒章陳東都之人欲留周公，是公反後之事。既反之後，朝廷無容不知。

◇序云美周公者，則四章皆是也。其言刺朝廷之不知者，唯首章耳。

<一章-1>**九罭（yù）之魚，鱒魴（fáng）。**

【毛傳】興也。九罭，緵（zòng）罟（gǔ），小魚之網也。鱒魴，大魚也。

【鄭箋】設九罭之罟，乃後得鱒魴之魚（與毛不同），言取物各有器也。興者，喻王欲迎周公之來，當有其禮

【陸釋】罟，今江南呼緵罟爲百囊網也。

【程析】九罭，網眼細密的魚網。九是虛數，言網眼之多。

【樂道主人】緵，一種網眼細密的魚網。

【孔疏】傳"九罭"至"大魚"。

◇◇孫炎曰："九罭，謂魚之所入有九囊也。"郭樸曰："鱒似鯇子赤眼者。江東人呼魴魚爲鯿。"

◇然則百囊之網非小網，而言得小魚之罟者，以其緵促網目能得小魚，不謂網身小。驗今鱒、魴非是大魚，言大魚者，以其雖非九罭密網，此魚亦將不漏，故言大耳，非大於餘魚也。

◇◇傳以爲，大者，欲取大小爲喻。王肅云：**"**以興下土小國，不宜久留聖人。"傳意或然。

【孔疏】箋"設九"至"其禮"。

◇◇箋解網之與魚大小，不异於傳，但不取大小爲喻耳。

以下句"衮衣繡裳"是禮之上服，知此句當喻以禮往迎，**故易傳**以取物各有其器，喻迎周公當有禮。

<一章-3>**我覯之子，衮衣繡裳（cháng）。**

【毛傳】所以見周公也，衮衣卷龍也。

【鄭箋】王迎周公，當以上公之服往見之。

【樂道主人】我，成王。覯，見。子，周公。

【樂道主人】周時貴族所穿朝服上衣的圖是畫的，褲子或裙子上的圖是綉上去的。

【孔疏】傳"所以"至"卷龍"。◇◇傳解詩言"衮衣繡裳（cháng）"者，是所以見公之服也。畫龍於衣謂之衮，故云衮衣卷龍。

【孔疏-章旨】"九罭"至"繡裳"。

○毛以爲，①九罭之中，魚乃是鱒也、魴也。鱒、魴是大魚，處九罭之小網，非其宜，以興周公是聖人，處東方之小邑，亦非其宜，王何以不

早迎之乎？

②我成王若見是子周公，當以衮衣繡裳往見之。刺王不知，欲使王重禮見之。

○鄭以爲，①設九罭之網，得鱒、魴之魚，言取物各有其器，以喻用尊重之大禮，迎周公之大人，是擬人各有其倫。

②尊重之禮，正謂上公之服。王若見是子周公，當以衮衣綉裳往迎之。

<二章-1>**鴻飛遵渚**（zhǔ），

【毛傳】鴻不宜循渚也。

【鄭箋】鴻，大鳥也，不宜與鳧（fú）鷖（yī）之屬飛而循渚，以喻周公今與凡人處東都之邑，失其所也。

【程析】鴻，鴻鵠。遵，沿着。

【樂道主人】渚，水中小州。鳧，水鳥名，俗稱"野鴨"。鷖，鷗之别名。

【孔疏】傳"鴻不宜循渚"。**毛無避居之義**，則是東征四國之後，留住於東方，不知其住所也。王肅云："以其周公大聖，有定命之功，不宜久處下土，而不見禮迎。"

【孔疏】箋爲喻亦同，**但以爲辟居處東**，故云與凡人耳。

<二章-2>**公歸無所，於女**（rǔ）**信處。**

【毛傳】周公未得禮也。再宿曰信。

【鄭箋】信，誠也。時東都之人欲周公留不去，故曉之云：公西歸而無所居，則可就女誠處是東都也。今公當歸複其位，不得留也（與毛不同）。

【樂道主人】女，指東都之欲留周公之人衆。此兩句講周公告東都人之言也。

【孔疏】傳"周公"至"曰信"。

◇◇言周公未得王迎之禮也。

◇◇公未有所歸之時，故於汝信處，處汝下國。周公居東歷年，而曰信者，言聖人不宜失其所也。再宿於外，猶以爲久，故以近辭言之也。

【孔疏】箋"信誠"至"得留"。

◇◇以卒章言無以公西歸，是東人留之辭，故知此是告曉之辭。既以告曉東人，公既西歸，不得遥信，**故易傳**以信爲誠。

◇◇此詩美周公，不宜處東。既言不宜處東，因論告曉東人之事。既言告曉東人，須見東人之意，故卒章乃陳東人之辭。

【孔疏-章旨】“鴻飛”至“信處”。

○毛以爲，①鴻者大鳥，飛而循渚，非其宜，以喻周公聖人，久留東方，亦非其宜，王何以不迎之乎？

②又告東方之人云：我周公未得王迎之禮，歸則無其住所，故於汝東方信宿而處耳，終不久留於此。告東方之人，云公不久留，刺王不早迎。

○鄭以爲，①鴻者大鳥，不宜與鳧鷖之屬飛而循渚，以喻周公聖人，不宜與凡人之輩共處東都。

②及成王既悟，親迎周公，而東都之人欲周公即留於此，故曉之曰：公西歸若無所居，則可於汝之所誠處耳。今公歸則復位，汝不得留之。美周公所在見愛，知東人願留之。

<三章-1>**鴻飛遵陸，**

【毛傳】陸非鴻所宜止。

<三章-2>**公歸不復，於女信宿！**

【毛傳】宿猶處也。

【孔疏】“公歸不復”。

◇◇箋以爲避居則不復，當謂不得復位。以此章東征，則周公攝位久矣，不得以不復位爲言也。

◇◇（毛）當訓復爲反。王肅云：“未得所以反之道。”傳意或然。

<四章-1>**是以有衮衣兮，無以我公歸兮，**

【毛傳】無與公歸之道也。

【鄭箋】是，是東都也。東都之人欲周公留之爲君，故云“是以有衮衣”（與毛不同）。謂成王所賫（jī）來衮衣，原其封周公於此。以衮衣命留之，無以公西歸（與毛不同）。

【樂道主人】賫，把東西送給人。鄭以爲，此兩句仍東都之人留周公之前言。

【孔疏】傳“無與公歸之道”。◇◇周公在東，必待王迎乃歸。成王未肯迎之，故無與我公歸之道，謂成王不與歸也。

【孔疏】箋"是東"至"西歸"。

◇◇箋以爲，王欲迎周公，而群臣或有不知周公之志者，故刺之。雖臣不知，而王必迎公，不得言無與公歸之道，**故易傳，**以爲東都之人欲留周公之辭。

◇◇首章云迎周公當以上公之服往見之（成王），於時成王實以上公服往，故東都之人即原以此衣封周公也。

<四章-3>**無使我心悲兮！**

【鄭箋】周公西歸，而東都之人心悲，恩德之愛至深也。

【孔疏】箋"周公"至"至深"。

◇◇（箋）東都之人言已將悲，故知是心悲念公也。

◇◇傳以爲刺王不知，則心悲謂群臣悲。

【孔疏-章旨】"是以"至"心悲兮"。

○毛以爲，首章言王見周公，當以兖衣見之。此章言王有兖衣，而不迎周公，故大夫刺之。

①言王是以有此兖衣兮，但無以我公歸之道兮。

②王意不悟，故云無以歸道。又言王當早迎周公，無使我群臣念周公而心悲兮。

○鄭以爲，此是東都之人欲留周公之辭，

①言王是以有此兖衣兮，王令齎來，原即封周公於此，無以我公西歸兮。

②若以公歸，我則思之，王無使我思公而心悲兮。

《九罭》四章，一章四句，三章章三句。

狼跋 【豳風七】

狼跋（bá）其胡，載（zài）疐（zhì）其尾。公孫（sūn/xùn）碩膚，赤舄（xì）幾（jǐ）幾。

狼疐其尾，載跋其胡。公孫碩膚，德音不瑕？

《狼跋》二章，章四句。

【毛序】《狼跋》，美周公也。周公攝政，遠則四國流言，近則王不知。周大夫美其不失其聖也。

【鄭箋】不失其聖者，聞流言不惑，王不知不怨，終立其志，成周之王功，致大（tài）平，復成王之位，又爲之大（tài）師，終始無愆，聖德著焉（與毛不同）。

【樂道主人】鄭與毛美周公相同，美其“進退”之間則有大不同。毛僅著眼于周公攝政之初，而鄭則落脚于周公歸政之後，有始有終，故爲聖德，鄭子意長矣。

【孔疏】“《狼跋》”至“其聖”。

◇◇作《狼跋》詩者，美周公也。毛以爲，周公攝政之時，其遠則四國流言，謗毁周公，言“將不利於孺子”；其近則成王不知其心，謂周公實欲簒奪己位。周公進退有難如此，卒誅除四國，成就周道，使天下大平，而聖著明。故周大夫作此詩，美進退有難而能不失其聖也。

◇經二章，皆言進退有難之事。美其不失聖者，本其美周公之意耳，於經無所當也。

◇◇鄭以周公將攝政時，遠則四國流言，而周公不惑，不息攝政之心；近則成王不知，而周公不怨，不生忿懟之意，卒得遂其心志，成就周道，是進有難也。

◇及致政成王之後，欲老而自退，成王又留爲大師，令輔弼左右，是退有難也。知此進退有難，而聖德著明，終無愆過，故周大夫美其不失其聖也。

◇◇經二章皆雲進退有難之事。“德音不瑕”，是不失聖也。序稱“流言”與“王不知”，唯説進有難也。不言退有難者，“不失其聖”之中，可以兼之矣。

【孔疏】箋“不失”至“者焉”。

◇◇序言“不失其聖”，是總美周公之言，故箋具述周公進退有難，能使聖德著明之意以充之。

◇◇箋以“流言”與“王不知”是一時之事，不宜分爲進退。

◇經云“公孫碩膚”，則是遜位之後，故以“流言”與“王不知”爲進有難也。既遜而留爲大師，是退有難也。以此二者，皆違周公之志，是故俱名爲難。進退有難，爲終始無愆，所以美其不失其聖也。

◇◇毛不注序，必知异於鄭者，傳以公孫爲成王，則此經所陳，無周公遜位之事，不得以留爲大師當退有難也。傳言進退有難，須兩事充之，明四國流言爲進有難，王不知爲退有難，能誅除四國，攝政成功，正是不失聖也。

<一章-1>**狼跋（bá）其胡，載（zài）疐（zhì）其尾。**

【毛傳】興也。跋，躐（liè）。疐，跲（jié）也。老狼有胡，進則躐其胡，退則跲其尾，進退有難，然而不失其猛。

【鄭箋】興者，喻周公進則躐其胡，猶始欲攝政，四國流言，辟之而居東都也；退則跲其尾，謂後復成王之位，而老，成王又留之，其如是，聖德無玷缺（與毛不同）。

【程析】跋，踐踏，踩着。胡，老狼頷下垂著的肉袋。疐，踩着。

【樂道主人】躐，踐踏，踰越。跲，絆倒。

【孔疏】傳“跋躐”至“其猛”。

◇◇“跋，躐”，“疐，跲”，《釋言》文。李巡曰：“跋，前行，曰躐。跲，却頓，曰疐也。”《説文》云“跋，蹎（diān）”，丁千反；“跲，躓（zhì）”，竹二反。躓即疐也。

◇然則跋與疐皆是顛倒之類，以跋爲躐者，謂跋其胡而倒躓耳。

◇◇老狼有胡，謂頷垂胡，進則躐其胡，謂躐胡而前倒也，退則跲其尾，謂却頓而倒於尾上也。

◇◇跋胡言狼，疐尾亦是狼也，文不可重，故以“載”代之。下章倒其文，明“跋”上宜有“載”，所以互相見也。

◇◇序言周公遠近有難，不失聖德，故知此經説狼進退有難而不失猛。

【孔疏】箋“興者”至“玷缺”。◇◇箋下言“公孫”，則遜位之後，故以進則躐胡喻將欲攝政，退則跲尾喻成王留之耳。周公人臣，以臣攝爲進，致政爲退，取象爲安，**故易傳**也。

<一章-3>**公孫**（sūn/xùn）**碩膚，赤舄**（xì）**幾**（jǐ）**幾。**

【毛傳】公孫，成王也，豳公之孫也。碩，大。膚，美也。赤舄，人君之盛屨（jù）也。幾幾，絇（jù）貌。

【鄭箋】公，周公也。孫，讀當如“公孫于齊”之孫。孫之言孫，遁也。周公攝政，七年致大平，復成王之位，孫遁辟此，成公之大美（與毛不同）。欲老，成王又留之，以爲大（tài）師，履赤舄幾幾然（與毛不同）。

【程析】赤舄，以金爲飾的紅鞋。幾幾，鞋尖彎曲貌。

【樂道主人】屨，古代一種用麻製成的鞋子。絇，原意爲用布麻絲縷搓成繩索，也指古時鞋上的裝飾物。又爲古代量詞，絲五兩爲一絇。

【孔疏】傳“公孫”至“絇貌”。

◇◇傳以《雅》稱“曾孫”，皆是成王，以其是豳公之孫也。“碩，大”，《釋詁》文。“膚，美”，《小雅·廣訓》文。

◇◇《天官·屨人》掌王之服屨，爲赤舄、黑舄”，注云：“王吉服有九，舄有三等。赤舄爲上，冕服之舄。下有白舄、黑舄。”然則赤舄是舄之最上，故云“人君之盛屨也”。

◇◇《屨人》注云：“服屨者，著服各有屨也。複下（雙鞋底）曰舄，單下曰屨。古之人言屨以通於複，今世言屨以通於單，俗易語反。”然則屨、舄對文有异，散則相通，故傳以屨言之。

◇◇《士冠禮》云：“玄端黑屨，青繶（yì，用絲綫編織成的帶子）純（黑色。《説文》：絲也）。爵弁纁屨，黑絇繶繶（yì）純。純博寸。”注云：“絇之言拘，以爲行戒，狀如刃衣，鼻在屨頭。繶，縫中紃也。”屨順裳色，爵弁之屨以黑爲飾。爵弁尊，其屨飾以繢（huì）次。

◇◇云“幾幾，屨貌”，謂舄頭飾之貌。以爵弁祭服之尊，飾之如繢次，屨色纁，而絇用黑，則冕服之舄必如繢次，舄色赤，則絇赤黑也。

◇◇王肅云：“言周公所以進退有難者，以俟王之長大，有大美之德，能服盛服以行禮也。”

【孔疏】箋“周公”至“幾幾然”。

◇◇箋以上言公歸皆謂周公，故以此公爲周公。古之遜字借孫爲之，《春秋》昭二十五年經言“公孫於齊”，《春秋》之例，内諱奔謂之遜，言昭公遜遁而去位。此周公亦遜遁去位，故讀如彼文。“遜，遁”，《釋言》文。孫炎曰：“遁，逃去也。”

◇◇周公攝政七年，遜遁避成功之大美，《尚書·洛誥》有其事。《書序》云：“召公爲保，周公爲師，相成王爲左右。召公不悦，周公作《君奭》。”是成王留之爲大師也。上公九命，得服兖冕，故屨赤舄。

◇◇孫毓云：“《詩》《書》名例，未有稱天子爲公孫者。成王之去豳公，又已遠矣。又此篇美周公，不美成王，何言成王之大美乎？公宜爲周公，箋義爲長。”

【孔疏-章旨】“狼跋”至“幾幾”。

○毛以爲，①狼之老者，則頷下垂胡，狼進前則躐其胡，却退則跲其尾，是進退有難，然猶不失其猛，能殺傷禽獸，以喻周公攝政之時，遠則四國流言，近則王不知其志，進退有難，然猶不失其聖，能成就周道。

②所以進退有難，而攝此政者，欲待公孫成王長大，有大美之德，能履赤舄幾幾然，盛服以行禮，然後授之故也。

○鄭以爲，①老狼進則躐其胡，退則跲其尾，進退有難，不失其猛，喻周公將欲攝政，遭四國流言，歸政成王，王復留爲大師，進退有難，能不失其聖。

②又美周公不失其聖之事，言周公既致大平，乃遜遁避此成功之大美，複留在王朝，爲大師之官，履其赤舄，其舄之飾幾幾然。美其聖德，故説其衣服也。

<二章-1>**狼疐其尾，載跋其胡。公孫碩膚，德音不瑕？**

【毛傳】瑕，過也。

【鄭箋】不瑕，言不可疵（cī）瑕也。

【程析】德音，指品德名聲。

【孔疏】傳“瑕，過”。◇◇瑕者，玉之病。玉之有瑕，猶人之有過，故以瑕爲過。箋言無可疵（cī）瑕者，亦是玉病。言周公終始皆善，爲無疵瑕也。

《狼跋》二章，章四句。

豳國七篇，二十七章，二百三句。

周世系表

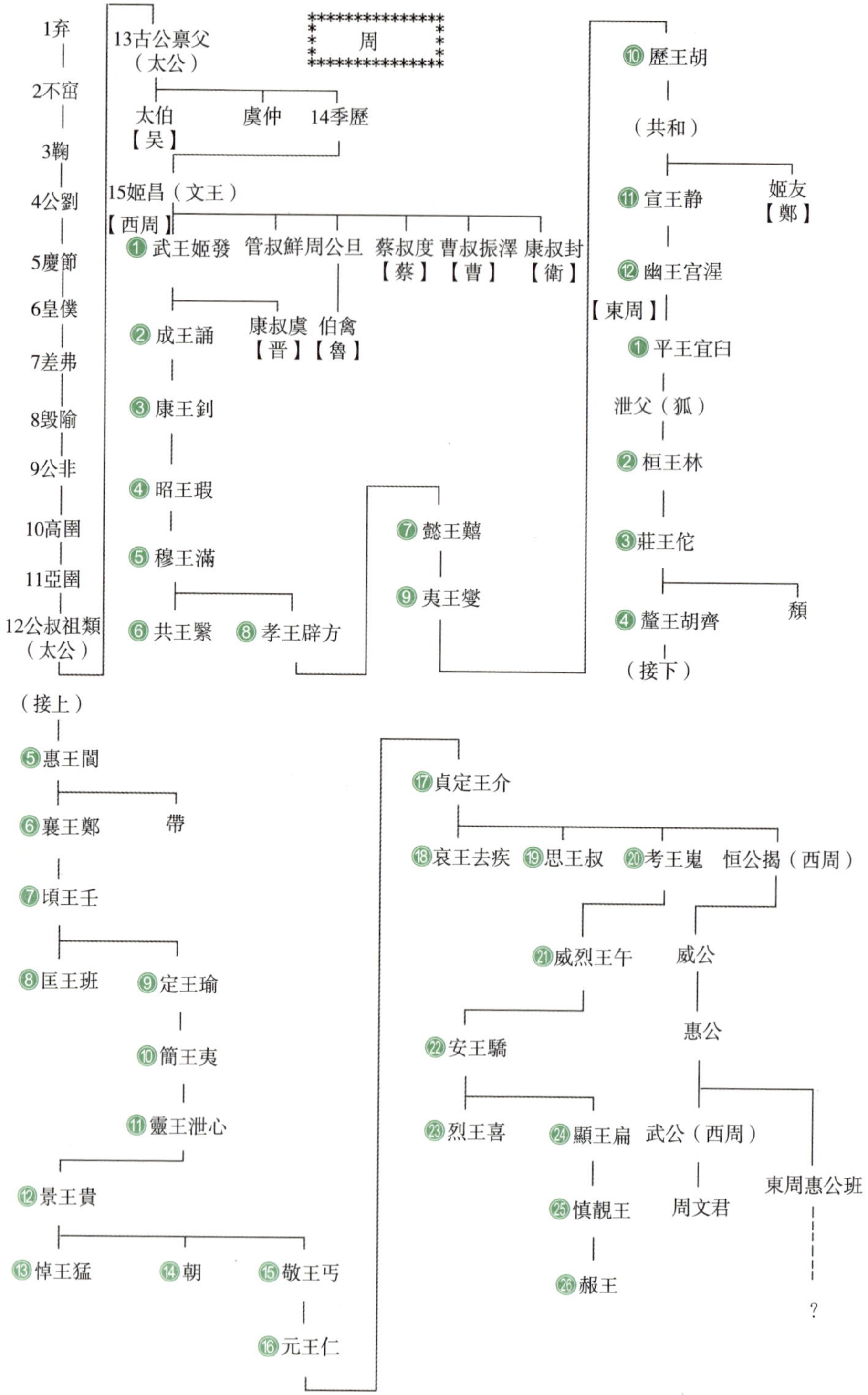
周
1弃
2不窋
3鞠
4公劉
5慶節
6皇僕
7差弗
8毀隃
9公非
10高圉
11亞圉
12公叔祖類（太公）
13古公亶父（太公）
太伯【吴】
虞仲
14季歷
15姬昌（文王）
【西周】
①武王姬發
管叔鮮
周公旦
蔡叔度【蔡】
曹叔振澤【曹】
康叔封【衛】
②成王誦
康叔虞【晋】
伯禽【魯】
③康王釗
④昭王瑕
⑤穆王滿
⑥共王繄
⑧孝王辟方
⑦懿王囏
⑨夷王燮
⑩厲王胡
（共和）
⑪宣王静
姬友【鄭】
⑫幽王宫涅
【東周】
①平王宜臼
泄父（狐）
②桓王林
③莊王佗
④釐王胡齊
頹
（接下）
（接上）
⑤惠王閬
⑥襄王鄭
帶
⑦頃王壬
⑧匡王班
⑨定王瑜
⑩簡王夷
⑪靈王泄心
⑫景王貴
⑬悼王猛
⑭朝
⑮敬王丐
⑯元王仁
⑰貞定王介
⑱哀王去疾
⑲思王叔
⑳考王嵬
恒公揭（西周）
㉑威烈王午
威公
㉒安王驕
惠公
㉓烈王喜
㉔顯王扁
武公（西周）
東周惠公班
㉕慎靚王
周文君
㉖赧王
?

《詩經》四家詩簡表

作者	毛詩	魯詩	齊詩	韓詩
名	毛亨，又稱大毛公 毛萇，又稱小毛公	申培，又稱申培公，申公	轅固，又稱轅固生	韓嬰，又稱韓太博
朝代	西漢，小毛公曾爲河間獻王博士	西漢	漢景帝時，經學博士，較其他人晚	西漢
原國	大毛公魯人；小毛公趙人	魯國	齊國	
學派	古文學	今文學	今文學	今文學
興盛時代	東漢以後	西漢	西漢	西漢
存亡情況	現存	西晋亡	曹魏亡	宋朝亡

毛詩傳承表

陸機
《毛詩草木鳥獸蟲魚疏》

孔子
↓
卜商
↓
魯人曾申
↓
魏人李克
↓
魯人孟仲子
↓
根牟子
↓
趙人荀卿
↓
魯人毛亨（大毛公）作《詁訓傳》
↓
趙國毛萇（小毛公）

陸德明《經典釋文序》
（三國時期吴人徐整）

孔子
↓
卜商
↓
高行子
↓
薛倉子
↓
帛妙子
↓
河間大毛公作《詁訓傳》
↓
小毛公

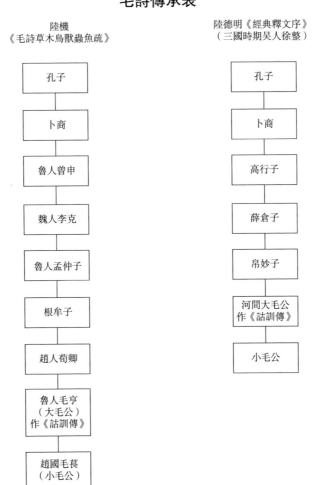

毛詩正變表

詩類		正經	篇數	變經	篇數	共計
十五國風		周南	11	邶風	19	160
		召南	14	鄘風	10	
				衛風	10	
				王城風	10	
				鄭風	21	
				齊風	11	
				魏風	7	
				唐風	12	
				秦風	10	
				陳風	10	
				檜風	4	
				曹風	4	
				豳風	7	
		小計	25		135	
雅	小雅		16		58	74
	大雅		18		13	31
頌	周頌		31			40
	魯頌		4			
	商頌		5			
合计			99		206	305

宋代（含）以前毛詩重要人物簡介

孔子（公元前551—公元前479），名丘，字仲尼，祖籍宋國栗邑（今屬河南省商丘市夏邑縣），生於魯國陬邑（今屬山東省曲阜市）。中華文明的繼往開來者，五經的編著者。據《史記》講，《詩經》是孔子從當時三千多篇詩中删减編輯整理而成。

子夏（公元前507—？），名卜商，字子夏，春秋末年晋國温地（今河南温縣）人，一説衛國人，孔子弟子。相傳是毛詩中詩大序的作者。

大毛公、小毛公，生卒年不詳，皆爲西漢初人，二人爲叔侄。大毛公名亨，魯人，小毛公名萇，趙人。二人共著《毛詩故訓傳》，毛詩序、毛詩傳的主要作者。毛詩序指毛詩版本的序言，前人把冠於全書的序言稱“大序”，把每篇類似題解性質的短文稱“小序”。毛詩傳指爲毛詩版本詩句所作的注解。

鄭玄（127—200），字康成，北海高密（今山東高密）人，東漢末年的經學大師。先後研習了今文經學和古文經學，把今文經學和古文經學通融為一。鄭玄遍注儒家經典，在經學上取得了重大成就，成爲兩漢時期儒家經學的集大成者。毛詩在經鄭玄作箋，即對毛詩、毛序、毛傳再次注解後，從民間逐步過渡到官學，最終成爲現在《詩經》僅存的版本。鄭玄爲毛詩、毛序及毛傳所作的注解稱爲鄭箋。

王肅（195—256），字子雍，東海郡郯縣（今山東郯城西南）人，三國魏著名經學家，編撰《孔子家語》《孔叢子》，遍注群經。其在注解毛詩、毛序、毛傳時，思想每每與鄭玄相對。

陸德明（約550—630），名元朗，以字行，蘇州吴縣人。隋唐經學家、訓詁學家，遍考五經等經典，撰有《經典釋文》三十卷。此書集漢魏以來音訓研究成果，考述經常傳授源流，其中為毛詩作音訓的部分稱爲《毛詩釋文》或《毛詩音義》。

孔穎達（574—648），字冲遠，冀州衡水（今屬河北）人。奉唐太宗命組織當時多位著名儒家學者編纂《五經正義》，融合南北經學家的見解，是集魏晋南北朝以來經學大成的著作。其中《毛詩正義》獨用鄭箋，奠定了後世毛詩的傳承。

黄唐，生卒年不詳，字雍甫，南宋福州人，編著《毛詩注疏》，把《詩經》經文、毛序、毛傳、鄭箋、《毛詩正義》合爲一本，又將《毛詩正義》散入到毛詩相應的經文、注文之下。

毛詩大序

詩者，志之所之也，在心爲志，發言爲詩。情動於中而行於言，言之不足，故嗟嘆之，嗟嘆之不足，故永歌之，永歌之不足，不知手之舞之，足之蹈之也。

情發於聲，聲成文謂之音。治世之音安以樂，其政和；亂世之音怨以怒，其政乖；亡國之音哀以思，其民困。故正得失，動天地，感鬼神，莫近於詩。先王以是經夫婦，成孝敬，厚人倫，美教化，移風俗。

故詩有六義焉：一曰風，二曰賦，三曰比，四曰興，五曰雅，六曰頌。上以風化下，下以風刺上，主文而譎諫，言之者無罪，聞之者足以戒，故曰風。至於王道衰，禮義廢，政教失，國异政，家殊俗，而變風變雅作矣。國史明乎得失之迹，傷人倫之廢，哀刑政之苛，吟咏情性，以風其上，達於事變而懷其舊俗者也，故變風發乎情，止乎禮義。發乎情，民之性也；止乎禮義，先王之澤也。是以一國之事，繫一人之本，謂之風。言天下之事，形四方之風，謂之雅。雅者，正也，言王政之所由廢興也。政有大小，故有小雅焉，有大雅焉。頌者，美盛德之形容，以其成功告於神明者也。是謂四始，詩之至也。

詩譜序

（東漢）鄭玄

詩之興也，諒不於上皇之世。大庭、軒轅逮於高辛，其時有亡載籍，亦蔑云焉。《虞書》曰："詩言志，歌永言，聲依永，律和聲。"然則《詩》之道放於此乎！

有夏承之，篇章泯弃，靡有孑遺。邇及商王，不風不雅。何者？論功頌德所以將順其美，刺過譏失所以匡救其惡，各於其黨，則爲法者彰顯，為戒者著明。

周自后稷播種百穀，黎民阻饑，兹時乃粒，自傳於此名也。陶唐之末，中葉公劉亦世修其業，以明民共財。至於大王、王季，克堪顧天。文、武之德，光熙前緒，以集大命於厥身，遂爲天下父母，使民有政有居。其時《詩》，風有《周南》《召南》，雅有《鹿鳴》《文王》之屬。及成王，周公致大平，制禮作樂，而有頌聲興焉，盛之至也。本之由此風、雅而來，故皆録之，謂之《詩》之正經。

後王稍更陵遲，懿王始受譖，亨齊哀公。夷身失禮之後，邶不尊賢。自是而下，厲也幽也，政教尤衰，周室大壞，《十月之交》《民勞》《板》《蕩》勃爾俱作。衆國紛然，刺怨相尋。

五霸之末，上無天子，下無方伯，善者誰賞？惡者誰罰？紀綱絶矣。故孔子録懿王、夷王時詩，訖於陳靈公淫亂之事，謂之變風、變雅。以爲勤民恤功，昭事上帝，則受頌聲，弘福如彼；若違而弗用，則被刦殺，大禍如此。吉凶之所由，憂娱之萌漸，昭昭在斯，足作後王之鑒，於是止矣。

夷、厲已上，歲數不明。太史《年表》自共和始，歷宣、幽、平王而得春秋次第，以立斯《譜》。欲知源流清濁之所處，則循其上下而省之；欲知風化芳臭氣澤之所及，則傍行而觀之，此《詩》之大綱也。舉一綱而萬目張，解一卷而衆篇明，於力則鮮，於思則寡，其諸君子亦有樂於是與。

《毛詩正義》序

（唐）孔穎達

夫《詩》者，論功頌德之歌，止僻防邪之訓，雖無爲而自發，乃有益於生靈。六情静於中，百物蕩於外，情緣物動，物感情遷。若政遇醇和，則歡娱被於朝野，時當慘黷，亦怨刺形於咏歌。作之者所以暢懷舒憤，聞之者足以塞違從正。發諸情性，諧於律吕，故曰“感天地，動鬼神，莫近於《詩》”。此乃《詩》之為用，其利大矣。

若夫哀樂之起，冥於自然，喜怒之端，非由人事。故燕雀表啁噍之感，鸞鳳有歌舞之容。然則《詩》理之先，同夫開辟，《詩》迹所用，隨運而移。上皇道質，故諷諭之情寡。中古政繁，亦謳歌之理切。唐、虞乃見其初，犧、軒莫測其始。於後時經五代，篇有三千，成、康没而頌聲寢，陳靈興而變風息。先君宣父，厘正遺文，緝其精華，褫其煩重，上從周始，下暨魯僖，四百年閑，六詩備矣。卜商闡其業，雅頌與金石同和；秦正燎其書，簡牘與烟塵共盡。漢氏之初，《詩》分爲四：申公騰芳於鄢郢，毛氏光價於河閒，貫長卿傳之於前，鄭康成箋之於後。晋、宋、二蕭之世，其道大行；齊、魏兩河之閒，兹風不墜。

其近代為義疏者，有全緩、何胤、舒瑗、劉軌思、劉丑、劉焯、劉炫等。然焯、炫并聰穎特達，文而又儒，擢秀幹於一時，騁絶轡於千里，固諸儒之所揖讓，日下之無雙，於其所作疏内特爲殊絶。今奉敕删定，故據以爲本。然焯、炫等負恃才氣，輕鄙先達，同其所异，异其所同，或應略而反詳，或宜詳而更略，準其繩墨，差忒未免，勘其會同，時有顛躓。今則削其所煩，增其所簡，唯意存於曲直，非有心於愛憎。謹與朝散大夫行太學博士臣王德韶、徵事郎守四門博士臣齊威等對共討論，辨詳得失。至十六年，又奉敕與前修疏人及給事郎守太學助教雲騎尉臣趙乾葉、登仕郎守四門助教雲騎尉臣賈普曜等，對敕使趙弘智覆更詳正，凡爲四十卷，庶以對揚聖範，垂訓幼蒙，故序其所見，載之於卷首云爾。

周南召南譜

周、召者，《禹貢》雍州岐山之陽地名。今屬右扶風美陽縣，地形險阻而原田肥美。

周之先公曰大王者，避狄難，自豳始遷焉，而修德建王業。商王帝乙之初，命其子王季爲西伯。至紂，又命文王典治南國江、漢、汝旁之諸侯。於時三分天下有其二，以服事殷，故雍、梁、荆、豫、徐、揚之人咸被其德而從之。

文王受命，作邑於豐，乃分岐邦。周、召之地，爲周公旦、召公奭之埰地，施先公之教於已所職之國。武王伐紂，定天下，巡守述職，陳誦諸國之詩，以觀民風俗。六州者得二公之德教尤純，故獨録之，屬之大師，分而國之。其得聖人之化者謂之《周南》，得賢人之化者謂之《召南》，言二公之德教自岐而行於南國也。乃弃其餘，謂此爲風之正經。

初，古公亶父聿來胥宇，爰及姜女。其後，大任思媚周姜，大姒嗣徽音，歷世有賢妃之助，以致其治。文王刑于寡妻，至于兄弟，以御于家邦。是故二國之詩以后妃夫人之德爲首，終以《麟趾》《騶虞》，言后妃夫人有斯德，興助其君子，皆可以成功，至於獲嘉瑞。

風之始，所以風化天下而正夫婦焉，故周公作樂，用之鄉人焉，用之邦國焉。或謂之房中之樂者，后妃夫人侍御於其君子，女史歌之，以節義序故耳。

射禮，天子以《騶虞》，諸侯以《狸首》，大夫以《采蘋》，士以《采蘩》爲節。

今無《狸首》，周衰，諸侯并僭而去之，孔子録詩不得也。爲禮樂之記者，從後存之，遂不得其次序。周公封魯，死謚曰文公，召公封燕，死謚曰康公，元子世之。其次子亦世守埰地，在王官，春秋時周公、召公是也。

問者曰："《周南》《召南》之詩，爲風之正經則然矣。自此之後，南國諸侯政之興衰，何以無變風？"答曰：陳諸國之詩者，將以知其缺失，省方設教爲黜陟。時徐及吴、楚僭號稱王，不承天子之風，今弃其詩，夷狄之也。其餘江、黄、六、蓼之屬，既驅陷於彼俗，又亦小國，猶邾、滕、紀、莒之等，夷其詩，蔑而不得列於此。

邶鄘衛譜

邶、鄘、衛者，商紂畿内方千里之地。其封域在《禹貢》冀州大行之東。北逾衡漳，東及兖州桑土之野。周武王伐紂，以其京師封紂子武庚爲殷後。庶殷頑民，被紂化日久，未可以建諸侯，乃三分其地，置三監，使管叔、蔡叔、霍叔尹而教之。自紂城而北謂之邶，南謂之鄘，東謂之衛。

武王既喪，管叔及其群弟見周公將攝政，乃流言於國，曰“公將不利於孺子”。周公避之，居東都二年。秋，大熟未穫，有雷電疾風之异。乃後成王悦而迎之，反而遂居攝。

三監導武庚叛。成王既黜殷命，殺武庚，復伐三監。更於此三國建諸侯，以殷餘民封康叔於衛，使爲之長。後世子孫稍并彼二國，混而名之。

七世至頃侯，當周夷王時，衛國政衰，變風始作。

王城譜

王城者，周東都王城畿内方六百里之地。其封域在《禹貢》豫州太華、外方之間。北得河陽，漸冀州之南。

始，武王作邑於鎬京，謂之宗周，是爲西都。周公攝政，五年，成王在豐，欲宅洛邑，使召公先相宅。既成，謂之王城，是爲東都，今河南是也。召公既相宅，周公往營成周，今洛陽是也。成王居洛邑，遷殷頑民於成周，復還歸處西都。

至於夷、厲，政教尤衰。十一世幽王嬖褒姒，生伯服，廢申后，太子宜咎奔申。申侯與犬戎攻宗周，殺幽王於戲。晋文侯、鄭武公迎宜咎於申而立之，是爲平王。以亂，故徙居東都王城。於是王室之尊與諸侯無异，其詩不能復雅，故貶之，謂之王國之變風。

鄭譜

初，宣王封母弟友於宗周畿内咸林之地，是爲鄭桓公，今京兆鄭縣是其都也。又云爲幽王大司徒，甚得周衆與東土之人，問於史伯曰："王室多故，餘懼及焉，其何所可以逃死？"

史伯曰："其濟、洛、河、潁之間乎？是其子、男之國，虢、鄶爲大。虢叔恃勢，鄶仲恃險，皆有驕侈怠慢之心，加之以貪冒。君若以周難之故，寄帑與賄，不敢不許，是驕而貪，必將背君。君以成周之衆，奉辭罰罪，無不克矣。若克二邑，鄔、蔽、補、丹、依、疇、歷、華，君之土也。修典刑以守之，惟是可以少固。

桓公從之，言："然。"之後三年，幽王爲犬戎所殺，桓公死之，其子武公與晋文侯定平王於東都王城。卒取史伯所云"十邑之地，右洛左濟，前華後河，食溱、洧焉"。

武公又作卿士，國人宜之，鄭之變風又作。

齊 譜

齊者，古少皞之世，爽鳩氏之墟。周武王伐紂，封太師吕望於齊，是謂齊太公。地方百里，都營丘。

周公致太平，敷定九畿，復夏禹之舊制。成王用周公之法，制廣大邦國之境，而齊受上公之地，更方五百里。其封域東至於海，西至於河，南至於穆陵，北至於無棣。在《禹貢》青州岱山之陰，濰淄之野。其子丁公嗣位於王官。

後五世，哀公政衰，荒淫怠慢，紀侯譖之於周懿王，使烹焉。齊人變風始作。

魏譜

魏者，虞舜、夏禹所都之地，在《禹貢》冀州雷首之北，析城之西，周以封同姓焉。其封域南枕河曲，北涉汾水。

昔舜耕於歷山，陶於河濱。禹菲飲食而致孝乎鬼神，惡衣服而致美乎黻冕，卑宮室而盡力乎溝洫。此一帝一王，儉約之化，於時猶存。及今魏君，嗇且褊急，不務廣修德於民，教以義方。其與秦、晋鄰國，日見侵削，國人憂之。

當周平、桓之世，魏之變風始作。至春秋魯閔公元年，晋獻公竟滅之，以其地賜大夫畢萬。自爾而後，晋有魏氏。

唐 譜

唐者，帝堯舊都之地，今曰太原晋陽，是堯始居此，後乃遷河東平陽。成王封母弟叔虞於堯之故墟，曰唐侯。南有晋水，至子燮改爲晋侯。其封域在《禹貢》冀州太行、恒山之西，太原、太岳之野。至曾孫成侯，南徙居曲沃，近平陽焉。

昔堯之末，洪水九年，下民其咨，萬國不粒。於時殺禮以救艱厄，其流乃被於今。

當周公、召公共和之時，成侯曾孫僖侯甚嗇愛物，儉不中禮，國人閔之，唐之變風始作。其孫穆侯又徙於絳云。

秦譜

秦者，隴西谷名，於《禹貢》近雍州鳥鼠之山。堯時有伯翳者，實皋陶之子，佐禹治水。水土既平，舜命作虞官，掌上下草木鳥獸，賜姓曰嬴。歷夏、商興衰，亦世有人焉。周孝王使其末孫非子養馬於汧、渭之間。孝王爲伯翳能知禽獸之言，子孫不絶，故封非子爲附庸，邑之於秦谷。至曾孫秦仲，宣王又命作大夫，始有車馬禮樂侍御之好。國人美之，秦之變風始作。

秦仲之孫襄公，平王之初，興兵討西戎以救周。平王東遷王城，乃以岐、豐之地賜之，始列爲諸侯。遂横有周西都宗周畿内八百里之地。其封域東至迆山，在荆岐終南惇物之野。至玄孫德公，又徙於雍云。

陳譜

陳者，大皞虙戲氏之墟。帝舜之胄有虞閼父者，爲周武王陶正。武王賴其利器用，與其神明之後，封其子嬀滿於陳，都於宛丘之側，是曰陳胡公，以備三恪。妻以元女太姬。其封域在《禹貢》豫州之東，其地廣平，無名山大澤，西望外方，東不及明猪。

大姬無子，好巫覡禱祈鬼神歌舞之樂，民俗化而爲之。

五世至幽公，當厲王時，政衰，大夫淫荒，所爲無度，國人傷而刺之，陳之變風作矣。

檜譜

檜者，古高辛氏火正祝融之墟。檜國在《禹貢》豫州外方之北，滎波之南，居溱、洧之間。祝融氏名黎，其後八姓，唯妘姓檜者處其地焉。

周夷王、厲王之時，檜公不務政事，而好絜衣服，大夫去之，於是檜之變風始作。其國北鄰於虢。

曹譜

曹者，《禹貢》兖州陶丘之北，地名。周武王既定天下，封弟叔振鐸於曹，今曰濟陰定陶是也。其封域在雷夏、菏澤之野。

昔堯嘗游成陽，死而葬焉。舜漁於雷澤，民俗始化，其遺風重厚，多君子，務稼穡，薄衣食以致畜積。夾於魯、衛之間，又寡於患難，末時富而無教，乃更驕侈。曹之後世雖爲宋所滅，宋亦不數伐曹，故得寡於患難。

十一世當周惠王時，政衰，昭公好奢而任小人，曹之變風始作。

豳譜

豳者，后稷之曾孫曰公劉者，自部而出，所徙戎狄之地名，今屬右扶風栒邑。公劉以夏后大康時失其官守，竄於此地，猶修后稷之業，勤恤愛民，民咸歸之，而國成焉。其封域在《禹貢》雍州岐山之北，原隰之野。

至商之末世，大王又避戎狄之難，而入處於岐陽，民又歸之。公劉之出，大王之入，雖有其异，由有事難之故，皆能守后稷之教，不失其德。

成王之時，周公避流言之難，出居東都二年。思公劉、大王居豳之職，憂念民事至苦之功，以比序己志。後成王迎之反之，攝政，致大平。其出入也，一德不回，純似於公劉、太王之所爲。大師大述其志，主意於豳公之事，故别其詩以爲豳國變風焉。